中国科普作家协会资助项目

王晋康文集
第7卷

豹 人

王晋康 著

科学普及出版社
·北京·

图书在版编目（CIP）数据

豹人 / 王晋康著 . -- 北京：科学普及出版社，2023.2

（王晋康文集；7）

ISBN 978-7-110-10466-8

Ⅰ. ①豹… Ⅱ. ①王… Ⅲ. ①幻想小说 – 小说集 – 中国 – 当代 Ⅳ. ① I247.5

中国版本图书馆 CIP 数据核字（2022）第 121259 号

策划编辑	王卫英
责任编辑	王卫英
封面题字	张克锋
装帧设计	中文天地
责任校对	焦　宁　张晓莉　邓雪梅　吕传新
责任印制	徐　飞

出　　版	科学普及出版社
发　　行	中国科学技术出版社有限公司发行部
地　　址	北京市海淀区中关村南大街 16 号
邮　　编	100081
发行电话	010-62173865
传　　真	010-62173081
网　　址	http://www.cspbooks.com.cn

开　　本	710mm×1000mm　1/16
字　　数	7460 千字
印　　张	470.25
插　　页	1
版　　次	2023 年 2 月第 1 版
印　　次	2023 年 2 月第 1 次印刷
印　　刷	北京中科印刷有限公司
书　　号	ISBN 978-7-110-10466-8 / I・641
定　　价	2888.00 元

（凡购买本社图书，如有缺页、倒页、脱页者，本社发行部负责调换）

目　录

豹 人

楔子	/ 003
第一章　惊人的突破	/ 015
第二章　爱情与阴谋	/ 062
第三章　身世之秘	/ 090
第四章　惊人的披露	/ 116
第五章　谁是匿名者	/ 136
第六章　肉欲与死亡	/ 151
第七章　世纪性审判	/ 172

癌 人

第一章　快速生长的女童	/ 201
第二章　癌人出世	/ 223
第三章　逃亡	/ 273
第四章　小紫蛇	/ 290
第五章　二次逃亡	/ 316
第六章　社会调查	/ 359
第七章　寻找女儿	/ 384
第八章　蜜月之旅	/ 410
第九章　人造子宫	/ 443
第十章　毁灭与新生	/ 476

楔　子

　　这是2013年8月的一个满月之夜。在加拿大温哥华市西区的贝恩街上，卡箩尔正和几位本地的妓女等待今天的主顾。卡箩尔很年轻，今年刚刚18岁，漂亮的火红色头发扎在头顶，浅绿色的眼睛，性感的厚嘴唇。跟其他妓女一样，她穿着开领很低的T恤衫，黑色吊带袜，一双黑色与金色相间的高跟鞋，一对硕大的乳房几乎把衣服胀破，黑色的皮裙紧紧裹着圆滚滚的臀部。她是美国加州人，是那种追逐金钱的候鸟。离此不远的温哥华纳特贝利体育场正举行世界田径锦标赛，数万名运动员、记者、体育商人和田径迷从全世界云集于此，这里面当然少不了喜欢和妓女睡觉的男人。而且，一般来说，在比赛期间亢奋热烈的气氛中男人们掏钱时也常常大方一些。

　　可惜，在妓女的行当里也存在着严重的地域歧视。那三个本地姑娘都知道卡箩尔是一个有竞争力的对手，一直敌意地斜视着她。当某个潜在的主顾过来时，她们会一齐拥过去，有意把卡箩尔隔在后边。不过卡箩尔对自己的美貌很有自信，几天来她已经不止一次让那几位同行品尝失败的滋味儿了。

　　一辆银灰色的雪佛莱在街口停下，车门打开，一个高个子男人走下来。他是黄种人，圆形脸庞，黑色短发，黑眼珠，身高六英尺二英寸左右，这在黄种人中是比较高的身材。穿着浅色运动装，手指上带着沉甸甸的方形戒指，脚下是白色运动鞋。他大步走过来，步伐极有弹性，脊柱和腰弯像是一串组合良好的弹簧。

　　卡箩尔的第一眼印象是，此人的气质和体态很像运动员，不过，一直到此后她从血泊中醒来，她也无法验证自己的直觉是否正确。那三名妓女早就围上去，用英语招揽着。处于包围之中的那个男人没有说话。卡箩尔发现，与他富有弹性的身体恰恰相反,他的"精神"十分僵硬,表情烦躁而阴郁,脸部肌肉有时神经质地抽动着。卡箩尔猜想,也许他刚刚遭受了什么重大的挫折,需要在女人胸脯上求得解脱。他来这儿当然是找女人睡觉的,但此刻他却面色冷漠地站在那儿,目光盯着远处。

三名妓女的进攻一直没有得到回应。卡箩尔想,也许他不懂英语。其实这儿完全不需要语言,这是天底下最简单的交易,只要了解肉体与美元的兑换率就行了。卡箩尔走过去,试探着用汉语问:

"要我为你服务吗?"

她的汉语说得结结巴巴,但她猜对了,那个男人果然懂得汉语,他立刻拨开三名妓女走过来,皱着眉头打量她。卡箩尔嫣然一笑:

"我在旧金山的华人区长大,能说简单的中国话。你要我吗?"

男人向她扬扬下颚,回身向汽车走去。卡箩尔从那三位失败者旁边走过时,还得意地瞟瞟她们,那三位用刀子一样的目光剜着她的后背。男人先为卡箩尔打开车门,请她上车,为她关好车门。这一串动作做得很顺畅,好像卡箩尔不是妓女,而是一名法国贵妇人。然后他坐上驾驶椅,用英语问道:

"到哪儿?"

原来他并不是不懂英语,他的一口美式英语十分地道。卡箩尔回答:"到邓巴尔街的洛基旅馆吧,不远,过两个街口就是。"

那个男人不再说话,按她的指点专心开车。卡箩尔饶有兴趣地打量着他。总的说,这是一个有型有味的男人,圆脑袋,高鼻梁,双肩宽阔,眉间锁着英气。虽说妓女们真正的情人是麦金利、富兰克林和汉密尔顿,他们都是美元上的肖像,但卡箩尔更愿接待今天这个有味道的男人。

卡箩尔把身体软绵绵地倚过去——立刻感到对方的肌肉深处泛起一波强劲的震颤。不用说,这人一定正处于极度的情欲饥渴中。卡箩尔偷偷地笑了。这是个好兆头,也许他付钱时会更慷慨一些。不过这会儿他并不像一般嫖客那样色眯眯地看她,而是一言不发,目光僵硬地盯着前方。卡箩尔笑着说:

"先生,我们还没有谈价钱呢。你是玩一玩,还是让我陪一夜?玩一玩是

50美元，陪一夜是100美元。"

那人冷冰冰地说："我给你100。"

在邓巴尔街尽头的一个小巷里，卡箩尔让他把车停下。洛基旅馆的门面很小，玻璃门内，两名客人正在门厅里看电视，沙发上扔着几本黄色杂志和几份日报。经理格瑞戈罗是个南美人，留着短须，长得鼠头鼠脑。他站在柜台后，看着卡箩尔和她的嫖客走进大门，这几天她已是这儿的常客了，没等对方询问，经理就说：

"四楼有双人房间，一晚50美元。"

那男人不声不响掏出50美元现金。凡是来这儿的客人都不会使用信用卡的。

"先生，怎样写你的名字？"

他略为犹豫后说："麦吉·哈德逊。"

"请二位上楼吧。"

卡箩尔挽上这个男人的胳臂上楼，但那人在楼梯口突然停住了。电视中正播放男子200米决赛的实况。现在是最后冲刺时刻，加拿大年轻选手哈奇曼突然加速，冲过最前边的美国名将林德，以半肩之差率先冲过终点，全场立时响起海啸般的欢呼声。屏幕上显出吉纳·哈奇曼的特写镜头，他狂喜地纵跃着，吼叫着，用力挥着拳头。然后他接过两面旗帜，一面是加拿大国旗，一面是阿迪达斯体育用品公司的旗帜，绕场狂奔。数万加拿大观众齐声欢呼：

"吉纳·哈奇曼！吉纳·哈奇曼！"

镜头转到迈克·林德身上，这位200米和400米双料世界纪录保持者显然不愿接受这次失败，低着头，满脸无奈，怏怏地在跑道上踱步。不过，等哈奇曼返回时他已经控制住自己的情绪，大度地微笑着，走上前同胜利者握手。

旅馆里的几名观众也和着屏幕上的欢呼声大声叫好。卡箩尔的主顾专心致志地看着屏幕，似乎忘了来这里的目的。卡箩尔好奇地看着他，显然，这名主顾是激情型性格，一只脚已跨进妓院，还不耽误他沉醉于赛场的亢奋。

看来他真的可能是运动员，否则就是个超级田径迷。她轻轻触触他，他这才转身上楼。

412房间不大，陈设也相当简单，但地理位置不错。凭窗能眺望到深蓝色的英吉利海湾，灯火通明的船只在缓缓靠岸，满月把银辉洒进屋内，白色的百叶窗随着夜风微微起伏。那个男人走到窗前向外默默眺望着，卡箩尔熟练地扒下T恤、皮裙、内裤和丝袜，随手扔在地毯上，快活地说一声：

"等我一下，我去洗浴。"

在卫生间里，卡箩尔还在琢磨这位主顾的身份。他说一口流利的美式英语，又能听懂中国话，但不知道他是否会说中国话，他到底是哪国人？很明显他是一个色中饿鬼，这瞒不过卡箩尔的眼睛；但他今晚的精神有些异常，似乎处于半梦游状态……那时她绝对没料到此人是一个行事残忍的虐待狂。

她赤身走出卫生间，看见那个自称麦吉的人仍面朝窗外站着，衣裤已经脱了，扔在座椅上，赤裸的身体上披着一层月光。他的身躯确实十分健美，微曲的脊柱，凹下的腰弯，筋腱清晰的小腿……麦吉回过身，目光狂热，没有一点理性的成分，阳物坚挺地立着。卡箩尔暗暗吃惊，她已经接待过上千个男人了，但此人性器官的硕大是她从未见过的。

没容她寻思，麦吉已经狂暴地扑上来，把她扔到床上，接下来是一波又一波狂野的进入。他没有话语，喉咙里咻咻地喘息着。卡箩尔惊惧地应付着他的攻击。几个回合之后，她觉得下体被撕裂了，疼痛像刀刃一样锋利，黏稠的血液在大腿间流淌。20分钟后，卡箩尔终于忍受不住了，哀求道：

"先生，请停一停！麦吉，请停一停！"

但这位麦吉已经不是那位文质彬彬的绅士了。他狂暴地低声吼叫着，骑在她身上，用力批她的面颊。卡箩尔的头颅被批得来回摆动着，很快头晕目眩。她声嘶力竭地求饶，但没有用处。几分钟后她从精神休克中醒过来，知道今天遇上了一个危险的虐待狂，他的绅士外衣下是十足的兽性。求生的本能苏醒了，她用尽全力把他推下去，翻身下床，向外边跑去：

"救命！……"

那个男人敏捷地抓住她的头发，把她摔到床上。卡箩尔恐惧地看着那张狂怒的脸，看着近在眼前的两排森森白牙，然后喉头一紧，很快失去知觉。

三千米外的阿比斯特街区，道克·索恩警官正在执行巡逻。他是加拿大皇家骑警队的上士，今年45岁，身材剽悍。道克年轻时爱好田径，曾是大学的百米短跑和三级跳远的冠军。现在虽然年岁大了，仍保持着对田径的兴趣。他一边开车，一边拿眼溜着车内的微型电视。电视里刚刚播完男子200米决赛的实况，吉纳·哈奇曼爆了一个大冷门，战胜了夺冠呼声最高的200米之王、美国的迈克·林德，为加拿大夺得一枚金牌。看看场内的五万名观众吧，他们个个都发疯了。

道克·索恩要通了家里的电话："安迪……"

12岁的安迪截断爸爸的话，兴冲冲地说："爸爸，吉纳是200米冠军！观众都在喊吉纳万岁呢。"

道克笑道："我已经知道了，我正要告诉你们呢。"

屏幕上，疯狂的观众在向天空扔帽子和衣物。道克不由得感慨体育的魅力，它能使最冷静的人血液沸腾，使文雅的绅士和淑女们变得癫狂。他想起加拿大的另一位英雄、百米之王多诺瓦·贝利。贝利曾说过，他走上田径之路是从目睹本国的本·约翰逊百米夺冠时开始的，那是在1988年汉城奥运会上，"当时我激动得无法自制，浑身流汗，身体颤抖，牙齿嘚嘚地敲击。从那时起我就知道，我这一生和田径肯定割舍不开了。"

但贝利说的那位偶像本·约翰逊却很不争气，他随即被查出服用了兴奋剂，成绩取消，英雄一下子变成狗屎。不过这位丑角儿倒自有一副痛快淋漓的无赖劲儿，在几次翻供不成后，他终于承认自己服用了兴奋剂，而且公然宣称："我仍是世界上跑得最快的人。"为什么？因为"没有一名短跑选手不服用兴奋剂，所以我们仍是在同样的水平上参加比赛。他们只是比我幸运，没被查出而已。"

也许他说的真是大实话？道克暗暗咒骂一句。

电话响了，是骑警队的调度打来的，声音很急促：

"索恩警官，请立即赶往邓巴尔街北端的洛基旅馆，那儿的412房间刚打来一个报警电话，是一名女子的微弱声音。话未说完声音就断了，但电话中能听到她微弱的喘息声，很可能这会儿她的生命垂危。"

道克警官立即关了电视，把警灯放到车顶，警车一路怪叫着驶过去。几分钟后警车在那个旅馆门口停下。格瑞戈罗经理听见警笛，看见一名警官从警车上下来，忙打开玻璃门，小心翼翼地迎候着。他的旅馆里经常住着几对嫖客和妓女，但警察对这些"人类难免的罪恶"向来睁一只眼闭一只眼。今天这位警官来干什么？警官匆匆进来，向他出示了警徽，说：

"412房间有人报警，有一名女子可能有生命危险。"

格瑞戈罗脸色变了。他不怕妓女在旅馆里揽客，但他可不想惹上人命官司。412是卡箩尔和她的主顾住的地方，那位自称麦吉的男人几分钟前出去了，而女的没有下楼。他当时就微觉诧异，但没有去深究，心想也许这个男人是到车上取什么东西吧。格瑞戈罗立即领着警官上到四楼。道克掏出手枪，侧身敲敲门，没有动静。经理掏出钥匙，手抖颤着，好一会儿才插到锁孔里。门锁打开后，道克把他拉到一旁，踹开房门，闪身进去。他一眼就看见一名浑身赤裸的女子，半边身子溜在床外。电话筒在床柜下的地板上扔着，电话线还在微微晃荡。女子的下体浸泡在血泊中，屋内有浓烈的血腥气。道克举着手枪，警惕地检查了床后、阳台和卫生间，没有发现其他人。他过去摸摸女子的脉搏，还好，她没有死，便立即让柜台经理去唤救护车。

经理从旅馆拿来一副简易担架，道克用被单裹住女子的裸体，放到担架上。在这当儿，他发现女子的上半身满是伤痕，像是抓伤和咬伤，脸颊又红又肿，在喉咙处……道克浑身一凛，俯下身仔细看看。没错，是牙印，喉咙处的确有两排深深的紫色牙印。

格瑞戈罗喊来一个帮手，把伤者抬下楼，正好救护车已经到了门前，两名实习医生抬着担架跑过来。他们把伤者换到医院的担架上，抬到救护车里。汽车开走了。道克留在屋里，仔细检查一遍，没有发现太多的线索。地毯上丢着女子的T恤、皮短裙、黑色的长筒袜和透明的内裤，卫生间里的一次性毛巾和香皂只用了一份儿，床柜上放着一百美元。他捏着纸币的一角，把它装到塑料袋中。

柜台经理返回来，小心地告诉他，这名女子是40分钟前和一名高个男人一块儿来的，那个男人十几分钟前已经走了，"是个黄种人，身高约六英尺二英寸，身材很好，动作富有弹性，他留的名字是麦吉·哈德逊，当然可能不是真名。"

"他定房间付的是现款吗？"

"对。没有用信用卡。"

这些年温哥华的华人日渐增多，华人黑社会也逐渐在温哥华扎根，这是警方很头痛的事。他问："他是不是本地华人？"

格瑞戈罗迟疑地摇头："我不知道，但我看他不像是本地人。"

道克点点头，不再追问。这桩案子的脉络是很清楚的，一名不幸的妓女遇见了有虐待狂的嫖客。这种情况他不是第一次遇上，也不会是最后一次。三年前，就在离这儿不远的一家星级饭店里，一名颇有身份的嫖客，把一名妓女咬得遍体鳞伤，在此之前，道克常在报上或电视上见到这个嫖客的名字。另一次则正好相反，一名很有身份的嫖客央求妓女用长筒丝袜把他的双手捆上，再用皮带狠狠抽他。这些怪癖令人厌恶，但另一个案犯的行为甚至不能用"怪癖"来描述，只能说是地地道道的兽行。在这个案例中，一家人全部被害，四岁的孩子失踪，后来在下水道里找到了她的尸体。女主人被杀死后还被割去乳房，性器官也被割开。这个案件的极度凶残激起了强烈的社会公愤，那些天报上尽是愤怒的读者来信。三个月后警方抓到了凶犯，是一个骨瘦如柴、眼神恍惚的精神病患者。法医判定他在施暴时没有自控能力，凶手没有被判刑，只是关到疯人院了。知道真相后，公众都有一种茫然的感觉，因为他们的愤怒简直没处落脚。

当警察时间长了，什么稀奇古怪的事情都能遇上。妻子南希是个虔诚的浸礼会教徒，对丈夫讲述的这些奇怪行为十分不解。她总是皱着眉头问：

"为什么？他们为什么要这样做？"

道克调侃地说，这证明达尔文学说是正确的。人是从兽类进化而来的，因此人类的某些个体或更广义地说，正常人在某种程度上仍保存着几百万年前的兽性。在适当的环境下，这些兽性就会复苏。南希很生气，不许他说这些"亵渎上帝"的话。但道克认为，如果抛开调侃的成分，那么自己说的并不为错。确实，他所经历的很多罪行并不是因为"理智上的邪恶"，而完全是基于"兽性的本能"，比如上述凶案的凶手。

他记录了格瑞戈罗的证言后便离开了旅馆。

第二天早上他赶到医院，一位年轻的女医生告诉他，那名女子早就醒了，她的伤势并不重，失血也不算太多，主要是因极度惊恐而导致的晕厥。道克走进病房时，那名女子斜倚在床头，雪白的毛巾被拥到下巴。听见门响，她惊慌地盯着来人。她脸上还凝结着昨晚的恐惧，左臂裸露在毛巾被外，肘弯处有几个明显的针眼，显然是静脉注射毒品留下的痕迹。道克把一个塑料提袋递过去：

"我是警官道克，昨晚是我把你送到医院的。这是你的衣服，还有100美元，我想是那个男人留给你的吧。我已经在美元上取过指印，但在罪犯指印库中没有找到相合的。"

女子眼神抖动一下，勉强挤出一丝笑容："谢谢你，"她的声音很低，显得嘶哑干涩。道克拉过一把椅子，在她的床边坐下：

"能告诉我你的名字吗？地址？"

女子低声说："我叫卡笋尔，是美国加州人，五天前来的加拿大。"

"那个男人长什么样子？请你尽量回忆一下。"

卡笋尔脸上又浮出恐惧的表情，脱口喊道："他的性能力太强了！……一只真正的野兽，我从没见过这样的男人！"

"是吗？请慢慢讲。"

女子心有余悸："我们是在街头谈好的，他答应付我100美元。一到房间，他就把我扑到床上，后来……我受不了，央求他放开我，我也不要他付钱。那个人忽然暴怒起来，用力扇我的耳光，咬我，掐我的脖子。后来我就什么也不知道了。"

道克怜悯地看看她："恐怕他不是用手掐你。医生没告诉你吗？他用的是牙齿，昨晚我就在你颈上发现两排牙印，很深，呈紫色淤斑。"

女子打了个寒战，用手摸摸脖子，把下边要说的话冻结在喉咙里。道克继续问道："还是请你回忆一下，有没有什么东西能辨认他的身份？听经理说他是亚裔。"

女子从恐惧中回过神来，回忆着："对，他是黄种人，可能是个华人。能说流利的美式英语，也能听懂中国话。"

"经理还说，他很像是一个运动员。"

"嗯，他的步态、肌肉都像是训练有素的运动员。我们上楼前，他还扭头盯着门厅里的电视，看了很长时间，那时正播送男子200米决赛的实况。"

"还有什么异常情况吗？"

卡箩尔迟疑地说："他的精神……好像不大正常。他不能控制自己。"

"是吗？"

"他的表情一直很阴沉，说话很少，显得精神恍惚。他带我上车，为我开关车门，完全是一个有教养的绅士，可是后来……"

道克点点头，在心中同意她的判断。想想床柜上放着的100美元吧，他把性伙伴几乎咬死，但临走时却没有忘记留下应付的嫖金，真是个诚实的君子！

不知为什么，道克立即联想到三天前看到的100米决赛情况。起跑线上的八名运动员中七名是黑人，只有一名黄种人，是中国的田延豹。这是多少年来少有的能杀入决赛的黄种人选手。田延豹是个老选手，已经32岁，他只是在近年来才突破10秒大关，最好成绩是9.90秒。很可能，这是他运动生涯的最后一次拼搏了。他在起跑线上来回走动时，道克几乎能触摸到他的紧张。事实证明道克没有看错。发令枪响后，牙买加的奥利加抢跑，裁判鸣枪停止，但是田延豹竟然一直跑到50米后才听见第二次鸣枪。等他终于收住脚步，离终点线只有30米了。他目光忧郁，慢慢地走回起跑线，走得如此缓慢，返回的时间足够他跑三次100米了。裁判同情地看着他，没有催促。

那时道克就知道，这位不幸的中国人体力消耗和心理干扰太大，肯定与胜利无缘了。再次各就各位时，这个中国人恶狠狠地瞪着邻道的那位牙买加选手。很可能，因为这名黑人选手的一次失误，耽误了另一名选手的一生！

那次决赛田延豹果然是最后一名，而且这还不是不幸的终结。冲过终点线他就栽倒在地上，中国队的队医和教练急忙冲进赛场，把他抬下去。刚才他榨尽最后一滴潜力以求一搏，不幸又把腿肌严重拉伤了。

这样，两天后，也就是昨晚的 200 米决赛他不得不弃权，可是按他过去的成绩来看，他在 200 米比赛中的把握更大一些。如果发挥正常，也许有希望拿到铜牌。在电视中看到这些情况时，道克很同情这个倒霉的中国人，但此刻他却不由把怀疑的矛头对准了他。按体育频道主持人的介绍，田延豹恰是六英尺二英寸的身材，体型十分匀称剽悍，与旅馆经理的描述很相似。也许，一个在赛场上遭受毁灭的男人会怀着怒火去毁灭一个无辜的女人？他问卡箩尔：

"那人大约有多大岁数？面部有什么特征？"

"有二十几岁，我想不超过二十五。圆脸，短发，长得很英俊。至于别的特征……我回忆不起来。"

那么不大可能是田延豹，他的年龄是 32 岁。"不超过 25 岁？你能确定吗？"

卡箩尔迟疑地摇摇头："我不能，他没有给我足够的观察时间。"

"他走路是否稍有些瘸拐？"

"不，没有。他的步态很正常，至少我没有注意到他有瘸拐。"

"如果看到他的照片，你能认出来吗？"

"我想可以。"

"请你稍候。"

道克离开病房，到值班室找到两天前的温哥华日报。上面有百米决赛的照片，但镜头是对准胜利者的，那个中国人隐在照片的角落里，不太清晰。他拿着报纸返回病房，卡箩尔看到照片，仔细端详后说："不是他，我想不是他。"

道克追问："你能确认不是他？"

"我看不是他。不过，这张照片太模糊了。"

道克沉默片刻："那好，你休息吧。我下午再过来，同时带来温哥华电视台的录像资料，你再仔细辨认。"

卡箩尔的否认并没有完全打消他的怀疑，这张照片上田的面容太模糊，卡箩尔不一定能认准。当然，罪犯也可能确实不是此人，而是另一个运动员或一个体育爱好者。不过，不管怎样，他要把这事查清。他动身到电视台借来了百米决赛的实况录像光碟。中午在饭桌上，他向家人讲了这些情况。安迪问：

"你说的是谁？是那个跑了最后一名又把腿拉伤的中国人吗？"

"对。"

南希迟疑地问："你要把光碟拿去让妓女辨认？"

"嗯，这只是臆测，但我要把它弄清。"

南希没有表示意见，只是叹息道："那个可怜的运动员。"

道克听出了妻子的话意。确实，他的推测纯属臆断，没有多少根据，卡箩尔叙述的疑犯情况与田延豹并不完全贴合，比如年龄。而且……即使疑犯确实是这个不幸的中国选手，也是在一时的精神崩溃状态下干的，很可能这会儿已经后悔了，也没有造成什么严重后果。既然如此，有必要为一个妓女去毁掉一个优秀运动员吗？

不管心里怎么想，他仍带着那盘光碟来到医院。但那名妓女已经失踪，她趁护士不注意，穿上自己的衣裙溜走了，也带走了属于自己的100美元。这不奇怪，哪个妓女没有违犯过法律？她们不会喜欢到警察局抛头露面的。于是，道克警官还了光盘，把这件事抛到脑后了。

四年后，在雅典田径运动会上，一桩震惊世界的连环杀人案披露于世，几乎每家报纸、每家电台都频繁播送着一男一女两个死者的头像。温哥华市皇家骑警队的道克·索恩警官自然也收看了这条新闻，开始他没有把雅典惨案与温哥华那件往事联系起来，直到有一天，他接到一个女人的电话：

"是道克·索恩警官吗？"

"对，请问……"

"我叫卡箩尔，四年前，在温哥华是你把我送进医院的。"

道克想起了那位几乎被咬死后来又从医院溜走的妓女:"对,我想起来了。你有什么事吗?"

"我在电视上看到了那个虐待狂!他在雅典又害死了一名中国姑娘,自己也被杀死了。千真万确是他,我绝对不会认错!"

道克这才想起那些尘封的往事。他没有怎么重视,仅把有关情况输入电脑便告完事。他没想到后来自己也被唤到雅典,去做那桩连环杀人案的证人。随着案情的逐层剥露,他才知道洛基旅馆那件小小的案件只是一座冰山的一角。在冰封的水下,隐藏着一桩令全世界瞠目的历史性事件。

第一章　惊人的突破

晚上6点，两辆奥迪一前一后滑停在北京机场门口。六个人下了车。田子野夫妇把车开走，到停车场去了。费新吾把大伙儿拢到一块儿，相随着进了候机大厅。大厅里熙熙攘攘，到处是扎堆的人群，扎堆的行李。对面墙上的时钟显示着世界各大城市的当地时间。一对青年恋人在窗前旁若无人地亲吻。一个疲惫的母亲一手拉着行李箱，一手抱着正在闹瞌睡的儿子向进口走去。七八位来接班的空姐拉着式样相同的行李车走过来，她们都化过晚妆，面容娇艳，穿着天蓝色的空姐服，薄如蝉翼的丝袜裹着健壮润泽的腿部，在乱糟糟的人群中显得十分晃眼。进口处，值勤人员耐心地用金属探测器检查着旅客。向远处看，一架巨大的波音757正缓缓开出停机区，驶入跑道，飞机上灯火辉煌。

费新吾把大伙儿领到一个空场等着。两岁的牛牛已经困了，浑身酥软地伏在妈妈夏秋君肩头，田歌一直在逗他："喊姑姑，喊！不喊姑姑不让你睡。"牛牛恼火地说："不喊，姑姑坏！"牛牛爸田延豹笑着看姑侄俩斗嘴。少顷，停好汽车的田子野夫妇急急赶来了。费新吾说：

"去雅典的班机还有50分钟起飞，我们就要进去了，你们请回吧。"

他是一名老牌体育记者，刚办完退休手续。中等身材，眉肃目正，穿一身深灰色的西服。这次雅典之行算是中国体育报社对他的临别赠礼。报社胡主编说："退休了，再出去玩一趟。以前出去都有任务，没法子痛痛快快地玩，这次找补一下。"不过说归说，还是给他加了一项任务，要他交两篇能叫座的专栏文章。"不交文章就不给你报销旅费。"胡主编威胁他。费新吾说，"我就知道你没那么大方啊，临退休了你还这么榨我，这就叫剥削剩余价值啊！"说笑归说笑，他对报社的情意是很感激的。这会儿他接过老伴儿手里的小皮包，笑着问：

"你到底去不去？现在改主意还来得及。"

老伴于香雯也是体育报社的，不过一辈子都是"值内勤"做编辑的，很少踏出国门。这次费新吾一心要拉老伴儿同去，说权当是重度蜜月。但儿媳临产在即，老伴儿坚决打消了出国的念头。她笑道：

"度蜜月能有小孙孙重要？你一个人去吧，记住要照料好田歌。"

田歌用双臂圈着妈妈谷玉芬的脖子，低声说着告别的话。她今年22岁，北京邮电大学四年级学生。田歌具有上天垂赐的美貌，虽然不重脂粉，但无论何时何地都能光芒四射，艳惊四座。长发又黑又亮，一双眸子湛然有神。她穿一身白色的亚麻质地的宽松式休闲装，显得飘逸灵秀，白皙的脖颈上挂一串极细的金项链。她父亲田子野是一个有儒商气质的中年人，笑着再次嘱托：

"老费，歌子就托付给你俩了，你知道她不大出远门的。拜托了。"

"尽管放心。"

田歌把妈妈手中的马桶包要过来，背到身上，同妈妈吻别。说起来，这次雅典之行全是她撺掇起来的。按说她已过了追星族的年龄了，但她对近年崛起的华裔美国选手鲍菲·谢却有着近乎痴狂的崇拜——她在六年前就与这位短跑运动员有过一面之缘，那时鲍菲·谢还是一个很不显眼的人物。从那时起，她就一直关注着谢豹飞的进步，谢豹飞是那人的中文名字。这次得知鲍菲·谢争到了进军雅典田径赛的资格，比赛又正好赶在大学的假期，她就宣布要去雅典观看比赛。父母对她一般是有求必应的，这次却迟迟不答应。原因也很简单：这次雅典之行有一定的"危险性"。她已经是大姑娘了，还是位非常漂亮的姑娘，又是奔着她的偶像去的，爹妈害怕女儿在异乡情感失控。难就难在这点心思不大好直接挑明，虽然双方心照不宣。但田歌可不是遇困难退缩的人，两个月前她就开始打工来凑路费——当然这只是个象征性的举动——还不屈不挠地化解着父母的反对，缠着奶奶为自己说情。奶奶已经82岁，又瘦又干，一阵风都能吹走，但头脑清晰，说话既幽默又入木三分。她端详着孙女送来的一大沓关于鲍菲·谢的剪报，笑嘻嘻地说：

"小妮子春心动啦！"

田歌含羞嗔道："奶奶！"但她的羞怯只占三成，而七成是幸福。她当然是冲着这位谢豹飞去的，准备把他俘获，这一点不用藏着掖着。奶奶眯着眼审查一会儿说："不错，小伙子挺精神，挺英俊，又是个外国的中国人，这点对奶奶的心思。就是不知道人品咋样，隔皮不识货。"

田歌妈插了一句："人家可是世界名人。"

"名人？名人咋的？"奶奶抢白她，"你说说咱小歌子配不上谁？我就看不得你们这副贾桂模样。"

有了奶奶的支持，这事算定下了。不过当爹妈的还是不放心，毕竟田歌没怎么出过远门，连上大学也是在家门口，属于那种含在嘴里怕化了的娇宝宝，咋能放心让她一个人出国？于是他们想到了田歌的堂哥田延豹，他当运动员时走南闯北，对国外很熟悉，上次小歌子去东非大草原游玩就是他陪着去的。田家住在一幢四合院内，这种独门独姓的四合院在北京已经很少见了，要不是保护民俗，只怕连这座院落也早扒掉盖高楼了。田子野生意做大后在三环外另置了房产，搬了出去，但田歌的奶奶坚决不挪窝，所以这个老窝田家人仍是常来常往。田歌比田延豹小 13 岁，是豹哥看着长大的，兄妹感情极好，可以说，她在豹哥面前是说一不二的，但这次请豹哥出山却费尽口舌。田歌顿着脚下了最后通牒：

"豹哥，你要是不去雅典，以后我再也不理你了！"

36 岁的田延豹唯有苦笑。不谙世事的小妹啊，四年来，温哥华那个失败之夜像红热的铁条一样，时时刻刻烙着他的心房。一辈子的追求和奋斗，就这么轻易断送在"偶然"和"意外"上。谁说上帝不掷骰子？那晚，他违反了团组纪律，单独一人外出，在酒吧中喝得酩酊大醉。第二天，焦灼的领队和老费在警察局的收容所里找到了他，那时他对头天晚上的事情已经没有一点记忆。

回国之后他就挂靴了，也辞谢了让他做教练的决定，彻底告别田径，到一家合资公司做一名职员。所谓爱之深则恨之切，他对短跑投入了全部的生命和心血，现在，只要一听到"百米短跑"这四个字，他的头皮就发炸，心头就滴血。所以，对田径他只有彻底地逃避。看着娇嗔的妹妹，他心中暗暗叹息，小歌太单纯太天真，她怎会知道，再次面对朱红色的塔当跑道，对他是怎样的精神酷刑！

但他显然错怪了田歌，田歌并非不理解他的内心痛苦。那天她跺完脚后，又乖巧地挽着他的胳臂劝说："豹哥，我知道你忘不了那次失败。这几年，你连有关田径的电视节目都不看。你是在逃避，但一味逃避不是办法呀！陪我去吧，也许这一趟雅典之行能帮你跳出那片阴影。"

耐不住她的缠磨，也感激她的关切，田延豹只好答应了，而且执意不要叔叔付路费。此后他又打听到老相识费新吾也要去，于是便三人结伴同行。

麦克风里已经在通报，飞往雅典的航班开始检票。三个人都没有大件行李需要办托运，便拎上自己的随身行李，走向检票口。在检票口告别时，夏秋君递过牛牛：

"亲亲爸爸，跟爸爸再见！"

在妈妈的再三催促下，牛牛勉强睁开睡眼，应付其事地在爸爸脸上啄了一下，几个人都笑了。

"跟爸爸说，到了外面的花花世界，别把咱娘儿俩忘了！"

两岁的牛牛学不来这大套的词令。田延豹没有回话，笑着在儿子脸上亲了一下，作为最后的告别。田子野夫妇和田歌都装着没有听见这句稍显粗俗的、半真半假的玩笑，但费新吾敏锐地发现了他们与夏秋君之间的距离。

中航波音757客机正飞在北京—雅典的航线上，高度一万五千米。从舷窗望去，外边是一片深蓝色的晴空。飞机的方向是追着太阳飞的，所以，正在西沉的夕阳几乎静止地挂在天边。机下是凝固的云海，云眼中镶嵌着深蓝色的黑海。

晚餐已经结束，空姐推着镀铬的餐车走过来。费新吾用餐巾纸揩揩嘴巴，把杯盏递给空姐。两个同伴闭着眼睛靠在座背上，专心听着耳机里的新闻广播或音乐。田歌靠窗坐着，田延豹挨着老费。他退出田径场后身体已经稍有发福，但行为举止仍带着运动员的潇洒写意。

飞机上乘客不多，不少人到后排的空位上观景去了。留在原位的乘客大多调暗了灯光，仰在座位上闭目养神。前排几个小伙子，年龄都是十七八岁，穿着李宁运动衫，听口音是东北人。他们正神情亢奋地大摆龙门阵，费新吾拾了几句，听出谈话主题是鲍菲·谢：谢的身高啦，谢的历次比赛名次啦，谢的潜力啦，等等。"但愿这回谢豹飞能得个三牌，也给咱黄种人争争光！"

原来他们也是冲着谢豹飞去的。他们属于迟到的观众，田径锦标赛早在三天前就开幕了。不过费新吾是有意为之的，因为他和两个同伴主要是冲着田径之王——男子百米决赛而去，不想多花三天的食宿费。

男子百米半决赛定于今晚举行。决赛是后天晚上。

从头等舱里出来一个老人，大约65岁，面目清癯，银发，穿一身剪裁得体的藏蓝色西服，细条纹衬衣，淡蓝色领带，显然都是名家产品。他举止优雅，目光锐利。这位老人径直朝这边走过来，边走边含笑打量着费新吾和他的同伴。费新吾已经开始在记忆中搜索这是不是一个熟人，这时老人已立在他身旁，抬头确认了座位牌，微笑着俯下身：

"如果我没有看错，您就是著名的体育记者费新吾先生吧。"

他说的是略带江浙口音的南方官话，口音相当标准，但仍能听出他不是大陆人，而是久居国外的华人。费新吾赶忙起身：

"不敢当，我曾经当过体育记者，现在已经退休了。先生……"

老人接着向田延豹示意："这位先生……"费新吾忙触触同伴，田延豹睁开眼睛，看见一个老人在笑着看他，忙取下耳机，欠过身子。老人继续说："如果我没有看错，这位就是中国最著名的短跑运动员田延豹先生吧。"

田延豹的目光变暗了，这句赞扬实际是一根赤红的铁棒，无情地烙着他的心房。他不想谈这个话题，但对方是个陌生人，总得顾及起码的礼貌。于是他惨然一笑，对老人说：

"一个著名的失败者。"

老人在前排空位坐下，慈爱地看着他："失败的英雄也是英雄，折断翅膀的鹰仍然是鹰。毕竟你是在田径世锦赛上'听四枪'的少数黄种人运动员之一，更是第一个中国选手。历史不会忘记你。"

费新吾饶有兴趣地看着他。所谓"听几枪"是体育界的行话，比如听两枪是进入预决赛，听四枪是进入决赛。看来这位老人对田径比赛比较熟悉。老人看见了两人的询问目光，自我介绍道："我姓谢，双名可征，美国马里兰州克里夫兰市雷泽夫大学医学院生物学教授，也是去雅典看田径比赛的。"

靠窗坐的田歌忽然扯下耳机，兴奋地喊："半决赛刚结束，他已经杀入决赛了！"

田延豹急忙问："成绩呢？"

"9.92秒，仍是最后一名——最后一名也是英雄，飞得再低的雄鹰也是雄鹰！"

她刚才只顾戴着耳机听新闻，并没有听见三个男人的谈话，所以这番关于鹰的话纯属巧合。三个男人不由得笑了。田歌不知道笑从何来，诧异地睃着三个人，眼珠滴溜溜的像只小鹿，三个人又一次笑起来。

前边的三名小伙子耳朵很尖，立即回头趴在椅背上，没头没脑地问："进入决赛了？"

田歌很默契地笑着点头。三人高兴地说："姐姐也是冲着他去的？我们也一样。"

谢教授微笑着，目光被田歌吸引住了。她的美是天然的，就像山中的清泉，荷叶上的露珠。她身上的穿戴都不是名牌，但穿在她身上别有一番风韵。费新吾为老人介绍：

"这个漂亮姑娘是田先生的堂妹，一个超级田径迷，虽然她自己的百米成绩从未突破15秒。田先生为她找到了其中的原因：老天赐给她的美貌太多，坠住了她的双腿。所以她只好把对田径的一腔挚爱转移到她的偶像身上。"

这番亦庄亦谐的介绍使田歌脸庞微红，她挽住哥哥的手臂说："豹哥是我的第一个偶像。"

谢教授微笑着问："你刚才谈论的是谢豹飞的成绩吧。"

"对，美国运动员鲍菲·谢，那是我的第二个偶像，在世界级的赛事上，他和我豹哥是仅有的杀入决赛的两名中国人，而且名字中都带一个'豹'字，真是难得的巧合！我想他的父母在为儿子命名时，一定希望他跑得像非洲猎豹一样轻扬！"

听着她的话，田延豹只是微微扯扯嘴角。费新吾纠正道："你说错啦，这名运动员只是华裔，不是中国人。"

老人微微一笑："田小姐说的也不为过吧，虽然谢豹飞，还有我，不是法律意义上的中国人，但总归是炎黄的血脉。"他眼睛中闪着异样的光芒，压低声音说："透露一点小秘密，谢豹飞是我的独生儿子，我是特意去雅典为他助威的。"

三名小伙子立即瞪圆眼睛，田歌甚至蹦起来，惊叫道："你……"

老人把手指放在唇边："嘘……请不要张扬。"

田歌站立过猛，膝盖狠狠撞在未折起的小餐桌上。但她没有感觉到疼痛，而是异常兴奋地盯着老人。她做梦也想不到能有这样难得的巧遇，遇上谢豹飞的父亲！费新吾和田延豹也很兴奋。老人说：

"我在乘客名单中看到了你们两位……你们三位的名字，我对田先生、费先生早已闻名了，今天才有缘见面。几位的入场券准备好了吗？"

费新吾说："先头去的中国记者中有我的熟人，已经托他们办了，应该没问题。"

"百米决赛的入场券比较吃紧，虽然他们能弄到票，但不一定能弄到好位置。这样吧，为了向各位表示一点心意，我准备赠送三张百米决赛的入场券，都是比较好的位置。到雅典后请用这个电话号码与我联系。"

他递过一张写着电话号码的小纸片。费新吾衷心地说："谢谢，我太感激了。衷心希望令郎在明天取得好名次。"

老人起身同三个人告别，也同前排的三名小伙子点头示意。三人忙起身拦住他，不好意思地说：

"谢先生，难得遇上你，能为我们签名留念吗？"

谢教授笑了："我可不是什么明星和偶像，干吗找我签名呢？"不过他不打算让三人失望，掏出签字笔说，"拿来吧。"

三人十分欣喜，手忙脚乱地翻出笔记本。谢教授问："三位的名字？"

"我叫王刚。老爹起的这个名字太次了，光沈阳至少就有30个重名的，印在电话号码簿上足有半页。这个高个子叫纪士强，这个圆脸的叫夏飞。"

谢教授边签边问："你们三位都很熟悉豹飞？"

"当然！"三人如数家珍地列举着谢豹飞的个人资料：25岁，身高1.88米，体重71公斤。最好成绩是9.94秒，这是室外成绩，室内是9.95秒，不算这一次。他的成绩一般徘徊在世界第20名上下，但最近进步神速，直到刚才杀入决赛。"他是我们的偶像。"大嗓门的王刚说，"虽说他是美国运动员，毕竟是华人啊。在他之前，黄种人中除了日本选手吉冈隆德，还有这位田大哥外，从未有人进入过百米决赛。黄种人在技巧性项目上占尽了优势，男女长跑也翻身了，就是在短跑上让黑人压得没脾气。我们盼着鲍菲为我们争一口气呢。"

费新吾笑着插话："白人也不行。奥运早期白人曾在百米项目上称雄，但后来被'黑色旋风'扫地出门。这几十年100米选手年度排行榜上，前25名基本上全是黑人！而且多是加勒比地区的黑人，连加拿大的多诺瓦·贝利和美国的迈克尔·约翰逊的原籍也都是加勒比国家。专家们说，长跑靠锻炼，短跑靠天赋，不服气也不行。"

王刚不服气地说："这到底为什么？是那儿的风水好吗？"

费新吾微嘲道："说起来还是白人殖民者的功劳哩。两个世纪前，他们对黑奴进行了有组织的、全球性的、卓有成效的基因淘汰。你们想嘛，能在运奴船和甘蔗园那样残酷的环境中活下来的黑人，自然有特别优秀的基因！对吧，谢先生。"

谢教授微笑着点头。费新吾感慨地说："这位小伙子说的'短跑上让黑人压得没脾气'，我也早有感触，也同样不服气。为此我走访过不少专家，听到的论证难免让人丧气。专家们说，黑人的体质确实适于短跑。他们的髋部较窄，小腿较细，跑动中空气阻力小，股四头肌发达，肌腱结缔组织厚，肌肉黏滞性好，用力时不硬化，尤其是肌纤维中的厌氧酶高，快肌纤维的比率大，所以特别适于短跑。"

田歌听得一头雾水。她喜欢短跑，喜欢看谢豹飞在赛场上潇洒飘逸、有如天人的姿态。当了这么多年的田径迷，她也积累了不少短跑知识，但费伯伯说的这些生理学术语和知识对她而言过于艰涩。她轻声问：

"什么是快肌慢肌？"

费新吾耐心地解释："人的骨骼肌分红肌和白肌两种。红肌中毛细血管丰富，所以呈红色，这种肌纤维中含肌浆、肌红蛋白、糖原、线粒体和各种氧化酶较多，主要靠有氧代谢产生的ATP（三磷酸腺苷）供给能量，所以氧化能力强，不易疲劳。但反应速度慢，收缩力量小，不适于快速运动。白肌又称快缩肌，受大运动神经元支配，这种肌纤维中的脂类、ATP和CP（磷酸肌酸）含量较多，主要靠无氧酵解产生的ATP供能，适于快速运动。据测定，加勒比黑人的小腿三头肌中快肌高达65%～85%，所以奔跑特别迅速。"他看看谢教授，笑道："我真是班门弄斧了，这个问题该由谢先生或小田来回答。"

谢教授仅简单地回答："我虽然是生物学教授，但这不是我的专业，所谓隔行如隔山。"他向众人告别，回头等舱去了。费新吾问那几个小青年：

"听口音你们都是东北人吧？"

"对，沈阳人，我们都是沈阳石油技校的学生，超级铁杆田径迷。"

"这次出国是自费？"

"那当然，我们还指望哪个单位报销？老爹掏钱呗。"王刚笑着说，"俺们仨的老爹都是个体户，掏得起我们的路费钱。不过，我们也尽量打工挣了一点儿。"

三人又同田歌攀谈几句，坐回自己的座位。隔着座椅，听见他们仍在兴奋地小声嘟嘟。费新吾发现，田氏兄妹好一会儿不说话，好像各有心事。田歌忽然站起来，莞尔一笑：

"我出去一下。"

她从两人面前挤过去，朝前舱走去。看她走远，田延豹轻轻触触老费：

"知道吗？听说这几天有个华裔美国人通过熟人在体育界打听你我，尤其是你，打听得很详细，个人经历啦，人品啦。我是从朋友那儿偶然得知的，一直没往心里放。刚刚想起这档子事儿，我想，那个华裔八成就是这位谢先生。"

费新吾很纳闷，这么说，这位谢先生今天和他俩的见面并不是偶遇，说不定他是特意定的这个航班。还有一点让他纳闷，百米决赛的门票价格不菲，前排座位更是珍贵，这位陌生人主动赠送门票，而且一出手就是三张，未免有点异常。他困惑地问：

"打听你我？他有什么用意？"

"不知道。我想不出他会有什么用意。我们身上没有什么值得他注意的，一个失败的运动员，一个已经退休的记者。"

费新吾思忖片刻说："不必把问题想得太复杂，很可能他听说我们也去雅典，想找两个聊天的伙伴。有些老华人长久生活在英语环境中，很想用汉语聊聊天的。"

"可能吧。"田延豹闭上眼睛。

谢教授正在瞑目养神，忽然觉得旁边有人。是田歌，她站在他的座位旁，落落大方地微笑着：

"谢伯伯，你好。"

谢教授忙欠起身，指着旁边的空位："你好，请坐。"

田歌在旁边坐下，含笑说："不打扰你吧，我想同伯伯聊一会儿。"

老人笑道："怎么会打扰呢，尤其是像你这样可爱的女孩。"

田歌在他旁边坐下，两手放在膝盖上，多少有些局促。茶几上有专为头等舱旅客准备的水果，谢教授掰下一瓣香蕉，塞到田歌手里，笑着说：

"你好像有点局促，我的面相很凶恶吗？"

田歌笑了，局促感一扫而光。她爽朗地说：

"伯伯，你知道，我的豹哥曾是中国最著名的短跑运动员，他在三十一二岁时的崛起曾让国人抱了多大的希望！可惜……。受他的影响，我从小就喜爱田径。这些年，我对鲍菲很注意，你看，这都是关于他的剪报。"她从随身的女式挂包中掏出一叠剪报，有中文的，也有英文的。"我知道有关鲍菲的不少资料，比如：在费城出生，母亲叫方若华，教练是南非的道格拉斯先生。美国一些报纸称，鲍菲近两年的崛起靠的是道格拉斯先生的秘诀。"

谢教授很有兴趣地听着。

"但我豹哥再三说,鲍菲的成功不仅仅是靠什么秘诀,他本身就有极好的先天条件。他的体型、他的奔跑姿势都是近乎完美的,无瑕疵的。豹哥说,其实最著名的短跑之王也常有技术上的缺陷,只是圈外人大都不了解罢了。比如多诺瓦·贝利,他跑百米的步频不稳定,有时48步,有时52步。左髋神经有毛病,右脚步幅比左脚大。又如迈克尔·约翰逊,他的膝盖到踝关节的那一段特别短,跑时上体和脑袋挺立,姿势十分僵硬。但在鲍菲身上完全没有可见的缺陷。豹哥说他简直就是一部完美的奔跑机器,也许唯有猎豹才能和他媲美。他一定能在百米项目上称王,只要他的心理稳定,不出现我豹哥那样的悲剧。"

谢教授轻轻点头:"谢谢你,也谢谢田先生。我会把这些精辟的分析和你们的关爱转达给我儿子。"

"不过他的教练确实也有秘诀,而且我凑巧知道这个秘诀!谢伯伯,我有幸在六年前见过他们两位,那时谢豹飞在田坛上还籍籍无名呢。"

谢教授非常注意地看看她:"你六年前见过我儿子?在哪儿?"

"在东非大草原,肯尼亚察沃国家公园。道格拉斯正在用他的秘诀训练谢豹飞。"

谢教授应了一声,没有往下问。他当然知道田歌说的秘诀是什么。在为豹飞的短跑训练打基础时,道格拉斯曾用过这种"猎捕式"训练,以便最大限度地激发一个人的野性。这个方法卓有成效。其实,短跑源于什么?源于古人类的逃跑——逃离猛兽的捕杀和追捕,以及追杀比人类弱小的动物。保命和觅食是人类最原始的本能。高科技社会的人们在很大程度上忘记了这种本能,而道格拉斯的办法就是为了唤醒它。

不过,豹飞的成功主要不是因为这种办法。真正的原因现在还妥妥地密封着,世界上只有两个人知道:他和妻子。

田歌戏谑地说:"伯伯,鲍菲什么时候才能夺冠呢,我已经急坏了!近几年他的崛起比较快,但在世界排名榜上从未突破过前八名。豹哥说,依鲍菲的实力,他完全可以在近期内取得好名次,比如说,跻身前三名!"

谢教授富有深意地微微一笑,他看看四周,邻近的旅客都不是中国人,他们对这儿的汉语对话不感兴趣。谢教授压低声音，神秘地说：

"谢谢你的关心，我也很钦佩田先生的眼力。透露一点小秘密吧，这个秘密你可以告诉费先生和田先生，但对外要绝对保密，直到明晚9点，百米决赛结束之后。可以吗？"

田歌性急地说："当然可以！是什么秘密？"

老人嘴角漾着笑意，一字一顿地说："这次决赛中除非有特大的意外，鲍菲绝不会是最后一名，甚至——前三名的估计也太保守了。"

田哥惊喜地瞪大眼睛，几乎失声喊出来。谢教授笑着做了一个手势，表示这次谈话到此为止。

田歌从头等舱回来后，费新吾敏锐地发现她的亢奋。她面色酡红，一双眸子闪闪发亮，回到座位后默默不语，但嘴角微微颤动着。费新吾戏谑地想，也许田歌迂回的爱情攻势已经开始实施并初获小胜？

当然他不会点破这一点，他仍然低着头，阅读飞机上提供的杂志。那边田歌沉思片刻，掏出记事本匆匆写了两行字，撕下来递给田延豹。田延豹看后显然十分震惊，又把纸条递给老费。费新吾困惑地接过纸条，上面写着：

谢先生说：鲍菲·谢明天绝不会是八个决赛选手的最后一名，甚至暗示他很有可能夺冠。他让绝对保密，直到决赛后。

费新吾也喜出望外。田歌要过纸条，细心地撕碎，放到前排椅背上的垃圾袋里。好长一段时间里三个人都没有说话，但是一个兴奋之球在三人心中来回撞击着。田延豹伏在老费耳边轻声说：

"如果他是有意隐瞒实力的话……"

费新吾摇摇手制止住他，作为多年的体育记者，费新吾当然懂得他的话意。如果一个有意隐藏实力的选手一直以这样"处于淘汰边缘"的成绩杀入决赛，那就说明他对自己有绝对的信心——他知道自己不会因为万一的不慎被挤出决赛圈。能如此"游刃有余"的选手极可能握有绝对的优势。短跑不比5000米、马拉松等运动，它要求运动员的是一次尽可能猛烈的爆发，一次尽可能完全的燃烧，所以在短跑比赛中战术基本上不起作用。谢豹飞怎么能把自己的速度控制得恰到好处呢？

他和田歌一样有抑制不住的狂喜。虽然在种族大融合的21世纪，狭隘的种族自豪感是一种过时的东西，但他还是没办法完全摆脱它。黑人雄踞百米赛坛，白人至少"曾经"风光过，难道黄种人就这么一直缺位？现在，这种遗憾可能就要被打破了。他们兴奋地交换着目光，不再交谈。他们不会辜负老人的信任，一定要把这个秘密保守到决赛之后。不过费新吾心中不免有些嘀咕。说到底，他们与这位谢教授只是初识，他为什么主动把这个天大的秘密捅给他们呢？他并不像一个不会保守秘密的人啊。

空姐们开始分发口香糖，让旅客在飞机下降时咀嚼以平衡内耳压力，也敦促他们系好安全带。飞机已经飞临白色的雅典城，地中海在沉沉暮色中泛着波光。城市的光团渐渐分离成单个的灯光，跑道飞速向飞机迎过来。客机逐渐减慢速度，降落在海伦尼肯机场。

一行人取了行李，验过护照。在机场出口三人与谢教授握别。谢教授说："我住在希尔顿饭店，你们三位呢？"

"我们只能住便宜一点儿的。先头来的新华社记者穆明已经为我们预订了尼赞旅馆的房间，在市内普拉卡旧城区。"

三个年轻人走来同他们告别，费新吾问："你们打算住哪儿？"

三个人相视一笑："走着说吧，只要不下雨，说不定在公园里或树荫下露宿。虽说是老爹的钱，也得省着点儿花不是？再见，希望还能在雅典碰到你们。"

"再见。"

三位游侠骑士各背一只小小的马桶包，晃晃悠悠地走了。

六年前，田歌和堂哥田延豹到东非察沃国家公园旅游。那时田歌痴迷的还不是田径而是野生动物。从小学起，电视台上播放的"动物世界"她期期不落，还搜集了很多有关野生动物的光盘。澳大利亚的毒蛇、毒蜘蛛和塔斯马尼亚虎啦,南太平洋的宽吻海豚和黄腹海蛇啦,北加里曼丹的巨蜥啦……它们都生猛地活在一个小女孩的心里。其中她最喜欢的还属东非大草原的野生动物群。由于地势的开阔,那儿的动物似乎更有野性,更为昂扬和洒脱。尤其是猎豹的追捕场面最令人心醉:小羚羊在前面灵活地蹦跳躲闪,猎豹紧追不舍,四肢和躯干富有弹性,尾巴高高扬起……对这样的画面她简直百看不厌。16岁那年,她提出要在暑假到东非旅游。父亲很支持,请她的堂哥作陪。那年田延豹29岁,短跑成绩徘徊不前,已经决定要退役了,所以,到东非玩一趟,散散心,对他来说也是心理上的一次释放。他没料到的是,这次东非之行竟然使他的运动生涯又有了一个短暂的辉煌——不过最后仍以失败告终,这是后话了。

察沃国家公园是肯尼亚最大的野生动物园,也是非洲最大的野生动物园之一。它位于首都内罗毕东南160千米,绵延在内罗毕—蒙巴萨公路中段的两侧地区。公园以热带稀树草原为主,但也有高山、沙壤、灌木林等,地形十分复杂。园内有1000多种野生动物,在一望无际的荒野上,常可听到百兽之王狮子的吼叫。犀牛、羚羊、长颈鹿、斑马等兽类和数万只鸟禽在这里出没。园中共有大象约两万头,是世界最大的野象集中地。在加拉纳河的卢加德瀑布附近则是鳄鱼的乐园。那些在全世界放映、为孩子和成人们所酷爱的有关野生动物的电影片,大都是在这儿拍摄的。

那天,他们在公园内的沃依旅馆住宿。这个旅馆周围围着栅栏,窗户上也围着铁栏,游客们坐在院中或屋里便可直接观赏野生动物。门厅是错层式建筑,田歌和堂哥坐在二楼,粗制的木桌上放着两杯咖啡。窗外,非洲羚羊和狮群在河边饮水,夕阳在水中闪着金光。这会儿没有了惨烈的追捕,河边是一派伊甸园的气氛。羚羊悠闲地走着,小羚羊在母亲的肚子下钻来钻去,没把近在咫尺的狮群放在眼里。当然,这种和睦是有条件的——狮子已经吃饱了肚子。在千万年的进化中,羚羊们已经学会观察狮子的肚子,当它们的肚子下垂时,羚羊们便抓紧时间享受生活的乐趣。因为,明天的太阳升起后,它们中的某几个肯定会死在狮子、猎豹或鬣狗的利爪下。所以,它们此时的安适恬静,骨子里带着宿命的悲怆。

他们看得十分入迷，没有注意到不远处一位中年白人在观察他们。中年人满脸是茂密的火红色胡须，穿着汗衫短裤，目光冷淡而疲倦，但十分锋利。他的同伴是位十八九岁的青年，黄种人，个子较高，面目英俊，身形十分健美。那两人不怎么谈话，一直在静静地呷着啤酒。后来，中年白人拎着酒瓶过来了，对田延豹说：

"我能坐在这儿吗？"

田延豹忙欠欠身子："当然，请坐。"

那人坐下，向田延豹举起杯子，直截了当地说："很高兴在这儿与你巧遇，我认得你，你是中国的短跑运动员田延豹。"他看见田延豹和田歌疑问的目光，解释道："我是一个短跑教练，世界上排名50以上的短跑运动员我都非常了解。"

田延豹已经决定退役，不想谈这个不愉快的话题，只简短地说了一句："我马上要退役了。你贵姓？"

"费曼·道格拉斯。"

田延豹在脑中搜索一遍，没有找到这个名字。对方显然看懂了他的思维，淡淡地说："你不会听说过我的，一个无名之辈。"

田延豹真诚地说："大部分教练都是无名的。不过，我是个运动员，我完全了解这些无名者的作用。明星们都是踩在无名者的肩膀上才能摘取胜利果实。"

"谢谢。这句话让我心中好受一点。"那人咧开嘴笑了，又凝眸看看他："知道你的成绩为什么一直没有突破吗？"

田延豹心中微觉不快，他已经决定要忘掉田径了，但一个素不相识的人再三提起他的失败，至少是太鲁莽了。他冷冷地说：

"你知道吗？请讲。"

那人又问了一遍："你真的想知道？"

他的话里有一种特别的味道，连田歌也听出来了，她困惑地看着这个人。田延豹皱着眉头盯着他，重复了一遍：

"我真的想知道，请讲。"

那人手里正拿着啤酒杯,忽然把一杯啤酒照田延豹的脸上泼过来!在刹那的震惊之后,田延豹唰地立起来。田歌喊一声:"豹哥!"用力按住他的拳头。田延豹努力克制了自己的愤怒,恶狠狠地说:

"你想干什么?"

周围的游客都看到了即将开始的争斗,有人立即走到天井的栏杆边,喊旅馆的保安人员。只有那人的年轻同伴安之若素,只朝这边看了一眼,仍回过头,悠然自得地呷着他的啤酒。中年白人若无其事地抽过台布扔给田延豹:

"请原谅,擦一擦吧。请坐。"他站起来,把愤怒的田延豹按到座位中,"我是有意冒犯你的,我希望你会破口大骂,冲上来照我脸上来一拳,而根本不管同伴的劝阻。但是很遗憾,你太冷静了,你很愤怒但不是狂怒,你有强大的理性自制力。作为社会的人,这种冷静可能是优点;但对运动员来说,它不利于竞技状态的爆发,而短跑在很大程度上依赖这种爆发力。"他总结道,"所以,你不是输在技术,而是输在缺乏足够的野性。"

田延豹逐渐从愤怒中平静下来。他已看出中年人说的是真话,他并非无事寻衅,而是在试探自己的性格。但他的情绪一时扭不过来,所以没有回答,郁怒地沉默着。田歌掏出手绢细心地擦去堂哥脸上的酒渍,一边惊疑地看着这位白人,他的说法——把短跑成绩和"野性"联系在一起——对她来说闻所未闻,也未免有点儿左道旁门的味道。这时来了两个旅馆保安,有人对他们指指这边。但这儿显然没有什么打斗场面,他们困惑地耸耸肩,又下去了。

那人指指另一张桌子上的同伴:"我的同伴就不同。他的汉语名字叫谢豹飞,和你一样,同样是百分百血统的黄种人。刚才如果是他被人无缘无故泼一杯酒,他的反应肯定要远为暴烈。"

田延豹敏锐地听出了他的话外之意:"他也是短跑运动员?"

"嗯,是明天的。他是明天的人。"

田歌想自己大概没有听错吧,他不是说"明天的运动员",而是说"明天的人",这个说法听着比较别扭。也许他的原意是想说"明天的飞人"?她好奇地端详他的同伴,那人在椅子上坐得笔直,剑眉朗目,神态中充盈着傲气和野性。他有明显的性磁力,屋内几个女人一直在打量着他,目光中不无挑逗，这些浪漫的西方女人看来想在荒野之旅中添一点风流韵事，不过那人对这一切视若无睹。

这是田歌对谢豹飞的第一眼印象，印象不是太深，也许16岁的田歌还不能感受异性的磁力。到第二天她与这两位有了第二次邂逅，那时她才有了更为深刻的印象。

这时楼下忽然喧闹起来，二楼的人都跑到天井的栏杆边向下看。一只巨大的雄象不知怎么从栅栏中闯过来，这会儿已进了旅馆。楼下的人惊慌地向四周逃窜。就在今天上午马赛族导游告诉他们，不久前一位法国记者闯到象群中拍照，惹恼了一头雄象。那头凶暴的雄象用鼻子把他卷起来，在树上摔了几下，又踩了一脚，记者当即毙命。好在这头闯进屋里的雄象没有发怒，只是想寻找食物。它用长鼻子卷起桌上的一瓶鲜花，在地上摔碎。又卷过一瓶啤酒，闻闻，甩在一旁，随着一声脆响，啤酒洒了一地。它继续高视阔步地向前走，女游客们尖叫起来。就在这时，谢豹飞越过二楼的栏杆，轻盈地落到一楼的大厅。大象吃惊地停顿片刻，怒冲冲地向他逼过去。年轻人敏捷地跃过桌子，跑向门口，在跑动中顺手拎过吧台上放的一篮面包。他拿起一块面包向大象扔去，大象嗅嗅，用鼻子卷入嘴中。他一块一块地扔着，大象亦步亦趋地跟着。他把大象引到门外，又引到栅栏外，几个服务员赶紧过来关紧了栅栏门。谢豹飞轻捷地跃过栅栏，回到院内。

有惊无险的风波结束了，他把手抄在裤袋里，悠闲地踱过来。这会儿他理所当然地成了众人目光的靶子。三个衣着暴露的性感女郎迎上去，热切地说着什么。他俯下身低声说了一句，又朝二楼指了指，三个姑娘都扭头看着这边，兴奋地傻笑着。他推开三个人回到楼上，道格拉斯向他招招手，他走过来，向两人点点头，在道格拉斯身边坐下。道格拉斯哼了一声：

"鲍菲，我可不希望训练期间你有什么风流韵事。"

谢豹飞把身体仰在座椅上，伸了一个懒腰，不在意地说："甭担心，我已经回绝她们啦。我说我的教练，就是坐在二楼那只满脸鬃毛的公狮子，不会允许我虚耗精力的。谁想和我约会，必须先勾引上他。估计她们一会儿就会来找你。"

道格拉斯蓬松的胡须中泛出一点笑意，撇开这个话题，对谢豹飞介绍："这是中国最著名的短跑运动员田延豹。"

谢豹飞向这边点点头："你好。不过这个名字我不熟悉，我只记得世界上前10名的短跑运动员。"

田延豹的脸红了，闷头不语。田歌感受到堂哥的难堪，着恼地瞪着谢豹飞，想找出几句锋利的话刺他。但她没能找到合适的武器，因为从谢豹飞的表情看，他只是在叙述一个事实，并不是成心想伤害谁；或者说，他在说这句话时并不在乎是否伤害别人的感情。道格拉斯看到了兄妹俩的不快，但没有做任何解释和道歉。谢豹飞说：

"我下去了。"

朝桌子这边略略点头，扬长而去。他下了楼梯，刚才那三个姑娘又迎过来，谢豹飞低下头迅速说着什么，三个姑娘又咯咯地傻笑起来。

由于刚才留下的不快，这边的谈话也停顿了。道格拉斯起身，简单地说了声再见，没有留下电话和住址，显然他没有打算让这次交往延续下去。他走了，田歌偷眼瞅瞅堂哥，柔声劝道：

"豹哥，别生闷气了，这两个人都是生坯子，还没学会幼儿园的礼貌用语呢。咱别跟他们一般见识。"

田延豹闷闷地说："西方社会不讲温良恭俭让的，只认得成功者。我是个失败者，只能怪自己。"

田歌叹口气，不再劝了。

第二天，旅游团成员乘车去草原游览。那位马赛族导游再次强调了安全事项。他说这里一般是不会发生事故的，但野生动物的性子谁也说不准。停车休息时游客只能在车辆周围，不能远离，一旦有危险立即回车上。他们乘坐的大轿车的车窗上装了坚固的铁栅栏，车厢上还画了一头威风凛凛的犀牛，可能是用来做守护神吧。

田歌忘不了这一天。无比广阔的草原，无比广阔的天空。野象、角马、羚羊在这个天地大舞台上自信地演出。这些角马和羚羊随时生活在危险中，

豹人

也许一秒钟后它们美丽的身体就会被狮子和猎豹撕碎,但即使如此,它们仍和食肉动物一样是这个草原的主人,它们是美丽的、昂扬的、自由的。当它们像精灵一样灵巧地蹦蹿逃命时,身姿比芭蕾舞姿更为动人。

不过今天她没有看到惊心动魄的猎杀场面。一群狮子大概还不饿,懒洋洋地拖着尾巴在草丛中散步。视野中没有田歌最喜欢的猎豹,更没有猎豹纵跃如飞的场景,田歌觉得太不过瘾。这时一辆车超过他们,是一辆敞篷吉普,司机满面胡子——就是昨天那位名叫道格拉斯的教练。同车的人自然是他的同伴了。他今天裸着上身,只穿一件短裤。那辆吉普径直向羚羊群冲过去,羚羊们抬起头,不慌不忙地盯着车辆。一直到车辆插入羚羊群时,近处的羚羊们才开始逃窜。纤细的四条腿飞速摆动着,灵巧地转着弯。吉普瞄准一只个头较小的羚羊,不管它怎么蹦跳转弯,吉普车仍紧紧地咬在后边。田歌拉拉堂哥的袖子,轻声问:那不是昨天的两个人么,他们在干什么?田延豹摇摇头。

这时吉普已经接近那只羚羊了,谢豹飞在车上立起身,打开车门,身子半挂在车外,忽然跳了下去。他跳下的姿势是面朝前向后跳,向后的速度多少抵消了车速,但余下的冲劲儿仍使他朝前趔趄着。他紧跑几步调整好步伐,然后全速向那只小羚羊奔去。他的速度十分惊人,但小羚羊敏捷地左拐右转,慢慢把距离拉大。

谢豹飞放弃了这次追捕。吉普追上去,谢豹飞敏捷地蹿上车。听见那位大胡子教练在厉声怒吼,但相隔太远,听不见他喊的是什么。吉普朝着这个方向开过来了,教练仍在厉声斥骂着,而谢豹飞则狂怒地瞪着教练,似乎下一秒钟就会扑过去咬住他的喉咙。吉普打个弯,又朝另一只小羚羊扑去,谢豹飞又按刚才的姿势跳下车。这次他的动作更为迅猛,他与小羚羊的距离逐渐缩短。小羚羊向左闪了一下,又以不可思议的敏捷蹦到右边。不过,这次谢豹飞对它的动作作出了正确的估计,他没有向左追,而是和身向右扑去。小羚羊被扑倒,一人一羊在地上翻滚。

田歌一直趴在车窗上紧张地看着前边的追猎,这时她大声喊起来:"司机叔叔,快开过去看看,好吗?"车上的游客都大声赞成,司机笑笑,打过方向盘。

轿车开过去的途中，田歌不平地问导游："你不是说不准私自进猎场吗？他们怎么能？还敢徒步去追野兽，多危险！你看，三只狮子就在不远处蹲着呢。"导游说他们不一样，是经过特许的，听说是在进行一种体育上的强化训练，已经在这儿练好多天了。这时司机把车停下来，游客们争先恐后地下车，围着那两人。谢豹飞仍扑在小羚羊身上，紧紧地咬着它的喉咙，小羚羊痛苦地挣扎着，弹动着四条细腿。而大胡子教练则抱着膀子，平静地旁观。

可能是不满来人打扰了他，谢豹飞放开猎物，怒冲冲地站起来。他的嘴角挂着一缕血迹，嘴边沾着羚羊的短毛，赤裸的身上沾满荒草，面目狰狞，活像一位蛮荒时代的野人。小羚羊脖子上滴着血，但显然这点伤不致命。它挣扎着站起来，摇摇晃晃地走几步，很快恢复了状态，四蹄撒开，疾速地逃离了。

目睹了今天人兽大战的场面，田延豹才真正弄明白了昨天道格拉斯说的"野性"是什么东西。他受到触动，心中很深很深的地方，有一个热点在嘣嘣地跳动着。道格拉斯今天显然没有打算攀谈，当他扫视的目光扫到田氏兄妹身上时，一晃就过去了，就像看陌生人。他扭回头，向谢豹飞低喝了一声，两人利索地跳上车，吉普一阵风似的离去。

这两人也就这么一阵风似的从田氏兄妹的生活中消失了，从此再没出现过。

但这番见闻给田歌留下极为深刻的印象。一开始这印象中并没含多少美感：一个几乎全裸的男子，嘴上沾着血和兽毛，面目狰狞，浑身脏污，简直是一个未开化的土人的形象。但时间长了，恶感慢慢虚化，慢慢消失，留下的只是他的活力，他的剽悍，他的勃勃生机，他的野性。大约两年后，谢豹飞的名字开始出现在体育新闻中，引起了田歌的关注。谢豹飞在百米田坛上的名次缓慢地但不可逆转地上升，直到这次杀入决赛。他的所有历程，都保存在田歌的一叠剪报中。

田延豹的生活从那时也有一番意外的转折。他退役前参加了最后一次国内比赛，出乎所有人的意料，他的成绩有了大幅度的提高。他在百米跑道上奔跑时，心中一直闪现着谢豹飞追捕羚羊时的场景。肯定是谢的野性对他起了某种催化作用。国家队的教练一边惊叹着：大器晚成，大器晚成啊，一边撕碎了他的退役手续。其后他的成绩飞速提高，直到2013年温哥华世界田赛进入八强。可惜功亏一篑，在决赛中败得很惨，所以这两年的辉煌也就成了一次短暂的回光返照。

雅典的7月酷热难当，出租车的空调不大管用，田延豹干脆让司机打开车窗，希腊特有的里瓦斯热风呼呼地灌进车内。田歌一直趴在车窗上向外看，看见什么都是新鲜的。司机是一个饶舌的中年人，自信地用英语同他们攀谈着，介绍着沿途的名胜。不幸的是，他的英语只有希腊人才能听懂。田歌只能礼貌地微笑着。后来，费新吾担当了兼职导游。他在2004年雅典奥运会期间来过雅典，在这儿待了半个月。

他告诉同伴，雅典早在4600年前由迈锡尼人建成，最早的城区在一座150米的山包上，即今天有名的雅典卫城。雅典是神话和历史的城市，希腊共和时代是人类历史上最生气勃勃的时代。那时的社会和人民健康昂扬，从容大度。在中国历史上，只有盛唐时期才差堪与其比拟，但盛唐的中国是开明的专制，缺少古希腊的民主政治。"我从年轻时就对古希腊文明十分心仪，我真希望自己也是古希腊自由民的一员，喝着茴香酒，嚼着橄榄，到英雄剧场看荷马的悲剧，到奥林匹亚参加古代奥运会，或者参加吵吵嚷嚷的公民大会的辩论和自由选举。我特别喜欢古希腊的裸体雕塑，它淋漓尽致地展现了人体美。观赏着这些雕塑，能真切感受到四千年前古希腊人的勃勃生气。我真想不通这样伟大的文明怎么会一蹶不振！"

他说，希腊在公元404年沦于异族统治，直到1829年才赶走土耳其人，赢得独立。所以希腊在欧洲是比较落后的，是欧洲的农村。就拿雅典来说吧，这个白色的圣洁的城市容纳了全希腊一半的人口，过于拥挤，绿地太少，污染相当严重，到处废水横流。后来雅典2004年举办奥运会时大兴土木，城市面貌大有改观了。

出租车已开入雅典市区，现在是当地时间晚上10点20分，但雅典人的夜生活刚刚进入状态。到处是室外餐厅，空中弥漫着煮咖啡的香气。小贩们在集市上兜售着舌鳎、鳐鱼和海绵，身穿白色夏装、肤色稍黑的女孩在叫卖鲜花。在建筑物的空当里，费新吾为他们指认了著名的伯提侬神庙和埃雷赫修庙，它们都是白色的大理石建筑。

田歌看得目醉神迷。出租车在拥挤的车流中缓慢地爬行，但田歌毫不着急，一直观看着窗外流动的夜景。汽车到了普拉卡旧城区，这是一片陡峭的山地，密集的建筑物依山势而建，错落有致。出租车停了，司机指着高处快速地说着英语，费新吾请他重复了两遍才听懂。他说尼赞旅馆已经到了，就在这串石阶之上。他愿意帮客人把行李提上去，因为汽车是开不到跟前的。费新吾说：

"谢谢。只有几件小行李，我们自己可以带的。这是车费，不用找了。"

司机高兴地同他们告别："再见，希望你们喜欢雅典。"

这是个中等规模的旅馆，十分整洁。经理卡佐米茨看见两男一女进来，立即用英语问道：

"欢迎，你们是中国来的费先生、田先生和田小姐吧？"

"对。"

"房间已经预定了，是四楼的10号房和12号房。按你们的要求，其中10号房有可以上网的电脑，并且加了一张床。"

"谢谢。"

田延豹在柜台上办了手续，临结束时卡佐米茨殷勤地问："三位要纪念品吗？本店代卖田径运动会的纪念T恤衫。"

费新吾婉言辞谢道："等我们吃过晚饭吧，飞机上的晚饭太早了。"

侍应生带三人上楼，房间不是太大，但对于"挤惯"了的中国人来说也算够用了。屋里有卫生间，有一间小小的起居室，桌上摆着一台宏基牌电脑。卧室较小，两张单人床拼在一块儿。费新吾对两人说：

"抓紧时间洗漱，然后下去吃饭。我先给熟人打个电话。"

电话很快接通了，那边说："是老费吗？新华社的穆明出去采访，交代我等你的电话。房间还满意吧？"

"房间很好，谢谢你们。"

"不客气。穆明让我转告你,后天百米决赛的票已经搞到,明天你过来取。"

"不用了,我们在飞机上遇到一位朋友,他已经为我们准备了入场券。那边的三张票好处理吧?"

"没问题。门票的黑市价格已经翻了五倍。"

"中国队战绩如何?我知道昨天只有一块女子5000米的金牌上账。"

"今天又添了两枚金牌,女子竞走和男子跨栏。这次中国队的人气不错,但毕竟大田径上咱们的底子太差,不会有太大的突破。"

两人寒暄几句,挂了电话。浴室里水声哗哗,但田延豹还是听到了外面的谈话,大声问道:"今天几块?"

"两块金牌。"

田延豹穿着浴衣出来,一边擦头发,一边评论道:"不错,开局不错,有这个势头,今年中国队还能上一个台阶。你去洗漱吧。"

两人穿戴齐毕,田歌正好来敲门,新浴过后,她显得格外鲜嫩。"费叔叔,豹哥,吃完饭咱们再逛逛雅典的夜景吧。"

"你不累?"

"不累。走前就说要调时差,我看时差肯定调过头了,这会儿特精神,想睡也睡不着。"

"好吧。"

雅典似乎没有夜晚,外国游客淹没在希腊人的海洋中。露天舞场里,人们弹着桑图里琴,跳着邦多扎里舞。佩着电警棒的警察在街道上溜达,个个满面笑容。费新吾领着同伴在一个露天餐厅就座:

"先填饱肚子再说吧,吃什么?来点正宗的希腊饭菜?"

田歌饶有兴趣地答应了。费新吾向侍者点了菜,向田歌介绍希腊的风土人情。希腊的作息时间很特别,由于天气酷热,希腊人的习惯是中午一直休息到5点,夜里8~12点吃晚饭,商业活动则彻夜不停。为了节约电力,希腊政府不得不以法律形式规定,凌晨两点商店必须关门。但店主们常常关门半个小时做做样子,就又开门了。"和咱中国一样,这叫你有政策我有对策。你们要是有兴趣有精力的话,可以玩个通宵。"

田歌雀跃道:"行,逛个通宵!呀,这是什么东西?"她皱着眉头打量着侍者送来的色味怪异的饮料。费新吾笑了:"你不是想尝尝正宗的希腊风味吗?这就是老希腊人爱喝的鼠尾草煎汁,喝吧。"

田歌喝了一口,立时把脸皱成了苦瓜,两个男人开心地大笑,正端菜上桌的希腊侍者也笑起来。

希尔顿饭店的服务员把谢可征送到豪华套间里,正厅里悬挂着枝形水晶灯,墙上是暗褐色的实木护板,浴室非常宽敞,有一个雪花石的浴盆。服务员把他的行李箱放到壁柜中,微笑着说:

"先生也是来观看田径比赛的吧,你来得很巧,正好赶上百米决赛。"

"对,我就是为它来的。噢对了,请你马上到门票预售处拿三张明晚决赛的门票,报我的名字就行。再把票送到普拉卡城区的尼赞旅馆,给一位叫费新吾的中国人。"

"好的,我马上去办。先生你休息吧。"

服务员走了,谢可征先洗了个热水澡。防雾镜中显出他的面容,眼角皱纹密布,鬓发已经全白。他老了,时光之神的脚步是不可阻挡的。65年来,他一直在科学之路上埋头疾进,现在该回过头来看看一生的历程了。这一生中,他在科学研究上取得了不少突破,但最成功的作品是他的儿子。明晚,百米决赛之后,儿子的成功就会昭示于世。实际上,儿子早就可以成功了,但他和妻子一直谨慎地保守着秘密,把这一天向后推延,因为这个成功太惊人了,它一定会像高压饭锅爆炸一样,把体育界或科学界搅得乱作一团。

儿子的成功无可置疑,现在他关心的是,怎么把高压锅中的蒸汽慢慢释放一些,让颁奖会上的爆炸不致过于猛烈。

电话响了,他伸手拿过浴室里的电话,是道格拉斯:"谢先生你好,我估计你已经到了。"

"鲍菲呢?"

"正在接受兴奋剂的检查,一切按我们与耐克公司的协议进行。在我看来,这回新闻界太迟钝了,对鲍菲超强度的兴奋剂检查一事,竟没人看出其中的不正常！"

"恐怕是惰性使然吧，他们都没想到一个黄种人运动员会在属于黑人的百米赛坛上取得突破。鲍菲的情绪怎么样？"

"很好，明晚他一定会有好的竞技状态。放心吧。"

"我很放心，预祝你的成功。"

道格拉斯笑了："不，这句话应该由我来说。"

"那好，就预祝我们的成功吧。"

披上浴衣，他挂通了美国家里的电话。妻子方若华这次没来，执意留在家中。这一生中，若华一直与他宛若一体，既是他的妻子，也是他科学上的助手。豹飞明天的成功是他们两人心血的结晶。但若华年岁渐大后变得怯懦了，她担心儿子的成功会毁了他作为正常人的一生。妻子的退却使他常常有一种孤独感，现在，只余他一人在荆棘之路上前进了。

是女仆莎蒂玛接的电话，说："女主人正在院里修剪花木，是否要我去喊她？"谢可征说："不用了，你只告诉她我已经安顿好，刚才我和道格拉斯通过电话，豹飞的情绪很稳定，让她放心。"

挂上电话，他躺到那张宽大的双人床上，很长时间没有入睡，他想起豹飞夭折的六个哥哥；想起鲍菲出生时夫妇二人的狂喜；想起鲍菲的童年，那时他是个脾气暴躁的小家伙……他忽然想到了今天初遇的田歌，那个美貌四射性情怡人的姑娘。她对鲍菲的情意是很明显的，这大概缘于六年前在东非草原上的邂逅吧。他对田歌的印象很好，也许这个中国姑娘是命运之神送来的。

他渐渐沉入睡梦中。

体育运动是古希腊人对世界文明的重大贡献。公元前776年，古希腊人在奥林匹亚村召开了第一届奥运会，这个传统一直延续到公元393年，共举行了293届。后来的异族统治中断了这个传统，留下了长久的空白。直到1896年3月25日，希腊国王格奥尔基奥斯在全雅典体育场宣布第一届现代奥运会开幕，历史才重新接续起来。在那次奥运会上，希腊获47枚金牌，高踞金牌榜的首位。

其后希腊的体育成绩就惨不忍睹了。说到底，体育的兴旺不能靠历史的余绪，它要靠巨大的财力和高度发达的科技。但不管成绩如何，希腊人对体育的热情并未降低。

第三天晚上，费新吾三人很早就吃了晚饭，乘车向帕纳西耐孔体育场出发。他们觉得自己像是走进一个巨大的能量场，走得越近，越能感受到运动会的巨大气场。一队队警车在为运动员的车队开道，数目众多的警员牵着警犬在附近巡逻。等待转车的新闻记者焦灼地翘首望着，一旦大会的专车开来，他们就肩扛手提着笨重的摄影器具，蜂拥而上。身着盛装的本地观众或乘车，或步行，潮水般涌往赛场。这种人的海潮在赛场门口被阻住了，数目众多的男女警察把观众分成单行纵队，认真地进行检查。三个人排在行列中耐心等待着，费新吾摇头叹道：

"体育和暴力已经密不可分了。慕尼黑奥运会惨案，亚特兰大奥运会爆炸案……怎么能想象古希腊的运动会中对观众搜身？这也是现代文明不可避免的副作用吧。"

雅典帕纳西耐孔体育场一直是体育运动的圣殿，就像是伊斯兰信徒心中的麦加天房。帕纳西耐孔体育场建于公元前330年，全部由洁白的大理石建成，坐落在圆形的山丘上。体育场正面是典型的古希腊朵利亚建筑风格的高大前柱式门廊，门廊中央是巍峨庄严的白色大理石圆柱，前后排列共24根。中央门廊成品字形，共12根，后门廊柱共六根。看台依跑道的形状而建，也全部是洁白如雪的大理石，跑道两端是白色大理石砌成的方形圣火台，它们静卧在乳白色的地毯上。

体育场后面是郁郁葱葱的绿树，晚霞洒落在高大的树冠上。这个古老的体育场同时也充满了现代气息，两个巨型电视屏幕高高耸立，十口锅状的卫星天线一字排开朝向天空。暮色渐渐沉落，但体育场内亮如白昼，灯光映照着绿色的草坪和朱红色的塔当跑道，映照着数万兴奋的盛装观众。

看台上可以说是座无虚席。费新吾不由想起一件往事。上个世纪在雅典举行的田径赛事上曾闹过一场小小的风波。世界田联主席内比奥洛批评赛场里观众太少，从而引起他与希腊体育部部长的一番唇枪舌剑。这番争吵在报纸上披露后，希腊人潮水般地购票入场，作为对内比奥洛的回敬。想到这里，费新吾不由得会心地笑了。从某些方面看，希腊人和中国人颇多相似之处，两者都有灿烂的古代史，也有令人扼腕的近代史。所以，在涉及民族自尊的问题上，两者都是极为敏感的，甚至敏感到病态的地步。他揶揄地想，也许今天的观众中就有一些并非体育爱好者，他们仅仅是为了民族的自尊才付出高昂的票价。不过，他对这种看似幼稚的自尊心十分理解。

费新吾和两个同伴在靠近跑道终端的二层看台上找到了自己的位置。做了多年的体育记者，他知道在百米决赛的黄金时段，这样的位置是十分难得的。他十分感激那个慷慨的老人，但他没有找到老人的影子，附近没有，贵宾席上也没有。莫非在这个令人癫狂的时刻，作为谢豹飞的父亲，他还能端坐在卧室中看电视？

他在贵宾席上看到了原美国短跑名将路易斯，一个百米跑道上的风云人物，他曾经多次破世界纪录和获奥运冠军，现在已经56岁了。这会儿他正在与贵宾席正中的原国际奥委会主席罗格交谈，罗格左侧则是现任世界田联主席德比洛夫。两名主席当然不会错过今天的比赛，毕竟，男子百米是田径运动中分量最重的奖牌之一。

回头望望看台，七排以上全是各国的新闻记者，他们胸前挂着长焦距相机或摄影机，膝上摆着最新的笔记本电脑，面前还有为他们特意配置的小型闭路电视。费新吾用目光扫视一遍，从他们佩戴的台徽看，有英国的BBC，美联社，意大利的RAI，日本的TBS，加拿大的CBC，法国的FT2，挪威的NRK，以色列的IBA……自然也少不了中国的新华社。新华社的穆明也看到他了，两人远远地招招手。

田延豹一直瞑目而坐，眉峰微蹙。他一定是又回到了四年前那个痛苦的夜晚。田歌穿一件洁白的露肩装，紧紧捧着一束硕大的花束，里面有象征胜利的月桂和象征爱情的玫瑰。她的眸子里有两团火在燃烧，从她手指和嘴角无意识的抖动能看出她心中极度的渴盼。

有人拍拍费新吾的肩膀，是个子矮胖的穆明，他刚从人群中挤过来。费新吾移移身体，让他挤着坐下，穆明一边呼哧呼哧地喘气，一边说：

"热，希腊的天气真要命！下次再出国采访，我只到阿拉斯加和冰岛。喂，谁给你弄来这么好的位子？能在百米决赛时弄到这儿的位子，那人肯定颇有神通。"

"我们在飞机上邂逅到一位美国的谢教授，是他主动赠予的。对了，他是鲍菲·谢的父亲，知道鲍菲吗？就是决赛中唯一的黄种人。"

"当然知道，他的成绩是八个人中最后一名。"他骂了一句粗话，"采访百米真没劲，尽是黑人耀武扬威，中国人连边都沾不上，有个华人还是垫底的。"

费新吾怕他的话刺激田延豹，忙触触他，使一个眼色。穆明这才探过身同田延豹搭讪："是老田吧，几年前咱们打过交道。哟，这一位漂亮姑娘是谁？我敢说你是体育场中最漂亮的，是智慧女神雅典娜！"

田歌虽说免不了羞涩，仍落落大方地同他握手："我是田延豹的堂妹。"

费新吾指指贵宾台："那一位是谁？他的面孔很陌生。"

"罗格左边的？是前田联主席内比奥洛的孙子，一个重要的体育商。让他坐在这儿是对内比奥洛的感谢。记得吗？1981年，内比奥洛上任时，国际田联是个穷家破庙，资产只有五万美元。到他卸任时，国际田联的家底已经上亿了！那位前意大利跳远运动员对国际田联做了许多意义重大的改革，像实行一国一票制，允许田径选手拿高额奖金等，大大促进了田径运动的商业化。现在田联主席已是财大气粗，即使奥委会主席也礼让三分。"

费新吾摇摇头："这不一定是好事。体育的商业化必然也带来丑恶：兴奋剂、假赛、贿赂、腐化……"

穆明直摇头："老费，我的费圣人，别乌托邦了。大势所趋呀，谁也挡不住的。比赛马上要开始，我该过去了。"

费新吾一把拉住他，略为犹豫，低声说："透露点小秘密。今晚你把镜头对准鲍菲·谢，很可能他要爆个大冷门。"

"不可能吧，贝格他们几个老将都正在巅峰状态哩。鲍菲能进入前三名？"

费新吾同田延豹交换了眼神，压低声音说："我想他不只是进入前三名，他甚至有可能夺冠。"穆明瞪圆了眼睛，下意识地摇头。费新吾笑道："反正很快就要见分晓了。既然你那么推崇体育的商业化，要不咱们也商业化一次？咱俩拿他的名次赌个东道，他若拿不到三牌，我请客；拿到的话，你请客。"

穆明瞠目良久，干脆地说："好，说定了！"他匆匆离开，兴奋地回到记者席。

在地球的另一面，美国俄勒冈州波特兰市耐克公司的总裁办公室里，菲尔·奈特先生停止了一切工作，来到小会议室，聚精会神地看着墙上的超大型液晶屏幕。奥运百米决赛快要开始了，他交代秘书玛格丽特小姐，在半个小时内，所有电话及来访人员一概挡驾。此刻，百米决赛的结果是世界上最使他揪心的事情。

两个月前，他刚与迈克尔·乔丹通完话，玛格丽特告诉他，有一位名不见经传的华裔短跑选手要同他通话。奈特不耐烦地挥挥手，让秘书挡驾。这些年是耐克公司的低潮期，旗下的几位体育明星都太平淡。有时他难免回忆起20年前的辉煌。那时，属于耐克旗下的几名体育明星，像篮球明星乔丹、撑竿跳高明星布勃卡等，都是百年一遇的世纪性人物，他们的成就和他们的人格魅力光彩夺目，人气极旺，为耐克公司带来了滚滚财源。但百年盛宴终有一散，他们都老了，相继退出体坛。尤其是NBA的天王巨星乔丹，他退役所造成的损失——不是指对NBA的损失，是对耐克公司利润的损失——是无法弥补的。以往，以乔丹做广告的AIR·JORDAN系列运动鞋，每一款新型推出，耐克的销售额就有一次飙升。现在，耐克的名字在无奈中已经由"酷"（COOL）逐渐变"冷"了。

说到底，只怪美国人太健忘，而且恰恰是体育商的商业化运作培养了这种健忘。在令人眼花缭乱的明星攻势中，他们不可能长久怀念一个过时的明星——即使是乔丹这样的巨星。乔丹退役前曾成立了耐克旗下的乔丹有限公司，生产JUMPMAN（飞人）牌系列运动鞋，但销售额一直不令人满意，刚才乔丹的电话中就充满无奈。

奈特一直在遴选足以继承乔丹、布勃卡的未来明星，不是一般的明星，而是那种高踞于众明星之上的世纪性的明星，但他对这位找上门来的华裔运动员却没有兴趣。百米跑道上，老将贝格风头仍健，他是阿迪达斯旗下的，甚至举着阿迪达斯的公司旗帜上赛场。奈特估计，短期内很难有人与他争锋。

何况这位找上门来的是位华裔。作为一个精明的商人，奈特比谁都了解美国社会的脉搏。在平等博爱的大旗下，种族意识的潜流仍是极其强大的。拳王阿里曾因是黑人而被饭店拒之门外，愤而将金牌扔到水里。当然，20世纪70年代之后，黑人体育明星渐渐成了社会的宠儿，但这里面多少有些无奈的成分。因为黑人在诸如拳击、短跑、篮球等项目中具有的已经不是一般的优势，而是绝对的优势，他们几乎把所有白人扫地出门。在这种情况下，白人观众只好把黑人明星认同为自家人了。

但一个华裔选手很难成为大众情人——除非他极为出色，否则，即使像张德培这样的人物也没有太大的市场号召力。奈特不想把精力投在一块希望不大的贫瘠的田地上。不过玛格丽特没有像往常那样立即执行他的命令。她在这儿工作已经20年了，十分精明能干，知道怎样来影响老板的决定。她不带感情地补充道：

"那位华裔选手说，他是百米赛坛中很差劲的一个选手，但希望耐克公司的总裁不要太短视。他说一定要同你亲自交谈。"

奈特抬头看看秘书，既然那人能说服精明的玛格丽特，也许值得一谈。他改变了主意，皱着眉头说："接过来吧。"

屏幕上出现一个圆圆的脸庞，英气勃勃，十分年轻。他的背景是一个朱红色的塔当跑道，不过并不是在体育场内，像是在一户公寓的院内，跑道紧邻着铁艺的篱墙，墙上爬满了藤蔓类植物。那人后边露出另一个人的半个头像，满脸络腮胡子，面无表情地看着这边。圆脸庞嬉笑自若地说：

"是奈特先生吧，我叫鲍菲·谢，我想先生不一定记得这个名字，因为我是有资格进军雅典的短跑选手中最差劲的，以致各个体育用品公司都不把我放在眼里。不过奈特先生是否愿意烧一把冷灶？也许这把火会得到意想不到的好处呢。"他大笑一阵，继续说，"所以我自己找上门来啦，我想与奈特先生签一份合同，对双方都有利的合同。"

他的笑容明朗而自信，在这一瞬间，奈特忽然触摸到了这个人明天的成功。老奈特十分相信自己的商业直觉，他仅停顿两秒钟就果断地说：

"好，我同意，我马上派人去找你具体谈。你的经纪人是谁？"

那人笑着说："我不喜欢同你的下级讨价还价，还是咱俩在这儿把大的框架先敲定吧。我会在百米决赛中穿上耐克跑鞋——毕竟我一直在穿它——比赛后我会把耐克跑鞋抛到天空，或顶在头上，或把耐克公司的旋风符缀在胸前，总之做出你想要我干的任何表演。至于贵公司的酬劳，当然与我的名次有关。我提个数目，看奈特先生是否赞成。如果我取得第八到第二的任何名次，贵公司只需付我一美元……"

奈特立即问道："你说多少？"

"一美元，只需一美元。但我若夺得冠军，这个数目就立即上升到三千万。你同意吗？"

奈特十分震惊于他的自信，他没有踌躇，干脆地说："我可以同意这个数额，但……"

"不，我的话还没有说完呢。如果我夺冠的同时又打破世界纪录，贵公司要把上述酬劳再增加一美元，也就是三千万零一美元。但如果我的纪录打破 9.5 秒大关，"他一字一顿地说，"听清了吗？如果打破 9.5 秒大关，我的酬劳就要变成一亿美元。"

纵然奈特是体育界的老树精，他仍然吃惊得站起身来：

"你说 9.5 秒大关？那是多少体育专家论证过的生理极限啊。根据他们的计算，为了达到这个速度，大腿的肌肉纤维都要被拉断。换句话说，这是人类的体能无法达到的。"

对方不耐烦地说："那就是我的事了。怎么样？一亿美元，据我所知，贵公司还没有同哪一个运动员签过这么大数额的合同。"

奈特按捺住内心的激动，平静地说："我答应。你不要把我看成唯利是图的商人。只要你能超越体育极限，达到人类不敢梦想的这个高度，我情愿奉送你一亿美元，并且不要你承担任何义务。"

鲍菲目光锐利地看看他，略作停顿后笑道："也好，我会把这段谈话透露给公众，我想这将是对耐克公司更好的宣传，远远甚于向天空扔跑鞋之类的杂耍。至于付款期限等枝节问题就由你们酌定吧，我不会挑剔的。怎么样，还有问题吗？"

奈特平和地笑道："谢先生，让我们把话说透吧。我的年纪已经太大，早已过了相信奇迹的年代。当然，我相信天才，相信天才能远远超过时代，就像乔丹、布勃卡等人那样。但是，在短跑领域里出现如你所说的突破还是难以令人信服。因为短跑技术已经发展得近乎尽善尽美，尤其是在男子百米领域，作出突破是极为困难的……"

鲍菲不耐烦地打断他："不必绕圈子了，点明你的主旨吧。"

奈特的目光变得十分严厉："请原谅我的直率，我会很乐意付出一亿美元，但首先要保证不会出现兴奋剂丑闻，比如，像汉城奥运会上加拿大运动员本·约翰逊的丑闻。我绝不能把耐克公司的名字与丑闻联在一起，成为世人的笑柄。"

鲍菲哈哈大笑："谢谢你的坦率。告诉你，国际奥委会医学委员会兴奋剂检测中心刚刚对我进行过飞行检查，就是那种不事先通知的突然抽查。我想你当然知道这个机构啦，它成立于1998年，专职负责协调对运动员在赛期外的检查。这次的检查是受国际田联的委托。你去打听检查结果吧。"

"好的，我会去打听的。"

鲍菲收起笑容，严肃地说，"其实你正好说出了我的担心。我知道，一旦我在决赛中作出惊人突破，必然会成为众矢之的。即使我顺利通过兴奋剂检查，也会遭到众人顽固的怀疑。所以，我正想请奈特先生为我做一件事，即：由耐克公司出面，邀请一些有足够权威的人士，从现在起就对我进行强化监督，直到运动会结束。"

奈特立即说："好，我……"

鲍菲打断他的话："我不要抽查，我要全过程的监督检查。检查项目包括所有兴奋剂：苯丙胺、可卡因、安咪奈丁、麻黄素等刺激剂；吗啡、杜冷丁等麻醉剂；类固醇、贝塔2等蛋白同化制剂；利尿酸、速尿、甘露醇等利尿剂；还有比较难以检查的肽和糖蛋白等激素类药物，如红细胞生成剂、生长激素、绒毛膜促性腺激素等。除了上述种种常规检查外，对我的监督还应包括那些事后无法检查的禁用方法，如抽血回输；包括那些尚未研究出检查方法的最新兴奋剂如携氧乳剂 PFC、生长因子 IGF-1、网状血红蛋白等。我希望有人在我身边时刻监督着，以便将来向公众舆论证明我的清白。那些监督我的人士必须权威、公正，他们在决赛后公布的结果必须为所有人信服。当然，检查费用是十分昂贵的。耐克公司可以先为我垫付，然后从我的一亿美元中扣除。"

奈特被他的周密心计慑服了："可以。我认为这样的安排很好。这些都是你后面那位人物的主意吗？"他略带揶揄地说，"你太年轻，不会有这么周密的心计吧。"

鲍菲咧嘴笑了，显出一个25岁青年的本来面目："当然当然，这些主意不是我的，而是我的教练策划的，他暂时兼任我的经纪人。"他回头说："道格拉斯，你和奈特先生说话吗？"

道格拉斯的面容占据了整个屏幕，目光冷漠而深沉。他只是挥挥手，又把彩屏可视手机还给鲍菲。鲍菲说："奈特先生，你不必为我的'突然'崛起而不安，实际我的成绩早就能稳稳地夺冠了。但父亲和教练一直让我隐瞒实力，他们说只有造成绝对轰动的效果，才会有人愿意签订一亿美元的合同。换句话说，为了商业上的成功，他们已经把我体育上的成功向后推迟了两年。我早就急不可耐了。"

他狡黠地在屏幕上看着奈特，奈特一笑而罢。他十分庆幸，如果这位华裔运动员所说属实——以他的直觉，是这样的——那么耐克公司就和幸运女神再次结亲了，这正是他梦寐以求的世纪性的明星，这种机遇是可遇而不可求的。他立即派人去鲍菲在克里夫兰市的家，第二天就同鲍菲的父亲签了合同。

奈特随后又聘请国际奥委会医学委员会委员、瑞典隆德大学体育医学专家莱夫·麦克唐纳和新西兰怀卡托大学生理学家雷奥·卡内因，以他们为首组成了监督小组，随时随地对鲍菲进行血检、尿检、光谱检查和其他方法的检查。后来又陪着他飞赴雅典。专家们报告说，至少在他们开始介入后的两个月内，鲍菲是绝对清白的。

现在，在雅典帕纳西耐孔体育场上，八名世界一流的短跑运动员已经蹲在起跑线上，裁判举起了发令枪。偌大的赛场像充满了高能粒子，紧张得就要爆炸了。奈特竟不由得心跳加速。他自嘲地拍拍额头，使自己镇静下来。一般说来，田径选手在美国公众中的号召力不如拳击和NBA选手，但是，如果鲍菲真如他所说一举突破9.5秒大关，他就会成为跨越整个世纪的不可企及的高峰，成为美国人的新偶像。那时，鲍菲的人气绝不会亚于乔丹，一定能为耐克公司带来滚滚财源。

10秒钟后就要见分晓了，但愿雅典娜女神护佑鲍菲。

罗伯特·盖纳的汽车驶到家门口时，朱莉娅正倚着月桂篱墙等他。她穿着很薄的浅绿色连衣裙，被风吹得紧紧裹在身上，凸现了饱满的乳峰，一头长发也随风飘舞。罗伯特打开车门，朱莉娅高兴地喊一声：

"鲍勃！"

她跑过来，纵入罗伯特的怀中，给他一个炽热的长吻。罗伯特是加州大学社会学系的学生，刚刚毕业。他与朱莉娅既是邻居，也是青梅竹马的朋友。不过在加州上学这几年，两人见面不多。现在，朱莉娅是劳伦斯学院的二年级学生，已经出落成一个漂亮的姑娘。

前边两个寒暑假他没有回家，两人未能见面，现在，吻着朱莉娅湿润性感的嘴唇，他的体内萌动着强烈的饥渴感。朱莉娅从他怀中挣出来说，他的父母已经等急了，接风的饭菜已经备好。两人说说笑笑往回走，盖纳夫人听到动静，迎到门外：

"我的小山鹰，你回来了。"

她把儿子紧紧拥到怀里。父亲也迎出来，这位参议员没有表露太多的温情，他拥抱一下儿子，捏捏他的手臂："小山鹰的翅膀长硬了。"

简单洗漱之后，仆人来唤他入席。午饭桌上妈妈很兴奋，不停地问着儿子的近况，还有毕业后的打算，后来参议员只好下命令了：

"这些以后再谈吧，有的是时间。吃完饭让年轻人在一块儿聊一聊。"

朱莉娅感激地看看伯伯。

饭后，朱莉娅陪他回到卧室。两人进屋后便是一阵透不过气的长吻，透过薄薄的衣衫，两人都能感到对方狂乱的心跳。然后，没有任何中间过程，两人就相拥着走向卧床，把衣服扔到地毯上，来一番急风暴雨般的激情宣泄。

两人到卫生间冲了澡，又回到床上。朱莉娅用手划着罗伯特赤裸的胸膛：

"听说你要回来，我就盼着这一天。你是我的第一个男人。"

罗伯特很感动，在加州上学的这四年，他同几个女子有过临时的性关系。但在他的心中，始终把朱莉娅摆在最重要的位置。他起身吻吻她："我也一直没有忘记你。等你毕业后我们就结婚吧。"

朱莉娅笑着："哟，还要等那么长时间吗？我等不及了。"她关切地问，"你毕业两个月了，准备干什么？听伯父的意思，他想让你从政。"

"不，我想当记者，当纽约时报、华盛顿邮报的名记者，或者是李普曼那样一言九鼎的专栏作家。"

"你和这两家报社接触没有？"

"还没有，这两个月我在一家地方小报《星报》做见习记者。我想，等我写出几篇有分量的报道后，各家报社才会认识我的价值。"

朱莉娅笑着安慰他："不必着急，你会成功的。"

两人又和风细雨地温存一番，两点钟他们起身，到客厅里同父母聊了一会儿。两点二十分，罗伯特打开电视："今天是男子百米决赛，这会儿该开始了。"两人偎依着坐到沙发上，妈妈亲手为他们冲了两杯咖啡：

"鲍勃，朱莉娅，喝咖啡吧。"

罗伯特应了一声："谢谢。"就没了动静。屏幕上，百米决赛的八名运动员正在出场，首先是贝格灿烂的笑脸，然后是其他六名黑人运动员，最后是一个身材修长的黄种人。罗伯特对他看得格外专注，朱莉娅奇怪地问：

"你的爱好变了吗？我知道你喜欢篮球和橄榄球，对田径不大感兴趣的。"

罗伯特笑道："现在也没变，不过这一次有特殊原因。看见最后一名选手了吗？咱们都认识他。"

"他是谁？"

"鲍菲·谢，华裔美国人，18年前是咱们的邻居。真没想到他能在短跑上出名，甚至杀进世界级赛事的决赛。你仔细回想一下，应该能记起他。"朱莉娅努力思考着，迟疑地摇摇头。"还没想起来？一个坏脾气的家伙，绰号是爱咬人的鲍菲。"

朱莉娅马上想起来了。在她四五岁时，他们所住的高级住宅区搬来一对华人夫妇，都是很有地位的科学家，父母十分尊敬他们。他们带来一个七八岁的小男孩，黑头发黑眼珠，动作敏捷，身材稍显单薄。他总的说并不是坏脾气的孩子，平时与伙伴们相处甚洽。但在街区学校里他是新生，一些大孩子难免欺生。在一次争执中他突然发起狂性，把一个比他高半头的男孩撞倒，又狠狠咬住他的肩头，几乎撕下一块肉来。

此后没人敢欺负他了，但他的狂性仍发作过两次，罗伯特就被他咬过，难怪他对此耿耿于怀哩。朱莉娅惊奇地问：

"他？他成了短跑选手？"

"对，但他一直默默无闻，直到两年前才突然崛起，直到获得进军世界田赛的资格。很奇怪，他在各级选拔赛上都是勉强过关，谁都没料到他能一直杀进决赛。"他补充道，"前天的半决赛中他仍是最后一名。今天的决赛不知道他能不能拿到一个奖牌？"

镜头定在鲍菲的脸上，但只是吝啬地一晃就过去了。电视台记者们都是些势利小人，他们的镜头从来只对准胜利者，或者是"可能"的胜利者。不过朱莉娅从那张平静的笑脸上已认出了18年前的鲍菲。她也来了兴趣，便到餐厅端来苏打饼和甜蛋卷，偎在罗伯特的怀里慢慢吃着，等着决赛时刻的到来。

赛场气氛一直在升温，这会儿几乎就要爆燃了。田延豹看看手表，距穆明离开这儿只有10分钟，而他似乎已过了一个世纪！在他的人生经历中，大多是作为运动员来体验赛前的焦灼，没想到告别赛坛后，作为一名观众，他仍是难以自制。

播音员用英语播送着有关百米竞赛的知识性资料，看来只有她没有感受到赛场的沸腾。她的声调平板舒缓，在赛场上悠悠飘荡，就像是睡梦中赶都赶不走的声音：

豹人

"1884年，美国正式举行首次百米比赛，托马斯·伯克以11.2秒获得冠军。1888年，美国人查尔斯·谢里夫发明了跪式起跑。1896年，在雅典举行的现代首届奥运会上，托马斯·伯克以12秒获百米冠军，这是第一个手动计时的百米纪录。1908年，南非雷金纳德·沃克首次突破11秒大关。1968年，美国吉姆·海因斯首次突破10秒大关，成绩为9.95秒。

"1968年洛杉矶奥运会正式使用电动计时，海因斯的9.95秒即为第一个电动计时的纪录。男子百米最高纪录为美国选手蒂姆·蒙哥马利于2002年9月14日在法国世界田径年终大赛上创造，时间为9.78秒……"

忽然观众骚动起来，随之各种语言的欢呼声响成一片，就如一阵闷雷从赛场上空掠过。八名决赛选手从休息室出来了，打头的是老将贝格，他的笑容明朗而自信，不时向四周挥手致意。之后是特立尼达和多巴哥的博尔希顿，纳米比亚的弗雷特里克斯，尼日利亚的埃基瓦，牙买加的新秀奥卡塞，英国新秀德锐克，古巴的卡斯蒂安，这七名选手全是黑人或黑白混血儿。他们都步履悠闲地走着，不时向看台上招手或送个飞吻。即使从他们悠闲的漫步中，也能看出他们强大的体能，他们就像是用弹性极好的黑色橡胶雕成的。

最后出场的是鲍菲·谢，选手中唯一的黄种人。他是初次参赛，但丝毫不紧张，这是基于对自身能力的高度自信吧。这会儿他的眼光盯着走在第五位的奥卡塞身上，奥卡塞的长运动衫上印着旋风符，就是被某些人讥为纳粹万字符的耐克公司的标记。在鲍菲之前，耐克公司已经把他罗致门下。奥卡塞近年最好成绩是9.86秒，如果走运的话，他的确有超出贝格的能力。看来，在同他签合约之前，耐克公司原是把希望寄托在奥卡塞身上的。

不过还是到百米终点再见分晓吧，谢豹飞想。

选手们沿跑道漫步走着，向观众们致意。谢豹飞缓步经过记者席时，在二层看台上找到了道格拉斯的大胡子。道格拉斯作为他的私人教练也入住运动员村，不过这两天他一直保持低调，几乎没有对他做过什么战前指导，只说过一句：

"记住，这儿不是体育场，是东非草原。百米终点有一只小羚羊，而你是一只饥饿的猎豹。"

他想:"道格拉斯先生放心吧,我会把那只羚羊咬住的。"

父亲没有在看场,他说过他要在饭店里看电视。昨晚父亲跟他通了话,只是简单地说了一句:"等你的好消息。"

父亲一向对他十分温和,但在他的内心里却对父亲十分敬畏。在他看来,父亲和上帝是两位一体的。父亲在他心里种下了田径之梦,他从懂事起就知道,他是为田径而降临于世的,他一定要在百米跑道上建立自己的王国。20年来,他在百米跑道上跑了多少来回?已经记不清了,这条跑道已经和他的生命联系在一起。他能用脸颊精确感知跑步时的风速,用脚掌感知地面的微小坡度,用肌肉感知每一次百米跑花费的时间。他已经为"今天"等了很久,不过,它终于要来到了。

他朝大胡子教练挥挥手,那边也向他挥手致意。这时,在二层看台上,离道格拉斯不远的一个姑娘忽然站起来,手持花束用力挥舞,用汉语高喊:

"谢豹飞,这束花是你的!"

姑娘的声音十分脆亮悦耳。纵然是决战前的紧张时刻,那姑娘明月般的美貌还是让他心神摇曳。他点点头,特意向姑娘飞个吻,随其他七位选手走到百米的起跑线。

田歌坐下来,把脸埋在花丛,心房怦怦地跳动。她心目中的偶像听到了她的声音!为这一句话她曾推敲良久,她原想喊:"不管胜利或失败,这束花都是你的!"但仔细考虑,这样喊好像有点儿不吉利。反复斟酌到最后,她才把自己的激情浓缩在这几个字中。

八个选手正在脱外衣,她目醉神迷地盯着自己的偶像。其实,她对谢豹飞知之甚少,也不知道他是否有意中人,但她仍不顾一切地把自己的终身托付给他了。谢豹飞已脱掉长衣,悠闲地做调整运动。他身高1.88米,肩宽,腰细,臀部微凸,双腿修长强劲,圆脑袋,背部微有曲度,整个身体像非洲猎豹一样矫健剽悍。

9点30分,八名选手各就各位,谢豹飞在第八跑道。裁判高高举起发令枪,八台激光测速器分别对准各人的腰部,全场突然变得一片静寂。

一声枪响,八个人像箭一般冲出起跑线,鲍菲和奥卡塞跑在最前面。但

豹人

随即又是一声枪响,有人抢跑!八名运动员都很快收住脚步,快快地返回起跑线。

田延豹心头猛然一阵紧缩。这两年他一直盯着谢豹飞的崛起,为了某种潜意识的种族情结,他把自己破灭的梦想寄托在这个黑头发黄皮肤的华裔年轻人身上。其实他知道谢是美国人,他得奖时会升起星条旗,奏起美国国歌《星条旗》。但不管怎样,他仍然期盼着这名华裔选手获胜。在邂逅了谢先生之后,这种亲切感更加浓了。但是,今天的情形简直是四年前的重演,莫非谢豹飞也要遭到命运之神的毁灭?

他原以为是谢豹飞抢跑了,但裁判却向牙买加选手奥卡塞发出警告。奥卡塞困惑地摇头,与裁判交涉。裁判立即重放了起跑时的录像,电脑中打出奥卡塞的反应时间为 0.09 秒,小于竞赛规则中规定的最小反应时间 0.100 秒。奥卡塞点点头,认可了裁判的判决。

其他选手不耐烦地等着。短跑是高技巧性项目,比赛成绩与选手的竞技状态有很大关系,而这种突然的中断是最影响情绪的。不过他们都很有涵养,没有让自己的烦躁形之于色。只有谢豹飞返回起跑线后,怒气冲冲地瞪着五道上的奥卡塞,向他狠狠地啐了一口。奥卡塞冷冷地瞥他一眼,没有做出什么反应。

田歌没有想到自己的偶像会在众目睽睽之下作出这样粗野的举动,为他难为情,面庞发烧地垂下目光。田延豹却突然攥住老费的胳臂——在这一瞬间,他对谢豹飞获胜的把握又大了几分。不错,这个动作是有失体面的,谦恭的中国选手绝不会这样做。但恰恰这个粗野的举动显示了他身上未泯灭的野性。

这种可贵的野性在国内选手身上太少见了,而在国外选手尤其是黑人选手身上常常能看到。那时,国内运动员中流传着一个笑谑,说黑人因为进化得较晚,所以才保留了较多的野性,当然这是吃不到葡萄的自我解嘲。据近代基因科学的判定,非洲人的基因是最古老的,非洲是全人类的摇篮。基因学家们还说,非洲人的基因中突变最多,因而比较容易出现体育天才。

八个运动员又蹲在起跑线上,发令枪响了,谢豹飞第一个冲出起跑线。

依田延豹多年的经验来看，谢的起跑反应时间应该在 0.120 秒之下，看来他的体力和心理都没有受到上次奥卡塞抢跑的影响。奥卡塞则显得缩手缩脚，因为若出现第二次抢跑就会失去比赛资格，所以他的起跑明显慢了一拍。

谢豹飞的动作舒展飘逸，频率较高，步幅大，腰肢柔软，酷似一只追捕羚羊的猎豹。的确，从发令枪响后，这个世界就从他的视野中消失了，他通过时空隧道掉入洪荒时代。他是一只善跑的猛兽，基因赋予他快速奔跑的能力，那是他用以维持生存的利器。快跑一步就是肥美的食物，慢跑一步可能就是死亡。他心无旁骛，向百米外那只羚羊扑去。从一开始，他就把其余的选手甩到身后，在后程加速跑中又把这个距离进一步扩大，领先第二名将近五米。转眼之间，他昂首挺胸冲过终点线。看场中立即响起雷鸣般的掌声，这阵惊涛骇浪几乎把看台冲垮。

但今天场上的情形很奇怪，欢呼声仅限于普通观众，而那些教练、老选手、老资格的体育记者们都屏住气息，紧紧盯着电动记分牌。这位第八道上的亚裔选手竟把贝格等老将甩下足足五米！毫无疑问，一项新的世界纪录就要诞生。9.39 秒！记分牌上打出这个不可思议的数字，全场足足停顿了 10 秒钟，才爆发出天崩地裂般的欢呼声，数万观众不约而同地站起来，有节奏地欢呼着：

"鲍菲——谢！鲍菲——谢！"

谢豹飞接过别人递过来的美国国旗，绕场狂奔。新闻记者们低着头，争分夺秒地用专用电话线发回最新报道。奥委会主席和田联主席的反应比观众慢了一步——他们不敢相信这个不可思议的数字，先向旁边的工作人员做了核实，才站起身忘形地大声喝彩。满头白发的田联主席兴奋得不能自制，以至于泪流满面，他没想到在他的有生之年能看到这样惊人的突破。费新吾和田延豹同样惊诧了很久，才走进兴奋的氛围中，眼眶都湿润了。田歌捧着花束跳到场中间，等谢豹飞跑过来时，她狂喜地扑上去：

"谢豹飞，这束花是属于你的！"

她递过鲜花，忘情地搂住谢的脖颈。谢豹飞一手执旗，一手执花，环抱着姑娘的臀部把她举起来，在她的乳沟处吻了一下。

豹人

虽然这个动作失之轻薄，但狂喜中的田歌毫无芥蒂，她深深地吻了谢豹飞的额头，挣下地跑回看台。其他几名选手也过来同冠军握手祝贺，他们对这个冠军心悦诚服。从记分牌上看，埃基瓦和贝格的成绩都是9.79秒，接近原世界纪录。如果没有鲍菲，就该他俩风光了。不过，也许他们今天的好成绩得益于鲍菲的带跑。奥卡塞也过来了，谢豹飞笑着特意同他紧紧拥抱，了却了不久前的冲突。

直到运动员回到休息室，全场的狂欢仍久久不能平息。

新华社穆明第一个发出传真，比所有同行快了一个百米赛程——9秒。他素知费新吾不是鲁莽之辈，他既然说出那样的话，想必有一定根据。也许谢豹飞的父亲向费透露了什么内幕消息吧。所以返回记者席后，他预先在笔记本电脑中拟好了报道的草稿，标题是："华裔选手谢豹飞大爆冷门！"只有具体数字先空着，到时填上就行了。电动记分牌上打出那个不可思议的数字后，他激动得热泪盈眶。再回头看看自己的报道，写得太平淡了！不过已经来不及修改，他立即在空格处填上数字，抢先发了出去。

各家电视台、电台和电子报纸都以最快的速度报道了这则爆炸性的消息。美联社套用了首次登月的宇航员阿姆斯特朗的一段著名的话：

"对于鲍菲·谢而言，这只是短短的100米；但对于人类来说，却跨越了几个世纪。"

不久，奥运会兴奋剂检测中心公布了对获奖运动员尤其是鲍菲·谢的检测结果：

"我们在赛后对鲍菲·谢进行了兴奋剂检查，检查结果为阴性。值得提出的是，应鲍菲·谢本人的要求，由耐克公司出面，延请了以奥委会医学委员会委员莱夫·麦克唐纳教授和雷奥·卡内因教授为首的监督小组，从两个月前就对鲍菲·谢实施了全程的强化检查，这些检查所花费的昂贵费用都由耐克公司慷慨支付。该监督小组工作期间，一直与奥委会医学委员会主席德梅罗亲王保持着协调，他们得出的结果是完全可信的。

"我们可以负责任地宣布,鲍菲·谢没有使用任何形式的兴奋剂或禁用方法。他正是以这样的强化检查向世人证明,这次令人震惊的胜利是光明磊落的。"

随之举行的颁奖仪式稍许耽误了一会儿。原定由雅典田赛组委会主席安格洛斯夫人颁奖,但即将退休的田联主席德比洛夫委婉地提出,能否改由他颁奖,"我知道这样的要求很唐突,但我太激动了。我来日无多,这种历史性的突破无缘再见第二次了。"

安格洛斯夫人理解他的心情,笑着答应了。10分钟后,得奖选手在乐曲声中走上颁奖台,满头白发的德比洛夫满面笑容,把奖章挂在鲍菲的胸前,同他久久握手:

"谢谢你,想不到我退休前还能看到一次伟大的突破。不少专家论证过百米跑的生理极限,有人说是9.6秒,有人说是9.5秒。没有人料到,21世纪20年代,这个纪录就大幅度地提高到9.39秒!从此我再也不相信专家和权威的断言了!"

他爽朗地大笑着,又郑重地说:"你的成功是一个好兆头,是21世纪体育昌盛的报春燕。也为在体能项目上一直比较沉寂的黄种人选手打破了心理障碍。再次祝贺你!"

鲍菲·谢咧嘴笑着:"谢谢你的夸奖,我会继续努力,超越自我。"

在升旗和奏美国国歌后,记者们对三牌选手进行了采访。年轻的鲍菲在镜头前显得很老练,微笑着简捷地说:

"感谢支持我的观众,感谢我的父母和教练道格拉斯先生,他们为培养我付出了很多。感谢耐克公司,他们组织了对我的兴奋剂强化检查,付出了大量金钱,又不要我承担任何商业上的义务。"

银牌选手、尼日利亚的埃基瓦说:"谢的成绩太不可思议了!如果他确实没有使用兴奋剂,那么,整整一代的短跑选手只有对他仰视的份儿了!"

这是褒中带贬的外交辞令,谁都能听出他的话中暗含着怀疑。铜牌选手贝格则给予无条件的赞扬:

"一个新的鲍菲时代已经开始了,不过我丝毫不嫉妒他。他的胜利是光明磊落的。他就像撑竿跳高中的布勃卡,远远超过同时代的人,是一座不可企及的高峰。"

这些话通过电波迅速传遍全世界。

百米决赛一结束,一向沉稳的玛格丽特冲进总裁办公室,兴奋地嚷道:

"他赢了!9.39秒,真不可思议!"

奈特含笑点头。他知道自己这把赌赢了。不仅是金钱上的胜利,也是道义上的胜利,耐克公司的信誉一定会随之高涨。此后十几分钟里,祝贺的电话不断,有公司董事会的,也有新闻界和政界的朋友。他边回电话,边看着屏幕上激情洋溢的颁奖场面。仪式结束后,玛格丽特在内线电话上高兴地说:

"又一个祝贺电话,能猜到是谁吗?总统!"

奈特与总统早就相熟,但此刻总统特意打来电话,仍使他十分感动。他让玛格丽特把电话转过来:

"老菲尔,干得好!"总统开玩笑地说,"我很高兴你没有参加上届总统竞选,否则不一定是谁坐在这个位置呢。不过我劝你参加下一届的竞选。以你的精明、眼光和运筹帷幄的能力来看,你一定会赢。"

菲尔·奈特笑着说:"谢谢你的提醒。如果你下届谋求连任,我一定也参加竞选,同你来一场费厄泼赖的竞赛,看谁先撞上终点线。"

两人又寒暄几句,挂断电话,菲尔的心情十分兴奋,头脑也分外敏锐。他知道耐克公司面临着一个大的机遇,成百万的美国男青年会去买一双耐克跑鞋挂在墙上,以此宣泄对鲍菲的崇拜。还有女青年呢?鲍菲英俊的面貌,他的明朗自信,还有他偶尔一露的野性,对那些正处于青春躁动期的美国少女一定有强大的诱惑力。菲尔忽然来了灵感,他要迅速开发出一种新的女式运动鞋,由鲍菲做广告,相信能打响。

还有12亿中国人和6000万华人呢。由于鲍菲的华人身份,他对华人青年肯定有极强的号召力,而且中国人的购买力早就急剧膨胀了。他要立即研究一个计划，投入巨资强力打造，把鲍菲·谢塑造成华人的英雄。

他在一分钟内作出了两个重大决策，然后按下同秘书的通话键：

"玛格丽特，请通知董事会，明天上午召开临时董事会，有两个议题……"

百米赛事的转播已经结束，屏幕上是空空荡荡的颁奖台。朱莉娅发现罗伯特仍在发愣，目光盯在屏幕之外。她轻轻地触触他：

"喂，你怎么了？咖啡凉了。"

罗伯特竖起一根手指示意她噤声，仍然出神地思考着。两分钟后他才回过神来，兴奋地说：

"我发现了一条好新闻，一条能上纽约时报头版的新闻。"

"是吗？什么新闻？"

"就是这位一鸣惊人的鲍菲·谢！"

朱莉娅没能理解他的话意，迟疑地说："太晚了吧，轮不上你去报道的。"

罗伯特摇摇头："不，不是报道他的成功，而是披露成功的内幕。要知道，男子百米的技术几乎已经尽善尽美了，要想作出惊人突破是极为困难的。也许鲍菲是个天才，但天才也不能随心所欲地突破人类的生理极限。一句话，如此神速的、超乎寻常的突破，只有一种解释是可能性最大的：他服用了某种高效的兴奋剂。"

"不可能吧，奥委会医学委员会的结论，还有耐克公司延请的医学监督小组……"

"欲盖弥彰！"罗伯特斩钉截铁地说，"知道吗？要做完那个公告上所说的全部检查，至少得一百万美元。如果不是心里有鬼，他们会把大把钞票轻易地撒出去？你不知道，我的毕业论文题目就是'兴奋剂在体育领域里的使用历史和展望'，我为此做过大量的调查研究，所以我对这件事是有发言权的。"

准备回书房看书的老盖纳听到两人的争论，悄悄地踱出来，饶有兴趣地听着。朱莉娅顽强地反对着：

"绝对不会。如果像你所说，他必须买通医学委员会的众多专家，那实在太不可思议了。有一个半个败类与他通同作弊还有可能，但他不可能瞒过全社会的监视。是吧，盖纳伯伯？"

老盖纳微微一笑，没有回答，顺手扯过把椅子坐下来。罗伯特解释道："不，这些专家们并不是作弊，而是被蒙骗了。兴奋剂现在已发展到第五代，越来越真假难辨。像生长激素HGH，红细胞生长素EPO，绒毛膜促性腺激素HCG，等等。它们或是从死人身上提取，或是人工制造。但不管什么来源，从化学组成上说，它们确确实实是人体中的天然物质，因此极难检测。比如红细胞生长素，检测它的唯一办法就是它的'量'，专家们只能作出人为的规定，凡血液中含氧量超过51%时，就判定服用了这种兴奋剂。由于这种本质上的混淆，没有一种检测方法是绝对准确的。更何况兴奋剂每天都在发展，像20世纪90年代末发明的携氧乳剂PFC，至今没有研究出检测办法。所以，鲍菲这次突破的最大可能是：某些人在兴奋剂上作出了重大的突破，发明了一种无法检测的、效力奇高的新玩意儿。"

朱莉娅看看他，再看看老盖纳，困惑地说："我越听越糊涂了。如果这些兴奋剂本身就是人体中的天然成分，何妨让运动员们使用，使他们的体质不断强壮呢。这对人类来说难道不是好事吗？"她补充道，"这里不存在公平与不公平的问题，可以让每个人都使用嘛。"

老盖纳听得入神。作为参议员，他算得上见多识广，但他对兴奋剂只限于泛泛的了解。这样深入的讨论，他还没有参加过。他没有插言，以目光鼓励两人继续讨论。罗伯特在加州大学中是以口才便捷而闻名的，这一会儿更是滔滔不绝：

"你有这种想法并不奇怪，连前奥委会主席萨马兰奇在退休前也说过，要区分'对人体有害的兴奋剂'和'能提高运动能力的无害兴奋剂'。不过，即使以他的身份，这个主张还是招来一片反对之声，没有被通过。如果细究起来，兴奋剂的绝对界限的确难以划定。有些办法，像长跑运动员的高原拉练，在本质上也属于一种'兴奋剂'。由于高原气压低，氧含量少，在高原锻炼可以刺激运动员的脑脊液，产生更多的血红蛋白，增强人的体能。现在有些无高原的国家还建立了仿高原拉练房，人为制造低气压环境，达到和高原拉练同样的效果。这种方法为什么至今仍是合法的？因为尚未发现它对运动员造成明显的损害。但其他兴奋剂就不同,比如红细胞生长素或携氧乳剂若使用过量常常造成猝死;生长激素使用过量会引起肢端肥大症、心血管病、糖尿病、癌症、皮质基底节骨髓变性症等。"

"噢,哪些是无害兴奋剂呢?"

"严格来说:没有。这种现象不是偶然的,而是由于生命的本质。生命的本质就是一种精巧的平衡。一旦某个方面的发展破坏了平衡态,生命就要受到伤害。从这个意义上说,体育是一种刀刃上的舞蹈。它既要尽量强化人的某个方面的功能,造出奔跑机器、举重机器、游泳机器、跳高机器……又要时刻警惕不要超出某个界限。而使用兴奋剂就势必会打破这种平衡。"

老盖纳笑了:"不错,鲍勃,我很高兴你对生活有自己的见解。你准备怎么办?"

"我相信自己的直觉,要尽力揭开这件事的内幕。我刚才说的'某些人'是有所指的,"他看着爸爸的眼睛,"爸爸你肯定记得,鲍菲的父母都是有名的生物学家和医学科学家,也许正是他们制造了鲍菲的成功。"

老盖纳回避了鲍菲父母的话题,毕竟他们曾是邻居,他不会轻易在言语上涉及他们,至少在事情没有明朗化之前不会。他问儿子:

"你准备从哪儿入手?"

"从他父母所在的雷泽夫大学入手吧。这是我的优势,其他记者不了解这些。"

朱莉娅下意识地摇着头,老盖纳看见了,笑问:"你有什么不同看法吗?"

朱莉娅迟疑地说:"我没有什么看法。只是,他父母曾是我们的邻居,而且是一家不错的邻居。"

罗伯特看看她,没有说话。老盖纳沉思片刻说:

"记得上个世纪最著名的健美冠军特里普吗?他确实是男子力量的象征,肌肉暴突,体型剽悍。有人说,和特里普相比,20世纪80年代的美国健美冠军施瓦辛格成了发育不全的小男生,古希腊的力士雕塑也太缺乏想象力。他的照片曾贴在成千上万美国孩子的卧室中。但这个力量之王却在一家旅馆里猝死了,医生作尸检时,在他体内发现了多达20种的兴奋剂和毒品。"他语重心长地说,"兴奋剂是体育界的毒瘤,它又是在金钱之上繁殖的。只要体育的商业化不能根除,这个毒瘤就不会彻底消亡。不过我们总得随时铲除它,使它不致长成大的癌肿。鲍勃,按你的想法干吧,不管牵涉到谁。这是为社会负责,也是为我们的邻居负责。"

"好的,明天我就开始,妈妈那儿有他家的电话号码和详细住址,听说他们住在克里夫兰市的郊区。"

朱莉娅突然决定:"我也参加这次调查吧,就算是我的假期社会实践。"

罗伯特很高兴:"好的,我们一块儿干会更方便。你回去准备一下,明天早点出发。"他把朱莉娅送出去,在门口吻别。

第二章　爱情与阴谋

在希尔顿饭店宽敞的房间内，谢教授半倚在床上看完了电视台的实况转播。这个结果早在他的意料之中，所以他的心情十分平静。体育界、新闻界和全世界的观众都为这个成绩兴奋欲狂，其实，这还不是鲍菲的最高水平呢。他和道格拉斯事先商定，让鲍菲留下一定的余地，以后一旦需要，可以再造成一次冲击波。

他同远在美国的妻子通了电话："若华，电视报道已经看过了吧，我们成功了。"

妻子细声说："我知道，我也看了报道。豹飞成功了，我很高兴。"但之后便没了下文。谢可征盯着她微露抑郁的面容，笑道：

"到了这个时刻你还在担心吗？一切都很顺利，不会有什么意外的。"

"但愿如此，这两天你见到鲍菲了吗？"

"没有，我来雅典时他已经进驻运动员村了。"

"见到他，让他常给我来电话。他的电话太少了。"

"好的，再见。"

他挂上电话，暗暗摇头。妻子从什么时候开始变了？现在，她总怀着某种恐惧，心中始终有一个解不开的死结。不过他能够理解妻子，六个儿子的夭亡，肯定会在一个女人心里刻下永不愈合的伤口。

他理解妻子，但决不会放慢自己的步伐。文明之车不会迁就女性的多愁善感。他把这些不快的思绪抖掉，毕竟成功之神已经降临——是多少人垂涎的成功啊，历史学家们将为他的成功重重写上一笔。他没理由在这个时刻跟自己过不去。

他想向儿子道一声祝贺，但电话打不通，儿子室内的电话没人接，他住在运动员村期间又没带手机。这会儿他在干什么？应该想起给爸妈来个电话呀。谢可征怏怏地放下电话，突然电话铃响了。屏幕上不是儿子而是田歌的面庞。她眼睛发亮，两颊潮红：

"谢伯伯，向你祝贺！向鲍菲祝贺！我一直相信他会成功，但我没料到是这么惊人的成功。田径史上一定会用金字写上谢豹飞的名字。"

谢教授笑了："我没有吹牛吧，哈哈。孩子，为了今天，我们已经努力了20年，不，26年啊。"他很想向对方一倾积愫，这些年，他太孤独了。不过……年轻的田歌不是好的倾诉对象。他摇摇头，把自己的话头截住了。

田歌感动地说："谢伯伯，我理解你此刻的心情。"

"谢谢，真的谢谢你。"

"伯伯，鲍菲200米决赛后有时间吗？我很想认识他。我的要求是不是太冒昧了？"

谢教授微微一笑，心想这个姑娘已经开始了义无反顾的爱情攻势。儿子已经成了世界名人，狂热痴迷的美女们会成群结队地跟在儿子身后。不过他十分喜爱田歌，喜爱她不事雕琢的美，喜欢她的开朗和落落大方，还有，她是中国人，而妻子一直暗暗希望有一个中国的儿媳。鲍菲对妈妈这点隐秘的心愿倒是从来不以为然。他笑着说：

"孩子，我给你一个饭店的电话号码，三天后他将从运动员村里搬出来住到这家饭店，你自己同鲍菲联系吧。要抓紧啊！"

他半开玩笑半认真地说。田歌喜悦地说："谢谢伯伯。"

两天后，200米决赛结束了。谢豹飞以18.65秒的成绩再次夺冠——又是一个世纪性的成绩。谢旋风再次征服了帕纳西耐孔体育场，征服了全世界。这些天来，各国记者最头疼的问题是，本国语言中最高级的形容词词汇太贫乏了。

但这次强劲的震荡终于有了第一轮回波，怀疑的暗流悄悄滋生——虽然比起年轻的罗伯特·盖纳来说已经晚了两天。这些怀疑大都未公开，但通过各种渠道顽强地、持续不断地送到田赛组委会的上层。终于，在男子200米的奖牌颁发15个小时后，奥委会医学委员会召开了一次紧急电话会议。会场设在田赛组委会所在的辛格罗斯大街，出席雅典会场的有德梅罗亲王，有眼下正在雅典的两名医学委员会委员卡内因和阿部康成，田联副主席安妮·德罗瓦也列席了，其他委员通过电话参加讨论。

德梅罗亲王：这些天，在运动员中和体育医学界里，对鲍菲·谢异乎寻常的成绩多有议论。我想首先说明一点：对鲍菲·谢已进行了超强度的兴奋剂检查，无论是奥委会检测中心的官方报告，还是卡内因/麦克唐纳小组的私人性质的报告，其权威性都无可怀疑。但鲍菲·谢的成绩确实太异乎寻常了。我们召开这次紧急会议，是想探讨一下，我们的监督体系有没有什么不易察觉的漏洞。

卡内因：请允许我介绍一下我们小组的工作。自耐克公司向我们提出请求后，我就派助手理查德·科恩与鲍菲·谢生活在一起。不，用这个词分量太轻了，临行前我对他的命令是，你要像蚂蟥一样时时刻刻叮住他，陪着他吃饭、睡觉和上厕所。可以负责任地说，至少在赛前两个月中，鲍菲·谢没有服用任何兴奋剂，也没有使用任何禁用方法，如抽血回输。

德梅罗亲王：有消息说，他的教练让他口服和外用某些东方药品，如中药和藏药。

卡内因：科恩对这些中药藏药进行了全程监督，并取有样品，我都做过仔细的化验，没有什么异常的东西。鲍菲常常在赛后用中药汤洗脚，它确实能有效地帮运动员从疲劳中恢复，但也仅此而已。

剑桥大学体育生理学家戴尔·玛兹：我想大家不必回头看了，已有的检查报告和结论完全可以信赖。按我的揣测，如果——请注意我用的是虚拟语气——如果鲍菲的成功真的有什么蹊跷，他一定是使用了某种不为人知的、全新的兴奋剂或方法，而不是已知的兴奋剂。道理很简单：已经有不少人暗地服用上述种种兴奋剂，但没一个人能达到谢的突破！顺便说一句，谢的父母都是很有造诣的生物学家和医学科学家,不过,我说明这一点,并不是想做什么暗示。

德梅罗亲王: 假如真的如你所说,这种新的药品或方法会是什么?

戴尔: 毫无头绪。可能是食用一种高能食品?或是发明了把腿部慢肌转变为快肌的方法?亲王殿下,与会诸位都是高水平的医学专家,但他们的特长是'防御'而不是'进攻'。如果想预测新的兴奋剂或禁用方法,最好咨询一些最前沿的生物学家、遗传学家、分子生物学家,比如……鲍菲的父母。

北京协和医院生理学家陈日曦: 建议本委员会组织一个专家小组开始工作,这个小组可以吸收委员会之外的人士,就是戴尔先生所说的'擅长进攻'的专家。但这属于探讨性质的工作,所谓远水不解近渴,对谢豹飞来说,恐怕还得执行无罪推定的准则。

安妮·德罗瓦主席: 我们正是这样做的。鲍菲的奖牌已经发放。在没有得到确凿的证据前,任何委员不要发表反面的言论,哪怕是暗示。

德梅罗亲王: 这是我和主席的共同意见。谢谢各位。

200米决赛一结束,谢豹飞就和教练一起搬出运动员村。这儿的生活太不自由,单单进门时的搜身就令他难以忍受。如果不是教练在身边调和,他早就和搜身的警察干上了。不过他也没搬到父亲住的希尔顿饭店。从童年起,父亲就是"父道尊严"的化身。他对父亲向来非常敬畏但并不亲近。

兴奋剂监督小组的理查德·科恩过来同他们告别:"咱们要说再见了。鲍菲,这两个月我像蚂蟥一样叮在你身上,恐怕你早就忍无可忍了吧。"

谢豹飞咧着嘴笑了,科恩说的不假。尽管这种监督是自己要求的,是道格拉斯和父亲的主意,但两个月的近身监督确实让他难以忍受。他已经形之于色了,如果时间再长一点,恐怕他真的会忍不住和科恩干架。他笑着说:

"不管怎样,你证明了我的清白。谢谢蚂蟥的工作。"

"没错,我可以保证,在这两个月内你是清白的,绝对清白。你知道,对于这次惊人的成功,有不少窃窃私语,奥委会医学委员会还召开了专门会议。会上,监督小组做了公正客观的陈述,维护了你的名誉。除非……"他半开玩笑半认真地说,"你在两个月前就服了某种长效兴奋剂,我们尚未知晓的某种兴奋剂。"

看来,即使连两个月来形影不离的科恩也抱有某种疑虑。鲍菲笑着摇摇头,说:"下次比赛,你可以在比赛一年前就介入——不过,如果是长达一年的贴身监督,我不敢说我会不会精神失控,咬你一口。"

科恩大笑道:"反正下次监督我是不会来啦,这个活儿我是干腻了,再见。再次向你祝贺,我想你的成绩100年内都不会有人逾越。"

他去向教练道格拉斯话别。科恩走后,道格拉斯发现鲍菲已经不在身边。他在远处喷水池旁,正同一个女子在热切地说着什么。道格拉斯不由微微一笑,他知道那女子是谁,田径场上有名的辣妹,三级跳远银牌得主,巴西的诺拉·桑切斯小姐。从入住运动员村之后,那个漂亮姑娘就对鲍菲眉目传情。那时鲍菲还是个无名之辈,所以她是冲着他这个人而不是冲着他的名声。道格拉斯也知道,两个月来的苦行僧生活,鲍菲早就急不可耐了。鲍菲在男女之事上精力过人,而且他有一个奇特的习惯:他的性欲周期和月亮的盈亏常常是同步的,月圆之夜,他的性欲最旺盛。

再有4天就是月圆之夜。

租车行打来电话,说他们租的车已经送到,但运动员村检查森严,车辆只能开到门口。道格拉斯唤来一个服务员把随身行李拉上,鲍菲也过来了,两人一同来到大门。大门口的阵势让鲍菲皱起眉头,十几个记者候在这里,一见鲍菲出来,十几个摄影镜头和录音话筒立即把他们包围:"请问鲍菲·谢,这次惊人的成功有什么秘诀?""有人说你使用了一种最新的兴奋剂,你对此有何看法?""你有女朋友吗?""耐克公司给你付了多少美元?"

鲍菲目中透出怒火,他刚摆脱一只蚂蟥的叮咬,现在十几只蚂蟥又贴上身了!道格拉斯按住他的拳头,用力挤开人群,来到那辆宝马车上。租车行的服务员从窗户里递过钥匙,又帮他们推开车前的记者,汽车迅速开走。

驶上公路,道格拉斯扭头看看:"后边至少有两辆车是冲着咱们来的,想办法甩掉这些狗仔。"

鲍菲猛踩油门，宝马疾速冲向前去，超过一辆又一辆车。它搅乱了车流，就像是一条狗鱼钻进草鱼群里。两个街口之后，道格拉斯回头看看，只剩下一辆黑色的菲亚特还跟在后边。鲍菲也看到了。前边是比雷埃夫斯大街的一个十字路口，鲍菲看着交通牌上的数字，放慢了车速。红灯亮时宝马基本降为零速，左右方向的车流已经开始启动。就在这一瞬间，宝马猛然加速，冲过红灯，惊险地擦过左右的车流。后边一片紧急刹车的吱吱声。不用说，那辆黑色菲亚特被阻住了。

鲍菲得意地问教练："怎么样？"

"还行——不过，一张罚单马上要送来了。狗仔记者也有消息可发：百米飞人在十字路口大展神威。"

鲍菲大笑起来。

他们在辛格塔马广场附近的辛格罗斯饭店停下，使用化名登记了两套最好的房间。这种房间是双卧室的，按说只要一套就行了，但道格拉斯想让鲍菲有一个自由的空间——话说白了，就是鲍菲领女人回来时不必经过教练的视野。这是道格拉斯的惯例，赛前他对鲍菲的控制很严，但赛后总是有意让鲍菲放松一下。鲍菲匆匆洗漱完毕，换了衣服，用一副大墨镜把面孔盖上一半，过来同道格拉斯说：

"我出去一下。"

道格拉斯知道他是去赴辣妹之约，笑着点点头："去吧，我和你父亲联系一下，定下以后的日程。"

鲍菲匆匆走了，道格拉斯心情闲适地洗了热水澡，躺到床上。对面墙上是一幅法国安格尔做的名画：宙斯与忒提斯，画中渗透着野性之美。希腊神话中的万神之王手执权杖，裸着上身，须发蓬松如一头非洲雄狮。道格拉斯想，他从15年前接受谢可征教授的聘请作鲍菲的私人教练，现在总算能松口气了。这不是一件轻松的工作。鲍菲的确有过人的天才，但他的性格很不稳定，亢奋与低沉、狂喜与暴怒交替出现，与他打交道，就像是与一头狮子打交道。在与鲍菲相处半年后，道格拉斯提出了独特的训练办法，那就是：不要磨平他的性格，而是因势利导，尽量激发他的野性，把这种野性转化为他的爆发力。鲍菲的父亲非常赞同他的主张。自那之后，每年他都要带鲍菲到东非草原去追捕羚羊或角马，让他的野性在蛮荒之地得到最大程度的释放。事实证明这种方法非常有效。

鲍菲成功了，他也成功了。按照合同，他将得到一亿美元的20%。两千万，足够他下半生的花费。而且这次的成功只是初步的，以后成功和金钱还会源源而来，不过他已经准备急流勇退了。

他忽然想起还没跟谢先生通话呢。他挂通希尔顿饭店的电话，很快谢先生的面庞出现在屏幕上。他说：

"谢先生，我们已经搬出运动员村，在辛格罗斯饭店安顿好了。"

"鲍菲呢？"

"他出去了，在这间屋里没有停两分钟就出去了。"

谢先生的表情多少有些失意："道格拉斯，我是不是已经失去这个儿子了？"他开玩笑地说，"这么惊人的成功，他竟然没有想到与父母分享。"

道格拉斯想，鲍菲这会儿正与那位田径辣妹颠鸾倒凤呢，这样的时刻把老爹抛在脑后也是情有可原的。不过他没有说，这些情况没必要告诉鲍菲的父母。谢先生也转了话题，正容说：

"道格拉斯，我们成功了，谢谢你，谢谢你15年的工作。"

"什么时候启程回国？"

"不要急，在雅典再待几天吧，我还想看看这件事的余波。你和鲍菲都苦了15年，在这儿好好将养几天。"

道格拉斯字斟句酌地说："说到这儿，我正想说说我的打算。回国后我就打算辞去这个工作了。请你着手遴选下一任教练吧。"

"为什么？"谢教授惊讶地说，"这才是成功的开始呢。"

道格拉斯笑笑，没做解释。他知道谢先生说得对，但直觉告诉他，鲍菲的性格就像是一颗去掉保险的炸弹，不一定哪天会爆炸。具有讽刺意味的是，正是他和鲍菲父亲采用的训练方法强化了鲍菲的野性，或者说强化了爆炸的可能。他不想再和这颗炸弹待在一起，要及早退出，安心享用他的两千万去了。谢教授笑着说：

"这事以后再说吧，至少要把庆功酒喝过嘛。等鲍菲回来，让他来个电话。"他挂断了电话。

道格拉斯在饭店里窝了一天，他让服务员为他找了个希腊姑娘。大概是个农村姑娘，一句英语都不会说，但她的一双浓眉和幽深的黑眼珠也颇有吸引力。两人做爱时，姑娘在他身下用他听不懂的语言急切地说着什么。他在这姑娘身上彻底放松了自己。姑娘走后，他躺在沙发上看电视。大约夜里11点，听到隔墙有动静，就过去看看。鲍菲果然回来了，刚洗过澡，赤身裸体地从浴室里出来。他一向是这样，只要是在屋里，他就急不可耐地解脱衣服的束缚。道格拉斯告诉他，谢先生来了电话，让他们在雅典再停留几天，并让鲍菲给父母去个电话。这时电话响了，道格拉斯拎起话筒，屏幕上显出一个漂亮姑娘的脸庞。姑娘说：

"你好，道格拉斯先生。祝贺你和鲍菲惊人的成功。鲍菲在屋里吗？"

道格拉斯认出这是赛场上向鲍菲献花的姑娘，她的美貌无与伦比，任何一个男人都会过目不忘。不用说，这是无数疯狂的鲍菲追星族中的一位，但她从哪儿得知这儿的电话？他客气地说：

"谢谢你的祝贺。鲍菲在这儿，我让他来接电话。"

鲍菲在他的示意下穿上浴衣，懒懒地接过电话。看到屏幕中的姑娘，他眼睛一亮。维纳斯女神！那姑娘长着明月般的双眸，灵巧的鼻子，皮肤白中透红，漆黑的长发披落在圆润的肩头。她太美了，不是刚才那位辣妹的性感，而是纯净、透明和恬静。他欣喜地说：

"是你！我认出你了，是你在赛场上给我献的花！"

在向那座爱情要塞发起进攻之前，田歌已经抱定破釜沉舟的决心。她可不是自卑，她对自己从来都有十足的信心。但是……想想吧，谢豹飞已成了世纪性的英雄，成了众多美女疯狂追逐的目标。他能接受自己的爱情吗？

从谢伯伯那儿要来谢豹飞的电话号码后，田歌努力提炼自己的信心，对自己的言辞反复考虑，但实际谈话的进程并没有按她的设计。

接电话的大胡子先生侧过身，她扫见一尊健美的裸体。少顷，穿上浴衣的谢豹飞出现在屏幕上，圆圆的脑袋——这与豹哥有点相像，英气逼人的面孔，聪睿的眼神中带点冷漠和疲倦，浴衣没有裹紧，露出肌肉暴突的肩部和胸膛。大赛甫毕，他还没来得及休整好呢，也许这几天他已经被崇拜者们追得无路可逃了。田歌的心脏猛跳起来，准备好的见面辞被抛到爪哇国里，她想自己的尊容一定傻透了。但电话那边已经欣喜地喊着：

"我认出你了，是你在赛场上给我献的花！谢谢你，也许我的幸运就是你给我带来的呢。哈哈！"

田歌莞尔一笑："我可不敢贪天之功啊。鲍菲，祝贺你，你的成功是耸立在田径历史上的珠穆朗玛峰。"

谢豹飞挥挥手撇开这个话题，热切地说："谢天谢地，我正发愁怎么在人海中找到你呢。我真该当时就让你留下地址。当然，在决赛前的时刻，有这样的疏忽是可以原谅的。"他笑了，笑容像秋天的天空一样明朗。"你怎么知道了我的电话号码？为了摆脱记者们的纠缠，这个地址是严格保密的。不，你不用回答，我更愿是冥冥中的上帝之力，是上帝把你送到了我的身边。请问你的名字？"

"田歌，田野的田，歌曲的歌。"

"多美丽的名字。你是中国人吧？"

"对。"

"我一眼就看出来了，你的风度、你的微笑，都有很浓的中国味儿。其实，我父母都是身在异国的中国人。我的中国话说得还可以吧。"

田歌称赞道："说得真好，标准的北京话，还多少带点京油子的味道呢。"

"这两天我一直在盼着你能来电话——虽然我明知道你不会有我的电话号码，但不知为什么，我坚信你会来电话的。这也许就是缘分吧。"

田歌在屏幕上紧盯着他："说起缘分，也许咱们的缘分可以追溯得远一点呢。咱们在六年前就见过面。"

"六年前？"谢豹飞努力回忆着，"在什么地方？我不相信，像你这样漂亮的姑娘，我只要见过一面还会忘记吗？"

"我不是开玩笑，真是六年前。我和堂哥去东非旅游，你和道格拉斯先生在草原上训练。那真是别出心裁的训练方法——猎豹般的捕杀。"

谢豹飞回头看看教练，教练猛然忆起这件事，点点头说："对，我记得这事。你的堂哥是一位短跑运动员。"

谢豹飞也回忆起来了："噢，我想起来了，那时田先生身边是有一个小姑娘，不过那时你只是一只小青虫，谁能想到你会变成这么漂亮的蝴蝶？"他大笑起来，然后压低声音，脉脉含情地说："你能允许我去拜访你吗？"

田歌的心头又猛跳了几下。她并不想掩饰自己的心情，快乐地说："当然，我很高兴你来。"

"你以后几天的日程是怎么安排的？"

"还没有安排。"

"那好，从现在起就由我安排吧。你知道吗？从看见你的第一眼起，我就告诉自己，这正是我寻找了100年的女神。"

田歌已经恢复了爽朗和自信，调皮地抿嘴一笑："100年？你老人家高寿？"

谢豹飞哈哈一笑："我在前生中已经开始寻找啦。不管怎么说，我是不会放过你了。不管你是否有情人，是否已经订婚，甚至是否结了婚，我都不管，我一定要得到你。"

听到这带有三分蛮横的爱情宣告，田歌十分感动。她脉脉含情地盯着他，低声说：

"我既没有情人，也没有结婚。不过我想，也许就在今天，我已经找到了我的另一半。"

谢豹飞扭头和道格拉斯交代了几句，然后性急地说："田歌，你现在在哪儿？我马上就开车去接你。"

两个小时后，一对恋人来到著名的雅典卫城。谢豹飞今天穿一身伦敦菲里普公司的运动休闲装，潇洒飘逸。田歌仍是一身素装，白色运动衫，白色短裤，白色旅游鞋，外加一顶白色遮阳帽，这身行头使她看起来像一个调皮的中学男生。

谢豹飞租了一辆豪华的白色法拉利跑车，为了避开记者，他一直戴着一副硕大的墨镜。不过田歌时刻能感受到墨镜后炽热的盯视。身体相接触时，两人都感到强烈的电击感。见面十分钟后，两人已经像孩提之交那样熟稔了。谢豹飞推掉了一切交际，全心全意地陪田歌游玩。这些年他从不缺少性伙伴，但那些都是露水之欢，而田歌这样的姑娘是天生为婚礼殿堂而生的。他总是用火一样的目光罩着田歌，把姑娘的心烧融了。田歌在心中叹息着，也许这就是奶奶常说的前世姻缘吧。

参观卫城的第一站是伯提侬神庙，这是公元前447年—前431年建造的，主祭神就是赫赫有名的智慧之神雅典娜。希腊是举世著名的大理石之乡，各种古典建筑都脱不开大理石的恩泽，伯提侬神庙也是如此。这个长方形的白色圣殿的正面是主室，背面是处女宫，四周立有46根精美的浮雕石柱，檐壁上也有精美的浮雕。这里原来还供奉有雅典娜的塑像，是古希腊著名雕刻家菲狄亚斯用黄金和象牙雕成的，雅典娜头戴金盔，手执长矛和圆盾，圆盾上盘着双目眈眈的巨蛇。可惜这座雕像已经毁于战火。

谢豹飞挽着恋人，低声讲解着檐壁浮雕的内容：这一幅是讲雅典娜的出生，这一幅是朝拜女神的游行场面，"你看，这一幅是什么？"

田歌仔细辨认着："是雅典娜和海神波塞冬？"

"对。两个神祇争夺雅典城的命名权。波塞冬向城市赠送一匹天马，象征征服；雅典娜向城市赠送一株橄榄树，象征和平。爱好和平的雅典人判雅典娜获胜，于是该城就以她的名字命名。"他笑道，"市内有一座著名的阿雷奥伯格法院，据说就是雅典娜亲手创建的。在希腊，神话和现实常常泅在一起，已经分不清彼此了。"

"你来过雅典吧？"

"嗯，来过两次。我在田坛上还未出名时，父亲常常让我去各个大赛现场观摩。像1996年亚特兰大奥运会、2001年温哥华田径世锦赛、2004年雅典奥运会，我都去了。"他补充道，"我父亲在商业上比较成功，他的名下有两个中型的生物产业公司。"

伯提侬神庙北面是埃雷赫修神庙，一幢造型别致的建筑，六根巨大的大理石柱托着整体的大理石屋盖。田歌正在啧啧惊叹时，豹飞泼了一盆冷水："这不是真品。由于城市废气的严重腐蚀，真品只好取下来。雅典的污染极为严重，比你们中国更厉害。"

这句话让田歌皱起眉头，不过细想起来却无从反驳。中国的工业污染是不争之事实；谢豹飞是美国人，他也当然不会说"咱们中国"。但田歌仍觉得这句话不大顺耳。谢豹飞对她的芥蒂毫无觉察，仍兴致勃勃地讲解着，不久田歌也就释然了。

接下来他们参观了无翼女神庙、著名的古剧场和卫城博物馆。豹飞虽然只比田歌大四岁，但见多识广。他娓娓讲述各个景点的历史，穿插着奇异多彩的希腊神话，还要加上一些个人的独特观点：

"希腊神话和东方神话明显不同。在古希腊人的神界里，同样有人间的阴谋、通奸、乱伦、血腥的复仇、不计生死的爱情……一句话，希腊神话中还保留着原始民族的野性。对比起来，汉族神话未免太'少年老成'。"他沉思着补充，"也许希腊人的野性还不太足，也许雅典建城时该选取天马而不是橄榄枝。那样希腊就不会有上千年的衰落，雅典娜的塑像也不会被人偷走放在大英博物馆里。"

如果说刚才谢豹飞的话曾使田歌心存芥蒂，这番话又把两人的距离一下子拉近了。

两人吃了午饭，漫步到城脚下，那里是著名的阿蒂卡斯露天英雄剧场，每年8月有演出盛会。这会儿剧场里万头攒动，舞台上正上演着希腊现代文豪尼科斯·卡赞扎基所写的古典悲剧《奥德赛》。骄阳如火，剧场的气氛也如气温一样高涨。谢豹飞忽然瞥见一行人从剧场出来，他们衣冠楚楚，走在前边的是一个雍容华贵的贵妇人，穿着按古典风格设计的时装。他认出这是雅典田赛组委会主席安格洛斯夫人，在她身后是希腊体育部长福古拉斯。这是东道主领贵宾参观古迹，她身后跟着的肯定是世界田联委员之类的人物。

走过两人身旁时，安格洛斯夫人忽然停住脚步，锐利的目光向他们扫视一下，便含笑伸出手：

"鲍菲·谢先生？"

谢豹飞仍戴着那个硕大的墨镜，没想到安格洛斯夫人会认出他。他忙取下墨镜，尴尬地说：

"你好，安格洛斯夫人。我是想躲避记者。"他好奇地问，"你是怎么认出我的？"

夫人笑了："我认出了这个漂亮惊人的中国姑娘，她是决赛那天向你献花的人吧？然后我认出了你的身材和脸型。"她转向田歌，亲切地问："请问小姐芳名？"

田歌没想到她在三天前的一瞥之后竟然认得自己，亲切感油然而生，高兴地回答："安格洛斯夫人，你好。我叫田歌。"

夫人执住姑娘双手，含笑打量着，看得田歌脸庞发烧。人与人的缘分很奇怪，在这几秒钟里，她已经喜欢上这个姑娘了。姑娘美貌天成，浑身洋溢着青春的活力，落落大方，清澈的目光透出天真和善良。安格洛斯夫人掏出名片：

"你们准备在雅典逗留几天？走前一定到我家做客，再见。"她与两人握别，又笑着加了一句，"祝你们幸福。"然后匆匆追赶那队游客。田歌看着她的背影，低声问：

"我们真的去她家做客吗？我觉得同她特别投缘。"

"当然去啦，夫人已经邀请，不去就太失礼了。"

两人走下台阶，听见有人用汉语高声喊："田歌姐姐！"三个小伙子气喘吁吁地跑过来，仍背着各自的马桶包，头发乱蓬蓬的，衣服也不甚整洁。田歌很高兴在异国能碰到熟人，迎过去笑道：

"是你们三位啊。看你们的样子，这几天真的露宿街头？"

王刚兴致勃勃地说："嗯，比希尔顿还舒服呢。这两夜很有心得，我们经过研究发现，希腊的月亮原来和中国的一样大！"他笑着问，"费先生和田先生呢？"

"还在赛场观阵。今天可能是男女跳高决赛吧。"

三个人偷眼盯着田歌的同伴，那个戴着硕大墨镜的男人。王刚悄声问田歌："这位是谁？"

田歌犹豫片刻，用英语问鲍菲："这三位是我同机到雅典的中国伙伴，你是否愿意我向他们介绍你？"

鲍菲一直站在圈外打量着三人，这时也用英语问："中国嬉皮士？"

田歌笑了："不是。他们为了省钱，这几天一直露宿街头，所以外貌比较狼狈。"

谢豹飞点点头，取下墨镜，向三位伸出手，不等他自我介绍，三个人几乎同时喊出来：

"谢豹飞！"

三个人几乎乐疯了。六只手同时伸出来，七嘴八舌地嚷道："谢先生，知道吗？我们都是冲着你来雅典的！你真伟大，你懂中国话吗？你为咱中国人争了光！"

田歌不由蹙起眉头，这几位未免太"自作多情"了，不过不怪他们，都是国内那些程式化的爱国主义作品给害的。在那些作品中，凡是外国的华人都有浓烈的中国情结，比中国人还中国人。但半天来的接触之后她已经发现，尽管谢豹飞身上并不缺少中国人情结，但他首先是一个美国人，他在内心中对这些"过于自己人"的赞扬不见得有认同感。不过，不管谢豹飞心中是如何想的，表面上他仍是彬彬有礼。同三个人用汉语交谈几句后，他回过头用英语问田歌：

"需要我帮助他们吗？我可以资助他们几天住宿费。"

田歌急急喊道："千万别！"她脸庞发烧，匆忙扫视三人，担心他们听懂了豹飞的意思。好在三个人的英语水平都不行。他们仰着脸，热切地等着田歌姐姐的翻译。田歌松了口气，急中生智，笑道：

"豹飞在问，你们是否要他签名。"

三人大喜过望，取下马桶包急急翻捡着。田歌回过头笑着用英语说："豹飞，千万不要提什么资助的事。他们并不是没钱住旅馆，只是想为自己的父母省几个钱。如果你能为他们签名留念，就是给他们的最好礼物了。"

三个人已把自己的笔记本和签字笔递过来，虔诚地看着心中的偶像。谢豹飞龙飞凤舞地签上自己的中文和英文名字，三人把笔记本珍惜地装好，再次握手致谢。临别时王刚俯在田歌耳边轻声说：

"田歌姐姐，干得好，这样的英雄不能让外国女人抢走！"

他们乐哈哈地走了。田歌双颊晕红，心中却是甜滋滋的。谢豹飞目送着三人的背影，评论道：

"快乐的年轻人，是吗？"田歌高兴地挽住他的手臂。

坐上法拉利跑车后，田歌问："下一站到哪儿？"

"到比雷埃夫斯海港，我要送你一件小礼物。"谢豹飞轻描淡写地说。

"小礼物？为什么要到比雷埃夫斯港？"

谢豹飞已打开停车制动器，取下墨镜扔在驾驶室的杂物台上："到那儿你就知道了。"

汽车一出停车场就飞快地加速，很快达到150千米的时速。田歌看着车内豪华的装潢，抚摸着用澳大利亚小牛皮精工制作的坐垫，在心中暗想，豹飞确实是典型的"扬基"性格。中国司机开车讲究平稳启动，减速停车，尤其是对这辆昂贵的法拉利，不知道要宠到什么样呢。但谢豹飞却从不讲这些规矩，即使是仅仅20米的挪车，他也是急加速后再急刹车，弄得田歌头晕目眩。和中国人比起来，他显然有更强的野性，他的生命力要更加强悍。不过，这正是田歌所看重的。

汽车开上了滨海大道，这是雅典的一条主要街道，公路左侧是蔚蓝色的海水和白色的沙滩。田歌发现豹飞一直皱着眉头，频频看反光镜。她担心地问："怎么了？"

豹飞简捷地说："有人跟踪。就是后边那辆红色的菲亚特，从停车场出来时它就跟上我们了。"

他加快车速，后边的菲亚特也加速追上来。他减慢车速，菲亚特加快车速超过他们，但在越出半个车头后，菲亚特也减慢车速，与法拉利保持并行。一个穿大方格衬衣的中年男人从车窗里探出身子，对准法拉利的前风挡玻璃频频拍照。这是那些被称为狗仔队的讨厌记者，他们是寄生在名人身上的跳蚤，死皮赖脸地纠缠着电影明星、体育明星、政界要人……拿他们的隐私去卖大价钱。至于这些隐私被曝光后是否会造成别人的痛苦，他们是从不往心里去的。上个世纪末，威尔士王妃黛安娜——这原是一个希腊女神的名字——在狗仔队的追逼下车毁人亡，一时惹起公愤，那些爱搞花边新闻的报纸才不得不有所收敛。但仅仅一年后，那些报纸和狗仔队又故态复萌了。

谢豹飞愤怒地落下车窗，做手势让他们滚蛋。那个家伙不但毫不收敛，反倒趁着车窗落下的机会拍摄得更起劲了。谢豹飞勃然大怒，立即踩下刹车，田歌的身体骤然前冲，幸亏安全带拉住了她。菲亚特已经超到前边，谢豹飞驾着法拉利从内侧超过去，猛打方向盘，狠狠撞击菲亚特的内侧。菲亚特车内的人惊恐万状，田歌也急急喊：

"不要这样，豹飞不要这样！"

谢豹飞两眼喷着怒火，毫不理会她的劝阻，仍是一下接一下地猛撞。那辆车最终躲闪不及，从路堤上翻下去，打个滚，四轮朝天地扎在河滩上。谢豹飞大笑着开车走了，田歌从后视镜里向后张望着，担心地说：

"他们会不会有生命危险？停车看看吧。"

谢豹飞笑道："这些狗仔们的命长着哪，不管他！"

比雷埃夫斯港桅樯如林，有各国的客轮和货船，也有不少私人帆船或快艇。它们麇集在一起，远远看去像挨肩擦背的脖子细长的天鹅。谢豹飞停下车，先用车内通话器打了个电话：

"我已经到了，开过来吧。"

两人下车，绕到车前看看座车的车况。一个车灯被撞碎了，保险杠也被撞瘪，昂贵的法拉利这会儿像一个瞎眼塌鼻的乞丐。不用说，等他到租车行还车时，免不了要大大地掏一笔。谢豹飞不太在意，用英语骂了一句粗话后便掉头不顾。

他拉着田歌来到岸边，走上栈桥。一艘游艇从船堆里开出来，缓缓靠上码头。田歌的眼前突然一亮。这是一艘极其豪华的新船，形状奇特，浑身亮光闪闪。两座高大的金属圆筒立在船体中央，不知道是干什么用的。田歌的目光很快被吸引到船首。那儿是三个新漆的中国字：田歌号。制服笔挺的船长在驾驶室里向他们行着注目礼。田歌看看谢豹飞，不敢相信这是真的，谢豹飞很高兴自己的礼品所造成的效果，微笑着侧身说：

"请吧，田歌号的主人，这就是我送给你的小礼物。"

田歌踏上甲板，双脚轻飘飘的，就像踏在梦幻中。一个面目俊秀的年轻姑娘迎候在舱门处，微笑着向他们行礼。谢豹飞介绍道：

"她叫玛鲁娅·卡斯塔，希腊人，是船上的女仆。"

玛鲁娅恭谨地侧身让开，谢豹飞领她来到驾驶室："这是船长彼得·米诺斯，也是你的雇员。以后两人的工资就由你开了。"他开玩笑地说。船长扶着舵轮正把船驶离码头，他取下嘴边的烟斗，向两人点头致意，又专心于驾驶。

谢豹飞领她走遍全船，详细解说着。他说这艘船是最新式的太阳能帆船，主要是以太阳能和风能为动力，船舱上铺的黑色平板是最新型的太阳能集光板，船中央那两个直立的异形圆柱是新式船帆，调节两个圆筒的相对位置就能适应不同的风向。在晴天，这艘船仅使用太阳能及风能可以达到30海里的时速，如果启动备用的柴油动力系统则可达到50海里。

田歌脱下高跟鞋，走在精细的波斯地毯上。她痴迷地走过一个又一个房间，抚摸着亮灿灿的铜栏杆、一尘不染的墙壁、卧室中豪华的双人床，觉得心头过多的幸福直向外漫溢。两人走进起居室，谢豹飞打开保险箱，取出一叠文件递给她。文件是刚刚完成的。

"这是田歌号的产权证书，从现在起，这艘船已经属于你了。"

她茫然看着用优质道林纸打印的证书和一把刻有船锚雕饰的金钥匙，不知为什么，觉得心头十分沉重。"豹飞，我不能接受这个礼物，它太贵重了。"她苦恼地说。

她没料到这句话竟使豹飞勃然变色。这艘船是谢豹飞半年前预订的，原想是作为对自己成功的纪念，他对自己的成功从来没有怀疑过。认识田歌后他立即决定，把它送给田歌作礼物。他十分看重田歌，想以这个贵重的礼物来确认她在自己心中的地位。他瞪着田歌，怒喝道：

"不要说这些扫兴的话！"不过他马上控制住自己，把她拥入怀中。"原谅我的粗鲁。我是真心诚意送给你的，希望你能高高兴兴地收下。"

豹人

田歌感激他的情意，伏在他的胸膛上，低声说："豹飞，我是一个天性节俭的中国女人。只要能得到你的爱情我就满足了，我不需要这样昂贵的礼物。难道你要为我破产吗？"

谢豹飞笑起来："不必为我担心，耐克公司已经把第一笔5000万美元的款子转到我的户头上，我想为你把它花光。听着，把你所谓的节俭天性扔到一边去吧，我要让你过上公主般的生活。"

两人紧紧拥在一起，炽热的情欲在两个身体间共鸣着。田歌从他的怀里挣出来，笑着问：

"启航吧，今天到哪儿？"

"我已经安排了三天的游程，将遍访地中海各个美丽的岛屿。还有，我已对船长下了无线电静默令，三天内不会同外界有任何联系，让那些讨厌的记者在雅典到处寻找我吧。"

田歌着急地说："我总得对豹哥和费先生交代一声吧，要不他们会急坏的。"

"可以的，你就用船上的电话。"

田歌要通了卡赞旅馆的电话，录音机中的合成语音说："客人外出，请留言。"田歌只好录下留言：

"费先生，豹哥，豹飞送我一艘太阳能游艇，我们准备在地中海好好玩几天。为了避开记者，这几天船上将实行无线电静默。你们如果要回国的话请走吧，不必等我。请转告我的父母，我会照顾好自己，并……守身如玉。"

她挂上电话，兴高采烈地说："启航吧，第一站到哪儿？"

"去米洛斯岛吧，断臂维纳斯雕像就是在那儿出土的，我今天要给那儿送去一个活的完整版的东方维纳斯。"

田歌号拉响汽笛，穿过拥挤的船只，向外海开去。这会儿游艇没有使用柴油动力，速度不是太快，但异常平稳安静。船头犁开蔚蓝色的海水，在身后留下一道长长的白浪。天朗气清，十几只白色的海鸥在船后追飞。女仆玛鲁娅走进来柔声说：

"请小姐沐浴更衣。谢先生已经为你准备了各种服装。"

衣柜里摆满了各种夏装、休闲服和晚礼服，看看商标，有法国圣洛朗公司、纪梵希公司的，有意大利古驰公司的，有美国盖普公司的。鞋柜里有精美的摩洛哥小羊皮鞋，梳妆台上放着法国香奈儿香水和唇膏，还有两件荷兰和以色列的钻戒和项链。田歌皱着眉头打量着这些东西，显得无所适从。最后她挑了一套白色的宽松式运动休闲服，"就穿这套吧。"

"好的，小姐。"

玛鲁娅打开喷头，调好水温，服侍她脱下衣服。田歌不习惯这样的服务，窘迫地沉默着，总是觉得女仆的目光在烧灼着自己赤裸的后背。她突然问："玛鲁娅，我能问问你的年龄吗？"

"我今年24岁。"

"我22岁，那我就称你玛鲁娅姐姐，你喊我田歌妹妹。好吗？"玛鲁娅面有难色，田歌央求着，"我不喜欢别人称我小姐，不喜欢别人在我面前小心翼翼的。行吗？"

玛鲁娅高兴地同意了："好吧，田歌妹妹，真的，从见你的第一眼起，我就像看到了自己的妹妹。"

玛鲁娅退出浴室，田歌仰起脸，让温暖的水流打在脸上，打在赤裸的乳胸上。生活变化得太快了，令她目不暇接。她找到了自己的梦中情人，踏入一种新的生活。不管是喜欢还是觉得生疏，你都得去逐渐适应它。她得到的幸福太奢靡了，就像童年看到的家乡一座山崖上的野蜂巢。野蜂酿的蜜太多了，蜂蜜顺着山崖向下流淌，而野蜂们还在一刻不停地采蜜和酿造。她的心灵深处有隐隐的不安……

这些天，费新吾和田延豹仍然泡在赛场中。今天中国又拿了两块金牌，女子10000米和男子5000米，金牌总数为第五位。这个成绩基本上反映了中国的实力。晚上，新华社的穆明请客，是为那个输了的东道还账，老费、田延豹，体操队的张队医，还有两名熟人，在露天餐厅里小小庆祝了一下。等费新吾和田延豹灌了满肚子的拉吉酒，摇摇晃晃回到旅馆时，已经夜里12点了。

田歌的房间里没有人。费新吾按下放音键，听到田歌的留言：

"……我会照顾好自己，并……守身如玉。"

醉意朦胧中，费新吾不禁哑然失笑。这段留言中的最后一句明显突兀。也许田歌是一时冲动说出来的，也许她是有意把心中的誓言公开，以便亲手斩断自己的退路。难得这位现代女郎还保持着可贵的贞节观。虽然费新吾不大相信，在那样浪漫的旅途中，在仙境般的山光水色中，一对热恋的情人能够做到这一点。

听着电话留言，田延豹的脸色沉下来。临出国前，婶婶和他有过一次郑重其事的谈话。虽然婶侄间免不了一些外交辞令，但话是说透了。婶婶说，"田歌不是个轻浮的女孩，当爹妈的信得过。但这次不同，这次她是奔着心中的偶像去的，我们担心她不一定把握得住。对于男女之事，我们不是太古板的人，毕竟现在是 21 世纪了。但谁知道这位谢豹飞是个什么样的人？他会不会玩弄了田歌的感情然后一走了之？当父母的不能看着这种事发生。"

婶婶谆谆嘱托，"你要当好田歌的参谋。好在她是十分尊重你的，对你言听计从。你一定要帮她把好这个关。"田延豹庄重地答应了。其实，即使婶婶不说，他也会时时刻刻把田歌护在自己的翼下。

但他没料到两人关系发展得如此迅猛，而且安排了这么一个与世隔绝的海上旅行，甚至连船上的电话号码也没留。这么一来，他就对田歌失去控制了。费新吾看看他，打趣道：

"算了吧，不必摆出这么一副老父嫁女的苦脸。老实说，一开始我就知道你是揽了一个苦差事。恋人之间那把火只要一烧起来，铁笼子也会烧穿，何况你这么一个不尴不尬的堂哥？"他劝慰道，"想开一点儿。我相信谢豹飞是认真的，单看他送一艘昂贵的游艇，就能看出个八九不离十吧。再说，我对谢教授印象颇佳，相信他教出来的儿子也不会差。"

田延豹的脸色缓和了，两人洗浴后同室而眠。"侍者怕是要把咱们看成同性恋了。"他们曾打趣道。虽然已是深夜，两人仍十分亢奋。田延豹曾以为，他对体育的热情已随着那个失败之夜一去不返，但一进了赛场，在熟悉的赛场气氛中，他身上的"旧电路"在瞬间又接通了。

每天晚上，他们都要进行一番专题讨论，讨论主题大多集中在这个罕见的"鲍菲现象":为什么他能把同时代的人远远抛在后边?为什么他能轻而易举地突破科学家预言的生理极限?为什么这个惊人的突破恰恰在弱于短跑的黄种人身上实现?

像其他人一样,这次突破也在他们心中引起过隐隐的疑虑。但是对谢豹飞的检测结果是无可怀疑的,他事先要求对自己实行药检,正是为了向舆论证明自己的清白。且不说那些参与检测的诸位专家的权威、人品和技术造诣了,单单耐克公司参与其事就足以使人放心。毫无疑问,耐克公司在他身上投入了大笔金钱,他们不会把这些钱扔给第二个本·约翰逊的。

他的两个纪录会成为两座突兀的高峰,恐怕多少年内都无人能超越,这种现象并不是绝无仅有。1968年美国运动员鲍勃·比蒙的世纪性一跳创造了8.9米的跳远纪录,一直保持了15年。更典型的例子是原乌克兰选手布勃卡,他19岁第一次获得世界冠军,34次打破世界纪录。1991年他打破了6.10米的纪录——而在此前,不少体育专家论证说,20英尺(6.10米)是撑竿跳的极限。他曾在半年内连续六次打破自己创造的纪录,每次不多不少,正好一厘米。因为布勃卡有一个灵活的商业头脑,对他的每次出场耐克公司都要付30000美元的出场费,破纪录另有重赏。既然如此,布勃卡当然有耐心不紧不慢地跳下去。1993年3月21日,他创造了6.15米的新纪录,这个纪录到了21世纪,仍是运动员可望而不可即的彩虹。

但撑杆运动和短跑不尽相同。撑竿跳中的撑竿是一个重要因素,一旦在杆的制造技术上取得突破,成绩就会来一个飞跃。比如说,布勃卡的成功除了天赋外,也得益于那根复合材料制成的、硬度为220磅的撑杆。但短跑却完全依赖于人的体力,而且短跑技术早已发展得近乎尽善尽美,把人类的潜能发挥到了极致。众所周知,水平越高的运动越难作出突破。比如说,男子百米成绩从12秒提高到10秒只用了12年,可是,自1968年突破10秒大关后,37年来成绩只提高了0.11秒。而谢豹飞却在一夜之间把它提高了0.45秒!

谢豹飞在百米跑中的技术参数他们已经能倒背如流了:起跑反应时间0.112秒,最高速度每秒13.1米即时速47.16千米,此前的纪录是路易斯创造的时速 43.37 千米。这些单项纪录恐怕同样无人能破了。他们常常醉心地、不厌其烦地回忆起谢豹飞在赛场上那份矫捷，那份飘逸潇洒。他们都是内行，越是内行越能欣赏谢的天才和技术。费新吾自嘲地说：

"咱们这是秃子借着月亮发光啊——中国人没能耐，拉个华裔猛侃一通。说到底，他的奖牌还是美国的。"

田延豹脱了衣服走进浴室，忽然扭头问："他会不会是个混血儿？你知道，远缘杂交——这个名词虽然有些不敬——常常有遗传优势。比如法国著名作家大仲马是黑白混血儿，他的体力就出奇的强壮，常和狐朋狗友整夜狂嫖滥赌，等别人瘫软如泥时，他却点上蜡烛开始写小说。他的不少名著就是这样写出来的。"

费新吾摇摇头，"不，我侧面了解过，他是 100% 的中国血统。"

两天没好好睡觉，两人真的乏了，洗浴后准备好好地睡一觉。就在这时电话铃响了。拿起电话，屏幕上仍是一片漆黑，看来对方切断了视觉传输，不想让这边看到他的面容。

那人说的英语，音调十分尖锐，就像宦官的嗓音，让人觉得很不舒服："是费新吾先生吗？"

"对，你是……"

"你不必知道我的名字，我想有一点内幕消息也许你会感兴趣。"

费新吾向田延豹招招手，唤他过来。他摁下免提键，同田延豹交换着眼色："请讲。"

"你们当然都知道谢豹飞的胜利，也许，作为中国人，你会有特殊的种族自豪感？"

费新吾立即滋生了强烈的敌意，冷冷地说："我认为这是全人类的胜利。当然，同是炎黄之胄，也许我们的自豪感更强烈一些。是否这种感情妨害了其他人的利益？"

那人冷静地回答："不，毫无妨害。我只是想提供一点线索。谢豹飞今年 25 岁，26 年前，谢可征先生所在的雷泽夫大学医学院曾提取过田径飞人路易斯先生的体细胞和精液。"

费新吾一怔，随后勃然道："天方夜谭，你是暗示……"

"不，我什么也不暗示，我只提供事实。谢先生和路易斯先生正好都在雅典，你完全可以向他们问询。需要两人的电话号码吗？"

"谢先生的电话号码我已经有了，请告诉我路易斯的。"

费新吾匆匆记下路易斯的电话号码，又尖刻地说："即使证实了这个消息又有什么意义？我看不出路易斯的细胞和谢豹飞有什么联系。"

那个尖锐的嗓音很快接口道："请不必忙于作出结论，你们问过之后再说吧。明天或后天我会再和你们联系。"

电话挂断后很久，两人都没话说，那个尖锐刺耳的声音折磨着他们的神经，就像响尾蛇尾部角质环的声音；似乎有一双毒眼在幽暗处发出绿光。他是什么居心？他主动地向两个陌生人提供所谓的事实，而这两个人既非名人，又不属新闻界；而且，他清楚地知道谢可征和路易斯还有这儿的电话号码，他是怎么知道的？没准他有一帮手下在跟踪这些人。田延豹摇摇头说：

"不会的，谢豹飞身上没有任何黑人的特征。"

费新吾恨恨地说："即使他是用路易斯的精子人工授精而来，又有什么关系？我难以理解，这个神秘人物捅出这些情况，是出于什么样的阴暗心理！"

但不管如何自我慰藉，他们心中仍然很烦躁，莫名其妙地烦躁。半个小时后田延豹下了决心：

"我真的要问问路易斯，我和他有过交往。"

费新吾没有反对。田延豹按那人给的号码拨通了路易斯的电话，但没人接，他一遍又一遍地拨着。时间已经很晚，两人都上床休息了，但田延豹不死心，在床上眯上个把小时后，就再打一次。直到凌晨两点，屏幕上才出现路易斯黝黑的面孔和两排整齐的牙齿。他微笑着说：

"我是路易斯，请问……"

"路易斯先生，你好。我是田延豹，你还记得我吗？2013年世界田径锦标赛百米决赛中那个倒霉的中国选手。"

路易斯笑道："噢，我记得。你那时虽然受伤，仍坚持跑完全程，我很佩服你的毅力。你现在在哪儿？"

"我也在雅典。请原谅我的冒昧,我想提一个无礼的问题,如果不便,你完全可以拒绝回答。"他简单追述了那个神秘的电话,"路易斯先生,你真的向谢可征先生提供过体细胞和精液吗?"

路易斯耐心地听完:"田先生,今天你已是第八个提问者了,我刚回答了七名新闻记者同样的问题,这事已在舆论界掀起一场轩然大波。"

田延豹和费新吾交换着目光,现在更明显了,那个打电话的人是想掀起一阵腥风恶浪把胜利者淹死。路易斯接着说:

"对,我记得这件事。我是向雷泽夫大学医学院提供的,那是个严肃的学术机构,他们希望得到一些著名运动员的体细胞和精液进行某种试验。刚才几名记者都问我,鲍菲的父亲是不是那个研究课题的负责人,我的回答是我对此毫无所知。"略停之后,他笑道,"我知道那个多事的家伙是在暗示什么。坦率地讲,我非常乐意有这么一位杰出的儿子,可惜这只是我的一厢情愿。你们想想,在鲍菲·谢先生身上,有一丝一毫路易斯的影子吗?"

他爽朗地大笑起来。这笑声也冲淡了田费二人心中的阴影。路易斯快言快语地说:

"不要听他的鬼话!不管这个躲在阴暗中的家伙是什么人,他一定是个心地阴暗的小人,想制造一些污秽泼在胜利者身上。不要理他!再见。"他随即又补充道,"我明天就要返回美国,如果有什么需要我做的,请把电话打到我家。"

两人记下他家的号码:"谢谢你的热心。"

"不必客气,我也是运动员,知道成功背后的艰辛。我愿意尽力为鲍菲·谢做点什么。再见。"

放下电话,两人都觉得心中轻松了些。田延豹说:"不必给谢先生打电话了吧。"

"不必了,不要搅扰他的好心境。"他沉思地说:"你说,这个神秘人物究竟是什么动机?莫非他也是短跑名将中的圈内人?是失败者的嫉妒?就像逢蒙暗算了后羿。"

田延豹勉强笑道:"那,我是最大的失败者。"

费新吾知道自己失言了——实际上算不得失言，但田延豹太敏感了，连这句无意的话也能勾起他尚未凝结的痛苦。那年温哥华世锦赛费新吾也在现场采访，那天晚上，他和中国田径队的领队到处寻找失踪的田延豹，直到第二天凌晨，才接到警方的通知，到警察局领回了烂醉如泥的田延豹。他清醒过来后，对头天晚上的事竟完全没有记忆。按那时中国田径队的严格纪律，本来要给他一个处分的，不过领队也是运动员出身，知道二十年奋斗而一朝失败是多么深重的痛苦，他和费新吾悄悄把这事压了下来。

这会儿，他不愿多做解释，便拍拍田延豹的肩膀，表示把这一页掀过去。田延豹已经上床，要去睡个"鸡鸣觉"，费新吾却来到起居室，坐到电脑前，快速浏览着电子新闻。也许是本能，也许是潜意识的预感，他总觉得这个电话只是一个大阴谋的开场锣鼓。查阅时他把注意力全部集中在这次的百米和二百米决赛上，集中在谢豹飞身上，看看有没有什么别的蛛丝马迹。

新闻报道中没有什么特别的东西，各国记者在报道这两次决赛时都用了最高级的形容词：世纪之战；体育史上的里程碑；百世难逢的奇才。美国新闻周刊的老牌记者马林说：

"鲍菲·谢不仅成功地打破了百米 9.5 秒大关的壁垒，也成功地打破了人类的心理壁垒。从此之后，那些以'科学态度'对各种运动定下这种那种极限的体育生理专家，对自己的结论要重新考虑了。"

在正规的电子出版物中没有发现什么异常，有关路易斯提供体细胞和精液的消息尚未见于报道，看来，已经得到消息的七名记者都十分慎重，毕竟这是非常敏感的新闻，最大可能是一个阴暗的谣言。费新吾又把目光转向"网络酒吧"，这是网友们随意交谈的地方。这两天关于谢豹飞的话题占了很大部分。网虫们都感受到这个世纪性成功的震撼，对谢的大才表示极大的敬意。还有不少女性在倾泻着自己的爱情。看着这些赤裸裸的爱情宣言，费新吾会心地笑了。他想这些女性大概是没戏了。田歌同谢豹飞的感情急剧升温，姑娘眸子中的爱情之火是那样炽烈，目光所及，简直可以把窗帘烧着。田延豹摆出一副苦脸，叹息道："田歌已经'目中无人'了，哪怕是面对着你，她的眼光也会透过你的身体射到远处去了！"

费新吾终于在《信使报》电子版上查到了一篇有关那则流言的报道，作者安德鲁·史密斯。但整篇文章的基调十分谨慎：

"……得到匿名者的电话后，我向卡尔·路易斯进行了查证。他证实，26年前，他的确向雷泽夫大学医学院提供了体细胞和精液。但是，没有人相信路易斯与鲍菲·谢之间有什么联系，理由很明显：鲍菲的身体完全是蒙古人种的体征。使我迷惑不解的是，此人编造了如此拙劣而且显然不会有市场的谎言，究竟是何居心？"

在卧室里，想睡个鸡鸣觉的田延豹一直无法入睡。他在担心田歌，倒不是因为什么路易斯精液的流言，他是觉得她和鲍菲之间的感情发展太迅猛，而成熟过早的爱情之果难免酸涩。他对田歌有点不满，她来这么一手先斩后奏，完全把当堂哥的排除在事情进程之外了，万一有什么差错，怎么向二叔二婶交代？考虑了很久，他觉得有些情报还是要向家里通通气，便拿起床头的电话机，挂通国内的电话：

"是二叔吗？我们这儿一切都好。歌妹同谢豹飞的感情发展很快，谢豹飞辞去了一切应酬，专心陪她到各个岛上游玩。听说还送她一艘非常现代化的游艇。"

田歌的父亲立即打断他："不要这样！现阶段不能接受这样贵重的礼物，你明白我的意思吗？"

田延豹叹息一声："我会转达你的意见。我想田歌也会这样想的，至于能否推掉只有走着瞧了。"

他苦笑着挂了电话，没敢把全部实情告诉叔叔。他又同妻子通了话。夏秋君快言快语地说："我们都看了报道，谢豹飞真是个了不起的天才。小歌子逮住他了吗？"

田延豹无法直接回答，只是含糊地说："他们在一块儿。"

"那就好，抓紧点，别让他溜了，这可是条又肥又嫩的大鱼呢。刚才婶婶说他还给小歌子送了一艘很漂亮的游艇？那要值多少钱啊，总得上百万吧，田歌真有福气，就是婚事不成，也不吃亏了。"

田延豹的脸色沉下来，实在听不下去这些粗俗的谈话。好在妻子已经转了话题："那儿天气怎么样？北京今年的天气热得够邪乎。回来时别忘了给牛牛买礼物。"

他们闲扯几句，田延豹已困得两眼干涩，说："没别的事，我要挂电话了，这儿是凌晨三点，我们还没眨眼呢。再见。"

"对了，你要帮田歌把好关，那艘游艇送给田歌，是光嘴上说说，还是有硬邦邦的证书？别让谢豹飞把小歌子给耍了。"

田延豹冷淡地说："我没问过，也不想问。"他挂断电话，枕着双臂沉闷地盯着天花板。他不能说自己的婚姻是失败的，实际上，他的妻子相当能干，也非常顾家，她的全部世界就是自己的丈夫和儿子。但是，他和妻子难得有共同语言，因为她太"实际"了。她念念不忘小姑子的游艇，肯定有一个潜意识的动机：想在田歌获得的物质利益上分一杯羹。只要想到这一点，他就觉得脸红。良久，他才甩掉不快，对隔壁的费新吾说："我要睡觉了，你还不睡？查到什么东西了吗？"

"没有。我浏览了世界上几家大报的电子版，只在《信使报》上有一则报道，还是正面的。"

田延豹摁灭了床头灯，低声咕哝着："睡吧，我真服你老费，60岁的人，精神这么好。"

费新吾已经准备退出互联网了，不过他随即把目光停在一篇文章上。它的作者署名是罗伯特·盖纳，《星报》实习记者，这篇文章明显与众不同。

"……鲍菲·谢七岁前与我同住在一个街区，我们还有幸做过一年同学。可能因为熟人中难以产生伟人的缘故吧，我对鲍菲的世纪性成绩一直心存疑虑。它过于突兀，过于不循常规，简单说吧，能一举实现如此惊人的突破，最大的可能，是他使用了某种兴奋剂或禁用方法，而且一定是某种新的、高效的、人所不知的药物或方法。

"这没有什么可奇怪的。想想吧，近几十年中，兴奋剂的发展和更新什么时候停止过？科学的迅猛发展为兴奋剂的发展提供了广阔的天地。知道下面的事实并非毫无意义：鲍菲的父母都是最前沿的、极富才华的生物学家和医学科科学家。

"三天来，我已采访了鲍菲的母亲方若华女士，采访了鲍菲之父谢可征教授所在的雷泽夫大学医学院，方女士退休前也在该院工作，我得到的证据倾向于支持我的猜测。鲍菲可能并没有使用兴奋剂，但很可能被使用了某种基因工程方法……"

文章很长，他一目十行地看着，心情渐渐沉重。他没有关机，回到卧室喊醒了同伴：

"小田，那儿有一篇报道，你去看看吧。"

睡意蒙眬的小田看看他的脸色，没有说话就下床了。20分钟后他关了电脑，回到床上。两人没有交谈，都睁着眼睛看着天花板。很久以后田延豹才愤愤地说："这个罗伯特是谁？是不是给我们打匿名电话的那个人？"

费新吾犹疑地说："谁知道呢。此人在文章中说他与鲍菲同年，那他就是二十五六岁的青年人。但打匿名电话的，凭我的感觉至少是个中年人。当然，我的感觉不一定可靠。不过……"

"不过我已经差不多信服了这篇文章的结论，文中关于多眼果蝇、夜光老鼠的描写是很煽惑人的。看来，谢豹飞身上确实使用了某种基因方法，某种善恶难判的办法。"他叹息一声，"恐怕田歌要陷入一场漩涡了，新闻界不会放过谢豹飞的，各种麻烦要接踵而来了。"

田延豹也觉得心头沉重："估计田歌不会知道这些情况，我要设法通知她。"

"恐怕为时已晚，她不会在恋人遭遇麻烦时退出漩涡的。你说对吗？"

田延豹沉默片刻："是的，她是一个外柔内刚的姑娘。"

他们揿灭电灯，思绪纷乱，久久不能入睡。

第三章　身世之秘

　　三天前，罗伯特和朱莉娅按响了谢寓的门铃。方若华正在院里修整花木，她今年正好到花甲之年，刚刚办了退休。35年前，她从台湾来到美国，跟谢先生读博士，然后当他的助手，再后当他的妻子。她已在基因工程学的领域里徜徉了半生，乍一退休，心里空落落的。

　　她知道这便是所谓的退休综合征，治疗方法就是强迫自己建立新的兴趣。于是，她买了《花卉知识》《园林修剪》，开始向自己院中的花木开战了。从前天起，她已经干了三天。不过她客观地评价，三天的成果比不上花匠老格林一个下午的工作量。修剪玫瑰花丛时，她被尖刺划破了衣服和皮肤；当她笨拙地爬上铝合金梯子去修剪樱桃树时，那些在地下看得清清楚楚的速发枝条却藏了起来，一根也找不到了。女仆莎蒂玛还在下面一个劲地惊叫：

　　"小心，夫人，请你小心！"

　　干活时她的心仍牵挂着儿子。丈夫和她在生物工程学中硕果累累，但他们真正的心血在儿子身上。儿子成功了，更确切地说，是丈夫成功了。虽然这个成功晚了一点儿，他已经65岁了。大仲马曾对小仲马戏称："我一生有很多满意的作品，但最满意的作品就是你。"这话完全可以搬到鲍菲身上——而且，在这里，"作品"二字有着严格的字面上的意义。

　　儿子的成功让她欣喜，但欣喜并不能赶走心中隐隐的恐惧。这些恐惧是在六个儿子夭亡后埋于心底的，已经变得宿命般坚牢。她没有和丈夫同赴雅典去享受成功的欢乐，就是这些东西在作怪啊。

　　但愿这些阴影永远不要落在鲍菲身上。

　　莎蒂玛跑来告诉她有客人来访："是一对男女青年，他们说曾是你的邻居，是鲍菲的同学。"

方若华正好该休息了，便放下修枝剪刀回到屋里。从监视屏上看，大门口站着一个高个男青年，亚麻色头发，锐利的目光。他旁边是一位漂亮姑娘，深褐色头发，绿色眼睛。方若华认不出他们，但觉得确实有些面熟。自从鲍菲成名之后，记者们络绎不绝，她都婉拒了。她知道只要开一个口子，这个庭院中就再不会有平静。不过，如果这两位真的是鲍菲的少时邻居和同学，让他们吃闭门羹未免不近人情。

她摁下通话器问："请问二位的名字？"

高个青年立即对摄像镜头绽出笑脸："我叫罗伯特·盖纳，我的同伴是朱莉娅·麦克尼尔。"

"你是参议员老盖纳的儿子？她是海军上校麦克尼尔的女儿？"

"对。"

"请进来吧。"

她摁下开门电键，磁性门锁一声轻响，大门打开。两个客人沿着甬道向客厅走来，一边走一边欣赏着两边的花木。谢寓十分宽敞，铁栅栏围着白色的房舍和起伏的丘陵。按响门铃前，两人曾开车绕着这座占地广阔的院子转了一圈，在后院发现了一道朱红色的100米塑胶跑道。一见到这个特殊的建筑，他们就知道这肯定是谢寓了。在自己的院中修造正规跑道，恐怕在全美国也独此一家。

女主人请他们入座，她虽年过花甲，但身体很好，动作敏捷，面色红润，额头还留着汗意。她微笑道：

"刚才我在花园里修剪花木。你们喝点什么？"

两人都要了加冰的马丁尼。罗伯特开口说："伯母，听说了鲍菲的成功，我们都十分兴奋。我们绝没想到，一个世纪性的天才就在我们的街区里出生。伯母还记得吧，小时候我和鲍菲常在一起玩耍，我记得他从小就非常敏捷，就像山中的灵猫、草原的猎豹。对了，他还有个外号，叫'爱咬人的鲍菲'，我还被他咬过一次呢。"

女主人脸上掠过一丝不豫之色，罗伯特说得不错，鲍菲小时是爱咬人，开始是咬妈妈的乳头，后来咬同学们的肩头，在爹妈的严厉管束下才有所收敛。但她和丈夫常常避免提起这个话题，它牵扯到某种模模糊糊的恐惧。罗伯特看出主人的不快，立即刹住这个话题。但他相信点出这个细节有助于以后坦率的谈话。他接着说：

"伯母，鲍菲已经成了美国青年狂热崇拜的偶像。因为他的成功太突兀了，太惊人了！两年前，我们还从未在新闻报道上注意过他的名字呢，但一夜之间，他就实现了体育界的千年之梦！"

方若华微笑道："实际上并不突兀。知道18年前我们为什么要搬家么？鲍菲父亲知道他有短跑天赋，很早便开始对他进行强化训练。我们搬到这个比较宽敞的地方，特地为他修了一条百米跑道，还聘请一位技术造诣很高的私人教练。在他的调教下，鲍菲的成绩突飞猛进，早在三年前，他就能破世界纪录了。但我丈夫不让儿子过早露面，他一生追求完美，坚持让鲍菲在达到'绝境'后再去参赛。我想他一定是受了金庸武侠小说的影响！"她开心地笑起来，又说："当然，这也是一个好的商业策略，只有产生了轰动效应，体育赞助商才舍得掏钱。耐克公司已拿出一大笔钱，足以补偿我们这些年的投入了。"

罗伯特坚持说："即使有这些过程，鲍菲的成绩仍是极为惊人的。它打破了生理学家预言的体能极限，相信在整个21世纪内也不会有人超越。伯母，这个成绩实在太不可思议了，以至不少人联想到……兴奋剂上去。"

这句话一出口，两人立即紧盯着女主人的眼睛。她会有什么反应？惊慌还是愤怒？方若华淡淡一笑：

"关于兴奋剂已有了最权威的结论。"

"可是，这只是关于'已知兴奋剂'的检测结果，是不是还有专家们尚不了解的新一代兴奋剂，或其他方法呢？"

方若华冷淡地说："这是你们来访的真实目的？"

朱莉娅急急地说："伯母你不要生气！我们真诚希望鲍菲是清白的，相信他没有使用过兴奋剂。这不仅牵涉到体育运动的圣洁，也牵涉到你儿子的幸福。你想听我历数一下为兴奋剂而丧生的著名运动员吗？像全美男子健美冠军……"

女主人摆摆手,打断了朱莉娅的话头。她微微一笑,断然说道:"鲍菲与兴奋剂完全无涉,我以母亲的名义发誓。"

两人互相望望,知道这次访查只能到此结束。罗伯特颇能见机行事,立即兴高采烈地说:

"我们相信一个母亲的保证,这真是一个好消息。伯母,你一定是天下最幸福的母亲。"

"对,我很幸福。"

"能为我们说一些鲍菲童年的趣事吗?在他的童年生活里,你印象最深的是什么?"

女主人笑笑,温婉地说:"哪个母亲没有一大堆温馨的回忆呢。不过,我能忆及的都是些琐碎的往事,与你们所说的世纪性天才没有相合之处。你们不会感兴趣的。"

罗伯特不死心,央求道:"能让我们看看他儿时的照片吗?"

女主人点点头,让莎蒂玛捧出一叠影集。两人贪婪地翻看着。众多照片记载了鲍菲的生命历程,从未睁眼的婴儿,直到25岁的英俊青年。两人特别注意他六七岁的照片,看能否从中捡起儿时的回忆。对,在这里,他在玩滑板,在野游,在吃生日蛋糕,这一张的背景是熟悉的街区建筑。这一张是谢家三人合影,鲍菲父亲正当盛年,笑容中隐隐可见他的高傲,他搂着妻子,圆头圆脑的儿子站在身后,笑得像天使一样开心。朱莉娅说:

"这是谢伯伯。伯母,记得那时我们很少见到他。"

"嗯,他太忙。他的'第一夫人'是他的工作,我和鲍菲是排在第二位的。"

朱莉娅无意中问道:"鲍菲是你们的独生子吗?"

女主人的目光一下子暗下来,苦涩地摇摇头:"他的六个哥哥都夭折了,最大的只活到一个月。"

两人都大吃一惊,很后悔无意中戳到了母亲的痛处。朱莉娅示意罗伯特合上影集,她挽住女主人的胳膊,小心地劝慰道:

"伯母,不要为过去的事伤心。不管怎样,你有了鲍菲,他一个人的成功已经足以代替六个兄长了。"

女主人把朱莉娅搂到怀里,沉默良久,咀嚼着苦涩的往事。她叹息着:"他的六个兄长如果活下来,也会是同样的体育天才。可惜……"

她苦重地叹息着,起身送客。

莎蒂玛代主人把二人送到门口。出门后罗伯特一边开车,一边侧过脸急切地说:

"真是想不到的收获!鲍菲·谢肯定是用胚胎克隆的方法孕育的!知道什么是胚胎克隆吗?"

"我知道。受精卵在子宫中的发育不超过8细胞期时,每个细胞都是全能的,如果把它们分割开,每一颗细胞都能发育成一个整体,这就是胚胎克隆。早在上个世纪,科学家就掌握了这种方法,一般用于动物的良种繁育,个别情形下也曾用于医治人类的某些遗传疾病——但你凭什么说鲍菲是用这种方法孕育的?"

"推理呗。六个夭折的兄长——而没有一个姐姐;还有她失口说的那句话:如果他们活着也会是体育天才。谁能断定一月内就夭折的孩子会是体育天才?除非他们是孪生子才勉强说得通,因为孪生子的人生之路常常很相像,可以从谢豹飞的天才反推到他的哥哥。"

朱莉娅思索很久,才迟疑地说:"你的猜测可能是对的。"

汽车开过谢寓的后院,透过栅栏又看见朱红色的跑道。罗伯特痴痴地盯着它,喃喃地说:"一个世纪性的天才就在这儿诞生?"直到跑道消失在身后,他才回头说:

"事情还不仅如此。六个兄长都是体育天才!即使是同卵孪生,这个评语也过于武断。我想……"他沉思着,然后侧过脸,说出自己的结论,"谢氏夫妇一定使用了某种基因工程的方法,为这颗受精卵人为地注入某种'天才'成分。"

朱莉娅急急喊:"注意!"对面冒冒失失地开来一辆货车,罗伯特急打方向躲开来车。他没有受到干扰,继续着刚才的话题。他坚决地说:

"不是兴奋剂,是某种基因工程方法!鲍菲·谢一定是用基因工程方法制造的超人!"

朱莉娅沉默了,很久才低声问:"我们该怎么办?"

"到雷泽夫大学去,到谢氏夫妇工作过的地方去!朱莉娅,不虚此行啊,我们已挖到一处新闻金矿,这可是独家新闻啊!"

朱莉娅勉强地说:"鲍勃,我不想再继续下去了。"

"为什么?"罗伯特吃惊地瞪着她。

"如果追查这件事,势必反复锯割方女士的感情,对一个失去六个儿子的母亲来说,未免太残忍了。"

罗伯特为她的善良所感动,但仍然不客气地反问:"那你说怎么办?就此止步?"

朱莉娅犹豫着:"我不知道。"

"这样吧,我们把雷泽夫大学之行走完,把事情真相搞清楚。至于以后怎么办,到时我们再商定,好吗?"

"好吧。"朱莉娅很勉强地答应了。

罗伯特十分高兴。他们得到的信息还太贫乏,难以分辨出通往迷宫的道路。但至少他们已经发现了一座内蕴复杂的迷宫,这一点是确定无疑了。

雷泽夫大学医学院同样在过漫长的暑假,校园中人影寥寥。体育场上人较多,几个学生席地而坐,认真地讨论着什么话题。一些人在踢足球,另一些人在练习棒球。罗伯特忽然兴起一个念头:如果这些学生们得知,一个世纪性的体育天才原来诞生于本校的试管和曲颈甑里,不知道该做何感想?

罗伯特停下车,向一位东方人模样的姑娘打听了人类基因研究室的地址。姑娘很热心,特意把他们领到路口,详细指点了去那儿的路。生物系大楼是一幢青灰色的建筑,从外表看比较陈旧,不像"21世纪科学"所应有的外壳。走进大楼,他们获得一个强烈的印象:这就像走进一座蜂巢,众多工蜂繁忙地进进出出,不时停下来,碰碰触角,交换一点信息。有的趴在工作台上,像是工蜂在专心喂养幼崽。他们按照那位姑娘的指点找到了人类基因研究室,该室的主任杜格·科内尔有50岁上下，秃头顶，穿一件色彩强烈的方格衬衫，领口处露出浓密的胸毛。他的目光十分精明，罗伯特一眼望去，就知道他不是容易对付的角色。杜格热情地接待了来访者，并未因来访者的年轻而稍显怠慢。但对罗伯特提出的问题，他一概灵巧地躲开了。

"请问鲍菲·谢是胚胎克隆体吗？"

"毫无所知。我怎么可能知道呢，你问错地方了。这儿并不是妇产医院或生育研究所。"

"他是否采用了某种基因改良手术？"

"一无所知。"

问了很久也不得要领，罗伯特只好点出那个最关键的事实："是鲍菲母亲方若华女士——她刚从这里退休——亲口告诉我们的。"

杜格真诚地表示惊异："是吗？能否请她提供更详细的情况，我也想先知为快。"

罗伯特对他的圆滑恨得咬牙，却无可奈何。这时一个满脸胡子、身体健壮的中年人进来，同杜格小声商量着什么问题，讨论大约持续了五分钟，最后杜格点点头，那人走了，临走还注意地看看两人。

在这个空当里，罗伯特飞速考虑着自己的措辞。他以冷淡的客气对杜格说：

"科内尔先生，务请原谅我的冒犯。我知道你一定在想，这是哪儿来的不知天高地厚的年轻人，竟然来查问有关人类胚胎克隆和基因改良的秘密。这都是很微妙的东西，是各个研究小组尽力掩盖的特级机密，是生物伦理学家瞪圆眼睛在寻找的靶子。但我告诉你，我恰恰知道这个问题的微妙性。也许我们的资历太浅，不够格同你做一次开诚布公的谈话；但只要我对某家报纸放点风，他们一定会放出最老练的猎犬循迹追来，把你的皮肉撕碎，直到露出骨头。科内尔先生，如果谢可征夫妇的确对儿子干过什么，他们不会在自家汽车房干吧，他们一定要依据这个实验室。作为这儿的负责人，你想把责任推干净吗？你是否愿意某天起床后发现自己已经成为舆论界的靶子？"

这一番话说完，朱莉娅不由对他刮目相看。杜格显然迟疑了，片刻后说：

"你恰恰说错了。魔术般的基因技术主要取决于科学家的才干和知识,不怎么取决于财力和设备。如果一个训练有素的科学家想进行基因改良术的话,他完全可以对外守住秘密。何况,"他笑道,"如果真有此事,也是在26年前发生的,那时我还在读博士呢。"

罗伯特毫不放松地逼问下去:"但你们肯定听到了某些风声,或者对某个26年前流传下来的秘密心照不宣?"

杜格良久才说:"很可惜,我不能对你们有所帮助,再见。"

已经到午饭时刻,两人来到邻近的酒吧,唤侍者点了酒菜。罗伯特没有因上午的挫折而懊恼,坚定地说:

"不管这个科内尔多么狡猾,可以肯定,鲍菲·谢的身上使用了某种生物技术,很可能是基因改良技术,这一点已不用怀疑,我已经嗅到它的味道了!"

朱莉娅也觉得,虽然没有什么确凿的证据,但迹象已经越来越明显。这时,一个人径直来到他们的餐桌旁:"你们好,我可以坐在这里吗?"

"请坐。"

那人55岁左右,满脸络腮胡子,仪态从容,穿着蓝色工装。他打了声响榧,侍者赶忙过来向他点头致意,看来他在这里很熟:"卡尔,再来一份酒菜,这两位的费用也记到我的账上。"

"是,金斯教授。"

他转身对着两人:"我们刚见过面的。"

两人已经认出他了:"对,在杜格的办公室里。"

那人点点头:"我叫埃迪·金斯,是谢可征教授的多年同事。刚才我听到了你们同杜格的谈话,我想,我能介绍一些你们感兴趣的事实。"

两人不由对望一眼,这位金斯先生为什么找上门来提供情报?是他与谢教授不合,还是想把两人引入歧途?金斯先生显然看出他们的疑虑,淡然一笑:

"饭后我先领你们参观一下我们的实验室,让你们对基因工程技术有一点感性认识。"侍者把开胃酒送来了,金斯先生朝两人举起酒杯,"干杯!至于我的卑鄙动机,你们可以慢慢琢磨,哈哈!"

两人觉得脸上发烧,赶忙举起酒杯。他们很快吃完便餐,在席上没有再谈正事。

实验大楼已经上班了。每到一处,都有人尊敬地向金斯先生致意。他回头对身后的两人直率地说:

"谢教授退休后,我是这里的第一提琴手。"想了想又补充道,"因此,关于卑鄙动机的猜测中,可以先放上一条:嫉妒。"他的络腮胡子中藏着笑意,两人都有些发窘,没有回话。

"我今天要领你们看一些基因工程的成就,请注意,我让你们看的,不是最新的进展,而是30年前就已实现的甚至已经成熟的技术。知道我的用意吗?"

罗伯特敏锐地说:"你是说,这些都是在鲍菲出生前就有的,是可能用于鲍菲·谢的胚胎之上的技术,对吗?"

金斯赞许地微笑了,但回答道:"这是你的推测,我什么也没有说。"

他推开一间小屋的门,里边尽是一些洁净的玻璃器皿。一位穿着洁白工作衣的黑人姑娘正在向铁丝笼中喂食。金斯同她交谈几句,姑娘把一台台式放大镜推到玻璃容器前。金斯说:

"请二位看看这些果蝇,它们经人工诱导发生了基因突变。"

放大镜下是一群奇形怪状的果蝇,就像是一家果蝇残疾所。最常见的畸形是头部该长须的地方却长着两只后腿。这些后腿只能进行无意识的颤动,与正常腿相比,显得笨拙可笑,也非常别扭。金斯解释说:

"这是由放射线诱导的盲目变异。从本质上说,一个生命的诞生与组装一辆童车并无不同,没有什么神秘之处。生命的组装也需要零件,需要蓝图,也会出现错误,而且某些错误比较容易出现,就像童车的前轮后轮容易混淆一样。果蝇后腿基因的开启与头须基因的开启就有某种相似,所以尽管我们采用的是非定向性诱导,但头须处长出畸形后腿的几率最大。"

他把两人领到另一个玻璃柜前:"而这些果蝇的变异就不是盲目变异,而是定向诱导了。请看。"

眼前的情景让两人吃了一惊,几十只果蝇嗡嗡嘤嘤,就像一群多目怪。除了一双正常的复眼外,在腹部、背部甚至翅膀上都布满眼睛。用放大镜仔细观察,这些眼睛与真眼十分相似。这群多目精灵在容器内乱飞乱爬,真是匪夷所思。朱莉娅惊奇地问:

"这些眼睛是怎么长出来的?"

"很简单,上个世纪末科学家就发现了果蝇的成眼基因。你们已经知道,生物的细胞是全能的,其 DNA 包含这种生物体的所有信息。但在发育过程中受到诸多因素的调控,绝大部分基因都隐藏着,没有把它们的功能显示出来。不过科学家已找到方法,可以随心所欲地启动某个基因,比如成眼基因。结果是你们所看到的,我们可以让它在任何部位长出眼睛。"

"这些眼睛都有视力吗?"

"不,目前我们只能启动成眼基因,诸如视神经之类基因不能同时启动,所以它们没有视力。不过,从理论上说不难办到。"

两人怀着敬畏的心情默默观看着。金斯补充道:"还要补充一点,其实所有有眼生物——也包括人类——的成眼基因都非常相像。它们是从同一个源头进化而来的。所以,只要能启动果蝇的成眼基因,如果想在人的额门上启动一个眼睛也是可以办到的。以后如果好莱坞需要演多目天王的演员,不必化妆,到这儿定制一个就是了。"

这个玩笑没有让两人觉得好笑,反而有点毛骨悚然。金斯注意地看看他们的表情:"令人震惊,是不是?也许你们认为这些只是低级的昆虫,和人类相距太远,两者之间缺乏可比性。那好,我再领你们看看哺乳动物。"

他领二人到另一个房间,对一个 40 多岁的女工作人员吩咐一声。那位妇女打开电灯,拉上窗帘,从笼子里向玻璃柜中放出十几只小鼠。这些小鼠初看上去与正常小鼠没有区别,它们来回逃窜一会儿后,安静下来,用两只小眼睛鬼鬼祟祟地盯着来人。然后那位妇女关上电灯,小鼠马上变了,在它们身上隐隐约约游动着一层柔光。听见金斯说:"注意,我要打开紫外线灯了。"黑暗中立刻出现了一个幽灵世界。小鼠变得近乎透明,发射出幽幽的绿光。

这些绿光汇合在一块儿,把玻璃柜内映得绿荧荧的。仔细看去,小鼠除了毛发没有变色,还有血管中仍透出红色外,其他部分如内脏、脑管、血管壁和肌肉都发出一片惨绿。绿光映着四个人的面庞,黑暗中金斯先生娓娓介绍:

"这也是上个世纪末的成就。是日本大阪微生物病理中心松野纯男最先搞成的。他将某种多管水母的一段基因植入老鼠体内,这种基因可转化出一种特殊的荧光绿蛋白GFP,可在黑暗中发光,在紫外线照射下光度更强。这段外来基因植入老鼠体内后能够正常遗传,你们看到的已经是400多代之后的绿光鼠了。可以说,动物分类中多出了一个品种:夜光鼠。现在请你们享用夜光食品。"

不知什么时候,那位妇女已经捧出一个食盘,盘中是绿光荧荧的蛋糕。她微笑着给每人叉了一块,但罗伯特和朱莉娅畏畏缩缩地不敢张口。金斯大笑起来:

"吃吧,这种蛋糕的原料是一种荧光蛋白,完全无毒。这也是上个世纪末就已推到市场上的产品。"

他带头把一团荧光吞到肚里,罗伯特和朱莉娅这才鼓足勇气把蛋糕塞到嘴里,吞咽时仍免不了心中忐忑。电灯打开了,他们一下子又回到正常世界,十几只绿精灵也变回正常的老鼠,胆怯、机灵、鼠头鼠脑。金斯先生笑道:

"想过没有?既然能培育绿光老鼠,培育同为哺乳动物的绿光人就不值一提了。这种绿光人有一个绝对的好处,如果一对恋人在黑暗中亲吻,肯定找得到对方的嘴巴。"

这个玩笑使他们不寒而栗,他们不约而同地看看对方,想象出对方裹着一团绿光时的景象。

女工作人员已看熟了来客的惊异,微笑着把两人送出门口。金斯指着长长的走廊说:"这些都是我的直观教具。每个研究生报名后,我就让他先参观一遍。这样,他们就能对基因工程的力量心存敬畏。我相信,这对他们的人生之路会大有裨益。时间有限,不能让你们全部观看了,现在请去我的办公室。"

他领两人进屋,一名女助手送来三杯冷饮,金斯坐到转椅上:

"开始吧，我知道你们一定有很多问题。"

"金斯先生，你的直观教具使我们深受感触。类似的报道我早就看过，但只是看了这些活生生的多目果蝇和绿光老鼠后，我才对基因工程的威力感同身受。"罗伯特停顿一下，"我是否可以由此得出一个结论：在基因工程如此迅猛的发展之下，如果某人想对自己后代的基因作某种改良，已经完全可以实现了，对吗？"

金斯谨慎地回答："如果这个结论不是特指某个人，那我的回答是：你说的完全正确。"

"但这种做法是不合法的，至少是比较微妙的，凡是尝试去干的人将遭到科学界的唾弃。所以，这一切都只能偷偷摸摸地进行。对吗？"

金斯严肃地说："关于用基因技术改良人类是否合乎伦理，这个题目太大了，不是三言两语能说清楚的。据我估计，在三五十年内，科学界也不能得出一致的意见，所以我们先把它抛开吧。但不管是赞成还是反对，我认为有一点是明白无疑的，那就是：所有涉及人类的基因手术必须在公众的监督之下，绝不能由某个人或某个小集团秘密进行。"他强调道，"不管这个人的人品多么高尚，也不管他的动机是多么善良。因为这种没有监督的局面太危险了，势必造成失控。这就是我主动向你们提供情报的原因，你们清楚了吗？"

两人频频点头。

"不错，正如你们猜测的，在这个研究所里的确一直有关于某件事的流言，有窃窃私语。但那是 26 年前的事了，我那时还没有到这儿，更没有接手业务负责人。为了可以理解的原因，我也不愿意开展对前任的调查。但我所听到的流言一直让我寝食难安。今天听见你们也猜到这一点并准备追查下去，我很高兴。希望你们能查个水落石出。可惜，我不能提供太多的证据。"

"谁对 26 年前的事最清楚？"

"除了当事人外，恐怕就只有杜格了。但你们已经知道，这人太圆滑，你们问不出情况的。"

"还有其他方法吗？"

"如果有父母和儿子的血液、皮肤和头发，我可以为你们做一个 DNA 鉴定,看这个儿子是否有父母之外的基因,即为了改良目的而嵌入的外来基因。"

"可靠吗?"

"鉴定工作十分烦琐,所需时间也比较长,简单鉴定需数天,复杂鉴定需数月。但只要得出结论,可靠程度是很高的,这已是法医学界的例行工作了。"

罗伯特沉思片刻,决然道:"我会赶到雅典,尽快取得实物证据。"

金斯笑道:"你准备怎样做到这一点?"

"不会太困难,对于那些痴狂的追星族来说,偷偷剪掉偶像的一绺头发算不上出格的事。"

金斯看看他:"好吧,祝你们顺利。让咱们共同努力,把这件事的蒙布揭开吧。"

他们下榻在80千米外的假日饭店。开车返回饭店的途中,罗伯特很少说话,紧锁眉头,双目炯炯地看着前方。朱莉娅在一旁看着他,对这位儿时同伴不由得生出敬畏之情。她已经预感到罗伯特在新闻生涯上的成功,因为他有一种猎犬般的本能,一旦发现一条新闻线索,就会循迹穷追下去,决不会中途松口的。

而且,也不大考虑人情、感情这类东西。

他们没有吃晚饭,只在附近买了两个三明治。回到饭店,罗伯特坐到电脑前,迅速打出一篇报道,以《星报》实习记者罗伯特·盖纳的名义输到网络中去。干完这些事他才抓起三明治,边吃边要通了纽约的电话:

"请查一下纽约时报的电话,我要打给该报国际新闻版的主管。"

少顷,接线小姐亲切地说:"已为你接通了,先生。"

罗伯特向朱莉娅招招手:"劳驾,把我的拍纸簿递过来。"朱莉娅默默地递过去,她想,罗伯特已经进入临战状态了。

纽约时报国际新闻版的主管威尔科克斯是一个身高体胖的黑人,他的转椅是特制的,勉强能放进他硕大无朋的屁股。这些天,雅典田运会的报道占了报纸不少篇幅。美国队稳居金牌榜首位，不过这算不上什么重大新闻。对于习惯了强者角色的美国人来说，这应当是理所当然的事。有时威尔科克斯调侃地想，也许爆出个大冷门，让美国的金牌排名掉到50位以下，才能刺激刺激读者麻木的神经。

秘书安妮塔小姐转来一个电话，是从克里夫兰市的假日饭店打来的。威尔科克斯拿起听筒，屏幕上显出一个年轻人的头像，他说：

"我是纽约时报国际新闻版的主管威尔科克斯，先生有什么见教？"

"威尔科克斯先生，10分钟前我向网络输入一篇文章，署名是罗伯特·盖纳。请你先看过这篇文章再说吧。"

威尔科克斯疑惑地看看他，把听筒放到一边，迅速在电脑中调出这篇文章，一目十行地看下去。文章不长，三分钟就看完了。他边看边暗暗点头，然后艰难地转过身，拿起听筒：

"不错，是一篇爆炸性的报道，但证据远不够翔实。你不该这么快把它公布于众。"

罗伯特微笑道："我当然知道这一点，但由于我的地位太卑微，只能用这种办法先留下我的'印记'，就像土狼在领地的边缘撒上一泡尿。"

威尔科克斯唇边露出笑意："你想怎么办？继续撒尿吗？"

"我已同金斯教授议定了证实此则报道的方法，准备马上到雅典去取证。贵报对这则消息有兴趣吗？"

威尔科克斯干脆地说："很好，我们可以买断这则报道，10万美元，怎么样？"

"不，我不追求短期利益。我刚从加州大学社会学系毕业，很想在纽约时报的某个办公室里摆上一张属于我的桌子。如果这则报道成功的话，我可否拿它做一块敲门砖？"

威尔科克斯很喜欢这个年轻人的机灵和锋芒，他笑着说："当然可以。好好干吧，小伙子，也许你会为此得普利策奖哩。这样吧，你作为纽约时报的特派记者去雅典，旅途花销由我们支付，怎么样？"

"很好，但我希望报社能多支付一个人的费用，让我的女友朱莉娅·麦克尼尔与我同行。请不要以为她是用纽约时报的钱去免费旅游。要知道，我到雅典后恐怕不得不采用某种侦察手段，有位漂亮姑娘在身边是一个好的掩护。你同意吗？"

"没问题，我同意。"

"谢谢你的通情达理，我未来的上司。"

"不，你没有征求我的意见，我不想去雅典，更不想用什么侦察手段。"朱莉娅生气地说。

罗伯特吃了一惊，忙过去搂住她的双肩。她没有拒绝，但也没有热烈的回应。罗伯特耐心地解释道："我知道你是什么想法，你认为我们的调查太无情，肯定会伤害我们的老邻居。但我们能对此缄口不言吗？很可能这是新一轮'兴奋剂'大战的起点。更何况还有金斯先生说的，让某个人垄断基因改良方法是人类社会的潜在危险。朱莉娅，我们必须干下去，跟我一块去吧，"他吻着她的绿色眼睛，开玩笑地说，"至少你可以做我的监督嘛，一旦需要'就此止步'时，你就在旁边大喝一声。"

最后一句话显然打动了朱莉娅，她迟疑着，终于点点头。罗伯特很高兴，用电话预订了明早的机票。朱莉娅已经浴罢出来，她敞开浴衣，把赤裸的胸膛贴在罗伯特身上。罗伯特浑身燥热，低头吻吻她：

"到床上等我，我去洗浴。"

晚上两人极尽缱绻。事毕之后罗伯特说："你知道我刚才在想什么？我在想，如果某一天世界上真的出现了多目罗伯特、夜光朱莉娅，他们还会有这样的激情吗？我已经对所有生物学家心存畏惧了。"

第二天，两人乘机飞往雅典。当地时间第二天上午，他们已在雅典希尔顿饭店下榻。罗伯特扔下行李，开始同美国体育代表队联系。美国田径队的领队费米先生告诉他，鲍菲·谢自200米决赛后就搬出了运动员村，从此和他们失去了联系。罗伯特再三追问都不得要领，只好亮出了纽约时报的牌子：

"费米先生，我是纽约时报的特派记者，对鲍菲·谢有重要的采访任务。

如果你觉得有必要，可以打电话问问该报国际新闻版主管威尔科克斯先生。你打电话吗？我给你电话号码。"

对方沉默了两秒钟，毕竟纽约时报是美国知识阶层最看重的报纸。他说："不必查问，我会尽力为你提供方便，但鲍菲确实已经割断同我们的联系。据说他结识了一位漂亮的中国情人，目前正陪着她在地中海各岛游览。但这只是传言，我不能确认。"

罗伯特很失望，接着问："知道他的教练在哪儿吗？"

"很遗憾，他们是同时搬走的，没有留下联系地址。"

"那么他的父亲谢可征先生呢？"

"他住在希尔顿饭店1211号，我这儿有他的电话号码。不过你恐怕会失望的，连他也不清楚儿子的行踪，昨天他还向我询问过。"

罗伯特已经很满意了，匆匆记下谢教授的号码。总算知道了一个当事人的地址，而且正好是在同一个饭店。朱莉娅洗漱已毕，补了妆。罗伯特说：

"准备拜访谢教授吧，他就在12楼。"

电话打上去，主人不在。罗伯特说："我们还是先上楼看看吧。"

1211号房间门大开着，一位胖胖的希腊女仆正在打扫卫生。罗伯特让朱莉娅去柜台上询问，自己则一闪身进了房间。女侍向他莞尔一笑：

"先生回来了？房间马上就能收拾好。"

罗伯特打算来寻找谢教授的发丝，他原想要编造一些借口的，但看来女侍把他误认是住客了。罗伯特忙说："不，我只是取一件东西。"

他走到床边，幸亏床具还未更换，枕头上仍有睡过的痕迹。他很快就找到一根黑色的短发，小心地夹起来。扭回头，见希腊女仆正疑惑地看着他，他急中生智，皱着眉头说：

"为什么床上有黑色头发？我昨天住店前没有更换床具吗？"

女仆吃惊地看着他手中的发丝，不错，是黑色发丝，而这位客人却是亚麻色头发。她惊慌地说：

"不，每天都要更换床具的，你入住前我肯定换过，绝不会出这样的疏忽！"

罗伯特觉得心中不安，马上换了笑容："好，过去的事不追究了，以后小心点。"他从女仆身边走过时小声加了一句,"请放心,我不会把这件事告诉任何人。"

他来到电梯口等着,少顷朱莉娅来了,说:"柜台小姐说,谢先生到市内普拉卡区的'爱神木'饭店去了,他在柜台上留有地址,以便儿子来电话时可以转过去。"

"那么,咱们立即赶到这个饭店去采访。告诉你,谢教授的头发我已弄到了,真没想到会这么顺利。"他得意地说,把那根宝贵的发丝小心地装到一个塑料袋中。

田径赛事已近尾声,新闻大厅里平静多了,但即使如此,大厅里仍是熙熙攘攘,打字键盘声响成一片。有一些记者用电话口述报道,其中一个电话亭的门没有关严,里边的人正狂喜地喊叫着。这是巴巴多斯的记者,他们的选手刚刚为本国夺了第一枚金牌——肯定也是最后一枚,他快要乐疯了。

费新吾和田延豹在人群里找到了新华社记者穆明,他正在键入一篇报道,瞥见两人便说:

"喂,先拉两把椅子坐下,我一会儿就好。"他噼里啪啦又打了一阵,把文章发走,这才扭回头。十几天忙下来,小胖子已经瘦了一圈,脸也晒黑了,不过精神很好。他兴致勃勃地说:

"快结束了,中国排金牌榜老四已成定局,这次可以说是大获全胜。这两天我老想,古代人讲气数,实际不能算迷信。一个国家的人气确实到一定时候才能旺起来。比如说,老田如果在这次田运会上跑,肯定能跑出成绩,因为人气旺嘛。老田,那次实际不能怪你,你身上担负的期望太重,是谁都会被压垮的。"

田延豹挥挥手,不想就此谈下去。穆明问:"我们该卷旗回营了,你们什么时候走?"

费新吾说还没定,田歌这些天一直和鲍菲·谢在一起,没能和她商量回国日期。穆明高兴地说:"那是件好事嘛,咱华人中的英雄,最好让中国女人把他抓住。怎么啦,你们二位?看你们似乎心事重重。"

费新吾看看田延豹,低声说:"你该知道的,有人说鲍菲与路易斯的精液有关。"

"我知道,纯粹是吃饱了撑的,不要理那些屁话!"

"昨天又在网络上看到一则报道,是美国记者罗伯特·盖纳写的,说鲍菲在受精卵时很可能做了基因改良手术。这位记者曾走访了鲍菲的母亲和他父母的同事,文章恐怕有一定的可靠性。"他补充道,"这篇文章没写透,资料远远说不上翔实,但我有一种强烈的感觉:它说的正是事情的真相。"

穆明瞪大了眼睛,半晌才笑道:"这下医学委员会可热闹了。如果是真的,这算不算禁用方法?奖牌是否有效?体育仲裁法庭也要作难了。不过,这种天方夜谭般的基因改良术真的能实现吗?没准那家伙是在写科幻小说吧。"

费新吾苦笑一声,没有多做解释。也许因循守旧的中国人仍然跟不上这个时代?即便像穆明这样见多识广、思维敏捷的记者,竟然也提出这样僵化的问题。真该让他看看罗伯特的文章,看看文章中对多目果蝇、绿光老鼠惟妙惟肖的描绘。

他想,该到网络中再查查一天来的动向了,便让穆明坐到旁边,自己到电脑前键入对鲍菲的搜索命令。屏幕上显示的仍然多半是对鲍菲的赞扬,他的伟大成功至今余波未息。没有搜索到罗伯特的那篇报道,它已经被更新了。忽然,他在公共留言簿上发现了一份特殊的短函,他一目十行地看着,目光逐渐阴沉,耳边又响起那个神秘人物的尖锐嗓音。穆明和田延豹在一旁闲聊,忽然听见老费沙哑地说:

"小田,小穆,你们快来看,那条毒蛇又露出毒牙了!"

那封电子函件写着:

……我一直奇怪,为什么一个黄种人选手在百米项目中取得如此惊人的突破。要知道,相对于黑人和白人而言,黄种人的体能是较弱的,身体结构不适于短跑。这不是种族偏见,而是实际存在的事实。这个事实很可能与蒙古人种千百年来普遍的贫穷、闭塞、农业生活、素食和小区域通婚有关。

不久前我得知一个事实，恰在鲍菲·谢出生前一年，美国马里兰州克里夫兰市雷泽夫大学医学院从田径飞人路易斯身上提取了体细胞和精液，谢的父亲谢可征教授正是该学院的资深教授。不久前，我的朋友、中国著名体育记者费新吾先生和短跑名将田延豹先生已就此事问过路易斯先生，并得到后者的确认……

费新吾和田延豹都愤怒地骂道："卑鄙！"

……当然，我们不相信鲍菲·谢是用黑人精子授精而产生的后代，因为他完全是蒙古人的形貌特征，包括肤色、眼角的蒙古折皱、铲状门齿、干型耳垢等。但是，如果了解谢可征先生的专业，也许能引起一些新的联想。谢教授是著名的生物学家和医学科学家，他领导的研究小组早已成功地拼装出改型的人类染色体。这些半人造的染色体是为了医治某种遗传病症而制造的，是为了弥补人类遗传中出现的缺陷，为那些不幸的病人恢复上帝赐予众生的权利。不过，一旦掌握了这种魔术般的技术，是否有人会禁不住魔鬼的诱惑而去改进人类？这种行为本来是生物伦理学所严格禁止的，是对上帝的挑战。但据我所知，没有宗教信仰的谢先生心目中并没有上帝的地位……

两人再次激愤地骂道："卑鄙！十足的卑鄙！"的确，这封电子函件的内容已经不仅是猎奇或哗众取宠，而是赤裸裸的人身攻击了。费新吾心情沉重地说：

"小田，我们不能再沉默了，这些情况必须通知谢先生，让他当心这些恶毒的暗箭。也许，他能猜到这些暗箭是从什么地方射出来的。"

"对，马上给他打电话。"

谢先生的电话很快就挂通了，屏幕上显出谢教授平静的面容。费新吾小心地说：

"你好，谢先生，最近忙吧？我和田先生想去拜访你，最近我们听到了一些宵小之言，我想应该让你有所了解。"

谢先生的目光暗淡下来："我知道你们的意思，我也看到了那封电子函件。不过你们来吧，我正想同你们聊一聊。不，"他改变了主意，"我开车去接你们，然后找一个希腊饭店品尝希腊饭菜。我请客。"

费新吾考虑片刻："好吧，那就请到普拉卡区的爱神木饭店，它就在我们住的旅馆附近，饭菜也不错。"

这是个中档的饭店，他不想让谢先生破费太多。谢先生同意了，问清了地址。这边费新吾把那封电子函件打印出来，同穆明告别。

谢教授把他的富豪车停在饭店前。饭店在高地的半腰，从窗户里可以俯瞰鳞次栉比的旧城区、弯弯曲曲的胡同和忙碌的人群。服装鲜艳的男招待递过菜单，田延豹摇摇手，费新吾也笑着摇头道：

"雅典我倒是来过两次，但对希腊饭菜说不上熟悉，还是谢先生来吧。"

谢教授没再客气，点了几样典型的希腊饭菜：白烧鳕鱼加柠檬汁，番茄汁鲟鱼加香芹，茄子馅饼，鱼子酱和柠檬色拉，又要了一瓶茴香酒。三人边吃边聊，谢教授问：

"这些都是希腊风味的菜肴，味道怎么样？"

费新吾说："不错，我已经入乡随俗了。不管是法国大菜，是墨西哥辣死人不偿命的饭菜——四川菜在它面前甘拜下风，还是非洲的昆虫宴，我都照单全收。"田延豹则笑道："不敢恭维，我只要一出国，就开始馋北京的八宝酱菜、王致和臭豆腐和香喷喷的小米粥。"

费新吾不想耽误时间，随即切入正题，把那封函件的打印件递过去："谢先生，你看过的就是这封电子函件吧？你能猜到是谁搞的鬼吗？"

谢先生对那封函件草草扫了一眼："对，我看过它，但它的作者是谁我毫无眉目。"

"也许是一个失败的心怀嫉妒的运动员？"

"不大可能。这个人对基因工程方面的进展颇为熟悉，大概是学者圈子中的某人吧。"

"那个美国记者罗伯特·盖纳写的那篇报道呢？"

"也看过。"

"这个罗伯特是不是就是那个匿名者？"

"不会，文风不同。再说，他没有必要采取一明一暗的手法。"

费新吾暗暗叹息，觉得老人太天真了。他小心翼翼地问："他信中暗示的可能性当然是胡说八道了，对吧？"

谢教授略为迟疑后才回答："当然。但是，我不妨向你们介绍一下这方面的最新进展。你们有没有兴趣？"

两人交换一下眼神："十分乐意。"

谢教授饮了一口茴香酒，略为整理思路后说：

"大家都知道，人类的基因遗传是上帝最神奇的魔术。科学家们曾做过估计，如果用非生物的方法制造一个婴儿，所花代价将是人类有史以来所创造财富的总和！但上帝是如何造人的？一颗精子和一颗卵子的碰撞，伴随着男人女人的爱情欢歌，一个新生命就诞生了。直到现在，尽管已在基因研究领域中徜徉四十年，我对这种上帝的魔术仍充满畏惧之情。"

他停顿一下，接着说："不过，日益强大的人类已经揭掉封条，开始剖析这个魔术的技术细节。现在，人类基因组标识工作已经全部完成，对其中80%的染色体已排出图谱并进行解析，掌握了这部分基因的功能。比如，医学科学家可以准确地指出各种致病基因的位置并去修正它们，像肥胖基因、耳聋基因、哮喘病基因、血友病基因、白血病基因等等。总之，现代医学已能用基因工程的办法治愈这些遗传病患者，使他们享受到健康的权利。

"但是，人类在获得健康上的平等后，还存在着体能上的不平等、智能上的不平等。比如，黑人肌肉中的快肌纤维较多，这种肌纤维收缩力量大，反应快，因而黑人有更强的短跑能力。关于这点，我们在飞机上闲聊时，费先生曾有过很详细的评述，你们还记得吧？"

费新吾点点头，同时想起谢教授那时所说的"隔行如隔山"。看来他当时是在客气，他绝对不是一个外行。谢教授继续说道："快慢肌的比率与年龄和种族有关，不能通过锻炼来转化。但是，如果把产生快肌纤维的基因片断移植到白人和黄种人体内，就会使各个种族在体能上趋于平等。从本质上讲，这样做只不过是用基因工程的微观办法代替异族通婚，按说它并不是什么大逆不道的行为。可惜，西方国家的科学界有一种根深蒂固的观点，认为这是向上帝的权利挑战；他们只允许补救上帝的不足而不允许比上帝干得更好。所以，在正统的生物伦理学戒律中，这样干是违禁的事。"

费新吾和田延豹听得一头雾水，两人相对苦笑。费新吾说："谢教授，我越听越糊涂了，我怎么觉得你的观点和那封诽谤信中的观点是完全一致的。"他踌躇片刻后说："坦率地讲，我从你的话中得出这样的印象：你认为用基因工程办法改良人类并不是一桩罪恶，甚至在悄悄地这样干了。但为了不被舆论所淹没，你在口头上不敢承认这一点。"

谢教授仰靠在椅背上，沉默很久才答非所问地说："你们两位呢，是否觉得这种基因优化技术是一种罪恶？"

费新吾摇摇头："我不知道，我几乎被你的雄辩征服了，但我是今天才认真思考这个问题，还不能得出结论。"

话说到这份儿上，气氛显得有些尴尬，三人都沉默下来。透过落地窗户，他们看到一辆黑色出租车开过来，停在饭店外，一名高个子白人青年和一位美貌的白人姑娘走下来，仔细看看谢教授那辆富豪车的车牌，随即兴奋地冲进饭店。那名男子在食客中一眼看到谢教授，立即走来，笑容可掬地伸出右手：

"你好，我是纽约时报特派记者罗伯特·盖纳，这位是我的女友朱莉娅·麦克尼尔。谢伯伯，还认得我吗？我们曾是一个街区的邻居，我与鲍菲还做过一年同学。"

费新吾立即想到了那篇报道，没想到这位罗伯特竟一直追到雅典。他看看谢教授，担心他会勃然大怒。但谢先生仅仅淡然一笑，请二人入座，同朱莉娅攀谈着：

"你是海军上校麦克尼尔的女儿吧？真快，已经长成漂亮姑娘了。我看过罗伯特那篇文章，揣测多于事实。"他直言不讳地说。

朱莉娅急忙替男友解释："谢伯伯，罗伯特认为这是极为重大的社会问题，读者有权了解真相。如果这篇文章伤害了你或你的家人，务必请你原谅。"

谢教授平淡地说:"没关系,他伤害不了我。"

罗伯特同两位中国人攀谈着,知道了两人的身份。在此之前,他已经听说鲍菲新近结识了一个漂亮的中国情人田歌小姐,便敏锐地问:

"田先生,鲍菲的女友田歌小姐是你的亲人吗?"

田延豹没好气地说:"这件事与你无关。美国的记者都是专门啄食名人的秃鹫吗?"

费新吾不想让他说出太激烈的言辞,忙轻轻地触触他,然后把那份打印件递给罗伯特:"请问盖纳,是否知道这篇匿名文章的作者是谁?"

在罗伯特阅读时,费新吾用锐利的目光盯着他的脸色变化。但事件的进程出乎他的意料,罗伯特看着,忽然脸色大变,失声道:

"路易斯的体细胞和精液!"他苦笑着转向朱莉娅,"原来金斯先生暗示的基因改良,是借用了田径飞人路易斯的精液和体细胞!这么重要的事实竟然没有探听到,我们真是到雷泽夫大学白跑了一趟!"

他的懊丧之情溢于言表,费新吾反倒吃惊了。从他的神色看,他肯定与匿名作者不是一个人。谢先生表情漠然,似乎罗伯特的出现,还有他这段不得体的话,并没有使他不快。罗伯特苦恼地思索片刻——那个匿名者让他心神不宁——咄咄逼人地说:

"谢伯伯,朱莉娅刚才已经说了,如果这件事的调查伤害到你或你的家人,我预先请你们原谅。但是,正如埃迪·金斯先生所说,如此重大的成功,如此影响深远的研究活动,绝不能被个人所垄断——不管这个人的人品多么高尚,动机多么纯洁。因为垄断本身就对人类构成潜在的威胁,所以我一定要对这件事追踪到底。谢伯伯,请你如实回答:鲍菲在出生前,是否用路易斯的基因进行过某种基因改良?"

谢教授平静地回答:"绝无此事。"他补充道,"我的研究小组采集过一些著名运动员的基因进行过研究,但绝对没把路易斯的基因用到我儿子身上。"

"没有用路易斯的基因?那么,别的人呢?"

"也没有。"

罗伯特久久地盯着他的眼睛:"我愿意相信你的话。"他十分苦恼,那个匿名作者是谁？看来他相当了解内情，他竟然知道鲍菲耳垢的干湿！在罗伯特此刻的心目中那个匿名者的身份只有一个可能的人选：金斯教授。他但愿这不是事实。他对金斯的印象很好，已经相信了金斯主动披露此事的光明动机。但是，如果金斯是一个只敢写匿名信的小人，罗伯特就只好推翻上面的结论了！

他思索一会儿，还是不死心，又问："那就是说，你并未对鲍菲采用任何基因改良方法或其他生物工程方法，他是一个天才，是上帝偶然心血来潮而制造的天才。对吗？"

在两人对话时，费田二人一直躲避着谢的目光。这位罗伯特不知道，在他进来之前，谢教授实际上已接近于承认某种事实。所以，当他断然说"绝无此事"时，两人都感到意外。现在他该怎么办？在两位见证人面前继续矢口抵赖么？

谢教授的回答令所有人感到意外，他冷冷地说："上帝没有那么大的能耐，他缺乏遗传学的造诣。"

罗伯特和朱莉娅同声发问："你是说……"

"我什么也没说。"谢教授很快打断他们的问话，"目前让我说什么都为时尚早。不过，"他的嘴角露出一丝神秘的微笑，"我想这一天快了。我会很快披露鲍菲的身世之秘。"

"什么时候？"

"三天之内吧。"

罗伯特向朱莉娅使个眼色，机灵的朱莉娅马上理解了，挽住伯伯的胳臂，撒娇地说："谢伯伯，如果你要披露，请让我们第一个知道，好吗？"

谢教授微笑着拍拍她的手背："很遗憾，我刚刚把优先权送给费先生了，我不能食言。你们只需盯紧费先生即可。"

这个宣布让费田二人有些吃惊，但他们感激谢教授的信任，也就默认了。罗伯特难免有点嫉妒，不过他想这已是最好的结局。他无须担心一个中国退休记者，毕竟他比不上纽约时报特派记者的分量。正像谢先生所说，三天内盯牢费先生就行了。忽然他瞥见一辆灰色汽车开到饭店门口，一位记者模样的人下了车，也像他做过的那样，先察看那辆富豪车的牌号，然后兴高采烈地向饭店走来，一架硕大的相机在他胸前晃动着。罗伯特笑道：

"谢先生，恐怕又有一名记者发现了你的行踪。如果你不想接受采访，需要赶紧撤退了。"

谢先生也看到门外的记者，他唤过侍者，留下200美元："请替我结账，余下的是你的小费。我不想让那位记者撞上，请领我们从后门出去。"

侍者十分乐意地领一行人穿过后门，再绕回到停车场。当两辆汽车起动时，透过玻璃窗，能看见那个记者还在焦急地寻找，像是一只被关在玻璃窗内的苍蝇。几个人都笑了，连送他们来的侍者也忍俊不禁。

谢教授要把两人送回旅馆，被他们谢绝了。他们想步行回去，看看旧城区的风光。两人漫步穿过坡度很大的道路，两旁的房舍依山势而建，就像密密匝匝的蜂巢。这些房屋相当古老陈旧，和2004年奥运会后建筑的现代化楼舍有天壤之别。几只狗在狭窄的道路上漫步，家猫则在房顶蹦跳。两位白衣白裙的卖花姑娘迎上来，用希腊语急切地兜售。两人听不懂她们的话，又无法拒绝她们的热诚，只好向每人买了一朵。两个姑娘笑容灿烂地走了。她们看来都不富裕，但笑容开朗、脸色红润，令人联想起重庆山路上的川妹子。

两人悠闲地漫步，田延豹忽有感触："老费，我很羡慕古希腊的运动员，他们虽然住的是这样简陋的房子，吃的是粗糙的饭食，但他们可以赤身裸体去参加比赛，不必担心镁光灯和摄像镜头，也没有体育赞助商的控制，没有毒品和兴奋剂。他们的比赛只是为了自悦，为了展示健美的人体。体育发展到现在是进步还是堕落呢？赛场上时刻都盘踞着一个可恶的金钱之神。"

费新吾说："恐怕还要加上一位善恶难辨的科学女神。科学使体育越来越进步，也越来越异化。如果鲍菲真的进行过基因改良手术——这一点已经大致可以确定了——那短跑比赛究竟是人的比赛还是分子生物学的比赛？"

这些话勾起田延豹的心思，闷闷地说："田歌这妮子太不像话，好多天了，也不来个电话。"

费新吾也只有暗暗叹息。围绕鲍菲的身世已经掀起轩然大波，而且更大的风波还在后边，但正处于风口浪尖上的一对恋人却懵然无知。他们真想马上找到田歌并把她保护起来，却苦于不知道他们的下落。

但愿鲍菲的身世不会影响到两人的爱情。

前面就是尼赞旅馆的陡峭石阶。两人拾级而上,听到有人用汉语喊:"费先生!田先生!"

是飞机上邂逅的三个小伙子。他们跑过来,气喘吁吁地问:"你们好,田歌姐姐呢?"

田延豹不想说明真相,含糊应道:"她去各个古迹游览。"

"对,四天前我们雅典卫城碰见过她,还有百米之王谢豹飞,他还为我们签字了呢。"

田延豹不想同外人谈谢豹飞和田歌的关系,把话题扯开:"你们还在露宿吗?"

"不,旅馆已经开始降价了,我们找了一家最便宜的,就在附近。昨天我们还见过你们呢,你们坐在出租车里,很快掠过去,没听见我们的喊声。知道吗?我们有重要的消息要告诉你们。"

"什么消息?"

"我们在电脑咖啡屋无意中查到的。有一封匿名信说,谢豹飞是用路易斯的精子孕育的,还有一个罗伯特·盖纳写的文章……"

费新吾拍拍他的肩膀:"谢谢你们的关心。这些我们都知道了,刚才我们还同那位罗伯特先生在一起呢,他就住在希尔顿饭店。"

"这些人真卑鄙!他们为什么要造谣?是嫉妒吗?"

纪士强认真地说:"我认为不是嫉妒,这一定是个国际阴谋。"

"我们应当站出来,保护华人中的英雄,应当马上通知谢先生!"

费新吾很为他们的热情所感动,但也知道,他们的幼稚和偏执只会把事情办糟。他劝道:

"没有那么严重,可能鲍菲的身体确实采用了某种基因改良技术。这在科学界有不同看法,但没有什么国际阴谋。不用通知谢先生的,他对所有情况都了如指掌。不过,我会向他转达你们的关心。我代他谢谢你们。"

三人多少放了心,彬彬有礼地同他们告别。"再见,等闭幕式结束我们就要回国了,希望在国内还能见面。"

第四章　惊人的披露

北京今年的气温确实邪乎。快立秋了，气温还高达38度。邮递员老丁汗流浃背，扎上自行车，把几封信塞到田宅的黄色邮筒里。想了想，他还是按响门铃。院内有人说："来啦！"老丁高喊道："是送信的老丁！你们盼望的那封信到了。"

谷玉芬忙打开大门，老丁已走了。"老丁进来歇歇，吃块瓜！"老丁回头笑着摆摆手，丁零零地骑走了。谷玉芬取出信件，先挑出女儿从希腊的来信。还是年轻人哪，不知道大人的牵挂，出去近10天了，只回过一次电话。倒是延豹常来电话，当爹妈的才不致太担心。

田歌奶奶的耳朵特灵，玉芬刚把信撕开，她已经掀开竹帘，颤颤巍巍走进来："是小歌的信？念给我听听。"

谷玉芬忙扶她坐下，笑着说："我正要送到上房呢，你倒先赶来了，我开始念啦。"

奶奶、爸爸妈妈、叔叔婶婶、嫂嫂和小牛牛：
　　你们好……

奶奶笑着评论道："这妮子懂礼数，家里人都问到了，一个也不拉下。"

……转眼间已离家七天了，这儿一切都好。你们肯定已在报上读到，豹飞获取了100米、200米金牌，而且成绩极好，体育界都评论说这是世纪性的成绩。不过说这些你们不会感兴趣，尤其是我奶奶。

奶奶乐了，瘪着没牙的嘴说："豹飞！叫得多亲热！"

豹人

……自从和豹飞结识后,他对我很好,他是一个近乎完美的男人,漂亮,有天才,性格豪爽,有男人气概。唯一的缺点是性情略有点粗暴。当然我不会苛求的,我既然爱他,就要爱他的缺点和优点。豹飞送我一艘极为豪华的游艇,还有一位叫玛鲁娅的希腊女仆为我服务。这儿的生活太奢华了,我实在不习惯。

奶奶严肃地插话:"对,钱多了不是好事,福多了要折寿的!"

……你们可能已听说,围绕着豹飞有一些风言风语,说他身上有黑人体育明星路易斯的血统。豹飞说这是胡说八道,我也一点都不在乎。即使是真的又有什么关系?不管他是黑人白人还是黄种人,我都一心一意地爱他。

奶奶摆摆手,让谷玉芬停下来:"信里说什么黑人白人?"
信中确实说得很含糊,谷玉芬只好尽量解释道:"歌儿说,那个谢豹飞身上可能有黑人的血统。"
"你是说,他是黑人和中国人的杂种?"
"哟,看你说得多难听。妈,那叫混血儿。"
"混血儿也好,杂种也好,咱不忌讳。中国人就那么纯?都是炎黄二帝的后代?五胡乱华,满鞑子进关,咱中国人都是混血儿哩。往下念。"

……这些天,豹飞一直陪着我,游遍了地中海。请奶奶和爹妈放心,我一直记着临走时你们说的话,到时候会把一个冰清玉洁的好孙女好女儿还给你们。游艇快要靠岸了,这封信到这儿结束吧,再见。

小歌
2017 年 8 月 6 日

最后一段话尤其让奶奶高兴。她咧着嘴笑道："这就好，这就好，不能让别人把咱们看轻了。这才是我的好孙女哩。玉芬，我走了，再有来信赶紧告诉我。"

她颤颤巍巍地走了。谷玉芬把信件摊到膝盖上，愣了半天神。做母亲的直觉告诉她，关于豹飞身世的风波可能并不那么简单，否则歌儿不会特意在信中说明。尤其是，延豹几次电话中根本没提及这一点，这反而让人更加怀疑。

晚上，她向雅典打了长途，但那边没人接电话。延豹不在，老费也不在。早上7点她又打了一次，还是没人。按时差计算，这会儿雅典是深夜零点，两人都到哪儿去了呢？丈夫劝她：

"安生睡觉吧，别折腾了。他们难得出国，一定是白天黑夜地赶着玩。不要瞎操心了。"

话虽这么说，那一夜他也没有睡安稳。

在繁华的地中海里，古老的克里特岛显得孤傲而荒凉。海面上耸立着红色的远山，清澈的海水拍打着岸边洁白的细砂。游艇停靠在伊拉克利翁港口，两人离船上岸。路边是典型的乡村风光，夹竹桃、无花果树和角豆树的绿丛中隐着白色的石屋。远处是石榴园、柑橘园和欧楂树园，灰鹈鸪从天上掠过。田歌的注意力被一种奇怪的树吸引住了。

"豹飞，这是什么树？"

山丘上到处都长着一种外形秀美的树，树干紧紧拧在一起，长着弯曲的须，枝条细而光滑，长长的叶子坚硬而有棱角，叶子朝太阳的一面呈青铜色，反面是柔和的灰色。阳光透过树丛，在地上撒下淡淡的树影。谢豹飞笑了：

"这就是有名的橄榄树嘛，就是雅典娜送给雅典城的礼物。也是圣经上所说，洪水后鸽子为诺亚方舟衔来的第一支新枝。"

田歌恍然大悟："我知道。我还记得毕加索笔下的和平鸽呢。"她用两排白牙轻轻叼住一支橄榄，两臂做展翅状，调皮地喊道："是不是这个样子？快替我照下来！"

谢豹飞哈哈大笑，忙为她抢下这个镜头。

与田歌相处，时时能感到纯洁的快乐，像是白色细砂中渗出的山泉。希腊女孩偏爱素装，这些天田歌也常穿白色夏装，就像是奥林匹斯山上的水泽女神。

上到游艇的第一天晚上，田歌洗浴后，裹着一件洁白松软的浴衣，脸庞更显得娇艳。谢豹飞觉得小腹上涌来一股热流，浑身变得燥热难当。他把田歌紧紧搂到怀里，感觉到她柔软的乳峰，听到她狂乱的心跳。谢豹飞伸手去脱田歌的浴衣，下面就该相拥上床，一夜云雨……但田歌羞涩地裹紧了浴衣，伏在他胸前低声说：

"豹飞，请你答应我一个请求，好吗？我知道你一定会答应的。"

"你说吧，我一定答应。"

"豹飞，我爱你，全身心地爱你。我很高兴能把自己奉献给你，但是我希望把我的处女宝留到婚礼之夜，好吗？"

谢豹飞不禁愕然。照西方的眼光来看，田歌的这一举动未免太煞风景。他体内的情欲已如脱缰之马，难以约束了……田歌担心地看着他，他很快收敛心神，庄重地吻吻恋人：

"我答应。"

田歌喜极欲泣，搂着恋人，把热吻印满他的面颊。豹飞是他的偶像，她心甘情愿把身体给他，即使两人最终不能结婚她也不会后悔，但她觉得这样的性爱未免太浅薄了。她看过一篇小说，一对即将结婚的恋人被困山中，分别宿在一幢石屋的里间和外间。夜里姑娘没有闩门，只是用一根长发拴住门扇。两人按捺住激情，平静地入睡了，而这根完好的长发就成了这对夫妇保留终生的纪念品。田歌觉得，这才是最真挚、最浓烈的爱。她很高兴豹飞也是这样的至诚君子。

答应了田歌的请求，谢豹飞竟有如释重负的感觉。在他近乎完美的一生中，实际上一直潜藏着危机。他知道自己的性格深处有一个狂暴的恶魔。爱咬人的鲍菲，他常常想起这个难听的儿时绰号。其实，同学们看到的只是冰山之一角。当他一个人关在房间时，他会更狂暴地宣泄自己的欲望。他的玩具飞船、遥控牧羊犬和棒球手套上都布满牙印。他觉得，在牙齿中撕咬东西有强烈的生理快感。这种克制不了的欲望来自他的身体内部——不是来自大脑、心脏，甚至不是来自体细胞，而是在超越这些层级的更深的深处。他成长为一个成熟的男人后，这个恶魔并未被驯服，当它与性欲结合起来后甚至更为凶猛。他想起温哥华、香港、曼谷和拉斯维加斯的几个狂暴之夜。那时他的记忆闸门都被关闭了，事后残存的回忆都是狂乱的、边缘模糊的。对那些可怜的妓女们他都干了些什么？他知道藏在记忆断层后的肯定是可怕的画面。

这种情况连他的父母都不知道。

现在，田歌出现了。她纯洁、透明，像薄胎瓷器一样脆弱。他还会在田歌身上重演过去吗？他很高兴田歌的决定，把激情之夜尽量向后推迟，推到婚礼之夜。也许，给男女之爱加上婚姻的符咒后，会助他摆脱冥冥中诱人作恶的妖魔。

夜里他独自睡在床上，情欲像洪峰一样一次次袭来。他真想起身去扭开隔壁的房门，不过他最终战胜了情欲，在入睡前的朦胧中，他暗暗庆幸，"那个结局"又往后推迟了一天。他呻吟着："上帝，请护佑我吧。"

导游领他们参观了著名的克里特岛迷宫——克诺索斯王宫遗址。传说一个叫米诺斯的国王在这儿修了巨大的迷宫，供养着一只人头牛身怪，每九年要向它贡献七对青年男女。最后雅典国王爱琴的儿子特修斯主动来到岛上把它杀死了。但兴奋的特修斯在返回雅典途中忘了换下黑帆——按照来前的约定，这代表着主人已经遭遇不幸——一直守候在岸边的国王爱琴在悲痛中跳海自杀。这就是爱琴海名字的来由。

"知道吗？"谢豹飞说，"传说中的大西洲实际就是指古老的克里特文明。那时，克里特文明与希腊本土的迈锡尼文明是互相独立的，克里特岛在五千年前就进入青铜器时代。但公元前 1500 年，附近的桑托尼岛火山爆发，几百米的海啸呼啸而来，把克里特的建筑和居民一扫而空。后来，柏拉图在他的著作中记载了这段 900 年前的历史，但他的文章在传抄中把 900 误写为 9000

了。后来以讹传讹，竟虚构出一个莫须有的大西洲。"

田歌沉重地说："我想，波浪下面一定埋葬了不少美丽的爱情故事。"

他们参观了废墟里的巨石房基，看了地下室里巨大的陶制酒缸、红色的圆形石栏和色彩鲜艳的壁画。还观看了那个镶着宝石的金角牛头，它大概就是人头牛身怪的象征吧。

田歌对这些古迹没有显示太大的兴趣，但途中葡萄园和柑橘园中的希腊姑娘使她兴趣盎然。这些女人们在树丛中隐现着，戴着绣花头巾，双臂像蝴蝶一样飞舞。田歌驻足看了良久，羡慕地说：

"你发现了吗？我觉得希腊的女人干起活来特别美，特别优雅。"

谢豹飞笑道："是吗？你看，她们都在看你呢，她们一定在说，这个白衣女神是从仙风和露水中走出来的。"

田歌嫣然一笑："谢谢你的夸奖。"

下午他们赶到罗得岛，即腓尼基人所称的蛇岛。很远就看见了高大的古城墙耸立在海滨，田野中点缀着欧式大风车，海水澄碧，天高云淡。两人参观了岛上著名的蝴蝶谷，参观了世界七大奇迹之一的太阳神雕像——可惜这尊32米高的巨像也被毁坏，如今只剩下两根圆柱。柱头的神鹿目光凄迷地望着爱琴海的落日，似乎在缅怀往日的荣耀。

夕阳已经半沉于海水，船长和玛鲁娅立在驾驶台上，看见两个白色的身影相挽着回来，晚霞为他们勾勒出粗犷的金线。玛鲁娅羡慕地说："他们真是天造地设的一对。"

船长叼着烟斗说："嗯，幸福的一对。"

"知道这位富有的谢先生是谁吗？"玛鲁娅得意扬扬地宣布，"我在电视上见过他，他就是这次奥运会上最风头的百米之王，鲍菲·谢。"

船长不客气地说："我要是你，就一定管住这根爱饶舌的舌头。你忘了谢先生的命令？他不想让记者打扰，特地在船上实行无线电静默。你大概不愿意破坏这对情人的安静，也不愿意被解雇吧。"

玛鲁娅不服气地低声争辩："我只告诉你，怎么会告诉外人呢。"

岸上的两人已走近船边，听见田歌在高兴地喊："船长，玛鲁娅姐姐，我们回来了！今晚我来掌厨，做一顿地道的中国饭菜。"

那晚田歌真的系上围裙，做了丰盛的饭菜。她坚持不让玛鲁娅动手，自己则忙里忙外，炒完菜再亲自端上来，有炸洋葱圈、黄焖茄子、醋熘鳕鱼，主食则有馄饨、千层饼。玛鲁娅老是坐立不安，想起身帮厨，都被田歌佯怒地制止了。她一定要亲手为豹飞做一次饭，就算为将来的主妇生活来一次预演吧。谢豹飞对她的小孩心性不以为然，但饭菜确实美味，船长和玛鲁娅都是兴高采烈，于是谢豹飞也就融入这种喜悦温馨的气氛之中。

只剩下最后一天的赛事，明晚就要举行闭幕式了。古代奥运会都是在 7 月和 8 月间的满月时举行，这次田赛则赶到满月时闭幕。据说闭幕式的主旨放在缅怀历史上。至于具体是什么安排，只有明天才能见分晓了。

费新吾已收拾好行装，预订了后天的机票，田延豹仍在犹豫。昨天田歌总算来了一个电话，请费先生和豹哥按时回国，不要等她。"豹飞说要把我送回中国，没准我们会开着游艇经苏伊士运河回去呢。"

从她的声音可以触摸到她的幸福感，田延豹也没再提起"路易斯的精子"之类煞风景的话。他想了想，打算把行期推迟一两天，待田歌的行程确定后再走，"我怕回家没办法向二叔二婶交代。"他对费新吾说。

最后一天已经没有中国的金牌了，两人都待在旅馆里。上午穆明来了电话，说他也是后天的机票。还说：

"我昨天碰见一位相熟的国际田联委员，听他透露，田联决定对谢豹飞事件低调处理。他们现在处于两难境地：如果对基因改良术不管不问，未免对其他运动员不公平；但是，如果马上宣布它为体育上的禁用方法，似乎条件也不成熟。德比洛夫主席说了一句话：凡事不可操之过急，下届田径锦标赛再定吧。不过以我看来，体育界新一轮的技术大战已经不能避免了。科技先进国家将竞相采用这种技术培养超人，不管他是合法还是非法，这场竞赛的后果比兴奋剂还要可怕。"

"你说的完全正确。"

"还有，谢豹飞的形象已大大受损。不错，他是一颗发光的宝石，其亮度使其他宝石全都黯然失色。可惜,他不是'天然'的,而是用现代工艺生产的'人造'宝石。要知道,合成宝石和天然宝石的价值相差天壤。"

费新吾叹口气:"是啊,那些输在'人造天才'手中的运动员们决不会服气的。我和小田也为此快快不乐,原想谢豹飞为黄种人运动员争了光,没想到……"他摇摇头,没再说下去。

半个小时后,王刚三人闯了进来,带进一股旋风:"费叔叔,田大哥,我们要走了,特意来辞行。"

费新吾安顿他们坐下,拿来三罐饮料,问了他们的飞机班次,遗憾地说:"咱们是同日不同航班。你们田大哥晚两天走。"

三个人已经没有前天所见的狼狈相了,虽然晒得又瘦又黑,但衣冠整洁,精神奕奕。他们高兴地说:"这次雅典之行真带劲儿,钱没白花!"

田延豹不擅交际,笑着向三人打了招呼,便静静坐在一旁。三个小伙子把费叔叔围到中间,费新吾笑问:

"是吗?有什么感受?"

"跑国外看看,自个都觉得眼界开阔多了。平时在国内尽看些乌七八糟的东西,一肚子没好气。可是出来看看,觉得当个中国人蛮自豪的。"

费新吾对他们刮目相看,他也早有同样的感受。历史是一幅油画,看远不看近。近看尽是缺陷、瑕疵和麻点,远看则是美轮美奂的图案。不管我们周围有多少阴暗和丑恶,毕竟中国是一步一个脚印地走在通向世界性大国的途中。可惜,国内的文学界看不到这一点,他们没有去着力营造盛唐时期或古希腊时期那种昂扬向上的民族心态和社会心态,因此他们的深沉和嫉愤多少有点鸡肠狗肚,有点脱离历史的潮流。纪士强插话说:

"也有很多不满意的地方。第一,中国还是阴盛阳衰!"

四个人都笑起来。费新吾看看田延豹,忙解释道:"这是发展时期难免的,咱们看问题得客观一点。女子项目起点比较低,也就容易突破;实际上女队的崛起都有男陪练的功劳,男队到哪儿去找水平更高的陪练呢,所以聪明的中国教练常常找女队做突破口。不过我也认为,这种向女子倾斜的政策需要改变了,再这样下去中国就要整个患阳痿了!"

老费这番议论让三个人听得很过瘾,纪士强接着说:"第二点,中国金牌不少,但含金量大都偏低,像男子短跑、男子跳高之类的奖牌还是与中国无缘。"

他们正谈得兴致勃勃,忽然走廊中有急迫的脚步声,有人连门都不敲就急急推开了门,是罗伯特和朱莉娅。三个中国小伙子非常吃惊,齐齐跳起来,瞪圆了眼睛。费新吾不免纳闷:罗伯特这么着急地闯进来有什么事?更令人不解是,这三个小伙子与他们并不熟悉,怎么见他们就像是见到了鬼?其中似乎有什么蹊跷。

这些天,罗伯特十分焦灼。无疑,谢豹飞的身世之秘在田运会结束前披露最理想,但明天田运会就要闭幕了,谢豹飞仍然杳无踪影。与他们同住一个饭店的谢教授深居简出,看来也在等谢豹飞的消息。罗伯特没有别的办法,只好牢牢盯着谢教授和费田二人。估计闭幕式上谢豹飞总该露露面吧。

昨晚,他从费新吾那儿回来,到柜台上要了自己房间的钥匙。柜台小姐微笑道:"盖纳先生,有你的信,是一位小男孩送来的。"

信封上的姓名是手写的,还拼错了一个字母。信封上没有寄出地址。两人回到房间后,罗伯特裁开信封,但信笺只抽出一半就停住了。朱莉娅看到他的异常,边穿浴衣边走过来:

"鲍勃,怎么了?"

罗伯特默默地把信笺递过去。白纸上画着一把匕首,刀尖滴着鲜血。朱莉娅的脸色唰地变白了,愣了很久才问:"你估计是谁干的?"

"不知道,看来我们的调查妨碍了某个权势集团的利益。这吓不倒我,我不会退缩的。每年都有上百名新闻记者殉职,在殉职者名单中加上一位罗伯特·盖纳算得了什么?我想纽约时报一定会为此追认我为正式记者。"他故作轻松地说。

朱莉娅警告他:"你不要把它当儿戏,如果真的触犯了某个秘密集团,他们可是心狠手辣的。"

罗伯特收起戏谑:"不,我不把它当儿戏,但也决不会退缩。我只后悔不该把你牵连进来。你是否可以先回国?剩下我一个人容易应付突然事变。"

朱莉娅摆摆手，表示不想谈下去："我的上校爸爸能原谅我临阵退缩吗？还是一同干吧，以后凡事谨慎就行了。"

罗伯特感激地把她搂到怀里。

那晚，两人仔细分析了此事的前因后果，难以判定这封威吓信出自谁手。这次调查首先触动的是谢氏父子的利益，但无论如何，这位谢教授不像一个写恐吓信的人。

他们想起那封匿名信，也许，观点相反的两封信是出自一人之手，是搞欲擒故纵的把戏？他们又想起那位金斯教授，在短期的交往中，他们觉得他是位光明磊落的学者，但是，现在他却是匿名信的第一嫌疑者，因为除了谢教授外，只有他才能知道信中的某些细节。

两人商量很久，无法理出清晰的脉络。朱莉娅建议同金斯通一次话，看能否听出什么蛛丝马迹。按时差计算，克里夫兰现在是清晨6点，金斯肯定在家。罗伯特挂通他的电话，精神奕奕的金斯出现在屏幕上。

"我是金斯，请问……噢，你是罗伯特。"

"对，我在雅典给你打电话。"

"事情有进展吗？"

"不太顺利。谢教授的头发我搞到了，已经用特快发回去，估计你马上就收到，但鲍菲一直没有露面。其实做不做DNA鉴定已经不重要了，因为谢教授实际已经承认，他对儿子使用了某种基因手术，可惜还没有得到确凿的证言或证据。"

对方简单地说："慢慢来吧，这种事情无法一蹴而就。"

"世界田联内部分歧很大，有人认为，如果基因技术能增强人的体力，又没有兴奋剂对人体的危害，也许我们该举双手欢迎它。"

金斯断然说："这是十分幼稚的想法。世上万事万物都处于微妙的平衡中，人虽然没有猎豹跑得快，没有大猩猩孔武有力，但人的体态实际是在人的环境条件下所能达到的最好平衡。如果一味增强某一方面，比如增强奔跑能力，这条路会终结于何处？最终只有把人变成猎豹！普通人可能认为猎豹是进化的典范，是强悍的兽中翘楚，但在生物学家眼中正好相反。不错，猎豹的奔跑速度是动物中最快的，简直是完美的奔跑机器。但它们的身体结构为这个'完美'不得不做出重大的牺牲——牺牲了基因的多样性。生物学家们发现，猎豹的基因十分一致，任何猎豹之间做器官移植都基本不产生排异反应。可以说，目前地球上的猎豹群全部是在进行近亲交配。所以，这种看似强悍的动物在进化线上的地位是十分脆弱的，它们的生存已岌岌可危。你愿意人类落到这一地步吗？"

罗伯特对这些真知灼见心悦诚服，不过他并没有忘记打电话的目的。"金斯先生，我刚刚收到一封血淋淋的恐吓信，你能推测是谁写的吗？"他紧盯着金斯的表情，金斯显然很震惊：

"恐吓信？"他思考了半秒钟，"你怀疑是谢教授？不，我敢断言不是他。他绝不会使用这种卑劣的手法。"

罗伯特不禁赧然。无疑，金斯也不是使用"卑劣手法"的人。"对，我也不相信是谢教授所为。我们再追查吧，再见。"

"再见，你们要小心。"

他挂断电话，同朱莉娅相视苦笑。他的推理之磨转了一圈，又回到了零点。现在，他对帷幕之后的内情仍一无所知。

上午8点半，电话铃急骤地响起来，拿起听筒，屏幕上仍是一片漆黑，对方没有开启视觉传输。一个尖锐的嗓音说：

"是罗伯特·盖纳先生吗？"

罗伯特敏锐地联想到费先生所说的"尖嗓音的匿名者"，立即绷紧全身的神经："对，我是罗伯特，请问……"

"你不是急于知道关于鲍菲的内情吗？我这儿有一颗重磅炮弹，但你必须答应我，尽快把它公之于世，一定要在田赛闭幕前公布。"

"我答应，这正是我要做的，只要我能确认它的可靠。请问……"

"是否可靠你一看便知。请你们尽快赶到费新吾先生那儿，我已把材料送过去了。"

对方没有等他询问就挂了电话。罗伯特和朱莉娅一秒钟也没有多停，立即冲出门去，叫了一辆出租，让司机尽快赶到尼赞旅馆。一路上，他们紧张地思索着，这会是什么样的消息，为什么这个匿名者也像谢教授一样，把费新吾当作披露消息的必经关口。他们甚至还想到这是不是一场阴谋，是一个陷阱？也许两具血淋淋的尸体在屋里等着……他们冲进屋里，看到的是五张惊讶的面孔。罗伯特喘气未定就问：

"费先生，有人送来关于鲍菲的消息吗？匿名者说是一枚重磅炮弹。"

费新吾惊讶地说："没有啊。"

几乎同时，一个侍者微笑着走进房门，手里捧着一个硕大的信封，彬彬有礼地问："请问哪位是费先生？有人托我送来一封信。"

费新吾狐疑地接过来："我就是，谢谢。"

侍者退出房间，他把信封裁开，抽出信笺看了一眼，招手道："小田，罗伯特，朱莉娅，都过来吧，这封信是给我们四个人的。"他抱歉地对三个小伙子说，"请你们稍候。"

四个脑袋凑到一张信纸上。

……在我上封信披露谢可征教授的基因嵌接技术之后，事情的真相已经逐渐明朗化。我的老友、正直坦诚的费新吾先生和田延豹先生当面质询了谢教授，后者坦认不讳。但我刚刚发现其中另有隐情，我们几乎全被轻易地骗住了。这几天，我们似乎都忽略了一个很明显的问题：显然，纵然是百米之王路易斯的基因也不能让鲍菲打破9.5秒大关，因为路易斯先生本人也远未达到这个高度。

也许，谜底存在于另一桩事实中。我已经做过详细了解，26年前向雷泽夫大学医学院提供体细胞和精液的并非路易斯一人，还有体能远远超过路易斯的另一位先生。这位先生的肌肉内白肌比率更大，还含有较多的能量之源——线粒体，因而奔跑更为迅速。路易斯先生的百米最高时速是40多千米，而后者的时速可达130千米！

这位先生名叫塞普，来自非洲察沃国家公园。他的速度是所有哺乳动物中最快的。让我小心地把谜底揭开吧，塞普先生是一只凶猛剽悍的非洲猎豹！

非洲猎豹！

非洲察沃国家公园的稀树大草原。在一米多深的硬毛须芒草和营草的草丛中，一只母猎豹逆着风向悄悄向羚羊群接近。它已经怀孕了，一套有关四条小生命的复杂的链式反应已经启动，通过种种物理的化学的媒介，表现为强烈的食欲。它急需补充营养。枯草丛后露出一只未成年的羚羊，它警惕地向四方睃视着，四条优雅的细腿随时准备跳窜而去。母豹知道这只羚羊不是好的猎杀对象，它已足够强壮，很可能逃脱自己的利爪。但在饥饿的驱使下，它踌躇片刻，深深吸一口气，突然猛扑过去。

小羚羊及时发现了敌人，敏捷地逃走了。母猎豹全速追赶，距离越来越近。相比之下，猎豹更适于短期的快速奔跑，它的奔跑速度高踞于陆地动物的顶峰。它有流线型的轻盈体躯，长而发达的肢体，善于平衡的粗尾，发达的心脏，特大的肺。头部具有阻力最小的空气动力学特点，双肩可不断滑动使步伐加大。它的脊柱在高速奔跑中就像是弹簧，能屈能伸。猎豹的犬牙非常小，以至于当它辛辛苦苦捕到猎物后，如果碰上鬣狗或狮子来抢食，它只能胆怯地逃走，因为它的小犬牙无法同强敌搏斗。但进化之神为什么给它留下这点瑕疵？不，这是为了留下足够大的呼吸空腔。当至关重要的搏杀能力与奔跑能力相矛盾时，也只有被舍弃了。

猎豹身体的每一部分都是为奔跑而特意定制的，这是进化之路中的残忍的选择，但速度上逊于猎豹的羚羊也自有天赋的本领。猎豹是短跑之王，羚羊则是灵活转弯的翘楚。它灵巧地左蹦右跳，一次次从母猎豹的利爪下逃脱。几个回合之后，双方的速度都开始减慢，小羚羊疲劳更甚，它的黑眼珠里已经有了恐惧。母猎豹确信下次的一扑将把小羚羊扑倒。就在这时它听到了自己体内的警告。猎豹在追猎时是屏住气息的，就像人类的百米选手一样，现在那次深呼吸所得的氧气已经耗尽。它的奔跑要消耗巨大的能量，平均每跑一千米，每克体重要消耗 12.55 焦耳化学能。当血液中的氧气消耗完时，所需能量大多是依靠无氧酵解的 ATP（三磷腺苷）和 CP（磷酸肌酸）提供。不过无氧酵解会同时产生大量的肌酸，很快就会积累到奔跑者无法承受的程度，再奔跑下去它的心脏就要破裂……母豹只好收住脚步，塌肩弓背，凶猛地喘息着，眼睁睁地看着猎物逃走。

只差 0.5 米，这 0.5 米是捕食者和被捕食者的生死线：或者羚羊被杀死，或者猎豹饿死。母猎豹疲惫地久久地注视着自己的猎物——它正以轻盈的小步舞来庆贺自己的胜利——在猎豹的潜意识中，一定滋生了极强烈的欲望：让自己的四肢跑得再快一点，再快一点点！

这只猎豹最终没有饿死，它就是塞普的母亲。没人知道这位母亲那一瞬间的强烈欲望是否也能通过染色体遗传给下一代。科学界公认的遗传变异规律，是说生物基因只能产生随机性的变异，被环境汰劣取优，从而使生物一点点向优良性状进化。这种盲目进化的观点也许并不正确，也许某一天科学家们会发现，生物强烈的求生欲才是遗传变异的指路灯，它在冥冥中引导染色体作"定向"的而不是盲目的变异：使渴望迅速奔跑的兽类变得四肢强健，使渴望飞翔的爬虫变异出羽毛，使渴望游泳的哺乳动物变异出尾鳍……

也许，嵌入谢豹飞体内的片段的猎豹染色体也能传递一点儿"猎豹"的欲望？

非洲猎豹！

四个人都沉重地喘息着，互相躲避着对方的目光，一种冷酷滞重的氛围渐次升起。他们几乎同时认识到，尽管这个神秘人物行事阴暗，但他指出的恰恰是事实。在那位远远超越时代的、生命力强盛的短跑之王身上，肯定嵌入了猎豹的基因片断。

几天来，他们就像是玩九宫格填数游戏的学生，在外围揣测、推理、嗅探、追踪，费尽心机来破译这个非常复杂的谜语。但是，只要把一个正确的数字填到九宫格的中心，一切都变得非常简单，太简单了！

对这个结论，至少费新吾不感到意外，这些天他已通过网络查阅了大量的有关基因技术的资料。DNA 是上帝的魔术，但任何魔术实际上只是充分发展的技术，尽管这些技术十分精细十分神秘，但终究是人类可以逐渐掌握的。而掌握了基因技术的人类将成为新的上帝，随心所欲地改良上帝创造的亿万生灵——包括人类自身。

他在脑海中历数二三十年来基因工程技术的神奇发展：

上个世纪八九十年代，美国俄亥俄州凯斯西储大学的研究小组，已经能制造"浓缩"的人体染色体，他们把染色体中的废基因剔掉，将有效基因融合或聚合，得到只有正常长度十分之一的染色体，但功效相同。

更早一点，瑞典隆德大学的一个研究小组将细菌血红蛋白基因移入烟草；英国爱丁堡罗斯林研究所将人的血红蛋白基因移入绵羊，以这种羊奶治疗人类的血友病；又将人类抗胰蛋白酶植入绵羊，以治疗人类的囊性纤维变性。上述产品早已进入工业化生产。

20世纪末，医生们已不必再走这样的弯路，他们已经能将上述基因直接嵌入先天缺损的病人体内。一个患胡勒综合征的以色列女孩是这种技术的第一个受惠者，在她10个月大时，医生把正常基因加入她的骨髓，再把骨髓植入她体内。

……

人类已经接过上帝的权杖，还有谁能限制他使用它？

费新吾不是上帝的信徒，没有宗教界人士对基因技术的深深恐惧，对于他们来说，基因技术比哥白尼的"日心说"、达尔文的"生物进化论"要更凶恶千百倍。

费新吾也不是生物学家，对生物伦理学知之甚少，因而也没有生物学家那种"理智"的担心。生物学家们一方面兢兢业业地开拓基因工程技术，一方面对任何微小的进展都抱有极大的戒心，生怕一条微裂纹会导致整个生命之网的崩裂。

所以，从理智上说，他并不认为这是大逆不道的恶行。但他心中仍有说不清道不明的恐惧，他的脊背上掠过一波又一波的冷战。

朱莉娅打破屋内的沉默，轻声问："是否把那位侍者喊来，问问是谁给他的信？"

费新吾摇摇头，罗伯特也摆摆手说："没用的。写信人一定是雇一名小孩送来的。"

"他是谁？他究竟是谁？"朱莉娅喃喃地问。罗伯特果断地说：

"现在，'他是谁'已经是次要问题了，关键是他说的是否是事实。费先生，我们该怎么办？我想把这则消息发出去，匿名者提供这个消息前，要求我作出立即公布的承诺。"

费新吾犹豫着，他不想让这则消息公开，因为这势必伤害许多人：谢教授、鲍菲和田歌。它必将在田运场上引起轩然大波。不过他知道主动权不在自己手里，匿名者既然让四个人同时知道这件事，就是逼他们马上宣布。他可以保密，甚至能说服罗伯特暂时保密，但那位匿名者会轻易地找到另外的发表途径。他点点头：

"好吧，不过要先向谢教授通报一声。"

他们把电话打到希尔顿饭店，柜台小姐说，谢教授半个小时前退掉房间，已经离开了。时间如此一致，不大可能是巧合，一定是他听到风声，提前躲开了。费新吾狠狠心说：

"你发消息吧。"

"我以我们两人的名义发表，好吗？"

"好吧。"他扭头对田延豹摇摇头说，"小田，挡不住的。"

田延豹目光阴沉地点点头。三名小伙子一直被挡在圈外，焦急地观看着、猜测着，这时实在忍不住了，王刚怯怯地问："费叔叔，你们是在谈论谢豹飞吗？他怎么啦？"

费新吾叹息一声，他暂时不想让三人知道真情，不想打碎他们心目中的偶像，只是含糊地说了一句："还是有关谢豹飞身世的传言。"

三人满腹疑虑，看着屋内各怀心事的四个人。罗伯特又在捣什么鬼？为什么连费叔叔也向他们屈服？三个人交换着目光，然后齐齐站起来，客气地向费田二人告别。临走他们愤怒地剜了罗伯特一眼。

费新吾送走三个年轻人，在门口轻声安慰几句。等他返回时，罗伯特已在电脑上拟好文稿，请他过目。文章写得十分简洁、冷静和客观：

短跑之王？

纽约时报特派记者罗伯特·盖纳　中国体育报记者费新吾

人类的短跑之王是 25 岁的华裔美国运动员鲍菲·谢，动物中的短跑之王是非洲猎豹。适才一位神秘人士披露说，两者之间原来有着天然的联系——鲍菲·谢的身体中嵌入了猎豹的部分基因！

此消息尚未得到最后证实，但据笔者此前的调查，从技术上说这是完全可行的。看来，国际体育界已经面临一个难题：如果这个消息不幸属实，那么鲍菲的世纪性成绩是否有效？以基因手术提高体能的方法是否合法？最主要的是，在竞相用非人类的异种基因改良人体的竞赛中，人类会不会迷失自我？

世界发疯了。

国际田联发言人：这只是一则未加证实的报道，我们无法轻易表态。我们只能许诺，尽快与鲍菲·谢及其父亲谢可征教授联系，调查事情真相，尽早作出必要处理。（记者追问，如果属实，世界田联将如何处理？）我想坦率地告诉新闻界，田联内部正就此事展开激烈的讨论，不会在短期内达成一致意见。我们面临的是一个全新的问题，希望各位先生给我们留下充裕的时间，使我们能得出慎重的、经得起历史考验的结论。毕竟体育运动已存在了数千年，又何必急在一朝一夕呢？

罗马教廷发言人：事态尚未明朗，教皇不会匆忙表态。但教廷的态度是一贯的，我们曾反对试管婴儿和克隆人，更不能容忍邪恶的人兽杂交。愿上帝宽恕这些胆大妄为的罪人。

以色列宗教拉比：犹太教义只允许治愈人体伤痛而不允许改良人体。此前我们对试管婴儿技术采取宽容态度，是因为这种技术虽然离经叛道，但尚可算作治愈行为。但这次我们绝不能容忍谢可征先生的胆大妄为。他亵渎神的旨意，破坏众生的和谐与安宁。

某国宗教领袖：这个邪恶的巫师只配得到一种下场。我们谨向安拉起誓，将派10名勇士去执行对罪犯谢可征的死刑判决，不管他藏到世界哪一个角落。

雷泽夫大学医学院发言人：我们对社会上盛传的人豹杂交一无所知。如果确有其事，那纯属谢可征教授的个人行为。我们谨向社会承诺：雷泽夫大学不会容忍这种欺骗行为。

中国科学院遗传研究所发言人：谢可征教授是我们很熟悉的、德高望重的学者，我们不相信他会做出这样轻率的举动。对事态发展我们将拭目以待。

本届田运会男子百米银牌得主埃基瓦：我不了解基因技术，它太深奥了。但我对鲍菲·谢异乎寻常的成绩早就怀疑啦。假如不幸这是真的，我会把自己的银牌扔到垃圾箱里。你们想想吧，如果今天允许一个嵌着万分之一猎豹基因的"人"与我同场比赛，明天会不会牵来一只嵌有万分之一人类基因的四条腿的猎豹？

"费先生，田先生，我是澳大利亚堪培拉时报的记者。请问那位以匿名信披露这则惊人内幕的先生是谁？他与你们是什么关系？"

"无可奉告。"

"为什么？他多次宣称你们是他的挚友。"

"无可奉告。"

"此人说，对他提供的所有事实，你们都曾当面质询过谢可征教授，这是否确实？"

"无可奉告。"

"那么我再问田先生一个问题，令妹此刻是否正与鲍菲·谢在一块儿？他们目前躲在什么地方？我们已买到一些照片，足以证明两人之间的亲昵关系。"

"滚！"

晚上，两人仍然同屋而眠。田延豹久久地盯着天花板，烟卷在唇边明明灭灭。从听到这个消息的那一刻,他就一直很烦躁。老费也很烦闷,但他的自控能力比较强,还不至于形之于色。其实他们的烦躁是无来由的,谢豹飞身上嵌有猎豹基因,并不是说他长有豹尾或利爪,他还是一个英俊潇洒的男人。有什么可烦恼的呢——但他们仍然无法克制自己。沉思良久以后田延豹终于开口:

"老谢,明天我要出去找田歌。我不放心她和那人在一起。"

费新吾知道他和堂妹的感情极为深厚,勉强开玩笑说:"不必顾虑太多,即使谢豹飞身上嵌有猎豹基因片断,他仍然是人而不是一只豹子。"

"不管怎样,我要尽力找到田歌,让她知道所有的情况。"

"你到哪儿去找?"

"尽力而为吧,这么大的一条游艇,不会没有一点踪迹。"

费新吾沉吟着,他想陪小田一块去,又觉得不能离开此地。田延豹猜到他的想法,说:"老费你得留守在这儿,我会经常同你联系,一旦田歌向这儿打电话,请你立即把她的地址转给我。另外,也许谢教授会同你再度联系。"

"好吧,就这样安排。"

罗伯特和朱莉娅返回希尔顿饭店时,一个录音电话正等着他们:

"速回电。威尔科克斯。"

罗伯特要通电话,屏幕上威尔科克斯显得精神奕奕。"鲍勃你好。"罗伯特戏谑地想,他已经开始用爱称称呼我了。"干得不错,为纽约时报抢了一条重要新闻。那个费新吾是怎么回事?"

"他是中国体育报社的老记者,已经退休了,但他好像与那个匿名者有特殊渊源。坦率地说,我能抓到这则消息是沾了他的光。"

威尔科克斯很快说下去:"干得不错,但我还是不满意。知道吗?很不满意。纽约时报不是一家专发传闻的二流报纸。你务必挖下去,一直挖到富油层。建议你租一辆通讯车,随时与我保持联系。你也可以雇私家侦探,可以高价买断消息。我告诉你一个账号,你可以不受限制地使用。但有一点,那就是必须尽快搞到确凿的证据,要让纽约时报始终站在报道的前列。听清了吗?"

"我会努力去做。"

"至于你和那位费先生的关系,由你相机行事吧,要好好合作,但不要让他抢了头条新闻。"

"你放心。"罗伯特平静地说,"此人并没有新闻记者的职业特点,他最关心的是这则报道会不会给亲人造成伤害,而不是抢头条新闻。"

"好好干,以后就在国际新闻部工作。"他补充道,"我不知道你是否认识到了这则报道的历史意义,你会为此得到普利策奖的。"

罗伯特放下电话就把朱莉娅抱起来:"我成功了!纽约时报已经为我敞开大门了!"

他抱着朱莉娅在屋内狂转。朱莉娅笑着喊:"放下我,我已经晕了!"罗伯特放下朱莉娅,吻着她的嘴唇。朱莉娅喘口气,调侃地说:

"这可不像纽约时报大牌记者的风度。他们都是冷静、干练、机警、喜怒不形于色的,哪像你这样冲动!"然后她便陷入沉思,"鲍勃,你想鲍菲的母亲见到这则报道后会是什么样的心情?"

"她肯定早有思想准备。记得吗?是她第一个暗示了基因改良的可能。"

"不管怎样,我要打电话安慰安慰她。"

屏幕中的方女士表情如常。朱莉娅多少带点歉然地通报了事情的进展,这是一次比较困难的谈话,不管怎样,向一位母亲指出他的儿子身上有野兽的基因,这句话总是不大好出口。那边的方女士沉静地听完电话,沉吟良久才低声说:

"谢谢你通知我。"然后她便挂了电话。

第五章　谁是匿名者

第二天一早，田延豹唤一辆出租车赶往比雷埃夫斯港。田歌曾透露过她是在这个港口接受了鲍菲的礼物，他想，在这儿应该能打听到一些有关新游艇的消息。出租车司机是一个饶舌的中年人，但和初来希腊碰到的出租车司机一样，他的英语带着太多的希腊味儿。田延豹的英语口语是相当地道的，这会儿只好歉然说，"我的英语很差劲，抱歉我听不懂。"司机没有了谈话对象，只好转而听音乐了。

田延豹有了一个小时的清静，往事如潮般涌来。

说老实话，这次如果不是田歌的央求，他绝对不会来雅典观看运动会。那个失败之夜所造成的伤口还没有愈合，也许终其一生不会愈合了。在那之后，他连田径比赛的电视节目都不能看，因为那熟悉的朱红色跑道、清脆的发令枪声和凄厉的哨声，都会揭去他伤疤上的痂皮。

不过，他无法拒绝田歌的央求。

他比田歌大13岁，田歌几乎是在他的肩头长大的，堂兄妹感情极深。记得田歌4岁时，有一次带她去枣园，调皮的小田歌惹怒了蜜蜂。蜜蜂群起而攻，钻进她的头发里，吓得她面色煞白。他把蜜蜂驱走了，自己面颊上却被蜇了两口。回家后，田歌一直趴在他的脸上轻轻吹着："还疼吗？豹哥，还疼吗？"

现在他还能回忆起她的小手指在脸上摩挲的感觉。

后来他常到各处去训练和比赛，在家的时间少了。26岁那年他回家时惊奇地发现，当年的小青虫已经羽化成漂亮的蝴蝶。她美貌惊人，身上笼罩着圣洁的霞晕。

对于豹哥来说，田歌仍是个娇憨的小丫头。她会攀着哥哥的脖子撒娇，会挽着他的臂膀，展示她几年来搜集到的有关哥哥的剪报。田歌心灵的秘密，五年后他才略略窥见一斑。那时鲍菲·谢刚刚崛起，田歌坚决地宣布，她已爱上这个素未谋面的华裔美国人。

"一见他的照片，我就觉得他十分亲切、十分相熟。知道为什么吗？他与你很相像！"

那时他才知道，田歌是把对"豹哥"的微妙感情移植到了鲍菲身上。

她对豹哥的婚姻是颇有腹诽的，她说夏秋君太会算计，"这个世界上能用一元钱买的东西，她绝不会掏出一元零一分。你和她能有共同语言吗？如果是同床异梦还要白头到老，哎呀，那可太可怕了！"当时他曾佯怒地训她："你要挑拨我们夫妻不和吗？"但平心而论，田歌并没有说错，他和妻子之间一直欠缺那种灵魂深处的共鸣。妻子太实际，而在他和田歌心里却一直珍藏着某种理想主义的闪光，即使历经挫折而终不改悔。

他摇摇头，用力摆脱这些恼人的思绪。田歌和鲍菲相恋后，他为妹妹庆幸。无论从哪个角度看，这都是一桩颇为理想的婚姻。但自从知道鲍菲身上嵌有猎豹基因后，他忽然预感到危险。其实这没什么，正像老费说的，尽管嵌有少量猎豹基因，鲍菲仍是一个人而不是一只豹子。不要忘了，现在很多病人身上还有猪的心脏和山羊的肝肾呢。再把思路放开点，连汉朝的开国皇帝刘邦还是杂种哩，刘邦母梦与龙交而孕，那当然是荒诞不经的神话，但至少说明，在文明社会的早期，人们在心理上对"异种"还比较宽容。

但无论如何，田延豹仍觉得心神不宁。他至少要找到堂妹，让她知晓所有的内情，再由她自己作出决定。否则，他就愧对田歌对自己的一腔挚爱了。

比雷埃夫斯港十分繁忙，来往行人都匆匆忙忙，田延豹一时无从着手去询问。热心的司机帮了他的忙。通过一番艰苦的交谈，司机弄明白了他的目的，便用希腊语叽叽呱呱四处询问。田延豹不知道他的询问是否符合自己的原意，也只有听之任之了。半个小时后，司机把他领到了港口船舶管理局的楼前。

船舶管理局的一名职员接见了他。那人叫科斯迪斯，大约50岁，身体健壮，满脸是黑中夹白的络腮胡子，说一口标准的带牛津口音的英语。田延豹问：

"科斯迪斯先生，请问最近是否有一艘游艇在这儿注册？游艇的主人是鲍菲·谢，美国人。请你帮我查一下。"

科斯迪斯惊奇地说："鲍菲·谢？就是人人谈论的那个豹人？不，没有，如果他在这儿注册，我一定会记得。"

"也许他是以田歌的名字注册的。"

科斯迪斯立即说："有！有一艘最新式的太阳能金属帆游艇，船名就叫田歌号，是利物浦船厂的产品。三天前，不，四天前在这儿注册的。"

"这只游艇目前在哪儿？我的堂妹田歌告诉我，为了躲避记者，船上将实行无线电静默。但我急于找到它，我有十分重要的事。"

科斯迪斯笑道："这不难。如今的船上都有黑匣子，持续向外发出无线电脉冲，以便卫星定位系统能随时对每一只船精确定位。我来帮你查一下。"

"太感谢你了。"

科斯迪斯向利物浦船厂查询了该船的无线电脉冲参数，又同全球卫星定位系统联系，卫星很快给出回答：田歌号目前已返回希腊领海，正泊在克里特岛的伊拉克利翁港口。科斯迪斯兴致勃勃地查找着——能查到豹人的下落并不是每个人都能碰上的运气。自从豹人的身份披露后，所有记者都在发疯地寻找失踪的谢氏父子。他可以拿这则消息去卖一个大价钱。

那个中国人详细问了情况，包括这艘船的精确方位和外部特征。他由衷地一再表示谢意，临走时他显然犹豫着，终于开口道：

"科斯迪斯先生，还有一个冒昧的请求：能否请你为田歌号的方位保密？你知道，我妹妹是鲍菲·谢的恋人，她现在并不知道所谓豹人的消息。我想慢慢告诉她，使她在心理上能够有所准备。"

科斯迪斯有些扫兴，他原打算送走这位中国人就去挂通电视台的电话，但那人的苦涩打动了他，犹豫片刻，他爽朗地说：

"好，我会用铅封死这个爱饶舌的嘴巴。祝你的妹妹好运，你是一位难得的好兄长。"

"谢谢,我真不知道怎样才能表达我的感激。"

科斯迪斯对此人印象很好,他目光清澈,眉尖隐锁忧虑,显然他对妹妹的关心十分深切,发自内心。他送客人出门时,热心地说:

"你怎么去伊拉克利翁?这儿有定期班轮。如果你急于赶到,还有一家游乐公司出租水上飞机,费用不是太贵,从这儿到伊拉克利翁,估计得三四百美元。你需要吗?我可以帮你联系。"

田延豹掂量掂量自己的钱包,说:"谢谢,请你联系一下。"

科斯迪斯返回办公室要通电话,用希腊语痛快淋漓地交谈着,时而威胁时而央求,最后他转过脸笑道:"我说你是我的中国朋友,他答应只收200美元,并且保证一定把你送到田歌号上再返回。这比坐班轮快捷方便多了。"

"谢谢,我真不知道怎样才能表达我的感激。"

20分钟后,一架轻型水上飞机降落在管理局附近的空地上。飞机很小,机舱里紧巴巴只能塞下两个人。飞机下部是两个巨大的浮筒,外形类似雪橇。驾驶员是个沉静的青年人,听科斯迪斯介绍了情况后,很有把握地说:

"没问题,这样特征明显的游艇,一定能找到。"

但等飞机赶到伊拉克利翁,那艘游艇已经不在这儿了。它一定是正好在这个当口启航到了别处。科斯迪斯先生已经下班,无法再通过卫星查找田歌号的新方位。田延豹一时没了主意,人地生疏,他真是叫天不应叫地不灵了。好在驾驶员很尽责,用机上通话器不厌其烦地向各处打听,直到晚上11点,他们才得知,田歌号泊在千尼亚港附近的海面上。

可是等他们赶去,一切都晚了。以后,当田延豹被囚禁于雅典圣尼科德摩斯街的监狱时,他常常痛心地想,为什么他没有早点赶去,哪怕早到两个小时,田歌的人生之路也不会在这儿断裂。命运之神为什么这样狠毒?

田延豹走后,费新吾一直把自己关在屋子里,一边焦急地等待着田歌和谢教授的消息,一边努力查找浏览着有关基因工程的资料。他感慨地想,他早就该学一点基因工程的知识了。过去他总认为那是天玄地黄的东西,只与少数大脑袋科学家有关,只与科幻时代有关。想不到在如此短暂的时间里,它就会来到普通民众的身边。

下午他接到田延豹的电话：

"老费，查询很顺利，我已得知这只船的具体方位。我正乘坐一架水上飞机赶到那儿，届时我再同你联系。"

从屏幕上看，田延豹的表情比昨天略显轻松一些，费新吾也舒了口气。挂上电话，他回头坐到电脑前查了一会儿，电话铃又响了。拿起话筒，屏幕仍是关闭状态，他马上猜到对方是谁。果然，他听到了那个尖锐的、让人生理上感到烦躁的声音。但这次他说的是流利的汉语：

"费先生和田先生吗？还记得我吧，我说过要同你们联系的。"

费新吾又是鄙夷又是气怒："我正要找你呢，你在电子函件中说了不少不负责任的话。"

那人笑道："我知道我知道，非常抱歉，我想以后你会谅解我的苦心。你愿意同我见次面吗？我会把此事的根根梢梢全部告诉你。"

费新吾没有犹豫："好的，我们在哪儿见面？"

"到奥林匹亚的宙斯神殿吧。"

"到奥林匹亚？那儿距雅典有四个小时路程呢。"

"对，那样才能避开记者的耳目。另外，我很想把这次意义重大的谈话放到一个合适的历史背景中。奥林匹亚是奥林匹克运动的发祥地，那儿的宙斯神殿可以说是西方神话的源头。我想，万神之王一定会乐意聆听我们的谈话。晚上6点在宙斯神像下见面，好吗？再见。"

放下电话，费新吾不由沉吟着，电话中仍是那个神秘人物的声音，但似乎那个人变了，自信，从容，上帝般的睥睨众生。这究竟是怎么回事？他急于见到此人，揭开这折磨人的秘密。走前他在录音电话中留了几句话：

"小田，我去赴一个重要约会，今天不能赶回了。你那儿如有进展，记住给这儿打个电话。我会及时往旅馆打电话索取你的留言。"

他匆匆披上一件风衣，租了一辆雷诺牌轿车，立即向伯罗奔尼撒半岛的皮尔戈斯城方向开去。

豹人

费新吾不知道，他一走出饭店，一辆长车身的梅塞德塞－奔驰汽车就悄悄跟在后边。这辆汽车车顶上，一个小小的圆盘缓慢地转动着，那是全球通信系统的天线，可以随时与纽约时报联系。

车内是罗伯特和朱莉娅，还有司机伯克，两名沉默寡言的技术人员戈尔和麦卡利斯特。他们都很干练，说着地道的美国英语，带着明显的军人风度。车和人员都是威尔科克斯为他借到的。"不用管他们是哪儿的，反正绝对可靠。你只管放心使用吧。"威尔科克斯含糊地说。罗伯特私下推测，这辆车和三名人员都属于北约组织的情报部门。

在仔细考虑后，罗伯特仍把重点放在费新吾身上。谢氏父子都没办法找到，但罗伯特的直觉告诉他，匿名者和费新吾之间一定有某种关系——奇怪的是，费新吾本人对这种关系似乎并不知情。匿名者很有可能与费新吾再次联系。何况，鲍菲一直与田歌在一起，而田歌迟早要同哥哥联系。田延豹已经出发去海港寻找那艘船的下落，一旦有了眉目，相信他会很快通知同伴。

所以罗伯特要做的，只是随时把费新吾保持在监视之中——虽然这种偷偷摸摸的监视有欠光明，但比起这则报道的重要性来说可以原谅。毕竟，他对费、田和鲍菲都没有恶意。

费新吾的雷诺开得飞快，罗伯特让奔驰悄悄跟在后边。他们刚刚用技术手段取出了费新吾房间的录音，消息很令人振奋。第一个录音是田延豹留下的，说他已经查到了田歌号的方位；第二个录音是费为田留下的，说他要去赴一个重要约会。看来，他们的调查很快就会有重大突破。

雷诺车一直向西开去，已经过了迈加拉，仍没有停车的迹象。他们尚不知道此次约会的地点，前排的戈尔扭回头疑惑地说：

"他们究竟在哪儿约会？是不是想甩掉我们？"

现在，他们已经驶过科林斯城，沿着伯罗奔尼撒半岛的北岸开着。在车流较少的海滨公路上盯梢不是件容易事，何况这辆车的外形比较特殊。他们小心地跟踪着，始终保持在两三辆车的后边。他们经过帕特雷、基利尼，在皮尔戈斯城驶下海滨公路，折转车头向东。只有这时，他们才猜到，这次约会的地点安排在奥林匹亚古奥运赛场。

奥林匹亚是最能引发黍离之思的地方。这儿是历史和神话古迹的存放所，巍峨壮观的体育馆、宙斯祭坛和希拉神殿都已塌裂。这些建筑中以宙斯神殿最为雄伟，它建于公元前468—前457年，是典型的朵利亚式石柱风格。殿内有高大的宙斯神像，左手执权杖，右手托着胜利女神，人们走进神殿时，眼睛恰与宙斯的脚掌平齐，这个高度差形象地表现了那时人类对众神的慑服。

但这个世界七大奇迹之一的神像早已不复存在，它被罗马的征服者运走并在一场大火中毁坏。费新吾走进大殿，只看见了残破的像基和横卧的石柱，他浅嘲地想，也许这正象征着众神在人类心目中的破落？

落日的余晖洒在残破的巨型石柱上，为这片属于历史和神话的场所涂上庄严的金粉。穿着鲜艳民族服装的希腊儿童在石柱间玩耍，手里拿着一种叫"的的乌梅梅利"的冰淇淋。这时，一辆富豪车开过来，停到停车场里，一个老人下车，匆匆走进神殿，费新吾不由大吃一惊——那正是不久前失踪的谢教授。

费新吾犹豫了几秒钟。因为牵涉到同那个神秘人物的约会，他不知道这会儿该不该同教授打招呼。但他随即想到，谢教授恰在此时此地出现，绝不会是巧合。很可能也是那个神秘人物约来的，与今晚的谈话有关。于是他迎上去唤了一声："谢教授！"

谢先生没有显出丝毫惊奇，看来他果然知道今天的约会。他微笑着同费新吾握手，手掌温暖有力，费新吾细细端详着他。此刻费新吾已经基本相信了匿名者披露的事实，相信谢教授为他的儿子植入了猎豹的基因，从而制造了一个超人。其实，这位科学家本身就是一个超人，一个超越时代的强者，他只手掀起了这场世界范围的风暴，也几乎成了世界公敌。但从他的表情看不出这些，他的目光仍像过去那样从容镇定。教授微笑道：

"你早到了？"

"不，刚到。"

教授点点头，转身凝望着夕阳："多壮观的爱琴海落日。在这儿，连夕阳的余晖也浸透了历史的意蕴。"

费新吾不想多事寒暄，直截了当地问："你知道今晚的这次约会？你知道那个可恶的神秘人物是谁？你知道他新近披露的关于猎豹基因的情况？"

谢教授微微一笑，拉着他走到宙斯神像台基附近的一个僻处，这儿没有一个游人。他从口袋里掏出一个微型录音机，按一下按键，里边立即响起那个尖锐的声音：

"你愿意同我见一次面吗？我会把此事的根根梢梢全部告诉你。"

费新吾惊呆了："是你？那个神秘人物就是你？"

谢教授平静地说："对，是我，我使用了简单的声音变频器。很抱歉，这些天让你和田先生蒙在鼓里。但听完我的解释后，我想你能谅解我的苦心。"

费新吾脸色阴沉，一言不发，他恨自己的愚蠢。他早该看透这层伪装了，但在感情上，他顽固地不愿承认这一点。他无法把自己心目中明朗的、令人敬重的谢教授同那个阴暗的、令人厌恶的神秘人物叠合在一块儿。过了很久他才声音低沉地问：

"那么，飞机上的邂逅也是预先安排好的？你还在北京打听过我的情况？"

"对，我一直想找一张'他人之口'来向世界公布这个成果。这人应该是一个头脑清醒、没有宗教狂热和禁忌的人；应是生物学家圈子之外的人；应同体育界有一定渊源；事发时最好应在雅典田运会上。我还有一点隐秘的希望，这人最好是我的中国同胞，是一个中庸公允的儒者。去雅典前我特意先到北京去寻找这个人，很快发现你是一个完美的人选，所以我未经允许就把你拉到这场风波中了。务请谅解，我当时不可能事先公布我的计划，因而不可能征询你的意见。"他又补充道，"我在两封函件中说了一些不合事实的话，没有别的意思，只是想尽量树立你的权威发言人地位。这个身份以后会有用的。"

此前的交往中，费新吾一直很尊敬谢教授，但在两个真假形象叠合之后，他不自觉地产生了疏远和冷淡。他淡淡地说：

"可能我并没打算当这个发言人。"

"当然，等我把真相全部披露后，要由你自己作出决定。田先生呢？"

"他找田歌去了。教授，请讲吧。"

谢教授微笑道："实际上，我已经把真相基本上全倒给你了。我之所以把此事的披露分成人工授精——嵌入人类基因——嵌入猎豹基因这样三个阶段，只是想把高压锅内的过热蒸汽慢慢泄出来。即使这样，这次爆炸仍然够猛烈了！"

他开心地笑起来，又解释道："你可能不十分了解，在西方舆论中，宗教思想和生物伦理学的影响十分强大。在我决定披露这件事时，已经做好被舆论撕碎的准备。所以我有意选取一个中国同胞来帮我披露这个秘密。我想，宗教思想淡漠的中国知识分子在这件事上应该比较达观。"

他想起妻子，妻子坚决反对向社会披露这件事，因为那样一来，就会把他们尤其是儿子推到火山口上。妻子的忧虑是对的，但他的目光更远一些。他不仅培养出一个豹人，还要堂堂正正地向社会宣布，要用"疼痛疗法"来治愈社会的守旧。现在，他是孤身一人前进了，不过他并不后悔。

费新吾皱着眉头问："谢先生，你真的认为人兽杂交是一种进步或是一种善行？"

教授笑道："人兽杂交，这本身就是一种人类沙文主义的词汇。人类本身就诞生于兽类——回忆一下达尔文在揭示这个真理时遭到多少人的切齿痛恨吧！人体与兽体有千丝万缕的联系。追踪到细胞水平，所有动物包括人类都是相似的，更遑论哺乳动物之间了。在 DNA 中根本无法划定一条人兽之间的绝对界限。既然如此，坚持人类隔离于兽类的纯洁性又有什么意义呢？"

他停了停，接着说："当然，这种异种基因的嵌入不会没有一点副作用。生物圈是一个极其复杂的立体网络，任何一个微裂缝都能扩展开去。但我想总得有人走出第一步吧。走出第一步，然后再回头观察它引起的震荡：积极的和消极的，再决定下一步如何去做。我很高兴你是一个圈外人，没有受那些生物伦理学的毒害，那都是些逻辑混乱、漏洞百出、不知所云的东西。科学发展应该遵循的戒律只有一条：看你的发现是否能使人类更强壮、更聪明，使人类的繁衍之树更茂盛。你尽可拿这样的准则来验证我的成果。"

费新吾几乎被他的自信和雄辩征服了。谢教授又恳切地说：

"如果你决定开口说话，我并不希望你仅仅当我的代言人。你一定要深入了解反对我的各种观点，尽可能地咨询各国的生物学家、社会学家、人类学家和未来学家们，甚至包括生物伦理学家和神学家们。再由你作出独立的思考，然后把你认为正确的观点告诉世人，希望它是一个由中立者做出的报告，客观，不带感情色彩，有深度。这是为社会负责，你愿意这样做吗？"

费新吾对他的建议很满意，立即回答："我同意。"

"好，谢谢你的社会责任感。"他自信地说，"我相信一个头脑清醒、中庸公允的儒者会得出和我一样的结论，当然现在先不说它，我不愿给你设置什么框框。一会儿我就交给你一个移动硬盘，有关的资料应有尽有。"

费新吾说："你能否用尽量浅显的语言，向一个外行解释一下，怎样把外来基因嵌入到人类基因中？"

教授微笑道："并没有人们想象的那么难。你要知道，归根结底基因是无生命物质靠'自组织'的方式诞生的，所以基因之间的联结天然地符合物理和化学规律。染色体有三个主要部分，两端是端粒，它们就像鞋带两端的金属箍，作用是防止染色体之间互相发生融合；中间是可以复制的 DNA 短序列；另外还有被称作'复制起源'的 DNA 序列，它负责发动染色体的复制。上个世纪末科学家就多次做过试验：把端粒去掉，再把剩余的染色体分成数段，放在合适的环境中，这些染色体片段又会精确地按着原来的顺序结合起来。猎豹和人类同属哺乳动物，各自控制肌肉生长的基因非常相似，所以相互置换是很容易的。"

他大致讲述了基因嵌入的具体过程。"顺便问一句，鲍菲仍同田歌在一块儿吧？"

费新吾吃惊地问："这些天他同你也没有联系？"

"没有。我曾事先嘱咐他必须随时同我保持联络，但整整五天了，他没有这样做。恋人在怀，老爹就抛到脑后了。"他笑道。

费新吾却笑不出来，他的心房一沉，问："谢夫人知道儿子的秘密吗？"

"知道。除我之外，她是唯一的知情人。鲍菲本人并不知情。"

费新吾沉默片刻，觉得最好还是直言相告："那么，难道你们两人都没有想到，这几天已经披露的真相，会对豹飞造成多大的心理压力？你们没有设身处地地为他想一想？"

谢教授的脸红了，他勉强笑道："我知道他会被推到火山口上，我也一样，但这一关总得过……谢谢你的关心。他目前在哪儿？"

费新吾告诉他，田延豹已经查到田歌号游艇的方位，估计这时已经与他们会合了，相信他们会合后田延豹会打电话到原来的旅馆。谢教授说：

"先不必管它，我们去附近的饭店休息吧，我已预订了两套房间。到那儿后你可以阅读这些资料，我通过希腊政府的熟人同儿子联系，明天早上我们赶过去——我的确该同他好好谈一谈了。在大赛后我本来就安排有同他的一场谈话，但豹飞打乱了我的安排。"

开车去饭店的路上两人都陷入自己的心思，没有多交谈，费新吾苦笑着想，看来，他已无意中看到了这项技术的第一个副作用：谢教授对儿子似乎没有多少亲情——这样说有点过分，但至少说，在保守儿子的隐私和炫耀成功两者之间，谢教授选择的是后者。

而且他炫耀的并不仅是儿子在百米跑道上的成功，主要还是父亲在基因工程中的成功。

当谢教授走下富豪车，步履从容地向费新吾走去时，奔驰车里的罗伯特和朱莉娅几乎同时惊叫一声：

"谢教授！"

他们毕竟年轻，思维敏捷，在一刹那中就猜到了事情的真相——那个神秘的匿名者就是谢教授本人！是他一直在控制着整个事情的进程和节奏。他的所有伪装只不过是在通话时使用了一个简单的声音变频器而已，这实在是一个过于简单的把戏，任何一个看过廉价侦探小说的人都该一眼看穿。

但他们一直没有想到这一点。他们、费新吾和所有人都预先把这种可能排除了。

为什么？他们为什么在潜意识中预先排除了谢教授？道理很简单，鲍菲不仅仅是他的一项"成果"，而且是他的亲生儿子。即使是再无情的父母，也不会轻易捅穿儿子的秘密，向世人展示儿子的"野兽本质"。这些算不上明晰的推理，而是深藏于人们的潜意识中的一点闪光、几纹回波。不过，这正是心理学家们称之为直觉的东西。

这次，人们的直觉干扰了他们的正确判断。

他们不免对谢教授产生了畏惧。他在决定公布儿子的身世之秘时，该是怎样的冷酷无情啊。戈尔悄悄下车，踱到那两人附近。他手中拿着一个小巧的声音增强器，可以听清 50 米内的窃窃私语。谢教授和费新吾的谈话时断时续地传过来，录音机唑唑地转着，罗伯特也在飞快地做着速记。这些断续的谈话已足以串起一串完整的珠链。而且，罗伯特微嘲地想，即使这串链子有一两个缺节又有什么关系呢，可以直接向谢教授询问嘛。他不会再保密了，他一定乐于让纽约时报向世人披露这件事的所有细枝末节。

那边两人的谈话由冷漠到融洽，最后又出现了微妙的裂缝——那是费新吾在委婉地责备他没有为儿子着想。最后两人都上了车，两辆车一前一后开出奥林匹亚遗址。罗伯特立即通过卫星要通了威尔科克斯：

"这儿的调查已经快结束了，你能想到吗？正是谢教授本人有计划地、一步一步地向社会披露真情。他的儿子、百米之王鲍菲·谢的身体确实用猎豹基因进行过改良。我们的了解已经很清楚了，详细报道至迟明天早上——我是指希腊时间——就可以发回去。"

连威尔科克斯那样见多识广的人，激动之情也溢于言表："这真是一条惊人的消息，它肯定将在今年十大新闻中排到首位。鲍勃，谢谢你的工作。"

罗伯特收了电话，欣喜地命令司机："跟上他们，今晚和他们住到同一家旅馆，明早我想再对他们采访一次。"

明早的采访只是为了补充某些细节，至于文章的大框架已经搭好了。他高兴地仰在座位上，搂住朱莉娅的肩膀，踌躇满志地说：

"这一仗已经打赢，所有零碎的事实全部拼到一块儿了。恐怕只剩下一个链节——那封恐吓信是谁写的？"

几秒钟后，连这点疑问也得到了回答——虽然这最后一轮成功带着闹剧色彩。奔驰正要启动，他们忽然瞥见两条人影从左右包抄过来，紧接着是扑哧几声，四个轮胎全被扎破，汽车在放气声中迅速委顿下去。戈尔和麦卡利斯特浑身一震，迅速掏出手枪。他们想已经晚了，他们已经被困死在车里，杀手们的自动步枪恐怕早已瞄准，他们马上就会血迹斑斑，身上穿透几十个弹洞。但不管怎样，他们还是勇敢地作出反应，两人拉开车门，迅速滚下去，对着车外的两人举起手枪。就在这时，车内的朱莉娅厉声喊道：

"不要开枪！"

她的眼尖，已经透过薄暮认出来人。她推开后车门，拉着罗伯特下去。果然，车旁的两人，还有车后的一人他们都认识，他们曾共同在费新吾的房间里做客。现在，这三个年轻的中国人正怒气冲冲地瞪着他们。

戈尔和麦卡利斯特从地上爬起来，平端手枪，小心地逼近三人。三人没打算逃跑，也没打算采取进一步的行动。他们把两把餐刀扔到地上，走到一起，凛然地看着罗伯特。前天，在费叔叔屋里经历那一幕后，三个人就盯牢了罗伯特。他们当时没有听懂那四人的英语对话，不知道罗伯特究竟用什么办法迷惑了费叔叔，同意联名发表那篇诬蔑鲍菲的文章。他们对费叔叔很失望，但罪魁祸首当然是罗伯特。他们虽然人微力单，也要尽力保护鲍菲和田歌姐姐。

罗伯特挥手止住戈尔，恼怒地问："你们这是干什么？"

王刚气愤地骂道："不许你们陷害鲍菲·谢，你们是一群三K党，白人种族主义者！"

他说的是汉语，这些人都听不懂。不过机灵的朱莉娅听出了鲍菲的名字，她触触罗伯特的肩头说："这三个人是鲍菲·谢的狂热崇拜者。"

罗伯特恍然大悟，敏锐地想到了昨天收到的恐吓信："是你们？是你们写的恐吓信？"他见三人没听懂，就从贴身口袋里掏出那封信，展示在他们面前。"是你们吗？"

三人摆出好汉做事好汉当的派头，点点头，干脆地说："对，是我们。可惜我们不能真的杀了你，你这只专吃死尸的秃鹫！"

罗伯特唯有苦笑。他对这封恐吓信的来路做过种种判断，甚至怀疑是某个有国际背景的秘密财团。现在真相揭开了，原来只是这三个愣头愣脑的毛小子！一刹那间他竟有些失望。戈尔走过来低声问：

"把他们交给希腊警方吗？警方跟我们很熟。"

豹人

罗伯特看看豪华的奔驰车，它现在可怜兮兮地趴在地上，像只落水的母鸡。真该把这三个不知天高地厚的野小子送给警察。单说用暴力破坏他人财产和投寄恐吓信，这两条就够他们蹲几天了。朱莉娅扯扯他的衣袖，在目光中为三人求情。罗伯特的心软了，他在这三个人身上看到了几年前的自己，便懊恼地挥挥手：

"算了，不管他们了。你们留下来修理汽车，我和朱莉娅去追赶谢教授。"

他拉上朱莉娅去找出租，戈尔和麦卡利斯特悻悻地收起手枪，瞪了三人一眼，开始商量修车的事。三个小伙子已经做好坐牢的准备，见那四人扔下他们不管不问，反倒不知所措。

罗伯特已经走出 10 米，忽然停下来对朱莉娅说：

"你去对他们解释一下，我们不再追究他们的违法行为，对鲍菲也绝无恶意。让他们一块儿去见费先生吧，费先生兼通英语汉语，能够在我们之间作出沟通。"

朱莉娅高兴地去了，不知道她用了什么语言，反正五分钟后三个人乖乖地跟来了，脸上也没了敌意，讪讪地低着头。罗伯特已唤了两辆出租，笑着招呼：

"喂，上车吧。"

王刚忙说："我们有车。"他飞快地跑到停车场，开来一辆破旧的福特。罗伯特不免暗暗钦佩：就凭这辆破车，竟然从雅典一直追踪至此，也真难为他们了。他退掉一辆出租，两辆车掉转头向皮尔戈斯城追去。

但那晚他们查了很久，也没能查到谢费二人下榻的饭店。罗伯特很恼火，喃喃地咒骂着。自从开展这项调查，可以说是一路绿灯，他挖出的独家新闻连大牌记者们也瞠乎其后。不料在最后关头，却因为三个不起眼的角色，一番小孩子般的胡闹，使自己失去了目标！他不想再寻找了，今晚还要把那篇文章赶出来。于是他们找一家旅馆住下来，并向奔驰车通报了这儿的地址。

第二天一早，换过轮胎的奔驰车匆匆赶到这家旅馆。罗伯特熬了一夜，写好报道发走，这会儿刚刚睡下。戈尔懊恼地唤醒罗伯特，告诉他，就在失去监视的这一夜，谢费二人去了田歌号游艇，那儿发生了重大变故。警方已经介入，而且这条新闻已经在当地电视台的早间新闻播出。相比这些消息，罗伯特刚发出的文章只是明日黄花。

罗伯特真的要气疯了，他不能原谅自己，也知道威尔科克斯不会饶恕这次愚蠢的失误。他怒冲冲地命令，立即赶往出事地点。当三个中国年轻人懵懵懂懂地追问发生什么事时，他真恨不得掐着三人的脖子把他们扔到楼下。

昨晚，就在罗伯特四处查问时，谢费二人已经下榻在隆费尔饭店。饭店相当豪华，凭栏俯望，室内游泳池绿波荡漾。房间墙壁是灿烂的金黄色，挂着用紫檀木框镶嵌的杭州丝绣，地上铺着法国萨冯纳利地毯，天花板上悬着巨型镀金水银灯，卧室十分宽敞。谢教授道过晚安就回自己卧室了，他说，他要抓紧时间同希腊政府的熟人联系，尽早确定田歌号的方位。费新吾无心体会这些富贵情趣，他立即向雅典的那个旅馆挂了电话，录音电话中仍是自己当时的留言，田延豹竟然未同他联系，这是不太正常的，按时间他早该同田歌会合了。

会不会出了什么意外？虽然他一再宽解自己的多虑，但心中的忐忑感却驱之不去。他在豪华的金晶石浴盆里匆匆冲了澡，然后摁灭壁灯，躺在床上。

他刚朦胧入睡，响起了急骤的敲门声，一个人扭开房门进来。是谢教授，他的面色苍白，虽然还维持着表面的镇定，但已经不是那个从容自信、有上帝般目光的谢教授了。费新吾的心跳加快了，急忙问："出了什么事？"

谢教授简单地回答："凶杀。官方已经派来直升机接我们过去，飞机马上就到。"

费新吾匆匆穿上外衣，追问道："是谁被害？"

"田歌和鲍菲，两人都死了，田先生……已被拘留。"

第六章　肉欲与死亡

这几天,"田歌号"几乎游遍了爱琴海的每个角落,穿行在历史与神话、海风和月光中。船上实施着严格的无线电静默,甚至连电视都基本不看,所以外界的风暴丝毫没有影响船上的伊甸园气氛。美轮美奂的游艇,强健英俊的恋人,细心的希腊女仆……田歌过的是公主般的生活。她出生在一个富裕的家庭,被父母捧在手心里长大。但这些天她才知道了"富裕"和"豪富"的区别。

船长彼得对外界的风暴几乎一无所知。游艇落锚期间他不爱看电视,常常一人坐在船头,嘴里叼着烟斗,凝视着海上的夜景和岛上辉煌的灯光。女仆玛鲁娅爱看电视节目,因而对外界的风波多少有所了解。她最先认出鲍菲是百米之王,随后又知道他是一个豹人——报道中艰涩的词汇她听不大懂,好像并不是说他的父母亲是猎豹,而是说谢的身上长有猎豹的肌肉,所以他才跑得这样快。这真是条惊人的消息,可惜没有谈话的女伴,男伴也没有。上次受了船长的抢白,至今她心里还窝着火呢。她宁可让这条消息烂在肚里,也不告诉这个死板的男人。

这些天,田歌已逐渐进入主妇的角色,是一个亲切的受到仆人爱戴的主妇。早上她宣布:

"船长,玛鲁娅,明天我们返回比雷埃夫斯港,鲍菲准备回雅典参加闭幕式。今天是游玩的最后一天,就在附近随便转转吧。还有,"不知为什么,说下面的话时她有些羞涩,"我想问一下,如果田歌号要去美国或中国,你们是否仍愿意留在船上工作?"她看着鲍菲补充道,"这也是鲍菲的意思。"

玛鲁娅高兴地说:"我很愿意继续为你们服务。"

船长在犹豫,田歌说:"船长是有家室的人,鲍菲说可以为家人也作出安排。"

船长感激地说:"谢谢你们的慷慨,我同妻子商量后再答复你们,我个人很愿意。"

"好的,请船长启航吧。"

这一整天,田歌始终偎依在恋人的怀抱里,随着爱琴海的波浪轻摇慢荡。就像多数充满绮梦的女孩,她也梦见过自己的白马王子,他乘着神骏的白马,或是开着一辆罗尔斯—罗伊斯而来。但她从未梦见他会乘着一艘银光闪闪的游艇。她怎么会没有想到这一点呢,这才是最美的梦境啊。

两天前鲍菲已正式向她求婚,要她放弃学业,跟他到美国去。一种新的生活展现在眼前。对它,田歌既有憧憬和新奇,也有隐隐的惶惑。

这些天,鲍菲一丝不苟地履行了初上船时的承诺,表现得完全是一个完美的绅士。白天他们偎依在一起,晚上他则吻别田歌,回到自己的房间。终日耳鬓厮磨,揉来搓去,能做到这一点并不容易。在最后一天,两人之间有着微妙的紧张,她小心翼翼地躲避着某种潜流,努力维持着两人关系的正常航向。等到晚上两人吻别后,她甚至大大松了口气。

她已经清楚地触摸到,在鲍菲的血脉中,情欲之火已十分凶猛十分狂野。他的肌肉变硬了,每一次无意的碰撞都能激起神经质的战栗。这并不奇怪,几天的肌肤相接是最高效的燃料,慢说是一个强悍的男人,就连田歌本人也常常不能自持。

她独自躺在宽敞的双人床上,凝视着窗外的圆月。今天正是月圆之夜,她几乎能感到月球引力在自己体液中激发的潮汐。现代人类学的研究复活了古代的天人感应思想,比如人们发现,妇女经期与月亮盈亏有直接的关系。在大洋洲及南美洲的一些原始部落里,妇女的经期严格遵照月亮的时刻表:满月时排卵,新月时来经。现代人已被房屋和灯光隔断了与月亮的天然联系,不过人类学家做过实验,让城市妇女睡在一间按月光调节灯光的屋内,半年后她们竟完全恢复了自然经期。人类学家还证明,满月会引起大脑左右半球电磁压差的显著变化,因此,在满月期间,狂躁症患者、癫病患者、梦游症患者发病的可能性会增大。

田歌不知道该不该把责任推给满月。但无论如何,今晚她体内的情欲之河比往日更加汹涌。她眼前一直晃荡着那具猎豹一样刚劲舒展的躯体：宽阔的肩头，修长强健的双腿，微凹的腰弯，凸起的臀部……随着她的回味，心底会泛起一波波的震颤。有时她想，何必一定要守住这段堤防？为什么不让河水顺着它的自然之势宣泄一次？但她终于克制了自己的欲望。

为了自己的诺言，也为了鲍菲，她要把处女宝留到婚礼之夜。

既然睡不着，就给爹妈打电话吧。算来北京是早上 7 点，爹妈去晨练可能还没回来。但电话一接通，对方立即拿起电话，速度快得像百米冲刺：

"喂，是延豹吗？"

船上不是可视电话，田歌看不到妈的表情。她很奇怪，莫非他们正好在等豹哥的电话？"妈，是我，歌子。豹哥怎么了？"

妈妈显然大喜欲狂："小歌子？你好吗？你那儿没出什么事吧，为什么这么长时间不来电话？"

田歌多少有点纳闷："我这儿很好。几天前我给家里去过信的。怎么了？"

反复询问后，妈妈才放心了："你豹哥来电话说，他到爱琴海各个港口去找你呢，我们想你一定是出了什么事。家里快急死了！"

"豹哥是咋说的？"

"他说的很含混，说牵涉到谢豹飞的身世之秘。"

"还是说什么路易斯的精子啊，我早把它忘啦。"田歌想：我不关心什么身世之秘，我爱他，即使他身上有路易斯的血脉，即使他是从亚马孙丛林里捡来的野人崽子。那边，爸爸也凑到电话旁追问道：

"歌子，真的一切都好吗？你不要瞒我们。"

"真的一切都好，一切的一切都好，你们要我说几遍才相信呢。豹飞已经正式向我求婚，让我马上就跟他到美国去。我还没有答应，我说等和父母商量后再回话，不过我想你们一定会同意的。这些天我们几乎游遍爱琴海的每一个角落，明天准备返回雅典。豹飞对我非常体贴，我很幸福。有时我甚至想，命运对我太偏爱了。妈，还记得走前我对奶奶的保证吗？"她羞涩但明白无疑地说，"这些天我们一直没越过那条界限。奶奶好吗？想她的孙女吗？"

"你奶奶很好，一直在念叨着你哪。歌儿，婚姻大事要慎重，等回来冷一冷再作决定。你的信中说他的性格有点粗暴？"

田歌已经不喜欢"外人"批评自己的夫君了："爸爸，没事的，哪个男人没一点脾气？再说，能够驯服劣马才是好骑手哩，对吧？"她笑道，"爸爸晚安，不，应该说早安吧，我要睡觉了。"

挂断电话她不由想起豹哥，这会儿他一定在四处奔波，要救妹妹于危难之中哩，这使她又好笑又感动。最好明天能遇上他，一块儿返回雅典。相信他与豹飞一定会成为好朋友，同是短跑运动员，名字中又都有一个"豹"字，真是难得的缘分。

她想起小时候那次险遇，蜜蜂钻进她的头发里，豹哥手忙脚乱地赶走蜜蜂。她哭累了，伏在豹哥的背上沉沉睡去。醒来后，才发现豹哥的左脸肿得老高……爹妈给的美食她都要留下来，等豹哥放学回来与他分享。她常常是偷着干的，并不是怕父母知道，而是这样更多一份小儿女的情趣……豹哥在很远的地方看着她，面色焦虑。她娇嗔地问："豹哥，你为什么不高兴？是因为我的丈夫吗？"

她在纷乱的梦境中入睡，皎洁清冷的月光透过窗帷洒进来。

今天是满月之夜。

谢豹飞告别田歌，回到自己卧室，立在窗前，呆呆地仰望着。月色清冷而忧郁。45亿年前它就高悬于天际，照着蛮荒的地球，照着地球上逐渐演化的生命，从20亿年前的浅海藻类，5.4亿年前的寒武纪生物群，2亿年前不可一世的恐龙家族，直到哺乳动物。也许，哺乳动物与月亮有更深的渊源。当哺乳动物从爬行动物兽孔目分化出来，于2.3亿年前第一次出现在地球上时，它们是胆怯的耗子似的小动物，在恐龙的淫威下昼伏夜出。在长达亿年的岁月里，盈亏不息的月亮是它们生活中的唯一刻度，是它们的心灵之源。直到6500万年前，恐龙家族衰落，卑微的哺乳动物却延续下来，成了地球的新霸主，并演化出狮虎熊豹等强悍的兽中之王。这就难怪所有哺乳动物包括人类的生命周期与月亮盈亏有着密切的关系。

早在少年时代他就知道这种联系。满月时，他的血液中会莫名其妙地涌动着狂暴之潮。有时他能把它压下去，有时则会失控，进而演变成与伙伴的恶战，他用牙齿代替拳头，体味着牙齿间的快感。

这些行为在父母的严责下收敛了，潜藏起来，父母也逐渐把它忘掉了。但在成年之后，他不无恐惧地发现，在他血液中滋生了另一个狂暴之源——性欲。当性欲高潮恰与满月之夜相合时，狂暴的野火常常烧毁一切樊篱。

温哥华、香港、曼谷的狂暴之夜，那些可怜的妓女。

他知道自己是一个两面人。平时他是一位绅士，但当体内的魔鬼醒来时，他就是另一个人了。田歌是他心目中的爱神，他绝不会在她的躯体上放纵那个魔鬼⋯⋯但五天来的耳鬓厮磨浓缩着他的情欲，如今它已经变成咆哮奔腾的山洪，无法控制了。

谢豹飞怒冲冲地咬着自己的手背，鲜血津出来。不，他一定要控制它。

温哥华那晚是一个性感的、年轻的白人妓女；曼谷那晚是个身材娇小、面目清秀的亚裔妓女；拉斯维加斯那晚则是个黑人女子，非常健壮，就像一匹纯种母马。他知道自己的性能力超过一般的男人，在他狂暴的攻击下，那些女子常常下体出血，而血腥味儿又会导致他的彻底癫狂。那几晚的结局已不可回忆，他只记得发泄过、咬过，也留下了应付的钱。

但这些不能加在田歌身上。

这些年来，他一直对父母隐瞒着自己的另一面。道格拉斯知道一些，不过这位大胡子教练最关心的是弟子在百米跑道上的成功。他认为赛后的放纵有利于减轻精神压力，有利于成绩的提高，所以，他有意无意为弟子隐瞒着。

性欲之火逐渐高涨，烧沸了血液。血液猛烈地冲击着太阳穴，那个魔鬼醒了，正狞笑着逼过来。他无法制服它。

也许母亲的声音能帮助他驱走魔鬼？母亲的声音，那遥远的催眠曲⋯⋯他返回卧室，挂通家里的电话。

"妈妈，是我。"

妈妈的声音很急切："鲍菲，这是哪儿的电话？我看不到图像。"

"是游轮上的。这些天我和田歌一直在船上。"

"难怪我一直与你联系不上。你为什么不同家里联系？你已经知道了吧？"

知道？对，他知道。他知道那个魔鬼正在控制他的四肢和大脑。

"孩子，你爸爸的宣布是无法避免的，但他未免过于草率。无论如何，他该事先同你深谈一次啊。希望你能理解他。实际上，在他的潜意识中，对基因嵌接术也是心怀怛惕，他不想独自掌握这门技术，早已决定，在本届田运会闭幕前向世人公布，他不愿违反自己的承诺。"

基因嵌接术？

"孩子，早点回来吧。纵然你体内嵌有猎豹的基因，你仍是妈身上掉下的血肉。爸妈爱你胜过一切。如果你听到什么言论，不要去理会它。好吗？"

猎豹基因？

"孩子，你为什么不说话？我知道你此刻的心绪一定很乱。田歌呢，她知道详情了吧？你爸爸告诉我，她是个极可爱极善良的女孩，我想一定不会计较你的身世。她在你的身边吗？我想同她谈一谈。"

在近乎癫狂的思维里，他总算弄明白是怎么一回事。猎豹基因！原来他身上嵌有猎豹基因！许多人生之谜至此豁然明朗。他想起小时候就爱咬母亲的乳头，稍大时是伙伴的肩头，再往后是妓女的喉咙。那时他不知道为什么会从齿间感到极度的快感。道格拉斯在东非荒原训练他时，只是让他追赶羚羊，但他控制不住地想咬住羚羊的脖子。也许那时他已幻化为一只猎豹，在荒野中大吃大嚼。爸爸曾说他是为田径而生的，注定要在百米跑道上称王称霸。原来，他的天才来源于猎豹的基因啊。他咯咯笑道：

"田歌已经睡了，我不会打扰她的。谢谢方女士告诉我这些秘密。再见。"

他放下电话。

他不会戕害她的。

但狂暴的野性已经溃堤，淹没了理性。他咻咻地喘息着，凶猛地四顾，要找出一个发泄的地方。不，他再不用为自己的残暴而疚悔了。那不是他，那只是藏在他体内的一只猎豹而已。

他神智迷乱，下意识地走出卧室，去推田歌的房门。但他像遇到火烙一样忽然缩回手。他不能戕害田歌，她是他唯一钟爱的女人。他站在门口犹豫几分钟，也许是一个世纪，忽然狡猾地笑了。不要忘了，这条船上除了田歌，还有一个女人呢。

这个简单的发现使他十分得意，他立即转身来到女仆房间。玛鲁娅正在熟睡，穿着轻薄的三角内裤和乳罩，胸脯高耸，肩背浑圆，真是一个性感的尤物。他粗暴地扯下玛鲁娅身上的毛巾被，朝她俯下身去。

玛鲁娅被惊醒，睡眼惺忪地认出俯在她上方的面孔，立即职业性地堆上笑容："谢先生，有什么事吗？"但她随即感受到危险，这不是那个潇洒的谢先生了。他赤身裸体，咻咻地喘息着，目光荧荧，肌肉绷紧，像一只正扑向猎物的猛兽。她惊惧地喊起来：

"谢先生，你怎么啦？你要干什么？救命！"

谢豹飞已经猛扑过来，用毛巾被捂住她的嘴。他带着残忍的快意，用力撕下她身上的亵衣。

田歌刚刚睡熟，梦境中那个目光忧郁的豹哥渐渐远去——是伴她长大的那个豹哥，不是隔壁的豹飞。忽然有微弱的呼救声冲进梦境。她惊醒了，立即翻身坐起，仔细倾听着。呼救声消失了，但分明有沉重的搏斗声。

她走到门口仔细倾听，没错，声音是从女仆房里传出来的。她的房门大开着，在皎洁如银的月光下，一对赤裸的男女正在搏斗。下面的自然是玛鲁娅，她已经精疲力尽了，逐渐放松抵抗。伏在她身上的男人狞笑着，开始进入她的身体。虽然看不清面孔，但那个熟悉的背影已足以让她辨认了。田歌的心脏猛然揪紧，凄厉地喊道：

"豹飞！"

谢豹飞停住了，昂起头，肌肉绷紧，茫然辨听着，仿佛是猎豹在竖着耳朵倾听荒野的足音。田歌悲愤欲绝，呆望着她心目中的偶像、她的神祇、她的挚爱。他全身不着寸缕，目光狂乱，血脉偾张，完完全全是一只发情的雄兽。

这就是她要托付终身的男人吗？

到了这一刻，她才意识到自己对豹飞的了解是多么肤浅。在五天的相处里，他是一个完美的白马王子——但这个形象多少是她臆造的。她在心目中树起一个白马王子的形象，然后到他身上寻找甚至拼凑共同点。实则，对这个男人的内心世界，对光环之外的东西，她知之甚少。

谢豹飞认出了田歌，显出羞愧的神色，微微低下头，进攻之势也停顿了。田歌叹息着，勉强驱走自己的愤怒和鄙视。毕竟她不能以一时的荒唐就完全否定这个男人，毕竟五天来他一直信守诺言，即使在欲火凶猛的这一会儿，他也没有冒犯自己。也许正是这种极度的性压抑才导致他迷失了本性？没错，他的目光茫然，精神已经完全迷乱了。田歌悲伤地擦一把泪，柔声说：

"豹飞，跟我走，不要干这种荒唐事。"

玛鲁娅哽咽着喊声"小姐"，泪如泉涌。谢豹飞随着田歌的手乖乖起身，呆立在一旁。田歌扯开毛巾被，盖住玛鲁娅的裸体。忽然门口的月光被挡住，是船长来了，他目光阴沉地瞪着屋里的情形。田歌脸庞发烧，连胸脯都羞红了。她慌乱地、负罪地说：

"船长，豹飞喝醉了……我马上带他走，请你照顾玛鲁娅。"

她垂着头，不敢直视船长，拉着谢豹飞急急离开这里。赤身裸体的谢豹飞就像梦游中的男孩，顺从地跟着她走了。

田歌仔细关好房门，转过身。谢豹飞仍痴痴地立在门厅中央，皱着眉头。他确实是神志迷乱了，不知道自己在干什么。他手上血迹斑斑，是他自己咬的吧。他的理智和性欲一定在搏斗。几天来豹飞的种种好处在眼前晃动，田歌苦楚地长叹一声，决定原谅他的这次荒唐。

她把诸多怨恨抛在脑后，心中涌起妻子般的柔情，从屋里取出自己的浴衣为豹飞披上。谢豹飞下意识地把她拥入怀中，肌肉深处泛起不可抑制的震颤。在这一瞬间，田歌觉得心荡神摇不能自制："要不就放纵一次？"但她随即克制住自己，柔声哄劝道：

"豹飞，你答应过，请你成全我的愿望，好吗？"

没有回答。谢豹飞仍然痴痴呆呆，目光狂热，没有理性。田歌轻轻推推他:"豹飞,我知道你是一时荒唐,我会把它忘记的。也请你成全我的愿望。你听见了吗?"

他好像才从梦魇中醒来,突然抽出右手,一把撕破田歌的睡衣,裸露出浑圆的肩头和一只乳房。田歌怒声喝道:

"豹飞!"她随即调整了情绪,提起睡衣裹住胸部,勉强笑道,"豹飞,我知道这几天你一定很难受,你冷静一点儿,好吗?我们坐下来谈话,好吗?"

谢豹飞仍一言不发,轻易地拎起田歌,大踏步地走过去,把田歌重重地摔到床上,然后哧拉一声,把她的睡衣全部扯掉。田歌勃然大怒,抓起毛巾被掩住身体,愤怒地喊:

"豹飞!你把我当成什么人了?娼妓?女奴?"

谢豹飞又一把扯掉毛巾被,把田歌按在床上。绝望的田歌抽出右手,狠狠地给他一耳光。这记耳光更激起谢的兽性,他贪婪地盯着月光下白皙诱人的胴体,喉咙里咻咻喘息着,扑了上去,很快制服田歌的反抗,然后便是一波又一波凶猛的进入。

半个小时后他才支起身体。身下的田歌早已停止挣扎,头颅无力地垂在一旁,长发散落在雪白的床单上。她的下体浸在血泊中,浓重的血腥味扑鼻而来。谢豹飞并未因兽欲发泄而清醒,血腥味刺激着他的神经,在他意识深处唤起一种模糊的欲望:他要咬住这个漂亮的脖子,体会牙齿间咀嚼的快感。

全身的血液一阵又一阵凶猛地往上冲,在癫狂中他嗬嗬地笑着,低下头咬紧猎物的颈项,就像他在温哥华、曼谷和拉斯维加斯所做的那样。

在船长的劝慰下,玛鲁娅渐渐止住哭泣。她用毛巾裹住下体,上身披着衣服,脸上有几道抓痕和两行泪迹,肩膀仍不停地抽动着。"船长,我真的想不到,我真的不相信谢先生会做出这种事。"

船长尽力劝慰着,迟疑地说:"玛鲁娅,我想这件事最好咽到肚子里……"

"我知道,我会把今晚的事情忘掉的。"玛鲁娅啜泣着说。"我知道谢先生是一时荒唐,这些天也真难为他了,田歌妹妹说要把处女宝留到婚礼之夜。

处在这种情况下,哪个男人都会失去理智的。"

她慢慢平静下来,开始忘却那场惊惧。上船几天来,她对谢先生的印象很好,他强健的躯体也曾引起自己某种隐秘的愿望。如果今晚他不是采用这种野蛮手段,玛鲁娅可不敢保证自己能抵抗他的魅力。她怀疑地说:

"谢先生平时那么有教养,为什么刚才就像一只发狂的野兽?也许真的因为他是一个豹人?"

这位远说不上聪慧的女仆,就以这种漫不经心的口气,第一个揭示了性格和基因之间的潜在关联。船长惊奇地问:

"什么豹人?"

玛鲁娅胜利地叫道:"你不是不愿听我的长舌头吗?电视台上刚刚报道过,百米之王鲍菲·谢是用猎豹基因改良过的超人。你不信?我担保这是真的,你看看他的体型,还有他的力量!"

船长被这个消息惊呆了,他一言未发,极度惶惑地离开这个房间。

玛鲁娅已经完全平静了。她到浴室里洗把脸,还稍稍补了妆,穿上睡衣回到床上。隐约听见小姐屋里传来谢先生高亢的笑声,看来他已经恢复正常,很可能田歌妹妹终于顺从了他,给了他想要的快乐。本来,田歌这几天的矜持太强人所难了。

玛鲁娅躺在床上,丝毫没有睡意。那间屋子里的笑声来得太快了一点,让她隐隐感到不放心。她迟疑很久,终于悄悄下床,赤脚走到田歌的卧室。屋内没有什么动静,她在门前又迟疑很久,轻轻扭开门锁。沉重的橡木门无声地推开了,屋内没有点灯,谢先生全身赤裸,伏在床上,身体下面露出田歌白皙修长的双腿。这会儿谢先生正歪着头伏在小姐颈上亲吻。玛鲁娅脸庞发烧,急忙掩上门,溜回自己的房间,一边调侃地想,谢先生总算如愿了,难怪他刚才在高声大笑呢。

她很快进入朦胧的浅睡。但不知怎的,谢先生亲吻女主人的姿势顽固地留在梦境中,因为它比较怪异,那就像……猎豹在咬着羚羊的脖子。在回忆中,她似乎闻到屋里甜甜的血腥味儿……她立即睁大眼睛,从床上坐起来。

这些全是荒诞不经的梦境,但不管怎样,她要去看看才放心。

她战胜了恐惧，轻轻拉开自己的房门。她已经不用去了，眼前的景象足以告诉她一切。全身赤裸的谢豹飞正在船舷上狂乱地奔跑，腹部分明有暗色的血迹。玛鲁娅按捺住心头的狂跳，等谢豹飞跑到对侧船舷，她立即溜到船长的卧室，急急地擂着房门，直着嗓子哭喊：

"船长，船长！小姐一定出事了，快点起来！"

按照千尼亚港一位船员的指点，水上飞机向海面一路搜索过去。等找到田歌号已是凌晨两点了。驾驶员指着下方越来越大的船体，肯定地说：

"没错，肯定是田歌号，幸亏它的外形比较特殊，否则还真的难以找到呢。"

田延豹感激地说："谢谢，你这样尽责，我会补偿你的。"

"不必客气，我们都是科斯迪斯的朋友。"

他们随即就发现了异常。田歌号并不是单独停泊，还有一艘快艇泊在旁边，是一艘警艇，警灯不停地闪烁着。两艘船上都有人影在晃动。田延豹的心揪紧了，心中曾经萌生过的隐隐的恐惧又忽然袭来，恐惧逐渐膨胀，塞满他的胸膛。飞机驾驶员不解地咕哝着，在两艘船的上方盘旋一圈，溅落在附近的水面上。警艇很快开过来，靠近他的水上飞机，一个长着黑胡子的希腊警察在船舷上大声问："你们是什么人，来这儿干什么？"听了田延豹的解释后，他用无线报话器同上司交谈了两句，探过身大声喊着：

"请田先生上船吧！"

田延豹交代飞机驾驶员在此地等候，他急忙跳到船上，心中不祥的预感更强烈了。他急急地问："先生，出了什么事？田歌还好吗？"

这位警察一言不发，仔细地对他搜了身，带他来到游艇。游艇上弥漫着不祥的气氛，警察在几间卧室里出出进进，一位穿着船长服的男人搂着一个抽噎的姑娘，在轻声安慰她。警察把他带到餐厅，年轻警官提奥多里斯严厉地注视着这个不速之客，更加详细地询问了他的情况，尤其是追问他为什么"恰在这时"赶到凶杀现场。田延豹的眼前变黑了，声音喑哑地连声问："凶杀现场？是谁被害了？是谁？"

提奥多里斯确认来人是田歌的亲人，并且与凶杀无关之后，才遗憾地说："是田小姐被害，凶手已经拘留。是船上的女仆发现的，船长报了警。可惜我们来晚了，你妹妹是一个多可爱的姑娘啊。"

提奥多里斯警官带他走进那间豪华的卧室，蜡烛形的镀金吊灯放射着柔和的金辉，照着那张极为宽敞、洁白松软的卧床。那本该是白雪公主才配使用的婚床，现在，田歌却躺在白色的殓单下面。田延豹手指抖颤着揭开殓单，田歌的头无力地歪着，黑亮的长发散落一旁。她眉头紧皱着，惨白的脸上凝结着痛苦和迷惘。也许她至死不能相信命运之神对她如此残酷，不相信她挚爱的恋人会这样残忍。

再往下是赤裸的肩头和乳胸。田延豹放下殓单，声音嘶哑地说："让我为她穿上衣服吧，她不能这样离开人世。"

死者身上的犯罪证据已经取过，也拍了照片。警官同情地看看他，点头应允，退出房间，让希腊女仆过来帮忙。女仆从浴室端来热水和浴巾，眼神战栗着，不敢正视死者。田延豹低声说：

"把热水放下，你到一边去吧。"

他轻轻揭开殓单，姑娘的身体仍如美玉般洁白而润泽，乳胸坚挺，腰部曲线流畅，是一尊完美的艺术品。但她身上布满伤痕，像是抓伤和咬伤，脖颈处有两排深深的牙印，已经变成紫色的淤斑。脸色惨白，没有了生命的灵光。她的下身浸在血泊中，血液已经黏稠，但还没有完全凝结。田延豹细心地揩净她的身体，在衣橱中找出她从家里带来的一套白色夏装，穿好。最后他留恋地凝望着田歌的面庞，轻轻盖上殓单。

田延豹没有急于离开，他双手支额，坐在妹妹灵前，眼眶中枯干无泪，泪水已被仇恨烧干了。门口的玛鲁娅倚在船长身上，两人同情地看着这位被悲伤蹂躏的兄长。田延豹忆起一个牙牙学语的小胖囡，一个站在弄堂口等哥哥放学的五岁女孩。她曾用细心收集的剪报激励他去奋斗，在他折翼归来后，又用爽朗的笑声抚平他的伤痕。他想起奶奶最疼爱田歌，说她是只快乐的小百灵，心地善良，"听她一笑就能解千愁！"现在，他怎么有脸去见奶奶、叔叔和婶婶？

豹人

死神也没有征服田歌的美貌,她安静地躺在床上,就像中了魔法的白雪公主。她去得太匆忙,在这个世上没有享受过丈夫的爱抚、儿女的呢喃。她的眉峰中锁着悲愤,双唇失去了血色,似在质问苍天昊土的不公。

田延豹在她灵前待了有半个小时,慢慢平静下来。走出停灵间,他问提奥多里斯警官,凶手在哪儿,他想同他谈一谈。他苦笑道:

"放心,我不会冲动。你知道鲍菲·谢是本届田运会的百米之王,告诉你,我也是曾杀入田径世锦赛百米决赛的运动员,我想以同行的身份同他谈一谈,以便妥善了结此事。"

提奥多里斯是个体育爱好者,恍然忆起此人,在温哥华世锦赛中,这位姓田的中国人是一个不幸的失败者。田延豹的悲凉打动了他,犹豫片刻,他破例答应了,带他走进隔壁的房间。谢豹飞被反铐在一张高背椅上,头发散乱,脸上有血痕,赤裸的身上披着一件浴衣。警官告诉田延豹,他们赶到时,谢豹飞似已精神错乱,绕室狂走,并没有逃跑的打算。不过警察在逮捕他时经历了相当激烈的搏斗。看押他的警察小声骂道:

"这杂种!真像一只豹子,力大无穷。"

田延豹拉过一把椅子坐在他的面前,冷冷地打量着他。凶手的目光空洞狞厉,没有理性的成分,牙关紧咬,嘴巴残忍地弯成弓形。田延豹冷冷地说:

"谢先生认出我了吗?我是田歌的堂哥,也是一名短跑选手,我们在东非草原见过面。小歌是我看着长大的,看着她从一个娇憨的步履蹒跚的小丫头,长成快乐的豆蔻少女,又长成玉洁冰清的美貌姑娘。我总是惊叹,她是造物主最完美的杰作,钟天地灵秀于一身。坦白地说,没有哪个男人不会对她产生爱慕之心。但我不幸是她的堂哥,只好把这种爱慕变成兄长的呵护,小心翼翼地守护着她,不让她受到一丝伤害。后来她遇上了你,我庆幸她遇见了理想的白马王子,我这个兄长可以从她的生活中退出来了。但是……"

在他用英语讲话时,提奥多里斯一直盯着谢豹飞。田先生沉痛的诉说丝毫未使那个杂种受到触动,目光仍是空洞狞厉,越过对面的谈话者,盯着不可见的远方。田延豹停顿下来,艰难地喘息着,忽然爆发道:

"我宰了你这个畜生！"

他像猎豹一样迅猛地扑过去。精神迷乱的谢豹飞凭本能作出反应，敏捷地带着椅子蹿起来，但手铐妨碍了他的行动，在0.1秒的迟缓中，田延豹已经掐住他的脖子，两人连同椅子訇然倒在地板上。提奥多里斯和另一名警察先是愣住了，因为田延豹一直在"冷静"地谈话，没料到他会突然爆发。他们立即跳起来，想把两人拉开。但田延豹的双手像一双铁钳，无论如何也拉不开。眼看谢豹飞的脸已经变色，眼神开始发散，提奥多里斯只好用警棍对田延豹的脑袋狠狠来了一下。

田延豹休克过去了，两名警察这才把他的双手掰开。谢豹飞卡在椅子中间，头颅以极不自然的角度斜垂着，就像一株折断的芦苇。提奥多里斯急忙试试他的鼻息，翻看他的瞳孔——他已经死了，他被高背椅硌断了脖子。

提奥多里斯十分懊丧，狠狠地骂着自己："蠢货！"在众目睽睽下让田延豹把在押犯掐死，上级绝不会为此给他奖励的。他没有好气地对手下说：

"还不快点抢救那个田先生？总不能让三个人全死光。"

船长和玛鲁娅过来了，玛鲁娅惊叫一声："谢先生！谢先生！"她把鲍菲的头抱起来，但那双眼睛已经像死鱼一样泛白，那具强悍的身体变得软绵绵的，正在逐渐冷却。玛鲁娅泪流满面，船长痛苦地扭过脸，不忍看到这一幕连一幕的悲剧。

田延豹从休克中醒过来，昂起头，四处搜索着。他看到了谢豹飞的尸体，警察刚拉开悲伤的玛鲁娅，正在用尸袋装殓他。田延豹的精神一下子放松了——提奥多里斯清楚地感觉到他体内的"喀哒"声，就像影片拍摄中换了一个场景。田延豹的目光恢复平静，心平气和地伸出双手：

"请逮捕我吧。"

从鲍菲·谢手上取下的手铐铐在他的手上。提奥多里斯懊丧地向警察局通报了这个情况，局长在电话中把他痛骂了一顿：

"蠢货！你难道不知道死者的身份？百米之王，世界上第一个超人。各国记者都在发疯地找他，你竟然让他在你眼前送了命！"

另一个电话机急骤地响起来，局长怒冲冲地挂了这边的电话。打电话的是一位希腊高官，说应一位朋友之托寻找百米冠军鲍菲·谢，已查明他所乘坐的田歌号游艇泊在千尼亚港附近海面，请局长迅速派人搜索。局长懊恼地说：

"不必找了，我的手下正在他的船上，不过他已经死了，凶手已经拘留。这位凶手是来复仇的。此前不久，这位超人刚刚杀死自己的情人，也就是凶手的堂妹。"

电话那头沉吟一会儿说：

"我的朋友将乘直升机过去，估计40分钟后赶到，你注意接待。"他补充道，"他是死者鲍菲的父亲。"

警艇和游艇起锚驶回港口。途中，一架迷彩色的直升机飞来，盘旋在游艇上空。游艇上没有可停机的空地，所以直升机悬停在空中，放下一架软梯，费新吾和谢可征从软梯上爬下来，旋翼气流猛烈地翻搅着他们的衣服。两具尸体并排放在船舷上，警察拉开尸袋的拉链，露出两个面孔。不管两人在死前是怎样的愤怒、绝望、癫狂，这会儿都被死亡的平静所包容。谢教授努力克制着自己没有失态，只有手指在神经质地抖着。

港口已经到了，四名警察抬着尸体走上码头。提奥多里斯监押着田延豹从舱室里走出来，他带着锃亮的手铐，但神态十分平静。看见老费，他嘴角上绽出一丝微笑，点头示意。走过谢教授面前时，他丝毫没有愧疚之意，目光炯炯地盯着教授，作为苦主的谢教授反倒垂下眼睛。

等罗伯特一行匆匆赶到千尼亚警察局时，显然已经为时过晚。警察局门口挤满了各国记者，举起的相机和话筒就像密密的丛林。警察们竭力阻挡着，不让他们进去。一位发言人反复说：

"此案正在调查中，如有进展，我们会随时通报。"

罗伯特用力朝前挤着，跟在他后边的三名中国小伙子嗒然若丧，带着哭声反复问："鲍菲真的死了吗？田歌真的死了吗？"

恼火的罗伯特不想理他们，也没有时间理会他们。朱莉娅同情这三位失去偶像的年轻人，便向周围的记者们打听了情况，又尽可能地转述给他们。

三人的精神几乎崩溃了。谢豹飞是他们狂热崇拜的偶像,这些天,为了保护谢的荣誉,他们已做了力所能及的一切。他们写恐吓信、跟踪、使用小小的暴力……现在他被杀死,无疑他们该为他报仇!但他却是杀害田歌姐姐的凶手,而田歌也是他们的偶像,是他们心目中圣洁的青春玉女。这个世界太复杂了,恩怨相扣,层层死结解拆不开,他们只有逃避了。三人匆匆商量一会儿,找到朱莉娅,颓丧地说:

"朱莉娅姐姐,我们要走了。"

朱莉娅听懂了他们糟糕的英语:"你们回国吗?"

"对,回中国。再见。"

"再见。"

他们迟迟不想离开,他们有太多的话想向朱莉娅、想向某个人倾诉,但语言能力限制了他们。没办法,只好说了简单的告别辞,然后踽踽地离去。朱莉娅同情地目送着他们。

罗伯特已经挤到里层,皱着眉头对警方发言人说:"我是美国纽约时报特派记者罗伯特·盖纳,鲍菲·谢的豹人身份就是我首先披露的。鲍菲之父谢可征教授、凶手田延豹先生和他的朋友费新吾先生都是我的朋友。我知道他们这会儿都在警察局里,我一定要见他们一面。"

也许是纽约时报这块牌子比较硬,发言人犹豫片刻,走进去打了个电话。三分钟后他在门口露面,向罗伯特招招手。罗伯特从人群中拉过朱莉娅,快步进门,后边的记者群里响起一片抗议声。他们赶到停尸间,为两名死者拍了照片。在此之前,罗伯特一直脸色阴沉,心中十分窝火。三名头脑简单的年轻人竟耽误了他的一次重要报道,使他成了笑柄。但是此刻,在死亡的沉重氛围里,他淡忘了世俗的名利。拍完照后他还久久凝视着两人,他们正结伴进入天国吧,在那里他们是否能忘怀人间的恩仇?

他在会客室里对谢教授和费新吾进行了短暂的采访。两人心情自然十分沉重,言语艰涩。罗伯特很识趣,只问了几个简单的问题后就起身告辞。

不过,毕竟这些天来他一直关注着这几个人,所掌握的素材已足够一篇有分量的报道了。回到通讯车里他就埋头于键盘。40 分钟后,一篇有关世界上第一个豹人,有关他的身世、他的成功、他的爱情和死亡的详细报道已通过网络、卫星和电视传遍全世界。

在雅典辛格塔马广场附近的一家旅馆里,一名中年白人在看电视时突发心脏病,幸亏来打扫房间的侍者及时发现,送入医院,经抢救脱险。不过他目前还未恢复语言能力。

据查,此人是百米之王鲍菲·谢的教练道格拉斯,一位不大抛头露面的南非人。

在美国旧金山一家廉价旅馆里,嫖客在发泄之后睡熟了,妓女卡箩尔去冲了澡,百无聊赖地打开电视。电视里正播放着一则新闻:

"百米之王鲍菲·谢于希腊时间今天凌晨1点死亡。他显然是一个虐待狂症患者,在与情人一夜缠绵后,残忍地扼死了这位美貌的中国姑娘,他本人又被随即赶来的死者亲属杀死。"

屏幕上显示着两具尸体和两名男女死者的头像。卡箩尔立即认出来了,男死者就是四年前在温哥华的那名男子。当时他对自己实施了一场野蛮的性攻击,又几乎把自己咬死。

其实这个头像在几天前就见过,不过那时的背景是欢腾的观众,是金牌和鲜花,由于下意识的作用,卡箩尔没有把他与凶手联系起来。现在不同了,有关凶杀的字眼一下子接通了她的记忆回路。她甚至敢断定这则报道有误,那位不幸的中国女子肯定不是被扼死的,而是被咬死的。

她撇下自己的主顾,回家找到温哥华索恩警官留给他的名片,按名片上的地址要通了电话。

方若华女士乘坐超音速飞机于第二天赶到雅典。丈夫在机场迎接,他表情冷漠,步姿僵硬,内心的痛苦是不言而喻的。

在驶往雅典警察局的途中,方若华强忍着没把怨恨浇在丈夫头上。从某种意义上说,他就是杀害儿子的凶手。在与儿子断了联系的那些天里,他仍按原计划宣布了鲍菲的身世之谜,而没有事先同儿子深谈一次,这样的粗疏实在不可原谅。

但她不忍心责怪丈夫,没有人比她更了解谢可征了。相当矛盾的是,这个意志坚强的男人实际一直生活在恐惧里。他惧怕失败,惧怕生物伦理学界的敌意,甚至……惧怕自己所掌握的技术。"它太强大了,如果垄断在我的手里,我会忍不住扮演上帝的。我一定要把它公之于众。"

方若华曾顽强地表示反对:"一旦公布,你就会坐在火山口上,教会和生物伦理学家们会扑上来把你撕成碎片,鲍菲也会永无宁日了。"

但这些劝说只是推迟了宣布的时间。丈夫的最后决定是在雅典田运会上、在儿子取得成功的同时宣布,让赞扬的力量抵消一部分敌意,"这是最后的决定,再也不能推迟了。"像往常一样,方若华服从了丈夫的决定。后来记者罗伯特介入此事,使他们多了一个意外的同盟军。但实质上,罗伯特的介入对此事的最终结果毫无影响。

但是……谁都不可能扮演上帝,无法预见和控制将来。想不到丈夫周密的计划会引出这样的结果,几十年的奋斗会导致这样的悲剧!方若华忽然悟到,也许结局正该如此。他们制造了一个惟妙惟肖的人,他们宠他、喂养他、训练他,看着他一天天长大,以至于认为他真的是一个人了。实际上他们从未把人的完整灵魂吹入他的身体,去驱走兽的本能。他们做不到,因为这些灵魂或本能是同物质结构密不可分的。不可能把人性或兽性与它们赖以存在的基因剥离,就如同你不能把"锋利"与刀刃分开。

儿子僵硬地躺在铁屉里,周围弥漫着冰冷的白雾。她伸出颤抖的手摸摸儿子的脸,儿子以冰冷和僵硬回应她。她长叹一声,让工作人员把铁屉推进去,然后低声央求为她引路的警官:

"先生,能否让我看看田歌小姐的遗容?"

警官点点头,拉开另一个铁屉。田歌如一尊熟睡的女神,美丽的面容上隐含幽怨,似是在向未来的婆婆诉说丈夫的残暴。丈夫在电话中谈到过这个叫田歌的姑娘,对她印象极佳,还说:"你不是一直想要个中国媳妇吗?也许上帝听见你的祷告了。"但是,这桩本该非常完美的婚姻却以悲剧结束,不因

豹人

为别的，仅仅缘于儿子体内潜藏的兽性！而这点兽性，实际是她和丈夫嵌入儿子体内的呀。

她想起远在北京的另一个母亲，当她也站到这冰冻的尸体面前时，该是怎样的肝肠俱碎？

丈夫默默地陪她看完，陪她离开警察局。汽车驶过小巷时，忽然听到兴奋的喧哗声。露天餐厅的顾客都挤在电视机前，兴奋地嚷叫着。他们这才想起，今天晚上是田运会闭幕的日子，在欣喜和满足的气氛中，没人会想到存尸所里这两具冰冷的躯体。

本届田赛组委会主席安格洛斯夫人宣布闭幕式开始，全场欢声雷动。这是一次圆满的大会，没有出现恐怖事件，没有兴奋剂，如果不算谢豹飞的基因嵌入术的话。大会期间交通秩序良好，这在像雅典这样基础设施比较落后的城市很是难得。一向吝于使用赞扬词语的世界田联官员小心翼翼地说，这是一次"相当成功"的盛会。

这种评价使希腊人的自尊心得到了满足。尽管希腊的金牌数仍不值一提，但热情的观众决定忘掉这点不快——毕竟体育成绩不是气球，不能靠爱国热情一夜吹大。

今晚狂欢的主题是"神话和历史"，这是希腊人可以傲视世人的遗产，而西方各国都是吮着古希腊文明的乳汁长大的。入场彩车的第一部分是奥林匹斯山上的诸神。万神之王、雷电神宙斯拄着神杖，威严地注视着芸芸众生。万神之母赫拉坐在他旁边，嫉妒而不失威严地监看着众位美貌的女神——她知道丈夫一向爱拈花惹草。森林女神披着长而飘逸的淡蓝色纱巾，水泽女神近乎赤裸的身上披着绿色的水草，头上戴着白睡莲，插着孔雀草。海神波塞冬长着蓝色胡子，乘着四只怪兽拉着的蚌壳车，拄着三叉戟。还有智慧女神雅典娜、彩虹女神伊里斯、商旅之神梅尔古里奥、黎明之神阿乌罗拉、为人类盗取火种的普罗米修斯……甚至还有一只母山羊阿玛尔泰亚，它是宙斯幼时的乳母。这位山羊演员是从克里特岛上请来的，它圆睁双眼，好奇地看着它在牧场中从未见过的人群。

众神之车开过去了，历史开始上场。打头的是秃顶的苏格拉底，在他旁边的自然是他嫉妒凶暴的妻子了。后面是柏拉图、亚里士多德、阿基米德、阿里斯芬、爱斯奇里斯等，这些古希腊的哲人们皱着眉头打量着4500年后的世界。还有一群无名的斯巴达武士，穿着短甲，戴着头盔，手中握着格斗用的匕首。他们身材剽悍，沉默地凝视着前方。在他们身后是一群表情肃穆的母亲和妻子，她们一定在念诵着古代斯巴达著名的送别辞：胜利，或者是战死。

场内观众骚动起来，最后一部分彩车上场了。车上都是赤身裸体的男运动员——古代奥运会只有男人可以参赛并且是裸体——下体用鲜花或其他方法遮掩着。他们摆出了一组组静止的雕塑，有掷铁饼者、投标枪者，那位唯一身着军服的是广为人知的马拉松跑者……这组形体绝美的雕塑使人回想起四千年前的盛世。

五彩缤纷的礼花映红夜空，把八万观众的情绪带到高潮。

在这个令人迷醉的时刻，没有人想到死去的百米之王和他的情人。为了不影响闭幕式的气氛，希腊新闻界不约而同地对此事做了低调处理。毕竟这是一个独立的刑事案件，与田赛的组织工作无关，干吗让它给雅典抹黑呢？

只有贵宾席上的客人与众人不同，当他们面带笑容与观众一起鼓掌时，心头都沉甸甸地坠着这件事。前奥委会主席罗格和国际田联主席德比洛夫并肩而坐，在观看的空隙里，他们一直在低声谈论着这幕悲剧。一个历史上罕见的天才运动员不幸死于非命——实际这句话并不准确。天才是指自然赋予的才能，而鲍菲·谢的短跑才能却是科学家赐予的。科学的发展甚至使人类语言都面临着淘汰和革新，而且这种变革不过是一个小小的开始。很可能10年后百米运动员能创造8秒、7秒的纪录——这并不是痴人说梦，不要忘了，猎豹跑完百米只需3秒钟！

也许基因改良术是人们不得不顺应的历史趋势，人类虽然担忧、惧怕、沮丧甚至仇视，但最终不能阻止它？

两位主席都不是守旧派，他们知道体育只是在与金钱和科学联姻后，才变得如此强大。前任田联主席内比奥洛曾不顾体育界激烈的反对，减轻了对兴奋剂服用者的处罚，把禁赛四年改为两年。其实他不是心甘情愿这样做的，是迫于形势。看看眼前的希腊人吧，他们还在闭幕式中赞扬"赤身裸体"的、不加任何包装的体育，认为这才符合体育的真谛。这种理想主义自然是好的，可惜它永远不能复生了。

在烟花的爆鸣声中，罗格侧身问德比洛夫："对鲍菲·谢是不是已经作出决定？"

德比洛夫点点头："嗯，金牌冻结，在下届田径锦标赛前由医学委员会裁定。"

"听说反对意见相当强大——而且，也不无道理。"

"对。"

在世界田联内部讨论中，不少人要求立即取消鲍菲·谢的成绩。他们尖刻地指出，如果对鲍菲·谢的成绩网开一面，势必引起一轮新的、激烈的技术之战。一位委员讥讽地说："这种竞赛一旦开始就不会有终结，会一直发展到把短跑运动员改造成猎豹，把游泳运动员改造成剑鱼。为了尽善尽美，科学家们一定会为他们装上豹尾或鱼鳔哩。"

想到这里，罗格苦笑着对德比洛夫说："其实我倒有个釜底抽薪的好主意，但我知道，作为田联主席，你一定不乐意听。"

"我洗耳恭听。"

"雷泽夫大学那位金斯先生说得对，体育的目的应该是提高人体的综合指标，这恰恰是动物达不到的。猎豹比人跑得快，剑鱼善于游泳……但没有一种动物会跑会跳、会游泳会举重。所以我建议取消所有的单项体能项目，代之以十项或二十项全能，一劳永逸地摒弃人体的畸形发展。可是这样一来，国际田联就要撤销了——当然，这只是开玩笑。"

德比洛夫没有反驳，淡淡道："这就能完全摒除兴奋剂和基因改良手术吗？"

两人叹口气，不再讨论。这时，下届田径锦标赛的主办城市的市长和雅典市长一同走下主席台，历史的帷幕暂时拉上了。

第七章　世纪性审判

对田延豹杀人案的审判在田赛闭幕的一个月后进行。田赛期间，希腊新闻媒体对此案有意做了低调处理，现在他们开始转移了聚光灯的方向，把它作为新的新闻热点。虽然"新闻报道不得影响判案的客观性"，但实际上记者的报道难免有各自的倾向。一派意见主张严惩田延豹，这些人对所谓的猎豹基因的说法嗤之以鼻，他们说田延豹杀死了"体育史上最伟大的运动员之一"，造成了无法弥补的损失，而且是"公然在警察面前行凶"。一派意见则同情纯洁可爱的田歌小姐，她有什么过错？她仅仅是想把处女宝留到婚礼上，还勇敢地保护女仆不受男主人的强暴，这样美丽善良的女神不能终其天年，上帝太不公平了！"我们但愿血亲复仇的律条在今天仍然有效。"

随着时间的推移，后一种意见越来越占上风。那几位狗仔记者偷拍的恋人照片频繁见于各报，美貌贤淑的田歌小姐成了希腊公众的偶像，其狂热程度只有上个世纪黛安娜王妃之死差堪比拟，希腊公众在道德观上是偏于保守的。这种气氛对田延豹的量刑无疑是有利的。

审判在雅典的阿雷奥伯格法院举行，即传说中由智慧之神雅典娜亲手创建的法院。法院之外人头攒动，制服笔挺的警察们严格把守着入口。这些天来，那些倒卖田赛入场券的黄牛党又有了新的工作，他们通过种种关系弄来法院的入场券，再以500德拉克马的价钱卖出去。即使如此，入场券仍是供不应求。

从早上开始，听众开始潮水般涌进审判庭，各电视台和报社的记者在门口频频拍照。附近餐厅和露天餐厅的生意也异常火爆，小贩在门口大声兜售快餐。审判庭设在二楼，屋内陈设相当陈旧，看来奥运给雅典带来的建筑热并未惠及它。也许，法院是有意保持"雅典娜时代"的历史氛围。

审判庭的前方是法官席，是一块高出地面的平台，由红木隔板隔开。平台上有三把高背皮椅，这是法官的坐席。平台的右侧是证人席，一张小桌上放着一本封皮已旧的皮面圣经，一个耶稣受难像，还有一个放材料的托盘。左侧是被告席和辩护律师席。稍后一点是十个陪审员的席位。

厅内有一排排简陋的木凳，可容350人旁听。现在听众已差不多到齐了。厅内有一块地方留作记者席，有美联社、路透社、法新社、共同社、俄通社，自然也少不了新华社。新华社仍是由采访田运会的穆明担纲。不过，由于两个死者和两个凶手都是中国人或华裔，这种情形对中国记者来说多少有些微妙。所以穆明小心地保持着同其他记者的距离，沉默着，不愿与同行们多交谈。

罗伯特已正式加盟纽约时报了，在"豹人事件"中，虽然在采访后期他有过重大失误，但瑕不掩瑜，总的说他的报道使纽约时报始终处在新闻界的前列，所以最终他在纽约时报的编辑室里摆上了自己的办公桌。此刻他也在记者席中。他走进审判庭内就开始寻找熟人，在第一排听众中找到了费新吾。自从田歌和谢豹飞遭遇不幸后，费新吾一直没有回国，忙于为田延豹聘请律师，安排监狱的生活。费新吾身边是一位满脸络腮胡子的美国人，马里兰州克里夫兰市雷泽夫大学医学院的资深教授埃迪·金斯，他自我推荐来做田延豹案的科学顾问。他曾对罗伯特说：

"也许普通人一时难以理解这场审判的重要性。我想，有必要由我来充当法庭的内行证人。"

费新吾的身旁是田歌的母亲谷玉芬，这个可怜的女人被悲痛摧垮了，神色悲凉，头发灰白，怀里抱着田歌的遗像。那位青春靓丽、朝气蓬勃的姑娘，与镜框周围的黑框是多么不协调！在那个黑色的日子里，谷玉芬赶到雅典警察局的停尸房。铁屉打开，蒙蒙白雾中露出女儿的面庞，身心交瘁的妈妈只哭出一声，便直挺挺地倒在地上！所幸她被抢救过来，现在仅仅左手和左腿动作不大灵便。田延豹的父母没有来雅典，这是费新吾和律师商定的小小计谋。让田歌母亲代表田氏家人出庭，本身就是一种无言的呼吁。现在，谷玉芬沉默着，像一座沉重的石像，怀中的照片吸引了全场的视线。

厅中有一个圆形的看台，入席的是一些知名人士。最引人注目的是这届田赛组委会主席安格洛斯夫人。她十分喜爱鲍菲和他可爱的恋人，那次在雅典卫城偶遇两人时，曾邀请他们到家里做客。那时他们是一对多么理想的恋人！想不到两人却同时横死——而且田歌竟然被鲍菲咬死！现在，她看着镶着黑边的田歌遗像，心头十分沉重。在他身后是奥委会医学委员会委员卡内因，他曾受耐克公司聘用监督鲍菲·谢。当然，在他所监督的领域里，鲍菲是绝对清白的。他超人的体能原来来自另一种技术，这种技术是否合法，至今仍在激烈的争论中。

座中还有耐克公司总裁的私人律师加夫·考德曼，他作为菲尔·奈特的代表出席，以示对鲍菲后事的关切。他们在鲍菲身上投入了大量金钱，却没料到出现这么一个令人尴尬的结局。菲尔在公司董事会上曾有过一个自嘲式的讲话。这个讲话被新闻界披露后竟然变得十分有名，成了本世纪的范文，这也是人们料想不到的事。菲尔说：

"究竟是谁错了？鲍菲没有错，他打破了 9.5 秒的百米纪录的大关，并且确实没有使用兴奋剂；鲍菲父亲没有错，他发明了一种制造天才的技术并把它施之于儿子身上；卡内因和麦克唐纳没有错，他们尽职尽责，在法定的兴奋剂范围里确认了鲍菲的清白；菲尔·奈特没有错，他签了一份与双方有利的合同，并且精明地排除了兴奋剂丑闻的可能。我们都没错，那么究竟是谁错了呢？"

还有一点出人意料。虽然鲍菲死了，但耐克公司以他为号召而推出的新款鞋却异常火爆。青年们狂热地购买，并约定俗成地把它命名为"豹人"牌。耐克公司对顾客的情绪敏锐地作出反应，设计了一个目光忧郁的豹头商标，印在运动鞋、运动衫和棒球帽上，"LEOPARDMAN"（豹人）远远超过了"JUMPMAN"（飞人）。也许这说明了，所有人作为兽类的后代都有一份野性需要宣泄？

旁听席上还有两个人，两天后他们将成为摄影镜头的焦点，但此刻没有人注意到他们的存在。这两人都是白人，但肤色稍黑，长而窄的脸形，鹰钩鼻，后脑骨较突出，这是西亚某些部族的特征。他们穿着崭新的西服，口袋

豹人

里揣着土库曼斯坦的护照和从阿什哈巴德到雅典的单程机票。在他们下榻的旅馆里，侍者对他们十分好奇，因为这两人一直以面包和清水为生，还经常席地而坐，面向东南方喃喃地念着经文。在审判进行期间，他们安静地坐在旁听席上——旁听证是他们用1000德拉克马的高价买来的——就像两个等待鳟鱼的渔夫。

这次审判有一个奇怪的现象，就是鲍菲的亲属没有露面。谢教授的座位在第一排，但一直空着，直到第一天审判结束他也没有露面。鲍菲母亲实际已到场了，但她没有与丈夫的座位排在一起，而是悄悄坐在后排的一个角落里。记者们大都不认识她，就连与她熟识的罗伯特也没有注意到她的出席。

鲍菲的教练也未能到场。在凶日那天，他在突如其来的打击下忽然中风，被送回美国治疗，如今仍半身不遂。他现在正坐在美国马里兰州他的住宅里观看对审判的实况报道，忍受着良心的煎熬。恐怕只有他事先察觉到鲍菲的异常，但他十分溺爱这个超级天才，有意无意忽略了这些异常，所以，实际是他害了鲍菲！

听众席上骚动起来，十名陪审员鱼贯进来。被告田延豹和他的律师也入席了。田延豹显得十分平静超脱，嘴角挂着微笑，但眉间是拂不去的悲凉。给人的强烈印象是，此生他心愿已毕，以后不管是上天国还是下地狱都无所谓了。入席后他首先在人群中找到自己的婶婶，四目相接，婶婶立即泫然泪下。田延豹的眼眶也红了，但他克制住自己，向婶婶的遗像以及她怀里的田歌的遗像略微点点头，转过身去。

费新吾离他不远，一直同情地看着他，眼前不时闪过田歌的倩影，笑靥如花，俏语解人，水晶般纯洁……有时他想，换了他在场，照样会把那个该千刀万剐的凶手掐死！

那天他们赶到田歌号游艇，目睹了一对恋人惨死的场景，他的心头铅一般沉重。他理解田延豹的行为，也深深为他担忧。希腊的法律是相当严厉的，即使他不被判处死刑，也要在监狱里度过余生了。从那时起，费新吾的大脑就开始飞速运转。死者已矣，他要尽力挽救田延豹的生命。

那天在船上见面时，田延豹就像今天一样，显出心愿已毕的轻松。而谢教授却处处躲避着田的眼睛。他为儿子的不幸而悲痛，但他并没有因此而仇恨凶手，甚至对凶手怀着某种歉疚。田延豹被押走后，费新吾陪教授到岛上开了一间房间，他想尽量劝慰这个被丧子之痛折磨的老人。谢教授沉默着，表情和步履都显得僵硬。等侍者退出房间，教授痛心地说：

"都怪我啊，没有及早发现豹儿是个虐待狂症患者，以致酿成今天的惨剧。"

费新吾心中渐次升起复杂的情感：怜悯、鄙夷夹杂着愤恨，因为他十分清楚谢教授的这个开场白是什么动机。他冷淡地问：

"谢豹飞仅仅是一个虐待狂？"

"对，美国是一个奇怪的社会，性虐狂和受虐狂比比皆是，他们在性高潮时会做出种种不可理喻的怪诞举动，据统计，在满月之夜发病率会更高一些。昨天是满月之夜吧，但我没发现豹儿也受到社会习俗的毒害，我对他的教育一直是很严格的。"

费新吾已经不能抑制自己的鄙夷了，他冷冷地问："你是想让我相信，他只是人类中的精神病人，与他体内嵌入的猎豹基因无关？"

谢教授一愣，苦笑道："当然无关，你不会相信这一套吧，一段控制肌肉发育的基因竟然能影响人性？"

费新吾大声说："我为什么不相信？我信！人性或兽性从何而来？归根结底，它必然基于一定的物质结构。人性的形成当然与后天环境有很大关系，但同样与遗传密切有关。早在20世纪末，科学家就发现有XYY基因的男子比具有XY正常基因的男子易于犯罪，常常杀死妓女，在公共场合暴露生殖器；还发现人类11号染色体上的D4DR基因有调节多巴胺的功能，从而影响性格，D4DR较长的人常常追求冒险和刺激。其实，人体的所有基因与人性都有联系，或多或少，或直接或间接。作为一个杰出的学者，你会不了解这些发现？你真的相信嵌入的猎豹基因丝毫不影响人性？如果基因不影响性格，那么请你告诉我，猎豹的残忍和兔子的温顺是由什么决定的，是因为它们在神学院礼仪学校的成绩不同吗？"

这些锋利的诘问使教授的精神突然崩溃了。即使最冷静最客观的科学家也难免不受偏见的蒙蔽，这次，他的偏见只是缘于一个事实：他的研究成果恰恰是他的儿子。他没有反驳,低下头,颤颤巍巍地回到自己的卧室。从那天晚上后两人没有再见面。第二天一早,费新吾就从这家旅馆搬走了,而且在那之后一直没有同谢教授接触,他不愿再同这位自私的教授交往。这会儿,费新吾盯着旁听席上的空座位,心中还在鄙夷地想,对于谢教授来说,无论是儿子的横死还是田歌的不幸,在他心目中都没有占重要位置,他关心的是他的科学发现在科学史上的地位。

国家特派检察官柯斯马斯坐上原告席,他看见被告辩护人雅库里斯坐在被告旁边,便向这位熟人点头示意。雅库里斯律师今年50岁,相貌普通,像一只沉默的老海龟,但柯斯马斯深知他的分量。这个老家伙头脑异常清醒,反应极为敏锐。只要一走上法庭,他就会进入极佳的竞技状态,发言有时雄辩,有时委婉,像一个琴手那样熟练地拨弄着听众和陪审团的情感之弦。还有一条是最令人担心的:雅库里斯接手案件时有严格的选择,他向来只接那些至少按他的估计能够取胜的业务,而这次,听说是他主动表示愿当被告的律师。

不过,柯斯马斯不相信他这次会取胜。这个案件的脉络是十分清晰的,那个中国人的罪行毫无疑义,最多只是量刑轻重的问题。

其实,柯斯马斯知道的并不确切,雅库里斯并不是主动担当辩护律师。一个月前,费新吾拜访了他的律师事务所。那时,雅库里斯已通过新闻报道相当详细地了解了本案的案情,他热情地接待了来客。费新吾说:

"希望我的拜访没有打扰你,我想请你担任本案的辩护律师。我知道,只有你的才华才能把田延豹解救出来。"

雅库里斯为他斟上咖啡,抱歉地说:

"很对不起。我非常同情田歌小姐和为她复仇的田先生。但是,本案的脉络太清楚了,它甚至是在警察的眼前进行的。在这种情形下,律师起不了太大的作用。也许我能使死刑减判为无期,这肯定是最佳的结果了。但是,对于我来说,这却意味着失败。你知道……"

费新吾失望地走了。那天他没敢去拘留所看望田延豹,怕自己控制不住情绪。夜里,夏秋君打来电话,号啕大哭着:"老费,你要想办法救救他,一定要想办法救他。我们在家里尽量凑钱……"

费新吾唯有苦笑，她以为送茅台和金项链就能减刑吗？但他很同情这个女人，她发自内心的痛苦使费新吾对她的印象改善了。田歌父亲也和他通了电话，说，一切托付给他了。

他知道这个托付的重量，挂了电话，在床上辗转难眠。从雅库里斯律师的态度就可看出此案的结局，田延豹真的要在监狱里度过余生吗？

他在绝望中意外地获得一线生机。凌晨，一个陌生人从美国马里兰州克里夫兰市雷泽夫大学医学院打来电话，他说，他是埃迪·金斯教授，也许费新吾在罗伯特那里听到过这个名字。

"对，常听罗伯特谈起你。"

"我通过罗伯特一直在关注着那件案子的进展。我想，也许我能给你提供一些帮助。我准备近期赶到雅典。"

费新吾虽然不大相信他能提供什么帮助——现在需要的是律师而不是生物学家——仍然真诚地表示了感谢。金斯先生爽快地说：

"这次旅行的费用由我自己承担。坦率地说，我主动参与此事有自己的目的。正像我对罗伯特多次说过的那样，我认为基因技术的进展应该有最大的透明度。我想借这个机会，让它彻底暴露在新闻界的聚光灯下，从而让圈外的民众和政治家们了解它的重要性。好了，见面再详谈吧。"

金斯先生十分守信，第三天就赶到雅典。费新吾在机场接到了这位衣着随意、胡须浓密的美国佬，很快建立了相互之间的信任。他们详细地讨论了金斯先生的方案，下午两人一块儿来到雅库里斯的律师事务所。费新吾对律师说：

"我知道你对接案有严格的选择，也知道凡是你接手辩护的案子，几乎没有败诉的。我正是冲着你的名声来的，希望这次诉讼成为你的又一次胜利。"

雅库里斯笑着摇摇头："不可能的。费先生，你上次来时我已经说过了，同情代替不了法律，毕竟现在不是推崇血亲复仇的时代了。"

费新吾微笑道："我知道，但我这次带有一个小小的建议，也许它能改变审判结果。这是我和金斯教授共同商定的。雅库里斯先生，你是否可以拨冗一听呢。"

雅库里斯笑着，叉着双臂，抱着"故妄听之"的态度听金斯讲下去。不过听完后他改变了看法，他沉思着说：

"你们的建议没有十足的把握，不过它的分量值得我冒一次险了。好吧，你们赢了，我决定接手这桩案子。"

在那之后，他们到监狱里探访了田延豹。田延豹仍不愿接受辩护：

"谢谢你，老费，也谢谢金斯先生和雅库里斯先生，但我不需要。我杀了人，理应偿命。我对自己的举动一点也不后悔。"

他的脸色略显苍白，但非常平静，衣冠也很整洁，不像一个在押的犯人。雅库里斯已经进入角色，耐心地劝他：

"你不能放弃希望。我与费先生商量了案情，觉得胜算还是很大的。"

田延豹仍平静地摇头，费新吾火了，声色俱厉地说："不要糊涂了！你以为我不知道你的真实想法？你认为是自己的疏忽断送了堂妹的性命，想以死来赎罪。告诉你，这是懦弱，是自私！你还有82岁的老奶奶，有妻子和年幼的牛牛，为了他们，你必须活下去！"

田延豹最终被说服了。现在，雅库里斯朝旁边的田延豹点点头，低声给他打气："我们会成功的！"

书记员喊了一声："肃静！"两名穿法衣的法官和一名庭长依次走进来，在法官席上就座，宣布审判开始。

柯斯马斯首先宣读起诉书，概述了此案的脉络，他说：

"这是一个连环案，第一个被害人是纯洁美丽的田歌小姐，她挚爱着自己的恋人，却仅仅因为守护自己的处女宝就惨遭不幸，她激起我们深深的同情和对凶手的愤慨。但这并不是说田先生就能代替法律实施惩罚，血亲复仇的风俗在文明社会早已废弃了。因此，尽管我们对田先生的激愤和冲动抱有同情，仍不得不把他作为预谋杀人犯送上法庭。"

柯斯马斯坐下后，雅库里斯神色冷静地走向陪审团，做了一次极短的陈述：

"我的委托人杀死谢豹飞是在两名警察的注视下进行的，他们都有清晰的证言，我的委托人对此也供认不讳。实际上，"他苦笑道，"田先生曾执意不让我为他辩护，他说他为田歌报了仇，可以安心赴死了。是他的朋友费新吾先生强迫他改变了主意，费先生说：'尽管你不惧怕死亡，你 82 岁的老奶奶、你的妻子和幼小的儿子在盼着你回去！……'法官先生，陪审员先生，我的陈述完了。"

他突兀地结束了发言，把三个亲人的"盼望"留给陪审员。

柯斯马斯开始询问证人，警官提奥多里斯第一个作证，详细追述了当时的过程。柯斯马斯追问：

"看过田歌小姐的遗体后，被告的表情是否很平静？"

"对，当然后来我才知道，这种平静只是一种假象。"

"他在要求见凶手谢豹飞时，是否曾说过：'放心，我不会冲动，我想以同行的身份同他谈谈，以便妥善了解此事？'"

"对。"

"也就是说，他曾经成功地使你相信，他绝不会采取激烈的报复手段，在这种情形下你才放他去见鲍菲·谢，对吗？"

"是的，我并不想因失察而受上司处分。"

柯斯马斯在公众中成功地立起"预谋杀人"而不是"冲动杀人"的印象，他说："我的询问完了。"

律师雅库里斯慢慢走到证人面前：

"警官先生，被告在杀死鲍菲·谢之前，曾与他有过简短的谈话，你能向法庭复述吗？"

提奥多里斯复述了两人当时的谈话，雅库里斯接着问：

"那么，在田歌死后，他才第一次向世人承认，他也曾暗恋着漂亮的堂妹，但他用道德的力量约束了自己，仅是默默地守护着她，把爱情升华成悄悄的奉献，我说的对吗？"

"对。我们都很敬重他，即使他成了杀人犯之后。我们认为他是一个正人君子。"

雅库里斯叹道："是的，一个有血性的正人君子。我正是为此才做他的辩护律师。法官先生，我对这名证人的问题问完了。"

豹人

这名警官退场后,雅库里斯对法官说:"我想询问几个仅与田歌被杀有关而与鲍菲·谢被杀无关的证人。这是在一个小时内发生的两起凶杀案,一桩案件的'因'是另一桩案件的'果',因此我认为他们至少可以作为本案的间接证人。"

法官表示同意,按他的建议传来游艇上的女仆。

"请把你的姓名告诉法庭。"

"玛鲁娅·卡斯塔。"

"你的职业。"

"案发时我是田歌小姐和鲍菲·谢先生的仆人。"

"请问,依你的印象,他们两人彼此相爱吗?"

"当然!我从没见过这么美好的一对情侣,这艘昂贵的游艇就是谢先生送给田小姐的。我真没有料到……"

"在五天的旅途中,他们发生过口角吗?"

"没有,他们总是依偎在一起,直到深夜才分开。"

"你是说,他们并没有睡在一起?"

"没有。律师先生,我十分佩服这位中国姑娘,她上船时就决定把处女宝留到婚礼之夜再献给丈夫。她对我说过,正因为她太爱谢先生,才作出这样的决定。在几天的情热中她始终能坚守这道防线,真不容易!"

"那么,案发的那天晚上你是否注意到有什么异常?"

"有那么一点。那晚谢先生似乎不高兴,表情比较沉闷,我曾发现他独自到餐厅去饮酒。田小姐一直亲切地抚慰着他。我想,"她略为犹豫,"谢先生那晚一定是被情欲折磨,几天来他们一直偎依在一起,作为一个强壮的男人,他的情欲一定越来越高涨,这是正常的。但谢先生曾赞同田小姐的决定,不好食言。我想他一定是为此生闷气。"

听众中有轻微的嘈嘈声。律师继续问:"后来呢?"

"后来我睡了,我的卧室离小姐不远。夜里我被谢先生惊醒,他撕烂我的衣服。他完全是赤身裸体,而且……他的表情很奇特,就像在梦游状态。法官先生,这不像是谢先生平素的为人。我想他一定是被欲火烧昏了头,我哀求他放开我,直到……我只好大声呼救。后来小姐和船长都来了。小姐很羞愧,喝住了谢先生,又把谢先生拉回自己的房间。"

"你是说,田歌小姐当时很羞愧?"

"对,她为谢先生的行为羞愧。"

"正像一个忠诚的妻子对待偶尔荒唐的丈夫。请往下讲。"

玛鲁娅追述了后来的情形。"……我看见谢先生赤身伏在小姐身上,正歪着头亲吻。我想,也许小姐最终顺应了男人的欲望,就赶紧悄悄退回去。但我总觉得哪儿不对头,因为小姐一动也不动,而谢先生的姿势相当怪异。我忽然想到有关豹人的报道,猛然联想到,"虽然已事隔多日,回忆到这儿时,她仍然不寒而栗,"他与其说是在亲吻,不如说是在咬小姐的脖子,就像猎豹咬紧羚羊那样!"

"你说他像什么?"

"像一只猎豹!"

听众席上泛起一波可以感受到的战栗。雅库里斯点点头:"噢。"他转向陪审员,"验尸报告上说,死者田歌的喉咙上有清晰的牙印。证人玛鲁娅小姐,我的问题完了,谢谢。"

他又转向法官:"我想提问加拿大温哥华皇家骑警队的警官道克·索恩先生,他在四年前曾处理过一起涉及死者鲍菲·谢的案子。"

柯斯马斯起身:"异议!我认为四年前的案子对本案没有什么影响。我们不是在讨论鲍菲·谢是否该杀,而是判定田延豹是否可以代替法律去杀人。"

雅库里斯心平气和地说:"恰恰相反,我并不想把鲍菲塑造成一个十恶不赦的凶犯。检察官先生,你完全不必担心我会设法挑动听众席上的愤怒。我只是想让法官和陪审员们了解,他在由一位彬彬有礼的绅士——正如女仆玛鲁娅所描绘的那样——'变成'一个虐待狂时常常是身不由己的。他是某种外在力量的牺牲品。可以吗?法官先生?"

庭长点点头:"准许提问。"

索恩警官回忆了当时对案情的处理,以及不久前妓女卡箩尔对凶犯的指认:"那次也是满月之夜,凶犯也是用牙齿使受害人窒息,但幸未死亡。据卡箩尔说，凶犯那时似乎处于梦游状态，他不能控制自己。"他结束自己的证言，看看被告席上的田延豹，又补充道："顺便说一句，非常巧合的是，田延豹先生那时恰恰是我的怀疑对象，因为他也在温哥华参赛，并且遭受了，"他斟酌着词句，"人生中最沉重的失败。事实证明我错了，在那种心理崩溃的状态下，他的道德约束仍自动起着作用。"

"谢谢你，索恩先生。"雅库里斯向法庭出示了一份书面证词："这是鲍菲·谢的教练道格拉斯先生的证词，他因患中风不能前来作证。"

证言上说："据训练日志记载，2013年8月18日，我与鲍菲·谢的确在温哥华观摩比赛。当夜鲍菲外出，第二天上午才回到下榻的旅馆。我早已察觉，鲍菲有时会精神失控。可惜我对他过于溺爱，没有追查下去。"

雅库里斯把证词交给法庭："顺便指出，道格拉斯先生是在听到凶杀的消息后突患中风的。这次对他取证时，他仍然被良心上的自责所折磨。他早就发现了谢豹飞的异常，但有意无意地纵容他，直到酿成大灾难。我的问题完了，谢谢。"

由于本案的脉络十分简单，法庭辩论很快就结束了，检察官柯斯马斯收拾文件时，特意看看沉默的辩护人。今天这位名律师一直保持低调。当然，他成功地拨动了听众对凶手的同情之弦——但仅此而已，因为同情毕竟代替不了法律。看来，在雅库里斯的辩护生涯中，他要第一次尝到失败的滋味儿了。

田延豹在离席时，面色平静地向熟人告别，当目光扫到检察官身上时，他同样微笑着点头示意，柯斯马斯也点头回礼。他很遗憾，虽然不得不履行职责，但从内心讲，他对这位正直血性的凶手满怀敬意。

第二天早上九点，法庭再次开庭。身穿黑色西服的谢可征教授蹒跚地走进来，坐到那个一直空着的位子上。他立即成了法庭中的焦点，很多人把目光转向他，窃窃私语着。但谢教授却在周围树起冷漠之墙，高傲地微仰着头，半闭着眼睛，对周围的声音听而不闻。

法官宣布开庭后，雅库里斯同田延豹低声交谈几句，站起来要求做最后陈述。他慢慢走到场中，苦笑着说：

"我想在座的所有人对被告的犯罪事实都没有疑问了。大家都同情他，但同情代替不了法律。早在上个世纪，在廉价的人道主义思潮冲击下，大部分西方国家都废除了死刑，希腊却一直坚持着'杀人偿命'的古老律条。我认为这不是什么保守陈旧，而是希腊人的骄傲。自从人类步入文明，杀人一直是万罪之首，列于圣经的十戒之中。这是为什么？为什么杀死一只猪羊不是犯罪而杀人却是罪恶？这个貌似简单的问题实际是不能证明的，是人类社会公认的一条公理，它植根于人类对自身生命的敬畏。没有这种敬畏，人类所有法律都失去了基础，人类的信仰将会出现大坍塌。所以，人类始终小心地守护着这一条善与恶的分界线。"

检察官惊奇地看着侃侃而谈的律师，心里揶揄地想，这位律师今天是否站错了位置？这番话应该是检察官去说才对头。雅库里斯大概猜到他的心思，对他点点头，接着说下去：

"所以，如果确认我的委托人杀了人——不管他的愤怒是多么正当——法律将给他以严厉的惩罚，我们，包括田先生的亲属、陪审员和听众，都将遗憾地接受这个判决。现在只余下一个小小的问题。"

他有意停顿下来，检察官立即竖起耳朵，心里有了不祥的预感。不仅是他，凡是了解雅库里斯其人的法官和陪审员也都竖起耳朵，看他会在庭辩的最后关头祭起什么法宝。在全场的寂静中，雅库里斯极清晰地、一字一顿地说：

"只有一个小小的问题：被告杀死的谢豹飞究竟是不是一个人？"

庭内有一刹那的停顿，紧接着是全场的骚动。检察官气愤地站起来，没等他开口，雅库里斯立即堵住他：

"少安毋躁，少安毋躁。不错，在众人常识性的目光中，鲍菲·谢自然是人，这一点毫无疑问嘛。他有人的五官，人的四肢，人的智力，说人的语言，生活在人类社会中，具有人的法律地位，口袋里揣着美国的公民证、驾驶证、信用卡、保险卡等一大堆能说明他身份的证件。但是，正如大家所知道的，当他还是一颗受精卵时，他就被植入了非洲猎豹的基因片断。关于这一点，如果谁还有什么疑问的话，可以质询在座的证人谢可征教授。检察官先生，你有疑问吗？请你简单回答：有还是没有？"

庭内的注意力没有指向检察官，而是全部转向谢可征，但谢教授仍是双眼微闭，浑似未闻。柯斯马斯不情愿地说："关于这一点我没有疑义，可是……"

雅库里斯再次打断他，顺着他的话意说下去："可是你认为他的体内仅仅嵌有极少量的异种基因，只相当于人类基因的万分之一，因此没人会怀疑他具有人的法律地位，对吧？那么，我想请博学的检察官先生回答一个问题：你认为当人体内的异种基因超过多少才失去人的法律地位？千分之一？百分之一？百分之二十？百分之五十？百分之九十？这次田径锦标赛的百米亚军埃基瓦说得好，今天让一个嵌有万分之一猎豹基因的人参加百米赛跑，明天会不会牵来一只嵌有万分之一人类基因的四条腿的豹子？不，人类必须守住这条防线，半步也不能后退，那就是：只要体内嵌有哪怕是极微量的异种基因，这人就应视同非人！"

柯斯马斯不耐烦地应辩道："恐怕律师先生离题太远了吧。我们是在辩论田延豹杀人案，并不是为鲍菲·谢的法律身份作出鉴定，那是美国警方的事。据我所知，世界上有不少人植入了猪的心脏、转基因山羊的肾脏。这些病人身上的异种成分并不在鲍菲之下，但并没有人对他们的'人'的身份产生怀疑。还有试管婴儿，可以说，这种繁衍生命的方式是违背上帝意愿的，科学界和宗教界都曾强烈反对，罗马教廷的反对态度至今不变。但反对归反对，世界上已有100万试管婴儿降临于世，年龄最大的已经40岁，他们平静地生活在人类社会中，享受着正常人的权利，从没有人敢说他们不具有人的身份。雅库里斯先生是否认为这些人——身上嵌有异种成分的或使用非自然生殖方式的人——不受法律保护？你敢对这几十万人说这句话吗？"

在柯斯马斯咄咄逼人的追问下，雅库里斯从容地微微一笑："检察官先生想激起这100万人的仇恨歇斯底里吗？我不会上当的。我说的'非人'不包括这些人，请注意，你说的都是病人，他们是先成为病人而后才植入异种组织。但鲍菲·谢却是一个正常人，是植入异种基因后才变成不正常的人。这二者完全不同。"

柯斯马斯皱起眉头:"我无法辨析你所说的精微字义。我想法官和陪审员也不会对此感兴趣。"

三位法官和十名陪审员都认真聆听着,但他们确实显得茫然不解。雅库里斯转向法官:"法官大人,请原谅我在这个问题上精雕细刻,因为它正是本案关键所在。我已经请来了生物学界的权威之一,相信他言简意赅的证词能使诸位很快拂去疑云。"

庭长略略犹豫,点头说:"可以询问。"

满脸胡子的埃迪·金斯走上证人席,依惯例发了誓。律师说:"请向法庭说出你的名字和职业。"

"埃迪·金斯,美国马里兰州克里夫兰市雷泽夫大学医学院的遗传学家。顺便说一句——我知道某些记者对此一定感兴趣——我是死者鲍菲·谢的父亲谢可征先生的同事和继任者。"

同室操戈?听众们对这个细节果然很感兴趣,嗡嗡的议论声不绝于耳。谢教授冷然不为所动。费新吾的神色平静,但心中不免忐忑不安。庭辩的策略是雅库里斯、金斯和他共同商定的,它能不能取得最终成功,现在已到关键时刻了。

"刚才我所说的病人与正常人的区别,你能向法庭解释清楚吗?请用尽量通俗的语言来讲,要知道,这儿的听众都不是科学家。"

"好的,我尽量做到这一点。"金斯简洁地说,"上帝曾认为,自他创造了人以后,人就是一成不变的。我想在科学昌明的21世纪,上帝也会承认自己的错误。实际上,人类的异化一直在进行着,从未间断。我们且不看从猿到人那种'自然'的异化过程,只看看'人为'的异化过程吧。从安装假牙、柳枝接骨起,这个异化就已经开始。现在,人类的异化早已不是涓涓细流,而是横流的山洪了。诸如更换动物器官、用基因手术治疗遗传病、试管婴儿、克隆人等,这些势头凶猛的异化使所有的有识之士都忧心忡忡。但是,'幸亏'此前的异化手段都是为病人使用的,其目的是为了让病人恢复正常人状态,使他们享受上帝赐予众生的权利。极而言之,当上述种种异化过程发展到极点,也不过是用'非自然'方法来尽量模拟一个'自然'的人。换句话说，这种手段只是为了更正上帝在工作中难免出现的疏漏，并未违背上帝的意愿。我的讲解，诸位是否都听明白了？"

法官和陪审员们都点点头。金斯继续讲下去：

"上述的例证中，也许克隆人算得上是半个例外，它不是使用在病人身上，而是用正常人来复制正常人。不过，我们姑且把克隆人也归到上述类型中吧。问题是，趾高气扬的科学家们决不会到此止步，他们还想比上帝做得更好。大家是否记得上个世纪末发明的电子视力？科学家把电子眼装到盲人身上，再把光信号送到盲人尚未受损的视神经上，于是病人就有了简单的视力。这种电子眼与人眼相比太简陋了，它仍然是一种'补足'而不是改进。但是，它能很方便地加以调整，使此人具有红外视力、紫外视力甚至透视力。从这方面说，它已经不是补足而是改进了。于是，这项技术就成了人类大坝上的第一条微裂纹。此后对人类的改良工作一直没有停止。其中，谢教授的基因嵌接术是最伟大的里程碑式的成功。他能在 26 年前几乎是单枪匹马地做到这一点，实在是太难得了。我无法用语言表达我的敬佩——当然仅仅从技术的角度。"

谢教授成了众人注目的焦点，记者们忙碌地记录着。

"所以，在前沿科学界已经形成一种共识——请注意，谢教授正是其中重要一员，就连我的这些观点也有不少得之于他的教诲。这个共识就是，人类的异化是缓慢的、渐进的，但是，当人类变革自身的努力超越'补足'阶段而迈入'改良'时，人类的异化就超过了临界点。可以说，从谢教授的豹人开始，一种超越现人类的后人类就已经出现了。你们不妨想象一下，马上就会在泳坛出现鱼人，在跳高中出现袋鼠人，在臭氧空洞的大气环境下出现耐紫外线的厚皮肤人，等等。如果你们再大胆一点，不妨想象一个能在海底城市生活的两栖人，一个具有超级智力的没有身体的巨脑人，等等。"他苦笑道，"坦率地说，我和谢教授同样致力于基因工程技术的开拓，但走到这儿，我就同他分道扬镳了，我是他的反对派，我认为超过某个界限、某个临界点的改良实际将导致人类的灭亡。"

雅库里斯追问道："你是说，科学界已形成共识，这种超过临界点的'改良人'已经超越了人类的范畴?"

金斯断然说:"当然!奥委会医学委员会对豹人有过不少争论,但他们只着眼于这种方法是否合法,这未免太短视了。依我看来,鲍菲的成绩当然是无效的,它不能算是人类的成绩,而是后人类的第一个非正式体育纪录。"

"那么,人类的法律适用于鲍菲·谢吗?"

金斯摇摇头:"这个问题由法律专家们回答吧。不过我想问一句:人类的法律适用于猿人吗?或者说,猿人的社会规则适用于人类吗?还有,猎豹捕杀羚羊算不算犯罪?"

雅库里斯满意地说:"我的问题完了,谢谢你,金斯先生。"他转向法官,"法官先生,陪审员先生,我想本法庭面临的是一个全新的问题。因此,我代表我的委托人向法庭提出一个从没人提过的要求:在判定被告'杀人'之前,请检察官先生拿出权威证明,证明鲍菲·谢具有人的法律地位。我想,在听了金斯先生的证词后,法庭不会认为这种要求是无理取闹,因为我们已经确实骑在历史的分水岭上了。"

柯斯马斯暗暗苦笑,知道这个狡猾的律师已经打赢了这一仗。两天来,他一直在拨弄着法庭的同情之弦,使他们对不得不判被告有罪而内疚——忽然,他在法律之网上剪出了一个洞,可以让田先生网眼脱身了。陪审员们如释重负的表情便足以说明这一点。其实何止陪审员和法官,连柯斯马斯本人也丧失了继续争下去的兴趣,就让那个值得同情的凶手逃脱惩罚,回到他的妻女身边去吧。

雅库里斯仍在侃侃而谈:"死者鲍菲·谢确实是一个受害者,另一种意义的受害者。他本来是一个正常人,也许没有出众的体育天才,但有着善良的性格,能赢得美满的爱情,有一个虽然平凡但是幸福的人生。但是,有人擅自把猎豹基因嵌入他的体内,使他既获得猎豹的强健肌肉,又具有猎豹的残忍性格,因此才酿成今天的悲剧。那个妄图代替上帝的人才是真正的罪犯,因为他肆意粉碎宇宙的秩序,毁坏了上帝赋予众生的和谐和安宁。"他猛然转向谢教授,"他必将受到审判,无论是在人类的法庭还是在上帝的法庭!"

豹人

雅库里斯的目光像两把赤红的剑，咄咄逼人地射向谢教授，但谢教授仍保持着他的冷漠。记者们全都转向他，闪光灯闪成一片。法警们忙乱地维持秩序，阻止记者们拍照。旁听席上有少数人不知内情，低声交谈着。法官不得不下令让大家肃静。

很久谢教授才站起来，平静地说："法官先生，既然这位律师先生提到了我，我可以在法庭作出答辩吗？"

三名法官低声交谈几句，允许他以证人的身份陈述。谢教授走向证人席，首先把圣经推到一边，微微一笑：

"我不信圣经中的上帝，所以只能凭我的良知发誓：我将向法庭提供的陈述是完全真实的。"他面向观众，两眼炯炯有神地扫视着。听众的300双目光中，有迷茫、畏惧、怜悯、不满甚至仇视，在这里找不到一个志同道合的同伴。连妻子也离他而去了，何况他人？他的内衣口袋里还装着一封恐吓信，是昨天收到的，没有文字，只画着一把滴着鲜血的匕首。在探索自然奥秘的进攻中，他走得太快了，成了孤独的斗士，因而不得不承受前后左右的箭矢。但他并不后悔。他转向雅库里斯：

"这位律师先生曾要求权威证明，我想我就具备这种权威身份。我要出具的证言是：的确，鲍菲·谢已经不能归于自然人类的范畴了，他属于新的人类，姑且命名为后人类，他是后人类中第一个降临于世界的。因此，在适用于后人类的法律问世之前，田延豹先生可以暂时脱罪了。"

他向被告席点头示意。法庭上所有人，无论是法官、被告、辩护律师、陪审员还是听众，都没有料到被害人的父亲竟然这样大度，庭内响起一片嗡嗡声。谢教授继续说道：

"至于雅库里斯先生指控我的罪名，我想请他不要忘了历史。当达尔文的物种起源发表后，也曾激起轩然大波，无数'人类纯洁'的卫道士群起而攻，咒骂他是猴子的子孙。随着科学的进步，现在已经很少有人羞于当'猴子的子孙'了。不过，那种卫道士并没有断子绝孙，他们会改头换面，重新掀起一轮新的喧嚣。从身体结构上说，人类和兽类有什么截然分开的界限？没有，根本没有，所有生物都是同源的，是一脉相承的血亲。人类告别了蒙昧，建立了文明，从而与兽类区别开来，但这是对精神世界而言。若从身体结构上看，人兽之间并没有这条界限。既然如此，只要对人类的生存有利，在人体内嵌入少量的异种基因为什么竟成了大逆不道的罪恶？"

"自然界是变化发展的，这种变异永无止境。从生命诞生至今，至少已有90%的生物物种灭绝了，只有适应环境的物种才能生存。这个道理已被人们广泛认可，但从未有人想到这条生物界的规律也适用于人类。在我们的目光中，人类自身结构已经十全十美，不需要进步了。如果环境与我们不适合——那就改变环境来迎合我们嘛，这是一种典型的人类自大狂。比起地球，比起浩淼的宇宙，人类太渺小了，即使亿万年后人类也没有能力去改变整个外部环境。那么我要问，假如十万年后地球环境发生了很大的变化，人类必须离开陆地而生活在海洋中，或者必须生活在没有阳光只有硫化氢提供能量的深海热泉中，生活在近乎无水的环境中，生活在温度超过80℃的蛋白质变性的高温条件下，那该怎么办？上述这些苛刻的环境中都有蓬蓬勃勃的生命，换句话说，都有可供人类改进自身的基因结构。如果当真有那么一天，我们是墨守成规、抱残守缺、坐等某种新的文明生物替代人类呢，还是改变自己的身体结构去适应环境，把人类文明延续下去？"

他的雄辩征服了听众，全场鸦雀无声。谢教授目光如炬地说下去：

"我知道，人类由于强大的思维惯性，不可能在一夜之间接受这种异端邪说，正像日心说和进化论曾被摧残一样，很可能，我会被守旧的科学界烧死在21世纪的火刑柱上。但不管怎样，我不会改变自己的信仰，不会放弃一个先知者的义务。如果必须用鲜血来激醒人类的愚昧，我会毫不犹豫地献出自己的儿子，甚至我自己。"

记者们都飞快地记录着，他们以职业的敏感意识到，今天是一场历史性的审判，它宣布了"后人类"的诞生。谢教授的发言十分尖锐，简直使人感到肉体上的痛楚，但它却有强大的逻辑力量，让你不得不信服。连法官也听得入迷，没有试图打断这些显然已跑题的陈述。谢教授结束了发言，居高临下地俯视着听众，高傲的目光中微带怜悯，就像上帝在俯视着自己的羔羊。然后他慢慢走下证人席，回到自己的座位上。

他的陈述完全扭转了法庭的气氛，使一个被指控的罪人羽化成悲壮的英雄。费新吾、金斯和律师雅库里斯互相交换着目光，他们都放心了，因为他们得到一个意外的同盟军——死者的父亲。当谢教授也说出"田延豹可以脱罪"的话时，大概不会有人从中作梗了。不过，至少在费新吾心中，有了一些微妙的变化。昨天他还对谢教授心存鄙夷，但现在他恢复了对老人的尊重，甚至对他感到歉疚。三名法官低声交谈着，忽然旁听席上有人轻声说：

"法官先生，允许我提供证言吗？"

大家朝那边看去，是一个60岁左右的老妇人，鬓发花白，穿着黑色的衣裙，看模样是黄种人。法官问："你的姓名？"

"方若华，我是鲍菲的母亲，谢先生的妻子。"

费新吾恍然回忆到，这个妇人昨天就来了，一直默默坐在角落里，皱纹中掩着深深的苦楚。他曾经奇怪，鲍菲的母亲为什么一直不露面，现在看来，这个家庭里一定有不愿向外人道的纠葛。谢教授仍高傲地眯着双眼，头颅微微后仰，但费新吾发现，他面颊上的肌肉在微微抖动着。庭长同意了妇人的要求，她慢慢走到证人席，目光扫过被告、检察官和陪审员，扫过记者席上的罗伯特，扫过怀抱田歌遗像的谷女士，然后定在丈夫的脸上。她说：

"我是32年前同谢先生结婚的，他今天在法庭陈述的思想在那时就已经定型了。那时，我是他的一个助手，也是他坚定的信仰者。当时我们都知道基因嵌接术在社会舆论中是大逆不道的，所谓始作俑者，其无后乎，率先去做的人不会有好结局。但我和丈夫义无反顾地开始去行这件事。"

"后来，我们的爱情有了第一颗果实，在受精卵发育到8胚胎期时，丈夫从我的子宫里取出胚细胞，开始了他的基因嵌接术。"她的嘴唇抖颤着，艰难地说："不久前死去的鲍菲是我的第七个儿子，也是唯一发育成功的一个。"

片刻之后人们才意识到这句话的含义，庭内响起一片嗡嗡声。妇人苦涩地说：

"第一颗改造过的受精卵在当年植入我的子宫，我也像所有的母亲一样，感受到体内的神秘变化，我也曾呕吐、嗜酸、感受到轻微的胎动。体内的黄体酮分泌加快，转变成强烈的母爱。我也曾多次憧憬着儿子惹人爱怜的模样，但这次妊娠不久就被中止了。超声波检查表明,他根本不具人形,只是一个丑陋的、能够生长和搏动的肉团而已!"

她沉默下来,回想起当年听到这个噩耗时五内俱碎的痛楚。那是她身上的一块血肉啊!听众都体会到一个母亲的痛苦,安静地等她说下去。停了一会儿,她接着说:

"流产之后,丈夫立即把这团血肉处理了,没有让我看见,但我对这团不成形的血肉一直怀着深深的歉疚。直到第二个胎儿开始在腹中搏动时,这种痛楚才稍许减轻一些。可是,第二个胎儿也是同样的命运!这种使人发疯的过程总共重复了六次。六次啊,这些反复不已的锯割已经超过我的精神承受能力,我几乎要发疯了。"

她苦笑道:"不过我并不怪我丈夫,他探索的是宇宙之秘,谁能保证没有几次失败?等第七颗胚细胞做完基因嵌接术,丈夫不愿我再受折磨,想找一个代理母亲,我坚决拒绝了。我不能容忍自己的儿子让别人去孕育。还好,这次获得了空前的成功。我满怀喜悦,小心翼翼地把这个体育天才养育成人。不过,坦率地讲,我心里一直有抹不去的可怕预感,这种预感一直伴随着鲍菲长大。这次儿子来雅典比赛,我甚至不敢赶来观看。鲍菲在赛后曾欣喜地告诉我,说他遇上了世上最美的一个姑娘,我也为他高兴,谁料到仅仅几天后……"

她说不下去了。法官们交换着目光,都不去打扰她。妇人接着说:

"一个月前我来到雅典,儿子和田小姐的尸体使我痛不欲生。但你们可知道,我丈夫是如何安慰我的?他非常'理智'地告诉我,有人说鲍菲的兽性来自嵌入的猎豹基因,因此,他打算把第八颗冷藏的胚细胞解冻,进行同样的基因嵌接术,让他按鲍菲的生活之路成长,以此来推翻或验证这种结论。从那时起,我就知道我们之间的婚姻已经完结了。不错,谢先生是在勇敢地探索他的真理,百折不回,但这种真理太残酷,一个女人已经不能承受了。在那次谈话后,我立即返回美国,谢先生,"她转向旁听席上的丈夫,"你知道我回去的目的吗?我已经请人把最后一颗胚细胞植入我的子宫,但没有做什么基因嵌接术。我要以60岁的年龄再当一次母亲,生下一个没有体育天才的、普普通通的孩子!"她回过头歉然道:"法官先生,我的话完了。"

法庭休庭两个小时,以便法官和陪审员们商议。方若华走下证人席,赶到前排,向怀抱遗像的田歌母亲伸出手。谷玉芬迟疑了一秒钟,这是仇人的母亲,若与她握手,田歌在九泉之下该怎么想?不过,她也是一个母亲,是一个受害者……谷玉芬最终握住了她的手。费新吾让出位子,让两位母亲可以在一块儿谈心。她们勾着头,用汉语低声谈了很久,从神色上看两人都很平静,是那种渗着悲凉的平静。

各国记者都注意到这个小花絮,远远地抓拍照片,再配上"两名死者母亲的握手"之类的标题,用膝上办公机发出去。罗伯特也走过来,用他的快拍相机拍了一张照片,随后拷贝了两张递过去:"你好,谢伯母。你好,田太太。这是你们的合影。"

"谢谢。"

"伯母,如果我的报道打扰了你的生活,请你务必谅解。"

方若华摇摇头:"即使没有你的参与,我丈夫还是要披露此事的。你没有什么责任。"

罗伯特转向谷玉芬:"田太太,请接受我的慰问。相信你的侄儿能得到满意的判决。"

在听了方若华的翻译后,谷玉芬说:"谢谢。"

罗伯特踌躇片刻:"在你认为适当的时候,我可以采访你吗?豹人的消息是我最先披露的,我想把它挽个结。"他看看对方,补充道,"如果你的心情还不适于谈话……"

谷玉芬点点头:"可以,离开雅典前我会约你。"

罗伯特离开这里,在走廊里和费新吾及金斯交谈了一会儿。谢可征仍孤独地坐在原位,维持着他的冷漠之墙。这边的三个人都远远地盯着他,对他怀着复杂的感情。金斯说:

"他超越时代整整20年,对他的生物学造诣,圈内人都十分敬佩。当然,对他率性行事的作风也多有忌惮。在生物学界,他一直是独来独往的。"

罗伯特看看瞑目独坐的谢教授，叹口气，打消了同他交谈的打算。

法官和陪审员依次走回自己的座位，法庭里鸦雀无声。在两天的审判中，听众的情感已经历了几次反复。奇怪的是，作为被告的田延豹似乎置身漩涡之外，而旁听席上的谢可征倒成了本案的真正中心。在听众心目中，开始他是破坏众生安宁的撒旦，旋即成了盗取天火的普罗米修斯。但到最后，鲍菲母亲的话又把谢教授的悲壮形象重重地涂上黑色。现在听众们紧张地等待着判决结果。

两名法警把田延豹带到法官面前，雅库里斯站在他的旁边，侧身轻轻说了一句："祝你好运。"

田延豹点点头，"谢谢。"他回过头，看见了婶婶的目光。直到现在，他还对审判抱着漠然的态度，他无法排遣内心的幻灭感。在那个晚上，他心目中最美好的东西全部破灭了：美丽纯洁的田歌死了；本世纪最惹人注目的体育超人死了——而且死亡的不仅是一具肉体，还是一个偶像，一种理想。即使经历了温哥华的失败之夜，他对体育的挚爱并没有消亡，他只是把它深深藏在心底，再加上一把锁。但现在，他觉得体育的真谛已经遭到科学的嘲弄。

他平静地等待着法官的判决。

法官开始发言："诸位先生，我们所经历的是一场十分特殊的审判，诚如雅库里斯先生和谢可征先生所说，在所有人类的法律中，尽管人们可能没有意识到，但的确有两条公理，是法律赖以存在的、不需求证的公理，即：人的定义和人类对自身生命的敬畏。现在，这两条公理已经受到挑战。"他心情复杂地说，"坦率地讲，法官和陪审员对此案如何判决有过激烈的争议。比较保险的办法是不理会关于后人类的提法，仍遵循现有的法律——毕竟鲍菲·谢有确定的法律身份。但是，我和大多数同事认为这不是负责的态度。金斯先生，还有谢可征先生都对后人类问题做了极有说服力的剖析，而且，在刚才的两个小时内，我们也尽可能地咨询了权威的人类学家、社会学家、遗传学家和物理学家，他们大多同意这个观点。无疑，这是涉及后人类的第一次审判，我们不能扮演愚蠢的、把头埋在沙里的鸵鸟而被历史嘲笑。"

"所以，我们在判决时考虑了上述因素。需要说明一点，即使鲍菲·谢已经不属于现人类，也没有人认为两种人类间的仇杀就是正当的。我们只是想把此案的判决推迟一下，推迟到有了法律依据时再进行。"

他清清嗓子，开始宣读判决书："因此，根据国家授予我的权力，并根据现行的法律，我宣布，在没有认定鲍菲·谢具有'人'的法律身份之前，被告田延豹取保释放。鉴于本案的特殊性，诉讼费取消。"

退庭后，记者们蜂拥而上，包围了田延豹和他的辩护律师，几十个麦克风举到他们的面前。费新吾好容易挤到田的身边，同他紧紧握手，又握住雅库里斯的手："谢谢你的出色辩护。你把西西弗斯的石头推上山了。"

雅库里斯微笑道："我会把这次辩护看成我律师生涯的顶点。"

罗伯特没有参加祝贺的行列。他已猜到判决的结果，并预拟了一篇报道，此时，他仅仅修改了个别词句，便在笔记本电脑上把报道快速发了出去。纽约时报再一次领先同行，在电子版上率先发出了一份颇有分量的报道：

> 法庭已宣布田延豹取保释放——实际是无限期地推迟了对他的判决。律师雅库里斯胜利了，他用奇兵突出的辩护改变了审判的轨道；公众情绪胜利了，他们觉得这种结果可以告慰死者——无辜而可爱的田歌小姐。
>
> 但法庭中还有一位真正的胜利者，那就是科学之神，是谢可征、埃迪·金斯所代表的科学之神。她正踏着沉重的步伐迈过人类的头顶。这里有一个奇怪的悖论，尽管科学的昌明依赖于人类的智慧，依赖于一代一代科学家的推动，但当她踏上人类的头顶时，没有任何力量能够阻挡她的脚步。

田延豹和婶婶在记者簇拥下走到自己的车前，他们看见谢豹飞的母亲已经摆脱记者，走到自己的汽车旁，但她没有立即钻进车内，而是抬头看着这边，似有所待。田延豹知道她期待的是什么——是他的原谅。其实，在法庭辩论中，他对谢家的仇恨已经淡化了，甚至包括被他扼死的谢豹飞。他害死了歌妹，当然可恨，但他实际上是不能自主的，他的一生都受一只命运之手的摆弄。他推开记者，走过去同她握手：

"谢太太，我很抱歉……"

方女士凄然一笑："不，应该道歉的是我。"她犹豫了很久才说，"田先生，我有一个很唐突的要求，刚才我一直没敢向田歌的母亲提出，想通过你向她转达。如果你觉得不合适，完全可以拒绝。"

"请讲。"

"田小姐是回国安葬吗？是火葬还是土葬？"

"回国火葬。"

"能否让鲍菲和她一同火葬？我知道这个要求很无礼，但我确实知道鲍菲是很爱令妹的——在猎豹的兽性未发作之前。我想让他陪令妹一同归天，在另一个世界里向令妹忏悔自己的罪恶。"

田延豹犹豫一会儿，爽快地说："这事恐怕我的叔叔和婶婶才能决定，不过我会尽力说服他们，你晚上等我的电话。"

"谢谢，衷心地感谢。这是我的电话号码。"

他们看到一群记者追着谢教授，直到他走近自己的富豪车。在他用遥控打开车门时，新华社记者穆明提出最后一个问题：

"谢先生，你还会冒天下之大不韪，继续你的基因嵌入研究吗？"

谢教授回过头，望望妻子、田延豹和费新吾，斩钉截铁地吐出两个字：

"当然！"

这是他在世界上的最后一句话了。他正低头上车时，两个脸形瘦削的中年人粗暴地拉住他，把他抵在汽车车身上，用生硬的英语说：

"谢先生请留步，让我们送你回家吧。"

在那一瞬间，谢教授看到两个杀手的狞笑，也在他们的怀里瞥见了枪把上的烤蓝，但他没有丝毫惊慌。他平静地想，人生竞技场上的终场哨声已提前吹响，他要和儿子在另一个世界相会了。在他最后甩出的目光里，他看到了妻子，看到了她的关切和怜悯。

方若华在不远处目送着丈夫，她已决定和他分居，但这个决定并不能割断她的牵挂。她熟知这个男人的一切，他的软弱，他的坚强。也许，在生下第八个儿子后，她会去找丈夫重修旧好。然后她看见了汽车旁的一幕，这个场景永远铭刻在她的心里。两个异国人拔出手枪，在狂暴的枪声中，丈夫的胸前泅出朵朵红斑，他顺着车身慢慢滑下去，但脸上始终挂着平静的微笑。

方若华凄厉地高喊一声，向丈夫扑过去，把他抱在自己怀里。两名凶手没有再开枪，也没有企图逃跑。他们低头察看着，确认谢教授已经死亡后，便扔下凶器，盘脚坐在地上，面向东南，喃喃地念着经文。在他们身后是死者妻子凄厉的哭声，是费新吾、罗伯特、金斯和田延豹震惊的喊声。

希腊警方宣布，杀害谢可征教授的两名凶手已经被捕，对此案的审判将在一个月后进行。

癌人

第一章　快速生长的女童

一

"爸爸，妈妈这会儿把生日蛋糕做好了吗？"一个八九岁的女孩问。

"肯定做好了，金黄色的蛋糕，用红色奶油写着'生日快乐'，插着三支漂亮的蜡烛。现在妈妈正在门口等着你哪。"爸爸笑着回答。他是一个三十四五岁的黑人，黑色卷发，高鼻梁，身材颀长，穿着猎装，扛着一支双筒猎枪，枪筒上晃晃悠悠地挂着一只灰色的野兔。一只剽悍的德国牧羊犬跑前跑后地跟着他们。

女孩也是黑人，一个血统纯正的黑人，就像用煤精雕出来的。黑色卷发，黑眼珠，厚嘴唇，两排整齐的白牙。她的身体很强壮，在凛冽的秋风中，她仅穿着质地很薄的红色连衣裙，浑身喷吐着生命的活力。任何人一眼就能看出她与旁边这个男人的血缘关系，他们的眉眼长得太像了。

秋天已经君临大地，而在阿巴拉契山中，甚至冬天也不太远了。他们穿过密密的松林，脚下踩着厚厚的褐色松针。前边是一个山凹，陡峭光滑的岩壁上有行人踩出的模糊的印迹。斯蒂文半弯下腰，扶着左侧的山岩小心地往前走，但他的两个同伴，那个叫赫蒂的小女孩和叫玛亚的母猎犬，丝毫没有降低速度，她们蹦蹦跳跳地跑过这段险路，消失在山岩后。

"喂，等等我！"斯蒂文喊着，加快了脚步。不过他并不着慌，这儿已是浅山区了，没有什么猛兽，而且赫蒂一定会在前边那个橄榄形的山间湖泊中等他。他想得不错，等他赶到湖边时，只来得及看见一个黑色的背影，一个高高翘起的小屁股，接着湖中溅起一片水花，赫蒂投入水中，像条小黑鱼似的，不紧不慢地抡着手臂向湖中心游去。玛亚蹲在岸边，努力思索着它该不该跳下去——深秋的湖水已经很凉了。赫蒂发现它没有跟上来，回过身生气地喊：

"玛亚！玛亚！快跳下来！"

玛亚不再犹豫，跳下水一屈一拱地游着，很快追上小主人。

斯蒂文站在岸边，饶有兴趣地欣赏着赫蒂的游泳姿势。她游得确实漂亮，一会儿仰泳，一会儿蛙泳，一会儿蝶泳。斯蒂文是她的启蒙教练，教她学会了自由泳，其他一些姿势则是她直接从光盘中学会的。现在，斯蒂文在游泳上早已不是她的对手了。她回头看看追上来的玛亚，便像往常一样开始了人与犬的比赛。这会儿她使用最擅长的自由泳，两只修长的手臂轻快地打着水，在湖面上留下一串笔直的疾速延伸的细细的白痕。玛亚吃力地跟在后边，留下的水花显然宽多了。湖水极为清澈，几片树叶在水面上飘荡着，透过湖水，能看见青灰色的岩石和稀疏的水草，也能看到赫蒂迅速摆动的筋腱清晰的双腿。

一人一犬游远了，斯蒂文用手围在嘴上，大声喊道："赫蒂！水太凉，少游一会儿！"

那边远远地应了一声。斯蒂文把猎枪和野兔扔在湖边，舒适地躺在已经发黄的草地上，半闭上眼睛。在睫毛的疏影中，秋天的白云轻悄无声地在天穹上滑行，变幻着多姿多彩的形状。已经西斜的秋日仍有充裕的热度，晒得半边身子暖洋洋的。赫蒂游得真好，假以时日，她一定能打破女子游泳的所有纪录——肯定连男子纪录也不在话下；无论什么体育纪录她都能轻松地跨越。她是一个真正的天才，要知道，她学游泳总共只有五个月的时间啊——而且，她只是一个三岁的孩子。

今天是赫蒂的三岁生日。有时，连斯蒂文自己，连她的妈妈苏玛，也免不了惊疑地想：她只有三岁？她怎么会只有三岁。但她确实是三年前的今天来到人世的，只不过以三倍于正常人的速度在生长着，斯蒂文曾戏谑地称她为"三倍体"。当然了，不是这个名词原来的生物学意义。除了三倍的生长速度，赫蒂的饭量也是正常人的两三倍，而且，如果测试一下她的神经系统，肯定会发现其速度远远大于正常值。虽然至今没有条件做这个测试，但斯蒂文对此坚信不疑，因为赫蒂的反应速度在那儿明摆着，无论是游泳还是电脑击键、开汽车，她都比常人快多了。她的体内有永不耗竭的精力。

"赫蒂，我的小赫蒂，已经三年了啊。"

三年前，在那个"维护人类纯洁联盟"的追杀下，他们匆匆逃离小蒂尼克姆岛的家，隐居在这荒山僻野中。三年来，他们警惕地保守着小赫蒂的秘密，也一刻不停在注视着外界的动静。幸运的是，社会上那场歇斯底里的喧嚣很快消弭了。这并不奇怪，既然喧嚣的矛头是针对一个无辜的婴儿——不管她是什么身世——那么这种歇斯底里就必然是短命的。狂热必然冷却，理智便会复归，更何况是美国这样一个极为开放的社会呢。

白云安静地滑过白杨树和桦树的树梢，秋风摇落了几片黄叶，悠悠地飘过斯蒂文的面前。从山腰往上是针叶树的天下，那儿仍是一片浓绿。这儿很荒僻，离此最近的奇森小镇也在130千米之外，从奇森过来，只有一条勉强可以通车的石子路。附近的住户很少。几千米外的山腰上，针枞林中隐约露出一幢石屋的屋角。那幢石屋里住着一个单身的白人男子乔治·林登——一个太普通的名字，当然这可能是化名。据说他是一位颓废派的诗人，长发长须，50岁左右，在这儿隐居8年了。他总是像一只土拨鼠似的藏在自己的巢中，偶尔在山中路遇，也是面色阴沉地点头即过。不过他的冷漠对斯蒂文来说倒是正中下怀，他本来就不愿和外人多交往。从这里顺山溪向下3千米是斯蒂文自己的居家，再往下1.5千米，住着一个快乐的单身汉豪森·乔思特，大约45岁，每次路遇，他都要笑嘻嘻地脱帽致意。他十分喜欢小赫蒂，而赫蒂也喜欢上了这个性格随和的伯伯，见面时常常爬上伯伯的肩膀，叽叽喳喳地聊上很久。豪森也是新住户，三年前他们来到这儿时，豪森只比他们早到半个月。当然斯蒂文没有去打听他隐居的原因，他们都清楚，这儿的住户大多有不愿向外人道的隐情，斯蒂文不愿别人进入他们的生活，自然也不想掀开别家的帷幕。

此外这里就很少有人迹了，偶尔有几个猎人吵吵嚷嚷地从山径上走过，或者是一架林木巡查的直升机掠过山顶。感谢上帝，给了他们整整三年的安静。

湖面上传来赫蒂的喊声："玛亚！不许上岸，不许偷懒！"但这次她的命令显然没有生效。听着水花声渐近，玛亚爬上岸，猛劲地抖掉身上的水珠，走过来，湿淋淋地倚在斯蒂文的身边。

玛亚，忠诚的好脾气的玛亚。它是两年前斯蒂文去山下买的，为的是给孤独的小赫蒂增加一点乐趣。赫蒂太可怜了，在她的整个童年中，这只黑底白花的牧羊犬是她唯一的伙伴，而她的童年正以三倍于常人的速度飞快流逝。当然，她本人不会觉察到这一点，不会有类似的怅惘，因为她根本不知道什么是"正常"的速度，这使旁观的斯蒂文夫妇格外怜悯。

不过，这种囚禁生活快要结束了。他和苏玛已经决定，等赫蒂过完三岁生日就离开这儿，回到人类社会中去。他们早在不声不响地为这一天作铺垫，尽力使赫蒂有足够的思想准备，使她的新旧生活能够平滑衔接。

在秋日的暖意和轻松的心境中，睡意渐渐袭来。他梦见导师斯蒂芬·克利在向他微笑，他怀中抱着那只名叫吉莉的克隆猪，正在回答记者的提问。低头看猪崽时，他歇顶的脑袋在灯光下闪闪发亮。他又看见苏玛在产床上辗转，婴儿呱呱坠地。婴儿随即睁开双眼，雪亮的目光让人惊恐不安。画面跳荡着变模糊了，随即静止在一个恐怖的场面上。穿着夜行服的凶手拿着寒光闪烁的匕首，刀尖轻轻划过婴儿的面庞，那儿立即绽出一道血纹……

什么东西划过他的面颊，他不由得打了个冷战。那东西又钻进他的鼻孔，轻轻抖动着。斯蒂文响亮地打个喷嚏，从梦中醒来。一串清脆的笑声从身边逃向湖中，然后是扑通一声水响。斯蒂文起身来到湖边，那条小黑鱼仍在快活地戏水，一边狡黠地看着他。斯蒂文威胁地说：

"捣蛋鬼，看我收拾你。"赫蒂咯咯地笑起来。"上来吧，时间真的不早了，妈妈要着急了。"

玛亚也蹲在岸边用吠声催促着。赫蒂爬上岸，从背囊中抽出浴巾擦干身体，不慌不忙地套上连衣裙。她是一团火，是山中的精灵，斯蒂文赞叹着。她的生命力是那样旺盛，你简直能听见电火花在她体内噼啪作响。

玛亚跑到前边带路，在拐角处回头望着他们。"走吧，赫蒂。"爸爸说。

赫蒂牵着他的左手跳跳蹦蹦地走着："爸爸，今天我还要学开车吗？"

"不学了，时间太晚了。"他笑着补充道，"其实你不用再学，你已经毕业了。"

几天前，斯蒂文忽然决定教赫蒂开车。苏玛说太早了吧，她才三岁，即使按她身体的实际状况，也只是个八九岁的孩子。但斯蒂文没有听她的劝告。他的动机是潜意识的，也许深埋心底的警惕并没有睡觉。他想让女儿多学一点护身的本领，不定哪天会有用的。在学习驾驶时赫蒂再次显露了她过人的天才，仅仅三天时间，她就把那辆半旧的克莱斯勒车开得非常熟练。在门口崎岖狭窄的石子路上，她不停地急加速、急刹车、急转弯，汽车轮胎吱吱嘎嘎地怪叫着，把石子挤得四面飞迸。斯蒂文喜悦中带点揶揄地想，等她再长两年，法国一级方程式汽车大赛恐怕就不是男人的天下了。

赫蒂忽然想起一件事，回过头来问："爸爸，过了生日，你和妈妈要告诉我很多很多事情，对吗？"

"对，过了生日你就是个大孩子了。你长得真快。"

他和苏玛决定告诉她一些真相，把她的身世之秘轻轻揭开一角，以便为将来的全部揭开做好铺垫。赫蒂对此心痒难熬，她拉爸爸站住，狡黠地微笑着："能提前透露一点吗？只要一点点儿。"

斯蒂文拍拍她的脑袋："耐心等着，吃完生日蛋糕就告诉你。"

赫蒂耸耸肩，做个鬼脸，蹦蹦跳跳地跑到前边去了。他们顺着山溪边的石子路往下走了3千米，再向北边的山上爬了1.5千米，藤蔓覆盖的石屋在树丛后露面，苏玛在屋门口等他们。玛亚吠叫着，用前爪推开了栅栏门，赫蒂紧随其后，边跑边快活地喊着：

"妈妈，我们回来了！"

苏玛笑着抱起小赫蒂进屋。按照三年来养成的习惯，斯蒂文在进门前要向四周巡视一番。夕阳已经沉到山后，暮色笼罩着静谧的山野，只有后方的山顶上还抹着晚霞的金色光芒。斯蒂文走进高高的栅栏，用一把沉重的铁锁细心地锁上铁门。

可惜，他没有看见山顶的树丛中有两点夕阳的反光，那是一具蔡司望远镜在向下窥看。手持望远镜的，正是家在12千米外的那个隐居者，披着长长的红发，脸上挂着狞笑，身上穿着才从纽约第五大街买来的夹克衫和西裤，口袋里揣着查尔斯顿到纽约的往返机票。那是他八年来第一次离开自己的巢穴走到外边世界，而且，正是为了这个小姑娘。

二

五天前，埃德蒙·克里克斯顿乘机飞往纽约，他在隐居处的化名是乔治·林登。晚上八点，他站在"红蛇"夜总会的门前。这儿仍是八年前的旧模样，头顶的霓虹女郎挑逗地脱着衣服，几名黑人在人行道上游荡。一辆大道吉开过来，停在门口，几名衣着光鲜的中年男人拥挤着下了车，脚步趔趄地涌进夜总会，看来他们已经灌得差不多了。两名警察甩着警棒，漫不经心地走过来，其中一人注意地看了看埃德蒙。他心中不由扑腾两下。

不要慌，他在心中嘲笑自己，这些年轻的警察崽子绝不会记得八年前一个通缉犯的模样。何况他的面貌已经变了，已经被浓密的胡须遮住了，就连他的亲妈从坟墓里爬出来也不会认出他的。他朝那两名警察友好地笑笑，走进大门。

厅内是震耳欲聋的摇滚乐声，血红色灯光聚在Ｓ形看台上。观众散坐看台四周，最狂热的看客则趴在看台边上，贪婪地仰望着台上那具性感的肉体。脱衣舞女在看台上来回走动着，扭动着臀部，慢慢解开乳罩，那双巨大的乳房无遮无掩地滚出来。她挑逗地在看台边蹲下来，看客们兴奋地吆喝着，把一张张大额纸币塞到舞女窄如一线的内裤上。埃德蒙要了一杯马提尼，远远地观赏着。这些舞娘中不会有他熟识的旧人，在这个行当中，八年是太长的时间，他熟悉的那些舞女们早就揣着大把的美元去过正经生活了，或者把美元塞到毒品的无底洞中去了。

"婊子，漂亮的婊子。"

他喃喃地自语道，惹得旁边的一个白人看了他一眼，他没有理会。八年的隐居生活养成了他的自语毛病，现在这毛病已经根深蒂固了。埃德蒙也曾苦中作乐地想，也许某一天警察走近他时，他会自语道："我是埃德蒙，我是通缉犯。"于是他的无期徒刑就结束了。

有那么一个喜剧式的结尾倒也不错，他嘲弄地想。

有时连埃德蒙自己也感到纳闷，八年的苦行僧生活他居然能熬过来——想想八年前吧，那时的埃德蒙，那个漂亮潇洒的外科医生，哪个星期少得了女人？但自从上了通缉令之后，长期的恐惧和性压抑磨蚀了他的性能力，他已经不再渴望女人了。三年前，当漂亮的斯蒂文夫人来到山里成了他的远邻时，他的心中竟然没有一点涟漪，从那时起他就确信这一点了。也许上帝的报应确实存在，虽然方式未免有欠光明——让他患了阳痿，毁坏了他最大的人生乐趣。

他一边呷着酒，一边从容地打量着厅里的人群。不久他在舞台边看到了一个熟人，那个抱着双臂立在阴影里的黑人保镖。他努力回想着，对，他的名字叫哈威特。他招手唤来侍者，把几美元小费塞在他手里：

"再来一杯马提尼，还有，告诉哈威特过来一下，就说是一个老朋友请他喝一杯。"

侍者点点头，端着托盘走过去，同保镖低声交谈着。那个黑人扭过头，狐疑地看着这边，然后慢慢走过来。这是一个极为强壮的40多岁的男人，肌肉凸出，手臂上刺着兀鹰，手指上戴着金属扳指。埃德蒙示意他坐下，但他没有入座，仍抱着双臂疑虑地盯着他。埃德蒙把酒杯推过去：

"请吧，我的老朋友。"

哈威特客气而冷淡地拒绝了："谢谢，我有工作。请问……"

埃德蒙呷了口酒，笑道："你真的这么健忘吗？哈威特，八年不见了，威廉斯先生还在吧？"

哈威特恍然悟道："噢，你是……"来客的名字被他咽到肚里，他认出这个长发长须的男人曾是老板的老搭档，不过那时他一向是衣冠楚楚的。哈威特低声说："请你稍候。"

他急急到后边去了，埃德蒙把目光转向舞台，耐心地等待着。看台上，一个新的红头发舞娘登场了，正在脱第一件外衣，她的崇拜者们开始大声鼓噪。

三

12年前，38岁的埃德蒙·克里克斯顿是一个私人开业的外科医生，技艺不错，即使在纽约这样的大都市里，他也是小有名气。所以他的收入很高，平时衣冠楚楚，举止得体，与街区的各色人等相处得很好。不过，私下里他有一个小毛病，这也难怪，连圣人也不是十全十美的。这个单身男人喜欢女人，尤其喜欢那些十六七岁、裸着两条美腿、不戴乳罩的女学生。这个爱好耗费了他不少金钱。

有时候偶然疏忽，他会让某个女孩子怀孕。这时他当然不会撒手不管，埃德蒙不是那种不负责任的男人。于是，他会暂时改行做一个妇科大夫，悄悄干一次流产手术。当然这是违犯美国法律的，不过，为了履行男人的责任，他只好把法律暂时扔在一旁了。

慢慢地，埃德蒙在这个行当有了名气，很多并非他情妇的女人也来找他。而且他发现，干这种事能得到可观的收入，足以补偿他在女孩子身上的花费，于是他非常投入地干下去。

终于有一天事情败露了。他被吊销了行医执照，惩罚性地派到巴西圣保罗的一个贫民医院做实习医生。那三年真是一段可怕的经历。与灯红酒绿的圣保罗市截然不同，它的郊区完全是另一个世界，远在文明世界之外。低矮的山坡上挤满了极为简陋的铁皮房子，没有水电，没有道路。骄阳下，铁皮房子就像是地道的烤炉。下场雨就更糟，到处泥泞不堪、臭气熏天。贫儿们鹑衣百结、面黄肌瘦，在垃圾堆上玩耍，尖声笑着、喊叫着，似乎并不知道忧愁。有时埃德蒙会悲天悯人地想，仁慈的上帝为什么要创造这些卑微的生命，把他们投入人间炼狱来折磨他们呢。

他在艰难乏味的生活中很快找到了补偿。这儿的乞儿太多了，很多人没有父母亲人，即使有，那些终日在醉酒和劳作中麻木的家伙们也从不关心儿女，不会在乎他们的肚皮上是否多了一条刀口，腹内是否少了一个肾脏。

那里有一个组织严密的器官走私网，埃德蒙的才华和技能得到了充分施展。在这儿，美国来的"红头发医生"很快有了名气。他在圣保罗干了两年，金钱滚滚而来。他常常乘飞机回到纽约或拉斯维加斯、洛杉矶，在醇酒美女中享受一番，再返回圣保罗重操他的营生。如果不是一念之差，他可能还会一直干到今天。

那是美国一个主顾的订货，这位主顾不要肾脏，他想要一颗健康的心脏，因为他是一个慈爱的父亲,他的八岁女儿患先天性心脏病,已经病入膏肓了。为了救活女儿,他愿意出任何高价。埃德蒙对于是否接这桩业务曾犹豫过,原因很明显:人有两颗肾脏,但只有一颗心脏。肾脏摘掉一个,人仍能活下去,心脏摘掉就只能留下一具尸体了。

不过,3000美元的诱惑力更大。况且,走私者答应找一个"最干净"的孤儿,不会有亲属来追查,手术后的尸体也由他们负责妥善处理。于是他最终答应了。两天后,手术台上躺着一个10岁左右的混血少年,衣服褴褛不堪,但身体发育得相当不错,肢体匀称,这在瘦骨嶙峋的乞儿中是很少见的。模样相当俊秀,金色头发,眼睛紧闭,鼻翼处微微颤动着。看来,为了感谢顾主的慷慨,那些"猎头者"这次挑选得非常敬业。少年处于全身深度麻醉中——他不必再醒来了。这次手术只需保证心脏的新鲜,不必管那具身体的死活,所以今天的手术实际是非常容易的,甚至不需要外科医生,找一个屠夫就行。

在那具小身体上划下第一刀前,埃德蒙一直忐忑不安。除了所剩无几的良心自责外,主要是对个人利害的考虑:毕竟,杀人和单纯的盗卖器官是不能等同的,这一刀下去,他就不能回头了。

但他很快为自己找到了道义上的理由,看看那位怀揣10万美元来购买器官的富豪吧,他难道不知道这种交易之后的血腥?但金钱是一种有效的绝缘剂,可以使他们远离罪恶,心安理得地做优雅的绅士和仁慈的父亲,警察们一般不会去找他们的麻烦。比起他们,埃德蒙觉得自己太值得同情了:至少他没有那些人的虚伪,至少他是靠出卖自己的技能来赚钱,还要提心吊胆地提防警察呢。

于是,他心安理得地割下了第一刀。

3000美元拨进了他的账户,埃德蒙准备揣上这笔钱回纽约物色一个性感的姑娘。但是非常不幸,那些天杀的走私犯违背了诺言,他们的"妥善处理"只是把尸体扔到荒郊,薄薄地盖上一层土。非常不幸,这具尸体被野狗拖出地面,非常不幸地被人发现少了心脏,又非常不幸地传到《圣保罗日报》一位记者的耳朵里。

在追捕之网收紧时，埃德蒙机警地逃脱了。美国警方和国际刑警组织签发了红色通缉令，但埃德蒙凭着野兽般的狡黠，反倒逆流而上，用买来的假护照返回美国，隐居在阿巴拉契山脉的西麓。他平安地度过了八年，直到一只肥美的羔羊自己走近狼窝。

四

十几分钟后，黑人保镖走出来，向他点点头。他随保镖穿过狂热的看客，穿过后台的化妆间。屋里满是化妆品的气味，才下场的那位舞女正在吸烟，仍裸露着大得吓人的乳房。另一个准备上场的舞女已经穿好带豹纹的短衣短裤，正在让人为她安装豹尾。在美人堆中讨生涯的保镖全然没有怜香惜玉的习惯，粗鲁地把她们挤到一边儿，招来一顿粗野而亲昵的咒骂。

保镖领他在办公室的门口停住，敲敲门："威廉斯先生，他来了。"然后扭开房门，闪在一旁。埃德蒙走进办公室，门在他身后关上。肥胖的威廉斯像只皮球一样滚过来，满面笑容地举起双臂："啊哈，埃德蒙！真高兴能见到你。"他把来客拥到怀里，亲热地吻吻对方的面颊，"我很钦佩你，你是一只最狡猾的狐狸。八年前，美国警方和国际刑警组织撒下的那张大网也没能网住你。"

埃德蒙微嘲地说："你该庆幸的，如果我被捕，你能安安稳稳坐在这儿吗？"

威廉斯笑了："没错，我十分感激。这些年我一直在留意你的动静，我不相信你会真的销声匿迹。"他拍拍对方的肩膀，"需要我帮忙吗？也许，你准备重新开始你的老本行？"

"对，我手边已经物色好了一个很好的猎物。"

"太巧了，正好一个慷慨的主顾今天找上门来，要为自己的儿子买一颗肾脏。"

"可以，五万美元。"

威廉斯吃了一惊，"五万？你竟然要价五万？"他嘲弄地说，"你一定是丢生的时间太长了，忘了流行的价格表。而且我告诉你，这些年因为医学的进步,器官市场多少有点萎缩,价格比那时还要低一些。"他咕哝道,"五万!一颗绝好的心脏也要不到这个价钱。"

埃德蒙冷静地说:"不,我并没有发昏。我这次提供的是最好的货色,是永不衰老的器官。我知道你现在不会相信我的话,那就请你看看三年前8月到10月的报纸,什么报都行,找一找有关海拉的报道。然后咱们再继续谈价钱。"

威廉斯显然很不以为然,但他耐着性子说:"好吧,我马上派人去查,请你稍候。你想喝点什么?要不,我给你叫来一个很有味的女人?我想这几年你不一定享受过。"

埃德蒙冷淡地说:"谢谢,我对女人已经没兴趣了。"

威廉斯真正吃惊了,甚至比听到五万的报价更为吃惊,瞠目良久,才怜悯地说:"真的吗?我简直不能相信。如果这不幸是真的,你赚钱还有什么意义?不过,随你的便。"

40分钟后,威廉斯推门进来,面有喜色:"我已经查到了,确实是好货色。"他沉默一会儿,谨慎地说,"不过我仍不能出那样的高价,请你耐心听听我的理由。首先,我要说服我们的顾客相信这件事——毕竟它的'永不磨损'只是理论的推测而不是业经证实的事实。再者,这种特殊的货色会不会不太稳定?会不会产生意想不到的变化?第一次使用它要担着一定的风险。不过我向你承诺,如果这次使用情况良好,令人满意,下次我会把价钱提上去。行吗?咱们都是通情达理、有诺必信的商人。"

"好吧。"

他们经过短时间的讨价还价,敲定了一万五千美元的价格,预付一半,要现金。威廉斯问:"需要助手和器械吗?我可以帮你解决。"

埃德蒙摇摇头:"谢谢,我自己解决吧。"他不想使用威廉斯提供的助手,因为那会暴露自己的地址,他要尽可能地保护自己的猎物,那可是价值数百万美元的奇货。"你只用给我一只便携式的冷藏箱,一支麻醉枪,再把剩下的7500美元准备好就行。"

"好的。你现在就走？真的不需要一个女人？"威廉斯好奇地问。

"不要。谢谢你的慷慨。"

现在埃德蒙已经返回山中，在山顶的松林中用望远镜窥伺着他的远邻。牧羊犬进屋了，女主人抱上女儿，男人观察了四周后进门。埃德蒙不知道今天是女孩的生日，但他感受到了洋溢在这个家庭中的特殊的欢乐。他取下望远镜，喃喃地自语道：

"一切正常，我的小乖乖，老海盗伯伯回家去等着你。"

他转过身，在苍茫的暮色中向自己的房子走去。在那儿，一个叫哈姆的老搭档已经购齐了手术器械和药品，正在为他的猎物准备手术床。哈姆是个长相龌龊的家伙，有着狗一般的忠诚、耗子般的胆怯和粪龟子般的勇敢——最后一条是指口袋里装有大把美元的时候。在八年前的搜捕中，他没有被牵连在内，为此他对埃德蒙感恩不尽。所以，当埃德蒙把500美元放在他面前时，他痛快地答应了。

他听到了轻微的汽车声，那是哈姆把他的汽车开来了，藏在石子便道旁的橡树下，晚上要用到它。好，蛛网已经结好，只等凌晨动手了。他打开自己的栅栏门，高兴地自语道："再见，我的小乖乖，咱们深夜见。"

五

石墙上爬满了爬墙虎，浓密的藤叶覆盖了屋顶。这是一幢百年老房，花岗岩的外墙显得十分粗糙，浸透了历史的苍凉。屋顶的藤叶中，一口抛物线形卫星天线倒是闪亮如新。石屋背靠着半面山坡，其他三面由粗壮的五英尺高的铁栅栏围绕着。三年来，斯蒂文夫妇自愿切断了同外界的所有联系。在他们购房时，旧主人说："我没有电话，我想你们也不喜欢外界的打扰。"他说的不错。斯蒂文夫妇在这儿安顿下来后，只有很少几次与家里通话问问安好。他们十分谨慎，总是跑到500千米外的法兰克福去打电话，也从不向家人透露他们的居处。

这间石屋同外界的联系只有三条途径：一口卫星天线，它把无线电讯号传送到一台大屏幕电视中；一根电缆，它为石屋送来电能；一条简易石子路，通过它运来日常用品。斯蒂文只能以电视和电脑来维系女儿同世界的联系，为她返回人类社会做点准备。

三年前，三人坐着克里奥的直升机从费城飞到西弗吉尼亚州，然后坐着一辆半旧的克莱斯勒车在公路上逃亡。那时他们的名字分别是保罗·雷恩斯、苏玛·罗伯逊和海拉·罗伯逊。他们原是向西开，等克里奥先生的直升机在空中消失后，迅即掉头向东。他们不是不相信可亲的老克里奥，但为了海拉的安全，不得不事先堵住一切可能的漏洞。

后来，他们用5000美元的低价买下这幢简朴的石屋，在这里定居下来。此后的三年相当平静。从电视上看，关于海拉的歇斯底里症由于失去了目标，逐渐平息下来。海拉发育良好，也十分聪明。她的唯一问题是发育得太快了，而且不仅身体，她的心智成长也同样快速。保罗一直尽力向她的小脑瓜里灌输知识，勉强能赶上她的消化速度。不过，她的超速生长已被逐渐习惯，成了"新高度"上的正常。

这种"快速生长"有时仍能引起模糊的恐惧，使保罗联想起癌细胞无限繁殖的凶恶天性。但总的说来，这种恐惧逐渐淡化，衰减为弱不可闻的回音。想想吧，终日厮守着这个快活天真、笑靥如花的女儿，怎么可能保留这种阴暗的想法？

不过，保罗始终保留着一份担心，他时刻睁大眼睛看着海拉，看她会不会出现其他的不正常。想想四年前，当他开始致力于"激活"一个沉睡的生命时，他一直抱着廉价的乐观主义，认为只要迈过"激活"这道技术难关，一条生命就会完全正常地生长。这实在是一种年轻人的浅薄。生命遗传是自然中最复杂、最精细的过程，即使正常人的遗传中也时时出现错误，这是不可避免的，是由数学上的几率所决定的。那么，凭什么断定海拉细胞在激活后就会精确稳定地展现正常生命的轨迹？

他想起一种病例：正常人一旦失聪后，说话能力会逐渐衰退，发音越来越模糊和怪异。这是因为，人的语言能力不是坚硬的静止的，它永远处于不稳平衡。只是靠着庞大的人口基数所形成的自我校正能力，才能维持发音的相对稳定。失聪者丧失了校正手段，发音就逐渐漂移开去。

海拉细胞已在单细胞状态下活了22000代，它们又该积累了多大的漂变？人类的22000代相当于45万年了，有时保罗暗自庆幸，为海拉的"基本正常"而庆幸。因为这种正常纯属侥幸，而"不正常"才是几率最大的结局。

<h2 style="text-align:center">六</h2>

灯熄了，苏玛端着蛋糕出现在餐厅门口，三支蜡烛散射着温馨的金光。蛋糕刚烤好，基体还是热的，顶面是漂亮的奶油花和"生日快乐"一行字。海拉闭上眼睛许完愿，吹熄烛火，高兴地切开妈妈自制的蛋糕：

"爸爸，这是你的；妈妈，这是你的。这一大块是玛亚的，玛亚，够吃吗？"

保罗和苏玛并肩坐着，相视而笑，心头充盈着金黄色的温馨。苏玛的体温透过薄薄的家居服传过来，变成麻酥酥的电击感。保罗笑着，把苏玛揽紧一点儿。三年来，两人的感情维持着微妙的平衡。白天，当着海拉的面，他们一直扮演着一对恩爱夫妻。时间长了，他们常常不由得产生错觉，似乎他们本来就是夫妻——当然他们不是，保罗的妻儿还在1600千米外盼着他呢。所以他们一直克制着自己。当一次吻别、一次拥抱或无意窥见对方的裸体而激起欲火时，他们都尽力压下去。这使他们一直保持着初恋情人般的感觉。

他们最终没有迈过那条界限，他们仍然是朋友，非常亲昵的朋友。

海拉狼吞虎咽地吃着蛋糕，她的饭量常常超过爸妈的总和，还不耽误在饭桌上叽叽喳喳地说话。不过今天这只小百灵反常地安静，不停地抬起头盯着父母。等到爸妈都吃完，她也放下刀叉，非常平静地看着父亲：

"爸爸，你该告诉我了吧。你答应过，等我三岁生日后就告诉我很多事情。"

保罗笑着看看苏玛，苏玛用肩头触触他，低声说，"还是你说吧。"保罗欣喜地看着女儿，缓缓说道：

"对，小赫蒂，我们确实要告诉你好多话。因为我们已经决定，在你过了三岁生日之后，就要带你回到人类社会中去。"

"就是电视里的地方？"

"对。"

"太好了！"海拉欢呼起来，眸子异常明亮，里面跳荡着对新生活的向往。保罗心头微微发苦，定定神，继续说：

"赫蒂，三年前，你刚生下来时，我们带着你躲到这个荒僻地方。你知道这是为什么吗？"

海拉点点头："猜到一些。我肯定与其他孩子不太相同。爸爸，电视上过三岁生日的孩子都是些小不点儿。按我的身体发育情况看，我大概相当于正常人的八岁了。"

虽然平常已习惯于拿"八岁孩子"而不是"三岁孩子"来看她，保罗仍为她的观察力高兴。他点点头说：

"对。由于医生们还不知道的原因，你生下来后显示出很多异常之处，如果让你留在人类社会中生活，可能有人把你看成怪物。所以我们带着你跑到这座山里，过着与世隔绝的生活。现在你已经长大，身体发育正常，我们可以离开这儿了。当然，你身上仍有一些超常之处，比如，正像你刚才所说，你的发育速度比正常孩子快，大约为三倍，你的饭量也是正常人的三倍。"

"我会长成巨人吗？就是格列佛游记中的巨人？"

"不会，我想不会，你只是长得快，但长到正常高度后就会停止的。还有，你的神经反应速度也比正常人快。"

海拉笑道："我也觉察到了，我常常奇怪，你们说话啊，走路啊，总是慢腾腾的。不过我现在已经习惯了，习惯了按你们的节奏来调整自己。"

"还比如……"

"还比如我的小紫蛇。"

保罗和苏玛都笑了："对，比如你的小紫蛇。"

海拉三个月大时，保罗和苏玛就发现了这种异常现象。那时她还不会说话和走路，每天在地毯上爬来爬去，从没有疲累的时候。有时苏玛去拉她，两人的手指将要接触时，指尖间就会发生轻微的爆鸣声，一条细细的、几毫米长的紫色电芒会在瞬间闪过。它能给皮肤上留下不算厉害但相当尖锐的刺痛，海拉常咧着嘴哭起来。

那时正是对海拉的异常现象草木皆兵的时候，苏玛惊惶地问保罗：这是怎么啦？这是怎么啦？保罗笑着解释，这个现象倒是正常的，连他本人也有。他在铺有地毯的干燥房间走动时，也常常积累起静电，然后，与别人握手或触摸铜把手时，就会产生这样的电芒。不同人积累静电的能力是不同的，据测定，有的人静电电压可高达 10 万伏。海拉的新陈代谢比正常人远为旺盛，因此，静电积累更强一些也是情理中事。

苏玛放心了，抚慰着女儿止住哭声。但此后，他们发现这种正常之中仍包含着异常。海拉体内的静电过于强大，即使天气并不干燥，即使并没有诱发静电的地毯，她也照样能放出巨大的紫蛇，随时随地都行，就像深海中用电流捕食的电鳗。海拉长大后把它当成了有趣的玩具，练到收放自如的境地。保罗告诫她不要玩这种危险的游戏，但从心底讲，他并没有给予足够的重视。他真正领会"小紫蛇"的威力是在半年之后。那时海拉已经能够说话和满地乱跑了。苏玛做家务时，保罗就领着她到湖边去玩，跑累了，躺在如茵的草地上休息。一天下午，快要回家时，海拉忽然指着草丛中好奇地喊：

"蚯蚓，好大的蚯蚓！"

保罗扭过头，立即惊出一身冷汗。那是一条凶恶的响尾蛇，昂着头，正用颊窝处的红外线探测器探查三米外两个恒温生物的体温，即将开始进攻。保罗出外时总是随身带着手枪，他小心翼翼地向后裤兜里摸枪，一边低声稳住海拉：

"海拉，乖乖地不要动，这是一条毒蛇，等爸爸开枪打死它，你千万不要动，听见了吗？"

他的动作极其小心，但还是惹恼了响尾蛇。它突然发动进攻，像闪电一样扑过来。保罗惊叫一声，怔住了——他确实看到了闪电，一束紫色的闪电。响尾蛇断成了两截，在地下扭动着，断口处是焦黑的烧痕。海拉右手的食指仍指着它，左手还含在嘴里，呆呆地看着死蛇，眼光中是惶惑和好奇。

不知道那道紫芒是如何发出的，很有可能海拉不是有意而为，而是因蛇的突然跃起和爸爸的惊叫而激发的下意识动作。紫芒擦着保罗的左胁掠过，在衣服上烧出一道焦痕，空中留下浓烈的臭氧味道。保罗怔怔地看着女儿，在遇救的惊喜中慢慢滋生了纤细的恐惧。她今天杀死了一条毒蛇，救了爸爸，明天也许会在有意无意中留下一具人的尸体！而这是人类社会绝对不能容忍的，因为，保罗苦涩地想，她可是一直被社会看作异类啊。

从那之后，他多次严厉地告诫女儿，不要玩这种危险的把戏。这会儿他又郑重告诫道：

"回到人类社会后，要尽量隐藏这些特异之处，特别是不要玩你的小紫蛇。也许它会引起一场大火，或误伤一个亲人，给你留下无穷的悔恨。你能记住吗？"

海拉庄重地说："能记住。爸爸，自从你说过之后，我一直没有玩这个游戏——虽然有时很想玩。"

她忍俊不禁地笑了。保罗欣慰地说："我们知道你是个听话的孩子。还有，你的饭量是没办法掩饰的，也不用掩饰，你只管可着你的肚量吃下去。至于你的发育太快，我们还是要尽量掩饰。比如，我们会经常迁移到陌生地方，使你能自然地融入新朋友中去。好吗？"

海拉非常认真地点头，又问了一个问题："爸爸，如果我的生长速度是你们的三倍，十二三年后我就会同你们一样大，然后我就会变得比你们还老。这多可怕呀！"她忧心忡忡地说。

保罗和苏玛再次为她的联想力感到惊奇，说到底，她只是一个自然年龄仅有三岁的孩子啊。保罗想告诉她："不，你不会衰老，因为海拉细胞在22000代的离体生活中很可能已经忘了衰老和死亡的指令。"不过，这些话当然不能说透，至少现在不能对孩子说透。他略为思考后说：

"不，科学家普遍认为，你在长到八岁，也就是正常人的24岁时，就会停止生长。那时你就会不折不扣地变成一个正常人了。"

海拉乐得拍手笑道："那时我再也不用欺瞒别人了，对吧？"

一直笑而不言的苏玛这时才开口："对，孩子。这五年很快就会到的，那时你就完全和普通人一样了。"

海拉高兴地点点头，但旋即陷入沉思。她皱着眉头轻声自语："为什么？"

保罗奇怪地问："什么为什么？"

"为什么我会有这样的异常？我想任何异常总有它的原因。"

保罗与苏玛对望着，不免尴尬。不错，她说到了问题的核心，但这正是他们要尽力遮掩的。他小心地说："这点原因先存放在爸爸妈妈心里，等你长大一点再告诉你，行吗？我们不会永远瞒你，但现在你还太小，你不会理解的。"

"好的，你们先替我保存着吧。"海拉快活地说，发亮的眸子转了两圈，忽然狡黠地说："爸爸，妈妈，其实我也知道一些秘密。"

苏玛好奇地问："是吗？什么秘密？"

海拉神秘兮兮地笑着，好久才说："我知道你们不是我的亲生父母，至少一个不是。"

两人真的震惊了，交换眼神后，苏玛含笑问道："哟，这可是个大秘密。你怎么会有这个想法？"

海拉得意地说："我会推理呗。从电视上我知道，父母是不同种族时，儿女是混血儿，混血儿的外貌与父母都不同，可以说是父母的综合。可是我完完全全是个黑人，卷头发、厚嘴唇。所以，妈妈大概不是我的亲妈妈，对吧？"

苏玛看看保罗，一时无话可说。他们无法告诉孩子："苏玛确实是你的'生'母，用自己的卵子和子宫孕育了你。"不，透露这些情况难免涉及那个可怕的字眼：癌，而这是苏玛无论如何也不愿捅破的。即使无法终生保守这个秘密，至少也要等到孩子成年之后啊。

两人在考虑着饰词，但海拉已从他们的表情中确认了自己的推理，她乖巧地偎在妈妈怀里："妈，即使你不是我的亲妈妈，我也会一样爱你，一生一世！妈妈，你爱我吗？"

她一边说，一边像鸡啄米似的在妈妈脸上吻着，说一句吻一下，像是为她的稚语点标点。苏玛被她逗笑了，紧紧把她搂到怀里："孩子，乖女儿，妈妈当然爱你，一生一世！"

海拉安静下来，轮番睃着父母，嘴角扯动着，努力忍着笑意。保罗威胁地说："小黑鬼，你又在打什么鬼主意？"

海拉忍不住笑了："爸爸，我刚才的话还有一条证据呢。"

"什么证据？"

海拉得意地宣布："我知道孩子的父母都是睡在一张床上的，电视上都是这样。可是你们从来不！我发现，每天晚上，只要我一睡着，你们就分开了。有几次，夜里我特意起来看看，你们仍是各睡各的房间。你们吵嘴生气了吗？根本不像。那你们为什么不在一块儿？今晚就睡一块儿吧。"

两人脸上都泛起红晕，异样的感觉同时撞击着两个心房，似乎能听到谐调一致的节律声。海拉这些话既成熟，又孩子气，弄得这对"父母"十分狼狈。当然，狼狈中也隐隐流淌着喜悦。海拉快活地拍手笑起来：
"我说对了！我说对了！我现在就去把你们的睡具搬到一块儿！"

保罗赶忙拉着她，无奈地说："我和你妈会搬的，用不着你去。你呀，真叫人没办法！"

他暗暗摇头。为了今天同女儿的谈话，两人早就反复酝酿，没料到真正开始谈话时，女儿却成了对话的主角。女儿的聪明，还有她山泉般清冽的亲情，着实让他欣喜。她的生理年龄只有三岁，但她心计之周密、思维之清晰，几乎赶得上成人了！

晚饭结束了，临走海拉调皮地说："爸爸，最后一个要求，能否透露我的真实姓名？"不等爸爸反驳，她就流畅地说："这是显而易见的。既然你们不是斯蒂文夫妇，我当然不是赫蒂·斯蒂文。"

保罗脱口说道："对，你的真名叫海拉，海拉·罗伯逊。罗伯逊是你母亲的真实姓氏。不过这个名字暂时不能对外讲，能记住我的话吗？"

海拉点点头，目光很困惑。在她的推理中，斯蒂文应是她的亲生父亲，不仅因为两人都是黑人，而且……你看吧，两人的面貌多么相像！但自己为什么随"并非生母"的母亲的姓？她闭上嘴，把这些疑问暂存心底。

海拉并没有忘记自己的话。晚饭后，在看电视和玩耍的空当，她偷偷溜到爸爸的房间，抱上毛巾被、枕头，搬到妈妈屋里。然后回到游戏间，佯作无事地继续玩耍。但是，由于心中藏了一个秘密，她的眉尖始终有喜悦在跳动。保罗和苏玛都看到了她的小动作，也体会到她的苦心，便相视一笑，轻轻握住对方的手。

9点50分，海拉回到自己的床上，目光仍然跳动不定，偷偷地、急切地观察着事态发展。保罗为她盖好毛巾被，感慨地想，她仍是三岁孩子的童心啊。他故意没有关上海拉的房门，在她的偷窥中来到苏玛的卧室。他想，这会儿海拉该放心入睡了。

苏玛已经浴罢，换上了轻薄的睡衣，薄纱之后胴体纤毫毕现，面庞微红，目光中是含蓄的等待。他们不是夫妻，但在一间屋里生活了三年，友情的泉水早发酵成爱情的美酒了，现在，海拉的一句稚语揭开了酒坛上的封泥。苏玛的小腹处热流勃勃跳动，倚在床头，等着保罗冲了澡，换上睡衣。保罗过来把苏玛搅到怀里，炽热的激情像重锤一样，交替敲击着两根琴弦。保罗低声说：

"苏玛，我真的很抱歉，维多利亚……"

很久她才明白保罗是在拒绝："苏玛，我爱你，我迫切地想要你。但我不能这样做，我并不是古板的清教徒，对这样美好的情感，上帝也会原谅的。但是，我有妻子维多利亚……"

保罗想起三年前，在他们仓促决定逃亡时，曾在电话中匆匆同妻子告别。妻子维多利亚冷冷地问："苏玛小姐是你这个决定的原因吗？在你的天平中，自己的妻儿占有多大分量？"他苦笑着对妻子说："我的决定不是为了苏玛，你有这种想法我很难过。"现在认真想想，妻子说的也有道理。他陪苏玛逃亡是多种因素促成的，有对海拉的责任感，有对奶奶血缘的关注；但不可否认，明媚动人、情意脉脉的苏玛小姐也是重要原因之一。如果这时同苏玛有欢情，他无法排除对妻子的负罪感。

苏玛已从一时的冲动中平静下来，吻吻保罗作为结束："休息吧，你睡哪儿？还过去吗？"

保罗对她的冷静十分欣慰，笑道："我就睡这儿吧。我相信海拉今天夜里一定会来偷看。"

"好的。"

两人翻过身睡下，努力压抑着心跳。等苏玛朦胧入睡后，保罗忍不住欠起身，默默地看着苏玛动人的曲线。他吻吻她的额头，低声咕哝道：

"真盼着有一天……"

苏玛没有睁眼,但抬起手拍拍保罗的脸,口齿不清地说:"会有那一天的,睡吧。"

七

海拉趴在门缝上,看着爸爸妈妈相拥上床,满意地笑了。她并不知道此举的含意,但她本能地知道那一定是件美好的事情。她关上门,躺到床上。门随即被轻轻地推开,玛亚非常家常地甩着尾巴进来,窜到她的床上卧下,友好地舔着她的胳膊。

玛亚是睡在院子里的狗舍中,但临睡前的告别已是例行日程了。海拉很喜欢这个不会说话的朋友,它的黄眼球是那么幽深,里边装满了友情和理解。她轻轻捋着玛亚的背毛,高兴地说:

"玛亚,我们马上就要离开这里了,要到电视里那些热闹的地方。你高兴吗?"

玛亚轻声吠着,表示了自己的态度。

海拉每天都要看电视,她对电视里的世界已经非常熟悉了,但她从未想过自己也能走入那个世界。她憧憬着明天的生活,兴奋之锤轻轻敲击着心弦。

"玛亚,爸爸说我的身世是一个秘密,你能猜到是什么秘密吗?"

玛亚困惑地看看小主人,没有应声。

记得随爸爸观察星空时,海拉曾忽然萌发奇想:"爸爸,能用望远镜看到地球吗?"爸爸笑着说不能。你无法站在地球上去看地球,这个事实象征着一种哲理:"自我"是最大的秘密。爸爸还说,哲学家们设计了很多逻辑悖论,诸如"万能的上帝能否造出一个连他也举不动的石头""理发匠能否给所有不给自己理发的人理发"等,所有悖论都源于一个"我"字,被称为自指悖论。"我"是一个黑洞,是一个陷阱,无往不胜的逻辑之舰一到这儿就会被吞没。海拉没有完全听懂爸爸的话,但这并不妨碍她对自身的秘密产生极大的兴趣。"没错,我的身上一定有重大的秘密——既然我有这么多的特异之处。那么,我是外星人的孩子吗?或者是科学女神的女儿?"

时钟敲响 11 点,玛亚跳下床,很有礼貌地向主人摇摇尾巴,用嘴拨开房门,到院里去了。海拉也跳下床,蹑手蹑脚地走到妈妈的卧室前,从门缝里张望,没错,爸爸今天没有离开这里,他和妈妈亲亲热热地拥在一起。她高兴地笑了,回到床上,很快进入梦乡。她梦见了绚丽的新生活。

此刻,她的父母也在梦中流连,在梦中跋涉。苏玛梦见了父亲老约翰和病中的母亲多娜,保罗则逆着时间之箭回溯,重温了几年来走过的路程。那是从一头叫吉莉的克隆猪开始的。

第二章　癌人出世

一

约克夏母猪起劲地哼哼着,一只粉红色的小肉团从它的胯下溜出来。保罗·雷恩斯利索地接过猪崽,剪断脐带,确认了它的性别,对外圈的观看者说:

"没错,它当然是雌性,按照事前的决定,它就叫吉莉吧。"

这是复活节后的一天,庭院吹着三月的熏风。保罗那时 31 岁,目光里充满自信,穿着普通的灯芯绒夹克和臀部磨白了的牛仔裤。他是一个出类拔萃的遗传学家,不仅有深厚的理论造诣,更难得有极灵巧的双手,让魔术大师、微雕艺人和小提琴名家也相形见绌。同事中流传一则笑话,说他不仅对细胞核移植手术驾轻就熟,甚至能够"用中国筷子夹着一颗氢原子,准确地放到染色体的缺节上"。

猪圈设在一间大厅里,头顶上是宽敞的亮窗,地面上围着一圈铝合金栅栏,里面铺着金黄色的软草,非常整洁。母猪同这位黑皮肤的主人十分熟稔,当保罗摆弄着它的幼崽时,它丝毫没有护崽的打算,仍安心地低头吃着胞衣,用它的圆鼻头拱着幼崽。体内的黄体酮欺骗了它,这位"代理母亲"不知道克隆幼崽并不是自己的"亲生"。假如它识数的话,它会奇怪这次为什么只生了一只崽儿,为什么那么多人围观,而且每个人都笑得那么开心。

保罗·雷恩斯把吉莉小心地放回母猪怀中,退出猪圈,扯下胶皮手套。栅栏外围着俄勒冈灵长目研究所的全体成员,个个喜气洋洋。这群雅皮士们大多衣着随意,穿着便装或工装,从外表看像一群普通蓝领工人,实际他们都是这个领域里的顶尖好手。所长斯蒂芬·克利亲自用夏普摄像机录下了产崽的全过程,汤姆在拍照。镁光灯闪烁时,母猪抬起头,不满地哼哼两声。

他们没有通知记者。这是一个敏感的项目，他们宁可用"自己的嘴"小心翼翼地向社会宣布，也不愿招惹那些"大嘴巴"记者。斯蒂芬关上摄像机，微笑着同保罗握手，说：

"小餐厅已备好了香槟酒，我们去庆祝一下。"

几年前，斯蒂芬的一个镜头曾在各国报刊上广泛转载：他低头看着怀中的两只小猕猴，谢顶的头颅在灯光下闪亮，小猕猴用惊恐的目光仰视着镜头。这两只幼猴是用胚胎克隆的方法培育出来的，算得上遗传学中一个较大的进步，但这个成功在克隆羊多莉的光环下黯然失色，几乎没有激起什么涟漪。克隆羊的消息是在1997年2月23日，由英国罗斯林研究所的维尔穆特宣布的，在全世界掀起一场轩然大波。多莉是用成年羊的体细胞而不是胚胎克隆出来的，从而证实所有细胞都是全能的，都包含自身的所有遗传信息；而且，即使是高等动物如哺乳动物的成年体细胞核，其基因表达仍能被"重新开启"。但在过去，科学家们一直认为高等动物的发育过程是不可逆的，成年的体细胞不能回复到胚细胞的"全能"状态。

在这次挫折后，斯蒂芬马上制定了下一步的目标——用成年猪的体细胞克隆一头小猪。这个计划同"灵长目研究所"的名称似乎是风马牛不相及，但研究所里人人都知道他的用意。他们知道克隆人的最大困难，是人的胚胎基因组在4细胞期就开始转录，这与猪相同，而绵羊则迟至8到16细胞期，因而有较长的缓冲时间。正因为这个宝贵的缓冲期，克隆绵羊的发育启动因子得以产生，才能使植入细胞核在胞质体内充分发育。所以，大家对所长的目的心照不宣：克隆猪只是克隆人的跳板，是为那个终极目标暗暗做准备。

其实，就斯蒂芬本人的观点来说，他是"克隆人类"的坚定的反对派。他常说，克隆人技术来得太早了，人类还没有做好必要的思想准备。但是，作为一家著名的科研机构的负责人，他不能不未雨绸缪。一句话，灵长目研究所既要不动声色，又要尽量靠近起跑线。一旦形势有了变化，他们才不至于落在同行后边。

他们簇拥着来到小餐厅，这里已经准备了香槟酒和丰盛的饭菜。斯蒂芬打开法国香槟，亲手为各人斟上，他示意大家静下来，目光炯炯地扫视着大家：

"奋斗了一年，终于可以为胜利干杯了。按照惯例，第一杯酒应敬给该项目中贡献最大的人。我想，毫无疑问，这个荣誉应该属于保罗·雷恩斯。让我们为他的才华和勤奋干杯！"

十几个人都朝保罗举起酒杯，身旁的人依次同他拥抱。保罗没有辞让，笑着说"谢谢，谢谢"，把杯中酒一饮而尽。

他们三三五五地交谈着，气氛十分热烈。斯蒂芬喝了几杯，提前离开了，临走他拍拍保罗的肩头说：

"一会儿到我办公室来一趟。"

保罗敲门时，斯蒂芬正在重看《惊异故事》杂志上的一篇科幻小说，题目是"S世界的智者"，作者正是保罗·雷恩斯。斯蒂芬咕哝了一句：这个不安分的家伙。小说虚拟了一个S世界，那儿与真实世界完全相同——除了一点，就是哺乳动物包括人类中从来没有"同卵孪生"现象，那个世界的人们完全不知道"孪生子""双胞胎"这类名词。一直到1997年2月23日，S世界的科学家S.维尔穆特才搞成了人的同卵孪生技术，于是在世界范围内引起轩然大波。克林顿总统说："人类是诞生于实验室外的奇迹，我们应当尊重这种深奥的礼物。"以色列宗教拉比说："犹太教教义允许治愈伤痛，允许被视作治愈行为的体外授精，但决不允许向上帝的权威挑战。"生物伦理学家格兰特愤怒地说："同卵孪生技术破坏了人们拥有独特基因的权利，而从本质上说，这种独特基因正是独立人格的最重要的物质载体。"心理学家科克忧心忡忡地说："彼此依赖的孪生子很可能造成终生的心理残疾。"基因学家维利说："生物的多样性是宝贵的，每一种独特基因都是适应未来环境变化的潜在财富。从这个意义上说，孪生子是无效的生命现象，是对人类资源的浪费。"每种反方观点都极具逻辑性，都有很强的说服力。唯其如此，才让真实世界的人感到啼笑皆非，因为在真实世界中，孪生现象从上帝创世时就存在了。

小说中可以触摸到保罗本人的影子，嬉笑怒骂，汪洋恣肆，才气逼人。重读一遍，克利又会心地笑了，这个聪明过人的家伙，这个捣蛋鬼！他在这里杀出一支奇兵，用"早已存在"的同卵孪生现象来影射"尚未出现"的克隆人技术。实际上，文中的反方意见都不是虚构的，而是真实世界中的"真实"，是多莉羊诞生后科学界和思想界的沉重忧思。但在保罗犀利的笔锋下，这些忧思都变成可笑的迂腐。

他不由得摇摇头，他不完全赞成保罗的观点，但不得不承认，想驳倒保罗的观点并非易事。听到敲门声，他合上杂志说："请进！"

他起身走到门口，同自己的得意弟子握手："很高兴这次的成功，再次感谢你的工作。"他引保罗坐下，笑道，"你知道我刚才在想什么？我在想，24年前我在一个七岁男孩身上花的时间没有白费。非常庆幸我那时的耐心，使研究所多了一位极富才华的青年科学家。"

保罗也回忆起那一幕：一个科学家牵着一个黑人男孩的手，领他来到科学之海的旁边，使他第一次领略了科学的神秘和美丽，领略了那种无与伦比的震撼力。他恳切地说：

"非常感谢你的启蒙。我能选中这条人生之路，那次的启蒙是决定性的。克利先生，这个项目已经顺利完成了，能不能开展下一步工作？我们已经走在全世界的前边了，这是难得的机遇，不能让它白白荒废。"

斯蒂芬避而不答，把桌上的杂志推过来："这篇科幻小说是你写的吧？"

保罗扫了一眼，点点头说："嗯，是我写的，是两个月前的事。"

"是你的宣言？"

保罗坦承不讳："对，我想以曲折的方式表达我对克隆人的观点。"

斯蒂芬沉下脸，严肃地说："保罗，这部小说写得很好，才气逼人，其中的观点也颇可玩味，但今天我不想谈这些。你知道，克隆人是一个极敏感的话题，政府一再声明，不允许使用政府资金从事克隆人研究。联大已经通过有关的公约，生物学界对此也有严格的自律。你本人持什么观点我不会干涉，但要注意，你是研究所的重要成员，你发表的言论很可能被误认是研究所的意见。所以，我要求你，以后再发表类似的小说或专栏文章时，不得署真名。

我不想把研究所放到火山口上，更不想失去一位极富才华的研究人员。你听清我的话了吗？"

保罗当然听懂了他的严厉警告，但他不打算屈服，即使是自己的恩师也罢。他沉思片刻后坦然地说："其实我早就想同你谈谈了。你知道我一向的观点：克隆人技术当然是把双刃剑，它会给世界带来希望也带来烦恼。但无论如何，它是不可避免的，而且已经到瓜熟蒂落的时候了。因此，我不甘心把这项荣誉拱手送给别人。克利先生，我不愿离开灵长目研究所，更不愿离开你。但是，如果你'就此止步'的决定不可更改，我只好辞职，另找一家私人机构去干了。"

斯蒂芬注视着自己心爱的弟子，沉默良久才说："我不拦你，希望你找到一个更能施展才华的地方。在找到工作之前，我会为你保留这儿的工作和薪金。"

"谢谢你的慷慨。"

斯蒂芬又沉默良久，感慨地说："保罗，希望你能理解我的决定。我执意不开展克隆人研究，并不完全是怕失去政府资金。我一向认为，克隆人的到来实在太快了，人类还没有做好心理准备。它究竟是上帝的礼物还是撒旦的礼物？它是否会引发多米诺骨牌效应，把人类的伦理道德之网撕得粉碎？当你从事克隆人研究时，一定要时刻左顾右盼，不要走得太莽撞。切记我的话！"

保罗感激地说："谢谢，我一定会记住你的这番教诲——就像24年前那样。"

二

保罗的私宅离研究所有300多千米，他在下午4点多赶回家中。妻子维多利亚正在院里剪草坪，穿着一件线条毕露的羊毛连衣裙，腰弓凹陷，臀部浑圆，显出黑人女子特有的曲线。宽大的阳台上，儿子吉米正在耐心地喂养"有生命"的芭比娃娃，玩得十分入迷。看见数月没有回家的父亲，他只是高高兴兴地挥挥手，说声"爸爸你好"，又低头玩起来。院里那株耐冬花满株怒放，庭院里暗涌着淡淡的香味。保罗把车停在车库，像往常那样，走过来从后面搂住妻子。但今天他的拥抱多少有点心不在焉，也没有像往常那样的热

吻。妻子敏锐地察觉到这一点,回头看看他的脸色,担心地问:

"克隆猪出生了吗?"

保罗笑道:"出生了,非常顺利,我们终于成功了。"

维多利亚笑着吻吻他:"祝贺你。看你的脸色,我还以为出了什么纰漏呢。"

五岁的小吉米终日耳濡目染,早已是半个克隆专家了,他听见爸妈的对话,举着芭比娃娃兴高采烈地跑过来:"爸爸,你说过,克隆猪成功后就要克隆人。把我克隆一个吧。"

保罗和妻子忍不住开怀大笑。

妻子去准备晚饭,保罗领儿子在阳台上玩,时时有快活的笑声传到厨房。吉米没有死心,仍在谈着克隆自己的要求,并向父亲保证他不会同"新吉米"打架。维多利亚微微笑着侧耳倾听,心中充满了喜悦。晚上,儿子睡下之后,保罗才告诉妻子,他和克利先生发生了争执,想离开俄勒冈灵长目研究所,找一个私人机构从事克隆人研究。他说:

"我真不愿离开斯蒂芬·克利,24年前他就是我的恩师。但我们的观点不同,继续留在这儿难免发生冲突,也耽误我的宝贵时间。无论如何,我决不会放弃克隆人研究——这个笃定在科学史上留名的机会。它几乎已经到手了,我怎么会放弃呢?克利很宽容,没有生气,还说在找到新工作之前为我保留职务。"

维多利亚对克隆人的是是非非没有明确的观点,但她十分敬重克利,所以对丈夫的决定不免感到担心。她没有让这些担心表露出来,只是平静地说:

"按你的心愿去干吧,无论你有什么决定,我都支持你。"

她脱掉睡衣,钻到丈夫怀里,吻着他黑黝黝的胸膛。保罗抚摸着她光滑的脊背,觉得浑身燥热。近来一直忙于克隆猪的研究,他们已经四个月没有在一起了。他低头吻吻妻子,笑着说:"我更舍不得离开你。如果能找到一家私人研究机构,恐怕一年内我们不能在一起了,我估计,一年时间能啃完克隆人这块骨头。"

维多利亚轻声笑道:"那你干吗还浪费时间?快来吧。"她关了床头灯。

三

24年前，斯蒂芬·克利在休斯敦大学有过一次短期的工作访问，住在贝莱尔的一所普通公寓里。公寓里都是一些短期住户，差不多都是有色人：黑人、韩国人和几个印第安人。斯蒂芬的工作很忙，常常清早就出去，深夜回来，甚至干个通宵，所以与他的邻居交往不多。有一天晚上他回来得比较早，刚刚洗浴完毕，门铃响了。他穿着浴衣打开门，门外是一个七岁的黑人小男孩，穿着方格呢短裤，两手背在身后，眼睛圆溜溜地问：

"你是克利叔叔吗？公寓的玛莎婶婶说你是一个生物学家，对吗？"

这个男孩就是保罗·雷恩斯，从这时起开始了两人长达20多年的交往。那时斯蒂芬对这个一本正经的男孩感到好奇，笑着说："对，我是克利，是一个生物学家。你有什么问题吗？"

男孩急迫地问："克利叔叔，我已经找你好多好多次了，一直没有见到你。"

斯蒂芬想，他能来找"好多好多"次，看来并不是小孩的心血来潮。他把男孩抱到沙发上问："究竟有什么问题？你说吧。"

"叔叔，你的实验室里有没有海拉细胞？"

斯蒂芬饶有兴趣地打量着他，虽然海拉细胞在生物学界已经人人皆知，但一个七岁小孩知道这个专业词汇却不太寻常。他笑问："海拉细胞？我先要考考你，什么是海拉细胞？"

男孩很流畅地回答："我知道。1951年，黑人妇女亨利埃塔·拉克斯得了子宫颈癌，不幸死了。在她去世前，医生从她体内采了一些癌细胞在培养皿里培养，发现这些细胞竟然长生不死，一代代分裂繁殖。而人体正常细胞一般只分裂50～70代就会死亡。从那时起，这些细胞就传遍全世界的生物实验室，并命名为海拉细胞。叔叔，我说的对吗？"

斯蒂芬称赞道："对，完全正确。你是从书上看的吗？"

"不，是爸爸告诉我的。"保罗严肃地说，"亨利埃塔·拉克斯是我的奶奶，她去世时我爸爸已经五岁了。"

斯蒂芬噢了一声，把小保罗抱起来，带着奇怪的心情端详他。亨利埃塔去世时已经 31 岁，当然能留下儿子并繁衍出子孙，这没有什么好奇怪的。但不知为什么，当斯蒂芬突然知晓永生的海拉细胞——那些从不知道疲倦的、在培养皿里一个劲分裂的、没有任何意识的海拉细胞——竟然还有后代，心中仍然受到了莫名其妙的冲击。保罗在他怀里沉思着，眸子晶晶有光，不像一个七岁男孩的表情。他极认真地问：

"叔叔，奶奶的灵魂是不是在这些细胞里？"

斯蒂芬笑问："是你爸爸告诉你的？"

"对。"

斯蒂芬想了一会儿答道："可以说是吧。当然不是圣经和黑人传说中所说的灵魂。你知道吗？每个人的细胞都是全能的，在细胞核的染色体里，藏着能够复制自身的全部信息。癌细胞如果没有畸变，也具备同样的功能。从这个意义上说，海拉细胞里确实藏着你奶奶的灵魂。"

保罗点点头，又跳到下一个问题："叔叔，为什么奶奶的细胞永远不会死？"

这个问题回答起来更困难一些，斯蒂芬考虑一会儿，尽量简单地回答："关于癌的成因有多种解释，下面我要告诉你的只是其中一种。人是从单细胞生物进化而来的，单细胞生物可以说是长生不死的，它们一代又一代地分裂下去，从生命肇始直到今天。所以，它们的基因中包含着'永远分裂'的指令。进化到多细胞生物后，大自然选择了'生死交替'的传代方式，因为这种方式更有利于物种变异去适应环境。这时，多细胞生物的基因中随之进化出了按时开启的死亡指令，属于某个大个体的细胞只能分裂若干代就自动死亡，对于人来说大约分裂 50 代。另外，细胞中还形成了'接触抑制'指令，每个细胞发育到与周围细胞相接触时就自动停止生长，这样才能维持生物个体的特定性状。生物体内只有两种细胞与众不同：生殖细胞和癌细胞。生殖细胞能把生物钟拨回到零位，重新计数；癌细胞则是无限分裂增生，进而造成所属机体的病变和死亡。"他停了停，往下说道，"所以，可以这样解释：海拉细胞完全关闭了死亡指令，恢复了更古老的'永远分裂'指令，是比较罕见的完全返祖现象。后来，生物学家进一步发现，某些正常细胞在体外培养时也能形成永生细胞株。当然，我说的癌症成因只是一种假说，是否正确还有待证明。孩子，你能听明白吗？"

保罗像大人似的点点头："听明白了。克利叔叔，你能带我去看看海拉细胞吗？我很想看看奶奶是什么……不，看看奶奶的细胞是什么样子。"

克利爽快地答应了。第二天，在休斯敦大学的生物实验室里，七岁的保罗盯着培养皿中的海拉细胞层，鼻孔微微翕动着，看得十分专注。实验室的工作人员都围过来，笑嘻嘻地观看"海拉的后代"，和斯蒂芬一样，他们也感到了莫名其妙的冲击：一群毫无意识的几乎算不上生命的细胞和一个聪明健壮的男孩，两者却有着直接的血缘关系，这个反差太强烈了！

斯蒂芬告诉孩子，海拉细胞比其他培养细胞都好，不论在固体还是液体培养物中都能形成细胞层，而且几乎没有畸变。30多年来，它为科研人员提供了很大的便利，太空试验、新药试验，都要借助于它，它至少为生物工业创造了10亿美元的价值。他还让保罗在显微镜下观看了一个海拉细胞的分裂全过程。在半透明的细胞内，染色质聚成线状，复制成两份，再聚成螺旋状。然后两个星体拖着染色质细丝向两端移动。细胞中部收缩，分割成两个同样的细胞，螺旋状的染色体又恢复原状，组成新的细胞核。

保罗看得十分入迷，几乎停止了呼吸。他的目光穿越了时空，探索着造物主在几十亿年前留下的秘密。即使是生物世界中最简单的细胞分裂过程，也蕴含着说不清的奥秘：这套完整的指令是怎么形成的？决定螺旋形状的"数学公式"是用什么方法表达的？是"谁"命令星体开始向两边移动？……他心中有一根弦被嗡嗡拨响，而且这种浑厚的共鸣从此没有停止。

斯蒂芬·克利也很欣喜，他发现了一个值得造就的苗子。这个孩子似乎和科学之间有一种奇怪的谐振，他的理解力远远超过七岁孩子的水平。在休斯敦逗留的一个月中，克利向自己的小弟子灌输了不少知识，他高兴地看到，保罗几乎是凭直觉理解了这些深邃的内容。他离开休斯敦后还与小保罗打过几次电话，以后失去了联系。一直到20年后，有一天他在俄勒冈大学生物系给几名新考取的研究生上课，当他走进教室时，一名身材颀长的黑人学生马上走过来，微笑着说：

"克利先生，还记得我吗？20年前你带我看过海拉细胞。"

斯蒂芬一下子想起来了，大笑着把他拥入怀中。仔细端详，在这张英俊的黑面孔上还能看到那个七岁男孩的影子。那天他变更了讲课内容，向学生们讲述了他和一个小男孩的故事。最后他总结道：

"科学是理性的神话，它探讨的是上帝的魔术得以实现的技术措施。它的信徒是人类中最富天才的智者。你们要从事科研，首先要树立对科学女神的虔诚信仰！"

四

维多利亚睡熟了，保罗靠在床头梳理往事。屋里很静，合欢树的阴影在窗户上轻轻晃动着，扫拂着清淡的月光。电话铃响了，保罗怕惊醒妻子，急忙探身拿起听筒。话筒中是一个大音量的男人嗓音，震得话筒嗡嗡发响：

"是保罗·雷恩斯先生吗？我给俄勒冈灵长目研究所打过电话，他们说你回家了，并提供了这个号码。"

保罗看看妻子，轻声说："我是保罗·雷恩斯。请问……"

话筒中仍是震耳的大笑："雷恩斯先生，我拜读了你的科幻小说《S世界的智者》，真是一篇妙文！思想犀利，笔调辛辣，我想，那帮吹毛求疵的生物伦理学家读后一定会害牙疼的！"

保罗也笑了，再次问道："请问你是……"

"伊恩·希拉德，听说过这个名字吧，一个不讨人喜欢的老家伙。"

保罗知道这个名字，他是老资格的医学科学家，在生物学界和医学界圈子里算得上知名人物。但他在舆论界出名是另外的原因：在世界各国异口同声反对克隆人时，他却顶风而上，赌咒发誓要在两年内克隆出第一个人。不少富人富婆踊跃报名，捐助了大量经费，在舆论界闹了场小地震。这是去年的事。

不过，据圈内人说，伊恩的特点是说话爱走火，他的抱负常常大于实际才干。保罗对这些内部传言有点相信，因为，在那番舆论炒作后，没听说他的克隆人研究有什么进展。对方收住笑声，郑重地说：

"雷恩斯先生，我把你的小说推荐给罗伯逊先生了。约翰·罗伯逊，PPG药业公司的总裁。这位先生非常开明、非常热情，也许更重要的是他非常富有而慷慨，可以资助一个科学家去实现他的梦想。雷恩斯先生，你愿意见见罗伯逊先生吗？"

保罗揶揄地想，来了，一位富有而慷慨的莫克士先生忽然出现了，他会拿出 1000 万美元来复制自身。不同的是，科幻作家罗维克在 20 年前虚构这个人物时，人的复制还是远不可及的梦想。但在今天，它已经成了科学年度计划表里的具体项目——而且，它之所以至今还没有变成现实，不是科学家不能做到，而是不愿意去做！这可是历史上从未有过的事。过去，科学家都是一帮狂热的情人，只要某个"科学发现"的倩影在黑暗中一露头，他们就会不顾生死地一窝蜂扑上去。而现在呢，她早已琵琶半露了，这帮情人却躲在远处，一边贪馋地盯着"她"，一边犹豫不决地倒换着脚步。

见微而知著。单单这件小事就能说明，人类文明已经走到一个转折点了。

伊恩没等保罗回话，又补充道：

"雷恩斯先生，我知道你与恩师斯蒂芬·克利先生感情深厚，我并不想挖他的墙脚。这次会面不要求你作出任何承诺，但是你至少不应该放弃选择的机会，为了科学，也为了你自己。你同意我的建议吗？"

保罗想，他还不知道自己已决定同克利先生分手了。当然他不会知道，这不过是昨天才发生的事。但不知为什么，这一点使保罗觉得放心，至少说明这次邀请不是什么早就预谋好的阴谋。他笑道："谢谢你的邀请，我到哪儿去见罗伯逊先生？"

伊恩高兴地嚷道："雷恩斯先生，你真是一个爽快人！明天上午 10 点请到波特兰机场，罗伯逊先生的私人飞机将在那里等你，我陪你飞到费城的小蒂尼克姆岛去见他。这趟旅行是以商务咨询的名义，按每天 3000 美元付酬。还有什么问题吗？"

保罗知道，很可能，他这一去就要和罗伯逊先生拴在一起了。他郑重地、一字一句地说："希拉德先生，我只有一个请求：我可以去见罗伯逊先生，但在我作出决定之前，在我答应替某人克隆自身之前，我要对这位先生有最全面的了解。明白说吧，我不愿克隆一个希特勒、胡佛、辛普森或类似的玩意儿。初次见面就提这个条件是失礼的事，但我不得不把话说到前头。希望希拉德先生替我转达这个条件，可以吗？"

对方不以为忤，在电话中笑道："当然可以，谢谢你的坦率。我一定把这些话一字不漏地转达，再见。"

放下电话，保罗才发现妻子早就醒了，一直静静地听两人通话。她问："明天就去吗？"

"对，去看看再作决定。不过，我有个预感，很可能我会留在那儿了。"

维多利亚高兴地说："这个电话来得太及时了。我想它是一个好兆头。"

"对，是个好兆头。"他吻吻妻子，把她揽在怀里。

五

波特兰机场停着那架 DC-3 型商务飞机，机身细长，造型优美，令人想起劈波斩浪的剑鱼。伊恩·希拉德先生在机舱门口迎接，他是一个身材微胖的白人，大约 60 岁，头上严重歇顶，络腮胡子却十分茂盛。保罗好奇地想，十分巧合，这正是他心目中的希拉德的形象。一名身材小巧的空姐殷勤地接过手提箱，引他进入前舱。他刚在座位上安顿下来，飞机已经滑入跑道，呼啸着起飞了。

飞机进入平流层后，飞得异常平稳安静。对面的伊恩拍拍他的膝盖笑道："解开安全带吧。欢迎你，雷恩斯先生，约翰·罗伯逊先生将在家里招待你。我相信，你一旦坐上这架飞机就不会再回头了。你相信我的预言吗？"

保罗笑笑，没有回答，他怕自己的回答被当成某种承诺。伊恩快言快语地说："你不必担心，罗伯逊不是莫克土，他根本没有克隆自己的打算。用他自己的话说，他是颇为自矜的，一想到世上有另一个人同他的遗传信息完全相同，他就食不甘味。"他又来了一阵希拉德式的大笑，然后转为严肃，"不过，无论是他还是我，都持以下的看法：克隆人技术对人类健康有着极其巨大的潜在利益，绝不能因为某些人的短视和优柔寡断就把它埋葬。它也不可能被埋葬，因为千千万万患者：囊性纤维变性患者、唐氏痴呆病患者、先天性肺气肿患者、不育症患者、渐进性肝硬化患者，都在眼巴巴地等着它呢。在我们前边就有现成的例子，30 年前，马里兰州贝塞斯达卫生研究院的加里·霍金顶住关于胚胎研究的禁令，转到私立琼斯研究所，用胚胎分割的办法，使患有泰—萨二氏家族病黑蒙性白痴的夫妇生下健康的婴儿。如果屈从于外行和官僚们的禁令，医学界将失去这个成就。我想，在这些看法上我们是一致的，对吧？"

保罗简捷地说："对，不能用刀剑斩断河流，只能尽量把它疏导到正确的方向。"

伊恩笑道："我很欣赏一位生物伦理学家的话，尽管这段话带着浓重的醋意。这位先生在对加里·霍金大骂一顿后，不无辛酸地说：技术永远是赢家，而生物伦理学家只能在他们的前进之路上撒一把四脚钉。"四脚钉是韩战中美军用以阻挡敌军车队的小武器，中空，撒在地上后永远有一个尖脚朝上。伊恩拍拍保罗的肩膀，不无嫉妒地说："可惜我老了，我颤抖的双手已经不能干精细的显微操作了。否则，我真不愿意把到手的荣誉让给你。"他笑着站起来，"不打扰你了，罗伯逊见到你后，一定会咨询几个问题，毋宁说，他要对未来的技术负责人进行面试。你最好准备一下。"

他到另一个舱里去了，同空姐们快活地大声交谈着。保罗眯着双眼靠在沙发上，沉思着，在心中预演了同罗伯逊会面的情景。这是个很好的机会，紧紧张张地搞了一年多的研究，现在静下心来梳理一下，他发觉自己对克隆人的思路更清晰了。空姐轻步过来，微笑着通知他系上安全带，飞机马上就要降落。

一辆梅德赛斯—奔驰 S600 四门轿车在费城国际机场等候着，半个小时后把他们送到小蒂尼克姆岛上罗伯逊寓所中。这座庭园式住宅非常宽敞，池塘里鸭群在嘎嘎乱叫，雪松和冬青树郁郁葱葱，北美金翅雀在绿荫中鸣啭。礼貌谦恭的仆人们拉开车门，引他们下车。

一个中等身材的白人老者在大厅门口迎候，穿着格子绸衬衫，银灰色驼毛毛衣，身体瘦削，胳臂上满是金色的体毛。他亲切地微笑着，同两人握手，引他们到客厅坐下，问道：

"雷恩斯先生，乘坐我的大鸟还舒适吧？"

"非常舒适。"

他自得地笑了："这架 DC-3 型商务飞机是我最宠爱的情人，20 年来我的爱情一直没有降温，在她的怀抱中是非常舒适的。如果你不嫌疲劳，咱们就开始正题吧。"

保罗点头同意。约翰微微俯过身子说："雷恩斯先生，伊恩十分推重你，说你是一位出类拔萃的遗传学家，思维活跃，目光敏锐，专业精湛。我想咨询几个问题，这些问题与我公司的远景方向有关。先生能否赐教？"

保罗知道面试已经开始，微笑道："请吧，我尽已所能给出回答。"

"第一个问题，你认为生物的成年体细胞克隆——无论是多莉绵羊还是多莉女孩——在生物伦理学上的意义如何？"

保罗很快回答："我认为，多莉绵羊问世以来，舆论界的反应未免过头了。实际上，为了达到同样的目的，用早已熟练掌握的胚胎分割技术或胚胎克隆技术即可，而且方法更简便。比如，你如果想克隆一个人，只需在其人还是一颗胚胎时将其分割，然后将一部分胚细胞冷冻起来就行了，如果此人成年后有克隆自身的愿望，就把胚细胞解冻并植入某位妇女的子宫。你看，多么简便、可靠而廉价的办法。至于用成人体细胞克隆，只有心理上的而不是生物学上的意义，因为看起来它能让人们更'自由'地做出决定，而不必依赖他人事先为当事人保留胚细胞。也就是说，成年体细胞克隆之所以被炒得这样热，是因为它面对着'没有预留胚细胞'的这一代人。"

"也就是说，有关克隆人的伦理禁区，早在胚胎分割或胚胎克隆时就已经打破了？"

"对，完全如此。比如说，贝塞斯达卫生研究院的加里·霍金就先行一步，他在医治黑蒙性白痴遗传病时采用了胚胎分割的办法。在希拉德先生推荐给你的那部科幻小说中，我表达了同样的观点。克隆人是不可避免的，与其闭着眼拒绝它，不如让有责任心的人催它出生，同时小心地对付它带来的问题。"

罗伯逊先生微微点头，接着问了第二个问题："那么，依雷恩斯先生的估计，如果我们决定用成年体细胞来克隆人，又有足够的资金，大概需要多长时间才能成功？"

保罗断然说："一年到一年半。你们可能已经在今天的报上看到，俄勒冈

豹人

灵长目研究所成功地克隆出一头猪,而猪的胚胎基因组转录也是在4细胞期,和人一样。在这个基础上再去克隆人就容易多了。"他解释道,"我这样做,并没有违背一个研究者的道德。事实上,就在前天我还建议斯蒂芬所长立即开始克隆人的课题,但他坚决拒绝了。不过他并没有禁止我到某个私人机构干这件事。很巧,当天晚上我就接到了希拉德先生的电话。"

约翰望望伊恩,笑道:"我们不知道这些曲折,所以一定是上帝的安排。我的法律顾问也告诉我,克隆人类肯定会在舆论界引发一场里氏八级的地震,但只会限于伦理学的范围内,并不违背任何法律,也就是说,克隆人在法律上是可行的。这种情况是缘于这样一个深刻的原因:所有法律必定滞后于科学的发展!现在我要问第三个问题,我想成立一个研究小组,在一年内克隆出第一个人,资金使用不受任何限制。你愿意当小组负责人吗?"

他看着保罗,补充道:"你不必现在就回答,可以考虑一个星期。另外,我向你郑重承诺:第一个克隆人的原型将是与本公司完全没有利害关系的普通人。克隆人技术是人类的财富,只能为人类的疾病治疗服务。我既不会克隆自身,也不会去克隆某个亿万富翁、政界要人或有自怜症的女影星,不会克隆体育天才或科学天才。请你相信我的承诺。"

保罗在开始这次行程时免不了心怀疑惧,这时疑惧一扫而光。在短暂的会面中,他已喜欢上面前这位忠厚长者了。他爽快地说:

"谢谢你的承诺,我相信你。现在我就能作出决定:我答应。"

罗伯逊望望伊恩,欣慰地笑了:"很高兴你能当场作出决定。你的年薪是15万,另外,如果在一年内成功,还有20万的奖励。希望我提供的待遇能让你满意。"

"我很满意。不过我更关心的是你提供的工作条件。"保罗性急地说,"罗伯逊先生,克隆人是我的夙愿,我想尽快开始工作,越快越好。"

主人笑着站起来:"这么性急?不过,我理解你的心情。现在我们去吃顿便饭,随后让伊恩带你去安排一切。"

餐厅的饭菜备好了,陪客已经入席,满桌的银器闪闪发亮,头顶悬挂着富丽的枝形水晶吊灯，七八名衣冠楚楚的侍者肃立在墙边。保罗没有料到这顿"便餐"这样隆重，心中暗暗感动。主人引他入座，介绍了席上的客人。长桌端头坐着女主人，笑容慈祥，风度雍容，但她相当瘦削，面色发暗。她朝客人含笑点点头，没有加入寒暄。伊恩小声告诉保罗，女主人身体不好，患有病原不明的渐进性肝硬化，现代医学暂时还束手无策。其后保罗看到，女主人虽然一直陪到席终，但基本上没有动刀叉。席上还有一位白人青年克勒松，一个中年日本人桥本正治，这两位是公司为他安排的助手；一个20多岁的金发姑娘，笑容灿烂，表情生动，穿着纯白色的羊绒衫，短羊毛裙，裸着两条美腿。主人介绍说：

"这位是苏玛，你的低级助手。"

做这番介绍时他的嘴角挂着笑意，那位苏玛更是竭力忍着笑，朝长桌端头的女主人调皮地眨着眼睛。保罗很快就知道了这是怎么一回事：原来苏玛是老约翰的爱女，是一位激情型的性格放达的姑娘。而且——她确实很漂亮，在宴会进行中，她始终是一个耀眼的亮点。

六

回到卧室已经是12点了，雷恩斯还是忍不住给妻子挂了电话。维多利亚的声音带着浓浓的睡意："是保罗吗？我知道你要来电话的。"

保罗兴奋地说："我的工作已经安排好，工作条件和待遇都十分满意，可以说超出了我的预料。维多利亚，半年内我不会回去了，我要尽力在半年内取得突破。"

妻子高兴地说："好，你安心在那儿干吧，吉米放假时我们去看你。对了，不要忘了通知克利先生。"

"不会忘的，我这就通知他。吻你，再见。"

时间已经很晚了，他犹豫片刻，还是拨通了克利的电话。斯蒂芬平静地说："很高兴你找到了满意的工作。依我的估计，半年内你一定会取得成功。所以，你不必担心失败，应该担心的倒是过于轻易的成功。人类如此轻易地窃取了司命女神的权杖，她一定会报复的——可能在你意想不到的地方。"

保罗肃然说:"老师,我一定会记住这番话。吉莉怎么样?我在这儿仍放不下它。"

"很好,一切正常,它的胃口尤其好,已经长了将近一公斤了。"

保罗叹道:"半年内我不能见它了。克利先生,我会常同你联络的。晚安。"

七

实验室也在小蒂尼克姆岛上,位于岛的东侧,俯瞰着特拉华河的粼粼细波。时而有一架银色的客机掠过蓝天,落在东边不远处的费城国际机场。伊恩领保罗视察了这座规模宏大的实验室,兴致勃勃地介绍着离心机、质谱仪、超净工作台、恒温室、光学显微镜和电子显微镜等。他自豪地说:

"全是一流的设备,甚至超出了这个项目的需要,是我一手置备的。"他开玩笑地说,"真舍不得离开这里。可惜我是你的同行,留在你身边的话,我会忍不住多嘴多舌,所以我要和你说再见了。其他的具体事宜,桥本会向你介绍。"

他同各人握手后扬长而去。

克勒松和桥本含笑望着新上司。在此之前,他们已经知道保罗的名声,但目光深处不免有些疑虑,毕竟他太年轻了。保罗对这些疑虑视若未见,单刀直入地说:

"从现在起,我正式接手这个课题,相信我们能很好合作。在几代科学家的努力下,克隆人技术已经到了瓜熟蒂落的时候了,所以不必担心失败。"

两个助手互相看看,暗暗佩服这位年轻人的自信。保罗继续说道:

"你们都知道,成人体细胞克隆的最大难点是,如何使供体细胞核和受体卵细胞的发育周期达到同步,以免造成供体核膜的破裂及出现早熟凝集染色体。也就是说,尽量保证细胞核处于有丝分裂停滞期——G_0期,而使受体胞质体处于M_{II}期。俄勒冈灵长目研究所在实现猪的克隆时,已经在这方面作出突破,方法仍是把供体核放在FCS溶液和牛血清中处理,用血清饥饿的办法固定核的发育过程。这种溶液的配比已经精心改进,称之为FCS-V型。当然它不能照搬到克隆人上,但我估计,只要小修小补就够了。因为猪和人一样,其胚胎基因组的转录也是在 4 细胞期开始。"他开玩笑地结束了这个开场白,"要知道,在'聪明的人'与'愚蠢的猪'的身体结构上,上帝并未设置一条截然分明的界限。"

实验室工作迅速步入正常轨道。克勒松和桥本正治都是训练有素的研究人员,干得很顺手。保罗发现,苏玛倒确实是个"低级助手",她没有丝毫的生物学知识或技能,只能为其他人倒杯咖啡,刷洗瓶子,打印材料。碍着罗伯逊先生的面子,保罗不好探根究底,但一直纳闷这位富家千金为什么要掺和到这里来。不久苏玛自己给出了答案。

"保罗,你知道吗?实验所需的卵子将由我提供,而且,我将做第一个克隆人的代理母亲。"

晚饭时苏玛坐在保罗对面,兴致勃勃地说了这番话。保罗一时愣住了,看看旁边的桥本,桥本笑着点点头。这个情况出乎保罗的意料,诚然,做代理母亲不会有什么风险,但以一个未婚姑娘还是一位富家千金的身份来"出租子宫",未免不大寻常。保罗记得,在《人的复制》那篇小说里,代理母亲就是一位没有任何背景的贫家女子,好像叫什么"麻雀"。

他对此不大乐意,因为以苏玛的身份来做代理母亲,一旦有什么差错,处理起来会相当麻烦。苏玛一定猜到了他的心思,满不在乎地说:

"对,我还没有结婚,父亲本来不同意我做这件事,是我逼他让步的。你想,这么好的机会我能放过吗?人类历史上将会记上我的名字:克隆人类的女性始祖,童贞圣母玛利亚!"

她高兴地开怀大笑,露出两排珠贝似的白牙。保罗沉思着吃了几口饭,抬起头说:"想听听我的意见吗?"

苏玛笑道:"请讲,不必忌讳。"

保罗认真地说:"做代理母亲没有太大的风险,这点我可以保证。但怀上畸胎的可能性是很大的,也许有 40%。我担心……"他担心这个漂亮姑娘产下一个狰狞的怪胎,或是一堆无定形的原生质。他没有把这样的情景给苏玛描绘出来,只是委婉地说,"我担心你在心理上受刺激。是否重新考虑这个决定?"

苏玛直率地反问："那么，你想该由谁来干？"

这个锋利的诘问使保罗愣住了，很久才愧然道："你的诘问切中要害。没错，在我的潜意识里，认为这种工作应由那些贫穷的下等人去干，我们可以很'公平'地用金钱换取她们的牺牲。我是个数典忘祖的混蛋，要知道，我的祖辈就是贫穷的下等黑人。"

这种坦率的自我剖析使三人很感动。苏玛笑道："富家千金和贫家女子在上帝面前是平等的。我不想看到有人为金钱出租子宫，至于我，干这件事是完全自愿的，甚至认为这是我的幸运。不必劝啦，我不会改变主意的。"

保罗凝视着她，动情地说："好吧，我将竭尽全力让克隆人一次成功。单单为了你，也应该这么做。你们说是吧？"

他问克勒松和桥本，两人都郑重地点头。苏玛高兴地笑了："谢谢你们。"

在这次餐厅谈话之后，那个悬而未决的问题也迎刃而解，那就是：决定第一个克隆人的性别。

这个问题在保罗、克勒松和桥本三个人的小圈子里讨论过几次。克勒松没有明确的意见，桥本极力主张定为女性，因为"生物世界中雄性是寄生于雌性的"，所以第一个克隆人定为女性"更符合上帝的本意"。他还隐晦地说：

"罗伯逊先生多次含蓄地表示了同样的意见。当然，他很开明，把决定权留给你。"

保罗大致赞成桥本的意见，只是还有些犹豫不决，毕竟他也属于"寄生的雄性"嘛。但这次谈话后，三人一回到实验室，他就果决地说：

"我不再犹豫了，就按桥本和罗伯逊的意见吧。我想以此表达我的敬意，对一位献身科学的童贞女的敬意。"

八

实验室遴选了不少男女志愿者作为供体核的提供者，这些核是在初期实验中使用的。在作出那个决定后，保罗从中挑选了三名身体健壮、容貌端正的女性，从她们身上吸取和刮取了乳腺细胞、肾细胞、胰细胞和皮肤细胞。

初期实验中同样需要大量卵细胞，保罗曾决定，等正式实验时再使用苏玛的卵细胞，但苏玛坚持也要为初期实验提供。32个小时前，苏玛被注射了绒毛膜促性腺激素，以便刺激她超数排卵。现在她躺在手术床上，袒露着光滑的腹部。这个手术只需局部麻醉，所以苏玛睁着两眼，兴奋中略带点紧张。保罗熟练地在她小腹上开了一个小口，插入细长的腹腔镜，灯光通过光纤送进去，照亮了腹腔。在内窥镜中看到卵巢上布满了水疱状的滤泡，保罗插入一根针状吸管，穿过内腹膜，缓缓推进到水疱上，小心地抽出其中的成熟卵子。

采到的七个卵子放入培养皿中，用特制的生长配制液维持卵子的体外生存。苏玛被推出病房时，保罗轻轻吻一下她的额头："苏玛，手术很顺利，明天你就可以出院了。"他停顿片刻又补充道，"谢谢你。"

采集到的供体核都在改进过的FCS溶液和牛血清中处理过，有四个乳腺细胞到了G_0期。保罗随即开始了精细的核移植手术。在超净工作台上，靶细胞用黏结剂附着在玻片上，保罗靠高倍显微镜的帮助，用直径不到一微米的显微抽射器小心地插入靶细胞内，吸出细胞核。随后再按相反的过程，把细胞核注射进已经去核的空卵泡内。

类似的手术保罗已做过上千次，他的动作准确、敏捷、轻柔，就像是微雕艺人在凝神雕刻。第一例融合手术做完了，保罗又指导着克勒松和桥本完成了其余三个融合细胞。

苏玛让人把活动床推到实验室，饶有兴趣地观看了全过程。三人洗了手，喜气洋洋地走过来，苏玛急不可待地问：

"这四个融合细胞都能成活吗？"

保罗摇摇头："当然不能保证。维尔穆特在克隆多莉羊时，成功率只有千分之一。我已把这个比率提高到十分之一。不过，这些融合细胞即使成活也要处理掉，我要把成功率提高到80%后再考虑给你做手术。"

克勒松和桥本已经出去了，苏玛仍在活动床上昂着头，饶有兴趣地左顾右盼。保罗问："怎么啦？还有什么问题吗？"

苏玛孩子气地说："不，没有。我只是感到……敬畏，感到不可思议。你知道吗，我为什么坚决要求参与这项研究？因为我觉得它一定非常非常神秘。这是上帝的最大秘密，能够破译它的科学家一定是大脑袋、长长的白胡子；实验设备一定像科幻影片中那样的奇奇怪怪。现在，仅靠这些简单的培养皿、离心机和显微注射器，就能改变上帝的秩序？"

保罗笑了："科学家的工作就是寻求大自然固有的简洁和优美。上帝的秩序本身就是非常简洁的。"

苏玛迷醉地说："我非常敬佩你们，这些同上帝打交道的科学家。"她揶揄地低声说："喂，科学家先生，我怕是爱上你啦！"保罗笑着，示意护士把她推走。

融合细胞随即植入四名志愿者的输卵管，在那儿发育成桑椹胚。六天后有了第一例成功，恰恰是保罗做的那一颗。他们取出这颗桑椹胚仔细检查，未发现有明显的染色体异常。初战告捷，全组人都处于狂喜之中，即使保罗也没有料到幸运女神会如此垂青。但他仍毫不含糊地下了命令：

"把这颗胚胎冷冻起来，重复同样的手术。我想，至少有100例成功后再考虑对苏玛植入。"

此后的几个月内，他们一遍一遍地重复着，后期的成功率已达到80%。保罗这才给伊恩打了电话，平静地说：

"我想，对成功已经大致有把握了。正式手术前，请你们来一趟吧。"

九

罗伯逊和伊恩都来了，同每个人热烈拥抱，观看了冷冻的融合细胞。罗伯逊的喜悦藏在平静中，伊恩则一点不掩饰他的狂喜，激动地说：

"好样的，我知道你们一定会成功！"

保罗笑了："你的祝词发表得太早了吧，这些都是预备工作，还没有正式开始呢。"

"但成功已在你的掌握之中，我没说错吧？"保罗和两个助手会心地笑笑，未置可否。罗伯逊微笑道：

"谢谢你们的努力。继续干吧，我和伊恩留在这儿只会碍事，我们要退场了。"

他同三人再次拥抱后悄然退去。满面喜色的伊恩没有走，把保罗喊到一旁悄声说："保罗，老约翰对你非常满意。我听说，他将成立一个新的分公司，并在考虑向你赠送一些公司股份。"

保罗对这个消息感到意外，笑着拒绝道："谢谢。年薪和项目奖金已够我花了。"

伊恩把话头拉上正题："保罗，约翰和我有一个打算，是在聘请你来这儿之前我们就商定的，现在约翰让我来征求你的意见。"

"请讲。"

伊恩笑道："我们想，为了克隆人的成功更有意义，第一次正式手术最好采用某位特定妇女的细胞核。"

保罗立即皱起眉头。几个月来，他与罗伯逊的合作一直是满天晴朗，现在浮出了第一丝疑云。这个特定的妇女是谁？这个决定有什么特殊用意？一直声言要"彻底放手"的罗伯逊为什么事先作出这个决定？伊恩似乎没有看出他的疑虑，喜气洋洋地说下去：

"还记得罗伯逊的承诺吗？第一个克隆人的原型必须是与PPG公司没有任何利害关系的普通人，这个承诺绝不会失效。现在，我对你也有一个承诺：等第一个克隆胚胎在苏玛的子宫里着床成功后，我一定会告诉你它的原型的姓名。现在不行，"他故弄玄虚地说，"我不能影响届时的喜剧效果。不过我可以保证，一旦告诉你真情，你一定会喜出望外。"

虽然还多少有些疑虑，但保罗基本上放心了。通过这一段接触，他知道约翰和伊恩都是有诺必信的君子。况且到那时胎儿仍在他的控制之下，如果有什么不妥，他会果断地采取对策。唯一不明朗的倒是什么"喜出望外"，不知暗指何事。伊恩的络腮胡子中满是神秘的笑容，他不会在这时把底牌抖出来的。保罗笑笑，认可了他的话。

伊恩随即送来了他所说的"某位特定妇女"的体细胞。他说这是子宫内膜细胞，已经进行过不止一代的体外培养。保罗和助手们按照已经非常熟稔的程序，对这些细胞进行处理，抽出胞核，植入到苏玛再次提供的卵细胞内。所有程序都有条不紊地进行着，然后，那一天终于来了。

苏玛躺在手术床上，下身赤裸，手术罩单下是白皙光滑的胴体。胚胎着床手术不需麻醉，只需用器械从阴道把卵细胞送入。所以她瞪大眼睛看着忙碌的医护，目光亢奋。在这之前她注射了雌性激素，使这个处女妈妈的子宫内膜增厚，以便于胚胎的着床和发育。

今天做手术的是著名妇科医生索林斯，他曾为几十名试管婴儿做过类似的着床手术。保罗在隔间透过观察窗看着，苏玛侧过脸，捕捉到了保罗的目光，她高兴地眨眨眼，送去一个调皮的笑容。

保罗笑着向她挥挥手。

今天他不做手术纯粹是心理原因。在多年的动物实验中，他对这种植入手术早就驾轻就熟了。正是为此，他才不愿为苏玛做。他无法坦然面对一个姑娘的隐处，他怕看惯了动物躯体的目光对苏玛是一种亵渎。他曾坚定地认为，克隆人是克隆哺乳动物的"自然延伸"，因为"上帝的解剖学中并未把人和兽类截然分开"，但现在他悟到了两者的差别。

这个足以改变人类历史的手术实际非常简单。借助于腹腔镜等常用器械，索林斯很快就把手术做完。手术床从屋里推出来，苏玛坐在床上，高兴地同大家交谈着。保罗从隔间走过来时，她嬉笑着说：

"该给女儿起名字了吧。请记着，你该算她的父亲吧。"

见保罗略显尴尬，她促狭地笑起来。桥本也凑趣说："对，他确实是克隆人之父，一个年轻的父亲。"

保罗摆摆手，说还是由她起名吧，那是母亲的权利，说完就离开了苏玛。从姑娘的眸子中看得出来，她可能真的对自己动情了。保罗感激她的情意，不过不打算把这种感情发展下去。他有贤妻爱子，苏玛又是雇主的千金，他不想让婚外恋影响家庭和事业。

今天苏玛的亲人都未到现场，她母亲不在此地，回到PPG公司总部所在地特伦顿养病去了。因为可以想见的原因，约翰和伊恩也都没来观看。离开手术室后，保罗回到办公室，用电话向他们通报了情况。罗伯逊先生平静地说：

"谢谢你的工作，祝你好运。"

感情外露的伊恩则兴高采烈地说："该为你准备法国香槟了吧，我今天就去买！"

苏玛的护理日志上一路绿灯：

7月3日，尿检阳性。

7月14日，羊膜穿刺检查正常，无染色体畸变和先天酶缺失。

8月10日，出现胎心音，早于正常胎儿。

……

苏玛现在享受着特级护理，时刻有一名医生和一名护士跟在身后，实行24小时监护。苏玛对保罗半开玩笑地抱怨道："我已经变成动物园里的大熊猫了，不再有任何隐私。早知如此，我会重新考虑自己的决定。"

但她的抱怨掩不住眉间的洋洋喜气。她的子宫接受了植入的胚胎，启动了藏在基因深处的一串神秘的程序。她开始嗜酸、呕吐，体内开始加快分泌黄体酮，"分泌"越来越强烈的母爱。如果说当初她的决定偏于理性，是一种为科学献身的热诚，那么现在她已经"从生理上"感到了做母亲的喜悦。

保罗满意地观察着这些过程。怀孕不到三个月她已经出现胎动，这比普通胎儿要早一些。这时，保罗把伊恩唤来了。

十

"伊恩，今天我才敢大胆地说一句话：你可以去买香槟了。"

伊恩哈哈大笑道："我早就备好了，告诉你吧，我已经提前喝了一瓶了！"

他随保罗去病房看望了苏玛，详细询问了有关情况，也感受到了苏玛的洋洋喜气。两人返回办公室后，伊恩自得地说："保罗，你知道吗？当初是我向罗伯逊推荐的你，我的眼力果然没错！"

保罗微笑着等了一会儿，见他没有下文，便略有不快地说："伊恩，我原想不用提醒你的。三个月前，你曾给过我一个承诺。"

伊恩笑了："我没有忘记，怎么能忘记呢。我只是在踌躇着，怎样把这个消息慢慢告诉你。为什么我把那位妇女的姓名保密了三个月？因为不想让你过早知道，不想影响你做手术时的心境。让我把谜底挑明吧，她恰恰是你的一个直系亲属。"

保罗真正地惊呆了："是我妻子？是我妻子提供的细胞核？"

伊恩笑道："不对，再猜一次。"

保罗思索一会儿，摇摇头说："那我就不知道了。我并没有另外在世的、女性的直系亲属，我的母亲已经去世，没有姐妹，这些情况你都是知道的。除非我有一个在襁褓中就失散的姐妹——这在小说中是常见的情节，但我可以明确告诉你：没有。"

伊恩神秘莫测地笑着，先把保罗摁到办公椅中，才得意地说："听到我说的消息后，你可不要跳起来。这个奇妙的想法是罗伯逊想出来的。老实说，我当时十分忌妒，为什么一个生物学的外行能想出内行也想不到的奇妙主意。之后，通过了可行性论证后，罗伯逊让我尽全力把你挖过来，他说由这位妇女的直系后代来做这件事更有意义。我想，到现在为止，你可能已猜到了吧，向你提供的人体细胞，实际是你奶奶亨利埃塔·拉克斯留给这个世界的永生细胞株。"

尽管保罗已经做好准备去听取最惊人的消息，仍忍不住跳起来："海拉细胞！"

伊恩把他捺回去，欣慰地说："对，海拉细胞。你当然知道，它是离体培养的人体细胞中传代最久的，从1951年到现在的60年中，每24小时分裂一次，已经至少延续了22000代。在22000代的永生中，它极有可能已经忘了基因中那条根深蒂固的死亡指令。现在，你尽可驰骋自己的想象力，想想由此而来的是什么前景——用永生细胞株克隆出的个体，极有可能也忘了死亡指令，忘了'细胞分裂50代就要死亡'的禁令，这会意味着什么，你自己去想吧。"

保罗仍淹没在极度的震骇中，哑口无言。伊恩微笑着说下去：

"当然，我们是脚踏实地的科学家，不是天马行空的科幻作者。人的寿命并不完全取决于50代的细胞寿命。比如，人脑细胞就基本上不可再生，所以，即使其他细胞都不会衰亡，此人也不会长生不老。但即使按最悲观的估计，这种克隆人的寿命也可大大延长，并且一直到死都没有'衰老期'，始终保持着青春期的活力。这在动物界中不乏先例，像大海龟和鲨鱼就没有衰老期，一直到死都在生长；55岁的鳌虾在死前还保持着生殖能力，也像年轻虾一样动作敏捷。"

保罗终于喊出第一句话："可是，这是我奶奶的癌细胞啊！"

伊恩对此早已成竹在胸，流利地反驳道："癌细胞的本质是忘了死亡指令和接触抑制法则的正常细胞，它照样保存着复制个体所需的全部信息。至于某些癌细胞所具有的多核、染色体畸变等变异性状并不是癌细胞所必有的，你当然知道，我提供的海拉细胞就没有任何畸变。"他微微一笑，总结道："以你的聪慧，应该很容易就能完成这样的视角转换，那就是：在正常细胞群里，单单一个细胞忘了死亡指令和接触抑制指令，当然会造成病变；但全体忘了这些指令的细胞就会相安无事，因为它们在新的高度上达到了新的平衡。"

保罗心乱如麻，无法理清自己的思绪。他既懊恼又气愤地说："希拉德先生，这样重大的决定，你和罗伯逊先生应当事先同我商量啊，不要忘了我是这个项目的技术负责人。不错，我只是罗伯逊先生的雇员，但我绝不会做金钱的傀儡。"

伊恩大为不快，尖利地反诘道："我不知道雷恩斯先生为什么说这些话。我们违背了对你的承诺吗？克隆人的原型是不是一个与PPG公司没有任何利害关系的普通人？如果说有关系，也只与你有关。罗伯逊先生提供了一个难得的机会，使你亲手'复活'了自己的奶奶。我想，你该对此感到庆幸和感激才对。"

保罗心不在焉地听着，苦涩地摇着头，一言不发。伊恩立即换上微笑，心平气和地说：

"好啦,不要意气用事啦。你平心想一想,这个决定会有什么坏处吗?最坏的可能,是苏玛怀了一个怪胎,把它悄悄处理掉就是了。但从胎儿检查结果来看,连这种可能也已经排除了。好的结果呢,我们可以一箭双雕,既造出第一个克隆人,又造出第一个不会衰老的人,你的名字将用金字两次写在历史上。你还担心什么呢?"

保罗沉闷地说:"你说的可能有道理,但这会儿我已经丧失判断能力了。请让我单独待一会儿,我要好好想一想。"

伊恩平和地笑了:"好的,你去潜心思考吧。其实,我们的做法还有一个额外的好处呢。海拉细胞已经以单细胞状态生活了22000代,可以说,在进化之树上它已与人类分流了,形成了新物种。这样,即使将来通过了禁止克隆人的法律,我们的律师也能在法律篱笆上扯开一个洞,使我们从容脱身。"

保罗已经起身向外走,阴郁地说:"再见,我真的要好好想一想。"

十一

保罗住的公寓离实验室不远。正好是星期六晚上,他把自己关在房间里,在思维之磨里苦苦挣扎。他常自诩为离经叛道者,思想放达不羁,不受任何框框束缚,但他没想到有人比他走得更远。如果单以"数学式的思维"来考虑这件事,罗伯逊的构想并不算出格。保罗知道,早在50年代,已经用青蛙肾脏癌细胞克隆出了新个体,这个克隆青蛙完全正常,并没有在身上长满癌肿。在两栖动物中能做到的,没有理由说在人类中就做不到,因为"人和动物没有截然分开的界限",岂不正是自己的一贯观点?

没错,伊恩先生列举的理由非常有力、非常简捷,简直可以说符合数学的优美——海拉细胞是忘了死亡指令和接触抑制指令的人体细胞,它没有畸变,同样保存着复制人体所需的全部信息,所以,它完全有资格做克隆人的供体核。

保罗找不到这段推理的破绽——其实何需寻找,一个完全正常的胎儿都已经孕育三个多月了!但他的直觉深处却始终有一个声音在提醒他,警告他,不允许他拜伏在这些"有力"的逻辑规则下。

可是到底为什么？他说不清。

也可能仅仅是因为"癌"这个字眼？众所周知，癌是人类凶恶的敌人。如果让"凶恶的敌人"克隆出整整一个种族，会不会对人类造成威胁？当苏玛的女儿长大，知道自己的真身是一个"癌人"时，会不会在心理上仇视人类？

保罗摇摇头，否定了这些想法。这些推理太过玄虚，脱离了科学的厚重——而且，对自己的奶奶也未免不敬。他解嘲地想，也许是自己太敏感、太神经质了。但他随即又想到了伊恩临走时脱口说出的话：

"海拉细胞已经以单细胞的状态生活了22000代，因此可以说，在进化之树上它已与人类分流。"

伊恩说这是好事，可以在法律上先立于不败之地。但不知为什么，保罗觉得这句话十分不顺耳，本能地听不顺耳。为什么伊恩最关心的是"分流"？如果胎儿失去了做人的资格，那么它的成功还有什么科学的和社会学上的意义？

保罗忽然想到一点，心中如遭锤击。胎儿！考虑了这么久，他竟然没有站在胎儿的角度，考虑她的利益。既然胎儿是正常的，和"癌"没有什么关系，那她就该享受做人的权利。如果这个可怜的小东西被摒除在人类之外，她将何以生存？而自己竟然只斤斤着眼于技术的成功！他在心中咒骂着自己的自私。

在长夜思考之后，保罗面色平静地来到特护病房。他首先要弄清的是：苏玛是不是这个计划的同谋或知情人？清早，他推开房门，看见苏玛已经醒了，躺在病床上，裸着腹部，用手指在微凸的肚皮上轻轻抚摸着，同胎儿作无声的交流。护士帕米拉俯身听着胎儿的动静，两人切切细语着。帕米拉看见保罗进来了，站起来向保罗致意。

苏玛快活地同他打招呼。也许是黄体酮增强了她的母性，这个性格爽朗的姑娘多了一点女性的细腻。她立即发现保罗的眉峰中隐隐锁着一团阴云，便关心地问："保罗，你是否有心事？"

保罗向帕米拉使了个眼色,护士马上机灵地回避了,带上了房门。保罗拉过一张椅子坐在她面前,踌躇片刻后,严肃地问:

"苏玛,我想问你一件事。你能如实告诉我吗?"

苏玛笑道:"当然!我能瞒哄我女儿的父亲吗?"她忍俊不禁地笑起来,"不开玩笑了,说吧,究竟是什么事?"

"苏玛,你知道这个克隆人的原型是谁吗?"

苏玛坦然说:"一个黑人女性,除此之外我一无所知。怎么啦?有什么种族方面的禁忌吗?我想,只要我本人没有禁忌,别人是无权置喙的。"

保罗摇摇头:"不,不是种族方面的问题。我想问你,关于她的姓名和个人情况,伊恩先生没有告诉过你什么?"

"没有。"

"你父亲呢,也从没有告诉过你?"

苏玛多少有点不耐烦:"没有。我只知道父亲的承诺,这人一定是和PPG公司没有任何利害关系的普通人。我没有兴趣知道她的名字。你爽快说吧,到底是怎么一回事?"

保罗定定地看着,锐利的目光似乎要穿透她的身体。苏玛蹙着眉头,坦然正视着他。看着苏玛清澈的目光,保罗想,她不是在撒谎吧。他犹豫一会儿,决定相信她。他苦笑道:

"我也是昨天才知道的,我想,应该把全部真相告诉你,否则对你是极不公平的。在知道真相后,你有权作出决定。即使决定中止妊娠,我也会支持你。"

苏玛的脸色变白了,冷冷地问:"怎么啦?我怀的是撒旦的克隆体吗?"

"不,不是撒旦,实际上倒是我的亲人。克隆体的细胞核是我奶奶亨利埃塔·拉克斯提供的。"

苏玛惊奇地瞪大眼睛,显然心情一下子放松了,失声笑道:"一个八九十岁的老奶奶?她还在南方庄园的大树下敲木鼓?那我就是你的太奶奶了,哈哈。"她忍住笑,"一个玩笑,请往下讲。"

"不,她没能活八九十岁,她早已不在人世了。是60年前去世的,死于子宫颈癌。"

苏玛困惑了："已经去世？可是我记得你说过，目前的科学水平只能对活细胞克隆。"

"对，这儿有一点语意学上的小小歧义：我的奶奶死了，但她的细胞没有死。你知道著名的、永生不死的海拉细胞吗？它在世界各国的生物实验室里广泛使用着，从1951年一直到现在，还要传之久远。它是用我奶奶体内的癌细胞培育的——这也是你腹中胎儿的基因来源。"

苏玛的脸色重又变得惨白："你是说，我怀的是一个……癌魔？"

保罗摆摆手，安慰她道："不，并不如你想的那样。癌细胞只是生长失控的正常细胞，它同样含有个体遗传所必需的全部信息。用癌细胞克隆的青蛙就是正常的。实际上，由于癌细胞在发育形态上的幼稚性，用它克隆比成年体细胞更容易一些。从孕检情况看，你的胎儿发育正常，不必担心。"

苏玛紧锁眉头，思索很久才困惑地问："那么，你们为什么不用正常人的体细胞来克隆呢？"

保罗苦笑道："这正是我要问的问题。这个决定是你父亲作出的，一直瞒着我。伊恩曾解释说，'癌人'很可能继承了癌细胞永远分裂的天性，因而永不衰老，所以我们可以一次取得两重的成功：既成功地克隆了人，又克隆出一个永生者。但我猜想这个周密的策划并非只是为了科学意义上的成功，在它的水面下一定潜藏着庞大的商业计划。至于具体的商业目标……只有你父亲知道了。按我的直觉，这个目标似乎有浓浓的血腥味。"

苏玛的目光凝成了寒冰，立即转身拿起话筒："谢谢你告诉我这些情况，我现在就来问可敬的老约翰，如果想让女儿的子宫为他繁殖金钱，我还要卖个好价钱呢。"

保罗按下了叉簧，对面凝视着她。她的表情很复杂，愤怒、怅惘、沮丧，这些情感激荡显然是发自内心的。直到这时，保罗才确信，苏玛确实不是这个计划的知情人，不由对她滋生出强烈的同情和怜悯。他劝道：

"苏玛，从你父亲那儿不一定能问出实情，你真的想问，就从伊恩·希拉德身上开刀吧。"

十二

伊恩此刻正在160千米之外的特伦顿，在PPG公司的总部办公楼内。12年前，就是在他公开宣布要搞克隆人之后，PPG公司总裁约翰·罗伯逊很快把他罗致门下。但不久老约翰发现，伊恩·希拉德教授的真正天才并不在真刀真枪的科学研究上。换句话说，他不是当主角的料，更不能当导演。他只能做一名经纪人或星探，在这方面他倒是游刃有余的。果然，伊恩很快为公司"探"到才华横溢的保罗，并顺利地把他挖到手。此后约翰就果断地命令伊恩退出研究，让他与公司律师阿尔伯特·福尔森提前准备有关克隆人的文件。以伊恩的资格来从事这些案头工作，他不免有点尴尬，但他还是有自知之明的。这只能怪自己技不如人，怪不得罗伯逊先生。实际上，公司向他提供的待遇是很有吸引力的，所以他对新工作十分卖力。

厚厚的一叠清样堆在办公桌上，今天可以最后敲定了。这些文件包括：

克隆人出生后PPG公司要发表的关于"癌人"的声明；

研究过程的详细报道（他们希望以此来为记者们悄悄定调子）；

形势预估和各种应急计划；

甚至包括一场虚拟的法庭之战，也就是说，如果有人把公司告到法庭的话。伊恩和阿尔伯特正逐字逐句推敲律师的庭辩词：

"……至于PPG公司克隆出的第一个'癌人'，其'非人'的身份是无可置疑的。比如，没有人会把金鱼和鲫鱼混为一谈，但实际上，金鱼是宋朝的中国人从鲫鱼中培养出来的，它们在进化谱系上同鲫鱼分手不过是几百年的事。还有，人和猿类是同源的近亲，但不会有人赋予猿类以人的法律地位，公园里的大猩猩裸露着生殖器，不会有警察控告它有伤风化。因为在生物进化之树上，它们已经与人类分离了。同样，以单细胞状态繁衍了22000代的海拉细胞，完全可以说已经形成了新的单细胞物种。要知道，22000代，已经相当于人类传代45万年了！我相信，任何一个理智的人，都不会把一个单细胞生物的后代称作同类。"

伊恩满意地说："我认为这段文字已经无懈可击了，陪审员们一定会被说服的。"

阿尔伯特是一个犹太人，又高又瘦，满头银发，行事十分稳健。他点点头："对，我同意。这几份文件都可以通过了。难以敲定的恐怕还是那部科幻小说。"

他指的是那篇《不死的诸神》，这是伊恩的大胆策划，他正是从保罗此前的做法中获得的灵感，想以科幻小说来传达公司的想法。小说中实际包括了PPG公司的核心计划，而刚才看的公司声明只不过是官样文章。小说中描写道，2015年的人类已经过上奥林匹斯山诸神的生活，他们的寿命仅以大脑寿命为准，因为其他部件都可以非常方便地更换，就像汽车更换轴承和油封等易损件，而且换上的心脏或肝脏都是"永不磨损"型。即使大脑的局部病变也可修补。上述的器官备件则来源于人类豢养的数量众多的癌人族。

小说当然以化名发表，按伊恩的筹划，此后还要拍成一部巨片。伊恩希望它能"唤醒每人基因中的自私本性"，从而"在人类现今的道德禁锢中劈开几道裂缝"。他得意扬扬地说：

"一边是唾手可得的额外的100年寿命，以及终生保持青春活力；一边是逻辑混乱、不知所云的生物伦理学戒律。你想，公民和议员们该投谁的票？"

阿尔伯特则反对这个"过于走偏锋"的计划。他说，当公众还没有普遍接受"癌人为非人"的观点时，贸然在小说中暴露公司的商业目的，势必在社会上造成巨大的心理冲击，从而把PPG公司摆到火山口上。伊恩对他的意见大摇其头，讥讽地说：

"人类的利他主义是有限度的。比如，人类可以保护鲸鱼和黑颈鹤，却从来没人禁杀猪羊鸡鸭。不必担心啦，只要把血淋淋的利益之肉挂在树上，食肉动物们一定会忘记斋日的规定。"

阿尔伯特在心中鄙薄伊恩的张狂，但他没有让自己的情绪外露，只是平和而坚决地摇头。两人无法取得一致意见，只好把最后一项计划提交总裁来裁定。这时电话响了，是保罗打来的，电话中他的声音很沮丧。伊恩急忙问：

"保罗，出了什么纰漏？"

保罗声音低沉地说:"你来一趟吧。我觉得,把这点麻烦捅给罗伯逊先生前,最好你和我能取得共识。快来吧,越快越好,我在苏玛的病房等你。"

十三

伊恩含糊地告别了阿尔伯特,急忙驱车赶往160千米外的费城,一路上焦灼不宁。他作了种种假想,但怎么也想不出在一路顺利时蹦出了什么麻烦。问题是他不能承受失败。他老了,没有实力搞研究,只好扮演市场经纪人的角色,以此来维持他在科学界的影响,金钱倒是相对次要的因素。刻薄点说,他只能寄生在别人的成功上。如果出了差错,他就要失去这种影响。但他这一生中已经习惯了镁光灯,不能忍受寂寞了。

一个半小时后他赶到小蒂尼克姆岛,直接开到PPG公司的私家医院。他坐电梯上到六楼,忐忑不安地推开苏玛的房门,正好听见苏玛在声色俱厉地打电话:

"爹地,不必粉饰了。即使为了几千亿的商业利润,你也无权把女儿的子宫当成生育机器……对,是我本人的意愿,是我再三逼你同意的,但那时你没有告诉我真相,直到五分钟前,在我的逼问下,你才被迫透露。你不觉得告诉我太晚了吗?"

她啪地挂断电话,两眼冒火地瞪着刚进门的伊恩。伊恩畏缩地走过去,表情十分尴尬。坦白地说,一开始罗伯逊和他根本没想到让苏玛参与。怎么可能让她参与呢,她是一个与此完全不相干的文学系的学生。后来,他们不慎在饭桌上提到了公司的克隆人计划。不料苏玛对此萌生了极大兴趣,异常坚决地要求做代理母亲。开始伊恩并没有认真对待,他想这不过是富家千金的心血来潮罢了,但苏玛却越来越痴迷,好像她体内某个机关被无意中触发了,显出过去深藏着的科学情结。在那段时间里,老约翰简直无法躲过娇女的死缠硬磨,后来伊恩私下对罗伯逊先生说:

"她真要参加也好,做代理母亲没有什么风险。再说,让你的女儿生育出第一个克隆人,相当于在公司的专利证书上又加盖了家族的徽章,也能冲淡社会上必然会有的敌意。"

后来罗伯逊同意了自己的意见。现在他真后悔自己不该提这个建议。麻烦已经来了,他该怎样安抚这头愤怒的母豹?苏玛厉声吩咐保罗:

"立即给我安排流产手术!"

保罗沉着脸一声不吭。伊恩只好硬着头皮说:"苏玛小姐,请不要冲动。你当然知道有关堕胎的法律……"

苏玛尖利地冷笑道:"堕胎即杀人,对吗?你忘了,昨天你还在向保罗论证胎儿的'非人'身份哩。"

伊恩意识到自己匆忙中选了一个不恰当的理由,窘迫地顿住了。保罗走前一步,勉强劝慰道:"苏玛……"

苏玛对保罗厉声喝道:"住嘴!你这个可怜虫,你辛辛苦苦搞成功第一个克隆人,但你知道这项研究的真实目的吗?你还蒙在鼓里呢。"她转向伊恩,尖刻地说:"希拉德先生,能否把我父亲刚才的话向你的同事复述一遍?"

保罗转过身,怒冲冲地瞪着伊恩。伊恩知道再隐瞒下去已经没有意义,勉强说道:

"保罗,我们没打算瞒你,只是想稍晚点再告诉你。坦率地说,用海拉细胞克隆'癌人',是罗伯逊先生的奇妙构想。如果将来法律确定了癌人的'非人'身份,我们就有了廉价稳定的器官来源,从此,人类将普遍使用永不衰老的器官备件。相信在 10 年内它会发展成至少 8000 亿年产值的大产业。你、我自然也有苏玛都将占有应得的股份。"

保罗冷笑道:"让我奶奶为你们提供器官?"

伊恩苦笑道:"保罗,这不该是你说的话,一个达观的生物学家不该有这样陈腐的观点。它不是你奶奶,它怎么可能是你奶奶?它只是曾在你奶奶身上寄宿过的一个癌细胞的后代。为了我说的前景,你不会在乎一个癌细胞的命运吧。"

保罗的表情忽然变了,他转过身,和苏玛心照不宣地点点头,过去握住苏玛的手,沉重地说:"苏玛,看来我不幸而言中了,原来真的有这么一项商业计划。希拉德先生,"他转过身鄙夷地说:"谢谢你亲口告诉我这些事。不过非常抱歉,我刚才和苏玛演了一场双簧,她没有和父亲通电话,因此罗伯逊先生也没有透露什么真实目的。"

伊恩觉得脑袋突然涨大了,浮现在意识中的第一个想法是:罗伯逊决不会原谅他的愚蠢。保罗继续说:

"但我决不像你说的那样'达观'。不管是否牵涉到我的奶奶,我的良心都不会同意你的美妙主意——让人类变成血腥的寄生者,强迫'癌人'生物割下自己的器官,放在银盘里呈上来。告诉你,我会尽全力反对你们。"

他转向苏玛,沉重地说:"苏玛,真对不起你。造成目前这种局面,我也有难辞之咎。对这个不幸的胎儿……你有什么打算,我都会支持你。"

苏玛表情阴郁,心中十分矛盾。她在胎儿身上已灌注了太多的母爱,不忍心让她从世界上消失,但"癌人"的阴影终究无法摆脱。她勉强笑笑:

"从长计议吧。老实说,如果现在让我重新选择,我决不会怀上这个癌人,我宁愿怀上你的克隆体。但事已至此,我该怎么办?"她轻蔑地看看畏缩的伊恩,嘲讽道:"希拉德先生请便吧,你还不赶快去找我父亲,补住你刚才捅下的漏洞?"

伊恩恼火地瞪了保罗一眼,狼狈地退出病房。

十四

那天的剩余时间里,苏玛根本没提那个最头疼的问题:胎儿。她疲倦地重复着《飘》中郝思嘉的话:

"明天吧,明天一切会好起来的。今天我只想让你陪我说说话。"

保罗屏退护士,坐在床头,一直握着苏玛的小手。苏玛平和地微笑着,漂亮的金发散落在双肩,左手下意识地揉着圆滚滚的腹部。他们平静地闲聊着,聊得相当开心。不过苏玛的眼中会偶现怔忡,显示出心中的波澜。保罗看着她,无法抑止自己的怜悯和痛悔。苏玛说:

"我从没有真正走进科学殿堂,只是在门外偶然看到一角。越是这样,越能感到科学的震撼力。比如,神妙的电脑功能最终只是归结于0、1的组合;五彩缤纷的生物世界归结为四种核苷酸砖石的堆砌;几种简单的器械就能克隆人类,修改上帝的指令……这些深奥的秘密和技术上的奇迹,对你们来说可能是司空见惯，但我被深深慑服了，所以我才义无反顾地闯进这个项目。"她苦笑道，"不过今天我才知道，科学的光芒后也拖着巨大的阴影。"

保罗感到赧然。他想全怪自己该死的粗疏，才把苏玛推到今天的地步。他不由想起斯蒂芬老师临别时让他"时刻左顾右盼"的嘱托，不得不承认老师的眼界在他之上。

"克利先生，我答应过要记住你的教诲，可是我早把它抛到脑后了！"

十五

晚上11点保罗才告辞。苏玛目送他走出病房，叹口气，开始思索那个不能逃避的问题：胎儿该怎么办，这个来路不正的，但显然"正常"的胎儿？从某种意义说它也算自己的血肉，能够轻言抛弃吗？她不停地摸着腹部，能摸到与生俱来的亲切感，也夹杂着细长而坚韧的疑惧。腹中的胎儿当然没有这些忧思，它仍在羊水中安心地漂浮着，通过脐带吸收着养料，时而舒展一下四肢。而它每动一下，就有一股强烈的快感电流从子宫直射感觉中枢。

一夜辗转无眠，朝霞初升时，苏玛最终理清了思绪。不管怎样，胎儿是无辜的，她要把她生下来，还要为她争到应有的法律地位。如果办不到，她宁可带着孩子隐姓埋名，决不会让她成为一个专为别人提供器官的"癌人"。

作出这个艰难的决定，她急切地等着保罗，希望能得到他的赞同。早上保罗没有按时前来，电话打到他的寓所也没人接。她突然发现，病房门口多了两个剽悍的警卫，他们在走廊里踱着步，不时把巨大的身影投射到窗户上……伊恩进来了，一进门就堆出满脸笑容。苏玛劈头就问：

"保罗呢？你们把他弄到哪儿去了？"

伊恩笑着说："十分遗憾，他与你父亲意见不合，已经辞职了。公司已付讫他的年薪，还有当时答应的20万奖金。"

苏玛仇恨地瞪着他。对，保罗被赶走了，此刻正驱车赶往机场，车上则安着一枚定时炸弹，或者一场车祸正等着他。几小时后他们会送回来一具血淋淋的尸首，还会真诚地表示哀伤……她猛然翻身下床，以孕妇不可能有的敏捷跑到阳台，跨越栏杆。伊恩惊慌地追过来，直着嗓子喊：

"苏玛！你要干什么？快回来，危险！"

苏玛扭头愤怒地瞪着他："立刻让保罗来见我！如果他有什么不测，我马上从这里跳下去。请你别忘了，我腹内还有价值8000亿的克隆人哩！"

伊恩焦急地说："不要误会，保罗确实离开这里回俄勒冈了，请你先过来，好吗？"

苏玛斩钉截铁地说："不要多费口舌了！我的体力是有限度的，趁我还抓得住栏杆，快去！"

伊恩气急败坏地对保镖喝道："还愣着干什么？快去追保罗回来！"

两个保镖立即飞奔下楼。伊恩急忙挂通约翰的电话。"什么？"约翰在电话中大声问，"她以跳楼来要挟？她此刻还在阳台的栏杆外面？"

老约翰十分恼火——他竟然被自己的女儿要挟！但他知道女儿的秉性，对此无可奈何。他恼怒地咕哝道：

"纯粹是孕妇的歇斯底里症。你答应了吗？"

"我已派人去追保罗，他正赶往机场。对不起，罗伯逊先生，我没能事先征求你的意见。"

约翰微嘲地说："不必道歉，我想这是你作出的唯一机敏的决定。"

他摔下电话，阿尔伯特用复杂的目光看着老板，他已经从对话中猜到了是怎么回事。老约翰无奈地摊开双手，低沉地说：

"快把直升机准备好，我要立即赶往医院。没办法，怪我把她宠坏了。"

一个小时前，保罗按时来到医院，远远看见大门口站着四个身形粗壮的警卫。他们显然在等他，其中两人很快迎上来：

"雷恩斯先生，请到办公室去，希拉德先生要见你。"

保罗冷冷地说："行啊，叫他到苏玛的病房去吧，我要先见苏玛。"

两人立即上来架住他的双臂："不行，现在就去！这是希拉德先生的命令。"他们不由分说，架着他就走，一直送他到伊恩的办公室。伊恩正等在那里，脸上堆着虚假的笑容。保罗愤怒地甩脱警卫的挟持，衣襟散乱，满面涨红，尖刻地说：

"希拉德先生，真没看出来你还有这方面的才能！"

伊恩和解地笑着，诚恳地说："保罗先生，很遗憾我们不能合作到底。罗伯逊先生请我转告你，他非常欣赏你的才华，你的 15 万年薪和 20 万奖金将如数付讫。他还说，如果雷恩斯先生改变主意，随时可以回来。喏，这是支票。"

保罗接过支票一把撕碎，让纸屑从指缝里纷纷落下："这是让我闭嘴的代价吗？坦白告诉你，我决不会沉默。我将立即赶往俄勒冈州见我的老师克利，然后发动科学界同仁制止你们。"

伊恩冷淡地说："请便。罗伯逊先生早就做好了准备，在反对阵营中再加上一两个人无碍大局。但你的酬金还是要给的，我把它转到你的账户上。再见。"他转向保镖，"把雷恩斯先生送出医院。"

两个保镖监押他离开医院。保罗扭头看看苏玛的病房，不放心把她一个人留下。但他知道多留无益，在 PPG 公司的势力范围内，他无法可想。他没有耽误，回到寓所，立即用电话订了去波特兰的机票，匆匆收拾了随身行李。苏玛的电话一直打不通，显然是有人做了手脚。她是否已被软禁了？怀着深深的担心，他出门喊了辆出租车，向机场开去。出租车开了几百米，忽然一辆黑色的奔驰飞速开过来，一下子堵住去路，两个保镖跳下车，向出租车包抄过来，高声喊：

"雷恩斯先生，请立即返回医院！"是上班时遇到的那两人，他们拉开车门，不由分说，扯起保罗往外拉。保罗极力挣扎着：

"你们竟敢在大街上绑架！司机先生，请立即报警，就说 PPG 公司行施暴力！"

司机畏惧地看看两人，他不想得罪 PPG 公司。这儿是 PPG 的势力范围，如果与他们作对会带来不大不小的一些麻烦。但正义感战胜了怯懦，他最终拿起话机。两个保镖尴尬地住手了，一人急忙解释：

"不要误会，雷恩斯先生，是苏玛要立即见你。她以跳楼相要挟，现在仍在阳台外面站着。请快点去，否则她就要坠楼了！"

保罗看看他们，断定两人不是撒谎。司机拿着话机询问地看着他，他对司机说:"仍请你立即报警,让警察赶往 PPG 公司医院去救人。谢谢!"他留下 50 美元,随着两个保镖上了奔驰车。奔驰开得飞快,但保罗仍心急如焚地催促着。进了医院,很远就看见病房楼前围了很多人,闹闹嚷嚷的,都仰首望着上面。六楼阳台上的确有个穿病员服的身影。保罗奔过去,高声喊道:

"苏玛,快回去!我已经回来了,我马上就上楼!苏玛,你听到了吗?"

苏玛的身子扭动一下,看来听到了他的喊话。保罗急忙奔向电梯间,在他焦灼的目光中,楼层指示灯不慌不忙地闪亮着,2,3,4,5,6。他奔出去,跑到病房。苏玛正由两名男护士搀着爬过栏杆,她的腿颤巍巍的,几乎站立不住。保罗悲喜交加地喊:

"苏玛!"

苏玛抬头看见他,立即扑入他的怀中,泪水汹涌奔流。保罗紧紧搂住他,眼眶也湿润了。身后有人轻轻鼓掌:

"真是一个动人的场面。苏玛,你父亲不是杀人凶手吧?"是老约翰。他走过来,脸上挂着尖刻的冷笑,强抑怒气说:"苏玛,我真的非常痛心,你把自己的父亲看成什么人了?黑社会的教父?光天化日下可以绑架人质,杀人灭口?"

苏玛带着泪珠笑了,伏到父亲怀里,难为情地说:"爸爸,是我误解你了,对不起。"

约翰捋着她的长发,苦笑道:"孩子,我做这一切都是为了公司的未来,坦率地说,为了 8000 亿的产值,我的确不惜做一些出格的事情,使用一些小小的计谋。但我决不会公然违犯法律,更不会去杀人。"他沉默一会儿,沉闷地说,"真不该让你掺和到这件事里,你把我的计划都搅乱了。但是,我不勉强你,你自己作决定吧。无论你对腹中的克隆人作出什么决定,我都会同意的。"

苏玛感激地说:"谢谢你,爸爸。"

"当然我不会就此罢手,我会雇用别人,继续推行我的计划。至于你,保罗·雷恩斯先生,"他转向保罗,带着冷淡的礼貌说:"我仍真诚地希望你留下来,我想我们会找到一个共同的支点。好,我要走了,你们两人商量吧。"

临走他瞟瞟女儿说:"苏玛,也许提醒一点不算多余,保罗是有妻儿的。"他领着伊恩走出病房。这时楼下响起尖利的警笛声,两辆警车风风火火开进院内,几名警官跳下车。伊恩迎上去向他们解释着。片刻之后,两辆警车静悄悄地调头开走了。

十六

可能是老约翰的那句话起了反弹作用,屋里没了旁人,两人反而生疏了。保罗把她扶到床上,自己拉过椅子坐在床头。好长一会儿两人都没说话,听着窗下的警车开来又开走。保罗叹息着说:

"谢谢你,苏玛,谢谢你对我的情意。我会把它留在心中的。"

苏玛微笑道:"也谢谢你对我的关心。你还要离开吗?"

"我想暂时不离开,等把你和胎儿安排妥当后再说吧。你已经考虑好了吗?是否决定保留孩子?"

苏玛沉默片刻:"孩子真的完全正常吗?"

"对,从各种检查来看,孩子完全正常。"

苏玛坚决地说:"我已经决定了,把她生下来。我已经给她起好名字,就叫海拉,海拉·罗伯逊。我要保护她,不让她的一生有任何阴影。"

保罗说:"好吧,我支持你的决定。"但他的话中分明浸泡着沉重和苦涩。晚上保罗回到自己的寓所,给妻子挂通电话,详细讲述了这些天的情况,也包括苏玛对他的感情。维多利亚沉默良久才困惑地说:

"保罗,我没法帮你作出判断。真的,这些乱麻似的是是非非超出了我的判断能力。不管怎样,我支持你的任何决定。如果想离开那儿,就回来吧。吉米在想你呢,这几天睡觉前老叮咛我,说爸爸来电话一定把他叫醒。"

"还是等苏玛的胎儿出生后再说吧,我对她们母女两个负有道义上的责任。对了,你找一张奶奶的照片,要年龄最小的,我知道有一张三岁时的照片。给我传真过来,等小海拉出生后我想比一比。"

"好的,再见。"

保罗又给克利先生挂了电话,那边没人接。保罗在录音中留了言,请克利先生回家后给他回话。他沉闷地回到床上，枕着双臂陷入沉思。他想起克利先生曾告诫，当科学往生物之网中施加某种激荡时，一般可以控制开端，但常常不能控制结束，不能"止于人所欲止"。就像是向商店的橱窗玻璃扔一块石子，裂纹会在意想不到的方向出现。当时保罗曾认为这是上年纪的人的过于持重，现在他信服了。如果不是亲身经历，他怎么会相信，他亲自操作的克隆人研究最终拖出一个"癌人"？

他不知道自己是何时入睡的，睡梦中有隐隐的不安，一个黑色幽灵蹲在梦境之外冷冷地等着他。急骤的铃声惊醒了梦境，电话中是克利关切的声音："保罗，有什么麻烦吗？"

听到这熟悉的声音，保罗心头涌出一股热流。他言简意赅地讲了这几天的情况，尽情倾诉了自己的苦恼：

"老师，我曾是非常自信的人，可现在再也无法作出明晰的判断。这个癌人是否有权出生？它是否有资格成为'人'？我甚至不敢确定，在说这些话时，是应该用'它'还是'她'？我能确定的只有一点：让'癌人'提供器官是不人道的，是令人厌恶的事，我将竭力阻止它。不过，即使对于这一点，我也只是依据感情而不是理智——毕竟海拉是我奶奶的'血肉'啊。如果抛开感情去做纯理性的推断，那么，只要'癌人'确实不属于人类，甚至不属于自然生命，则让它们提供器官也并非万恶之举，毕竟我们一直拿狒、恒河猴和小白鼠做病理实验，用猪的心脏为病人移植。老师，这些念头太可怕了，如果不能把它们从我心里驱走，我就要发疯了！老师，我现在把你看成听取忏悔的神父，你能给我一个睿智的解答吗？"

他紧张地等待着。夜深人静，微风翻卷着百叶窗，一架夜航的班机从头顶掠过。话筒中很长时间没有声音，他甚至以为斯蒂芬不会回答了。这时，斯蒂芬的声音才从千里之外传来。他沉重地说：

"保罗，我要让你失望了。我本人决不会赞同去生产器官制造者，但我有一个预感，有些事尽管丑恶，却是无法制止的，而且很多观点是没有对错之分的。但不管怎样，希望你坚守自己认为正确的信仰。"他苦笑道，"请原谅，我只能说这些似是而非、模棱两可的废话，没办法，世界的内秉本来就是不确定的。再见。"

"再见。"保罗苦笑着挂了电话,老师的回答对他没有任何帮助。不过他知道了斯蒂芬实际上和他有着同样的苦恼,这让他得到一些安慰。

十七

一场风波过后,事情又回到原来的轨道上。保罗留下来继续当他的项目负责人,苏玛平静地等待着分娩。但苏玛的平静是假的,平静下藏着担心甚至恐惧。保罗常想,她很像一个深夜独行的女人,虽然强装镇静,但只要一点声响就能惊得她跳起来。

他没有说破这一点,只是更加频繁地向她通报胎儿的检查情况。一切正常,一切正常。苏玛安静地听着他的介绍,欣慰地点着头。他们都心照不宣,不愿掀开"恐惧"上蒙的布幔。

这天他独坐办公室,克勒松走进来,欲言又止。保罗问:"怎么啦?"

"保罗,你注意到了吗?胎儿的发育太快了。"

保罗点点头:"我早就注意到了。"

苏玛腹中的胎儿在加速生长,就像是在斜面上从静止开始下滑的木块,初时的加速不引人注意,但随即越来越快。苏玛的腹部像气球一样迅速膨胀。保罗不由想起伊恩的理论:全体加速增殖的细胞仍会拼拢成"正常"的人体,没什么可担心的——但真的不用担心吗?保罗不愿欺骗自己,因为这不能不让人联想起癌细胞快速增殖的特性,而这一点又常常勾连着模模糊糊的恐惧。他轻叹一声,对克勒松说:

"我早就发现了。按我的估计,胎儿在六个月内就会发育成熟。"

"苏玛知道吗?"

"我没有告诉她,但她肯定有所觉察。我想今天就告诉她。"

克勒松犹豫了一会儿,说:"保罗,我想离开这儿。既然已经知道了真相,我不愿再为这个目标工作了。我并不是说用癌细胞克隆人就一定是邪恶的,我只是难以判定,只好躲开它。"

保罗沉闷地说:"你走吧,我不劝你。我很羡慕你,你的地位比较超脱,可以一走了之。我怎么办？不管怎么说，'它'已经变成了一个胎儿，是经我之手把她带到这个世界上的，我得为她负责。克勒松，我真不能原谅自己当时的愚蠢和轻信，竟然在没有问清细胞来源之前就开始了手术！很可能，我的后半生要为此还债。"

克勒松无法劝慰他，只是用力同他握手："我要走了，现在就去找老板辞职。你多保重。"

苏玛直视着他的眼睛，平静地说："有什么情况吗？我能看得出来。你说吧，我受得住。"

保罗笑了，他很满意自己的笑声听起来十分自然："不，胎儿一切正常。只有一点，她太性急了，长得比一般胎儿快。考虑到原细胞快速繁衍的特性，这个结果是正常的。他使用的词语是原细胞，而不是癌细胞，他在这儿谨慎地避开了'癌'字。我估计，下月中旬她就要出生了。她的个头太大，为了万无一失，我和索林斯商定用剖腹产的办法，想征求你的意见。"

苏玛爽快地说："那就剖腹产吧。我听从医生的决定。小家伙长得这么快……是否属于病态？"她轻描淡写地问。

保罗尽力解释了所谓"在新的高度上新的平衡"，他保证说胎儿是正常的。"苏玛，真要是畸形儿，我倒好作决断了，干脆把它引产了事，然后我就远远离开这个鬼地方。可惜不行，她是个正常胎儿，只是生长速度偏快。"

他无意中道出了自己的苦涩心情，苏玛也感到沉闷，但这个解释让她彻底放心了。

一个月后，2011年10月18日，苏玛睡到了手术床上。从超声波图像看，胎儿已经发育成熟，但她的母亲却没有任何阵痛和宫缩的迹象。很显然，这个发育超速的胎儿并没有"带动"她的宿体同样加速。也就是说，母体和子体的生理过程已经不同步了。从这点看，更有必要实行剖腹产手术。

今天仍是索林斯博士主刀，莫尔医生做助手。保罗和桥本正治本来打算在隔壁的观察室观看，但苏玛执意要保罗留在她身边。"不，我一点也不紧张,"苏玛笑着说,"但我希望你留在身边,这样我会更安心一些。"

于是保罗就待在手术床的端头,一直握着苏玛的一只手。他知道苏玛的"不紧张"是假的,别说是她,就连见惯鲜血的保罗,今天也觉得喉咙发干。不知为什么,他今天有一种强烈的"临事而惧"的感觉。他真的成功了吗?苏玛真的会产下一个正常的胎儿?当然不必怀疑,他已经在超声波图像上看过多少遍了,甚至能用一支笔逼真地勾出胎儿的形状。但在真正用"眼睛"看到胎儿之前,他仍是忐忑不安。他想起很久前苏玛孩子气的问话:就凭这些简单的抽吸器和培养皿,就能改变上帝的程序?上帝会不会在云端为自家顽童的胆大妄为而摇头?

几个医护井然有序地做着手术前的准备工作,就像是执行标准程序的机器人。屋里很静,偶然有低语声和器械相碰的清脆撞击声。保罗觉得这种气氛未免过于压抑,他俯下头,想逗苏玛说些什么。可能是同样的心理,苏玛先开了口:

"保罗,这个黑囡囡会不会多少有些像我?你说过,卵细胞里的胞质体对植入的细胞核并不是毫无影响。"

"对。动物试验中,代理母亲多多少少会在克隆体上留下自己的一些性状。"

苏玛开玩笑地说:"那么,这个小黑团在我身体里待了六个多月,会不会被我'染白'呢?"

保罗忍俊不禁地轻声笑了:"可能吧,但你一定要染匀些,不要把她弄成一匹斑马或企鹅。"

苏玛吃吃地笑了,正在她身体上方忙碌着的索林斯医生也不由浮出笑纹。一管麻醉剂慢慢从脊椎处推进去,苏玛觉得那儿逐渐麻木。麻木感慢慢向上扩散,就像一团黑雾从脚下升起。她声音模糊地低声说:"保罗,我睡着了吗?"

保罗俯在她耳边柔声说:"手术就要开始了,你安心地睡吧。"于是她安心地睡了。

实际上她一直在半睡半醒中。在一种慵懒的、舒适的睡意中,她能清清楚楚地听见医生的短促命令、器械的清脆撞击、护士小声报着她的血压。她的意识慢慢摇曳着，漂浮着，脱离了肉体，在虚空中观察着自己。雪白的手术罩单盖住她的胸部和双腿，肚皮裸露着。索林斯接过手术刀，非常娴熟地在肚皮上划了一刀。轻微的疼痛使她的意识颤抖了一下。然后医生把双手插入腹部，很快剥离出血污的子宫。这时她已经没有肉体的感觉了。

她借以漂浮的虚空非常黑暗，非常温暖，就像……母亲的子宫。在这一瞬间，她的意识电闪似的跨越时空，缩回到母亲的腹中。子宫是一个非常舒适非常亲切的地方，充盈四周的混沌轻柔地拥抱她，幽明相接处悄悄流淌着母亲的呢喃，这呢喃多么富有魔力啊，她在母亲的强大中安然入睡。但这里太黑了，太静了，太寂寞了，所以，在舒适的慵懒中，她也偶尔曲起手臂，叩击着外面的世界，就像小海拉在她腹中所做的一样。

眼前闪过千万个幽暗亲切的子宫。一代又一代的子宫，无数生命之链正是在这些神秘的生命黑洞中接合，延续着人类的谱系。不过今天，她的子宫里完成的是逆向的轮回。一个死去 60 年的旧生命，通过她的子宫又获得新生。

现在，复活的生命就要出生了，急不可待地出生了。一个漂亮的小黑妞，像一朵黑玫瑰，像一只黑豹。她香甜地打着哈欠，在宇宙以太中尽情地舒展自己的躯体。她的眸子深不可测，含着笑意，闪着亮光。

但她的目光太亮了啊！

保罗感觉到，处于麻醉中的苏玛不安地悸动了一下。

十八

第一个克隆人，或者叫癌人，终于降临人世。剖腹产手术进行得很顺利。索林斯动作娴熟地掏出沾满血污的婴儿，把它交给身后的护士。婴儿出世时没有哭声，护士倒拎着小家伙，用力拍了两掌，然后是一声响亮的儿啼。屋内的所有人都松口气，索林斯医生正低头忙着缝合刀口，这时也浮出欣慰的笑容。保罗听到啼哭，透过罩单看见那具小小的身体。她浑身血污，但分明是"正常"的。到了这时，他才把一直悬吊着的心慢慢放回原位。

护士剪断脐带，揩掉血迹，为孩子捺下手模和足模，把襁褓中的婴儿送到母亲头边。血泊中的苏玛脸色惨白，勉强睁开眼睛，看清了这个"正常"的孩子，绷紧的神经一下子放松了。她浮出一个疲倦的微笑，立即沉沉入睡。

手术结束了，索林斯等人脱下罩衣，脱掉胶皮手套，欣喜地低声交谈着。保罗陪着护士把苏玛送回病房，安顿她睡好，立即来到育婴室。护士帕米拉背向门口正在忙碌着，透过无菌罩，他看见一张小小的黑脸膛，上面漾着明亮的微笑。然后……婴儿睁开双眼，安静地看着他。

黑色深幽的瞳孔，镇静自若的目光，安详的微笑。

保罗一下子愣住了。帕米拉回头看见他，兴奋地说："雷恩斯先生你看，小海拉生下来就会笑，会睁眼。雷恩斯先生，你怎么了？"她担心地走过来说，"你的气色糟透了。"

保罗勉强笑道："没什么，这几天太累了。帕米拉，没有什么好奇怪的。有些婴儿生下来就能睁眼，何况超常发育的海拉呢。至于会笑……这不能算笑，只能说是一种无意识的表情。"

他闲聊几句，离开育婴室。一出门，他的笑容就消失了，代之以无法摆脱的阴郁。刚才看见婴儿安静的微笑和发亮的目光，他竟突然想起一篇名叫"金眼怪孩"的科幻小说。小说中写到，外星人使一批人类妇女怀孕，生下一大帮金眼怪孩。他们生下来就有一双冷厉的目光，等他们稍稍长大后就能用意念控制亲人，甚至因为小不如意就残害自己的母亲。

这个联想太可恶了，怎么能这样想？这是一个懵懵懂懂的婴儿，她刚穿越生死之线降临人世，她的心灵是一张干干净净的白纸。她的身上并没有带着"原罪"，她有权享受世人的爱抚！自己这些混蛋想法实在愧对孩子，甚至愧对自己的奶奶。他在心里狠狠地骂着自己，离开了育婴室。

但是，她的目光实在太亮了，一个刚坠地的婴儿！

十九

屏幕上放送着剖腹产手术的实况，约翰、伊恩、阿尔伯特和桥本正治都在凝神观看。这是在公司的小会议室里，屋里摆着一套正宗的中国明代黄梨木家具，有雕花太师椅和雕着龙爪的茶几，地上铺着织有长城图案的地毯。

老约翰靠在太师椅上，欣慰地说：

"第一阶段已经成功了。"他回头看看身后的伊恩，这个蠢货自从失口向保罗抖出实情，自知理屈，这些天一直蔫头蔫脑的。约翰微嘲地说，"伊恩，不必摆出一副苦脸啦。计划执行中出了点偏差是难免的。不过，难道你还没有看到，这个结局的实际效果比预想的还要好吗？阿尔伯特，你说呢？"

自从苏玛在医院阳台上闹了那场风波，这个秘密就无法守住了，各家报刊电台的记者蜂拥而来，就像闻到血腥味的鲨鱼，不过约翰对此淡然处之。这个秘密早晚是要公布的，早晚要熬过舆论界的这一番烧烤。不能想象，8000亿年产值的大产业会采用西西里黑手党的地下方式来运行。苏玛只是把这个时间稍微提前了一点儿，如此而已。

阿尔伯特会心地笑了："对，自从苏玛的那次举动在报纸上披露后，PPG公司成了恶棍，苏玛和小海拉成了大众情人。这自然是件坏事，但也有一点值得欣慰，就是这个计划基本经受住了舆论的烧烤。"他解释道，"我们曾担心，癌人出世后，狂热的公众会逼迫政府用快刀斩乱麻的手段处死癌人，把克隆技术罩上铁盖。从目前舆论的风向看，这种可能性已经不大了。可是，只要有一个海拉活在世上，法律道德之网就有缺口，就无法阻挡大批癌人被制造出来。"停停他又说，"然后，鉴于小海拉的'癌人'出身，议员们在投票赋予她'人'的身份时，一定会踌躇不前的。活着，但不具备'人'的资格，这是对我们最有利的结果。不管最终结果如何，这点时间差足够我们执行下一步计划。而一旦巨石开始滚动，连上帝也无法再刹住它。罗伯逊已决定开始第二步计划，桥本，有把握吗？"

桥本点点头："有把握。公平地说，这要归功于保罗，他在研究中是完全无私的，所有技术秘密和实验技能毫无保留地传授给我们。但他的才华无人能替代，克勒松又辞职了，研究小组的力量太薄弱。罗伯逊先生，请你尽量挽留住保罗。"

约翰冷静地说："我会这样做的，我也一直在尽力留他。但据我估计，他不会再参加下一步工作了——大概也不会持强硬的反对态度。桥本，不要指望他，立足于你自己吧。"

阿尔伯特介绍道:"已在一些第三世界国家找到了1000名代理母亲,我们将用最快的速度为她们植入克隆胚泡。按保守的估计,六个月后,至少会有400名'癌人'出生。"

约翰欣喜地说:"很好,我会加倍保护妻子的肝脏,那个早该更换的零件,一定要坚持到那一天。"他喟然叹道,"但愿她能等到那一天。作为一家药业公司的总裁,如果眼看着妻子病死,我一定无颜与她在地下相见。"

几个人都品出了他话中的苦味,轻声安慰道:"一定会的,一定会等到那一天的。"他们起身告辞。约翰把他们送到门口,为了冲淡刚才的悲凉,他开玩笑地说:"你们谁打算更换心脏、肾脏、眼球甚至生殖器,请尽快打报告,公司为你们免费手术。但不要打小海拉的主意,就把它留给苏玛,做一个有生命的芭比娃娃吧。"

二十

天色阴沉,一团团乌云从地平线上翻卷而来,时而一道电光在天边闪亮,气象预报说今天有大到暴雨。保罗走进病房时,苏玛正敞着怀喂奶,一个漆黑的小人儿趴在雪白的丰乳上,形成强烈的对比色。苏玛的奶水很足,小海拉咕嘟咕嘟地咽着,一副饕餮之徒的模样。小东西看见了保罗,她还记得这个最先进入她瞳孔的黑男人。由于生物的"印刻效应",她对这人抱有强烈的亲切感。所以,她在狼吞虎咽的同时,一直拿眼角耐心地盯着他。保罗欣赏一会儿她的吃相,把一张发黄的旧照片递给苏玛:

"这是我奶奶三岁时的照片。你不妨比一比,海拉确实同她极相像。"

苏玛端详着照片,笑道:"真的,真的十分相像。喂,小奶奶,该换一换了。"她用力拔出乳头,把另一只塞进去。小海拉咧开嘴正要哭闹,嘴唇一触到乳头,忙贪馋地吸起来。苏玛骄傲地说:"她非常能吃,不到半个月已经长了三磅。她一定会长成个女巨人。"

保罗的思维之车忽然又硌到一块石头,苏玛的话使他想到,这种快速生长但不会衰老的能力,正是"器官仓库"应具备的优良性状啊。看着不懂人事的小海拉,他心头泛起一股苦涩。他担心苏玛看出自己的片刻怔忡,忙换

上笑容。但被母爱泡酥的苏玛已失去往日的机敏,低头看着女儿,目光慵懒而痴迷。她突然抬起头,没头没脑地说:

"小海拉真的很正常,我昨天仔仔细细地摸遍她的全身,骨骼、关节,还有七窍,真的全都正常。"

她安心地笑了,但这种"安心"让保罗觉得心中酸苦。护士帕米拉从门外探进头来:

"雷恩斯先生,你的电话,在服务台上。"

保罗笑着拍拍小海拉沉甸甸的黑屁股,对苏玛说:"我马上就回来。"他吻吻海拉,觉得小家伙的眼光一直追随着他。他匆匆赶到服务台。

"我是保罗,请问是哪一位?"

电话中音节缓慢地问:"你是保罗·雷恩斯先生吗?"

"对。"

"就是你催生了世界上第一个癌人?"

保罗听出话中的敌意,冷冷地说:"是我。"

"我是'维护人类纯洁联盟'主席。这个组织是两天前成立的,你是否已经知道这个消息?雷恩斯先生,本组织将全力维护人类的纯洁性。我们决不允许癌人弄脏人类的谱系,也不会容忍人类更换癌人的器官。我们将用一切可能的合法手段来做到这一点,如果实在不行,也不排除用邪恶手段来对付邪恶。请好自为之,不要做人类的敌人。"

保罗冷笑道:"你为什么不说出自己的姓名?不敢吗?"

"为什么不敢?我叫哈伦·奈特,新泽西州一个私人开业的定向爆破专家,虔诚的基督徒。我不愿自己的手上沾上血腥,但我们实在忍无可忍了。"他的语调中竟渗透着深深的苦恼,"我知道,科学为人类带来了伟大的进步,但这几十年来,科学家们被宠坏了,越来越胆大妄为了。你们搞什么试管婴儿,破坏人类的自然生殖方式;你们无限制地增强电脑的智力,唯恐它们不能超过人类;如今又异想天开地研究什么癌人!请你睁开眼,想想它会带来的后果吧!癌人一定会像癌症一样在人类中蔓延,毁坏人类的纯洁和高贵。请你不要一意孤行了。你不要逼我们。"

他加重语气说出最后一句话,啪地挂上电话。保罗呆立着,心中五味俱全,在对那人的敌意中,竟掺杂着暗暗的钦佩。至少,这个人有自己的明晰见解,可以毫不犹豫地为之奋斗。可是自己呢?

"我一定会保护小海拉,我不会违背自己的承诺,但我不知道自己最终是对是错。"

有人在他耳边大声喊:"雷恩斯先生!雷恩斯先生!"他从沉迷中醒来,见护士正担心地看着他,忙收敛心神,自嘲道:"一时想出神了。帕米拉,请你告诉苏玛我走了,明天再来看她和孩子。"

他急急倒出自己的汽车,开车直奔160千米外的PPG总部。必须找罗伯逊商讨对策,加紧对苏玛母女的保护。他冷冷地想,至少在这一点上,他和罗伯逊是完全一致的——"其实,你和罗伯逊有哪一点不一致呢?"他苦笑自问,"在整个研究过程中,尽管有小小的犹豫和反抗,但你最终不是顺着罗伯逊定下的路标,亦步亦趋地跟过来吗?"

出门赶上了一场暴雨,雨柱狂暴地抽打着车身,在前边的路面上砸出一片迷蒙。刮水器开到最高档,飞快地转动着,刮掉的雨水在弧形玻璃上向侧后方缓缓淌过去。他差点赶上一场车祸。交通电台报告说,就在前方不远的干道上,一辆轿车在光滑的路面上失控,撞在护栏上,导致后面的十几辆汽车全部撞在一起。警方已经赶到现场,伤亡情况还不明朗。等保罗赶到时,被撞毁的车辆刚刚拖走,一百多辆滞留汽车的长龙开始移动,缓缓加速,然后逐渐分离,逃也似的消失在雨雾中。排在队尾的保罗开过事发现场,看到扭曲的护栏,他踩下油门冲进雨雾。

此时他还不知道,从此他就踏上了一条荆棘丛生的逃亡之路。他,苏玛和小海拉,那个灾祸之由,全都在这条路上踟蹰。这条道路险恶而漫长,而且需要生命和鲜血做献祭。

第三章　逃　亡

一

约翰回到家已是晚饭之后，女仆维姬接过外衣，微笑着说："你好，罗伯逊先生。"

"你好，多娜呢？"

"在楼上小睡，她今天心情不好。"

"为什么？"

女仆摇摇头："不知道。下午医生来过，为夫人检查了身体，没有什么新问题。希拉德先生打来电话说，苏玛小姐的手术很顺利。但夫人一直很沉闷。"

约翰点点头："好的，我去看看她。"

他轻轻推开卧室的橡木门，妻子多娜正在宽大的双人床上小憩，衬着雪白的罩单，更显得脸色发暗，神情萎靡。床头一枝茉莉吐着清香，提花窗帘在初秋的凉风中飘荡着。约翰走过去，轻轻关上窗户。等他回过头，妻子已经睁开眼睛。约翰歉意地说：

"对不起，把你惊醒了。"

妻子笑道："不，我本来就是在假寐。苏玛的剖腹产很顺利？"

"对，生下一个九磅重的小黑人。看今天的晚报了吗？新闻界简直要发疯了！"

约翰高兴地讲述了新闻界的评论，但妻子并未在情绪上有所回应。沉默良久，她突兀地问："你想用克隆人的肝脏为我更换？报上有这样的推测。约翰，我不同意这样做，这样做太……丑恶了，那就像我谋杀了自己的外孙。"

约翰立即否认："不，那些纯属臆测。将要为你更换的是人造肝脏，你早就知道的。公司已为此研究了八年，很快就要成功了。"

多娜虽然将信将疑，终于微笑着点点头。她知道这项研究早已开始，是用可降解生物材料做骨架，浸泡在营养液中，让病人的肝细胞在营养液中繁衍，并依骨架而定形。稍后，骨架自动降解消失，这个人造肝脏就可以植入人体了。她也知道自己的肝病已到晚期，这种人造肝脏是她唯一的希望了。见妻子没有再追问，约翰立即起身，吻吻妻子的面颊说：

"我还要到书房工作一会儿，你先休息吧。"

他轻轻关上门，来到那个中国风格的小屋。门口是三个汉字：静思斋。屋内的摆设古色古香，极富东方情调。一束藏香青烟缭绕，散发着清冽的香味儿。

每当需要静心思考时，他常常来到这儿，这儿的气氛确实能令他敛神静气。他想，他欺骗了妻子，但这是善意的欺骗，上帝会原谅的。确实，人造器官技术已经基本成熟了，但这种用"半机械方法"制造的器官，无论如何也比不上"天然"器官精巧可靠。他已经为妻子准备好了人造肝脏，但只要妻子的身体能再拖上两三年，他仍打算偷偷地用克隆人的肝脏为她更换。

目前，他正督促桥本制造第二批癌人。他没有打算用小海拉的器官。由于种种因素，海拉同家人的关系已过分亲昵，他不忍心对她下手，就像不忍心伤害一只宠物，一只终日绕膝不离的博美犬或波斯猫。

但是，从第二批癌人开始，他要预先排除这些感情因素。比如说，可以用手术造成"无脑儿"，或用人造子宫代替女人孕育。当这些产品日益远离人的范畴，打上"非人"的印记时，社会上的反对意见就会慢慢消融了。

他用手轻轻敲打着黄梨木座椅的扶手，皱着眉头努力思索着。当他出现在公司职员面前时，罗伯逊先生是一个有钢铁般意志的总裁，从来不知犹豫和彷徨。但独处暗室时，一些恼人的思绪就从阴暗处悄悄渗出。两个罗伯逊先生在脑海中开始搏斗。

一个罗伯逊问："老约翰，你使用癌人的器官，真的没有良心不安吗？"

另一个罗伯逊坚决地说："没有。我知道这是一道难以跨越的悬崖，但只要硬着心肠跨上去，前边就是坦途了。现在，医生从脑死亡者身上割下器官已经是'道德'的行为,但在 200 年前它同样是大逆不道的恶行,为宗教法庭所严禁。现在也有活人自愿捐献器官,他们愿以自己的一个肾、一个眼球来救助亲人,但自我牺牲精神并不能改变这种做法血淋淋的本质。"

第一个罗伯逊问:"从活的癌人身上割下器官就没有血腥味儿吗?"

第二个罗伯逊答:"多少也有点吧,就像我们屠宰猪羊鸡鸭一样。不过,连最狂热的动物保护主义者也承认,屠杀猪羊鸡鸭是正当的,因为我们可以认为,是人类的饲养帮它们延续了种族;作为报答,它们向人类提供肉体。这种说法难道不能适用于癌人吗?我们甚至不光是帮它们延续种族,我们干脆是创造了这个种族。作为报答,它们也该心甘情愿地献出一两个器官吧。"

"好,极妙的回答,论据有力,思维清晰。你赢了。"

约翰微微一笑。毫无疑问,第二个罗伯逊永远是赢家,因为他强有力的逻辑是以 8000 亿美元为基础的。

这个产值 8000 亿的计划正在顺利实施。当然有阻力和敌意,但总的说来,官方和舆论界的反应并不强烈。因为这里有一个十分明显的逻辑黑洞,PPG 公司可以理直气壮地诘问那些批评者:"先生们,你们打算向癌人颁发人类的身份证吗?不会。那么,你已经承认了它的非人身份。所以,请你闭上嘴巴,不要拿人道主义的责难去烦扰 PPG 公司了!"

当然也有少数激烈的反对者,他们扬言要处死癌人,维护人类的纯洁。罗伯逊小心地注视着这些人的行动,但他不相信这些人能左右局势。

通话器的蜂鸣声响了,约翰按下通话键,管家克劳斯说:"雷恩斯先生求见,他在客厅里。"

约翰抬头看看那座中国式的自鸣钟,已是晚上 10 点 30 分。他想,保罗有什么重要事情不能在电话里说,急急地从 160 千米外赶来?他对通话器说:"我马上就过去。不,"他改变了主意,"你把他领到这里来吧。"

克劳斯领保罗来到这间小会议室,打开房门,向主人点点头,然后无声地告退。约翰迎上来同保罗握手,引他坐到一张中国式的雕花椅上,笑问:

"喝点什么?威士忌还是中国绿茶?"

"来杯绿茶吧。"

约翰对通话器吩咐一声,少顷女仆送来两杯热茶。约翰说:"我在这间房子里也只喝中国绿茶,因为中国茶与这里东方式的情调十分相宜。知道门外的三个汉字是什么意思吗?静思斋。每当需要静心思考时我就来到这里。"

正在品茶的保罗抬头看看他,淡淡地讥刺道:"罗伯逊先生,你觉得良心不安吗?"

这句话并未让约翰生气。他甚至微微一笑:好啊,这正是第一个罗伯逊诘问过的话。如果保罗早来一会儿,他就用不着同自己辩论了。他不准备同保罗辩论,轻咳一声,在亲切中加了几份威严:

"你这么晚从实验室赶来,有什么重要事情吗?"

保罗把中国景德镇的青瓷茶杯放下:"当然。"他简略叙述了奈特先生的威胁。"我的直觉告诉我,这个人是认真的。"他想起那人在说"我们实在忍无可忍"时,声调中流露出的无奈。这种声调不像是一个冷血杀手,但正是这种无奈让保罗相信,他一定会把威胁付诸行动。"因此,我郑重要求公司为苏玛小姐和小海拉提供严格的保护,尤其是小海拉,不管你们认为她是人还是非人。我想,为了8000亿美元,你们不会忽视我的警告吧?"

约翰装着没有听见他话中的钉子,慨然道:"请放心,这是我们的义务。公司除了加强内部警卫外,还准备聘请私人侦探。谢谢你的责任心。"

两人谈了有关保卫工作的一些具体问题,保罗起身准备告辞,但他分明犹豫着。约翰亲切地问:"还有什么话?请不必客气。"

"先生,我有一个请求。我想请你给我一个承诺:无论什么时候,都不要对小海拉动什么念头。我们阴差阳错地让她降临于世,就让她安安静静度过这一生吧。"

他的客气中透着决绝,他实际是在告诉约翰,他的要求是不能退让的。不过约翰倒十分高兴。因为他听出了保罗的潜台词:把海拉留给他和苏玛吧,他决不会让她受到伤害。但对公司此后的所作所为,他不一定非要扮演一个强硬的反对者。

这恐怕正是多数人的态度。他们已经准备退却了,准备承认癌人的现实,但退却前他们需要一次小小的胜利。约翰非常干脆地答应：

"没问题。保罗，我已经做过类似的承诺，现在不妨重复一次。今生今世，我不会打扰小海拉的安静。但对今后生产出来的有专门用途的癌人，我就不作承诺了。"

他满意地发现，听了他最后一句话，保罗显得十分苦恼、十分沉闷，但他并没有公开反对。约翰亲切地说："今晚不要返回了，我让克劳斯为你安排住处。"

"谢谢，但我还是想赶回去。晚安，罗伯逊先生。"

管家代主人送他上车。暴雨已经结束，深蓝色的夜空十分洁净，停车场上铺满了金色的落叶。车里的电子表指着凌晨2点，州际公路上车辆很少。保罗踩满了油门，以160千米的时速向原路返回。一个小时后就能赶回医院了。约翰·罗伯逊先生的承诺让他放了心，他的心境犹如雨后夜空一样，开始恢复晴朗。但在意识深处，还有一丝隐隐约约的不祥之音。它非常微弱，时断时续，却顽固地不肯消失。

不会有什么问题的，保罗宽慰自己，但他仍焦灼地向小蒂尼克姆岛飞驰。此时他不知道，两个不速之客早已到了PPG公司实验大楼和公司医院。他们是"维护人类纯洁联盟"派来的，其中包括联盟主席哈伦·奈特。

二

凌晨两点，哈伦·奈特和尼柯尔森把车停在离实验大楼不远的阴影里，耐心等候着。大楼的灯光全部熄灭了，只有底楼的警卫室里灯火通明。两个像机器人一样清醒尽责的公司警卫坐在观察窗后，全神贯注地盯着门口。还有一个巡逻分队每隔40分钟在院子里巡视一遍。楼内肯定也有一个巡逻分队，因为透过黑黝黝的窗户，能看到青白色的强光定时在各个楼层间闪亮。

不过，奈特和尼柯尔森并没把他们放在心上。这些衣着光鲜的公司警卫大都缺乏实战经验，刻薄点说，他们就像摆在麦田里的稻草人，以为只要站在这儿，就足以吓退乌鸦了。奈特和尼柯尔森曾是海军陆战队的队员，自信能对付这些小角色。

三天前，在肯塔基州退伍军人总部里，召开了全美维护人类纯洁联盟的第一次代表大会，有83人参加。代表来自各行各业，有蓝领工人、小农场主、公司经理、神甫，也有几个科学家。尽管成员复杂，但会上的声音出奇地一致，那就是："我们已忍无可忍了，我们再也不能袖手旁观了！"生物学家乔伊是天主教徒，一个目光沉稳的好人，他苦涩地说：

"癌人的出世是一个极鲜明的例证，说明科学家胆大妄为到了何种地步。如果不采取严厉的措施加以制止，相信50年内地球上就会充斥着癌人、狼人、豹人、鲨鱼人、鹰人。圣经上预言的人类末日就要来临。"他强调道，"不要指望政府，不要指望科学界的自律，作为一个圈内人，我早就看透了他们。他们太优柔寡断，太崇尚空谈。等到把有关的伦理问题搞清，'非人'种族早在地球上牢牢扎根，不可动摇了！我们必须行动，立即行动！"

遗传学家阿尔杜尔介绍了遗传工程技术的现状："乔伊先生说得很对。目前，遗传工程的进展已经成了对自然的威胁。大家知道，生物繁衍一直遵循着种间隔绝的规律，不同种之间不能杂交，即使勉强能杂交，其后代也没有繁殖能力，像马和驴、狮子和虎。这是生物亿万年进化中自然形成的保护，也可以说是上帝的安排吧。但现在，在基因学家手里，这些种间屏障早就被打碎了。基因可随心所欲地拼接，狮子和鹰，西红柿和鱼，人和北极熊，等等。大家都知道几年前出世的'夜光老鼠'吧，那就是把发光水母的基因拼接到老鼠体内。到目前为止，之所以还未出现人兽杂种，只是因为科学界的自律，是舆论的力量。但如果癌人开了个头，这种平衡就会在一夜之间被打破！"

他的介绍使听众毛骨悚然。

两位先生的讲话为大会定了基调，此后的讨论集中在如何采取行动上。大会决定成立一个行动委员会，由奈特当主席，负责杀死癌人，铲除有关的科研机构。还成立了一个法律委员会，由律师哈里森任主席。行动队员行动时难免触犯法律，哈里森的任务便是把他们从法律之网中救出来。哈里森说：

"我不敢保证让你们完全脱罪，但我保证，把这场审判变成旷日持久的世纪性审判，并使法律意义上的罪犯变成公众心目中的英雄。因为，你们本来就是英雄，是从科学恶魔的蹄下拯救人类的赫拉克勒斯！"

今天是联盟的第一次行动。

奈特看看夜光表，凌晨2点30分，室外巡逻队像机器人一样刻板地经过这里，橐橐的脚步声消失在楼后。奈特拍拍同伴的肩膀，两人像狸猫一样溜到楼角。尼柯尔森蹲下来做人梯，奈特立在他的肩上，用大腿和双臂夹住楼角向上爬。不久他就开始气喘吁吁——毕竟不是20岁的时候了。但他总算坚持到了三楼的阳台。他听听屋内没有动静，便纵过阳台，又垂下绳索把尼柯尔森拉上来。

趴在地板上听听，室内巡逻队刚刚结束了二楼的例行巡视，下到一楼去了。这是他们今晚最后一次巡逻。两人推开阳台门，在走廊里轻轻挪步。有关克隆人的设备都集中在三楼，奈特用合金钢丝捅开门锁，用手电扫察一遍。他的第一个印象是，这里的实验设备太简单了，几乎不值得浪费他的C4炸药。联盟开会时，生物学家乔伊曾说：

"炸毁实验室只是一个象征性的行动。因为导致克隆人成功的因素，主要不是设备，不是金钱，而是科学家的技能和决心。所以，如果真的要制止这项研究，唯一可靠的办法是杀死保罗、桥本和任何想干此事的人。"他苦笑道，"当然我们不愿走到这一步，不会让手上沾染同行的鲜血，但愿这次爆炸能把他们吓退。"

按照乔伊的交代，他们在每台重要设备上都粘上一块塑胶炸药。20分钟后，他们顺着绳索下滑到地面，溜出来，上了汽车。他们从黑影中开出来，堂而皇之地一直开到公司门口，又吱吱地刹住车，摇下车窗。

两个警卫从窗户里狐疑地看着这辆汽车，其中一人按着腰间的手枪，警惕地慢慢走过来。他弯腰盯着车内的两人，客气地问："两位先生有什么事吗？"

奈特开心地笑了，从车窗内伸出手，把一只遥控器对准大楼，调侃地说："我们特来通知你们，请观赏一场焰火晚会。"

他按一下遥控，立时响起惊天动地的爆炸声，三楼的几十扇窗户同时变得红亮，巨大的火舌排闼而出，把铝合金窗框、玻璃碎片和室内的器物都冲了出来。无数火花弥散在夜空，真像一场盛大的焰火晚会。

在器物纷纷落地的嘈乱中，警卫愣了两秒钟才清醒过来。他掏出手枪，但那辆黑色的福特早就窜走了。警卫手忙脚乱地照后轮开枪，一边掏出哨子猛吹。他对跑过来的警卫气急败坏地喊：

"快报警，黑色福特，车号尾数是 284！"

此时福特车已开出 500 米，他们从后窗里欣赏着大楼上绚烂的火舌，互击手掌，笑着离开这里。

凌晨 2 点 40 分，苏玛让奶水憋醒了，低头看看胸前，纯棉内衣被泅湿了两块。护士还没把女儿抱来，今晚达纳值班，她一定是睡着了。苏玛喊了两声，没有回音，于是掀开毛巾被，趿上拖鞋，向育婴室走过来。

"女儿。"她睡意蒙眬地咀嚼着这个词，心头觉得甜丝丝的。小海拉真是个饕餮之徒，拼命吮吸着奶水，小身体迅速长大。现在她才生下 18 天，体重已增加了一倍。好在她的奶水很足，她骄傲地想，她天生是个英雄母亲。

护士达纳坐在育婴室门口，歪着脑袋斜倚在椅背上。苏玛仍处在熟睡乍起的慵懒中，没有觉察到护士的睡姿有些异样。她没有惊动护士，轻轻推开半掩的房门走进去，毛茸茸的地毯吸收了她的脚步声。

然后她看见那一幕，双眼立即睁大，肾上腺素突然加快分泌，心脏超负荷地跳动。一个穿着黑色夜行衣的男人立在海拉面前，背对着大门，正弯腰观察着婴儿。苏玛的目光移到他的右手，就再也挪不开了。那是粗大的男人的手，手背上长满了体毛，手中攥着闪着寒光的匕首，刀尖在海拉的咽喉处。

海拉醒着，脸上漾着甜甜的笑容，在育婴室微弱的脚灯灯光中，嵌在黑脸膛上的一双大眼睛分外明亮。她仰面躺着，襁褓下端露出的双脚时而踢蹬几下。

一个是穿着黑色夜行衣的凶神，一个是裹在雪白襁褓中的婴儿，两人中间是一把闪着寒光的匕首。这些构成了一幅对比强烈、色调狞恶的抽象画。苏玛一时呆住了，不知道该怎么办。

黑衣男人轻轻抬起右臂，把刀尖移向婴儿的脸颊，在她的脸蛋上触了一下。

海拉把刀尖当成了母亲的乳头,迅速向这边转过脸,撮起小嘴,急切地寻找着。她没有找到乳头,便生气地咧着嘴哭起来,哭声在静夜里显得十分响亮。

在海拉发出哭声之前,苏玛被恐惧麻醉了,一直站在那个定格的画面中。女儿的哭声一下子解除了她身上的魔法。她要行动,要从凶手手中救出自己的女儿!她急急地扫视着四周,想找到一件可用的武器。护士桌上放着一块大理石镇纸,她回身轻轻抓起来,放轻脚步向黑衣人潜行过去。

她的心脏怦怦跳动着——但愿心跳声不要被凶手听见!黑衣人仍在全神看着婴儿,没有觉察到身后的袭击者。苏玛高高举起镇纸……忽然黑衣人烦倦地说话了:

"苏玛小姐,把那玩意儿放下吧。"

苏玛僵住了。黑衣人转过身。是一个40多岁的白人男子,面容粗犷,表情冷淡,他的刀尖仍在海拉面前晃动。屋内的声音使海拉安静了一会儿,侧耳倾听着,片刻后又哭起来。

苏玛哆哆嗦嗦地扔下镇纸,泪水夺眶而出。她哀求着:"先生,请你饶了小海拉吧,她是个才生下十几天的婴儿,有什么罪过?你怎么忍心向她下手?"

黑衣人愤怒地嚷道:"她是一个小癌魔!她将搅乱人类的谱系,把人类变成魔鬼的杂种!"他瞪着苏玛,目光中怒火熊熊,奇怪的是,他的怒火中浸透了沮丧和绝望。只是在这场风暴过去之后,苏玛才明白,这名杀手的怒火主要是针对他自己的。那人恨恨地说:

"我在这张床前站了20分钟,无论如何也下不了手,我真是个最无用的蠢货!"

他抖手一甩,匕首带着啸声,深深扎在壁柜上,刀把还在微微颤动。等苏玛从匕首上收回战栗的目光,黑衣人已经不见了。苏玛追到阳台,看见那人正顺着绳索飞快地缒下去,消失在树荫下。半分钟后,一辆黑色轿车滑出树荫,向大门方向开去。

小海拉听见妈妈的声音,哭得更加理直气壮,小胳臂小腿起劲地弹动着。忽然在夜空中传来沉重的爆炸声,病房的窗玻璃簌簌抖动着。小海拉顿时止住哭声，似乎在倾听着。达纳被惊醒了，跌跌撞撞冲到床边。她刚才被麻醉，这会儿四肢仍是软绵绵的不听使唤。她看到了壁柜上的匕首，看到了刚从阳台返回、脸色惨白的苏玛，慌张地问：

"苏玛，怎么啦？发生什么事了？"

苏玛迅速把海拉抱起来，紧紧贴在怀里，瘫坐在床上，泪水痛痛快快地流出来。走廊中响起急促的脚步声，听见保罗边跑边喊：

"苏玛，快照看海拉！"

三

保罗是 2 点 50 分赶到医院的，把车停在大门口后，略微犹豫一会儿。夜深人静，这时闯进医院似乎有点莽撞，难免惊扰苏玛的好梦，毕竟他只是接到了一个威胁电话，即使他们采取行动，也不可能是今天。

不过他想起，苏玛照例要在 3 点钟给女儿喂奶，那就上去一趟吧，去去这块心病。他拉开车门走下来。忽然阴影中滑出一辆黑色轿车，飞快地开过来，在他的车边刹住。驾车人摇下车窗，喊道：

"是保罗·雷恩斯吗？"

保罗狐疑地绕过去，见车内是一个穿夜行衣的白人男子，正恶狠狠地盯着他。保罗警惕地后退两步，沉声问：

"你是谁？你要干什么？"

驾车人没有搭话，向车外扔了一叠纸，狠狠骂句脏话，汽车唰地开走了。保罗满腹狐疑地捡起一张，一眼就扫视到其中一句：

"维护人类纯洁联盟对这次爆炸和凶杀事件负责。我们已忍无可忍了！"

夜空中随即传来一声巨响，地面抖动一下。东边的夜空闪着红光，那可不是霓虹灯的闪亮。医院的警卫跑出来，慌乱地挥着手枪。保罗从门外冲进大门，高声喊着：

"实验楼被炸，海拉可能被害，赶快报警！"

他边喊边向楼上冲去。

苏玛紧紧搂住海拉，面色苍白，肩膀微微颤动着。达纳同样脸色煞白，心有余悸地盯着阳台。一个登山爪卡在栏杆上，下面垂着一条白色的尼龙绳。海拉已经找到了奶头，正咕嘟咕嘟地吞咽着，从眼角冷静地翻看着室内每一个人。

保罗原以为冲进屋里后，会看到一两具血淋淋的尸体，这时突然松劲了，疲乏地坐在床上。苏玛看着他，泪水又涌出来：

"保罗，一把匕首！他用匕首顶着海拉的脸蛋，你看！"

海拉的左边脸蛋上的确有一条血痕，很细很浅，但划在婴儿非常娇嫩、吹弹可破的皮肤上，仍显得十分狞恶。保罗尽力安慰她：

"不要紧，只是一条划痕。苏玛，不要惊惧了，事情已经过去了。你们能告诉我当时的情形吗？"

惊魂未定的达纳断续地说："我在门外值班，似乎听见屋内有动静，就进屋去查看。刚一进屋，就被人用毛巾捂住嘴，以后我就什么也不知道了。"

苏玛也讲了当时的情形："幸亏是一个心肠软的凶手，否则海拉早没命了。"

保罗不由回忆起那个凶手的奇特表情：愤怒加羞愧。他明白了何以如此。凶手是怀着对癌魔的满腔仇恨而来，但他面对一个可爱的婴儿时，这些仇恨再也聚集不起来。他一定羞于回去交差。所以，海拉是在刀口下捡了性命。保罗心中十分沉重，因为这种幸运不会重复的，下一次他们不会再派这样的人来了。

达纳出去了。海拉已经吃空一个乳房，生气地踢蹬着，但苏玛完全没有觉察，她微仰着脸，定定地思考着，神情中显出决绝。海拉没有得到妈妈的回应，生气地哭起来，苏玛这才从冥思中惊醒，忙把另一个乳房塞进去。她低声对保罗说：

"我决定带着海拉逃走，隐姓埋名把她养大。"

保罗长叹一声。实际上他已经知道这条路非走不可。他沉闷地说：

"苏玛，这可是一条荆棘之路啊。"

"我知道，但我不会退缩。"

"你让她终生做一个女鲁滨逊？"

"不，她不是鲁滨逊，她有母亲守在身旁。等她长大了，有了自卫能力，我要让她堂堂正正回到人类社会。"

保罗又叹息一声："好吧，我陪你一起去。"

苏玛立刻目现异彩，这正是她暗暗希望却不敢奢望的。但她随即想到了保罗的妻儿，目光黯淡下来，犹疑地说：

"不，你有自己的生活……"

保罗摆摆手："不要劝说了。严格说来，我比你更有责任保护她，因为是我创造了这个生命。只是……"

只是他始终不知道这条路通向何处，不知道自己的决定是对是错，不知道这个癌人变得强大后对人类是福是祸。他十分羡慕女人式的思维，她们只凭直觉行事，从来不会有他的内心折磨……他笑道：

"就这样决定了吧。对这个打算要注意保密，除了与家人的辞行必不可免外，不要对任何人说起。"

四

两辆警车啸叫着开到实验楼下，上次来过的索恩警官费力地从座椅中挤出来。他是一个 50 岁的老警官，身材魁伟，左腿微跛，浓眉下是鹰一样的目光。他冷冷地打量着爆炸现场。三楼的窗户都成了黑洞，各种仪器设备的残片挂在树杈上，抛撒在花丛中。他对前来迎接的保罗和桥本说：

"两个星期内我已经来两趟啦，看来你们的麻烦还远没到头哩。"

保罗从他的话里听出了幸灾乐祸的味道儿，隐忍着没有吭声。他和桥本领着警官查看了三楼的现场。索恩赞赏道：

"嗯，是内行干的，各种设备都彻底破坏了，墙壁和地板只有轻微损伤。一定是内行干的，他们意在警告而不是伤人。"

保罗冷冷地说："他们还向医院派去了杀手，只是由于意外才没有得逞。"

"是吗？"索恩客气地反问，"不过，这个由癌细胞克隆出的玩意儿究竟算不算人，目前还在两可之间。所以，从法律意义上说，我还不能把那些人称为凶手。"

保罗和桥本对视一眼。毫无疑问，索恩的观点和那个"维护人类纯洁联盟"是一致的，说不定他就是其中一员。公司警卫马尔科姆没有听出索恩的爱憎，还在详细追述着昨晚的情形。他说：

"破坏者的汽车牌照号我记下来了，并且在电话中通知了警方。警官先生，这个号码是否已经查出来了？是不是真实号码？"

索恩冷淡地说："是真实号码，不过没有什么用处。昨晚的那三人已向警方自首，一个庞大的律师团表示要帮他们把官司打到底。雷恩斯先生，桥本先生，贵公司的麻烦要接踵而来了，这完全是你们自找的。我真不明白，你们为什么要费神费力地研究什么癌人，你们是些变态狂吗？"

保罗已彻底对索恩警官丧失了希望，不再指望他能公平地处理这件案子。他以冷淡的客气说：

"警官先生，这个问题超出了你的知识水平，所以，你有一些疑问是很正常的。这些以后再说吧，现在请你采取必要的措施，保护我们不再受到威胁。"

"请放心，我会恪守警察的职责，哪怕心里并不情愿。"

送走了索恩和他的手下，保罗和桥本苦笑着面面相觑。保罗低声咕哝道："也许我们真的错了？"

"也许我不该来到PPG公司；也许我不该有这方面的技术造诣，就像三岁孩子不该拿到火柴。"保罗想，"我刚才在讥笑那位警察大叔的无知，可是我自己呢？我真的已经全知全晓，可以把上帝也不放在眼里吗？"

他的眉峰中凝着深深的苦恼。桥本看着他，心中觉得愧疚。在几个研究者中，他是唯一的知情人。事实上是伊恩和他摆好了圈套，让保罗掉进来……不过，还是先去管自己园中的荒草吧。就在今天早上，爆炸把他惊醒后，他接到了一个电话，匿名者严厉地说：

"请桥本先生立即退出该项研究，不要做人类的罪人。在迫不得已时，我们只有以邪恶对付邪恶，请你不要逼我们。"

匿名者一一列举了桥本的父母妻儿的名字、住址和工作，然后啪地挂上电话。这个威胁太凶险了，直到现在桥本还是忐忑不安。也许真该向老板辞行？12万的年薪确实吸引人，但亲人和自己的性命更宝贵。

窗外响起啸声，一架直升机盘旋着降落在停机坪，桥本看看手表，6点30分，他对保罗说："肯定是罗伯逊先生到了，咱们去迎接。"

这时电话响了，保罗拿起听筒："我是保罗，请问是哪一位？"他把话筒移开，对桥本说："是我妻子，你先去吧，我随后就到。"

电话中，妻子的诘问像洪水一样滔滔不绝："保罗，我已经见到了电视台的报道，给你的寓所和办公室打了十几次电话都没人接。你受伤了吗？你为什么不给我来个平安电话？你难道没有想到，我听到这个消息后会怎样担心？"

保罗好容易才截断了妻子的话头："我很好，这儿只是损坏了一些设备，人员没有任何伤亡。"

妻子又担心又气恼地说："可是，你们的做法已引起了公愤！到处都在谈论你的癌人，到处都是怒冲冲的责骂。这些情况你知道吗？"

"我知道。我们事先没有料到这样激烈的反应。"

"保罗，不要再干下去了。回来吧。"保罗久久没有回答，话筒中大声问道，"你听见我的话了吗？"

保罗咽着唾沫，艰难地说："维多利亚，我正想找机会告诉你，恐怕两三年内我不能回家了。苏玛决定带着女儿逃亡，我责无旁贷，只能陪着她。毕竟海拉的生命是我创造的，而且她和奶奶又有直接的血缘关系。"

妻子沉默了很久，才抑着怒气问："请问雷恩斯先生，这个决定是为了海拉，还是为了那位漂亮的苏玛小姐？我和吉米在你的天平中占了多大分量？"

保罗苦涩地说："你有这样的想法我很难过。以后你会理解我的。"

他还想解释几句，但妻子已挂断电话。保罗愣了许久，耳中尽回响着决绝的挂机声。尔后他摇摇头，摆脱这些思绪，挂通医院的电话：

"是帕米拉吗？请苏玛接电话。喂，苏玛，"他压低声音说，"我想现在就该走了。我刚才见了警方，他们的态度很不友好。如果让警方把你和海拉保护起来，恐怕情形会更糟。我们该当机立断了。"

那边低声回答："好的，我多少收拾一些随身用品。可是……你真的要跟我们一块去吗？"

"对，你不必犹豫了。快准备东西吧，15分钟后我就赶到。"

记者们在大门口拥挤着，公司警卫努力把他们推到门外。约翰、阿尔伯特和伊恩都在三楼爆炸现场，看着狼藉不堪的屋内。罗伯逊先生显得很镇静，表情淡然地听着桥本的叙述。最后桥本壮着胆子说：

"我们事前没料到，社会上有这样强烈的反应，甚至可以说是敌意。是否慎重考虑一下今后的计划？"

约翰听出了他的胆怯，和阿尔伯特交换着眼神，但没有说话。伊恩似乎被这个事变震晕了，神情沮丧地沉默着。门外响起脚步声，保罗匆匆走进来。老约翰忙笑着迎过去，同他紧紧拥抱：

"你好，毁了几台设备没关系，只要你们安然无恙就是幸事。"

保罗压低声音说："我能同你单独谈谈吗？"

约翰看看他："好的。"他领保罗走到隔间，关上破损的房门："有什么事？"

保罗低沉地说："苏玛已决定带着海拉逃亡，逃到一个偏僻的地方，直到社会上平静之后再回来。我打算陪她一块去。"

约翰犹疑地说："不必吧，事态不致如此严重。公司此后会提供绝对安全的保护。"

保罗坚决地说："苏玛的决定已经不可更改了。如果事态向好的方向转化，我们就很快回来。"

约翰沉思了10秒钟："好吧，你们先避避风头也好。需要我做什么吗？"

"请尽快给我们准备10万现金，就算是我预支的年薪吧，到隐居地后，我们不想使用信用卡，也不准备同你们建立联系。我想，只有这样才是最安全的。"

"没问题，这10万元由公司来出。"

保罗看看楼下的直升机："苏玛让我代她向夫人告别，时间紧迫，她就不过来了。另外，请用直升机送我们一程。"

"可以。"约翰感伤地说，"我不去同苏玛道别了。我给你一个秘密电话号码，如果需要我帮忙时请打电话。祝你们好运，也希望你们早一点回来。咳，我该怎样同多娜讲这件事啊？"

五

直升机刚在医院停下，苏玛就抱着海拉跑出来，帕米拉在后边提着一个硕大的旅行箱。海拉睡得正熟，小脸蛋上漫溢着圣洁的微笑。帕米拉不知道苏玛的计划，以为她只是回家将养，她兴高采烈地同苏玛告别，喊道：

"苏玛小姐，过些天我到特伦顿去看你！"

苏玛含糊地答应着，爬进机舱，保罗关上舱门，帕米拉退出旋翼的范围，直升机轰鸣着离开地面。驾驶员回头笑道：

"苏玛，你好。"苏玛正在同地上的帕米拉挥手作别，这时收回目光，高兴地说："你好，克里奥叔叔。"

直升机已经拔高，城市的高楼缩小成了积木玩具，白色的特拉华河蜿蜒而过。克里奥问："现在该往哪儿飞？"

苏玛和保罗相视苦笑。虽然已经上了直升机，他们对这个问题还没有认真考虑过呢。该往哪儿去？哪儿是安全之地？这次逃亡何时才能结束？这些都在未定之数。保罗耸耸肩膀，笑着说：

"让海拉来决定吧。就按海拉此时的右手方向——这个方向应该是西南吧——向西南直飞480千米，然后你返回，我们再去闯荡。"

"好的。"克里奥调整了方向，直向西南飞去。

直升机擦过蔚蓝的切萨皮克海湾，沿着阿巴拉契山脉的东麓一直向西南飞去。下午，他们越过群山向西，在里奇伍德市郊停下。克里奥让他们待在机舱内，自己叫了一辆出租车匆匆走了。半个小时后，他开着一辆半旧的克莱斯勒车返回，车窗上的售价＄4200还没擦去。他把苏玛母女扶下机舱，安顿到汽车后排。海拉已经醒了，不哭不闹，两只眼睛溜圆溜圆地盯着克里奥。克里奥不禁低下头吻吻她。他是公司的老人，苏玛第一次乘坐他的直升机时，正是海拉这个年纪。现在，苏玛要带着女儿逃亡，此去是吉是凶？他感伤地吻吻苏玛，声音喑哑地说：

"我要返回了，祝你们好运。"

苏玛动情地揽住他的脖颈，同他再次吻别："再见，回去代我向我的父母问好，请母亲保重身体。"她想到身患重病的母亲，不知道此一去还能否见面？浓浓的离愁如海潮般涨起，淹没了全身。她哽咽着重复道："再见，也许要不了两个月我就会回来的。"

保罗从前窗探出身体向克里奥道别，庄重地说："克里奥先生，这一路的情形不要向外人泄露。"

"放心吧，除了罗伯逊先生和夫人，我不会告诉第三个人。"

保罗开上车走了，克里奥也迅速登机，在天上盘旋了两圈。克莱斯勒汽车向西开去，车窗玻璃上映着金黄色的夕阳余晖。他们看见了直升机，从车窗里伸出手同他挥别，还拉着小海拉的手伸到窗外挥着。克里奥压低机头从汽车右侧掠过，算作告别，然后拉起机头飞进云层。等他再回头张望时，那辆汽车已经缩为一只金背甲虫，很快融入车流，再融入夕阳余晖中。

克里奥叹息着，向来路返回，一路上怏怏不乐。他在心里为苏玛担忧，只怕她从此与麻烦解扯不开了。他的估计没有错，保罗和苏玛的这次隐居长达三年，而且，他们竟然把家搭到了狼窝附近。麻烦一直紧紧地缠着他们。

第四章　小紫蛇

一

保罗走出长长的梦境，翻身睡熟了，他的手臂搭在苏玛的肩上。苏玛在朦胧中转过身，抓住他的手贴在自己脸上。睡在旁边的不是她的丈夫，但无论如何，有他睡在身边，苏玛感到十分安全。

他们不知道，就在距他们1.6千米的一间石屋中，快活的豪森一直在听着他们的对话。窃听器质量很好，音质清晰，似乎对话人就在身边。后来两人都入睡了，窃听器中传来轻微绵长的鼻息声。

豪森不禁摇摇头，佩服这对假夫妻的定力。一个强壮的男人，一个漂亮的女子，躲在人迹罕至的山间野舍中。谁能想到他们竟然还保持着纯洁的关系？

他去冲了澡，又回到窃听器旁，心想这次业务真是让他大开眼界。豪森原在西弗吉尼亚的查尔斯顿开一家私人侦探所，业务一直不太景气，妻子体弱多病，每个月医生的账单是他最头疼的事。三年前的一个晚上，幸运降临了，费城的约翰·罗伯逊先生十万火急地找到他，让他立即来到这片山地潜伏下来，他的任务是"时刻把三个人保持在视野里，但不得干扰他们的生活"。这次业务的价码十分优厚，但顾主严格要求，对窃听到的所有内容绝对保密。罗伯逊严厉地说：

"如果有人无意中听到了这些东西，或者有人以更高的价码买到这些消息，那么，我凭圣经发誓，一定让你从此不得安宁，你会到精神病院里去用这笔不义之财。"

豪森冷冷地回答："这正是我应该恪守的职业道德。"

约翰抱歉地笑笑："那就好，请原谅我的坦率，相信今后我们会相处得很愉快。"

豹人

此后豪森逐渐明白了，约翰当时为什么会如此严厉。因为那三个人中确实隐藏着世界级的秘密。一个癌人！虽然豪森对遗传学知之甚少，但不久前新闻界的那场喧嚣他记忆犹新。

不过，那个凶恶的字眼：癌，无论如何与小赫蒂联系不到一块儿，这是个生命力旺盛的黑精灵，是一个惹人爱怜的小天使。在三年的监视中，豪森已真心喜欢上她了。现在，即使约翰不再付钱，他也会心甘情愿地保护她，让她免受什么纯洁联盟的迫害。

保罗一家肯定也感受到了他的友情，在他们充满警惕的隐居生活中，唯独对豪森不加防范。比如说，对海拉在发育速度上的异常，他们肯定知道豪森有所觉察，但双方都把它作为一个心照不宣的秘密。这使豪森常常感到内疚，觉得自己滥用了这家人的信任。聊可自慰的是，他的监视并没有恶意。

"好啦，你们要回到人类社会中去，我的刑期也要结束啦。"他自语道。

三年来，他实际上成了一个坐单人牢房的犯人，除了偶尔同小镇上的人聊聊天，几乎没有可交谈的对象。所以，他常常自言自语，以保证说话能力不致衰退。

窃听器里已悄无声息了，偶尔能听到屋外传来的夜鸟鸣啭声。忽然响起清晰的喷鼻声，几乎是贴着窃听器发出的。开始窃听时，这个声音曾使豪森纳闷不解，后来才猜到，这是斯蒂文也就是保罗养的那只名叫玛亚的雌性牧羊犬。每晚它要在屋里做一次例行巡逻，又正好经过拾音器。

他笑道："晚安，玛亚小姐，我也要睡觉了。"然后他把窃听器调到自动录音档，上床睡觉。

二

凌晨2点，埃德蒙和哈姆踏着夜色，悄悄来到斯蒂文的石屋。院子里很静，窗户里透出微弱的灯光。那条牧羊犬听到动静，低声吠叫着，从狗舍里钻出来。这条狗是他们最担心的障碍，不过他们已经做了充分的准备。

玛亚看到了栅栏边那个瘦小的身影，它低声吠叫着，警惕地走过去。玛亚是一只性格温和的牧羊犬,在它的心里,每个两腿生物都应该是它的朋友。不过,深夜在院子外潜行的人是否也能划进朋友的范畴?它不太坚决地叫着,希望吠声能把这人赶走。这时,埋伏在院子另一侧的埃德蒙从容地瞄准,扣动扳机,一个小小的针筒扎在它的腹部。

玛亚立即回身,愤怒地向敌人扑过去。但麻醉药发作得很快,它摇晃了几下,慢慢倒在地上。埃德蒙把麻醉枪交给哈姆,轻轻翻过栅栏,掏出怀里的手枪,悄悄向屋门走去。很好,斯蒂文夫妇都没有醒,这对双方都是好事。毕竟他只是想拿海拉的器官换美元,并不想当杀人犯。

八年前,他从美国警方和国际刑警组织的搜捕下逃脱,在这片山野里度过了五年平静的时光。但三年前,斯蒂文一家和豪森相继迁入此地,使他的神经又绷紧了,做好了逃窜的准备。不过很快他发现这是一场虚惊。斯蒂文一家肯定像他一样也是逃亡者,他们谨慎地蜗居在这里,不同外界发生任何联系。豪森倒可能是一个侦探,但他的目标并不是被警方通缉的埃德蒙,而是在豪森之前搬来的斯蒂文一家!

他放下心,但仍保持着监视,把每天的偷窥当成娱乐。他常常想,究竟是什么缘故,让这对年轻夫妇带着才满月的婴儿逃到这荒野之地;而那位侦探整整陪了三年。三年的侦察费用是一笔不小的花销,又是谁在慷慨地付钱呢?

这些疑问使他越来越好奇,所以他孜孜不倦地探查着。两年后他发现了一个惊人的秘密:那个叫赫蒂的小女孩显然在飞速生长!她是在埃德蒙的眼皮底下一天天、一点点长大的,所以很长时间他忽略了这一点。但有一天他回头一想,发觉仅仅两年之间,赫蒂竟然从一个婴儿长成了五岁的大孩子!

这个发现使他十分困惑。他曾设想这个孩子中间被掉过包,但仔细回忆两年来的观察后,他排除了这种可能。那么,赫蒂是一个甲状腺功能亢进症患者?不过,恐怕这种患者也达不到这样高的生长速度。

这个难题足足困扰了他半年之久。某天晚上他忽然灵犀顿开,想到了三年前曾轰动一时的癌人事件——他们正好是那段时间迁居此地的!以后,一切乱麻都被理清了，原来这是一个癌人，一个快速生长、永不衰老的癌人，一个活着的器官仓库！

他的职业荣誉感开始蠢蠢欲动。既然仁慈而万能的上帝把肥美的羔羊送到狼穴旁，他怎么能拒绝呢？还有更妙的呢，只要翻翻三年前的报纸就能预料，斯蒂文夫妇如果丢失了小癌人后是绝不敢报警的，因为她是公众仇恨的焦点，她甚至不具备人的法律资格。后一点特别使埃德蒙满意，因为这样他就可以保留自己所剩无几的良心，不必拿它换取金钱了。

他顺利地潜进赫蒂的房间，她正在熟睡，小脸蛋上挂着微笑。他轻轻关上门，挤碎麻醉药管，用毛巾捂在她的嘴上。赫蒂在睡梦中挣扎了几下便不动了。这次行动是如此顺利，埃德蒙在狂喜中低声自语道：

"乖乖小癌人，你可到我手里了！"

他拉开门仔细听听，屋里没有动静，那对假夫妻还在甜梦中。他把赫蒂扛到肩上，悄悄溜出屋门。哈姆还在栅栏门边一筹莫展，给他分派的任务是悄悄打开栅栏的大铁锁，但现在门锁还好好地挂在那里。看见埃德蒙出来，哈姆紧张地说：

"我打不开！它太结实了！"

埃德蒙瞪着他，真想把这个笨蛋掐死，不过这会儿不是和他算账的时候。他低声命令道：

"快到那边去，你在外边接我。"

他已经侦察到，在栅栏与山岩连接的地方，有一个地方比较容易攀登。他一手托住肩上的赫蒂，一手拉住栅栏艰难地攀上去，稳住身子，把赫蒂丢给外面的哈姆。他喘口气，忽然感到左手心一阵刺疼，戴的薄羊皮手套被什么东西挂破了，手套上面沾着血迹。他没有管它，翻过栅栏，把赫蒂扛到肩上：

"快走！"

两人轮流扛着女孩，匆匆来到1.6千米外的石子便道。老橡树的树荫下藏着哈姆的汽车，是两小时前藏到这里的。他们把赫蒂塞到后座椅上，向山外开去。

三

豪森这天晚上睡得格外香甜，一觉醒来，已是第二天早上6点半。他披衣下床，嘴里咕哝道："早安，斯蒂文先生和太太，还有小赫蒂，咱们的交流又要开始了。"

打开窃听器，里边传来窸窸窣窣的声响。按照惯例，那边的三个人该起床了，但今天没有听见小海拉的笑声或喊声——在平时，她的笑声一直是豪森的起床音乐。这个黑精灵今天睡懒觉了吗？豪森决定先去洗漱。但这时他听见苏玛惊惧的喊声：

"保罗！保罗！海拉失踪了！"

保罗听见苏玛的喊声，忙从卫生室出来。苏玛脸色惨白，长发散乱，轻薄的睡衣敞开了，露出雪白的胸脯。保罗笑着过去为她系好睡衣，安慰她：

"不要大惊小怪。这个野姑娘一定是起得早，独个出去玩了。"

话虽这样说，他也急忙在屋里寻找。海拉的卧室没有人，毛巾和枕头散扔在床上。客厅、厨房和院内都没有人影，唤她也没有回音。也许她真的独自出门去玩了？保罗不大相信。因为他们一再告诫海拉，不要独自外出，要提防野兽和毒蛇。他突然想到了玛亚，它为什么今天这样安静？来到房外的犬舍，保罗立即觉得心头发紧。犬舍是空的，牧羊犬姿势怪异地瘫在栅栏旁边的地上，无力地强睁着眼睛，一只麻醉弹的尾管还扎在肚皮上。

苏玛也看见了，用拳头堵住喉咙深处的一声惊呼。保罗忙把她揽到怀里，感觉到她的身体簌簌发抖。他尽力安慰道：

"不要慌，不要慌，走，我们先回去带上武器。"

他把苏玛拽到屋里，立即取出那支韦森左轮手枪，又把双筒猎枪递给苏玛，然后两人从海拉卧室开始仔细搜查。屋内没发现什么异常，仔细嗅嗅，有一股淡淡的香味儿，绑架者一定是把她麻醉了。外门玻璃上有一个圆洞，是金刚石划破的。栅栏上的铁锁有撬痕，但没有被撬坏。顺着栅栏寻找，在栅栏与山岩相接的地方发现了爬过的痕迹，栏外的地上隐约可见几只脚印。

豹人

保罗决定先把猎犬弄醒，他回屋取了一针兴奋剂，为玛亚注射。玛亚慢慢站起来，摇摇脑袋，踉跄几步，恢复了正常，立即咆哮着冲了出去。它顺着那道足迹跑着，在山岩处跃过栅栏，迅速向外追踪。保罗和苏玛握着枪，紧紧跟在后边。

玛亚很快追到那条简易石子路，它停住了，愤怒地吠着。石子路上很多石子被动过，石缝中的杂草被碾平，形成一条清晰的汽车胎痕。保罗的心猛地沉了下去，他知道线索到此断了。

从石子路上的胎痕看，这辆车是向山外开去的。保罗让苏玛在原地等着，他飞快地跑回家中，开出那辆克莱斯勒。这辆车已经久置不用了，多亏前些天为了教海拉开车，才到镇上为电瓶充了电，加足了汽油。他让苏玛和玛亚上车，顺着那道车痕追踪。痕迹越来越模糊，等到石子道和奇森小镇的大路接上，所有的痕迹全消失了。他们下了车，仔细辨认着，但无法可想。保罗面色阴沉，苏玛急得发狂，玛亚站在交叉口愤怒地低吠着。

镇子还没有醒来，街上空无人影。镇西头有一间小商店，店主维克发现了这两人一犬在交叉口焦灼地辨认车痕，便好奇地走过来。镇上都知道，130千米外的山里住着几家怪人，他们经常躲在山背后，轻易不与人攀谈，也很少在镇上露面，只是偶尔来镇上买些杂物。维克走过去，热心地问：

"哈喽，斯蒂文先生和太太，有什么要我帮忙吗？"

保罗问他，昨晚到今早，有没有陌生的人和车辆经过这里。维克想想，肯定地说："有，今天早上，3点到3点半之间，我听见一辆车从门前经过。当时我还想是谁起得这么早？那辆车速度很快地开走了。"他看到保罗的目光更黯淡了，便问："怎么了，家里失窃了吗？"

保罗不敢说出真情，那肯定会惊动警方的。他含糊地承认着，对，但没丢失重要东西，我们自己能处理。热情豪爽的维克不免有些生气，他发现斯蒂文似乎不欢迎他的帮助，从他太太焦灼欲狂的眼神看，从他们放在汽车后座上的猎枪看，他们丢失的绝不是什么普通物品。不过他没有想到"失窃"的是他们的女儿，因为任何丢失女儿的父母都会哭喊着把全镇人喊醒，哪里会这样吞吞吐吐。维克觉得受了侮辱，冷笑一声径自走了。

两人心情沉重地开车回去，路上他们商量着是否报警，但最终下不了决心。只要一报警，海拉的真实身份就难以隐瞒了，她势必被再次推到聚光灯下，经受舆论的又一次煎烤。究竟是谁绑架了海拉？是否还是"维护人类纯洁联盟"的那伙人？如果是他们，则报警毫无用处——他们本来就想在社会上掀起仇恨的喧嚣，不会躲避警察的。如果不是这帮人，而是不了解真情的普通罪犯，那就更不能报警。因为，一旦罪犯们得知海拉的真实身份，更不会轻易放手了。

他们掂量来掂量去，仍是进退两难。汽车开到了门口，身后的玛亚忽然跳下车向前冲去，高声吠叫着，保罗跟着跳下去，警惕地端平手枪。房门拉开了，一个人从屋里迎出来，是他们的远邻豪森先生！

"不要误会，不要紧张，我是来帮助你们的，雷恩斯先生和苏玛小姐。"

两人乍一听到自己的真实姓名，浑身一震，已垂下的枪口又抬起来了。豪森镇静地说："对，我知道你们的真实身份，我是罗伯逊先生派来的。"

保罗狐疑地问："你？你不是在我们之前就迁居此地了吗？"

他轻轻摇摇头："不，我是在你们搬来的第三天才迁来的，不过我让原房主在卖房合约上提前了10天。我想，你们那时想必比较慌乱，不会注意这个时间差。"

保罗怀疑地问："你怎么那么快就找到我们的落脚地？是克里奥在汽车中安放了信号发生器？"

"不，没有什么高科技的东西。虽然你们买房时使用的是化名和现金，但买房是要上税的，税务往来是电脑联网的。而且，在购买房产时使用现金而不是支票的人不是很多。罗伯逊先生只是通过朋友，查询了某年某月在西弗吉尼亚州用现金购房的交易，很快就找到了你们。我原想你们会越过州界去肯塔吉州、宾夕法尼亚州或弗吉尼亚州，查询会稍微麻烦一些，后来证明你们没有这样的预防意识。"

保罗唯有苦笑。他曾自认是高智商——在生物学领域里，他的智商确实不低——他费尽心机抹掉三个人的行踪，甚至忍着思念，轻易不给妻子打电话，即使通话也要跑到500千米外，他想这个秘密居处肯定不会有人知道。

没想到罗伯逊和豪森用这样简单的方法就找到了他们,而且瞒了他三年。和两人相比,他简直是智商不足60的白痴!他阴沉地问:

"你怎么知道我家出了变故?窃听吗?"

豪森小心地看看他的怒容,坦率地说:"对,窃听。三年前我就在这儿安装了窃听器。但请你放心,窃听内容除了罗伯逊先生外,没有向任何人透露过,今后也不会,而罗伯逊只是为了保护你们。可惜,"他苦笑道,"我是单枪匹马,没办法对你实施24小时监听,否则昨晚就会发现潜入者了。"

苏玛首先想到了更重要的事情,不耐烦地说:"这些账以后再算吧。豪森先生,你有什么线索?你能帮助我们吗?"

豪森肯定地说:"多少有点线索吧。"

保罗和苏玛立即感到一阵狂喜。他们顾不上盘问别的了,同声问道:"有线索?什么线索?"

豪森领他们回屋,他已经带来一个白色的装置,外形不大,大约有笔记本电脑的一半大小。他按下放音键,磁带立即转动起来。他解释道:

"今早听到苏玛小姐喊叫'海拉失踪'之后,我立即重放了昨晚的自动录音内容。这盘带子用的拾音器是设在赫蒂,不,海拉房内的。你们听,到了。"

录音带的音质极好,能听到海拉轻微的鼻息声,接着是轻轻的开门声,轻微的窸窣声。再接着,海拉的鼻息声忽然消失了,几分钟后,一个嘶哑的极低的声音说:

"我的乖乖小癌人,你可到我手里了!"

声音中有抑制不住的狂喜。又一阵较大的窸窣声后,一切归于沉静。豪森说:"凶手肯定麻醉了海拉,把她抱走了。"

保罗急急地问:"凭这录音能把凶手辨认出来吗?我知道警方有声纹鉴别技术。"

豪森摇摇头:"恐怕不行。据我所知,警方的声纹资料库还不全,不一定能查到他。警方的指纹资料是最完善的,但我在屋内仔细搜查过,没有发现指纹。罪犯可能是个老手,干得相当谨慎。"

两人十分失望，豪森忙安慰道："还有一点线索可能有用。你们看。"

他领两人来到院里，走近栅栏与山岩相接处："你们看，罪犯是两个人，一个人进屋，一个人在外边接应。罪犯是从那边越过栅栏进来的，他戴着手套，没有留下指纹。但是，回程时他背着海拉，翻越肯定比较吃力。在这里他滑了一下，手套划破了，留下一点血迹。我已经把血迹刮下了。"他苦笑道，"但愿不是海拉受伤而留下的。不管怎样，我要迅速赶去联邦调查局，那里有识别 DNA 的设备。希望这一趟不至于白跑。"

他同两人辞行："我要走了，一个小时前我已向罗伯逊报告了这儿的变故，他已经同 FBI 联系好，只等我一去就开始工作。在我回来前，你们不要轻举妄动。"

他急匆匆回去开出自己的汽车，临走还特意拐到这里谆谆交代："记住我的话！"

汽车疾风般加速，把石子甩向后方，很快消失在山路尽头。

四

豪森走了，给他们留下一个渺茫的希望，他们决定等这个希望破灭后再去报警。整整一天时间，两人带着玛亚到处搜索，又到奇森镇的外围向路人打听，但没有得到任何有用的线索。下午他们才疲惫不堪地回到家中。

屋内失去了海拉，突然间变得十分冷清，甚至是凄凉。玛亚也变得无精打采，趴在他们的脚边，时而抬起头注意倾听着。

保罗只有尽力宽慰着苏玛，但此刻他们确实束手无策。是哪些该死的混蛋绑架了海拉？他们又怎么知道这个隐秘的住处？

想到这里，保罗浑身一震。苏玛仰起脸，凄然道："怪我们太麻痹，让绑架者从眼底下把海拉劫走。我真该死！"

保罗没有安抚她，紧张地继续自己刚才的一闪念。不错，他们太麻痹，太缺乏经验，使自己的秘密住处被罗伯逊轻易找到。但这多半缘于他事先知道三人的行程。如果是丝毫不知情的人，比如什么纯洁联盟，他们不大可能探到这个住处。

也许……就是老约翰在捣鬼？他在扮演"保护者"的同时，又悄悄绑架了海拉？

至于作案动机并不难找。癌人计划已陷于停顿，他也许需要海拉做一个火种，重新点燃它。或者，罗伯逊夫人换肝手术后——去年的电话联系中他说了这件事，病情再度恶化，这次他需要一个"天然"的而不是"人造"的肝脏。

这个想法使人不寒而栗，它的血腥味儿太重了。但是，保罗苦涩地想，这正是罗伯逊制定癌人计划的原始目的呀。苏玛仍陷于极度的悲痛中，已经乱了方寸。保罗不愿给她徒添烦恼，独自思索一会儿，对苏玛柔声说：

"苏玛，我想出去打个电话。"

"还要到外地去打吗？"

保罗苦笑着摇头："不。既然海拉已失踪，我们不需要保密了。我去奇森镇打电话，马上就回来。我回来前你不要出去。"

他开着汽车向小镇去。他想起，前几天还在这条路上教海拉开车，海拉学得极快，几乎是转眼之间，她已经开得非常自如了，现在保罗耳边似乎还响着她高兴的尖叫声。可惜景是人非，海拉现在生死不知！

小镇的大街上有一间很小的邮局，是半日值班的，这会儿没有一个工作人员。一个七八岁的白人女孩在自动售票机上买邮票，穿着鲜艳的毛料长裙，卡着绿色发卡。可能是钞票皱了，自动售票机内吱吱响了一阵，把钞票退回来，发出一阵警告铃声。小女孩非常困惑，细心地展平钞票，再送进去。这回售票机接受了，吐出一张邮票和一堆零钱。女孩十分高兴，咯咯地笑着，抬头看见保罗，也送来一个甜甜的微笑。

保罗的心房猛然被刺痛，这笑容和海拉太相像了！今天所见的一切都令他联想起惹人爱怜的女儿，在他心中，仇恨的怒火燃烧着。女孩把信件投入邮筒，跳跳蹦蹦地走了。保罗见电话隔音室中是老式的投币电话，便掏出10美元塞进自动售票机，换出硬币，挂通了罗伯逊的秘密电话。

那边立即有人回话："是豪森吗？血样还没送去？"

保罗沉默片刻才说："我不是豪森，我是保罗。"

"保罗？"对方重复一句，很快接着说，"那儿的情况我都知道了。豪森走了吗？"

"走了，今天上午。"

"那么，最迟后天早上他可以拿到结果。如果……那只有报警了。苏玛的情况怎样？"

保罗沉闷地说："她十分悲伤。如果海拉有什么好歹，我担心她受不了这个打击。"

对方沉默一会儿，叹道："我们只有尽力而为了，请你尽量开导她。"

从这段对话中，保罗没有听出什么可疑之处，他从侧面迂回道："夫人身体还好吧？去年通话时，你说她做了换肝手术。"

"对，实际上是三年前做的，换肝后恢复得很好，但三星期前病情突然恶化，现在正准备做第二次换肝手术。至于效果……听凭上帝安排吧。"

他的话中透出无奈和愁苦，听来十分真诚。保罗相信了他的话，也真诚地说："愿上帝保佑她。再见。"

"再见。有什么情况请及时通知我。"

挂上电话，保罗仔细梳理了约翰的对话，没有发现和绑架案有关的迹象。具有讽刺意味的是，这使得保罗更加焦灼。如今，海拉的命运更难预测了！

夜里苏玛辗转难眠，保罗把她拥到怀里，努力劝慰她。深夜苏玛才入睡，梦中仍显得焦虑不宁，眉峰时时颤动着，有时身上会突然有明显的战栗。保罗心疼地看着她苍白的面孔，觉得自己无能为力。疲惫中保罗也朦胧入睡。没有多久，苏玛突然全身抽动，把他惊醒了。苏玛大睁双眼，表情惊惧。保罗轻声问：

"苏玛，醒醒，怎么了？"

苏玛心有余悸地说："我做了个噩梦，海拉被关在山洞里，一个巫婆正嘎嘎笑着逼近她。我看见一把刀！我能通过海拉的眼睛，看到那把锋利的刀！"

保罗叹息着安慰她："这只是一个梦。不要胡思乱想了，睡吧。"

但他们再也难以入睡。很久很久，两人还睁着眼，似乎寒光闪烁的尖刀在眼前晃动。

五

清晨，约翰·罗伯逊来到妻子的病房，萨哈林博士正好出来。他是约翰的私人医生，已经为他们服务 30 年了。护士帕米拉跟在后边，拎着医生的小药械箱。屋里拉着厚重的窗帘，灯光都关了，只有脚灯幽幽地亮着，屋里显得晦暗沉闷。帕米拉随手关上房门，小声说：

"先生，夫人刚刚入睡。"

约翰陪医生来到客厅，问道："怎么样，明天的手术？"

"没问题，夫人的身体状况还能承受一次手术。"

他把重音放在"一次"上。老约翰当然听出来了，只有报以苦笑。

三年前，妻子的病情急剧恶化，肝功能完全衰竭。所有灵丹妙药都无力延缓这个过程，只好为她实施了换肝手术。不是用人类的肝，由于种种原因，他们一直没有碰到一个合适的器官供应者；也不是"癌人"的肝，在强大的社会压力下，约翰不得不中止了对癌人的研究。妻子更换的是人造肝脏，即那种用可降解生物材料做骨架、用病人本身的肝细胞生长而成的人造器官。手术很成功，妻子的身体自手术后日渐好转，面部的褐色和黄疸也逐渐消退。她的心情也变得晴朗了。说句刻薄话，那时老约翰已经开始计算系列化的人造脏器投放市场的可观利润了。

但是两个星期前，那个巧夺天工的人造肝脏忽然"崩溃"，就像地震毁掉了一幢建筑，肝细胞一片一片地坏死。仅仅 10 天内，妻子已经陷于昏迷。PPG 公司的医学科学家们和医生们都束手无策，他们说，这些肝细胞的死亡很像是协调一致的自杀，大概是某个细胞内的死亡时钟出现了错误，产生了雪崩效应。

现在，唯一的办法是再做一次换肝手术，但愿这次的新肝脏能多坚持几年。约翰问萨哈林：

"那么，明天的手术如期进行？"

"对。"

医生走了，帕米拉拎着药箱送他上车。约翰轻轻推开房门，坐在老妻身旁。妻子已被病魔蹂躏得面目全非，白发枯干，脸上罩着死亡的黑气，松弛的皮肤掩不住支离的骨骼。这会儿她沉沉入睡，气息微弱，几乎像一只骷髅。

约翰觉得十分悲伤，但更多的是无奈。作为世界著名的药业集团的总裁，眼睁睁看着妻子被病魔一天天吞食，他常常感到一种绝望的愤怒。帕米拉轻轻推门进来，立在他的身旁。约翰轻声问：

"夫人清醒时说了什么吗？"

"她还是说想见见苏玛。我告诉她，你一直都在寻找他们的下落，但还没有消息。"

约翰点点头，不再说话。两个小时后妻子才从昏睡中醒来，她看见丈夫，微微一笑，声音微弱地说："你还没有休息？"

约翰握着她的手说："我不困。你休息吧，准备明天做手术。"

妻子沉默一会儿："真想在手术前见见苏玛，可惜来不及了。"

约翰安慰她："没关系的，手术后你的身体会很快复原。那时我再尽量想办法与苏玛联系，也许，在这段时间内他们会打来电话。"

妻子微微点头，又闭上眼睛。约翰在这儿一直陪到凌晨，百叶窗里透出第一丝曙光，他对帕米拉做一个手势，悄悄退出病房，来到他的保密间。他没告诉妻子，实际这几年他一直掌握着女儿的行踪，他雇用的私人侦探豪森一直隐藏在他们附近保护着他们。不过这种联系是单向的，被保护者并不知道。他不想把这层纸捅破，因此不想通知他们回来。

今天是10月15日，每逢15日早上7点，豪森要向他汇报一个月来的动态，现在已经到约定的时候了。

保密间是完全隔音的，关上那扇沉重的双层门，世界上所有的嘈杂声都被隔绝门外。他踏着松软的吸音地毯来回踱步，即使在对妻子的担忧中，他仍在考虑三年前夭折的癌人计划。PPG公司受到了强大的压力，不得不中断计划。他很后悔，应该用更巧妙的方式来推行它。那样也许妻子就有救了——而且，只要想想世界上还有成千成万这样的病人，那么毫无疑问，癌人计划绝不会就此被扼杀。他不愿放弃8000亿产值的产业，而且，这不光是金钱的问题。

7点整,电话铃响了。尽管铃声是调在弱档,但在万音皆静的保密间里仍显得十分聒耳。约翰拿起听筒,马上听见豪森急迫的声音:

"罗伯逊先生,海拉今天早上失踪了,她一定是被绑架了!"

六

海拉悠悠醒来,努力撑开沉重的眼皮。她看见自己在一个山洞里,昏黄的灯光在洞顶投射出一个巨大的身影,身影晃动着,像一个张牙舞爪的巫婆。"这是哪儿?我怎么会到这儿?"她想坐起来,手脚却不听使唤。也许这是一个噩梦吧,她害怕地低声叫道:

"妈妈,爸爸。"

那个黑影马上停止舞动,然后逐渐缩小、消失,幻化出一个黑色的实体。一双绿色的眼睛嵌在深陷的眼窝里。她听见嘎嘎的笑声:

"你醒啦?我的小癌人乖乖。没有爸爸,也没有妈妈,这儿只有两位好心肠的老海盗。"

海拉努力拼拢神智,从意识的黑洞中挣扎出来。她看清这不是山洞,是用石块砌成的密室。面前也不是巫婆,是一个长发长须的男人,身材比较高大,大约50岁,一双荧荧发光的狼眼。在他背后是一个小个子男人,长得猥琐不堪,脸上挂着神经质的笑容。海拉不由缩紧身子,她发觉自己的手脚并不是麻痹了,而是捆绑在床板上。她的脑中打了一个激灵,立即完全清醒了,哭喊道:

"你们是什么人?为什么把我绑住?放开我!爸爸,妈妈!"

那个高个子男人嘎嘎地笑道:"不用喊,不用喊。爸爸妈妈听不到的。"他离开海拉到密室的深处,听见一阵器械的撞击声,然后他端着一个白色的盘子过来。"小癌人乖乖,多好的乖乖。三岁长这么大的个子,叫老海盗伯伯多眼红啊。好了,我要给你动个小小的手术,割下一颗肾脏去换两万美元。别担心,少了一颗肾脏你照样活得好好的,长大了还能为我再生一打小小癌人。"

在海拉的哭声中,他拿着一根针筒走过来,海拉的嗓子已经喊哑了,两眼紧紧盯着那个针筒，就像陷入绝境的青蛙盯着一条眼镜蛇。尖锐的针头扎进皮肤，海拉绝望地踢蹬着。那个男人仍快活地自言自语：

"不许乱动，别给老海盗找麻烦。这儿他只有一个助手，你好意思给他添乱吗？不过不用担心，老海盗是老手了，闭着眼睛也能做完这个手术。"

冰凉的注射液慢慢推进去，她的手脚逐渐麻木。她感觉到低个子的男人解下了她的一侧绳索，把她翻过身，在她的脊椎处又打了一针。黑云顺着神经慢慢向大脑弥漫，她听见原先的声音高兴地说：

"好，我要动手了。好长时间没干了，我多喜欢听手术刀划破皮肤的刺啦声啊。"

手术刀的寒光在眼前闪烁着，然后，刺啦一声，她的左腹传来轻微的痛感，此后她就坠入彻底的黑暗。不过在坠落之前她忽然想到，她见过这个人，见过这个恶魔，这人就是山腰上住的那个诗人，她曾见过两面。

七

第三天早上，豪森匆匆赶回来，一个中年警官坐在车后。听见汽车响声，保罗和苏玛立即跑着迎出来。三天之间，苏玛像老了10岁，脸上失去了血色，失去了往日的光泽，头发也变得枯干。豪森怜悯地看看她，没等他们询问，便直截了当地说：

"好消息，这次调查非常顺利。绑架者的身份已经清楚了。这是本地的波利警官，他带来十几名警察。"

两人立即目现异彩，迎上去同波利握手。豪森脱下外衣递给苏玛说："请给我一杯饮料。谢谢。"他接过可乐一气喝光，接着说："非常顺利。FBI存有此人的DNA图谱，甚至连他的声纹图都有。他们十分感谢我们抓住了他的尾巴，因为这个重犯已经失踪八年了。这是一只恶名昭著的噬人鲨，一个，"他看看两人，小心地说下去，"可恶的盗卖器官者。"

两人的脸色立时变得煞白，好像全身的血液一下子漏光了。豪森和波利无法劝慰，叹道："我们只有寄希望于他还没有动手了，也许他需要同他的同伙联系、准备，要耽误一些时间。"

保罗仇恨地问:"他的巢穴找到了吗?"

"很可能找到了。FBI调出了他的照片,你们看,"豪森从衣袋里掏出一张电脑打印的彩照。一个40岁左右的男人,绿眼睛,深眼窝,火红色头发,目光阴沉,嘴角微微挑着。豪森问:"认出是谁了吗?"

两人皱着眉头努力思索着,最终摇摇头。豪森又掏出一张彩照说:"你们看这一张吧,电脑为他加了10岁,又加上了长发和络腮胡子。"

苏玛首先认出来,失声叫道:"那个邻居?那个颓废派诗人?"

保罗也努力辨认着,的确像他。不过,这三年来他们仅有两三次邂逅,他不能完全肯定。豪森点点头:"对,是他。现在至少有90%的可能了。我实在该死,三年来只顾把眼睛盯着海拉,竟然没发现附近还有一条恶狼。不过话说回来,这三年他确实未露出尾巴,这是他隐居八年来的第一次作案。告诉你们,联邦调查局对我们提供的消息简直大喜若狂。"

波利点点头:"我们接到命令后进行了侦察,他还没有离开此地,看来这次他是大意了。"

保罗和苏玛急不可耐地说:"现在就逮捕他?"

"嗯。警方正在对那个地方实施包围,我想这会儿该完成了。"他取出一个对讲机轻声说了几句,抬头对两人说:"已经完成了,走吧,我们都去。"

埃德蒙吃过丰富的晚餐,按动壁炉旁的一个秘密按钮,暗门缓缓打开,露出里面的夹层。他端着食物走进去,反手按下关门的电钮。这个秘洞是原来的住户留下的,他又加以改建,正好派上了用场。

埃德蒙非常兴奋。昨天他发现小赫蒂的刀口已基本恢复。才两天哪,这再次证明了癌人的快速生长能力。这种特性对于他的生意是再好不过了。

取出来的那只肾脏当天晚上就由哈姆送走。几天之后,埃德蒙要到纽约取回剩余的7500美元。这桩生意从头到尾顺利极了。现在只有一点缺憾,就是小癌人从清醒后就拒绝吃饭,两天两夜粒米未进。这可不行,绝不能让这个宝贵的器官活仓库饿出毛病。他打算用自己的如簧巧舌去说服她,实在不行,他会用鼻饲或静脉注射的办法维持她的生命。

黑暗中，他先在脸上堆出最亲切的微笑，才揿亮电灯。海拉被强光一照，本能地抬手遮住眼睛。她的腰间锁着一个钢箍，又通过沉重的铁链拴在屋角的地锚上。所以，她一抬手，铁链就哗然作响。

仅仅两天，海拉的模样全变了，目光阴沉，表情冷漠，眉尖锁着尖锐的痛苦。这痛苦并非来自腹部的刀口，那儿已基本愈合了。痛苦来自精神方面，她不能理解这是如何发生的，为什么她喜洋洋地吃完了生日蛋糕，转眼之间就得面对锋利的屠刀？

在这两天里，她的心智飞快地成熟了。她已从最初的恐惧中爬出来，舔干自己的伤口。现在，这个剜下她一只肾脏的恶魔正堆着可憎的微笑，喋喋不休地劝她吃饭。"吃吧，小癌人乖乖，只要你吃饱，我就放你回家。你不相信？"他厚颜地笑着，"你真聪明，我当然不会放你走，但我至少可以放你看看蓝天，不再把你整天关在黑屋子里。"

海拉一直冷冷地盯着他，就像是浪花扑打下一块冷漠的礁石。埃德蒙开始发怒了，布道中开始掺杂威胁："你不吃，你愿意我在你的鼻孔中插入一根管子？或者把你变成一个植物人？"他看到小癌人的嘴唇翕动着，终于说出了第一句话：

"你，为什么，称我是，小癌人？"

她总算说话了！虽然她的话语中有如此强烈的敌意，埃德蒙还是很高兴。他笑嘻嘻地说，"为什么喊你小癌人？因为你不是你母亲生下来的。"她的眼神明显抖动一下。"你根本没有父母，你甚至算不上是自然界的生命，你是用黑人妇女拉克斯身上的癌细胞培养出来的。你知道吗？这种细胞就是世界上有名的海拉细胞，你的真名叫海拉·罗伯逊——现在，你该知道这个名字的来历了吧？我再告诉你，PPG公司当初创造你的目的，就是给人类提供备用器官。"

他看到海拉眸子中的火苗疾速闪亮着，最终转化为彻底的幻灭。他高兴地说，"你相信了我的话？真是个聪明的癌人。对，只有我向你说了实话，其他人都在骗你。其他人，包括那个所谓的父亲，他的真名是保罗·雷恩斯，就是那个黑人拉克斯的孙子，是他激发了你的生命。那个所谓的母亲叫苏玛·罗伯逊,是她提供了空卵泡,又出借了子宫帮你出生。你看,我已经把底牌全端给你了。快吃吧,快吃饱,快长大,为我多提供几个漂亮的器官,这是你的命。"

海拉对面前的食物睬也不睬,埃德蒙真正发怒了,怒声喝道:"快吃,否则我就灌你!"他伸出手扯住海拉的肩膀,海拉突然爆发了,用力甩脱他的手,尖声叫道:

"不许你碰我!不许你的脏爪子碰我!"

埃德蒙狞笑着,重新抓住她的肩胛。海拉尖声哭叫着,然后是埃德蒙极度恐惧的叫声,随之一切归于沉寂。

八

保罗按了按衣服下的手枪,开始敲埃德蒙的房门:

"克里克斯顿先生!你在家吗?"

十几名警察已经埋伏好,豪森和波利也隐在屋角。如果这个恶魔过来开门,保罗就会假装央求他帮忙寻找小海拉,等这名恶魔稍一松懈,埋伏的人就一拥而入,把他摁在地上,免得他狗急跳墙,拿海拉做人质。

但是屋内一直没有回声。也许他已经逃跑?也许他洞悉了这个计谋?玛亚闻到了罪犯的气味,愤怒地低声吠叫着。不能再耽搁了,波利对着对讲机说了几句,埋伏的警察迅速冲过来,一脚踹开房门,冲进去开始搜查。

屋内没有人影。厨房里的碗碟堆在水池里,电炉芯部还微微发热。埃德蒙和海拉在哪儿?他绝不会跑掉,因为设立包围圈时,还能听到屋里的动静。在此后的一个小时里,他插上翅膀也飞不出包围圈。

苏玛被警戒线隔在外面,她苦苦要求,波利警官放她进来了。整个屋子还有院子都搜遍了,两个人仍是毫无踪影。豪森忽然发现壁炉处有蹊跷,那里似乎有一个隔层,他用手在周围墙壁上仔细摸索着,终于发现一个很难觉察的小突起。小心地按下去,壁炉立即轰轰隆隆地移走,露出一个仅容一人的洞口。

洞里开着灯,保罗一眼就看见缩在角落里的海拉,立即要冲进去。豪森一把拉住他，闪在门边观察着。埃德蒙庞大的身躯仰躺在石头地板上，龇牙咧嘴，十分丑陋。波利喝问几声，没有反应，他显然已经死了。警察们狐疑地慢慢走进去，朝埃德蒙俯下身。

屋里有很浓的臭氧味，埃德蒙胸前有一个碗口大的深洞，周围很光滑，没有血迹。从皮肤和衣服的焦痕看，显然是被一种高能量的射流烧穿的。他的眼睛圆睁着，死亡刹那的恐怖永远冻结在脸上。

苏玛哭叫着扑向角落里的海拉。海拉神情麻木，面容枯槁，腰间还围着令人心碎的钢箍和铁链。保罗从死者身上搜出钥匙，打开钢箍，苏玛把她紧紧拥在怀中，似乎怕别人再抢走。她抖抖索索地探手入怀，在海拉身上摸索着。她摸到了一个伤口，立即噤住了，犹豫片刻，她下决心掀开海拉的上衣。

没错，一条大约两英寸的刀口像蚂蟥一样趴在左腹，它已经收口，泛着鲜嫩的粉红色。

他们来晚了，这个魔鬼已经对海拉下手了。苏玛再也忍不住，搂着可怜的女儿号啕大哭起来。

海拉仍然是一副麻木的表情，保罗心口绞痛，蹲下身去拉过海拉的小手，他忽然发现海拉右手食指只剩下半截！断口血迹斑斑，海拉的嘴边也凝有血迹。

保罗觉得逼人的寒意从脚下渐渐升起，依次麻痹了足部、小腿、大腿和腹部，并逐渐向上蔓延。她竟然把自己的一截指头嚼碎了！那时她处于什么样的心理恐惧中啊！

波利警官一直蹲在埃德蒙的尸体旁，仔细探究是谁杀了埃德蒙。从死者倒地的方位看，能量束是从里面射来的。所以，如果海拉脚边扔着一把枪的话，他能很容易地推断出是海拉开的枪。

但地上并没有任何武器。而且，这种伤口不是枪弹造成的，不是达姆达姆弹，也不是贫铀穿甲弹。它非常像是一种能量极为集中的射流，温度起码在一万摄氏度以上。几名警察商量了很久，得不出一致的意见。在这边，保罗正心疼地捧起海拉的右手，海拉用古怪的目光看看手指，再看看尸体；看看尸体，再看看手指。保罗突然之间全明白了。

豹人

他能逼真地复现留在海拉视网膜上的图像。

"一个长发长须的男人头颅,十分丑陋,深陷的眼窝里,两点目光像荧荧的狼眼。正是这个魔鬼前天割下了我的左肾,今天他又来了。"

"这一定是梦,是一场噩梦。为什么噩梦突然找上了我?从出生到现在,我一直生活在父母的羽翼下,每天看到的是爸妈亲切的笑脸。爸爸妈妈,快把这个魔鬼从我梦中赶走吧。"

但是不行,魔鬼越逼越近。

保罗不知道埃德蒙那会儿进屋来干什么,估计是来给海拉送饭吧,因为地上有三明治和破碎的盘子,他的到来一定激起海拉极度的恐惧和愤怒。她缩在角落里,狂乱地挥舞着手臂,嘶声喊道:

"滚开!不许你的脏爪子碰我!"

那个脏爪子抓住她的嫩肩,海拉绝望地一挥手——忽然,一道紫色的电芒破空而去。这可不是往日那种细细的、美丽的、只能逗笑父母灼痛皮肤的小紫蛇。几天的横祸、超限的精神压力造成了强大的能量聚集,这些都在一道紫芒中释放出来。紫芒到达哈德蒙的身体时,至少有拳头那么大,他的皮肉和肋骨还有肋骨后那颗丑恶的心脏都在万分之一秒内气化,埃德蒙留在这个世界上的,只是一声凄厉的长嚎。

这大概是一个小时前的事了。此后,可怜的海拉一直和这具尸体囚禁在一起。她想去开门,但腰间的铁链限制了她。埃德蒙的尸体正好横在门口,胸膛处是一个黑色的深洞,脸上凝结着恐惧。海拉失去了自制,她不想看,眼光却移不开。"是我杀了人?是我用小紫蛇杀了他?"

"不,这一定仍是在梦中,是一场不会醒的噩梦。她用力咬着自己的食指,那只杀人的食指,却丝毫不觉得疼痛……那么,真的是在梦中了。"

可怜的海拉啊。

警官在拍照,用白笔圈下死者的位置,低声困惑地交谈着,这个谜直到一年后还在困扰着他们。盗卖器官的罪犯们包括哈姆后来都相继落网,但他们都否认自己杀了埃德蒙。确实,他们没有作案的动机,如果是想抢夺和占有海拉,为什么在杀死埃德蒙后又悄然离去?

对这桩在密室中发生的凶杀,唯一的见证人是海拉。但身心受到严重伤害的海拉咬紧牙关,一直没有提供片言只字的证言。警官们对此无可奈何,毕竟,她只是一个刚过完三岁生日的小女孩,你能指望她什么呢。

苏玛的抽泣已经减弱了。警官波利和豪森都检查了海拉的伤势,安慰几句,请他们先回家休息。等到一离开警察的视线,保罗就伏在苏玛和海拉耳边,极其郑重地告诫:

"不要对任何人提起小紫蛇!海拉,记住了吗?"

海拉一言不发,仍用古怪的目光看着他。苏玛马上领会到这句话的含意,脊背上泛起一波战栗。

她和保罗心照不宣地点头。

不,不能让外人知道海拉杀了人,即使杀的是万恶的器官窃贼。不能因此再引起一波仇恨的喧嚣。保罗暗自苦笑。三年前他为什么坚决陪苏玛逃亡?他说过,海拉是他创造的,他有责任保护她,这当然不错,但他的决定还有第二层用意,他深藏心底,连苏玛也没有说过:

他创造了这个生命,同样有责任除掉她——如果她开始威胁到人类的话。

但三年之后,在海拉杀人之后,他却帮助这个疑人欺骗警方。谁知道自己的做法最终是对是错?他叹口气,决定遵循自己的直觉走下去,他已经不敢相信理智的分析和道德的判决了。无论是逻辑之网还是道德大厦,实际上都是建立在深刻的悖谬之上。风平浪静时,它们看上去是那样严密,那样永恒。但只要到了历史的剧变期,它们内含的微裂缝就会迅速扩大。这时,你如果遵循这些"明白无误"的规则一直走下去——前面却是两个或多个完全不同的又完全正确的答案,你将无所适从。

波利在埃德蒙的客厅里喊住保罗,走过来温和地说:"我检查一下海拉身上的伤口。"他看了海拉的刀口,又以不易察觉的动作检查了海拉的全身,没有武器，确实没有任何武器。他点点头说：

"请你们带着海拉先出去吧。"

门外的空地上停着一架熟悉的直升机，是公司的那架，克里奥在机窗里向他们招手。伊恩·希拉德走过来，同苏玛和保罗默默拥抱，又俯下身把海拉抱起来，轻轻地拍拍她的面颊。是约翰派他来的。三年来，约翰常向他和阿尔伯特通报海拉的情形，他还见过几张海拉的照片，那当然是豪森偷拍的。但即使如此，初见海拉仍使他心潮起伏。由他而起的那个计划已经中止了，这个女孩是那个计划留下的唯一果实啊。他仔细打量着海拉，海拉则报以冷眼。她挣脱了伊恩的抱持，默默走到人圈之外。

伊恩已经知道了密室里发生的事情，所以情绪比较沉闷，没有了三年前的张狂。他低声说：

"保罗，这三年你们辛苦了。罗伯逊先生请我转达他的问候，他建议你们还是回公司吧。既然秘密已经暴露，住在这儿太不安全。另外，维护人类纯洁联盟掀起的那场风暴已基本平息了，相信世人能以平常心对待海拉。"

保罗想起自己对老约翰的怀疑，不由暗生愧意。事实证明，罗伯逊先生与这次绑架案毫无关系，相反，他还做了不少有益的事情。他愧疚地说：

"好吧。也该让苏玛见见父母了。夫人手术后身体怎么样？"

伊恩苦笑一声，只是耸耸肩膀。苏玛眼神一抖，没有再追问。

"那么，你们是否乘这架直升机返回？"

保罗看看苏玛，苏玛摇摇头："等两天吧。海拉受了这么大的刺激，我想让她在旧环境里将养几天，恢复正常，然后我们将乘民航班机返回。"

"好，就这样决定。我回去通知罗伯逊先生和夫人欢迎你们。"

九

回到家里，海拉仍一言不发。她照常穿衣起床，刷牙吃饭。但这些动作都十分机械，似乎她的肉体在动而灵魂仍闭着眼睛。闲暇时间，她会悄悄沿着墙角走着，用陌生的目光打量着熟悉的环境：铁栅栏上的蔷薇，草地里的酢浆草，树荫中跑过的一只负鼠，还有她的金发娃娃，父亲为她制作的骨哨等。偶尔她会伸手触触这些东西，但总是立即缩回手指，就像是被火烧灼一样。

她一直不说话。

保罗和苏玛猜测，她一定是在强烈的恐惧中患了失语症。两人十分焦愁，关起门来长吁短叹，但在海拉面前却笑容明朗。两人的目光时刻跟随着海拉转，用种种借口引她说话；同时又谨慎地隐藏着这种企图，他们怕过于强烈的外界诱导会适得其反。

在他们几乎绝望时，成功忽然降临了，只是这个成功带着狞厉的蓝光。第三天早上，苏玛把海拉揽到怀里：

"好孩子，过来，妈妈为你换药。"

海拉顺从地竖起右手食指，她眸子中的古怪光芒更炽烈了。保罗心中嘀咕着，小心地解开绷带。在解的过程中他疑惑地觉得，被咬断的断指上方似乎非常充盈。绷带解开后，他，还有苏玛，都像是被烙铁烫了一下，目不转睛地盯着她的断指。

断指已经长全了，非常干净的半截新指。与原有的黑色皮肤相比，它略显发白，指甲呈半透明状，显得很柔软，指肚上是清晰的指纹。因为皮肤的娇嫩，这些指纹像是刻印在半透明的黑色胶冻上，吹之欲化。

一只再生的新指。

前天，在那个密室里，保罗曾细心地寻找过她的断指，想为她进行断指再植。但是没找到，断指肯定在她极度的恐惧中被嚼碎了，咽下了。只要一想到这点，保罗就会不寒而栗……现在，她的断指又复原了！他们本该为此欣喜若狂，该搂着女儿喜极而泣。但是，他们只是呆呆地望着，看看手指，再互相对望。意想不到的是，海拉此时说话了：

"你害怕了吗？雷恩斯先生？"

声音很细，但保罗无异被抽了一鞭。他忙强笑道："对，真是出人意料。但我们非常高兴……"

海拉截断他的话头："还有你呢，苏玛女士？"她冷静地说，"我已经知道了你们的真实姓名。"

豹人

保罗看看苏玛，后者问道："是绑架者告诉你的？"

"对。他还说你们不是我的亲生父母，我根本就没有父母，我是个异种，是人人憎恶的癌人。"

她的语调中有历尽沧桑的疲倦，一种恶意的平静。苏玛再也忍不住，搂着女儿双泪长流。海拉没有拒绝妈妈的爱抚，皱着眉头等她平静下来，然后很随意地说：

"有一件事你们还不知道吧，我的左肾被割掉了，但现在它又长出来了。"她按按左腹补充道："不会错的，我能感觉得到。"

她用犀利的目光盯着保罗，保罗忙堆出微笑："那太好了，真是意外的好消息。"

9点钟，两人把海拉送上床，亲切地说："海拉，早点休息吧。噩运已经过去，明早起床，一切都会变好的。"

他们笑着吻吻她，回到自己的房间。一关上房门，两人的喜悦和笑容便一扫而空。他们互相躲避着，不愿正视对方的眼睛。他们都看到了那团阴影，却苦于无法逃避。"器官再生"这件事让他们心神不定。这难道不是喜讯吗？女儿已经意外地复原了，这是不敢奢求的上帝的恩赐——但是，它却勾连着一些模模糊糊的恐怖，它让人想起无限增殖的癌，能够断足重生的恐怖章鱼，甚至想起俄国传说中那头杀不死的九头凶龙。

也许，这一切都源于那个可恶的符咒似的凶词：癌。它让一切健康的东西都泅上黄疸的凶色。连女儿当年的小小特技——那道细细的紫蛇，最后也连接到一具可怖的尸体上。

你这样想是不公平的，保罗责骂自己，如果不是这条小紫蛇，也许死的是海拉呢。你愿意出现这种结局吗？他打起精神劝慰苏玛：

"苏玛，不要多虑。其实器官再生不是不可思议的——我又要来一番枯燥的推理了。你知道，低等动物的器官多是能再生的，像蚯蚓的身体、海参的内脏、壁虎的尾巴等。高等动物则只能部分再生，曾有报道说，一个英国女孩的断指长出新指，一个中国九旬老妇长出满口新牙。当然，总的说来，高等动物的器官尤其是重要器官不可再生。为什么大自然选择了这一条法则？实际上这与原则无关，只是进化的精明算计。因为，对高等动物来说，器官再生所耗费的生命资源，不如用来创造新的生命更为有效。在漫长的生命进化中，这种权宜的选择逐渐变成了断然的法则。不过，这种断然的法则仍有'返祖'的可能。海拉的生命是依靠'重新开启成年细胞的功能'来创造的，很可能这个过程连带着摧毁了机体内关于器官再生的禁令。所以，这个现象没有什么可担心的。"

苏玛苦笑着望着自己的意中人，只有此刻她才发现两人的思维方式是多么不同。不，她不需要这种科学家的明晰思维，不需要对这种"物理现象"进行分析和阐述。她只要知道这种现象对女儿的实际影响。她略带尖刻地说：

"这些解释以后再说吧。你难道没有想到，这个特性对海拉是多么可怕？如果这是真的，如果哪个医生用 X 光机证实了这件事，那海拉就永无宁日了。她成了割不完的中国韭菜，成了内脏被啄食后便会再生的普罗米修斯。那时，人们会更加理直气壮地找她索要器官，不仅是双份的肾脏和眼球，甚至包括单份的心脏、肝脏和胆囊！因为这些也是可再生的，割下它们并不危及海拉的生命。"

保罗打一个寒战，默然良久才说："对，你说的完全正确。"

"那我们该怎么办？"

"保密，严格保密。决不能让人猜到这一点，决不能让人检查海拉的身体。"

"我们都好办，海拉呢？以她的年纪，她能永远不失口吗？"

保罗苦笑了："放心吧。恐怕是母爱遮住了你的眼睛。你难道没有发现，海拉已在三天内迅速成熟了，甚至比我们更成熟？她的身体可能还未越过童年，但她的心智已经完全成人了。"

那个活泼天真、笑语解颐的乖女孩已经消失了，这两天里，他分明摸到海拉身上新长了一层隔膜的外壳，胸中时刻充斥着怒意和戾气，这种变化让人心疼。保罗犹豫着，不想把这些全告诉苏玛。突然门开了，海拉意态落寞地走进来，两人忙打扫了脸上的愁云，笑问道："你还没睡？我们在为你的意外复原而高兴呢。"海拉直视着苏玛说：

"妈妈，我身上的来了，就是你们称作月经的。"

说到月经时她没有看爸爸，不过也没有刻意躲避。苏玛听她喊的是"妈妈"而不是刚才的"苏玛女士"，几乎受宠若惊了。她忙示意保罗离开，下床拉着女儿的手说：

"是吗？这件事一点也不可怕，说明我的女儿已长成大姑娘了。"

海拉截住她的安慰，简捷地说："这些我都知道，你只需把有关的卫生用品给我就行了。"

已经走到门口的保罗随意地想，好，现在她连"身体的童年期"也已经越过了。这个女孩在精神上已与父母平起平坐，明天她就会居高临下地哂笑他们的幼稚。

第五章　二次逃亡

一

南希起床去准备早饭，参议员布莱德·比利又睡了一会儿。昨晚他们玩得过头一点，毕竟他已年过半百了。南希过去是他的秘书，一个娇小性感的黑人女子，两人有了私情后她就辞职了，到波特兰市找了一份工作。他们的秘密恋情已持续10年，南希对他十分忠心，谨慎地为他保守着这个秘密，她只有一个要求，布莱德必须保证每年至少有两个星期与女儿勒莎在一起。而且，一旦他从政界退隐，他就要承认勒莎的身份。布莱德非常乐意地答应了这个要求。

每年这个时候，布莱德都要抽出一个星期时间来同情人和女儿相会。勒莎已经四岁了，是个极漂亮的姑娘，越来越得父亲的宠爱。老实说，如果现在把勒莎和总统职位摆在面前，让他只挑选一个时，他不一定选择后者。

他在睡梦中觉得有个温软的东西在轻轻触摸着他的脸，是勒莎的小手。布莱德睁开眼，笑着把她搂到身边，吻吻她的小脸蛋。勒莎高兴地说：

"爸爸醒了！爸爸醒了！妈妈让喊你起床，飞机就要起飞了。"

"好的，爸爸现在就起床。"

他迅速梳洗一番，换上来时穿的衣服，拉上勒莎的小手到餐厅去。南希已经为他准备好了煎蛋卷、苏打饼和牛奶，他吃饭时，母女两人都坐在餐桌旁盯着他。勒莎问：

"爸爸，圣诞节回来吗？"

"回来，爸爸要拉着圣诞老人一块来，给勒莎带来好多礼物。"

勒莎高兴地笑了，又问道："加达斯哥哥回来吗？"

布莱德看看南希，南希轻轻点点头。昨晚南希告诉他，她已经让勒莎看了加达斯的照片,她说:"你的夫人……我们只有互相躲避了,但我希望勒莎和加达斯能和睦相处。"布莱德同意了她的做法,反正他儿子已经知道爸爸的私情。

"加达斯哥哥在夏威夷上大学,今年不一定回来。如果回来,我就带他来,好吗?"

勒莎歪着头想了一会儿:"他也要坐黄色校车吗?"

布莱德笑了:"不,要坐飞机,要飞很远很远的路程。"

勒莎像个大人似的叹口气,不再说话了。不过她并没有把这件事忘掉。门外响起汽车喇叭,是秘书迈克·西瓦兹来接他。布莱德穿上外衣,与母女两个吻别,勒莎在他怀里突然说:

"我要给哥哥写信。"

布莱德真正惊异了,她和加达斯从未见面,年龄相差悬殊,她怎么会对这个异母哥哥念念不忘?真的是血缘在冥冥中起了作用?他感动地亲亲小女儿:

"好的,我也要告诉加达斯,让他给你来信。"

阿勒格尼航空公司的A-300马上就要起飞了。布莱德和迈克最后登上飞机,来到头等舱。这是一次秘密旅行,当然没有欢迎人群和讨厌的记者们,这使布莱德觉得耳边清静多了。

头等舱还有四位乘客,看来是一家人,一位30多岁的很有教养的黑人男子,一位20多岁的金发白人女子,还有一位黑得发亮的八九岁的小姑娘。一只温顺的德国牧羊犬卧在她的脚下。坐在外侧的是一个40多岁的男人,平静的目光中似乎永远含着戒备,即使坐在舒适的航空椅中,他体内的弹簧也未放松。布莱德微微一笑,他很熟悉这种人,他一定是这家人的随身保镖。

布莱德同他们简单地点点头,打了一个招呼。这次旅行中他不想同别人交往。那对男女也简单地点头回礼,显然同样不打算攀谈。不过那个黑人小姑娘身上有一些东西吸引着他。飞机升空后,他忍不住扭头再望望她,小姑娘也冷冷地投过来一瞥。

无疑这是一对夫妻和他们的女儿，不过从小女孩的黑人特征看，她不一定是白人妈妈的亲女儿。吸引布莱德注意的是这位女儿的吃相。上飞机后她就不停地吃着水果，很快就把水果盘吃空了。空姐好奇地看看她，笑着又送来一盘。她在吃菠萝时，分明在询问父亲该如何吃法。当父亲的没有说话，只是为她做了示范。

布莱德的嘴角绽出了一丝笑意，他的勒莎从来没有这样的好胃口！他想，这几位是什么人？他们坐头等舱，带着保镖，但小姑娘身上却分明带着乡野之气。布莱德端起自己小几上的水果盘送过去，笑着对她父亲说：

"她的胃口真叫人羡慕。小姑娘，你叫什么名字？"

小姑娘戒备地看着他，勉强答道："谢谢，我叫赫蒂。"

参议员摸摸她的头，回到自己的座位。刚才小姑娘报名字时似乎略有停顿，这点表情很隐秘，但逃不过参议员的锐利目光。这么说，可能她说的是化名。还有她的表情！这个年纪的女孩应该是无忧无虑的快乐天使，但她却分明装着一肚子戾气，而她的父母似乎一直对她赔着小心。

小姑娘又把水果盘吃空了。机上送午餐时，小姑娘也足足吃了三份。她的父母多少有点尴尬。他们当然不会限制女儿的食量，但他们的目光好像总有点躲躲闪闪。布莱德的直觉非常敏锐，他低声对秘书说：

"查查这家人的名字。"

迈克不动声色地离开了，他很快返回，坐下后低声说："是斯蒂文夫妇和女儿赫蒂。机票是PPG公司预订的。"

"PPG？"

"嗯。"

参议员点点头，从秘书的暗示中，他马上想到了传媒广泛报道过的那桩盗割器官案，还有三年前在PPG公司发生的有关癌人的一场风波。那么，这个冷漠的小姑娘，这个小贪吃鬼，就是那个小癌人了？没错，他想起报道中说，他们在山中隐居时用的正是斯蒂文这个名字。这会儿赫蒂靠在保镖身上低声说着，说的频率很快，忽然两人都忍不住笑起来。这是上机来第一次看见她的笑脸，保镖威胁地屈指叩着她的脑袋，然后把她揽到怀里，吻吻她的额头，看来这个保镖相当喜欢她。小姑娘注意到邻座的伯伯一直在看着她，便转过身去，给他留下一个后背。

参议员微笑着转过脸去。这些年，他一直避开关于癌人的争论，因为他本能地觉得，这个题目中有很多人力难以控制的因素。今天他躲不开了，一个活蹦乱跳的癌人就在他的身边，你完全可触摸到她强盛的生命力，就像是无数的电火花在她体内噼啪炸响着。他回忆着舆论界关于癌人的恐怖设想，再斜睨着赫蒂冷漠的面孔——可以触摸到这个小女孩对社会的敌意。也许，"冷漠"和"强大"的结合更令人害怕。

他不禁想起自己的勒莎，据报道说癌人只有三岁，比勒莎还要小一岁，但她的个头和智力发育已远远超过勒莎了。也许这个对比有一定的象征意义。如果把两个人放在你死我活的角斗场中，谁将是胜利者？答案是无疑的。可是，生物的繁衍生存——本来就是最无情的角斗啊。

飞机停在费城国际机场，一辆四车门的梅赛德斯－奔驰把那家人接走了。迈克去停车场开来了他们的罗尔斯－罗伊斯，参议员坐到车里，对迈克交代：

"回去后把有关癌人的资料整理一份给我。"他看见迈克询问的目光，简洁地解释道，"躲不开的，癌人返回人类社会后，这件事马上又要成为政治焦点。我们必须预做准备。"

"好的。"

二

汽车停在私寓的大门口，车灯闪亮几次，大门自动打开了。曲折的林荫道，精心修剪的草地，布满雕塑和喷泉的私人花园，左边有一个室内游泳池，墙壁和天棚都是透明的，像一座水晶宫。右边是一个网球场。汽车又开了五分钟，在一幢建筑前停下，高大的铜柱后是敞开的落地长窗，几名仆人正在摆弄架子上的花盆。一个穿着深蓝色家居服的老人在门口迎候着。司机一打开车门，苏玛就急急下车，扑入老约翰的怀里。两人拥抱亲吻，苏玛笑着，但眼眶中泫然有光。

随后约翰同保罗拥抱，问了辛苦。苏玛把海拉领到老人身边："海拉，这是外公。"老约翰微笑着俯下身，吻吻她的额头。

外公，外婆。这三四年来海拉无数次听父母说过，所以这两个词浸透了温馨的气息。但这是过去的事了，自从知道自己的癌人身份，她就不再期盼世人的爱抚。这个外公能真心实意地接纳自己吗？

在同外公拥吻时，她能够在心里冷静地做着评价。外公的亲吻很温暖，但他的亲切中有太多的礼节性成分，并不是亲情的自然发泄，比如她和妈妈那样。

她早就知道，自己的神经反应速度超过常人，她是这个"慢世界"里唯一的"快人"。这使她能从容地、略带嘲讽地看待大人的心计，就像顽童在观察蚂蚁。临离开山中寓所时，保罗和苏玛把她喊去，郑重其事地说：

"海拉，回到人类社会中以后，请你切记两点。第一，除了我和苏玛之外，不要向任何人透露你的器官再生能力。"

她当时平静地说："我知道，否则他们就会像秃鹫一样盯着我的器官。"

父母深深对望一眼。海拉马上就读出了他们的思维：他们感到释然，因为不必亲口向女儿说出这些可怕的字眼了。保罗轻咳一声，继续说道：

"第二点，千万不能让人知道你能发出小紫蛇。"

海拉冷静地说："对，如果人们知道是我杀死了埃德蒙，他们一定会义愤填膺的。尽管那是个十恶不赦的恶棍，但毕竟是人的同类呀。人类不会允许异类杀死自己的同类。"

这些平静的话语中包含着那么多的愤懑，父母两人都神色黯然，但他们无法解劝。现在，在和外公拥抱时，海拉又想起了保罗的那个告诫："除了我和苏玛之外，不要把你的秘密告诉任何人。"

任何人。那么，这位亲切的外公也属于"应该提防"之列喽？还有外婆？

外婆在屋里，由一位护士搀扶着，颤颤巍巍地走过来。苏玛扑上去同母亲紧紧拥抱，泪水唰唰地往外流。海拉看了外婆一眼，马上作出了冷静的判断：外婆已被死亡笼罩了。她脸上浮着死亡的黑气，马上就要油尽灯枯了。

"海拉，来见过外婆。"

外婆艰难地俯下身吻吻海拉："欢迎你，小海拉，希望你能喜欢自己的新家。"

约翰为他们举办了一次晚宴，除了家人外，还有豪森，有见过一面的伊恩·希拉德，还有一个又高又瘦的律师阿尔伯特。仆人要把玛亚牵走，它生气地吠叫着，咬着海拉的衣角。最后只好为它在桌下摆了一个食盘，玛亚很满意，偎在海拉脚下安静下来。

海拉的座位在爸爸妈妈中间，她皱着眉头，打量着盘边摆放的六七把刀叉。保罗轻声告诉她，刀叉的使用次序是从外向里。海拉很讨厌这些烦琐的规矩，不过很快她就能使用自如了。她在餐桌上狼吞虎咽时，满桌的人都含笑看着她。只有夫人不太了解内情，略带吃惊地看着她的吃相。苏玛笑着解释说：

"妈妈你看，海拉的饭量大极了，她从小就是这样。"

夫人沉思一会儿，轻声问："她上学吗？你们打算怎样安排她？"

"我们一直在家中教她。海拉非常聪明，已经学完中学课程了。"

妈妈不满地哼了一声："你还不打算结婚吗？你已经27岁了。"

苏玛没办法回答。在海拉没有走上明确的生活道路之前，她是不打算结婚的，但她不想把真情告诉重病的母亲。罗伯逊夫人不满地看看丈夫，看看丈夫手下的几个谋士，在心里埋怨他们把女儿拖到这个泥沼中来。不过她没说出口，只是疲倦地说：

"对不起，我要先告退了，各位吃好。"

约翰送走妻子，返身入席。他在席上谈笑风生，不时向保罗和豪森举杯，询问了三年来的一些情况。但海拉知道，这种热烈只是表面上的，实际上，他们对自己的关心都是一种纯熟的礼节，就像在应付一位贵宾的女儿，而且，他们的谈话一直在躲避着某种东西。

豪森走前特意到起居室同海拉道别，他笑着对苏玛说：

"我的任务已经结束了，真舍不得离开小海拉，以后我可以常来看她吗？"

"当然。你不来我们会生气的。"

"如果……有什么困难,请及时通知我。好吗?"

保罗和苏玛感激地说:"好的,谢谢你。"

豪森摊开双手:"来吧,我的小天使,我的小情人,来同伯伯吻别吧。"

海拉沉静地走过来,给了他一个长吻。她也很喜欢豪森伯伯,尽管她与伯伯真正相处的时间很短,但能感觉到,伯伯的爱是很真诚的,是透明的。"伯伯,你要常来看我。"

"一定。我会为你带来很多礼物。"

送走豪森,保罗笑道:"恐怕我也该告别了。"

苏玛恋恋不舍地问:"现在就走吗?"

"嗯,明天我要回去探望维多利亚和吉米,已经三年没见面,儿子怕是不认得我了。"

苏玛定定地看着他,心绪十分复杂。她当然知道,回到人类社会后,她不可能再和保罗同居一室了。但她已习惯和保罗在一起,习惯了这种没有性爱的夫妻生活,夜里醒来时,听到床上那个男人的鼻息声,她会感到安心一些。她委婉地说:

"你走后,海拉会不习惯的。"

保罗弯下腰把海拉抱到膝上:"乖女儿,我要走了,不过我很快还要回来的,那时我会常来看你,和你玩游戏,你说好吗?"

"好的。我知道只能这样。"

"再见,海拉。"

"再见,爸爸。"

那晚三个人都失眠了。

三

保罗下飞机已是下午 3 点,他知道此刻妻子肯定在工作,便唤了辆出租,直奔妻子的健美馆。昨晚他同妻子通了电话,维多利亚在电话中大叫道:

"快点回来，坐最早的班机！"

他似乎从电话中就能感受到妻子身上的热流，已经三年了呀。坐在出租车里，他在心中预演着同妻子见面的情景。健美馆到了，他让司机稍等一会儿，自己推开了大门。练功大厅里回荡着狂热的黑人音乐，维多利亚穿着白色的练功服，正带领几十名学员扭臀踢腿。她从学员目光中发现有人进了练功房，回头看看，立即尖叫着扑过来，两臂吊在丈夫脖子上转个不停。

学员们都笑着围上来，维多利亚兴奋地说："对不起，今天只好暂停了，知道吗？这个家伙已经三年没回家了！"

学员们大声笑着："走吧，走吧，我们非常理解！快回去吧，把他囫囵吞到肚里！"

他们捡起自己的衣服，绕过两人，很快走光了。保罗出去打发掉出租车，妻子开车过来。等保罗上车，两人又抱在一起。

"保罗，三年了，你只来过两次电话，我想你一定把我和儿子给忘了！"

她气哼哼地踩下油门。20分钟后他们回到家，儿子上学还没有回来，两人匆匆洗浴一番，相拥上床，把积蓄三年的激情尽情宣泄一番。妻子为他解衣服时，保罗抓住妻子的手，微笑道：

"你相信吗？我与苏玛同室三年，一直没有迈过朋友的界限。"

妻子感动地说："我相信！"她把丈夫扑倒在床上。

5点钟，维多利亚起身去准备晚饭。保罗摘下话筒，挂通了俄勒冈灵长目研究所。接电话的是保罗三年前的同事普拉博沃：

"是保罗？我的上帝，这三年你躲到哪里去了？"

保罗笑着未加解释，只是问道："你们都好吗？那头克隆猪吉莉呢？"

"吉莉早就做妈妈了。保罗，你还在为PPG公司工作吗？"

"对，暂时是这样，不过我不会久留此地的。"

对方显然犹豫着，停了片刻后委婉地说："保罗，有些情况我想还是要告诉你。这三年中，科学界已经形成了一个不成文的约定：要严厉惩罚那些坏了规矩的圈内人。很可能没有哪个研究所愿意接纳你了。所以，我劝你不要轻易抛弃 PPG 的工作。"

保罗的心沉了下去，但他仍从容地说："谢谢你的好意。克利先生在吗？"

"在，我去唤他。"

少顷，话筒中传来斯蒂芬爽朗的声音："你好，保罗。你总算又回到人间了。那儿一切都好吧？"

"很好，只是我与生物学界隔绝了三年，恐怕已经赶不上了。"

斯蒂芬沉吟一会儿："你是否打算回到这儿？如果有意，我会尽力安排的。"

如果不是刚听了普拉博沃的那番话，保罗不会想到恩师的这个决定承担了多大的风险。他嗓中微觉发哽，感激地说：

"谢谢你，克利先生。普拉博沃刚对我讲了一些情况，我知道你这个决定的分量。"

斯蒂芬笑着说："没关系……"

保罗打断了他："谢谢你，但我暂时还不打算离开 PPG 公司。不，我没有什么计划，对这件事是无法事先排计划的。我只是觉得，我欠下的债还远未还清。谁知道呢，也许我的后半生会全部用来还债。"

克利听出了他的困苦，安慰道："心情放开朗一些，什么时候需要我帮忙请尽管开口。你现在在哪儿？"

"在我家，你听，吉米已经回来了。"

"祝你过个好假期。"

保罗下楼时，吉米已经挟着滑板来到门口。他看见了楼梯口的那个男人，停下了。显然，吉米知道是爸爸回来了，但还没有做好心理准备。保罗笑着说：

"是我的小吉米吗？已经长这么高了！"

吉米这才过来同爸爸拥抱："爸爸，我晚上再来同你聊天，尼克他们在等着我呢。"

他匆匆出门了，看着他的背影，保罗不禁又想起海拉。虽然儿子已经长高了很多，但与海拉比起来，实在是太慢了。这些年来，他已经习惯了海拉的节奏，再来看正常世界时，反而觉得不太习惯。

四

此时，在 1600 千米外的梅森城，哈伦·奈特先生正在私宅前的草坪上遛狗。一辆自行车丁零零地飞驰而来，13 岁的兼职信差喊道：

"奈特先生，你的报纸！有小癌人的消息！"

他没有停车，从车兜中抽出一叠报纸顺地扔过来。哈伦松了手中的狗索，小狗奔过去把报纸衔来，然后两腿直立，把报纸送给主人。

《信使报》的头版便是三个人的照片，保罗、苏玛和那个可恶的癌人。她已经长成了八九岁的姑娘，没有笑容，目光冷冷地盯着镜头。哈伦仔细端详着，不得不承认她长得蛮漂亮：健康的肤色，一口整齐的白牙，明亮的眼睛，一头卷曲的黑发。文章的标题是：癌人和她的父母重返人间。

在隐居了三年后，癌人和她的父母又重返人间。此前围绕这个癌人曾发生一系列神秘事件。一个叫埃德蒙·克里克斯顿的惯犯绑架了她，盗卖了她的一只肾脏，但该犯随后被神秘地击毙，死因至今不明。

坦率地说，这个名叫海拉的癌人成了整个社会的癌肿，成了不会痊愈的瘘管。不管她的生命是从何而来，反正她有人的外貌、人的语言、人的思维，也许还有人的感情。她，一个天真无邪、不谙人事的小姑娘，刚从盗卖器官者手下逃生。现在，无论是谁，还有勇气讨论消灭癌人的计划么？但我们该怎么办？坐等她长大、结婚、生儿育女，把癌人的谱系撒到世界上？请记住，癌人的生命力极其旺盛，我们的后代恐怕不是她的对手。

看了这篇文章，哈伦久久地沉默着，目光阴郁。他后悔三年前没能把她杀死。现在杀气已泄，他无法再组织一次爆炸和凶杀行动了。

他回到书房，打开电脑，把这篇文章和照片扫描进去。10 天前，参议员布莱德·比利的秘书迈克给他来过一次电话，请他注意收集癌人的资料，也许某一天参议员要约见他，同时约见的还有各方面人士。听完电话后他如释重负，很好，总算有一个负责任的政治家主动挑起了这副担子。但愿政治家的睿智能解开这团乱麻，这样，他就不必独自作出某种艰难的决定了。

五

保罗与妻子度了一次新的蜜月，半个月后回特伦顿。一进罗伯逊的私邸他就看出了异常，屋里笼罩着沉闷的气氛，仆人们忙忙碌碌。一辆汽车紧跟着他停下来，是管家克劳斯和罗伯逊家的私人医生。克劳斯看见他，匆匆过来对他说，夫人已经陷于昏迷，请他快去见苏玛。

苏玛刚刚起床，鬓发散乱，满脸倦色。她勉强微笑道："这么快就回来了？我有意没通知你，想让你在家好好休息几天。维多利亚和吉米都好吧？"

保罗微责道："你早该通知我的，夫人已经病危？"

苏玛苦涩地说："嗯，已经没希望了。你回来也好，海拉交给你了，我要陪母亲走完最后几天。"

"你放心去吧，海拉呢？"

"她在自己的卧室里。"

新卧室十分宽敞，与山居时不可同日而语，甚至还有海拉专用的图书间和游戏室。海拉的衣服散乱地扔在地毯上，卫生间里有响动，保罗快活地喊：

"海拉，你在洗漱吗？爸爸回来了！"

卫生间窸窣一阵，海拉出来了。她穿着三角内裤和小背心，黑皮肤上挂着水珠。她向爸爸问了好，从地上捡起衣裙穿上。保罗发现，短短半月不见，海拉的胸前已经绽出两朵蓓蕾。也许，她的成长速度又加快了。

海拉走过来，偎在爸爸身边，脸色平静，看不出她的喜怒哀乐。保罗想起在山中时，精力旺盛的海拉常在他身上爬来爬去，又笑又闹，没有片刻安宁。他不免心中怅惘，那个快活女孩只怕是永远消失了。

"海拉，外婆病危，妈妈要陪外婆，这两天爸爸陪你玩。你说吧，今天我们干什么？"

海拉烦躁地说："我还能干什么？十几天了，妈妈一直把我关到这座楼上。你们能把我关多久？"

她想起在山中临走时对新生活的憧憬：繁忙的都市，众多的朋友，多彩的生活……早知道是这样的囚禁，还不如留在山中，至少，那儿有属于她的山间湖泊，有宁静的草地和天空！

保罗一时语塞，愣了片刻，把海拉揽到怀里：

"海拉，都怪爸爸，我不该急着回家，把你撂在这儿。我原想有妈妈在身边，足以照看你，为你安排新的生活，不巧又赶上外婆病重。你知道，那边有我的妻子和儿子，我已经三年多没见到他们了。"

海拉烦闷地挥挥手，表示这不是她生气的原因。保罗继续说："我们会努力为你作出安排，让你过上正常的生活……"

海拉尖刻地说："问题是能办到吗？我能过上正常的生活吗？且不说埃德蒙那样的秃鹫、哈伦那样的杀手，即使没有他们，我也不能正常生活。爸爸，"她苦恼地说，"我很愿意像电视中的孩子们那样去上学，和同龄伙伴们去玩耍。可惜我知道不行。我的童年就像快速播放的旧影片，唰唰地就过去了。我马上就要变成大人，甚至比你们的'年龄'还要大。我真害怕这种前景！"她苦恼地沉默一会儿说，"爸爸，当时你为什么不创造一个正常的生命呢？"

三年多来，保罗第一次听到海拉吐露自己的忧愁，觉得心头十分沉重。他努力斟酌着词句，小心地说：

"孩子，不要怨恨爸爸。我并不是推卸责任，但有些事不是人力所能左右的。我们只有努力补救……"

海拉猛然抬头，目光炯炯地看着爸爸："请坦白告诉我，你后悔了吗？你是否已经后悔创造了癌人？"她紧盯着看了一会儿，平静地说，"不必回答了，我已经知道了答案。"

女儿的目光是那样锋利，保罗觉得自己就像是被剥光衣服推到看台上的丑角。他皱着眉头停了很久，才严肃地说：

"孩子，你想听坦白的回答吗？我现在就告诉你。老实说，我从没打算激发出一个癌人。你的出生是几种偶然因素的叠加，但不管怎样，你出生了。

我和苏玛有了一个不太正常但惹人喜爱的女儿,我们三人有过一段温馨的山中岁月。这些都是很宝贵的记忆,我们应该牢牢记住。孩子,我知道命运之神对你很不公平,短短三年中你已遭受不少磨难。但你想怎么对待它?是否打算永远生活在阴影下,生活在仇恨下,把自己变成一个乖戾阴暗的巫婆?我想你不会愿意这样做。"

这番话震动了海拉,她努力思索着。保罗捧起她的脑袋仔细端详,又深深吻吻她的额头:

"海拉,咱们共同努力,把这些阴影忘掉,好不好?你要相信,明天的太阳会更灿烂。"

海拉被说服了,其实她知道自己刚才的责备是不公平的,爸妈真心爱她,愿意为她作出任何牺牲,这十几天的幽闭生活是特殊原因造成的。她伏在爸爸怀里,轻声说:"爸爸,我爱你,也爱妈妈。"

保罗欣慰地笑了:"还要爱世人,爱所有的人。"

海拉抬起头怀疑地看看爸爸,保罗立即猜到了她的思维——她一定是想到了埃德蒙。于是他赶忙修改了自己的话:"爱所有的……好人。"

海拉点点头:"我会努力做到的,我一定能做到。"

这个晚上,海拉又变回那个快活的小女孩,骑在爸爸膝盖上,絮絮诉说着小女儿的心曲。她问了爸爸的"那个妻子和儿子"的情况,埋怨他没把吉米哥哥领来和她玩。她问爸爸,"你能不能让我长慢一点,我长得太快了,就像是乘着赛车去看迪斯尼公园,还没来得及看看周围的风景,汽车就刷地开过去了。爸爸,你是个了不起的科学家,你一定能办到的。"

保罗说:"我努力试试吧。"

海拉又说,"你说我长到八岁,也就是正常人的二十四岁时就会停止生长,变得和正常人一样。对吗?如果那样,就让我快点长到八岁吧。"

保罗打趣地说:"那我该满足你的哪个愿望?如果我是阿拉伯魔瓶里的神灵。"

海拉问:"等我变成正常人,我也会找一个丈夫,生下几个孩子吗?"问话时她并未显得羞涩,而是很严肃的样子。

保罗点点头:"会的,一定会的。"

"可是,我的孩子们会不会也有这些……不正常呢?"

保罗被难住了,只好如实回答:"不知道,我也不知道。但我相信那不算什么问题,你的不正常并不是疾病,人们会逐渐习惯的。"

最后海拉睡着了,趴在爸爸胸膛上睡着了。屋内没有开灯,窗外投进来的月光斜照着海拉的黑脸蛋。保罗小心地托起她,送到床上。她的嘴角微含笑意,保罗忍不住吻吻她的额头和眼睛,然后轻手轻脚地退出去。

这个小精怪,她既成熟又幼稚,你没办法弄清她是三岁还是十八岁。保罗欣慰地想,不管怎样,今天把她心中的魔鬼驱走了。

但愿魔鬼永远不要回到她身边。

但半个小时后保罗就发现,魔鬼并没有离开她,就在父女欢谈时,魔鬼还在屋里窥伺着呢。

六

从海拉的卧室里出来,保罗先去卫生间小便。他也困了,两眼干涩沉重。在轻松的慵倦中,他的心底仍有隐隐的不安。没错,他描绘了一个光明的未来,并成功地让海拉信服了。但他真的能做到吗?

恐怕很难,不是因为别的,不是他不爱海拉,不是这个世界太愚昧,太缺乏爱心。不,都不是。原因恰恰在于海拉。不管怎么说,她的确是人类中的异类,很难把她嵌进人类社会现成的模板中去。她的前途仍有太多的不确定。

路过客厅时,忽然听见响动。他警惕地问:"哪一位?"同时揿亮电灯。他看见伊恩从沙发中站起来,低声说:

"是我。我已经等你许久了,见你和海拉谈得尽兴,就没有打扰你们。"

保罗狐疑地走过去。已经是夜里12点了,他有什么急事?伊恩在微笑着,但笑容中多少有些尴尬。保罗暗暗给自己的警惕性上了两把弦,坐在伊恩对面:

"有什么事吗?夫人的病情有没有变化?"

"没有，今天的病情相对稳定一些。"

四年前，正是伊恩的一个电话使保罗有了这些遭遇。说起来，海拉能来到这个世界上，全是缘于伊恩和老约翰的一条计谋，这肯定不是件值得庆贺的事。但若说它是不幸，未免对海拉不公平。过去的事就让它过去吧。保罗不想埋怨伊恩，但在心底多少有点鄙视他。三年来，这位志大才疏的伊恩一直扮演着经纪人的角色，这个工作本身倒无可指摘，问题是，当你屈从于金钱时，脊梁骨就很难挺直了。

伊恩随意闲聊着，问候了维多利亚和他的儿子："是叫吉米吧，记得他快八岁了，对不对？我想他和海拉差不多一样高吧？"

保罗微笑道："他们都很好。我想你找我一定有事吧，不必客气，请讲。"

伊恩停顿片刻后说，"保罗，我在你的阿巴拉契山中寓所时，看见海拉的右手食指受伤了。"

保罗立即绷紧了全身的神经，他尽量装出若无其事的样子，淡然道："对，早就痊愈了。海拉的新陈代谢速度比较快，你是知道的。"

伊恩盯着他："当时在场的警官波利事后告诉我，海拉在极度恐惧中，把半截食指嚼碎了。"

保罗笑着摇摇头："过甚其词了，不过她确实把手指咬得鲜血淋漓。"

伊恩又盯着他看了很久，才无奈地说："保罗，你不必瞒我了。前些天我为海拉检查了身体，她的左肾已经复原如初。我曾怀疑埃德蒙盗卖的并非海拉的肾脏，但我费了很大力气找到那只肾的接受者，抽取了几个肾细胞作DNA检查，证明确实是海拉的。所以只能得出这样的结论：海拉具有很强的器官再生能力，这个成功甚至远远超出我们四年前的预料。"

随着他剥茧抽丝的叙述，保罗的心逐渐抽紧，冰冷沉重的恐怖之云从头顶慢慢沉落。他打手势让伊恩住口，蹑手蹑脚来到女儿卧室旁，轻轻推开门。女儿睡得正熟，鼻息声沉缓而均匀。他轻轻把门关严，回到客厅，带着毫不掩饰的鄙视，切齿道：

"希拉德先生，你想干什么？你又耐不住寂寞了吗？"

豹人

深夜，苏玛听见轻轻的脚步声，努力睁开涩重的眼皮。是爸爸，他站在床边，护士帕米拉低声同他说话。苏玛趿上拖鞋走过去，爸爸回头歉然道：

"把你惊醒了。今天有一项重要的商务谈判，刚刚结束，我想再来看看多娜。"

苏玛低声说："今天进行了高压氧舱治疗，有所好转，也曾清醒过一段时间。"

病人已十分消瘦，面颊上有很重的黄疸色，睡梦中偶有扑翼样震颤。约翰向护士点点头，走过来疼爱地说："苏玛，回自己房间睡吧，这儿有轮班护士，用不着你的。"

"我知道，我只是想陪母亲走完最后的路。"

两人都沉默了。多娜的病已属不治，这是专家们的一致意见。苏玛拉爸爸坐下，苦涩地说："我要陪着她。有了海拉后，我才更加体会到母爱，这些天我常常在梦中回到过去，变回到三四岁七八岁的女孩，在妈妈怀里撒娇。"

约翰叹息道："她真的很爱你。你刚学会爬的时候，有一次把额头碰伤了，多娜很生自己的气，那天她学着你的样子趴在地上，爬遍了整个房间。她说要用女儿的视角来看看地上有没有危险物。"

苏玛第一次听说这件事，眼眶湿润了。老约翰摇摇头："她就要走了，谁也代替不了她的命运。苏玛，我后悔三年前没顶住社会的压力把那项研究进行下去……不说了，"他站起身，"现在悔之已晚。"

他步履沉重地走了。那晚苏玛彻夜无眠，某种尖锐的痛苦使她辗转不宁。她真希望自己也像母亲一样失去意识，陷于昏迷，而不要神智清醒地忍受这种良心上的锯割！

爸爸的话实际上挑明了一个事实，一个她在潜意识里一直躲避着的事实：只有女儿的肝脏能挽救母亲的性命。

海拉有再生能力，她会很快长出新的肝脏，不会为此丧命，父亲很可能已经知道了这一点。她该怎么办？她绝不会把自己的女儿变成一个器官供应者——可是，这无异是在谋害自己的母亲啊。

她呻吟着，继续在床上辗转。

"希拉德先生，你想干什么？你又不甘寂寞了吗？"

保罗冷笑着，把尖刻的诘问像投枪一样，掷向对方的心窝。伊恩没有大动肝火，苦笑道：

"你知道，目前要想挽救夫人生命唯有此法了。如果我有一份备用肝脏，我会毫不犹豫地献出去——而且这个举动会受到全社会的赞美。那你为什么不让海拉享有这个荣誉呢？她很幸运，是世界上唯一具有再生能力的人，割下肝脏只需10天就能再生。现在你要哪种选择，是给海拉增加点无关紧要的小痛苦，还是眼睁睁看着多娜死去？"

"你不觉得自己的主意有太浓的血腥味儿？"

伊恩痛快承认："是有一些血腥味儿，我不否认。但道德本身是由无数的怪圈组成的，正是某些残忍导致了人道主义。医学发展初期曾用过无数实验品，虽然那是些下等人，是奴隶、罪犯和外族人。15世纪初，罗马教皇英诺圣特病重时，意大利米兰的医生卡鲁达斯曾割开三个小孩的脉管给教皇输血，三个无辜的孩子全死了，教皇本人也随即窒息而亡。这件事实在残忍，令人发指。但从另外的角度看，正是这些残忍的尝试最后导致了输血术的成功，挽救了无数生命。保罗，依你的睿智，你不会看不到，这件事是不可阻挡的。至多20年后，器官更换术就会像输血术一样普遍。咱们何妨做那个教皇英诺圣特呢。"

保罗觉得，一种绝望的愤怒在心里聚集，甚至不是恨伊恩，而是恨自己，因为他快要被说服了。但他又明明知道这种想法极其丑恶。他咬着牙问道：

"谁能保证，割去一个肝脏并不危及海拉的生命？不错，她被割去的肾脏是再生了。但在一个肾脏被割去时，还有一个在工作，在维持着身体各系统的运转，这才给了另一个肾脏重生的机会。"

伊恩很快接口道："这点不必怀疑。夫人已经进行过两次换肝手术，每次的复原期都远远超过10天。也就是说，至少有10天她是在无肝的条件下生活的，照样挺过来了。"

保罗忽然悟到自己的失言——他的话等于承认了"割下海拉肝脏"是正当的,他已经在讨论手术的安全性了!这使他羞愧无地,恨不得拿一把尖刀捅到自己肚子里——当然要先捅了面前这个口若悬河、厚颜无耻的家伙。他向卧室扫去一眼,用手势止住伊恩的雄辩,决绝地说:

"不必费口舌了。我决不会同意这么干的,除非你先派人把我杀了。"

伊恩冷冷地说:"恐怕用不着这么干。海拉是你的财产吗?不要忘了,虽然是你激发的癌人生命,但你是受 PPG 公司雇用的,你对海拉拥有所有权或者监护权吗?"

保罗不愿再和他多说一个字了,冷淡地说:"咱们走着瞧吧。最后我只问一点,"他刻薄地说,"请问希拉德先生,你这么卖力,真的是同情罗伯逊夫人?还是为了罗伯逊先生给你的金钱?"

伊恩的脸色微微发红,一言不发,转身走出客厅。保罗等他离开,轻轻推开海拉的房门。海拉仍在甜梦中,皎洁的月光洒在脸上,显得凹凸分明。突然一阵软弱袭来,保罗的眼眶湿润了,他低头吻吻海拉,无声地祈祷着:

"我的小天使,请给我力量,让我拒绝邪恶的诱惑吧。"

一滴泪珠滴在海拉的脸上,她感觉到了,皱皱眉头,嘴角抽动两下,又翻身睡熟。保罗赶忙噤声,悄悄退出房间,把门掩上。

"不,我决不会让人使用海拉的器官,我再不会听那些十分有蛊惑力的游说。"

"我只要记住对海拉的爱就行了。"

他听见匆匆的脚步声,心中一凛,起身迎到门口。原来是苏玛,她的精神显然不稳定,目光迷乱,步履慌张。他急忙问:"怎么了?"

苏玛止住脚步,掩饰地强笑道:"没什么,我突然想来看看海拉。她睡得好吧?"

"嗯,睡得很好。夫人呢?"

"妈妈也睡了,高压氧舱治疗后病情稍微好些。不过,她的病肯定无望了,除非……"

她失口说出这两个字,立即慌乱地住口。保罗目光犀利地盯着她问:"伊恩去找过你？"

"不，没有。"

"那么，是你父亲？"

苏玛言不由衷地否认："不，父亲什么也没说。但是……我为母亲的病情焦虑，我真想把自己的肝脏献给她。"

保罗吃了一惊，搂住苏玛的肩膀坐到沙发上。思考片刻后，他委婉地说："你妈妈决不会同意的，你也没有权利这么做。人的生命和死亡都是大自然赐予的，谁都无权轻抛生命，无权拿一条生命去救助另一条生命，即使是为了至亲。"他忽然觉得，在几天、几年的内心彷徨中，今天无意中踏上一块坚实的立足之地，说话也流畅了。"不仅是你，海拉也是这样。虽然她有再生能力，也不应该把她当成一个器官供应者。如果你母亲不幸去世，我们都会悲伤，但不会觉得良心上欠债。"

苏玛慢慢平静下来："谢谢你的这番话。我要过去陪妈妈，你照看好海拉。"

她走了，步履显然比刚才轻松一点。保罗也觉得欣慰，他躺到床上，很快入睡。但意识深处还有一小块地方顽强地醒着。一个声音轻轻地提醒他，刚才有什么不对头的地方。

也许是海拉刚才睡得太熟了？一滴泪珠落在脸上也没有把她惊醒，而在平时，她睡觉是比较灵醒的……保罗突然起身，半睡半醒地向海拉屋里走去。他轻轻把门推开一条缝，向里窥视着，海拉仍在床上熟睡，屋里很静，没有什么异常。但是……海拉床上的毛巾被却奇怪地鼓胀着，并且缓缓波动。保罗奇怪地看着，怀疑是自己的错觉。他正想推门进去，海拉起床了，她似乎在梦游状态，步履迟缓地向卫生间走去。她身上的白色纯棉睡衣也鼓胀着，一头卷发变成爆炸式发型，根根直立。

由于半睡半醒的迟钝，保罗一时没意识到这是怎么回事。海拉进了卫生间，关上门，然后屋内开始响起刺刺啦啦的响声，门下方的透气槽内紫光闪烁。保罗猛然醒悟，推开门大步跨进去，高声喊：

"海拉！"

海拉在卫生间厉声喊："爸爸不要进来！"

豹人

声音十分凄厉和急迫，保罗不由得顿一下，仍撞开卫生间的门。一团紫芒从面前闪过，射向墙壁上的金属衣架，那根镀铬管突然熔化了，就像是遇火的石蜡。门锁的球形捏手也不见了，地上多了一堆黄色的金属液，这会儿正在凝结，屋内弥漫着浓烈的臭氧味道。海拉垂手立着，用冷漠的目光看着地下。过了一会儿，她勉强地低声解释道：

"电压积得太高了，我只好把它放出来。"

她从父亲身边挤过去，默默上了床，似乎很快入睡了。保罗没有打扰她，把卫生间草草收拾一下，悄悄退出她的房间。

他想起女儿睡前两人的欢洽，但仅仅过了两个小时，海拉又被敌意重重包裹了！她体内的电压无疑是由仇恨转化的，这使人不寒而栗。

这到底是为什么啊，是她听到了希拉德的谈话？

七

保罗和伊恩谈话时，海拉还没有睡熟。门没有关严，隐隐听见客厅有谈话声，听不清谈的什么。海拉并没有刻意去听，她还在回味刚才与父亲的深谈，她相信父亲已驱走她心中的阴影，明天的太阳会更灿烂。

嘤嘤不断的谈话声突然停止了，海拉也暂时拉回自己的思绪。她听见有人蹑手蹑脚地走来，把门推开一条缝，客厅柔和的黄色光亮从门口泻进来。海拉忙闭上眼睛，从睫毛的花影中，她看到一个人头向屋内窥视，似乎是爸爸，可爸爸为什么这样诡秘？

门轻轻关上了，这次关得严严实实。海拉心中的警觉忽然醒了，自从经历了那场可怕的灾难，她的心中始终保留着尖锐的警觉，即使熟睡中也是如此，就像雁群睡觉时留下的雁哨。她不怀疑亲爱的爸爸，但勃勃跳动的警觉催促她起来，去把事情搞清楚。

她在床上犹豫着。如果去偷听爸爸的谈话，未免于心不安，怎么对得起爸爸的亲情？但是扎在她心中的那根刺太深了，求生的本能压倒了一切考虑。她赤脚下床，悄悄走过去，把门慢慢拉开一条缝，听见爸爸正在生气地说：

"谁能保证，割去肝脏不会危及海拉的生命？不错，她被割去的肾脏是再生了，但在一个肾脏被割去时，还有另一个肾脏在工作，在维持着全身各系统的运转，这才给了那个肾脏重生的机会。"

伊恩——这个满脸微笑的恶魔！——很快接口道："这点不必怀疑，夫人已进行了两次换肝手术，每次的复原期都远远超过10天，也就是说，至少有10天她是在无肝的条件下生活的，照样挺过来了。"

这时爸爸站起来，打着手势让伊恩住口，向卧室扫过来一眼。海拉急忙关上门。

她不用再听下去，她已经全明白了。

又有人看上了自己的肝脏，当然是为了那位罗伯逊夫人——苏玛的母亲，自己的外婆。

她勉强拖着两条腿回到床上。外婆，她心酸地咀嚼着这两个字，在多少童话中，外婆是慈祥的化身，是双倍的母爱，她会咧着没牙的嘴巴，把心肝外孙女搂到怀里，掏出所有好吃的东西——如果必要，甚至会掏出自己的心肝。

"但我的外婆却盯着我的肝脏。"

这还不是主要的，毕竟外婆没有同自己在一起生活过，两者之间没有什么亲情，也没有血缘关系。海拉在人世上只有两个亲人：保罗和苏玛，或许豪森也算一个。她最看重的是这些亲人的态度——可是保罗，我的爸爸，他是什么态度啊。不错，他在反对伊恩的提议，但仅仅是因为担心这会危及我的生命，只要小海拉在割下肝脏后还能活下去，他就不会反对了。

"我的肝脏会再生的，爸爸，你不必受良心的谴责了！"

她的心头在滴血，眼中却枯干无泪。"莫非我今生今世都不得安宁，就因为我有器官再生功能？"

就像梅花鹿和獐子因为鹿茸和麝香被追杀？

她想起那些惨烈的东方传说：在被猎人逼到绝境时，梅花鹿会在山岩上撞碎鹿角，獐子会低头咬掉肚脐。如果这只是传说，那么不久前她还看到一则真实的报道。某个东方国家发明了活熊取胆汁术，每月抽取一次胆汁，这一天成了熊的生死关。几个彪形大汉在笼外用铁钩钩住熊的身体，把它压在笼壁上，然后在熊腹上一个永不收口的孔洞里插上抽汲器。抽完胆汁，熊全身发抖，剧痛难耐，捂着肚腹蹲在地上喘息。每月一次啊，有一天，一只灰熊终于忍受不住这没有尽头的酷刑，狂吼着，用利爪撕开了自己的肚皮，把肠子甩了满地。其他熊栏里的黑熊看到了这一幕，悲愤地仰天长啸，天地为之变色。但养熊场的老板却着急地喊：

"快剁熊掌！熊掌必须在活熊身上剁下才能做菜！"

于是几个人冲进熊栏，用铁叉按住垂死的灰熊，剁下熊掌……

残忍而暴虐的人类啊！

悲伤退潮了，代之以愤怒和仇恨。"我决不会做一个安分顺从的器官供应者，让别人在我身上零割碎剐。必要时我会学习梅花鹿、獐子和那头灰熊。但在这之前，我一定会给那些强盗们尽量添点麻烦，毕竟我还有个小小的武器：我的小紫蛇。"

她突然发觉自己的睡衣鼓胀着，头发呈爆炸状直立，颅腔和胸腔里憋得难受。她知道是怒火积聚了过多的静电，必须赶快释放到体外。她摇摇晃晃地走进盥洗室，关上门，右手食指对准黄铜捏手，把紫色的电芒释放出来。很奇怪，不是往常那种瞬间的紫芒，今天指尖和金属球之间淌着一条不间断的紫色河流，刺刺啦啦的响声连绵不断，金属球慢慢熔化，一滴滴落在马赛克地板上。

随着紫色电芒的外泄，体内的压力逐渐减小。忽然听到爸爸的喊声：

"海拉！"

虽然戾气满胸，她仍不加思索地喊道："爸爸不要进来！"

不知道爸爸是否听见了，但他的脚步没有停，还是硬闯进来，在最后一瞬间，海拉疾速把紫芒转了方向，指向墙壁上的金属衣架。

只差那么 0.01 秒，她没有在爸爸的胸膛上烧一个洞。两人面色苍白地对视着，海拉冷漠地说了一句：

"电压积聚太高了，我只好把它放出来。"

说完她就走了。

保罗打开酒柜，取出一瓶威士忌，用牙咬掉瓶塞，大口大口地喝着。左胁处疼得钻心，那儿的衣服烧焦了，体侧有一道深深的乌黑的伤口。

如果那道电芒再偏五厘米？……

伤口上结了一层焦疤，没有血迹。保罗悄悄到卧室换了衣服，把那件旧衣塞到垃圾袋里。刚才，他分明感觉到海拉身体四周的电场，浸透了他的每个细胞。在那一瞬间，他感受到了死亡的寒意。

无疑，海拉偷听了他们的谈话，听到了伊恩的建议。于是，她的心理突然转向了，睡前谈话所建立起来的欢洽和信任，雪崩般瞬间崩塌了。

既然连父女间的信任也如此脆弱，更遑论他人？也许有一天，海拉会把仇恨的矛头对准全人类，而不是人类中的"坏人"。这种前景令人不寒而栗，因为，无论从智力还是从体力上说，海拉必将成为一个超人，她会把人类社会搅得乱七八糟。

"我该怎么办啊，我的小海拉？"

八

保罗在床上辗转反侧时，伊恩正在向老约翰汇报刚才与保罗的谈话情况。仍是在静思斋里，一束藏香安静地燃烧着，青烟缭绕。伊恩遗憾地结束道：

"就是这样，保罗坚决不同意。你和苏玛谈过了吗？"

约翰摇摇头，他不想告诉伊恩：他谈了，他暗示了，但苏玛没有反应，这是有失尊严的。

"是否由我去和苏玛谈谈？如果想要手术的话，必须抓紧时间，不能再耽误了。"

约翰沉思着，开始缓缓摇头。几分钟后他说：

"算了，生死有命，我们顺从上帝的旨意吧。如果海拉有什么不幸，苏玛会伤心死的。再说，我对保罗做过承诺，我不能食言。不要折腾多娜了，让她平静地离开这个世界吧。谢谢你对多娜的关心。"

伊恩心有不甘，但约翰做了一个手势："这是最后的决定。你走吧，我想一个人待一会儿。"

伊恩走了，轻轻带上门。很长时间，约翰一直保持着原来的姿势，不语不动。他想，这件事一开始就犯了一个大错，不该让苏玛参与进来。现在，她和海拉已经成为一体，拆解不开了。约翰叹口气，在心中重申了自己的决定。他不想失去妻子，同样不想失去女儿，在两难选择中，只好尊重上帝的原意了。

九

熟睡中苏玛忽然感觉到有人在摇撼她，睁开眼，她吃惊地发现是妈妈。母亲表情恍惚，脸上浮着奇怪的笑容。她惊叫道：

"妈妈！"

妈妈已经昏迷近 10 天了，她怎么能突然离开病床走到这里？妈妈显得很年轻，穿着过去爱穿的一件淡紫色的长裙，她把手指放到嘴唇上：

"嘘，不要惊动别人，我是来同你告别的，我要上天堂了。"

她言笑盈盈地说。苏玛明白妈妈说的是真话，她马上就要到另一个世界里了。苏玛的眼泪滚滚而下，违心地劝慰着：

"妈，不要这样说，你一定会复原的……"

妈妈摇摇头，她无言地但明白无误地说："不要说这些废话了，其实我们心里都清楚这个结局。"妈妈忽然向她身后望去，低声说：

"只有一个办法了。"

苏玛扭回头看见了海拉。不知道她是何时来的，她肯定刚淋浴过，浑身赤裸，皮肤上挂着水珠，黑得油光发亮。她的胸部和臀部已经发育起来了，坚挺饱满，显示出黑人少女特有的健美。这会儿她正站在窗前，默默地望着窗外，但苏玛知道，她肯定在侧耳听着这边的谈话。

苏玛泪眼四顾，不知道该怎么办。妈妈的脸上是垂死之人的企盼，海拉身上罩着一触即发的敌意。两边都是她的亲人，她不愿伤害任何一个。很久她才痛苦地说：

"妈，我真想把自己的肝脏献出来……"

妈妈失望地摆摆手："算了，我不会让你为难的。"

海拉肯定听见了，她的头发渐渐直立，蓬开，一束紫芒从她手指上泄出。苏玛十分惊恐，但束手无策，她怕母亲受到海拉的伤害……忽然母亲转身走了，转眼间飘然而逝。

母亲去了，已经离开了人世，她的最后一个愿望没有得到满足，她一定不会原谅自己的。她大声唤着母亲，但忽然之间失声了，她在幽冥之地无声地呐喊着……有人摇撼着她：

"苏玛，苏玛，快醒醒！"

苏玛睁开眼，帕米拉正站在面前，焦急地唤她。她很久才走出梦境，一翻身坐起来，急急问道：

"妈妈怎么啦？"

"夫人清醒了，她要见你，请你快去吧。"

看着帕米拉欲说又止的表情，苏玛知道母亲的清醒不是什么好事，肯定是濒死者的回光返照。她匆匆走进里间，残存的梦境还在咬啮着她的心房。母亲真的醒了，目光十分明亮。父亲身边是格罗得神父，他刚为母亲做了临终忏悔。看见女儿进来，多娜抬起头，示意她坐在身边。

约翰也用目光示意：去吧，孩子，去同母亲诀别吧。妈妈的嘴唇抖动着，苏玛把耳朵凑到她嘴边，听见她断断续续地说：

"离开海拉和保罗……建立自己的生活……"

苏玛心酸地点头："我知道了。"

多娜看来还不相信她的话，她凝聚最后一丝气力，再次郑重地重复着，就像宣读一个可怕的神谕：

"离开海拉！……"

声音的凄厉使苏玛打一个寒战，她不愿让母亲难过，用力点头："妈，我听见了！"

多娜放心地笑笑，头颅歪向一旁。医生和护士急忙冲过来抢救，但大家都知道回天无力了，病人永远闭上了眼睛。老约翰没有说话，把女儿紧紧搂到怀里，他的眼角闪着泪光。

十

海拉寂寞地待在自己的小天地里，从卧室到图书馆，从游戏室到客厅。

那天晚上，海拉最初不知道自己伤了父亲。一直到一个小时后，她偶然看见爸爸站在穿衣镜前，正困难地包扎着自己的左胁，那儿横着一道焦黑的伤口。不用说，这是自己造成的，如果这道电芒再偏右五厘米……海拉感到震惊和疚悔，忘掉了对父亲的敌意，走过去轻声喊：

"爸爸……"

爸爸回头瞥了一眼——目光中含有多少无奈！他自己包好伤口，困难地穿上外衣。两人对面相视时，似乎都无话可说。可是想想三个小时前吧，那会儿海拉坐在爸爸膝盖上，有说不完的话语。停了很久，保罗才轻声说：

"我受伤的事不要告诉旁人，连妈妈也不要说。听见了吗？"

她知道爸爸是好意，但仍禁不住涌起一团戾气。爸爸无非是说，"我是一个危害人类的巫婆，但他爱我，他要我把露出来的一只爪子盖起来。"她冷冷地说：

"何必隐瞒呢，最好的办法是把我关在一间铁屋里，你说是吗？"

爸爸盯着她，深深地叹口气，走了，从那时起就没有见他。

这两天，只有玛亚陪着她，连玛亚也感到了烦闷，不停地低声吠着，扯着她的衣角往外走。她烦躁地呵斥着，玛亚委屈地摇着尾巴溜到墙角。

女仆维姬送来晚饭时，海拉连一眼也没瞧，冷淡地说："我不吃，端回去吧。"

维姬偷眼看看海拉，她听过很多传言，所以对这个癌人一直心存畏惧，她小心地说："海拉小姐，吃吧，你已经两顿没有吃饭了。"

"不吃。"

维姬犹豫地说："要我通知医生吗？"

海拉怒冲冲地说："你走吧，不要多管闲事！"

维姬为难地犹豫片刻，留下小餐车走了。海拉想，她肯定要去找爸爸或妈妈，一会儿他们就会跑来，关切地把自己搂到怀里哄着，于是一切隔阂、生疏和不满就会烟消云散……维姬独自回来了，歉意地低下头，把小餐车推走。等她一走出房间，海拉的泪水就哗哗地流下来。

"爸爸！妈妈！"她咬着牙在心里喊着。

深夜两点，海拉听见一楼有异常，平素稳重谦恭的仆人都变了，脚步急促地跑来跑去。她立即猜到，那个她称作外婆的老妇人肯定去世了。

两天的情感牢狱浓缩了她的郁怒，她歹毒地想，"外婆去世了，再不会有人拿我的肝脏去为她治病了。"这个想法让她打个寒战。"不，我不该这么想。"外婆和自己虽然没有太多的亲情，但毕竟她是个可怜的病人，是个醇和温厚的老人啊。她偷偷溜出房间，趴在楼梯转角处往下看。外公、阿尔伯特等人都在那间卧室兼病房里进出，仆人们手捧寿衣走进去。妈妈出来了，她已被悲伤摧垮，眼神茫然空洞。爸爸在一边搀扶着，低声劝慰着。他们向这边走来。海拉老早就用目光迎候着，苏玛瞥见女儿发亮的眼睛，她的眼神突然抖颤一下，垂下去……她随即又抬头看着女儿，伤心地说：

"海拉，外婆去世了。"

但这刹那的目光抖颤早被海拉看到了，她也知道这是为什么。她悲伤地想，"我真不愿长大，真不愿意自己的目光这样锋利，我但愿是个懵懵懂懂的傻小囡……"她尖刻地说：

"妈妈，外婆去世了，你一定感到自责吧？因为你没有同意拿我的肝脏去换她的生命。"

妈妈突然踉跄一下，爸爸忙扶她一把，勉强站稳了……但海拉分明感到，妈妈的精神世界已经哗然崩溃。爸爸小声急切地安慰着，两人从海拉面前走过去，把她一人撂在楼梯口。

海拉忍着泪水，望着他们的背影。

十一

晨曦已从窗外透进来，金翅雀在枝头欢快地鸣啭着。玛亚悄悄来到床前，两只前爪趴在床上，在喉咙里轻声吠叫着。海拉拍拍它的头顶，它立即亢奋起来，努力伸着头，扯着海拉的衣服。

"玛亚，只有你还是我的朋友，是吗？"

玛亚哼哼着。

"玛亚，我们两个还回到山里去，好吗？"

玛亚快活地表示同意。

经过彻夜的思考，海拉已作出决定。她要离开人类社会，离开爸爸妈妈，独自回到阿巴拉契山中，或者到亚马孙原始密林和撒哈拉沙漠。她知道，如果再留在这儿，她和父母之间必然会日益互相伤害。当然爸爸妈妈爱她，她也爱他们，但症结不在这儿，症结在于人类社会不能容忍一个异类。而父母呢，即使再爱女儿，他们终究是人类社会的一分子啊。

这个世界上，也许只有玛亚能陪伴自己？

这些天，她心中的戾气越积越浓，她知道这是一种可怕的情感，终有一天它会炸毁自己，炸毁爸爸妈妈。但她无法驱除这些戾气。

那就离开吧，离开这里，离开爸妈，离开人类。

一旦作出抉择，山中野景就立即凸现在眼前，那么亲切，那么鲜活。那幢外墙斑驳的石屋，铁栅栏上的黄色蔷薇，地里的浆果，林中鬼头鬼脑的负鼠，山坳里平静如镜的湖泊……

"爸爸妈妈，我要同你们永别了，但愿我们把过去的美好留在心底。"

维姬送来早饭时，她没有拒绝，狼吞虎咽地吃起来。她吃得那么多，就连熟知她饭量的维姬也惊得合不拢嘴。饭后，她牵着玛亚，不声不响来到院里，想察看一下周围的环境，但她刚刚踏上草坪，一位年轻的公司警卫就急忙跑过来：

"海拉小姐，为了你的安全，请你不要下楼。"

海拉冷冷地说："我只在院里转转。"

警卫尴尬地笑着，但口气仍然十分坚决："实在对不起，这是罗伯逊先生和你父母的命令。"

一个身材高瘦的白人老者走过来，把警卫拉到一旁低声说了几句，然后走来平和地说："海拉，我领你到院中转转。"

他亲切地拉着海拉的手,海拉不认识他,不免心中忐忑,但她顺从地跟着老人走了。玛亚在两人的脚下撒欢,跑前跑后,两个警卫远远跟在后边。老人慈祥地说:

"海拉,你知道吗?四年前是我用直升机把你和你父母送走的。"

海拉想起来了:"你是克里奥爷爷?爸爸和妈妈说起过你。"

"对,四年不见,你已经长成大姑娘了。"老人向他指点着院中的景致,漫步走到院门口。克里奥饶有深意地指指门外:

"看见那些汽车了吗?是 FBI 的,从前天起就待在这儿,一共有三辆呢。"

海拉点点头,感激地说:"谢谢,我知道了。我不想玩了,送我回去吧。"

下午,吊唁的人络绎不绝,妈妈一直在灵堂为来宾答礼。保罗不知道干什么去了,一直没露面。海拉枯坐在小图书馆里,面色平静,心中却波浪翻滚。她打算待明天葬礼结束后就找机会逃走,从此辞别人类社会。对此后的生活她倒不担心。她相信,凭自己的智能和体能,即使到阿拉斯加的冰天雪地里也能对付。但是……她就永远这么一个人活下去吗?

这世界上即使再有一个同类也好啊!

她叹口气,决定把这个问题放到日后再说,她现在要考虑更紧迫的问题。上午克里奥爷爷告诉她,FBI 已经插手,政府肯定作出了某种决定。海拉知道这不会是什么喜讯,他们不会是来宣布:"兹授予海拉·罗伯逊小姐以人类的正式身份……"

达摩克利斯之剑已经悬在头顶了,她一定要尽快离开。

十二

星期三上午 9 点,豪森如约来到参议员布莱德·比利的私邸。仆人迎过来打开车门,代他泊好车,参议员的助手在台阶上迎候着:

"请进,豪森先生,约见的人快要到齐了。"

豪华的小会议室已经有五个人,都是 40 多岁的白人男子,他们含笑向新来者示意。豪森回了礼,没有发现一个熟人,便找了一个单人沙发坐下。

豹人

　　从接到参议员的约请电话，他就在考虑约见主题会是什么。答案很明显，恐怕与小海拉有关，因为自己三年来只做了这么一件事。

　　最后一名来客是他的熟人：警官波利，他们在阿巴拉契山中打过交道。波利在他身旁坐下，握握手，声音极低地问："小癌人？"

　　豪森点点头。

　　那位助手出去了，片刻后参议员走进会议室，微笑着同大家握手："谢谢诸位光临，谢谢。"

　　豪森立即认出来了，这就是那位在飞机上给海拉送水果的亲切的老人。没错，他的助手那次也在飞机上，怪不得刚才觉得他面熟呢。他想起参议员为海拉送水果的一幕，觉得比较放心了。助手为参议员介绍着来客：生物学家乔伊，遗传学家阿尔杜尔，报纸主编哈里森，作家费米，一个小公司的经理哈伦·奈特，再就是豪森和波利了。参议员同豪森握手时特意说了一句：

　　"今天你是主角，我们主要想听你介绍癌人的情况。"他转向大家，"今天我是受总统委托约见大家，谈话内容请严格保密。"

　　他扫视着众人，用目光来确认各人的承诺。七个人都没有说话，但从哈里森开始，依次默默地点头。完成了这个程序后，参议员笑着转向豪森：

　　"豪森先生，你与那个叫海拉的癌人共同生活了三年，可以说是最了解他的，请你先介绍吧。"

　　"不，其实我并没有同她共同生活，我只是通过窃听器和望远镜远远地观察她，这和共同生活是有很大区别的。真正了解她的是她的父母，可惜你没有邀请他们。"

　　参议员笑着摆摆手，请他往下进行。豪森先沉默10秒钟，把三年的所见所闻在心中梳理一遍。那个生命力旺盛的黑精灵是在他的眼前长大的，他对她有深厚的感情。当然他知道社会上对"癌人"的敌意，所以他把自己的感情隐藏起来，用冷静客观的口吻，向大家描述了一个强悍的、快速生长的生命。参议员听得很专心，不时插问几句：

　　"你亲眼看见过海拉发出的小紫蛇吗？"

　　"不，没有。我只是在窃听器中听他们笑谈过这个'小把戏'，也听到保罗告诫她要小心，不要引起火灾。"

40分钟后，豪森结束了介绍。波利警官做了补充。参议员问："埃德蒙的死因是否已经查清？"

波利点点头："已经确认了。从死者倒地的方位看，当时就怀疑是海拉干的，但现场找不到凶器，那时我们尚未得知她的特异功能。法医认为，死者的伤口是高温造成的瞬时气化，不管是什么武器，它所造成的高温在一万摄氏度以上。综合这些情况，可以确认是海拉发出的电弧杀了他。"

参议员转向豪森："癌人的父母是否早就发现了埃德蒙的死因？在窃听器中听到过他们谈论此事吗？"

豪森相信保罗和苏玛早就猜到了，但他毫不犹豫地回答："没有，海拉失踪后我就忙于协助她的父母寻找她，从那天起再没有窃听过。"

参议员用锐利的目光看看他，没有追问，回过头问乔伊："乔伊先生，从科学的角度看，人体能产生那么高的电压吗？"

乔伊点点头："我想能。我亲眼见过一些体质特异者，其中一位妇女经常引起居室火灾，经测定，她身上的静电压高达10万伏。何况海拉的生命力更为旺盛，新陈代谢的速度是常人的三四倍。所以，能产生致人死命的高电压就不奇怪了。"

哈伦·奈特开始发言，他不客气地说："早该有一个政治家过问此事了，癌人出生已经四年，政府竟然一直没有作出任何决断，实在是不能原谅的！是否你们都知道这个问题太微妙，怕一旦陷进去，毁了自己的政治前途？"参议员平和地笑笑，示意他说下去。"你们知道，我作为'维护人类纯洁联盟'的主席，曾组织了一次暗杀。可惜我这个杀手心太软，站在海拉床前却无法下手。"他苦笑着说，"我们都不是嗜血者，可是为什么要采取这种过激行动？因为癌人给这个世界带来的前景太可怕了！"

参议员轻声问："为什么？"

"为什么？癌人出世只能带来两个后果：一是癌人迅速繁殖，直到把人类淘汰掉。看看海拉吧，以她的快速生长能力，以她的体力和智力，这个前景的到来不会太远了！二是癌人成为人类的器官供应者，这会使人类蜕变成嗜血的寄生种族，最终也会引发癌人的暴烈反抗，这种前景比第一种更可怕……"

哈伦侃侃而谈时，豪森的心一直往下沉。他嗅到了这个会议室里的"气味"，连那位"亲切"的老人实际也对癌人抱着敌意。他心中暗暗为海拉叫苦，可怜的小癌人，她的命运就要在这儿决定了！

问题是，尽管他喜爱海拉，但他无法从理智上拒绝哈伦先生阐述的道理。海拉是无罪的，但一个癌人活在正常人的世界上，的确将成为惹祸的根由。哈伦又尖刻地诘问："参议员先生，那个癌人又堂而皇之地回到人类社会，她已经相当于正常人类的十几岁了，你们是否准备向她颁发公民证？"

参议员简短地说："在这次会议之后，我们会迅速作出决断的。"

11点，谈话结束。参议员和助手把众人送出屋门。豪森心事重重地开着车，快走出私邸的林荫道时，座位后面忽然露出一个脑袋："你好，老朋友，还认得我吧？"

豪森着实吃了一惊，反光镜中看到一个40多岁的男人，正嬉笑地看着他。这人患有白化病，白发，浅色瞳仁，额头和耳后是新皮肤，泛着粉红色，衬托着色泽较深的脸部，非常像一个猕猴。他认得这个男人，叫杜塔克，曾在联邦调查局和他共事三年。他对此人印象很深，因为此人对折磨犯人似乎有天生的癖好，正是从杜塔克嘴里，豪森才知道美军在越南战争时发明的一些酷刑。这是美国的耻辱，是所有美国人轻易不愿触及不愿回忆的那种深深的伤口，杜塔克却常常对此津津乐道。同事们既讨厌他，又莫名其妙地对他有几分畏惧。后来杜塔克离开了联邦调查局，据说是去了一个绰号"冰锄"的秘密部门，专为政治家们悄悄处理一些避免不了的麻烦事。

豪森放慢车速，回头问道："当然记得你，杜塔克，这些年你一直在为布莱德参议员工作？"

他笑着摇摇头："不，我也是今天才到的，你们开会时，我就躲在隔壁的房间里旁听。喂，前边有一个不错的酒吧，我请客。"

按照他的指点，豪森把车停在"大脚人"酒吧。"好吧，我很想听听你要说些什么。"其实豪森已经明白了杜塔克邀请他的用意。看来，政治家们已经相信了关于癌人的危险前景，他们已经作出决定，要悄悄抹去这个小标点了。

而杜塔克就是来讨论这个行动的细节的,毕竟自己是第一号的知情人啊。

吧女送来了开胃酒,这是个身材娇小的东方人,穿着开领很低的羊毛衫,短裙裹着圆圆的臀部。杜塔克伸臂把她揽到怀里:"漂亮的姑娘,我能请你喝一杯吗?"

吧女轻轻地从他怀中挣出来,笑道:"谢谢,我正在工作呢。"

杜塔克拉着她的小手,不屈不挠地问:"等你们打烊后,行吗?"

"谢谢,我十分乐意。不过我丈夫常常在打烊后来接我,能让他一块去吗?"

吧女挣脱了他的手,带着狡猾的笑容走了。杜塔克解嘲地骂一句,朝豪森端起酒杯,直截了当地说:"请。知道我请你来的用意吧?"

"我知道。"

"听参议员说,你很喜欢那个癌人?"

豪森辩解道:"你要知道我在山中囚禁了三年,海拉是我唯一能接触到的小孩,很难不喜欢她。这是人之常情。"

杜塔克用锋利的目光盯着他:"不过我相信,你不会因为这点廉价的喜爱就忘乎所以。"

豪森避开了他的锋芒,低声问:"真的要对她下手吗?"

"对,是从最高层下来的命令——既然派我来干这件事,我想你会相信这一点的。"

豪森没有理会他的自我吹嘘,追问道:"为什么?为什么一定要这样做?她只是一个小女孩。"

"上面说她不可小觑,她必将成为社会肌体的一个瘘管,成为道德堤防的一个鼠洞。不过这不是你我的事,我只管执行命令。按说除掉这么一个小人是再容易不过的事,但上峰严令我不得伤及无辜,不要造成新闻热点。"

"所以你需要我的帮忙?"

"对。"

豪森冷淡地说:"我不会干涉你,但也不想插手此事。不管怎么说,杀死一个无罪的女孩我会良心不安的。"

杜塔克冷笑一声:"良心不是太值钱的东西,我想在联邦调查局工作的那几年里,咱们都已经把它贱卖了吧。我劝你不要和权势人物作对,他们很容易对你造成某些伤害,比如吊销你的营业执照。"他懒懒地加上一句,"其实何必劳动他们呢,我本人就足以给你增加一些麻烦。"

豪森的脊背泛起一股凉意,他怒声问:"你想威胁我吗?"

杜塔克和解地笑了:"我干吗要威胁你呢,这是对双方都有利的事。"他掏出一张支票在桌上推过来,上面写着10000元。"豪森,难道你没听见哈伦的发言?他描绘的那两种可怕的图景,你愿意它们变成现实吗?不要傻了,不要固执了,把这张支票收起来吧。"

豪森面色阴郁地沉默很久,知道自己的拒绝并不能改变事情的结局。最后他捡起支票,装在内衣口袋里。

十三

海拉靠在躺椅上,面前摊着一本书,但目光显然不在书上,玛亚安静地卧在她的脚下。少顷,玛亚忽然竖起耳朵,轻声吠叫着。图书室的门被推开了,一个40多岁的白人男子探头进来,看见海拉便露齿一笑:"是小海拉吧,保罗先生呢?"

海拉斜睨着他,这是一名白化病患者,白发,几乎无色的浅瞳仁,额头和耳根是泛着粉红色的新嫩皮肤,这使他看上去像是一只滑稽的猴子。海拉冷淡地说:"我不知道。"

来人毫不计较她的冷淡,亲切地说:"能让我在这儿等一会儿吗?"

他不等海拉拒绝就轻轻掩上门,向海拉走过来。他的笑容十分亲切自然,但等他走到海拉五步之内时,海拉的警觉忽然惊醒了。并不是因为对这人外貌的厌恶,而是对危险的直觉,这种直觉就像呼吸中枢一样自动起作用了。来人亲切地搭讪着:

"长这么高了!海拉,在你去山里之前,我还常常抱你呢。"

他伸出左手想来抚摸海拉的头发,右手却悄悄向腋下伸去。海拉怒冲冲地喝道:"站住!把你的武器扔到地上!"

那人站住了，脸上的笑容刹那间收得干干净净。他恶狠狠地盯着海拉，右手迅速伸入西服内。海拉一扬手，一道紫光破空而去：

"放下！"

那人突然尖叫一声，手忙脚乱地脱下外衣，扯下枪套扔到地上。枪套已开始冒蓝烟，忽然枪声响了，高温引爆了子弹，手枪在地上怪异地跳动着，一直到满匣子弹全部炸光，手枪才不情愿地停下来。

保罗悄然出现在那人身后，今天他一直藏在书房里监视着这边的动静，杀手一进门他就察觉了。这时他走过去拎起来人的枪带，把手枪举到面前细看，手枪的弹匣炸得七零八碎，枪机也烧融了。保罗惋惜地说：

"可惜，这支枪肯定报废了，你少不了要填一份一式五联的武器报废单，再让这份单据在FBI的官僚机构里转一圈。我想你肯定是FBI派来的吧，否则你不可能轻易支开这座楼房里的保安人员。"

海拉这时才察觉，平时无处不在的公司警卫直到现在还没有露面。保罗客气地说："先生请回吧，这次已经没有办法了。"

来人羞怒交并，夺过那只破枪快步走了。

海拉看看爸爸，已经两天没见爸爸了，他的伤口怎样了？他还在生气吗？保罗没有和她交谈的打算，杀手走后，他看看女儿，默不作声地回到书房，又紧紧关上房门。

海拉再次强忍住泪水。

十四

透过窗户，保罗能看到院墙外面的三辆值勤车，那是FBI为保护海拉的"安全"而派来的，里边至少有一辆装着灵敏的窃听设备，很可能在海拉的卧室里也撒满了臭虫窃听器。这两天保罗一直避免与海拉交谈，他不想在行动前让警方听到蛛丝马迹。

前天，豪森秘密通知他，对海拉的判决书已经签发，很快就要执行了。因为政治家们已经达成共识，认为海拉已经成为人类社会的危险因素。他的通报是冒着极大风险的，保罗和苏玛都十分感激他。

这个消息促使两人下了决心，要帮海拉逃走，让她离开父母的呵护，自由自在地飞翔。苏玛心酸地说：

"她一个人能活下去吗？"

DVD 唱盘在播着猫王的歌曲，音量很大，这是为了干扰窃听器的工作。在震耳的乐声中，保罗伏在苏玛耳边说：

"不必担心，她的身体发育和心智发育已经成熟了，完全能够独立生活。老实说，我倒是担心她的体力和智力太强大了。"

"你……"

保罗苦笑道："我真的不知道自己的决定是对是错，不知道以后会不会为此懊悔，但我已经不想这些了。毕竟，至少到现在，海拉没有对人类犯罪，她有权利活下去。如果她此后真的会危及人类的生存……到时再说吧。"

苏玛黯然说："我会想她的。"

"我也会。"

"葬礼时行动吗？"

"嗯，所需的东西已准备好了。"

"什么时候告诉海拉？"

"我想推迟到开始行动前吧。我不想让 FBI 过早嗅到气味儿。苏玛，这两天你注意控制自己的情感，不要让海拉感到异常。"

"放心吧，我一定能做到。"

十五

这是今年最后一次秋雨，雨丝纷乱，浸透了草木的绿色。天空灰蒙蒙的，显得抑郁而沉闷。阿切帕公墓聚集着 200 多人，都是黑衣黑裙，打着黑色雨伞。他们肃立无声，听着牧师抑扬顿挫的声音。

苏玛和海拉立在一把伞下，苏玛一直牵着女儿的手，攥得非常紧。玛亚安静地蹲在海拉的脚下。保罗眉头微蹙，平静的神色下透着紧张。

50 米外的一辆车内，索恩警官正用一架望远镜悄悄观察着他们。据银行报告，保罗已在自己的账号上取走了 10 万现金。不用说，他准备带着那个癌人，也许还有情人苏玛再次逃亡。索恩想，人的感情真是最奇怪的东西，就在几天前，保罗还几乎被这个癌人杀死，但他仍一心一意地帮女儿逃亡。当然他不会得逞，警方已做了充分准备，10辆警车和两架直升机都在待命。一旦他们逃跑，追捕之网将同时撒开。

而且，在追捕中肯定会出点"意外"，海拉不会活过今天了。

葬礼结束了，悲伤的亲人们拥别后分别上了车。老约翰的车先开走，保罗开过来那辆黄色的普利茅茨，苏玛拉着海拉钻进车内，关上车门。保罗忽然扭头说：

"玛亚呢？"

他们把玛亚忘了，它正在车外生气地抓挠着，苏玛忙拉开车门，它浑身湿淋淋地钻进来，大模大样地在后排占了一个位置。在他们后边，索恩警官的车急忙追上来，插到这辆车的后边。

车队缓缓开行着，开过墓场的砾石小路，掉头向东开了十几分钟。前边到了一个十字路口，红灯亮了，这条车流被断开，南北向的车流开始启动。从南边过来的一辆巨大的厢式货车缓慢地开到街心，这时，排在西边第三位的保罗忽然启动，灵巧地打着方向，越过道路分界线，玩命似的朝厢式货车冲去。随着货车吱吱嘎嘎的刹车声，保罗正好擦着车头窜过去。几乎同时，索恩也启动了，紧紧跟在保罗后边，但货车已经把道路堵死，狂怒的司机探出身子大声咒骂着，索恩只好踩下刹车。

索恩立即打开车门，下车追过去。那辆黄色的普利茅茨在十字口东边的车队里挤撞着、躲闪着，很快消失了踪影。索恩没有着慌，对着通话器报告了这边的情况。他知道，要不了三分钟，那辆米黄色轿车就会重新置于警方的监视之下。

就在普利茅茨越过货车后，苏玛猛地搂住海拉，泪水汹涌地流出来：

"海拉，爸妈就要同你告别了！到前边那幢大楼后，你下车向东走，那儿停着一辆黑色的奔驰，车内有10万美元现金，一张空白护照，还有随身用品和衣物。以后就靠你自己了！"

海拉也动情地搂住妈妈："妈妈，我已经知道了，是豪森伯伯前天告诉我的。妈妈，我会想你的！"

苏玛紧紧搂住女儿舍不得放开，想把全部母爱灌注到女儿体内，她哽咽地喊着："孩子，孩子……"海拉从她怀里挣出来，越过座椅，搂住爸爸的脖颈：

"爸爸再见！爸爸，你不要记恨我！"

保罗的眼眶也湿润了，一边开车，一边声音喑哑地说："永远记住爸妈对你的爱，永远不要敌视人类，你能做到吗？"

"我一定记住！"

保罗看看后视镜，追踪的车辆尚未出现，不过他知道快了，一两分钟后，前边道路就会被几辆警车阻断，或者天空中会飞来一架直升机。他急打方向，拐上一条岔路，路上的两个行人急忙躲闪着，生气地向他打着手势。他在一辆灰色的建筑前刷地停下车，急迫地命令道：

"海拉快下车！汽车藏在建筑物后边，那边临着州际公路，你可以一直向东开，祝你好运！"

海拉最后同母亲拥抱一下，拉开车门，敏捷地跳下去，同时大声喊："玛亚！"玛亚随即蹿下去。保罗一刻也未多停，急急开走了。从后视镜中看，一人一狗很快隐入灰影里。

苏玛取出一个塑胶假人，拉动开关，假人立即充气膨大，变成一个与海拉相似的少女。两人不再交谈，专心开着车，速度指针一直在190千米上下跳动。他们不停地超着车，搅乱了车流，就像一只冲进沙丁鱼群中的鲨鱼。

开过一个街口时，一辆停在街口的红色福特刷地插进车流，紧跟在他们车后。保罗知道这场游戏该结束了，前边肯定正在设路障。果然，20分钟后，车流开始减缓，最终停下来。几辆警车卡在路中间，警灯不停地闪烁着。两名便衣沿着车队走过来，找到了他们的车，其中一人敲敲车窗，示意他们把车开下公路。

便衣把两人引到停车场，让他们下车，来到一个房间里。那个得白化病的杀手杜塔克在里边等着。后边的便衣把那个假人递过去，杜塔克嘲弄地看着假人，伸手拔开气塞，假人哧哧嘶叫着，很快缩成一团。杜塔克讥讽地说：

"雷恩斯先生，还记得我吧，一个笨手笨脚的杀手。不过我想告诉你，如果想把猎物从林子里轰出来，只用派笨蛋去就行了。很感谢你刚才让癌人单独开车，因为上峰严令我们不得伤及无辜。"他忽然换成公事公办的表情，"雷恩斯先生和罗伯逊小姐，我代表警方非常遗憾地通知你们，你们的'女儿'海拉刚刚遭遇一场车祸，那辆奔驰车撞在40千米外的山岩上了。还没有详细的现场报道，但估计令爱凶多吉少。多猛烈的一场爆炸啊，这辆车一定多带了三倍的汽油。"他幸灾乐祸地说，"你们干吗让一个四岁的小孩开车呢，这是严重违反交通规则的。"

就像一桶冰水从头顶倾下，苏玛的眼前一黑，保罗忙扶住她。在绝望的悲凉中，苏玛渐生疑虑，他们中了这人的圈套，但设下圈套的人必然十分了解内情。她怀疑地盯着保罗，一言不发地盯着。保罗苦笑着，忽然高声喊道：

"是豪森！这个杂种！"

杜塔克嘲弄地说："请不要在我面前骂他，八年前我们就是同事，这次他还帮我出了一个相当不错的主意呢。好了，请两位上车，我带你们看看事故现场。"

爆炸现场在阿巴拉契山脉东麓的一处浅山里，即使外行人也能看出，这不会是普通的汽车事故。海拉的黑色奔驰片甲无存，连山崖也塌了半边，方圆70米的树木都成同心圆状向外倒伏，树干变成焦黑色。没有记者，只有几十名警察在倾颓的山石和树木间仔细寻找着，警方的技术人员在细心地拍照。杜塔克降低车速，缓缓停在路边。打开车门前，他低声咕哝道：

"我的上帝，豪森一定把炸药量用多了10倍，他以为癌人是金刚不坏之躯吗？"

他对保罗和苏玛的仇恨目光视若无睹，走下车。一个便衣迎上来，手里捧着一个帆布包，简短地汇报说：

"只找到这些，是在100米外的树杈上找到的。"

他拉开拉链，包内有一些衣物和百元美钞的碎片，一只黑色的狗腿，还有……半只人臂！是从小臂处断开的，断面处被烧焦，皮肤上有多处擦伤，但手部完好无损，是一只圆润精美的少女的手。杜塔克面无表情地问：

"送去作DNA和指纹鉴定。"

"已经送去指模做指纹鉴定，刚才得到口头通知。没错，是那个癌人的。DNA的结果三天后才能出来。"

身后传来保罗的一声惊呼："苏玛！"苏玛脸色惨白，在保罗的怀中慢慢倾颓下去，嘴里喃喃地重复着："海拉，海拉……"

她休克过去了，保罗焦灼地喊着："苏玛！苏玛！"

十六

一年之后。

一辆米黄色的普利茅茨疾驶在州际公路上，夜色渐沉，道路上的标志线在暮色中发着荧光，高架广告像巨人一样排列在公路两侧。保罗驾着车，时刻瞟瞟右边的苏玛。前边有一个出口，保罗打了右转向，驶下公路，高兴地对她说：

"已经到了，看见教堂的尖顶了吧？我家离教堂不远。维多利亚和吉米一定在门口等着你呢。"

苏玛的笑容有些勉强。一年来，多亏保罗终日陪伴，多方慰解，才使她从失去海拉的巨大痛苦中慢慢挣扎出来。海拉死了，围绕海拉而生的风波很快平息。现在这个癌人几乎已经被社会遗忘了。

但苏玛永远不会遗忘。她忘不了对女儿的爱，忘不了与女儿联系在一起的仇恨，忘不了女儿留给她的断臂。现在她常常去教堂，在唱诗班的歌声和牧师的布道中求得解脱。但即使在教堂里，她也从未宽恕过那些恶棍，尤其是那个最"爱"海拉的豪森。对待这样的恶棍不能讲宽恕，倒是圣经中的"以牙还牙"更为恰当。

他们太愚蠢了，几乎是主动地把女儿送进虎口。这件事至今仍有许多扑朔迷离之处，当时保罗的行止也多少有些神秘……

她赶紧在心中念诵圣母和圣灵的名字，驱走这可怕的想法。不错，保罗在海拉出世时曾对"癌人"抱过戒心，但那都是过去的事了。再说，保罗绝不是这样卑鄙阴毒的小人。如果连保罗也信不过，这个世界上还有可信赖的人吗？

在这一年中,保罗多次向苏玛保证:"放心吧,我一定让豪森得到应得的惩罚。你不必太着急。"

说这句话时,他的眼睛中常闪着古怪的光芒,苏玛一直没能理解这是为什么。

汽车停在保罗家门口,维多利亚冲出来,兴高采烈地同苏玛拥抱:"你总算来了!在我家痛痛快快地玩几天,你会把一切烦恼都忘掉的。"她又同丈夫拥在一起,"你这个狠心的家伙,整整四年了啊,你只在家里待过不到15天。从今天起我决不放你离开了!"

保罗大笑着,把九岁的儿子举到空中,"你怎么还是这么矮?我以为你都该结婚了!"

吉米在爸爸耳边小声问:"爸爸,那个长得快的小癌人真的死了吗?"

苏玛听到了他的耳语,心灵猛一抖颤。保罗瞟瞟她,忙把话题引开,但苏玛的心境已无可挽回地毁坏了。餐桌上保罗和家人快活地谈笑着,苏玛却无法使自己融入其中。在女主人殷勤相劝下,苏玛勉强吃了几口就结束了晚饭,保罗和妻子互相看看,没有多说。

饭后他们在客厅中闲聊着,维多利亚一直紧偎在丈夫的身边,炽热的目光紧紧罩着丈夫。看样子她巴不得立刻把丈夫"囫囵吞到肚里",不过囿于礼貌,不得不待在这儿。苏玛没有心情聊天,她一再说:"你们休息吧,我也累了。"但维多利亚一直说:"不着急,等吉米睡觉后再说吧。"两个小时后,吉米总算睡觉了。保罗立即把苏玛领到书房,和妻子神秘地交换着目光。苏玛察觉了,狐疑地看着他们。保罗咧嘴笑道:

"苏玛,知道我们为什么执意邀你来吗?我们要在这儿宣布一个好消息。我知道你一直挂念着为海拉报仇,我把祸首抓来了。你看看这是谁。"

维多利亚像魔术师表演一样,应声拉开隔间的门。一个男人满面笑容,稳步走出来。

豪森!

苏玛的血液一下降到冰点,又在瞬间升到沸腾。但是,没等她有所行动,保罗已经大笑着同那人拥抱起来,两人用力拍打着对方的后背。苏玛懵了,同时,一种隐约的、她不敢相信的希望渐次升起,她呆立着,过了五秒钟,或者五个小时,看着豪森慢慢走过来——就像无声电影中的慢动作。他从口袋里掏出一张精心折叠的信笺,递给她,浑厚的男低声似乎从天边传来:

"苏玛,请原谅我们一直瞒着你。为了让警方相信,我们需要最逼真的演出效果。没错,海拉没有死,这是她的信。"

爸爸妈妈:
　　我还活着,断了的左手是我自己用紫芒烧断的,现在早就长出来了……

苏玛失声叫道:"海拉!……"便哽住了。保罗忙扶她坐下,三个人围住她,让她痛痛快快地哭了一场。等平静下来,苏玛紧紧握住豪森的手,感激地说:

"谢谢。你以绝顶的机智救了我的女儿。"

豪森笑道:"我可不敢贪天之功。不错,这个连环计最初是我想到的,那时杜塔克缠着我,要我把海拉骗出来。我忽然想到,何不借机行事呢。后来保罗帮我把这个计划完善了。海拉知道后又增添了关键的一点,那就是,必须在现场遗下一点战利品,否则FBI的猎狗们是不会放弃的。我和保罗都不忍心,但海拉非常决绝,她说没关系,她有肢体再生能力呀……后来我就为杜塔克布置了这场爆炸,为了不让FBI寻找海拉的其他'残躯',我有意把爆炸的威力增大了10倍。"他笑起来,又补充道:"对了,玛亚也活着。现场上的狗腿是一条毛色相同的死狗。我真担心警方在这点上看出破绽呢,但看来他们疏忽了,在'验明'海拉的身份后大意了。"

苏玛央求说:"海拉在哪儿?你能带我去看看她吗?"

豪森看看保罗,坚决地说:"谁都见不到她了,我也没有见过她。这封信放在一个事先商定的秘密洞穴中,而且商定仅使用一次。要知道,只有让海拉真正斩断与人类社会的任何联系,她的安全才有保证。比如说,现在,可能FBI正在窃听我们的谈话,但即使窃听到,他们也无可奈何了。"

苏玛笑了，但泪水却漫过她的笑容："我懂，我能理解。只要知道她还活着，我就放心了。"

……爸妈，这是我第一封也是最后一封信了。我的身体已经完全复原，明天就和玛亚离开栖身的雪洞向远方去。请原谅我不能说出今后的行程，因为连我自己也不能确定。你们给我的护照和美元我都留在车上了，我用不着。我想去一个远离文明的地方，验证自己能否生存下去，用某种方法繁衍一个新的种族。爸爸，我记得你的话，我永远不会敌视人类，因为我本身就属于人类。爸爸，妈妈，永别了！

那晚苏玛睡得十分香甜。一年来，时刻有痛苦的利齿在啃噬着她的心，即使睡梦中也逃脱不了。现在，她总算把它抛到身后了。她梦见一人一犬在冰原上走着，留下两串清晰的脚印。她追踪着这串脚印，倏忽间却到了亚马孙密林，一条高大的德国牧羊犬（玛亚）吠叫着，把她引到了俾格米矮人族居住的地方。她忽然在矮人族中见到了一个高个子的部族，他们是黑皮肤，赤着上身，下身围着树叶，个个剽悍孔武。他们簇拥着一个女头人，她也赤着上身，黑色的乳房饱满坚挺。从她的子孙看，她应该是位老人了，但她身上仍洋溢着20岁少妇的活力。没有见到她的丈夫，但这不成问题，她一定是用"某种办法"繁衍了整个部族。

女头人和她深情对望着，都想把对方拥到怀里。但女头人的身影忽然晃动起来，隐入一片云霞之中。牧羊犬朝苏玛伤感地吠了两声，也随之跃入这片云霞。他们消失了，只留下深深的怅惘。苏玛丝毫也不怀疑，这就是她的海拉，她刚才一定是给子孙们讲述密林外的事情，讲述他们的外公外婆哩。

她伸手想把保罗拍醒，让他也看看海拉的栖身之地。她拍了一个空，这才想起保罗是在维多利亚的房间里。他未能成为自己的丈夫，也许是她今生唯一的缺憾了。在一种舒适的、慵懒的满足感中，她关闭了梦境，再度入睡。

第六章　社会调查

一

　　民政局局长老赫今天上班很早。2012年世界妇女大会正在县里召开。虽说这里离北京很近，但国际性的会议在这里并不多见。头头们一再敲打下面，叫各行各业都把眼睛睁大点，莫要在节骨眼上捅出什么娄子。

　　老赫今天心情很不好，都是为了他的宝贝儿媳。结婚三年，她一直吵吵着不想生育。老赫原想她只是嚷嚷罢了，过几年就会改变主意的。哪有女人不想生孩子？不想生孩子的女人还能算是女人？但昨天儿媳竟不声不响去做了绝育手术，更可气的是，儿子竟然陪着她去医院。

　　老赫自认算不上旧脑筋，生儿还是生女，能不能接赫家的香火，这些事他都看得很淡了。但即使如此，他也难以理解当今的年轻人，有结婚不要孩子的，有独身主义的，甚至还有一些搞同性恋的。说到底，这代人只知道自己享受，一点也不愿为后代承担责任。

　　他上班时，老伴还气得在屋里抹泪呢，这一辈子他们再也甭想当爷奶了，再也甭想抱着胖孙子，用胡子扎他的嫩脸蛋了！早知如此，当初就不该要自家这个孽种，把他留到阴山背后，看他还有什么主义可喊。不过他知道根子不在儿子这边。儿子倒是倾向于要个孩子的，但他是个软耳朵，没主见，凡事看着老婆的眼色行事。老赫看过一篇文章，预测人类到2050年将出现母系社会的复辟。他想，在他家这个时代提前到达了。

　　虽说心情烦躁，他还是认真地检查了全所的工作。各科室人员都已到齐，门前打扫得干干净净，穿着超短裙的小李子在院中给花坛浇水，门卫在擦拭门口的铜牌。忽然一对年轻人横眉怒目地进了大门，径直朝民政室走去。老赫远远扫了一眼，认出是前庄张胖子家的儿子儿媳，是前天才结的婚。两人衣裙簇新，但脸上显然有抓痕。

"这些年轻人哪！"老赫摇摇头，回到自己的办公室。20分钟后，电话响了，民政室的小李子无奈地说：

"局长，请你来一趟吧。"

小李是今年才分到所里的女大学生，办事能力是嫩了点儿。俗话说清官难断家务事，要想胜任民政室的工作，真的需要一张磨不烂的嘴、饿不垮的胃和最坚强的神经。老赫笑道："小李，遇事耐心点……"

小李子央求道："来吧老局长，再给我做一次示范行不？我最佩服你的三寸不烂之舌。再说，这对当事人认识你，都听你的话。好吗？"

既然戴上了小李送的高帽，他只好去了。屋内的两人回过头喊一声赫伯，又恢复金刚怒目、苦大仇深的样子。小李满脸尴尬地迎上来说，他们一直摆着这副嘴脸，说要离婚又不说原因，无论怎样诱导就是不开口。老赫拍拍小两口的肩膀：

"莫要摆一副不共戴天的样子，结婚才两天，有仇有恨也积不了这么深。说，到底为啥要离婚？"

女方终于开了口："他流氓！"

男方立即怒目相向："我咋流氓了，你是我老婆！"

女方转向老赫恨恨地说："他拿回一盘黄带，非要我也照样子干。我不听，他就想掐死我，你看！"

她扯开衣领让老赫看她脖子上的伤痕，男的急忙说："甭听她的，是她先动手的，看看我脸上！"

老赫认真看了看，显然他脸上的抓痕比女方脖颈上的伤重多了。小李红着脸，忍不住偷偷地笑。老赫瞪她一眼，回头笑着说："好了，事情经过我已经清楚了。我要是张胖子，先一人给两个耳刮子再说。现在赫伯为你们评理，好好听着。"他清清嗓子说：

"第一，小张不是流氓。干那档子事使用什么姿势，不是民政局管的事，只要双方愿意，扯不到流氓不流氓上头去。而且，听你们的口气，俩人在婚前没有发生过性行为，在如今的年轻人中这可真是难得了！所以小张不但不是流氓，你们还都是自尊自爱的好青年。"

小张得意扬扬地瞟了妻子一眼，倒是身后的小李子没来由地红了脸。

"但是第二，我劝小张听女方的话。干那档子事最好不要玩什么新花样——别在心里骂你赫伯是老脑筋，按老辈人的说法，男女行房得在黑影里，免得冲撞了天光菩萨。这是迷信么？当然是，但这种迷信暗合着科学道理。人的快感阈值不是稳定不变的，而是水涨船高。过去乡下人说皇帝每天都能吃到油条和饺子，那时他们认为油条和饺子就是天下第一的美味。现在呢，你们还认为油条好吃吗？男女之事也是一样。如果一开始就把性生活的阈值提得很高，很快它就会变得味同嚼蜡。如果开始时能够控制，你们就能在一辈子里慢慢品尝越来越浓郁的陈酒。小张，你妻子是个难得的明白人，听她的没错！"

这会儿该女方扬眉吐气了。小张显然没料到老赫伯肚里还有这一大套理论，当下也表示服气。没多久，两人就笑眯眯地离开了，隔着窗户看见两人停下来，似乎又争吵了几句，不过，等走出民政局大门时，他们已亲亲热热地挽上了臂膀。小李子脸红红地奉承道：

"老局长，真有你的，蛮有深度，蛮有哲理。"

老赫看看她，微嘲道："是吧。把老家伙这番话记到心里，对你也没有坏处。"小李脸更红了。"下次再碰上这种事，我可不来救火啦。"

小李连忙点头。忽然外边传来叽叽呱呱的外国话——不是外国话，是卷舌头的中国话。两个外国女人笑嘻嘻地走进来，都是白人，年龄都在二十六七岁，一个穿着T恤和短牛仔裤，一个穿T恤和超短裙。门卫从她们身后闪过来，低声对老赫解释道：

"她们说是世妇会的代表，美国人，想在中国登记结婚。"

穿牛仔裤的女人高兴地说："对，我叫琳达·麦迪逊，她叫安娜·帕吉特。我们喜欢中国，想在中国结婚登记，为这次中国之行留下难忘的回忆。请问，按中国的规定，需要我们提供哪些文件？"

她的中国话说得呜里哇啦的，像是短了半截舌头，周围的人勉勉强强能听懂。老赫皱着眉头打量着两个人，说："需要什么文件和条件——身份证啦，未婚证明啦，甚至国籍啦——倒还在其次。首先一条，按中国法律，登记结婚必须双方同时到场。我想美国法律也不例外吧。"

琳达立即回答道："我们已经同时到场了呀。"她用英语对安娜解释，"他们要求结婚的双方必须同时到场。"

老赫一时没转过弯，虽说时下年轻人的衣着发式常常是男女不分，但眼前这两位都是女人，这一点似乎不必怀疑。她们的臀部被衣服绷得紧紧的，T恤衫开领很低，两对硕大的乳房呼之欲出。但老赫随即恍然大悟，大悟之后是抑制不住的恼火，他捺住性子嘲讽地问：

"那么，你们中谁是妻子谁是丈夫呢？"

琳达快活地说："我们互为妻子和丈夫，我们是完全平等的。是吧，亲爱的？"她亲热地挽住安娜的肩膀。

满屋的人都看傻了。虽说现在已经跨进21世纪，虽说对西方世界的同性恋现象已耳熟能详，但看到一对同性恋还是女的如此坦然地来登记结婚，连自诩为现代派的小李子也难以接受。她惶惑地用目光向老赫求助，老赫冷淡地说："实在对不起，中国还没有同性恋可以结婚的法律，看来不能为你们留下一个美好的回忆了。"

两个女人并没有懊丧的表情，相反，琳达两眼放光地问："中国不允许同性恋吗？"

到了这时，老赫已经清醒地认识到，两个女同性恋的登门并不是因为热爱中国，并不是为了留下一个美好的回忆，而是想制造一个轰动的政治话题。屋内围观的人不知道是谁低声骂了一句："不要脸！"琳达听见了，立马转过头去寻找发声者："不要脸？你是在骂我们吗？"老赫严厉地喝道：

"刘兵！不要乱讲！所有人立即回到自己岗位上去！"

门卫和屋外几个人悄悄散去，只留下老赫、小李和两个外国女人。老赫沉思片刻，谨慎地说："我国对同性恋采取的是双非政策，既不认为是非法，也不认为是合法。这种双非政策在法律上是有先例可循的，据我所知，不少国家如新加坡，对卖淫现象就是采取的双非政策。"

琳达尖利地问："你是说，同性恋和娼妓是等同的？"

老赫真的发怒了,他尽力抑制住怒气,冷淡地说:"请不要曲解我的话。好啦,两位请回美国登记吧,我们无法满足你们的愿望。"

琳达转过身,频率很快地向安娜解说着什么。这时,刚才那一对年轻人兴冲冲地进门,手里拎着一袋精制糖果,女方笑着给大家发糖,男的对老赫说:"赫伯,谢谢你的那番话,我们俩一定会记一辈子。喂,小玲,别忘了两位外国朋友。"他低声问小李,"他们是来干什么的?"

小李附耳说:"这两个女人是来登记结婚的——小心,穿短裤的这个懂得中国话。"

小张惊奇地问:"同性恋?"小李点点头。小张妻子正在为两个外国人发糖,小张忙拽住她,啐了一口,扭身就走。妻子不明所以,小张边拽边低声解释,妻子也啐了一口:"晦气!"这些粗鲁的举动丝毫没有让两个外国女人难堪,相反显得更兴奋。老赫知道大事不妙,再不能让俩人在这儿收集政治炮弹了,便客气而坚决地送客人出门。

一辆桑塔纳出租车停在门前的槐树荫下,司机正眯在座椅上听《梁祝》。老赫很客气地送两人上车,司机惊奇地问:"这么快就登记完了?你们真是高效率。"

老赫背过脸低声喝道:"快走吧,少啰唆!"司机看出点眉目,便不再言语,立马开车走了。看着这辆车绝尘而去,老赫立即返回民政局,拨通了县长的电话。

二

加达斯·比利9点钟走下昆明到北京的班机,10点赶到延庆县世界妇女大会的会堂。他是华盛顿邮报的青年记者,这次来中国,主要是为了采访云南的戒毒所。但既然赶上了世妇会,他也想来挖一点儿新闻。

在云南他采访了几个戒毒所,总的说印象不错。昨晚他跟参议员老爸通了电话,说云南的戒毒工作很认真,吸毒者的复吸率明显低于美国。但他也说中国的经验无法在美国推广,因为它"仍带着极权主义的痕迹",病人一进戒毒所就失去了所有的自由:不许会见亲人,不准对外联系……这对美国人来说是难以忍受的。当时父亲淡淡地说了一句：既然吸毒已经威胁到人类的生存，那么采用一点极权主义也情有可原。

这话很出乎加达斯的意料，因为父亲向来是以自由派著称的。

加达斯今年25岁，刚从夏威夷大学社会学系毕业，相貌英俊，亚麻色头发，蔚蓝色眼睛，脸庞棱角分明。这对当记者是个有利条件——尤其是当采访对象是女性时。妈妈说他酷似青年时代的爸爸，还笑着说，老比利之所以能当上参议员，就是因为有这么一副十分"男性"的相貌，可以拉女选民的选票。当然这是开玩笑，父亲的才干是人尽皆知的，他一直是参议员中有分量的人物。不过，父亲从来没有竞选总统的野心，加达斯知道这是为什么——父亲10年来一直和一位情人保持着秘密关系，在经历了克林顿总统的绯闻之后，他决不会自找麻烦去竞选什么总统。

世妇会的一位厄瓜多尔代表正在发言。会场是圆形的，一排排座位摆成十几个同心圆，每个座位上都有同声翻译耳机和麦克风。会场远远说不上满员，这不奇怪，世妇会代表历来是以作风散漫、思想庞杂而闻名的。这次碰上了凡事都一板一眼的东道主，因此会议日程与代表们的情绪难免有疏离。

那位代表的发言冗长枯燥，很大篇幅是谈自己的丈夫、儿女和自己的收入。加达斯关闭了录音机，脑袋依在椅背上打了个盹。这位代表的发言终于结束了，这时两位白人妇女带着一阵风闯入会场，她们一坐定就高声要求发言，因为她们"刚刚有过一个值得讲述的经历"。

会议主席同意了，两位美国妇女中的琳达拿起麦克风，绘声绘色地讲了她们刚刚经历的事情。"所以，"她总结道，"中国的同性恋者仍处于可悲的境界，他们的人权得不到法律保障，并且在社会上受到歧视，受到敌意的对待。我们能否为他们做些什么呢？"

各国记者都像打了兴奋剂，紧张地在记录本或笔记本电脑上做着速记。加达斯也迅速做了记录，他知道这是报纸主编们喜欢的素材。这时，前边一位中国代表站起来，大声要求发言。会议主席同意了，并介绍说这是甄羽女士，中国社会科学院社会学研究员。

甄羽女士 60 岁左右，中等身高，身体极胖，满头白发，但动作带着一股年轻人的冲劲儿。她显然是性情中人，一站起来便是滔滔不绝的漂亮的牛津式英语——她在激动中忘了中国代表发言应使用汉语的惯例。她尖刻地说："……我想这两位代表忘了起码的礼貌，忘了尊重所在国的法律和习俗。你们完全可以回到美国去享受同性恋结婚的自由嘛，为什么非要来撩拨中国的法律？有礼貌的客人不会在主人的大门口撒尿。"

如果说刚才琳达的发言是用竹竿捅了蜂窝，甄羽的发言则是在蜂窝下面放了一把火。会场响起一片嗡嗡声。安娜站起来大声说："请问你对同性恋是什么态度，你能明白无疑地告诉大家吗？"

甄羽干脆地说："为什么不能呢。我一直用同情和宽容的态度来对待这种心理残疾，正像我们同情瞎子、聋子、兔唇等生理残疾一样，因为它们都是人类社会不可豁免的痛苦。但是，正如医生们一直在用种种科学手段来医治生理残疾一样，社会学家也该用种种手段——心理咨询、道德约束等——来减少同性恋患者，而不要把'宽容'变成'纵容'，甚至当成一种时髦。有一点我想琳达小姐和安娜小姐不会否认吧，"她微笑着说，"至少到目前为止，作为一个族群而言，同性恋者是寄生于正常人的生殖活动之上的。没有男女之爱和他们的生殖活动，就没有同性恋者的存在。极而言之，人类就不能延续了。"

她结束了发言，在众人复杂的目光中坦然坐下。此后会议就这个问题展开了尖锐的辩论。在这中间，甄羽女士又起身做了两次短时间的答辩。加达斯不由对她产生了浓厚的兴趣，他生活在开明的美国东部，但他对于同性恋现象的观点是相对保守的。他知道同性恋确实已成了自由派的时髦，美国总统公开参加同性恋的集体婚礼，各大公司竞相资助同性恋的活动，有世界性的同性恋大会，某些城市中同性恋的比率已超过 10%。所以，没有哪个政治家和商人敢得罪这个数量越来越庞大的群体。宽容变成了纵容，以至于反对同性恋者不能理直气壮地喊出自己的观点。就拿眼前的辩论为例，甄羽几乎是孤军作战，没有一个中国代表站出来支持她，支持她的外国代表也寥寥无几。

他对甄女士的勇气十分佩服，决定找个机会采访她。

第二天代表们到北京参观故宫,加达斯也去了。极为宽敞的故宫里面没有一棵树,只有方砖缝隙中长着细细的青草,显得十分空旷。他在这儿找到了甄女士,她正在给几位同行者做解说。她说故宫内不植树主要是安全上的考虑,以使皇帝的敌人无法隐藏和纵火。中国封建王朝的统治艺术是极其完善极其周详的,这便是一个小小的例子。再者,以美学观点来看,这种绝对的空旷也能有效地衬托宫殿的巍峨。

她今天穿了一件月白色的夏衫,蓝裙子,脸上汗津津的,声音洪亮。加达斯走过去,把自己中英文对照的名片递过去:"甄女士你好。我是华盛顿邮报的记者加达斯·比利,我听了你昨天关于同性恋的发言。"

甄羽接过名片,笑着回了一张名片:"全是陈词滥调,即偏激又迂腐——对吧?"

"不,我同意你说的,同性恋归根结底是一种寄生现象。也同意你说的,不能把宽容和纵容当成时髦。我想听听你更坦率的意见。"

甄羽注意地看看他,放慢了脚步。"在美国年轻人中间,持有这种观点的人可不多。"她笑道。同行的女士赶到前边去了,十几个中国孩子蹦蹦跳跳地登着殿前的台阶。加达斯想伸手搀扶同伴,甄羽拒绝了:"用不着,用不着,我还没有这样老吧。"

她步履轻松地上了台阶,回头说:"记得40多年前,我还是一个中学生时,看过一则有关美国的报道。有些不愿生育的美国夫妇常到菲律宾买孩子,他们帮助菲律宾孕妇飞到美国,生下孩子,让婴儿自动取得美国国籍,然后再办理领养手续。在这个过程中,他们要负担孕妇的往返机票、在美国的生活费、医疗费及报酬,大概要花两万美元以上。我当时很好奇——首先我佩服美国人的豁达,他们不计较后代的血统甚至是人种的差异,但同时我也很困惑。"

"为什么?"

"因为我觉得这是违反自然之道的。生物的所有习性都是为了保证自己的基因最大限度地传播开来,所以,在交配期间,雄骆驼会把自己的所有妻妾赶到一个山沟里,不吃不喝地守护着,不让别的雄骆驼染指。雄松鼠在交配后会在雌松鼠的阴道中留下一个塞子，阻止它同别的雄性交配，等等。当然，人类已经超越了动物，人类会'幼吾幼以及人之幼'，这是没有疑问的。但从另一方面说，尽力在世界上'留下自己的骨血'，仍然应该是正当的、最基本的自然属性。如果文明的发展连这种自然属性也淘汰掉，那对人类来说究竟是进步还是灾难呢？"她笑道，"当然，这是我成年后的思考，中学时代我只是直观地感到困惑。"

加达斯对她的观点感到很有共鸣，沉思片刻说："如今在美国，不愿生育后代——不是不能生育——的夫妇更多了。"

"何止美国呢，即使在中国，这些现象也逐日增加。据统计，中国育龄夫妇中的'丁克家庭'已占6%，同性恋估计也达到了1%。这个数字真让我寝食难安。假如一直保持这个势头，人类真要灭亡吗？比利先生，中国的社会学家一直盯着美国，因为一个多世纪以来，美国一直是世界科技的先行者，很可能美国的今天就是中国的明天——既包括社会的进步，也包括科技带来的弊端。坦率地说，我觉得美国社会上的许多现象简直是世纪末的征兆，主要就表现在人类自然属性的日益丧失：同性恋、群交、吸毒、放弃生育后代的责任……我真不愿中国也步你们的后尘。"

加达斯心中不大舒服——这些观点难免伤及一个美国人的自尊。但他不得不承认，这些尖锐的见解有它的逻辑力量，而且其中并没有民族沙文主义的气味儿，她是站在全人类的基点上来考虑的。他沉思着，跟着甄女士迈出保和殿的后门，甄羽原先的同伴在喊："甄！来给我们介绍青铜馆的展品！"甄女士抱歉地向他告别，加达斯说：

"再见，谢谢你的谈话，我会认真思考的。"

三

第二天，加达斯坐上了中航飞往纽约的班机。机翼下是蓬松洁白的云层，阳光在蔚蓝的太平洋洋面上闪耀。中国空姐们个个漂亮得无可挑剔，身躯修长，胸臀饱满，肤色美艳。考虑到14亿人口的基数，能挑出这么漂亮的空姐并不奇怪。加达斯一边呷着咖啡，一边欣赏着空姐们的美貌。

不过更多时候，他面前闪现的是轮廓浑圆的甄羽女士。与身躯的浑圆恰成对比的是她见解的尖锐。美国是一个包罗万象的国家，这种见解他当然不是第一次听到，但唯有这次给他的印象最深，也许这是基于甄女士真诚的忧虑吧。

回到费城公寓，他给父母家打了电话。是妈妈接的电话，她关心地问了一路上的情况，问他什么时候能过来，又说他父亲不在家，出门做一次短暂的公务旅行。加达斯问他到哪儿去了，如何与他联系。妈妈沉吟一会儿问："有急事吗？"

"嗯，我有一个想法，想和他商量一下。"

"那么，"妈妈说，"你把电话打到波特兰吧。"

加达斯知道波特兰有父亲的情人南希，不免后悔，这么多年来，父亲每年都要在那儿秘密度过几个星期，而母亲和他已学会了对此视而不见。今天他不该逼着母亲把这句话说出来。

他把电话打过去。屏幕上现出一张年轻美貌的黑人女子的脸庞——他不禁感伤地想，自己的母亲确实衰老了。南希马上认出了他，高兴地嚷道："加达斯？你好，真高兴你能打来电话。"她的高兴确实是十分真诚的。"你父亲在和勒莎玩，我去喊他过来。"

从屏幕上看到，父亲牵着勒莎的手走过来。勒莎抢先占据了屏幕："你好，加达斯哥哥。刚从中国回来吗？那儿好玩吗？你什么时候能到我家来做客呢，我真想和你一块儿玩。"

妹妹叽叽呱呱地说个不停，他不由暗暗感动。他与这位妹妹从未谋面，但她对哥哥显然是情真意切。也许，这是因为有二分之一相同血缘的天然联系？两人高高兴兴地聊了一会儿，父亲布莱德才接过话筒："你好，有什么事情？"

"爸爸，这次我在中国采访了一位女士，我对她的观点很感兴趣，也有了自己的一些看法。"他追述了当时的谈话，"我打算针对美国国内'不愿生育'的现象做一次社会调查，深层次的详细的调查，以得出一个结论：现代高科技和现代生活方式是否已改变了人类最基本的自然属性，以及这种现象有什么深层次的社会意义。爸爸，你对此有什么看法？"

布莱德没有片刻犹豫，立即答道："很好！值得去做。"他笑道，"十分巧合的是，前些时候我正好对一个类似的问题产生了兴趣，那就是美国人到国外认领婴儿现象的爆炸式增长。而且，这里可能还牵涉到一个庞大的婴儿走私网。"他沉吟片刻，"这样吧，我手头正好有一份名单，列举了邻近几个州中新近从国外领养婴儿的家庭，有合法的，也有非法的。你可以在此基础上进行调查。报社那边会支持你吗？我想会的。这项调查不仅是'哲理性'的，如果最终挖出一个婴儿走私网，这则新闻同样是十分'公众性'的。"

"报社那边问题不大，我自己能处理。那么，我就开始做这方面的准备了。再见。"

"再见。"

南希一直在远处斜睨着这边，这时快步走过来，从丈夫手中接过话筒："你们谈完了吗？我和加达斯还有一点私人话题。"

参议员领着勒莎离开了，加达斯在屏幕上端详着爸爸的情人。算算她也年届不惑了，但皮肤和身形保养得很好，仍显得青春靓丽。她微笑道：

"谢谢你打来电话，也谢谢你对勒莎的兄长之情。"她略为沉吟，恳切地说，"加达斯，我爱你的父亲，为了他，我的半生是在阴影中度过的，但并不后悔。再过若干年，你父亲就要退出政治生活了，按照我们当初的商定，在他退出政治生活后，就要公开他与勒莎的关系，否则对小勒莎是不公平的。我尊重你的母亲，不想对她造成任何伤害……"

加达斯打断她的话，爽快地说："你不必说了，我已经明白了你的意思。请放心，我会慢慢把这件事捅给我的母亲，让她对那一天有足够的心理准备。我相信她会对此泰然处之的。"

南希欣慰地笑了："谢谢，衷心谢谢你。你为什么不来这里玩呢？我和你母亲恐怕只有终生回避了，但你和勒莎没理由不成为好兄妹。"

"我会去的，这次调查结束后我会安排一个时间。我也很喜欢小勒莎。告诉我，她喜欢什么样的玩具？"

"你就买几只电子狨吧，她已经有20只了。"

加达斯知道这种袖珍电子狨是一种时髦玩具，小狨猴们从包装箱中取出后，只要一激活，就会自动组成一个族群，选出猴王——完全遵循山林中猴群的生活方式。"好的，等我去时带几只电子狨，再见。"

"再见。"

电话屏幕暗下来，加达斯在屏幕前又愣了一会儿，思考着南希的请求。母亲那儿没问题，她实际上早就有心理准备了。问题倒是自己，真的能完全看开吗？就拿这次谈话来说吧，他多少有些内疚，好像自己参加了一项针对母亲的密谋。

两个女人都泰然接受了"一夫两妻"这种令人尴尬的关系，恐怕这最终要归因于父亲"雄性的强壮"。作家纳塔莉·安吉尔在《野兽之美》中说，为了最大限度地传播自己的基因，雄性在性关系上的进攻性是天然的，符合自然之道的。这么说来，父亲的行为就无可指责了——从本质上说，这和雄狮、雄骆驼、雄海象的占有欲是一脉相承的嘛。

想到这里，加达斯不由得笑了——这对父亲未免不敬——然后挂上电话。

四

真正开始这项调查已经是两个月之后。十分凑巧，父亲给的名单上也有琳达·麦迪逊和安娜·帕吉特的名字，从资料上看，她们早在一年前就在宾夕法尼亚州登记结婚，该州已通过同性恋可以结婚的法律，两人还互换了姓氏。加达斯冷冷地想，干吗要互换姓氏呢？这种貌似平等的做法，仍是植根于夫权主义之上啊。

麦迪逊帕吉特夫妇于半年前领养了一个白人女婴，手续是合法的，婴儿来自巴西圣保罗的"圣贞女孤儿院"。父亲的秘书杰克逊先生说，这是近几年崛起的一所很有名的慈善机构，是某位匿名的富翁资助建造的。它从各国收养和向各国输送了数以万计的孤儿，不但不收取任何报酬，甚至每个孤儿离院时还能得到 500 美元的馈赠。"它的资助者一定是个家财逾百亿的富豪。"杰克逊先生说。

加达斯对这两个女人印象不佳，尤其在得知她们早已结婚之后。这样看来，她们在北京的行为未免太张狂，太无事生非。不过，既然已有北京的一面之交，他还是决定把她们排在调查表的第一位。

他先给两人打了电话，两人愉快地说，欢迎他去采访，随时都行。

加达斯乘车赶到了宾夕法尼亚的卡本代尔，在一个普通居民区找到了24B号。这幢房屋是木质房顶，车库大门上的油漆已经斑驳脱落，门前的花丛中卧着几只驯鹿和一个裸女的雕塑。加达斯在按响门铃时，忽然生出一个随意的想法：哪个家庭中都少不了一些体力活，像油漆房间啦，修剪花草啦，那么在这个女同性恋家庭中，是谁干这些体力活呢？大概是琳达吧，她似乎更强壮一些。

由此他想到，在他所知道的女同性恋家庭中，常常有一人扮演丈夫的角色，这可能说明，上帝安排的秩序毕竟是最实用的。一个肥胖的白人妇女打开门，她既不是两人中的一个，也不像是两人的仆人。加达斯疑惑地问："这是麦迪逊帕吉特夫妇的家吗？"

"不错，进来吧。"那人在身后匆匆关上门，叮嘱道，"请注意，卧室中正在进行网络直播。"

她领着客人快步走回卧室。加达斯几乎没有来得及观察屋内的陈设，因为他的注意力很快被卧室中的情景吸引住了，那儿灯光通明，四架摄像机环床而设，在灯光和摄影机瞄准的小舞台上，琳达和安娜都一丝不挂，正在非常投入地性交。另有三个妇女站在外圈的阴影里，默不作声地观察着。

加达斯忽然悟到这是怎么回事。十年前，网络上直播了一对美国"童男童女"性交的全过程，两人声称，男女之合是天下最纯洁最美好的事情，他们愿把自己的初夜之欢奉献给全世界。这次直播曾引起一场不大不小的风波，并被揭露其中隐藏着商业行为和欺诈行为——至少这两人都不是自称的童男童女，之后慢慢平静了。此后，男女同性恋者开始在网络上抱怨：为什么单让异性恋者掠美呢，同性恋的性行为同样是天下最纯洁最美好的事情啊，也应在网络上留下自己的倩影啊。不过，不知道是什么原因，也许是同性恋者的底气毕竟不足，这些鼓噪拖了几年才变成行动。不久前，一对勇敢的女同性恋者宣布她们已做好准备,将在 2019 年 7 月 27 日就是今天实施性交直播。由于网络上都是使用代号,加达斯没想到她俩恰是自己要采访的对象。

两人仍在床上呻吟,揉搓着对方的乳房,伏在对方身上抽动,吸吮着对方的舌根。不过总的说,相比黄色录像上的镜头,她们的动作还算干净。加达斯冷眼看着,眼前的景象不算新鲜,在 R 级片中和超 R 级的光盘中早有人做过了,什么新鲜招数都试过了,连人兽性交还上了光盘呢,人们的性感觉已被刺激得麻木了。唯一不同的是,那些男娼女妓们的表演是为了赚钱,而今天这一对儿却是为了"圣洁"而免费表演。

一个话筒举到加达斯面前:"既然你是不请自到的客人,请你向网络观众也说几句话,好吗?"那位为加达斯开门的妇人微笑着说。

加达斯略微踌躇后说:"好的。"

"你的姓名,职业?"

"加达斯·比利,华盛顿邮报的记者。"他笑道,"我是因为另外的事来采访麦迪逊帕吉特夫妇,没想到自己先成了被采访者。"

"你对女同性恋性交过程的首次网上直播有什么看法?"

加达斯突然想起了北京的甄羽女士,想起她的忧虑,想起她说的"同性恋的寄生性"。他不愿得罪和伤害眼前这些人,便字斟句酌地说:"坦率地讲,我不是同性恋者,也不赞成同性恋。不过,我愿以宽容的态度来对待这种社会现象,也希望两位女主人宽容地对待我的不同意见。"他向床上扫了一眼,两个女人显然已到达性高潮或者说假装达到了性高潮,加达斯不相信在四个镜头和百万双眼睛的注视下,她们真的能心静无波地干完那档子事。"我觉得同性恋的性交没有男女之合来得自然和美丽,而且,至少到目前为止,同性恋是寄生在正常人的生殖活动之上的。"

举话筒的女人没想到来客会直率地批评,显然比较扫兴,但她客气地说:"谢谢你的回答。此次网上直播到此结束,再见。"

屋里的聚光灯暗了,两位演员笑着从床上下来,开始穿衣服,周围的妇女们在收拾摄像机。加达斯突然听到了婴儿的咿呀声。原来屋里摆着一个婴儿车，一个大约周岁的婴儿手扶栏杆站在车里，一双蓝眼珠滴溜溜地看着她的两个母亲。加达斯的心中忽然被敲了一记——其实没什么，懵懵懂懂的婴儿尽管看到了刚才的一幕，也不会理解的，不会把它保存在记忆中。但不管怎样，加达斯忽然对她的母亲们萌生了怒意，当她们在聚光灯下性交时，肯定该知道，网络观众中有很多不足14岁的未成年人哪！

他尽力把怒意隐藏起来。

婴儿开始哭闹，琳达和安娜忙跑过来，抱起婴儿，从恒温箱中取出奶瓶。婴儿安静下来，吧唧吧唧地吸着奶，好奇地看着周围的大人。琳达慈爱地低头亲她，安娜也凑过来，吻吻孩子，再抬头吻吻琳达。

加达斯看着这一幕，难以抑止嘴角的嘲讽。在看了网上性交直播后，他不敢相信这两人的母爱是自然天性之流露，他担心到目前为止两人还是在表演。

吃完奶，婴儿困了，眼睛开始迷离，安娜接过来哄他入睡。三个负责录像的女人带上设备，也告辞走了，琳达把加达斯让到客厅里。

"对不起，我来得好像不是时候。"加达斯笑道。

"没关系的，请开始正题吧。你是想采访这个领养的婴儿？我们有合法手续，是通过州孤儿领养所和移民局……"

加达斯用手势打断了她："我知道，这些我都知道，它们不在我的调查范围之内。这次社会调查的目的是比较虚的，是想了解一下：这些领养婴儿的人们都是什么动机，是不愿生育还是不能生育。如果是不愿，又是什么原因？你们当然属于后者，因此我要换一个问法：你们自愿放弃了做母亲的权利，不能在这个世界上留下自己的骨血。那么，你们是否会偶尔感到难过、动摇、心绪不宁？"他抬头看看琳达，"请原谅我的直率，希望你也给出坦率的回答。我保证为你的回答保密。"

琳达干脆地说："即使和男人结婚，我也不会为他生孩子。"

"为什么？"

"为什么？"琳达半开玩笑地说，"上帝太不公平了！由男女双方完成的生殖活动，双方理应付出同样的牺牲，为什么只让女人受苦呢？怀胎十月，分娩时的阵痛，妇女病……你们男人呢，只是付出一点精液，还能得到超值的享受——比女人远为强烈的性快感。这太不公平了，所以我们决定不生育。"她笑着说，"对不起，你也是我所抱怨的男人。"

加达斯笑道："不必道歉，听了你的话，我已经愧为须眉男人了。"他沉吟一会儿继续问道，"但是，你想过没有，你们领养婴儿，是以另一个女人的牺牲——按你的观点——为代价的？"

他的口气很温和，但琳达分明领会到了温和之下的尖锐。她盯了加达斯一眼，乖巧地滑了过去："很快就不会有牺牲了，科学家们说，用机器子宫来克隆婴儿，将在2050年前实现。"

"恐怕比这还早。"加达斯说，"我见过一些生物学家，他们说，如果认真去做的话，也许现在就能实现。但他们也都说，不会有人去做的。从伦理学的观点来看，这种发明太危险，太离经叛道，至少我很庆幸自己不是在机器子宫里出生的。"

琳达站起来："伦理问题由伦理学家们操心吧。你还有别的问题吗？"

加达斯也站起来："没有了，谢谢你接受采访。"

婴儿在婴儿车里已经睡熟了，一头金发，一只手指含在嘴里，皮肤白皙红润，嘴角挂着浅笑，十分逗人喜爱。加达斯不禁为她难过。他想，婴儿在同性恋家庭中长大后，就会认为同性恋是完全正当的事，很可能这个世界上又要多出一个女同性恋者了。对此他是无能为力的，"别做无谓的感伤啦！"他在心里揶揄自己，微笑着同主人告辞。

五

第二个采访对象是谢克利夫妇，他们住在奥尔巴尼一幢极为漂亮的别墅里。丈夫哈尔今年52岁，是一个成功的房产商。妻子朱迪40岁，曾是比较有名的影视歌三栖演员，不过婚后已淡出舞台。两人都是白人，但收养了一个黑人女婴。

他们在花园里接待了加达斯。两人都穿着白色休闲服，悠闲地斜倚在白色的凉椅上，小几上放着啤酒和冰块。不远处的院内游泳池中，小女儿斯塔正和一个黑人女仆戏水，她是个精力旺盛的孩子，在池里尖声叫着，清澈蔚蓝的池水衬着两个黑黝黝的躯体。

一进花园，加达斯的目光就被女主人的美貌吸引住了。她的面容看上去只有 30 岁，胸脯丰满，腰肢纤细，小腿修长，肌腱健壮而清晰，一头瀑布般的金发披在脑后。在这一刹那，加达斯已经明白女主人不愿生育的原因。入座后，他接过加冰的啤酒，衷心赞叹道："你真漂亮，你的美貌晃得我无法睁眼了。"

女主人莞尔一笑："谢谢你的夸奖。"

哈尔微笑着正要说话，那个女孩忽然爬上岸，水淋淋地爬上父母的膝盖，在每人脸上啄了一下，又大笑着跳回游泳池。这个小精灵浑身黑得发亮，卷发，厚嘴唇，十分灵活的黑色眼珠。她用力抡着小胳膊，水花四溅地游向女仆。她的父母喜爱地看着她的背影，连加达斯也立即喜爱上她了。

哈尔回过头："比利先生，有什么问题请问吧。"

加达斯先向他们解释了这次调查的目的。他说，为了保证调查的准确性，希望先生和太太给出坦率的回答，报社保证为他们的隐私保密。哈尔点点头："知道了，开始吧。"

"请问，你们领养了这个黑人女孩，是因为你们没有生育能力，还是不愿生育？"

哈尔笑着看看妻子："不，我们有生育能力——即使现在也有。"

"那么，你们为什么不愿生育？是为了——"加达斯把后半句话变成玩笑，"尊夫人的优美体形吗？"

"我们结婚时朱迪已经 36 岁了，作为初产妇年龄稍大了些。另外，你说的确实是原因之一。"

"为了体型美而放弃繁衍后代的义务？这违背人类的乃至所有生物的自然本性啊。务请原谅我的无礼，因为科学要求真实的回答。"他毫不放松地追问。

朱迪温雅地笑着，但回答并不客气："人类早在建立文明之前就开始违背自然本性了。比如，相对于所有动物来说，人类的生育都是早产或难产。这是因为人类在进化中脑容量不断增大，使婴儿头颅超过了妇女骨盆所能通过的尺寸，只好让婴儿在发育成熟前就出生，等出生后再把头骨长足。即使如此，分娩也是一个相当痛苦的过程。可以说人类的雌性部分为种族进步作出了几百万年的牺牲。"

"那么，"加达斯坦率地问，"你不愿再作出牺牲啦？"

朱迪轻松地说："对，我不想再忍受生育的痛苦。不过社会不会责备我，反而会感谢我的。毕竟我们生活在一个人口增长率过高的世界。"

加达斯苦笑着想，如果所有妇女都像她呢？但他知道自己的追问该适可而止了。他把目光转向游泳池，那个小黑鬼仍在快乐地尖叫嬉戏，似乎永不知道疲倦。加达斯赞赏道："可爱的小家伙！你们领养了一个外种族的小孩，这充分显示了你们的无私和博爱。可是，你们也许知道一句名言：基因的本性是自私的，它迫使生物用种种策略和诡计，最大限度地播撒自己的基因。谢克利先生，难道你们从来没有想到在世上留下自己的基因，哪怕是偶然想过？"

哈尔不快地说："我从来没有这样的念头。我不是守旧的墨西哥人、印度人、阿富汗人或中国人。我想你没有新的问题了吧？"他半开玩笑地说，"再把谈话继续下去，我担心会成为反对小斯塔的密谋。"

加达斯识趣地站起来："我没有问题了，我的这次调查是很不讨好的，谢谢你们对我的宽容。再见。"他特意走到池边喊道："可爱的小天使，再见。"

斯塔快活地在水里纵跳着："叔叔再见。"

加达斯拎上手提箱准备离开，忽然想到了另一点，停下脚步："太太，我的资料上说，斯塔是你们去年领养的，认领时不到半岁，怎么……"

哈尔抢先回答："我们已向移民局纠正了这个错误，实际上，领养时斯塔已经四岁了。"

加达斯噢了一声，转身离开，但他瞥见哈尔正在做着诡秘的眼色，而朱迪的神色似乎有些慌乱。这可是一件怪事，为什么会这样呢？这对颇有地位的夫妇没有必要在女儿的年龄上撒谎嘛。坐上车后，加达斯还在想着这件事，后来他认定恐怕是自己的错觉。

六

　　第三位采访对象是住在黑泽尔顿的戈顿·迪克夫妇。从资料上看，他们也是去年初领养了一个黑人女婴。不同的是，谢克利夫妇是通过合法手续领养的，迪克夫妇却是从蛇头手里买的走私婴儿。事后他们交了罚款，才到移民局补办了手续。

　　与迪克夫妇未能联系上，挂了两次电话，都是录音在回答："主人不在家，请留言。"加达斯的回程恰巧路过黑泽尔顿，他在路上犹豫着，怕贸然赶去会扑空，但最终还是决定去碰碰运气。

　　迪克的住宅很容易就找到了，这是一幢破破烂烂的廉价公寓，房后是山坡，长着杂乱的树木。大门紧闭着。加达斯敲开了邻居的门，那个年老的黑人妇女歔欷地说："他们给女儿送葬去了，可怜的戈顿，可怜的乔安娜！"

　　加达斯茫然问："哪个女儿？他们不是才领养了一个巴西女孩吗？"

　　"对，就是那个女孩，小帕梅拉，她在医院住了一个月，昨天才去世的。"

　　加达斯的心揪紧了："什么病？"

　　肥胖的黑人老妇揩着泪，悲伤地说："是癌症。太可怜了，浑身长满了癌肿，连身形都变了。才两岁的小女孩呀，愿上帝收留她的灵魂。"

　　按照邻居的指点，加达斯立即赶往仁慈墓地。等他赶到时，送葬的人群已经离去。加达斯买了一束白花，向守墓人问清了帕梅拉的墓茔的方位。一排排大理石墓碑无言地排列着，小径上的青草在微风中摇摆，帕梅拉的墓前点着蜡烛，堆满了鲜花，鲜花上肯定浸透了父母的泪水。墓碑上镶着女孩的照片，还刻着一行字：

　　帕梅拉·迪克，2017年1月2日—2019年6月24日。

　　加达斯在这一刹那惊呆了。

　　完全惊呆了。因为看照片的第一眼，他忽然以为是斯塔死了，是斯塔的照片镶在这里。没错，帕梅拉和斯塔的面貌完全一样，年龄也大致相同。

　　这没有什么好奇怪的，加达斯对自己解释，一定是巴西一家贫穷的黑人夫妇生了一对双胞胎，其中一个送到了圣贞女孤儿院，又被谢克利夫妇收养；

另一个也没有留住，卖给走私婴儿的蛇头，恰巧也流入美国——但这未免太巧合了。你随机选取了三个人进行调查，却发现了两个完全相同的面孔，那么最有可能的结论是：这种面孔在人海中不会只有两个。

何况，加达斯冷冷地想，科学已发展出了制造"同样面孔"的手段。在克隆人已出现过的今天，如果一味相信这是巧合，未免太迟钝了。

他把怀中的花束安放在墓碑前，端详着碑上的照片，沉思了很久。她确实和那位健康强盛的斯塔长得一模一样。目前这说明不了什么问题，两人仍可能是双胞胎、三胞胎而不是婴儿工厂的产品……加达斯忽然噤住了。婴儿工厂，克隆婴儿的工厂！他脑海里无意中滑出的这个词，正是他在下意识中已经揪住的答案啊。

他现在该做的，就是去证实或否定这个揣测。

把汽车开出停车场时，他忽然又想到另外一点：父亲如此热情地支持自己进行这项调查，是否他已有同样的怀疑？父亲没对自己说破，大概是想锻炼儿子的观察力吧。若果真如此，那么三个调查对象中出现两个相同面孔就不足为奇了，相信这个名单里还有更多的斯塔和帕梅拉。

看来，这次基于"哲理意义"上的社会调查恐怕要突然转向，转到更紧急的问题上了，他想。

守墓人说那对夫妻开着一辆福特，相当破旧，一眼就能认出来的。加达斯在回程中开得飞快，不停地超着车。快到迪克夫妇所住的街区时，他发现了那辆破旧的福特。他追上去与福特并行，看看侧面的车窗，立刻知道自己找到了目标，那两人的悲伤明明白白地写在脸上。

他隔着车窗大声问："是迪克夫妇吗？请停下车。"对方听见了，点点头。他超过去，一直开到前边的停车区停下车，福特也缓缓地滑停在后面。那对黑人夫妇下了车，悲伤中略带困惑。从两人的穿戴看，显然他们是低收入者，头发花白，满面皱纹中镌刻着岁月的沧桑。加达斯趋步上前，紧紧握住戈顿的手：

"迪克先生，我刚从仁慈公墓过来，在令爱的墓碑前献了花。在你们悲痛时来打扰是不恰当的，不过我想，多一个朋友分担痛苦，也许对你们是个安慰。"

乔安娜用手帕揩着眼泪，声音嘶哑地说："谢谢。"

"前边有一个酒吧，我想请二位喝一杯，顺便问一件有关帕梅拉的小事。可以吗？"

两人点头答应。他们上了车，开到山脚下的"老橡树"酒吧。老板是一个长满胸毛的中年人，客人不多，他自己兼任招待。门旁的桌上坐着一个妓女模样的女人，她放肆地盯着老板的眼睛，低声说着什么。老板气恼地甩脱她，向这边走过来。那个女人大声笑起来，在后边喊道："胆小鬼！"

老板低声咒骂着："快点噎死你！该死的婊子。"他来到这张桌前："三位要点什么？"

加达斯为三人都要了马提尼，点了几样菜。看着两人皱纹深深的面庞和悲怆的神色，他同情地说："我真不知道该说什么话来安慰你们。我看了帕梅拉的遗照，知道她是一个多么漂亮可爱的小天使。愿上帝照料她的灵魂。"

乔安娜捂住脸，泪水从指缝里溢出来，竭力忍着，才没有大放悲声。她哽咽地说："是的，她是我们的小天使，是我们心灵上的明灯。愿上帝怜悯她！"

戈顿目光阴沉地说："我已经不相信上帝了。如果真有上帝，他一定是个糊涂透顶或铁石心肠的家伙。他为什么夺去我们最后的希望？帕梅拉到这个世界上才两年多呀。"

乔安娜惊慌地阻止道："戈顿，不要亵渎上帝！"

加达斯立即追问道："她才两岁多？噢，对了，墓碑上写着她的年龄。但从照片上看，她至少已经五岁了呀。"

乔安娜惊慌地看看丈夫，丈夫摇摇头："现在还有什么可隐瞒的呢。不错，她的生长速度确实非常快，大约为普通孩子的两三倍。我们不想让别人把她当成怪物，尽力对外人隐瞒着，想让她过一个正常的童年。可是……"

加达斯沉思着问："那你们想过没有，也许正是这种生长失控导致了她的癌肿？"

两人浑身一震，戈顿摇摇头说："没想过。她的身体一直非常健康，精力旺盛，每天笑声不断。她的病是突然发作的，像野火一样突然之间就烧遍全身，从发病到去世，不到一个月的时间。"

加达斯小心地问："你们能告诉我帕梅拉的来历吗？"他解释说，"不瞒你说，我恰巧知道某处有一个领养的女孩，与帕梅拉长得一模一样，而且生长速度也是这样快。我想她们可能是双胞胎。现在帕梅拉遇上不幸，谁知道那个女孩会不会也步她的后尘呢。请你们放心，我不会把你们的话捅到警方。"

夫妇对望一眼，戈顿摇摇头："我们是从纽约的一个蛇头那里买来的，不过其间又经过几个中间人，详情我们也不清楚。"

加达斯知道他们说的不一定是实话，但他不愿在此刻苦苦逼问，便说："那好吧，我再设法打听。这是我的名片，如果想起什么情况请通知我。还有，如果有什么事需要我帮忙，请不要客气。"

在随后的进食中，三人只是随便交谈着，聊着一些不相干的事。饭后，乔安娜去洗手间时，加达斯问戈顿："请原谅我的冒昧。你们为什么没有要一个自己的孩子？是因为不育症吗？"

"嗯，乔安娜患有不育症。你知道我们的收入很低，不能使她得到好的治疗。后来，年龄大了，我们说干脆领养一个吧。帕梅拉非常可爱，我们曾非常庆幸自己的决定。但是……我们最终没能战胜命运。"

乔安娜从洗手间回来了，加达斯不再说什么，唤那位老板兼侍者结了账。迪克夫妇送加达斯上车，挥手告别。天色已暗，路灯都亮了。开出停车场时，加达斯瞥见那对黑人夫妇正踽踽地走向自己的旧车，他们的脊背已被命运压弯了。他不由想起谢克利夫妇，真是鲜明的对比啊，那儿是一对富裕漂亮的夫妻和一个健康可爱的女儿，这里是贫穷衰老的夫妇和一个夭折的孩子。他耳边响着戈顿的叹息："我们最终没能战胜命运。"

是的，命运之神真是一个生性势利的家伙。他摇摇头，踩下了踏板。

七

加达斯没有回报社，直接回到费城的单身公寓。像大多数记者一样，他主要靠电话和互联网络同报社联系，只在必要时才去华盛顿。到家后他立即要通邮报社会版的主管伯勒斯先生的电话,屏幕上出现了那个乐哈哈的大块头:"加达斯,这几天的调查进展如何?还顺利吧。"

加达斯简略地谈了几天的进展:"……恐怕调查要转向了。不过,到目前为止这只是我的揣测,我想在下一步的调查中去证实它。有什么进展我会及时向你通报。"

"婴儿走私网?这个题目值得搞下去。行啊,就按你的想法干吧。"

洗完澡,加达斯仰面躺在床上,枕着双臂陷入深思。父亲提供的那张名单平摊在床头桌上,可惜这份资料太简略,没有各个孩子的照片,他不知道其中是否还有面貌相似者。他想向父亲的秘书求助,把这些资料补齐。但想了想,决定采用更直接的办法。

说干就干。他跳下床,先在那份名单上找出领养女孩的家庭,开始拨电话。第一个电话很快拨通,屏幕上是一个40多岁的白人男子。加达斯问:"是弗兰克·卡尔先生吗?我是华盛顿邮报记者加达斯·比利,目前正在调查从国外领养的孩子的状况。你曾在五年前从巴西圣贞女孤儿院认领了一个女孩,名叫丹茜,对吗?"

"对。"

"她知道自己不是亲生的吗?"

"知道,我们没有瞒她。"

"我能否对丹茜做一次电话采访?"

"当然可以。丹茜!过来,一个记者要采访你。"

听见脚步声走近,一个白人女孩的笑脸出现在屏幕上,用清脆的童音大模大样地问:"我是丹茜,你有什么问题吗?"

她不是要找的目标,不过加达斯仍煞有介事地提了几个问题:"你来美国生活得好吗?你有什么愿望?你有什么话想通过报纸告诉你家乡的亲人?"然后他客气地谢过卡尔先生,挂断电话。

他又挂通了第二家。听他说明来意,本福德·乔治立即露出警惕的目光。加达斯并不奇怪,因为资料上说他的女孩梅丽是从台湾的蛇头手中买的。他一口拒绝了加达斯的采访要求:"不,我不想让外人搅乱孩子的心境,因为她不知道自己不是亲生的。"加达斯说，"我只看看她的照片，可以吗？"本福德连这个要求也一口回绝了："既然不采访，我认为看照片也没有必要。"

加达斯多少有些生气，不过他能理解一个父亲的苦心，便耐心地说："乔治先生，你的谨慎太过分了。难道我就没有别的办法得到她的照片？你愿意我到警察局去查询？请放心，我只是做一个泛泛的社会调查，不会伤害她的。"

本福德犹豫片刻，不情愿地说："好吧，你稍候。"片刻后他拿来一张照片，是个黑头发黑眼珠的女孩。"她是黄种人？"加达斯问。

"对，不管她是什么种族，我们都真心爱她。"

"谢谢，我不会再打扰你了，再见。"

第三个电话挂通后，屏幕上立即跳出一个黑人女孩的笑脸，正是他要寻觅的目标！加达斯尽管早有心理准备，仍然相当吃惊。没错，又是一个五岁的斯塔或帕梅拉，她们长得一模一样！

加达斯的思维忽然陷入一个奇怪的黑洞中。他明明知道这是一位叫琼的女孩，但他几乎忍不住脱口喊出"帕梅拉"。他的内心固执地认为，是那个可怜的帕梅拉从坟墓中爬了出来，上帝治好了她的不治之症，把欢乐还给了她。女孩的喊声让他从思维混沌中醒过来：

"……你要找我的父母吗？他们都不在家。"

"你好。琼——这是你的名字吧。"

"对，你怎么知道我的名字？"

"是一个你不认识的朋友告诉我的。琼，你几岁了？"

"两岁——真的两岁。别人都说我长得最快。"

"真的，你长得真快。琼，叔叔问你一个问题，你不会生气吧？"

"不会，你问吧。"

"我朋友的女儿长得像你一样快，但她常觉得自己身上疼，有的地方……还长有硬块。你身上没有这些毛病吧。"

"没有。我的左膝盖疼，但那是因为昨天我从台阶上摔下来，摔伤了。"

"那好，祝你幸福。再见。"

"再见。"

加达斯的心房怦怦跳动着。现在可以肯定，这些从巴西领养的小孩中肯定有秘密。六个调查对象中竟然有三个是多胞胎！除非笃信神迹的人才会相信这是巧合。那么，在这三个一模一样的面孔后隐藏着什么秘密？在巴西的热带丛林深处，有一个日夜运转的克隆工厂？

他依着那张名单，把电话一个个打下去。他接连询问了七家，其中一家没人，两家领养的是白人女孩，两家领养的是亚裔女孩，一家领养的是巴西印第安人和西班牙人的混血后代。时间已经很晚了，再给陌生人打电话就很不礼貌了，他决定再打一个电话就结束。这个电话挂通后很久没人接，他已经想要挂断。忽然屏幕亮了，一个十四五岁的黑人女孩在屏幕上冷冷地盯着他，梳着冲天式的发型，涂着很重的眼影，紫色唇膏，上身穿一件很窄很短的牛仔服，胸部饱满，表情冷漠而烦倦。可以看出，这是一个过惯夜生活的女孩。

震惊之波再次摇撼加达斯的神经。这是一个大一号的斯塔、活着的帕梅拉和没有笑容的琼。从资料上看，她的年龄只有六岁，但她显然已经是成熟的少女。她烦倦地等着这边的问话，可能是加达斯的目光太"贪婪"，太专注，那位女孩的表情随即转为鄙夷，冰冷地说了一句："我的父母不在家。"

然后她便啪地挂了电话。

她的无礼并没有使加达斯懊恼，看到这个大一号的相似者，他的揣测已经变成了真实，再也无须怀疑了！

已经是深夜，他决定明天再去找父亲和报社。他敢肯定，父亲给的这个名单必定是挑选过的，否则不会有这么高比率的相似者。看来，父亲已经了解这些情况，甚至可能已派人展开调查，凑巧儿子也踏进这个领域，于是他不声不响地把儿子领到猎物经常出没的路上。那份简单的名单就是他设下的路标。

入睡前，他默念着最后一个女孩的名字：杰西卡·穆尔科克，一个乖戾的阴郁的女孩。他要把她作为下一轮调查的重点，原因很简单，她是这组女孩中年龄最大的。

第七章　寻找女儿

一

"不行，杰西卡，你已经赊过三次了。你知道我不是百万富翁，我没法拿毒品供你们白吸。"汤姆客气地说。他是个身材瘦长的黑人，35岁，臂上刺着一条青黑色的章鱼，头上留着日本浪人式的发型，两边推光，只留中间一绺头发。他带着猫捉老鼠的心情，看着面前这个黑人女孩。她的毒瘾已经发作，浑身战栗着，头上冒着虚汗。她哀求道：

"再赊一次，我明天就会还你的美元。我有一个男朋友，他昨天打电话说马上来见我，"她没来由地想起昨晚打电话的那个叫加达斯的男人，"他很有钱，我让他把钱还你。"

汤姆微笑着，当然不会把女孩的狗屁话当真。人只要被毒品这条毒蛇缠上，嘴里就不会有真话了，他们可以面不改色地欺骗父母兄妹，甚至欺骗他们自己。汤姆很为自己庆幸，他父亲以贩毒为生，所以在汤姆染上毒瘾前，他已经看过太多的死亡：有因吸毒过量猝死的，有在毒品中耗干精血而瘦死的，也有因吸毒传染上艾滋病而死的。所以，尽管做毒品生意，但他本人绝不吸毒。他对杰西卡说：

"你可以向父母要钱嘛。他们已经老了，不能把钱带到坟墓中去。"

杰西卡的父母已经老了，头发已经白了，他们依靠菲薄的收入来供养女儿，所以，今天她偷钱时犹豫了很久，最终也不忍下手。这会儿她流畅地说着谎话："我父亲这几天没有现钱，他刚刚买了一部新车，是米黄色的克莱斯勒，漂亮极了！汤姆，再赊一次，最后一次了。"

汤姆冷淡地看着她，连连摇头。在她已经绝望时，汤姆忽然说："好，最后一次。"

他从口袋里掏出几个"5号盖"胶囊，拿来曲柄勺子和注射器。杰西卡两眼放光，双手抖颤着接过来。在打开胶囊时，她几乎把药粉洒到地下。她总算把药粉抖到曲柄勺里，加上水，加热，用注射器透过棉球吸进去，她挽起袖子，把针管朝静脉扎进去。第一次扎偏了，她颤抖着拔出针头，屏住气再扎下去。好了！药液在血管里燃烧，她又尝到了那种"在海里燃烧"的快感，她躺在沙发里，舒展着四肢，浑身像在云中雾中飘浮。

等她从快感的晕眩中醒过来，看见汤姆正不眨眼地盯着自己的胸部。少女的乳胸已经发育，但还没有完全成熟。汤姆撞上她的目光，咧嘴笑道：

"杰西卡，你何必向人乞讨呢。你已经可以自己挣钱了。"他到内屋去了，出来时拎着一个袋子，"这是值200美元的5号盖，只要你给我睡一觉，它们就是你的啦。"

一袋5号盖在眼前晃动。虽然刚过完瘾，她仍贪婪地盯着它，在心里预演着快感潮水般涌来的情景。汤姆笑嘻嘻地把海洛因塞到她的衣袋里，熟练地扒下她的上衣，解开乳罩的搭扣，那两颗挺然翘然的蓓蕾已在他的掌中了。

杰西卡从迷茫中突然醒来，浑身一激灵，推开那双脏手："不！"她喊道，胆怯地向后退去，盯着笑嘻嘻地逼过来的汤姆，突然她扯过自己的乳罩和上衣向外跑去，在门外喊道："我会还你的钱！"

看着那个小妖精跑出去，汤姆多少有些遗憾，不过算不上特别懊恼。这个小黑妞早晚是他的，没关系。也许自己算不上有魅力的情人，但杰西卡能逃脱毒品的诱惑吗？这颗青杏还有点涩，等她真正成熟后再去品尝也许更好。他有这个耐心。

二

杰西卡在电梯中匆忙穿好衣服，扣好乳罩的搭扣。幸亏电梯中只有两名妇女：一个黑人，一个墨西哥人，她们多少带点好奇地看着她，但神色仍是漠然的。在贫穷污秽的哈莱姆区，这种事她们见得多了。

夜色已经沉下，等杰西卡走到大街上，已经忘了刚才的惊惧。海洛因还在血液里燃烧，给她送来无比的欣快，她想飞，想飘，想举起这个世界。

她的体态已是十五六岁的姑娘了,没人知道她是六年前才降生的。她被人贩子辗转送到纽约哈莱姆区一个贫穷的黑人家庭里。很长时间里,她不知道自己的生长速度异于常人。留在童年印象中的,只是父母频繁地带她搬家,一直到某一天,她从睡梦中醒来,听到父母房中有压低的谈话声,从那天起,她的少年时代就结束了。她真不该偷听这次谈话呀。

母亲说:"不能再搬家了,我们的积蓄已经花光了,再说,到新地方不一定马上能找到工作。"

父亲说:"我知道。可是,杰西卡长得这么快,我不想让邻居把她看成怪物。"

"为什么会这样呢?也许他的亲生父母就是因此才抛弃她的?"

"不可能。她到咱家时才三个月大,那时她的异常还没显示出来呢。"

母亲叹口气:"那好吧,咱们再搬一次家,但愿能很快找到工作。"

就在那晚,杰西卡的童年哗然一声崩溃了,原来她不是父母的亲生(尽管他们真诚地爱她),她甚至还是一个异于常人的怪物!她曾在父母的翼下无忧无虑地成长,现在她却惊惧地注视着身上任何一点异常。尤其是月经初潮、胸前两颗蓓蕾迅速绽起,在她心中,这些都联系着一种邪恶的魔力。

她心中萌发了不可遏止的愿望,她想找到自己的生身父母,了解自己的身世,了解这些异常的原因。

可惜这些愿望无法告诉父母,那会让他们伤心的。在这样的矛盾心境中,她的身体迅速成长着,长得实在太快了,早在半年前,她的乳胸就开始吸引汤姆们的淫邪目光。

忙于生计的父母没有注意到女儿心中的阴影,也许,他们仍以六岁而不是15岁的年龄来看她。她的精神一点点地走向崩溃。半年前她从汤姆那儿接触到毒品,先是大麻,"红豆",然后是海洛因,这些神奇的毒品让她忘掉了烦恼,又把她带到新的烦恼中去。至少,她在偷窃父母的美元时就不能心境坦然,父亲是垃圾工人,母亲是清洁女工,他们的薪水太微薄,根本无法填满毒品的深坑。

她摸到了口袋里的5号盖,满满一袋!这些玩意儿能给她带来十几次快

豹人

乐,她决不会放弃的。可是怎么还清这 200 美元?

汤姆的目光浮现在眼前——阴鸷,邪恶,她不由得打一个寒战。

她从毒品造成的亢奋中醒过来,发觉自己已经到了 123 街。谁都知道,纽约的 123 街是一条无形的界河,是黑人和白人、下等人和上等人的界河。这边的汤姆们会用艳羡的、阴沉的眼光盯着对岸,但一般来说,他们不敢越界去发财。那边的警察大爷不是吃素的。

"对岸"灯光通明有如仙境,气宇轩昂的富人在街道上漫步。几个拉皮条的躲在街的这边寻找着猎物,轻声呼唤着:"Sex! Sex!"杰西卡犹豫着停下脚步。尽管她不谙世事,但也知道自己不属于那边的世界。就在她快快地转过身时,一辆轿车突然停在她面前,一个黑人男子急急下车,向她走过来。他有 40 多岁,穿一件藏蓝色西服,相貌英俊,步态潇洒。在他向这边走过来时,两道目光一直罩在杰西卡的脸上,目光中充满了痛苦的渴望,但并没有汤姆那样的淫邪。

不知怎的,杰西卡一下子喜欢上这个男人了。当然她也清楚这个人的关切肯定和"性"有关,他不会是从天堂里来的圣徒彼得。她想到口袋中的海洛因,想起 200 美元的欠账,如果她早晚得跟人睡觉,不如把自己的处女宝给眼前这个人吧。

那人仍在贪婪地盯着她,上上下下地看她。她胆怯地轻声说:"你要我吗?"见那人没有反应,她想起皮条客的行话,便改口说:"Sex?"

那个男人像是被鞭抽一样颤抖了一下。"Sex?"他重复道,"对,我要你。我希望你今晚和我待在一起。你要多少钱?"

杰西卡并不知道流行的价码,她想到自己的欠账:"200 美元行吗?"她也悟到这个价码肯定太高了,便天真地加上一句:"我可以陪你两天,三天也行。"

那人苦涩地说:"好吧,200 美元。咱们到哪儿去?"

那个衣冠楚楚的男人站在柜台前对经理说:"要一套带套房的房间。我的名字是保罗·雷恩斯,这是我的女儿……海拉。"

旅馆经理考努克抬头看看那人，抑住嘴边的讥笑。女儿！任何人一眼就能看出那是个雏妓，看看她的那身打扮吧。而且，男人在说出女儿的名字时显然停顿了片刻，考努克讥讽地想，不会有忘记女儿姓名的父亲吧。不过，显然这名女子已超过14岁，和她睡觉不再违法。既然不怕警察找麻烦，考努克才懒得管他们呢。黑人男子递过自己的信用卡，考努克疑惑地推回信用卡，客气地说：

"你想使用信用卡？在这儿……最好使用现金。"

男人恍然道："噢，对的，我该知道。我付你现金。"

他领着女子到房间去了，考努克在他身后不由摇头，他觉得这名嫖客的举止太怪，使用的借口也太令人难堪——女儿！他竟然说是他的女儿！而且使用信用卡付账，不怕留下他的真实姓名。考努克想，这人或者神经不正常，或者也是个第一次嫖妓的雏儿。

侍者把两人领到房间，退出去，关上房门。杰西卡急急说道："我先洗个澡。"她几乎是逃进卫生间的，打开淋浴头，让哗哗的水声冲散她的羞愧。她经历的世事很少，但已足以知道卖淫是一件坏事。她想逃离这个地方，但200美元的诱惑力，从根本上说是海洛因的诱惑力最终战胜了她。20分钟后，她胆怯地走出卫生间，没有穿衣服，赤裸着站在那个叫保罗的男人面前。这当儿她只剩下一个念头，自己的身体太单薄，不知道这个男人喜欢不喜欢。

保罗苦涩地叹息着，从卫生间拿来一件浴衣，把这个女孩严严地包裹起来。

黑色卷发，厚嘴唇，凸起的臀部，明亮的黑眼珠，眼前这个女孩和海拉太相似了，相似得对她的来历不会有任何怀疑。毫无疑问，这个女孩是海拉的克隆体。她从哪里来？只有两种可能，如果不是某位科学家重复了他的工作，就肯定是虎口余生的海拉用"某种方法"繁衍了自己的种族。

他不知道自己是该欢喜还是悲伤。

八年前，豪森带来海拉的诀别信，自那之后没有她的任何消息。也许她一直隐居在世界的某个角落，比如南极洲或亚马孙丛林；也许她已在严酷的环境中悄悄死去。从感情上说，保罗不愿相信第二种猜测，他努力说服自己和苏玛，说海拉还活着，海拉正用"某种方法"在繁衍自己的种族，同时，他又对这种前景怀着隐隐的忧虑——为人类的安危忧虑。

他看着眼前这个裸体的黑精灵，一刹那间，想起了阿巴拉契山中的日日夜夜。想起小海拉撅着黑屁股跳入湖水中的情形，想起和海拉须臾不分开的玛亚……他明知面前的黑人女子不可能是海拉。海拉已经12岁，按她的生长速度，她已是30多岁的成熟少妇了。还有，怎么能想象海拉会干这种龌龊勾当？但他几乎难以战胜自己的错觉。

怀中的女孩仰着脸，惊疑地看着他。保罗不由得把她搂得更紧。杰西卡很迷惑，这个男人把她搂得那么紧，热量透过浴衣传来。但她本能地觉察到，他的目光不是嫖客的眼神。她想，她该不该脱掉浴衣呢。

保罗洞察她的心理，亲切地笑笑，苦涩地说："孩子，我让你来不是干那种事的——但我仍会给你200美元。你看，我这就把钱放到你的口袋里。你知道吗，我有一个失踪的女儿和你长得很像。我是把你当成女儿看待的，愿意尽力帮助你。希望你也把我看成父亲，或者是一个可信赖的朋友。好吗？"

杰西卡犹豫着点点头。

"好，咱们先把自己安顿好，然后好好谈一谈。你想喝点什么，咖啡还是果汁？"

"咖啡吧。"

保罗唤侍者送来咖啡。"孩子，你叫什么名字？"

"杰西卡。"

"你有父母吗？"

"有。他们都是贫穷的黑人——还有，他们不是我的亲生父母。"

"为什么这样说？你是怎么知道的？"

杰西卡抬头看看保罗。他们并肩坐在沙发上，保罗亲昵地搂着她，目光中充满同情和焦灼的期待，还有正直坦荡。从一开始杰西卡就对他有好感，现在这种好感已经变成女儿对父亲的信赖。她完全忘了来这儿的目的，依在保罗怀里，讲述了她从未向人披示的隐情。

保罗认真地听着，从不打断她，只是到最后追问道："你父母说你是买来的孩子，知道是从哪里买来的吗？"杰西卡说不知道，她没有打听过，她不愿让父母知道她的偷听。"我是你的亲生女儿吗？"杰西卡胆怯地问。保罗看着她殷切的眼神，犹豫着，还是把真相告诉她：

"不是的，我的女儿比你大得多，她在你这个年龄就失踪了。"

两人一直谈到深夜，保罗慈爱地说："身体快速生长不是坏事，不要放在心上。听你说，你的父母非常爱你，这是你的幸运。至于你是不是他们亲生的，如果不是，亲生父母又是谁？这些我会帮你打听清楚的，但我再不能容忍你继续堕落下去。"他严厉地说，"首先要戒毒，你能做到吗？"

杰西卡很想答应，但她想到毒瘾发作时万蚁噬心的痛苦，默默低下头。保罗说："当然不是让你一天之内就戒断，我会把你送到最好的戒毒所去。对了，正好我昨天看到一则报道，说中国云南的戒毒所很有效，费用也低，也许我会把你送到那儿。但首先你自己要有戒毒的决心，你有吗？"

杰西卡连连点头。

"我明天拜访你的父母，商量戒毒的安排，也打听你的出身，好吗？"

"好的。"

"时间不早了，孩子，你先睡吧。"

他安顿杰西卡在套间里睡下，坐在床边看着她。"睡吧，我要看着你入睡。"

在父亲般目光的安抚下，杰西卡安然入睡。她掉进了一个光怪陆离的梦境中。似乎她缩回到母亲的子宫，妈妈在低头看她，但妈妈却有着保罗的相貌，流露出眷眷情意。奇怪，子宫内并不是她独自一人，和她在一块儿的，还有几十个一模一样的黑人女婴。她们安静地仰卧在羊水中，透过脐带同母亲和姊妹们交换着信息，一派其乐融融的景象。她们是几个？是 10 个还是 40 个？她用尽心神也数不出来，这使她很焦灼，忽然她想到，婴儿本来就不识数啊，这当然不能怪她。这个似是而非的理由让她猛然轻松了。

然后是连绵不断的电话声。她坚决地拒绝着这声音，她在子宫中，绝不会有电话打给子宫的婴儿。但电话声持续不断，她只好不情愿地从梦境中爬出来。

她醒了，听到屋内有人打电话，随之她回到现实中——她梦中的轻松只是逃避,她抛不掉良心上的重负:吸毒和卖淫!在这一瞬间,她的心境突然变坏,就像来了一场雪崩。

三

铃声顽强地响着,把大卫·威廉森从熟睡中惊醒。他按了一下枕边的电子表,听到"凌晨两点"的报时声。苏玛还没有醒来,他拎起床边的话筒,喂了一声,立即听到歉然的声音:"你好大卫,我是保罗,很抱歉这个时候还打扰你,但我有一件急事。苏玛在家吗?请你让她接电话。"

苏玛也醒了,睡意慵倦地接过话筒,听见保罗急迫地说:"苏玛,我见到了咱们的女儿!不,是海拉的后代……不,目前只能说她是一个极像海拉的女孩。我太激动了,已经语无伦次了!"

苏玛觉得全身血液冲上头顶:"真的?她有多大年龄?"

"从外表看有十五六岁。"

"会不会是海拉本人?如果海拉离开我们后,生长速度恢复正常的话……"

"决不会。首先她不认得我,不可能是假装的,她肯定不认得我。另外,海拉决不会干她所干的事。"

苏玛迟疑片刻才问:"什么事?"

保罗的声音透着深深的苦涩:"吸毒,卖淫——她在街头拉客,正好让我撞见了。不过,"他用辩解的语气说,"很可能这是她的第一次,我看得出来。"

苏玛心中翻腾着,酸甜苦辣咸五味俱全。虽然保罗说的只是一个和海拉相似的陌生女孩,但是很奇怪,从这一刻起苏玛已经对她产生了亲情。所以,保罗后边说的话像鲨鱼的利齿一样咬啮着她的心,吸毒,卖淫!她向后边瞟了一眼,丈夫枕着双臂,好奇地盯着她。她沉默片刻,问:"现在你在哪儿?"

"纽约,123街西边,离哥伦比亚大学不远,旅馆的名字叫基多。"

苏玛在心中大致计算了距离,果断地说:"保罗,你在那儿等我,天亮前我肯定赶到那儿。"

保罗犹豫地说:"这么晚,你明天再赶来吧。"

"不,我现在就去,你等着我。"

她放下电话,看看丈夫,叹息一声。大卫从对话中已听明白是怎么回事,他知道苏玛在婚前"生育"过一个女儿,甚至知道苏玛对保罗的情感,这些没有影响他们夫妻的感情。从内心讲,他甚至很佩服保罗,想想吧,他们隐居山中三年,苏玛还是一个"处女妈妈",这种自制力叫人佩服。

不过,听着苏玛打电话,很难说他没有一点嫉妒。并不是说担心苏玛和保罗旧情复燃,不是的,但是保罗一个电话就让苏玛从"现实中"掉出去,掉回到八年前的那个世界,而那个世界绝对没有他的插足之地,这使他不免心存芥蒂。他盯着苏玛的眼睛问:"现在就去?"

苏玛躲开他的盯视:"嗯。"

"我陪你去吧。"

苏玛想了想:"你不要去了,还有丹尼呢。明天早上你把丹尼送到他外公家。我很快就会回来的。"

"那好吧,一路小心。"

苏玛匆匆穿好衣服,为丹尼作了一些必要的安排,然后吻吻熟睡中的儿子,又同丈夫在车门旁吻别。

高速公路上正是车流最稀的时候,苏玛把车开得飞快,耳边只有密封窗外呼啸的风声。七年来,特别是结婚并有了丹尼之后,她对海拉的思恋没有那么灼热和痛楚了,但仍坚韧地梗在她心中。她忘不了在保罗家听说"海拉还活着"时所感到的晕眩,也清楚记得那晚她的梦境——海拉在亚马孙丛林中繁衍了自己的种族,成了一名乳房丰满的女头人。

当然,这些梦境是荒谬的,不过她确信海拉还活着,以某种不可知的方式活着。但极有可能,今生今世,她和海拉只能天各一方、无缘相见了。

现在,保罗的电话再次唤醒她的思念。原来,海拉在她心目中的地位还是那么重,至少不亚于大卫、保罗和丹尼。那个陌生女孩和海拉肯定有血缘关系,可是——一个吸毒者!一个雏妓!她的心头阵阵剧痛。

前边已经进入纽约市区，霓虹灯的光亮纠结成一团。她在电子地图上打出基多旅馆，地图详细地指示着前进方向：向左，向前，再右转，最后汽车停在一个中等规模的旅店。她按按喇叭，正在沙发上假寐的侍者急忙起来打开大门，保罗也急急下楼，满脸是焦灼和茫然：

"她跑了！"

苏玛突然感到一阵晕眩："怎么——她跑了？"

"跑了。"保罗把她领到屋里，指指大开的窗户和窗外的水管，羞愧地解释道，"她跑了，我不知道是为什么。睡前我们谈得很融洽，我劝她戒毒，她答应了。我答应帮她找亲生父母，她也很高兴。但我刚刚睡了一个小时，醒来就发觉她溜走了。侍者们都没见到她。我真不知道为什么会这样。"

苏玛觉得力气一下子漏光了，颓然坐在沙发上。保罗拥她入怀，轻轻吻吻她，心中十分抱愧，觉得让杰西卡溜走全是自己的过错。苏玛声音喑哑地问："真的很像海拉？"

"像极了。她站在街头时，我从汽车里很远就一眼认出了她。"

"她叫什么名字？"

"杰西卡，我没来得及问她的姓氏，也不知道这是不是她的真名。"

"她……从哪里来的？"

保罗知道这句问话的含意："我想只有两个可能。一个可能，是其他科学家用海拉细胞重复了我的成功，这从技术上是不难做到的。但我想，这个可能很小。你知道，自从海拉诞生后，社会上对克隆技术的态度日益严厉，各国相继通过了禁止克隆人的法律，估计不大可能有人敢这么做。第二个可能是，"他看看苏玛，"你也知道的，就是海拉学会了复制自己。"

苏玛沉默片刻："还能找到这个女孩吗？"

"应该很容易，有海拉的照片就等于有杰西卡的照片。不过，我们不能求助于警方，如果让人知道海拉有了后代，不知道要惹出多大的风波。可惜我没有问清她的住址，我实在是笨得不可救药！"他狠狠地咒骂自己，又说，"不过她很可能就住在附近街区，至少不会出纽约市。从她的神情看，不可能是从外地来卖淫的'候鸟'。"

这个肮脏的名词击中了苏玛的神经，吸毒，卖淫，苏玛简直透不过气，她对杰西卡感到很疏远。她的女儿海拉决不会干这些事！可是，一想到这个唯一和海拉有血缘关系的女孩可能在茫茫人海中从此失踪，她就万分焦灼。保罗说：

"你想过没有？也许海拉是以这种方式向我们传递信息，表明她的存在。她是有意复制一批后代，悄悄撒播到美国社会中。"

对，有可能。海拉已经超过12岁了，按她的生长速度，她已是30多岁的成熟女人了。以她的智力，她能做自己想做的任何事情。苏玛问："我们该怎么办？"

"到附近的黑人区查一查，不要惊动警方。"

"只能这样了，"苏玛苦涩地说，"要尽快找到她，制止她再……"

天还没有大亮，两人偎在沙发里谈了一些琐事，各自问候了保罗的儿子吉米和苏玛的儿子丹尼。6点钟，苏玛起身给家里打了电话，说了这儿的情况，说她两三天内可能回不去了。两人没在旅馆吃早饭，匆匆出了门。

他们不知道，两人谈话时，杰西卡正藏在沙发后偷听。杰西卡是在保罗打电话时醒来的，听到保罗急切地喊着苏玛的名字，一刹那间她十分惊喜，以为这就是自己的亲生母亲。但随后保罗又说出一个陌生的名字：海拉，说到海拉的后代。她的思维给搅乱了，她记得在柜台登记时，保罗给自己报的就是这个化名，难道海拉才是自己的母亲？

不管怎么说，保罗、苏玛，还有那个不知在何处的海拉，一定和自己有着极深的渊源，这使杰西卡十分欣慰。接着保罗以十分苦涩的语气谈到她的吸毒和卖淫，她的心情也突然掉进冰水中去。她这样肮脏，怎么有脸去见苏玛？

听保罗打电话的口气，苏玛要在凌晨前到达这里，不，她不要见苏玛。保罗打完电话很快入睡了，杰西卡坐起身，在黑暗中考虑一会儿。她悄悄穿好衣服，又溜到保罗的屋里默默看着他。保罗睡得正熟，脚灯的微光映着他轮廓分明的面孔，眉峰微蹙。真舍不得离开他，也真想见见苏玛和海拉，但是……她没脸见她们。她悄悄打开后窗，造出一个从窗户逃走的假象，然后返回客厅，钻到沙发下藏了起来。

熬过难熬的两个小时，听见保罗起床了，在焦急地寻找她，她努力屏住气息。不久，听见苏玛到达，两人焦灼地谈话，一个个尖利的名词跳入她的耳中：科学的成功，复制自己，社会的严厉，这些概念让她头晕目眩。但她总算明白了基本的事实：很可能她是一个克隆人，是海拉的克隆后代，而海拉似乎是警方追捕的对象。她对克隆技术知之甚少，但耳濡目染中，已经知道"克隆"这个词带有某种邪恶，但她从没想到过自己就是一个克隆人！

她该怎么办啊？她宁可没有见到这位保罗和苏玛。屋里的两人就要走了，杰西卡真想跳出去，跟他们一块儿去找海拉，但疑惧和羞耻感拖住了她的腿。最终她只是尖着耳朵，听着脚步声离去。

她从沙发下钻出来，先到电话中取出储存的号码，其中有两个相同的号码肯定是苏玛家的，因为保罗和苏玛都往这儿打过电话，那个只用过一次的号码是保罗家的。她从小几上的拍纸簿撕下一张纸，记了号码，小心地藏在贴身的口袋里。

外边没有动静，杰西卡悄悄走出去。出大门时，一位侍者看见了她，认出她是雷恩斯先生今早到处寻找的女孩，张嘴欲喊住她，但杰西卡对他嫣然一笑，闪出大门。等他追出门外，杰西卡已消失在人群中。

四

加达斯很远就看见那辆橘黄色的卡特彼勒推土机，它体形庞大，发动机沉重地轰鸣着，几乎一人高的宽基轮胎碾压着土地，把垃圾推到掩埋坑中。加达斯在垃圾场附近停下车，步行朝推土机走过去。一群海鸥像绅士一样自得地踱着步，在垃圾中寻找食物。加达斯走近时，它们不慌不忙地飞起来；加达斯刚过去，它们又从容地飞回原处。一只肥大的耗子从垃圾堆中探出脑袋，看见加达斯，又敏捷地缩回去。

加达斯踢着奇形怪状的垃圾，心想人类真是地球上最自私的动物，他们过度繁衍、膨胀，给这个世界上留下了荒漠、秃山和山一样的垃圾。也许有一天，他们会在地球的每一平方英寸下都填满垃圾，在那个毒化的世界上，只有耗子会成为新主人吧。

推土机司机看见有人走过来，停止操作，远远地看着他。加达斯紧赶几步，把名片递上去："你是阿尔吉斯·穆尔科克先生吗？我是华盛顿邮报记者加达斯·比利。"

"对，是我。上车吧。"阿尔吉斯伸手拉他一把，让他坐在助手座上。这是一个瘦弱的黑人，头发已经花白，两眼混浊无光，身上散发着威士忌的味道。加达斯把自己安顿好，笑道："你这儿真难找。我受报社委托，调查从国外领养的儿童们的生活状况。"

阿尔吉斯显然有点惊慌："我……"

"不必担心，"加达斯忙安慰他。"我知道你的女儿杰西卡没有合法手续，但我们不关心这个，只想了解她的生活状况。前天我给你家打了电话，是杰西卡接的，她没告诉你吗？"

"没有。"

"我知道她是六年前被领养的，那时她是一个三个月大的婴儿，但前天我在电话屏幕上见她时，她的年龄显然远远大于六岁，依我看至少15岁了。我不怀疑她被掉包，我想是因为她的生长速度异于常人，对吧？"

阿尔吉斯沉默着，勉强回答："对。"

"请问，她这样快速生长，是否带来某种病态？比如身上疼痛，或长有硬块？"

"没有。我们从没发现过。"

"我能见见她吗？"

阿尔吉斯的精神突然崩溃了。"她失踪了，"他声音嘶哑地说，"已经两天了。她是个好孩子，是我们夫妻的希望，可是一年前，她突然开始吸毒，从那时起她和我们一下子变疏远了。我们不知道这到底是为什么。"

"失踪？"加达斯焦急地说，"那你干吗还待在这儿？快去找她呀。报警了吗？"

"我们不愿报警。我们找了，但没有找到。"

加达斯自告奋勇:"我可以帮助你,在纽约我有很多朋友。"

阿尔吉斯看看来人,他的焦急是很真诚的。垃圾工人感激地说:"好的,谢谢你。我们现在就去?等我把推土机停好。"

他把推土机停到附近的停车场,在这当儿,加达斯回到自己的车上,不停气地打了许多电话。他找到一些报社和警察局的朋友,请他们想办法不事声张地寻找这个黑人女孩,照片他随后就发过去。后来他忽然想到,该向杰西卡家里打个电话呀,也许她已经回来了?等阿尔吉斯驾着自己的汽车过来时,加达斯兴高采烈地喊:

"不用找了,杰西卡已经回家了,你妻子正在为她准备午饭呢。"

"知道吗?杰西卡说她已经下定决心戒毒!我太高兴了。"凯特揩着眼泪对刚进门的丈夫说。

"真的?真是个好消息!"阿尔吉斯惊喜地说,把客人领到屋里。加达斯惊奇地打量着屋内的陈设,很难想象,21世纪还会有如此赤贫的家庭。这种廉价租房是不包括家具的,屋里除了一张床、一张旧沙发、电视机和可视电话外,几乎是家徒四壁。很多物品堆放在地上,似乎他们随时准备再搬一次家。阿尔吉斯抱歉地说,是多次搬家和……女儿吸毒造成了眼前这幅凄惨。"杰西卡!"他喊。听见父母的说话声,杰西卡立即从她的卧室出来了,见父亲身后跟着一个陌生人,微微一怔。加达斯马上伸出手:"我们在电话上见过面。我是记者加达斯。"

杰西卡伸出手,淡淡地说:"对不起,那天我不太礼貌。"

和那天相比,她的装束变多了,头发已经梳平,脸上没有过浓的化妆。她转向父亲,急促地说:"爸爸,我要戒毒!我遇上了一个值得尊敬的人,他劝我戒毒。他还说他看过报道,去中国云南戒毒的费用比较低廉。"

她的父母很欣慰,加达斯笑了:"这位先生一定是看了我写的报道!刚在华盛顿邮报上发表的,两个月前我到中国云南采访过。没错,那儿的戒毒很有效,也比较省钱。而且我能说服一些慈善机构负担你的医疗费,你们只用负担来回机票就行了。"

杰西卡惊喜地看着客人。真是意想不到的好消息，这两天她尽遇见好人。如果能去戒毒所，她发誓要戒断毒瘾，为了父母，为了保罗和苏玛，她都要这样做。然后……

"爸，妈，我一定要戒断它。然后……我爱你们，但我已经知道，你们不是我的亲生父母。我很想去查清我的出身。"

两位老人缺乏思想准备，不免面面相觑。加达斯则十分庆幸，本来他一直在发愁，怎么才能说服这对夫妻提供杰西卡出生的详情，现在正好，杰西卡成了他的同路人。

"杰西卡说得对。"他劝道，"不知道自己出身的人，在人格上是不完整的。你们不必担心找到亲生父母后你们会失去她，不，你们只会得到一个更完整的女儿。是否需要我的帮助？这正是我的夙愿。因为我已经调查了不少家庭，很多被领养的孩子都要求查清这一点。而且，"他隐晦地说，"很可能这些孩子是同样的出身。"

阿尔吉斯终于同意了："好的，我们先吃饭吧，饭后再慢慢合计这件事。请比利先生留下来和我们共进午餐。"

在破旧的餐桌上，四个人吃了一顿温馨的午饭。杰西卡一直欢欢喜喜地和父母谈着话，她是想努力弥补前一段的裂痕。加达斯放心了。他看出杰西卡吸毒的起因不是堕落，而是在彷徨苦闷中无奈的解脱，相信她这次有决心戒掉毒瘾。

"那是六年前的事了。"饭后阿尔吉斯说，他们坐在客厅破旧的沙发上，杰西卡偎在母亲怀里，紧张地倾听着。"那年我儿子哈波19岁，刚刚死于艾滋病。为了给他治病，我们已一贫如洗，我和凯特几乎想永远摆脱尘世的烦恼了。"凯特苦涩地点点头。"恰在这时，独眼埃德找上门。他是我们街区的小混混，吸毒、零星地贩毒、赌博、拉皮条，不过算不上十恶不赦的坏蛋。他直截了当地问我们，要不要一个黑人女婴，很健康，价钱也不贵。他开始要1000美元，后来看看我家的窘况，又自动降为600。他说唯一的麻烦是女婴没有在美国出生的证明，也就是说没有合法的身份。这一条对我们来说算不了什么，所以我们很高兴地答应了。大约一个月后——"

凯特插话："是40天后。因为我一直在焦急地盼着，所以记得很清楚。"

"对，40天后，埃德真的抱来一个婴儿，非常漂亮，非常健康。我们很乐意地付给他600美元。以后，杰西卡就成了我俩的希望，我们用两倍的爱去疼她。可惜我们没能真正了解她的心理，不知道她一直在渴望找到自己的亲生父母。所以，在她突然吸毒之后，我们对她太粗暴了。"

加达斯问："独眼埃德是否说过，婴儿是从哪里来的？"

"没有，我想他也不清楚。听他的口气，肯定是从国外走私来的。"

"那么，明天我就去找埃德。但愿他仍在原处，没有因吸毒死掉。"

"他在的。"阿尔吉斯肯定地说，"杰西卡失踪后，我们曾到处寻找，在30大街上碰见过他。我可以领你去找。"

"不必麻烦你了，我想我找得到。如果找不到，我再来找你。"

一直没有说话的杰西卡忽然坚决地说："我去，我跟比利先生一块儿去。"

他的父母有点犹豫，加达斯想了想，对两人说："也好，反正她已经失学，在毒瘾没有戒断前也无法复学。让她去吧，这是她最关注的事。"

阿尔吉斯答应了："好，你去吧。"杰西卡高兴地笑了。

五

独眼埃德并不是独眼，是一个身材高大的黑人，大约45岁，穿着肮脏的牛仔裤，上衣缀着两排铜扣。他的左眼大右眼小，与人说话时右眼老是颤动着，肯定因为这点毛病才落了个"独眼"的外号。加达斯是在一家低级的赌馆里找到他的，他正在轮盘赌上下注，他犹豫很久，一咬牙，把20美元押到18上。押单个数字的赔率是10∶1，但赢的可能性太小了。围观的赌徒们哄然议论着："真有胆！""他输定了！"忽然加达斯从人群中挤过去，把20美元押在埃德的旁边：

"我相信这位老兄的运气。"他笑道，"我想跟一把。"

摊主催促着："还有谁下注？快一点。"没有人下注，摊主转动轮盘，在几十双眼睛的盯视下，轮盘慢慢减速，晃晃悠悠地，最终停在——18上！摊主和围观的赌徒们都愣了。

加达斯尤其惊异。他存心输掉这 20 美元，只是为了给认识埃德创造一个契机，没想到能赢。摊主苦笑着，很不情愿地数出两个 200 美元，递给两人。"伙计，"他挑逗地说，"你该收手了吧，你总不能把我钱箱里的美元全抓走啊。"

埃德直着眼睛，显然在矛盾中。加达斯大笑道："我可不敢奢望再有这样的运气。这位老兄，我沾了你的运气，现在我想用这点美元请客。走吧。"

他不由分说，拉着埃德和杰西卡挤出人群。在附近的咖啡厅入座后，埃德还沉浸在刚才的幸运中："你不该拉我出来的，没准我还能赢他一次。"

加达斯笑着摇头："更有可能的，是把你赢的钱全还给那个狡猾的老板。"

埃德想了想，笑了："对。我从来没有从赌场带走这么多的钱——不是没赢过，但赢后又都输进去了。我得谢谢你把我拉出来，按说这顿饭该我请客。"

"不必客气。"他唤来侍者，"不必点菜了。我赌赢了 200 美元，你就随便上吧。喝点什么？威士忌？"

"行，就要威士忌。"这时埃德才想起问两人的姓名："先生和这位漂亮小姐的姓名？"

加达斯直截了当地说："埃德先生，我们是专程来找你的。"埃德惊愕地瞪大左眼，右眼跳得更厉害了。"我叫加达斯·比利，华盛顿邮报记者。这位小姐叫杰西卡，她，"他盯着埃德说，"正是你做中间人送出去的婴儿之一。"

埃德满脸无辜地瞪大眼睛："你说什么？我从来没有送过什么婴儿。"

加达斯毫不留情地说："埃德，你听我说，我们是为自己的事情来找你的，我不会在报上公布你的名字，也不会把你的名字捅给警方。但是，如果你不愿坦率地和我谈话，我马上可以让警察来请你。不过，我想我们能很好合作的，对吗？"

埃德屈服了："好吧，我承认做过婴儿走私的中间人。但最早的一次是在六七年前，这个小妞……这位小姐多大了？至少 15 岁吧，她绝不会是由我经手的。"

"你送出去的婴儿，后来你见过吗？"

"没有。我又不想做他们的教父。"

"那好，我告诉你，我已经发现了五名婴儿，她们的生长速度都比常人快。这位杰西卡只是其中之一。我要找到走私婴儿的源头，看看究竟是什么原因，有没有潜在的危险。"

看来埃德真不知道这一点，他又好奇又疑虑地上下打量着杰西卡，终于点点头："好的，我告诉你。老实说，我对这事也一直很纳闷，经我手送过三批婴儿，大都是黑人女孩，长得也很像——虽然婴儿期间不大容易看准相貌。最奇怪的是，给我婴儿的人不是为了赚钱！"他厚颜地笑着，"你该看出我下面说的都是真话。我告诉你，她们给我婴儿时不但不要钱，还对每个婴儿补贴500美元，然后我用1000美元的价钱卖出去，除去中间花销，每个婴儿身上至少赚1200美元。那几年我真的发了一笔横财！"他眉飞色舞地说。

加达斯耐心地听着："我相信你的话。再讲讲婴儿是从哪里来的。"

"我不知道，不是骗你，我真的不知道。六年前一个外国女人在赌场里找到了我——就像你们今天这样，我想她是在人群中随便找到我的。她说她叫特蕾莎，问我愿不愿意给几个孤儿找父母，就按我刚才说的条件。我当然愿意干，于是一个月后她给我送来了四个婴儿，三年后又送了两次，一共12个。后来就没有她的消息了。"

杰西卡急急地问："她是什么样子？长得……"她咽口唾沫把话说完，"像我吗？"

埃德认真看看她："不，一点都不像。头一次来时，她大约45岁，黑头发，褐色皮肤，身体很健壮，像一个混血种。她的英语不大流利，带着西班牙口音，我在得克萨斯和墨西哥都待过，听惯了带西班牙口音的美国话。所以我怀疑她是墨西哥人，是白人和印第安人的混血。这只是猜测，我不敢肯定。"

加达斯详细询问了其他情况，包括婴儿来时的服饰、收养婴儿的家庭。"这些我都忘了，"埃德嬉皮笑脸地说，"我不是FBI的探员，也不准备做那些野孩子的教父，所以送过就忘了。"

加达斯逼他回忆出几个收养家庭的大致地址，记在本子上。他没有注意杰西卡的脸色越来越难看，她突然起身说："我去卫生间。"

她急匆匆地去了洗手间。加达斯认真梳理了埃德提供的情况，这些资料太贫乏，无法对婴儿的来龙去脉作出判断。"还能回忆到什么细节吗？请你认真想一想。"

埃德想了很久，说："我认为特蕾莎是个修女。因为……我说不出为什么，但是看她说话行事，很像一个虔诚的修女。"

除此之外他真的想不出什么了。加达斯详细记录了特蕾莎每次来的时间及走的时间，然后准备同埃德告辞。这时他才觉得杰西卡去卫生间的时间太长了，他正想过去寻找，杰西卡已经回来。她刚刚洗过脸，额发湿漉漉的，显然身体不舒服，面色苍白，神情烦躁，眼泪汪汪，额上全是虚汗。加达斯吃惊地问："你是怎么啦？病了？快找医生。"

独眼埃德目光锐利地看她一眼，怪异地笑了："没病，她是那个犯啦。"

加达斯很羞愧——他不是不知道杰西卡吸毒的事，事到临头却忘了这个茬。杰西卡步履不稳地走过来，拽住加达斯的袖子，低声呻吟道："我不想再吸毒——可是我实在受不住了！"

埃德鬼鬼祟祟地看看四周："没关系，快到我家去，离这儿不远。我那儿有少量的海洛因——很少的，你甭想指控我是毒贩。"

杰西卡的身体越来越沉重，加达斯无法可想。他当然不能容忍她去吸毒，但他清楚，毒瘾是无法在一天之内戒断的。他只好冷冷地对埃德说："好吧，到你家去。"

三人坐上加达斯的车，五分钟后到达埃德的居处，是一个比老鼠窝强不了多少的屋子。埃德高高兴兴地到里屋拿出毒品、注射器和曲柄勺。杰西卡低声说："我自己有5号盖，只用你的注射器就行。"

她从口袋里掏出盛毒品的袋子，取出两枚5号盖打开，加热，熟练地用注射器注进静脉。加达斯又怜悯又厌恶地看着她。每人都知道，不洁针头是传染艾滋病的元凶，但看过杰西卡迫不及待的样子，加达斯才清楚那些卫生宣传为什么对瘾君子们全无效用。此时此刻，即使明知道海洛因中混有艾滋病病毒，她也会毫不犹豫地注进去。

只有求上帝保佑，这位独眼不是HIV的携带者了。杰西卡此刻对世间一切都不闻不问，她的血液开始燃烧，一排排电火花沿着从胳臂到大脑再从大脑到全身的神经节点爆裂着，脚下轻飘飘的，似乎走进了天国，空气里充满了极度的畅快……

快感退潮后，她才慢慢回到现实，看见了加达斯怜悯混杂着厌恶的目光，独眼埃德也在用一大一小的眼睛贼兮兮地看着她。神志渐渐清醒后，她想起自己戒毒的决心，羞得满脸通红。她深深低下头。

埃德惊奇地问："你敢随身带这么多的毒品？被警察抓住可不是玩儿的。"

杰西卡无法解释，说这是她第一次卖身换来的。加达斯皱着眉头停了片刻，沉着脸说："留下你五天用的量，五天内我一定送你去戒毒所。"他鄙夷地对埃德说，"剩下的你拿走吧，但愿你不要死在吸毒上。"埃德大为兴奋，等杰西卡犹犹豫豫捡起几颗放入口袋后，忙把剩下的一卷而空。

"我们走吧。埃德，如果再想到什么情况，或者那个外国女人又来找你，请立即给我打电话。如果情报有用，我不会吝惜美元的。听见了吗？"

埃德笑嘻嘻地说："听见了，我会记住的。"

两人出门上车，在车上一直沉默着。直到到了杰西卡的家，加达斯才说："在家等着我，至多三天我会来找你。这几天我为你安排戒毒的事。"

杰西卡没有说话，眼泪扑簌簌地落下来。

两天后加达斯来了，全家人像是盼来了上帝的使者。加达斯一进屋就急急地说："全都安排妥当了。这是后天去北京的机票，到北京后按我说的地址，找一个叫甄羽的中国女士。我已经给她打过电话，她会安排你在中国的行程，戒毒费用已经由一家慈善机构解决。机票钱我垫付了，如果你们有困难，就不必给我了。"

阿尔吉斯和妻子感激地握着他的手："谢谢，真不知道该怎样感谢你。机票我们要付的。"

"杰西卡，一定要彻底戒毒，然后我带你去寻找亲生父母！"

杰西卡的泪珠在眼眶里打转，用力点着头："我一定戒掉它。谢谢你，加达斯。"

加达斯走了，杰西卡几乎失口喊他回来。她已完全信赖了这个正直的男人，不该把某些事情继续瞒着他。加达斯说戒毒后帮她寻找亲生父母，寻找那个叫特蕾莎的神秘女人，但杰西卡却知道，自己生身的秘密很可能从另一条线上问出来——那个与自己长的有些相似的保罗、苏玛和那位据说与自己"极为相像"的海拉。但不知怎的，她对彻底揭开这条线上的秘密仍心怀恐惧。

妈妈发现了她神不守舍的样子："杰西卡，你在想什么？"

"不，我没想什么。我在想到中国怎么戒毒。"

"好孩子，我们相信你的决心。"

杰西卡低下眼睛说："我想出去一会儿。"

虽然父母心怀疑虑，怕杰西卡在临行前又出什么差错，但他们无法限制女儿外出。夜幕已重，街上行人寥寥，一辆出租车停在她面前："小姐要车吗？"

杰西卡上了车，司机问她到哪儿，杰西卡犹豫地说："我只是想散散心，随便走吧。"

司机一边开车，一边在后视镜中不住地打量着她。"这么漂亮的姑娘不该一个人夜里出来的。你是不是想挣一份外快？我可以为你介绍客人。"

杰西卡已经没有力量愤怒了。不必怪司机把她看成妓女，前几天她不是差点儿已经干了这个行当嘛！她疲倦地说："你找错人了。请在前边路口停车吧。"

司机真诚地道歉："实在对不起，希望你忘了我说的混账话。"

杰西卡下了车，走向路边的电话亭。她不想在家里打电话，不想让保罗和苏玛追查到家里的地址。她从内衣口袋里掏出那张写着电话号码的旅馆信笺，先小心地盖好电话上的摄像镜头，然后拨通苏玛家的号码。一个40岁的白人妇女出现在屏幕上——她是那样漂亮，那样有教养。与她相比，杰西卡觉得无地自容。那个女人疑惑地直盯着，问：

"你是哪位？我这边屏幕上没有图像，你能听见我的话吗？"

杰西卡努力屏住呼吸，贪婪地盯着对方的面孔。忽然——也许是心灵感应，苏玛没有经过任何推理，一下子知道了不可见的通话者是谁，她急迫地问：

"是你吗？是那个和海拉很相像的女孩？杰西卡，我们已经找了三天，找得好苦啊。请和我说话，留下你的地址，听见了吗？我和保罗有好多好多话要告诉你。孩子，听见了吗？"

杰西卡忍不住落了泪，鼻子抽动几下，对方显然听见了，更加相信自己的判断："对，我知道一定是你！孩子，请你相信我，一定要告诉我你的全名和地址，我马上去见你。不管你有什么困难，我们都一定尽力帮助你！"她的面孔从屏幕上暂时离开了，说话也暂时停顿。杰西卡知道她一定是在捂住话筒，让丈夫向邮局追查电话号码，便轻轻挂上话机。她想，这会儿对方一定在连声喊着："孩子！孩子！"

现在，她已确信保罗和苏玛与自己的出生有关。不过，她的决心也更加坚定了：至少目前，她不会去见那两个亲人。她，一个吸毒者，把保罗当成嫖客的不知羞耻的女孩，她一定要洗净身上的污秽再去认他们。

肯尼迪国际机场的候机室里，加达斯和杰西卡的父母围着她，在做最后的交代："这是中国航空公司的机票，票价比较便宜。到北京后有人在出口举着牌子接你。万一错过，就坐机场大巴到崇文门下车，再按我说的地址去找。你走后，我会继续追查那个外国女人的来历。"

杰西卡父母也做了临别嘱咐。到登机时间了，窗户外面，通道车已经开过来与这个班次的飞机接合。杰西卡与三人拥别时，真想告诉加达斯关于保罗和苏玛的情况，但她最终没有开口。不过，半年后她知道，她的隐瞒并未影响事情的进展。

飞机缓缓滑入跑道，很快腾空而起。

六

第二天晚上，加达斯回到父亲在费城布罗德大街的私邸。仆人霍莉打开门，笑着说布莱德和伊莎贝尔都在家，正等着他呢。母亲在客厅里看《时代周刊》，壁炉里跳动着火焰——他想起来现在已经是秋天了，时间过得真快。他走过去吻吻妈妈，问道："你好。《时代周刊》这一期的封面人物是谁？"

妈妈把他拉到身边:"跑了这么多天,你瘦了——是哈佛大学的阿根廷物理学家马尔达塞纳,他关于宇宙理论的 M 理论又有了重大进展。知道这个人吗?"

"当然。否则我怎么有资格在华盛顿邮报当记者呢。不过说老实话,他的理论,什么十维空间啦,什么 P 膜和 D 膜啦,对我来说就是无字天书。我想世界上真正能弄懂的不会超过 50 个人。我爸爸呢?"

"在书房,他说你回来就让你过去。"

父亲正在书房看书,低垂着白发苍苍的头颅。听见开门声,他笑着迎过来,拍拍儿子的肩膀:"你好。调查进行得怎么样了?"

加达斯在他对面坐下。"这项调查不是十天八天能完成的,我一定会把它进行到底——不过,爸爸,我正要告诉你,这项调查恐怕要暂时转向了。"

布莱德并不惊奇,平静地问:"为什么?"

加达斯介绍了在调查中发现的几个面貌酷似的黑人女孩。"爸爸,我知道 12 年前已经有人克隆出了一个黑人女孩海拉,在全社会的愤怒和压力下,海拉在一场车祸中死亡——我怀疑是警方或某些人有意安排的。此后,禁止克隆人的法律颁布了,克隆人技术从此束之高阁。但任何人都知道,这是极为脆弱的不稳平衡,只要有人稍稍用指头捅一下,平衡就会破坏。在这种情形下,四个酷似的女孩——其中一个的年龄比其他三人大得多,说明她们不是多胞胎——意味着什么?只有傻瓜才会轻信它和克隆技术没有关系。"

布莱德听着,微微点头。

"而且我有一个印象,爸爸,你是否已事先觉察到这个问题,有意把我引导到这个方向上?"

布莱德没有否认,笑着说:"至少开始是你独自提出的。婴儿来源有线索吗?"

"没有。我找到一个蛇头,他说是一个外国女人送来的,那人像白人和印第安人的混血,带西班牙口音,他怀疑是从墨西哥过来的。"

"有西班牙口音的混血种并非只有墨西哥,比如,巴西就很多。"他收起笑容，严肃地说："对，我确实早就注意到了一个有计划的、规模不大的婴儿走私活动。你可能不知道，大部分婴儿来源于新近很有名的巴西圣贞女孤儿院。院长鲁菲娜·阿尔梅达，今年51岁，西班牙人和印第安人的混血儿，黑头发，褐色皮肤……"

加达斯理会到父亲的暗示："是她？那个送婴儿的神秘女人？"

"这个孤儿院完全是慈善性质的，每个孤儿被人领走时，该院还补贴500美元。"

"那个蛇头也说，他得到的走私婴儿每个补贴500美元！"加达斯喊道，"我当时就无法理解这种完全不求赢利的走私！这样说来，合法的孤儿院只是一个掩护，而内部藏着一个婴儿工厂？可是他们为什么要这样干呢，完全没有金钱的驱动力？"

"不知道，也许有更深的动机。再告诉你一点，这个鲁菲娜并不是一个富人，孤儿院的资金来自一个神秘人物的捐赠。坦白告诉你吧，美国政府确实了解一些蛛丝马迹，并派人到巴西调查了三个月，可惜进展不大。唯一的收获是，那个捐款人可能是个女的，其他一无所知。她隐藏得很深。"

加达斯紧张地思索着。

"更重要的一点，这些面貌彼此酷似的女孩们也酷似另一个人——因车祸死去的海拉，那个世界上唯一的癌人。"

"你是说……"

"我什么也没有说。海拉确实死了，死于一场猛烈的汽车爆炸，我亲眼见过海拉炸飞的残肢，并见过DNA和指纹的鉴定。但我也相信，巴西发生的事情绝不会和那件事情无关。"

"是不是……"加达斯缓慢地说，"当年制造癌人的那个人——我记得他的名字叫保罗——又重新制造了一个或几个癌人？"

"不会。"布莱德微笑道，"这位保罗先生的思维是非常奇怪的。他制造了这个癌人，非常爱她，几乎愿为她死去，但同时又非常后悔制造了她。现在，就是用枪指着，他也不会再克隆新癌人了。而且，"他补充道，"据情报说，他也刚刚发现某位酷似海拉的姑娘，正在焦急地探问这件事呢。"

加达斯不满地说："FBI 一直在监视保罗？我好像听说美国是一个珍惜民主和人权的国家。"

布莱德笑了："孩子，我不是联邦调查局局长，你不必责备我。不过我坦白地说，如果事关人类存亡，不妨让自由女神受点儿委屈。"

"先不说这些。爸爸，我该怎么办？我想去巴西那家孤儿院继续我的调查。"

"太好了，"参议员赞赏道，"我宁愿相信自己的儿子，也不愿相信中央情报局的笨蛋特工。你明天就可作为邮报的特派记者去巴西，所需经费由报社支付，报社的关节由我来打通。也许你会需要一些不好在报社下账的特殊经费，我来为你作出安排。总之一句话，你不必关心时间和经费，唯一关心的是，尽力查出走私婴儿的真正来源和主使人。如果能查出来，我不敢保证你能赢得普利策奖，但一定是你新闻生涯中一个惊人的成功。"他笑道。

加达斯点点头，一种临战在即的紧张和亢奋注满全身。父亲看看儿子，警告道："不要把事情想得太容易，我说过，中情局和巴西警方已调查了三个月，没有多大进展。也许它牵涉到某个权势集团或黑社会组织，也许这次调查有生命危险呢。要武器吗？"

加达斯笑了："不至于吧。如果需要，我会在巴西购买的，反正有你的特别经费嘛。"

"好吧。为了你尽量不露破绽，中情局派去的特工一般不会同你联系，你将孤军奋战。希望你不要让我失望。"他笑道，"正好你在大学里学的西班牙语，对你的调查会很有帮助。"

"我会尽力而为。"

"但是一定要安全归来，否则我怎么向伊莎贝尔交代呢。"

提到母亲，加达斯忽然想起南希的那次电话："爸爸，走前我想找机会和妈妈谈谈，是南希托我……"

"等你回来吧，"爸爸截断了他的话，"等你从巴西安全归来再说。谢谢你对南希的宽容，孩子。"

"那好吧。"加达斯笑道,"我和勒莎一定会融洽相处的,她是一个讨人喜欢的女孩。"

"这话让我太高兴了。再见,去做行前的准备吧,我让秘书为你订明天的机票。"

"再见。"

第八章　蜜月之旅

一

加达斯乘坐一家巴西地方航空公司圣保罗航空公司的班机，于当地时间下午4点到达贡戈尼亚斯国际机场。出了机场，看见满街都飘扬着缀有绿地、钻石和蓝色地球的巴西国旗，他猛然悟到，今天是9月7日，巴西的独立日。

他拎着唯一的行李——一只公文包，在机场门口唤了一辆出租。司机是个圆头圆脑的卡弗佐（黑人与印第安人的混血），卷曲的黑发，厚嘴唇，深褐色的皮肤，穿着巴西人爱穿的彩色衬衫和短裤。他唱歌似的喊道："请上车，尊贵的客人，到哪儿？"

"圣保罗饭店。"

司机在机场门口拥挤的人群中穿行着，开到高速公路上。他扭过头问客人："是第一次到巴西吗？"

"不，第二次。上一次是到里约。我七岁时曾跟父母来巴西过狂欢节。"

"对，巴西的狂欢节是世界上最疯狂的节日，里约热内卢又是狂欢节最热闹的城市。"

"不错，我到现在还记得很清楚：满街的人群，彩车上的国王皇后，几千人的桑巴舞阵，陌生姑娘会搂着你亲吻……我觉得巴西女人比吉卜赛姑娘更大胆奔放。"

司机狡猾地笑道："那次来时你太小，肯定没尝到巴西女人的味道。狂欢节中，她们会把自己中意的男人毫不犹豫地领到床上。不过，现在不行了。"他回头看看客人，简单地解释道，"艾滋病。"

加达斯笑笑，没有答话。司机耐不住寂寞，热情地询问客人明天的日程:"圣保罗有很多好玩的地方。像州立公园,那里有近四万种名贵的热带兰花;坎塔雷拉公园,那里有各种珍贵的树木;布坦坦研究所,是世界上最大的毒蛇研究机构。到世界闻名的伊瓜苏瀑布也不远,只有几百千米。我愿为你效劳……"

加达斯截住了他的话头:"不,我的日程很紧,我想采访圣贞女孤儿院。知道这个地方吧?"

"当然!谁不知道圣贞女孤儿院呢,它才建立五年,已经世界闻名了。告诉你吧,自从有了圣贞女孤儿院,圣保罗,不,整个巴西都没有弃儿了!"

"是吗?"

司机认为客人的这句话是表示怀疑,立即赌咒发誓说:"圣母作证,我若昂一点也没夸大。孤儿院院长是鲁菲娜·阿尔梅达嬷嬷,我们都尊敬她,连总统和主教大人也常去拜访她。还有一个同样可敬的人,是孤儿院的匿名资助人。想想吧,建造这么大的孤儿院——它在全国有九个分院呢——收留这么多孤儿,又送走这么多孤儿,每个孤儿送走时还要资助500美元,她每年为孤儿院花多少钱哪!"

加达斯很高兴司机的饶舌,问:"她是谁?是个什么样的人?"

"不知道,只听说是个女的,有人说她有30岁,有人说她有70岁。听说她小时候是个弃儿,发财后立誓帮助全世界的孤儿。真的,现在不少非洲国家——就是那些最爱打仗的国家——成千上万的孤儿都用飞机接来,住在这儿,然后为他们寻找合适的领养人家。但是一直没人见过这个资助人,从来没有。她行了善,又不让别人知道她是谁,听说能见到她的只有鲁菲娜嬷嬷一个人。"

"你怎么这样清楚?"

"我去过五次,两次是送孤儿,三次是领客人去参观,客人有刚果人、埃及人和印度人。孤儿院离市区很远呢,过了圣保罗北的坎塔雷拉山才到。"出租车已进了市区,这儿简直是水泥建筑的大海,丛林似的高层建筑尽力向天空伸展,竭力争夺着阳光。满街涌动着喧嚣的汽车,涌动着服装鲜艳的、匆匆而行的男女,街上弥漫着咖啡的香气,穿着短裤的警察在街上溜达。前边已经能看见圣保罗饭店圆柱形的高楼，若昂回头笑道：

"明天还坐我的车吧。我十分钦佩鲁菲娜嬷嬷和那个匿名资助人，凡是到圣贞女的客人一律按六折收费。"

"好吧，明晨7点来饭店接我，我们尽量早点出发。"

"放心吧，绝误不了你的事。"他把出租车停在灯光辉煌的门口，一位穿红色制服的男侍者恭敬地拉开车门，请客人下车，又接过司机递过来的行李。

二

第二天，他们赶往圣贞女孤儿院。若昂已经有经验，提前准备了面包和饮料，两人在车上对付了早饭和午饭。一路上若昂开得飞快，速度表的指针几乎没有低于130千米每小时。到下午，路面开始变坏了，而且越来越糟糕。在加达斯七岁时的巴西之行的记忆中，除了奔放的桑巴舞、热情漂亮的混血姑娘外，他也清楚记得城市周围的贫民窟，那简直是凄惨的地狱世界。这些年，巴西经济腾飞后，这种极度的贫困已经消失了。不过在这次行程中，他发现"富裕"和"现代化"还未扩散到远离城市的乡村，路边的种植园还保留有100年前的旧房舍。

"到了，已经到了。"若昂兴高采烈地说，一路辛苦好像没有使他疲劳。孤儿院位于坎塔雷拉山的浅山区，显然是一个过去的种植园改建的。树木郁郁葱葱，有巴西南部的雪松、巴拉那松，也能看到野扇棕、卡托莱娜椰子树、野蕉树，其他一些树木加达斯就不认得了，若昂介绍说有肥猪树和巴西坚果。

孤儿院占地极广，绿树丛像无边的海洋，其间撒着一些简朴的平房，还有一些印第安风格的圆顶草屋。进了庄园的大门，汽车又开了很长时间，在一栋三层小楼前停下来。这儿显然是过去种植园中叫做"大厦"的主建筑，是种植园主住的地方。若昂轻车熟路地奔进去，上到二楼，快活地喊着：

"鲁菲娜嬷嬷，我又给你送来一位尊贵的客人！"

他们来到院长办公室，一个瘦小的女人含笑迎过来。她显然是一个卡博克洛（白人与印第安人的混血），大约50岁，头发已近乎全白了。加达斯曾听独眼埃德说她可能是修女，一路上若昂也一直在称鲁菲娜嬷嬷，所以，加达斯已经把她认定是修女了。实际上她不是。她穿着色彩强烈的连衣裙，巧克力色的皮肤，脸上刻着深深的皱纹，同她握手时能感到她手心的厚茧。她的动作很轻快，不像 50 岁的年龄，清澈的目光中充满笑意。

她久久地同客人握手："欢迎你，远方的客人。"

"你好，鲁菲娜嬷嬷。"加达斯也使用了若昂的称呼。"我是美国华盛顿邮报的记者加达斯·比利，听说了圣贞女孤儿院的善举，想对贵院做一个详细的报道。"

"谢谢，希望你的报道能帮助我们更好地为孩子们寻找养父母。若昂对这儿已经很熟悉了，让他领你参观吧。晚上请住我们的客房，若昂知道在哪儿。等参观过后，如果有什么问题再来找我吧。"

"谢谢。"

若昂第二天没有走，领着加达斯参观。孤儿院确实很大，加达斯用一个上午只参观了很少一部分。这儿分成许多家庭，规模大小不等，每个家庭有一个"妈妈"领着，孩子们三岁到八岁不等。参观的第一个家庭，家长是年轻的尤蒂娜妈妈，管理着 30 个小孩。"他们是前天刚从非洲送来的，还不能适应这儿的生活。"尤蒂娜解释说。的确，这 30 多个黑人孩子骨瘦如柴，有的肚腹膨大，显然是营养极度不良。他们的表情都是胆怯的、畏缩的，呆呆地坐在地上，尤蒂娜耐心地鼓励他们参加游戏。

另一个家庭有 60 多人，年迈的约娜妈妈微笑着坐在一旁，孩子们正分成几拨玩"捉野牛"，吵嚷得像一池青蛙。他们衣着简单，但肤色健康，显然与前一拨孩子大不相同。若昂又领他到了一座类似非洲部落议事厅的宽敞的草屋中，屋内没有什么家具，只有一地玩具。几十个四五岁的小猴崽们或坐或趴，非常专注地玩着。多少有点特别的是，这儿到处都是螺丝刀、尖嘴钳等常用工具，不少玩具被拆得七零八散。"大部分拆散的玩具他们都能装起来，"这个家庭的齐安诺妈妈自豪地说，"实际上孩子们还发明了不少小专利呢。比如电子狨家庭——你知道巴西的狨吧，是世界上最小的猴子——电子狨不需要人去'喂养'，而是在互相关怀下长大，会自动建立起群体的秩序。只有在秩序向恶化的方向发展时，才需要小主人去教育它们。"

"我知道，"加达斯很有兴趣地说，"我还答应为妹妹买这样的玩具呢，原来是这儿的专利。"

"你妹妹喜欢吗？"

"简直入迷了！她已经拥有几十只了。"

两人在这个家庭中和孩子们一块儿吃了晚饭。晚饭是粗食，是巴西人过去爱吃的苦薯粉糕饼、黑豆、烤玉米和甜山芋。若昂吃得津津有味，他告诉加达斯，"这儿讲究回归自然：吃粗食，住不带空调四面敞开的草屋。院长嬷嬷说用这种办法让孩子们恢复原始人的强健。你看，这儿的孩子们多健康！等我有了儿子，也要送到这儿过几年。"

晚饭后他们来到客房。这是四面敞开的草屋，房顶用八根柱子支撑着，屋内摆着竹床。两人在门外做了冷水淋浴，躺到床上，观赏着周围的星空和绿树。加达斯说：

"我想在这儿多留两天，你明天先回圣保罗吧。我会付给你空程费，谢谢你的导引，若昂。"

若昂收车费时真的打了六折。"回去还用我的车吗？你打电话我就来。"

"好的，走时我呼你。"

第二天早上，若昂很早就开车走了。早饭后，加达斯直接去找院长。昨天参观后初步印象很好，这些孩子来自世界各地，有白人、黑人、印第安人、各种混血人，也有少量亚裔人，其中没有发现与杰西卡、帕梅拉们容貌相似的女孩。

鲁菲娜亲切地同他打招呼："昨晚睡得好吗？"

"很好，谢谢你的招待。若昂走了，他建议我参观贵院的电脑游戏室，可以吗？"

"当然，你可以参观院中任何一个地方。正好这会儿没事，我领你去吧，就在楼上。"

院长领他上楼时，他笑着请求道："鲁菲娜嬷嬷，我有一个唐突的请求：

能让我见见贵院的资助人吗？若昂一路上都在谈她，我对她十分敬佩，不，十分崇拜。我殷切盼望着见她一面。"

院长温和地拒绝了："很遗憾，她不愿让新闻界知道自己的名字，连我也从未见过她。"

院长也说的是"她"，这么说，资助人确实是个女性。加达斯笑道："你也从未见过她？那你至少听过她的声音吧。"

院长承认了："对，她用电话同我联系。"

"那么，从声音听来，她是怎样一个人，是年轻还是年老，说英语还是西班牙语？"

"对不起，加达斯先生，我什么也不能透露。我只能说，在我听来，她的声音和圣母的声音是一样的。"

加达斯笑着耸耸肩："可惜我从未与圣母交谈过，不知道圣母说拉丁语还是说希伯来语。"他知道从守口如瓶的院长嘴里探听不出什么，便住嘴不问了。

电脑游戏室在三楼，是很多旧房间打通后合在一起的。屋内有20多名孩子，与昨天见过的孩子们相比，这些孩子年龄较大，八岁到十五岁不等。十几个孩子正痴迷地玩一个游戏《探索巴纳德星系》，宇宙飞船在屏幕上倏然来去，在冰冻的星球上降落，钻探，寻找外星人。他们都戴着耳机，屋内没有一点儿噪音。看见院长和客人进来，他们只是点头打个招呼，仍非常投入地玩下去。

院长领加达斯继续往前走，前边是10名15岁左右的大孩子，每人趴在一台电脑前，显然正在探索什么东西。每人都紧锁眉头，紧张地思索着，时而敲几下键盘。加达斯在这些人中仍没发现目标，他发现，比起昨天见到的孩子，这些孩子更为自信从容，他们不是孤儿院的过客，而是不折不扣的主人。大孩子们看到了院长和客人，但几乎无暇打招呼，仍然全神贯注地思考着。

鲁菲娜声音极低地解释道，孩子们正在玩他们最爱玩的游戏——破译世界各国各种数据系统的密钥。"黑客？有组织的黑客？"加达斯吃惊地问。

"没错，他们自称是 POWER，知道这个组织吗？它原是 14 年前美国一个有名的黑客组织，在他们的首领——18 岁的史蒂夫·哈吉的带领下，合力破解了美国国防部数据系统的五重密码，当时曾引起一场轩然大波。"

加达斯注意地看看院长，又看看那些在专注中微露焦灼的孩子们。他知道院长说的那位哈吉其人，他的绰号叫"分析家"，犹太裔美国人，当黑客时曾弄得众多专家一筹莫展。后来他中了 FBI 设下的美人计而被捕，短暂地入狱。出狱后改邪归正，成了国防部数据安全系统的头号智囊。他奇怪鲁菲娜竟坦然告诉他这儿的秘密，因为在各国，黑客活动都是非法的。

鲁菲娜看出了他的疑问，温和地笑了："你不必奇怪，全世界只有这儿的黑客组织是合法的。他们每日每时都在努力破解某个系统的密码，但破解后他们会立即通知对方，并在网上送去他们进入系统的方法，指出原防护系统的疏漏。他们是网络上的游侠佐罗，而各国军事系统、金融系统和跨国公司的防守者都和这里建立了良好的合作关系。"

加达斯摇摇头："我在美国从未听说过这些情况。"

鲁菲娜笑了："这是心照不宣的秘密。我们的孩子们不愿炫耀自己，被破译密钥的人当然不去公布自己的失败。"

加达斯感到相当的震惊，头天参观孤儿院，给他留下的印象是质朴、淳厚和远离文明，但这种印象在一瞬间变了，这位衣着简朴、神态平易的嬷嬷原来牢牢骑在现代科技的巨龙背上。鲁菲娜又补充道：

"我们认为，禁止黑客是不可行的，是最愚蠢的做法，那就像是用堤坝去闸死亚马孙的河水，即使挡得一时，总有一天它会溃决。电脑网络的防护只能在一轮又一轮的搏斗中去完善。知道吗？世界各地的受益者每次都对我们有所馈赠，这些收入已能支付孤儿院的全部开销，包括屋内那台格雷 X 型计算机。"

加达斯又是一惊，格雷 X 型是相当先进的机型，每秒可计算 36 万亿次。在美国的出口管制清单中，它曾是严格控制的商品。当然，现在这些禁令早已解除了，但无论如何，孤儿院中配备这样的电脑仍是异常的。他们用它干什么？仅仅为了孩子们的游戏？

但鲁菲娜坦然的笑容使你无法生疑。

忽然，电脑屏幕上闪出一个奇怪的图形，是三只脑袋互相缠绕的秃鹰。孩子们中间爆发出一阵欢呼："打开了！终于打开了！"

他们敲击键盘迅速进入系统。屏幕上闪出滚滚的信息流，像花名册和每人的身体资料，包括体重、身高和血型等。一个孩子向隔板后喊："特丽！又进入第三层了！"

隔板后有一个清脆的女声："好，我马上过来，你们继续干吧。"

后来加达斯才知道，他们进入的是美国国防部数据安全系统的第三层防护，那是美国政府花费数十亿美元建立起来的铜墙铁壁。当然，任何铜墙铁壁都不是万无一失的，14年前"分析家"哈吉曾闯入到这儿，擅自更改了美军军人的血型，闹得众多专家灰头土脸。现在，正是14年前的那个黑客首领在负责设计国防部的密钥，它几乎是不可攻破的，但还是没挡住这儿的小黑客。孩子们没有改动系统内的数据，只是把网页徽标改成一个稻草人，一个脑袋里露着稻草的蠢家伙，旁边打了一行字：

"分析家，你又输了一个回合。"

下边，他们开始用加密邮件发送此次破关的秘诀，这些东西加达斯完全看不懂。这时屋内响起低微而清晰的声音："院长嬷嬷，有人送苦薯粉来了，请你回办公室。"

声音是天花板的一个扬声器里发出来的。院长立即同加达斯告辞："对不起，你自己随便参观吧，我要去签收送来的货物。"

"不必客气，你请便吧。"

加达斯把院长送到门口，等他返回时，一个黑人女孩已经坐在电脑前，她显然就是刚才在隔板后的特丽。孩子们正请求她为那幅稻草人图面"加上最难解的密码"，让分析家哈吉多当几天稻草人。黑女孩笑着答应了，异常快速地敲击着键盘，20分钟后笑着站起来："行了，我想他至少要花费五天才能抹去这个画面。"

看到她笑意融融的面孔，加达斯的心脏狂跳起来，几乎失口喊出"杰西卡"。当然他知道这不是杰西卡，特丽的从容自信、恬淡高贵，和杰西卡的阴郁颓唐简直不可同日而语。但她们的面貌酷似，这正是他要寻找的目标。

特丽十五六岁，当然这只是外表上的年龄。虽然已是秋天，又是气候较冷的山区，但她只穿一件小背心和很短的短裤。回头看见了客人，她嫣然一笑，算是打了招呼，不过没有攀谈的打算。

加达斯抑住激动走过去："你是特丽？"

特丽点点头。电脑中忽然响起报时声，屋里几十名孩子立即起身，一窝蜂地向外面跑去。特丽歉然说："这是规定的室外一小时活动时间，再见。"

宽敞的厅室中只剩下加达斯一个人，他想了想，走进刚才特丽所在的隔间，屋内确实摆着一架格雷X型超级电脑，旁边的桌上堆满了资料卡和资料盘，乱得一塌糊涂。他在超级计算机旁思索着。从目前看来，这个孤儿院是十分开放的，连这台贵重的计算机也随随便便摆在一个敞开的隔间内，似乎不可能有任何秘密，但加达斯无法消除心中的疑虑。

至少有一点，这儿又出现了一个面貌酷似的克隆人，她肯定是一座巨大冰山的露头。

他无意中向窗外看去，楼下停着一辆小型的运货车，一位穿着蓝色工作服的体型健美的黑人少妇正在卸货，一只高大的牧羊犬时刻不离她的左右，院长默默地立在她的身旁。这位少妇的动作很潇洒，干起活来像是在跳桑巴舞。远远看去，少妇的面孔似乎比较熟悉。加达斯从口袋里掏出一具小型望远镜，调准了焦距，立即浑身一震——没错，她的笑脸是十分熟识的，一个又大了一号的杰西卡或特丽。

只有这时加达斯才悟到，刚才院长同他告别下楼时未免太性急，她的眼光中分明闪耀着抑制不住的喜悦。加达斯把镜头对准院长，院长默默不语，看着那个女人在忙碌，她脸上那种近乎虔诚的喜悦露了底：那绝不是对一个普通女工的表情。

加达斯的头脑中如天门开启，不会错的，这个干粗活的女工就是那个神秘的资助人，是这个孤儿院的真正主人，很可能也是那个克隆人系列的真正源头。加达斯觉得自己的推理不算莽撞，至少，她是已知几个克隆人中年岁最大的，而且——"干粗活的"这种身份该是多好的掩护！谁会想到一个干粗活的女工会是那个家产百亿的女慈善家呢。如果不是恰巧见过这么多完全相同的面孔，自己也不会对她在意。

那个黑人女子已经卸完了货，和院长并肩进了主楼，牧羊犬仍紧紧跟在后边。加达斯不再犹豫，飞步下楼，先赶到院长办公室门口等着。可是等了很久，她们也没有过来。他不敢再等，便到二楼和一楼的各个房间询问："请问你见到院长了吗？见到鲁菲娜嬷嬷了吗？"都说没有。

等他再度回到院长室，鲁菲娜已端坐在屋中，一个黑人女子立在她面前。加达斯闯进去。不，这不是刚才那个女子，她们穿的衣服相同，身形也大略相似，但相貌显然不同。鲁菲娜写好一封信，封好，交给那个女人："请交给你的老板，再见。"

"再见。"

女子没在意旁边的加达斯，转身下了楼。加达斯走到窗边看着，片刻后，那女子开着货车离开庄院。"你在找我？"身后的院长问。加达斯回过头，院长正含笑看着他，神色仍是往常那样谦和冷静。

加达斯唯有苦笑，他像是走进一个衔接自然的电影场景中，一切都安排得毫无破绽。如果不是刚才他用望远镜仔细观察了那女子的相貌，如果不是口袋中还装有杰西卡的照片，他也许真的相信下楼的女子就是刚才所见。"对，我在找你，"他冲动地说，"我在找刚才卸货的那个黑人女子……"

"唐娜富拉娜？她刚刚从这儿离开……"

"不是她，是另一位！"加达斯喊道："我在楼上用望远镜看到了她的相貌，和特丽完全一样！"他掏出袖珍望远镜放到桌上。"我猜她是这个孤儿院的资助人！院长嬷嬷，带我见见她吧，我没有任何恶意。"

他盯着院长，院长的目光中没有任何惊慌——连惊诧也没有。很久，院长才轻声说："你需要看医生吗？这里有一个很好的医院，里面有不少颇有造诣的医生，包括精神科大夫。"

加达斯苦笑着说："我说的是疯话吗？那我会自己去找医生的。谢谢。"

"再见，有什么疑难之处尽管找我。"

加达斯走到门口时忽然停住脚步，回头说："对。现在我就有一个疑问，一个小小的疑问。我刚才清楚地看到，那位黑人女子上楼时带了一只狗，一只黑底白花的牧羊犬。这条狗到哪儿去了呢？它为什么没有跟在刚才那位女人的后边？"

院长的目光有些尴尬。"我不知道，我从没有看见什么牧羊犬。"

"那么，又是我看错了，再见。"加达斯胜利地走出门。

他下到一楼，想了想，又折返身上了三楼。他想起那个也属于克隆人系列的特丽，也许她也会突然消失？不，特丽没有消失，她正坐在格雷 X 型计算机前工作着，神情极为专注。加达斯站在她身后很久，她都没有发觉。

加达斯看不懂她在干什么，屏幕上滚动着一屏一屏整齐的数字系列，令人眼花缭乱，也许她在用穷举法破译某个数据系统的密码。加达斯轻声说："特丽，我可以同你谈一谈吗？"

特丽回头看看他，锁定屏幕，转过身来。"可以的，我知道你是来采访的华盛顿邮报记者，是昨天若昂送来的，对吧？"

"对。"加达斯不知道从何问起。"请问你的全名？"

"特丽·阿尔梅达。你知道这是院长的姓氏，我没有父母。"

"你是从哪里来的，自己知道吗？"

"听说我是从圣保罗郊外捡来的弃婴。"

"我知道你是 POWER 小组的头头，院长说你是网络游侠中最棒的。"

特丽笑笑，没有承认也没有否认。"我们都不错，我们是世界上最棒的黑客——但我们是白色的黑客。"

"请问，你有双胞胎或多胞胎姊妹吗？"

"没有——也许在圣保罗有，我不知道。我已经说过，我是个弃婴。"

"你在孤儿院见过和自己面貌相似的人吗？"

"没有。我不注意这些，我的世界在这儿。"她指指电脑。

加达斯问了最后一个问题："请问芳龄？"似乎对方没有听懂这句话，他改口问："你几岁了？"

他对特丽的回答不抱什么希望，估计她不会据实回答的，但事实恰恰相反。"六岁。"特丽说,看到他的惊奇,随之解释道,"确实是六岁。医生和院长都说我长得比别人快,但并不算是病态。你还有问题吗?"

"没有了,谢谢。"

三

加达斯又在孤儿院中盘桓了两天,没有得到其他线索。他的印象是,孤儿院像是个巨大的吸音板,任何问询落在吸音板上都变得无声无息。两天来他几乎走遍这个巨大庄园的每一处,到处都是亲切、友好和绝对的不设防。他也参观了医院,那是个一流的医院,有小儿科、内科、外科、神经科,等等,各个大夫看来也都不俗。无论如何,这个孤儿院不像是阴谋家的巢穴。

第三天早上,他搭车到了附近的小镇索维斯,想在这儿撞撞运气。实际上他已在心中承认了失败:"爸爸,你不相信中央情报局的笨蛋特工,但你的儿子同样无能!"

当然也不能说毫无收获,起码说,他心中已经有了一个值得怀疑的对象。他走进一家酒吧,要了潘趣酒、蛋卷和炸鳕鱼丸子,毫无心绪地吃着,随意观察着周围的顾客。忽然有人突兀地坐到他的对面,这是一个白人男子,大约50岁,身体很健壮。他是白化病患者,白色头发,浅色瞳仁,耳后和额头上刚刚蜕皮,露出粉红色的新皮,使他看来来像一只滑稽的猴子。他好像已喝得醉醺醺了。"我可以坐在这儿吗?"他打着酒嗝用英语问。加达斯点点头:"请便。"

那人喊来侍者:"再来两杯威士忌,仍要白马牌的,快点!"

威士忌很快送来了,他呷着酒,笑嘻嘻地打量着加达斯,小声说:"你好,加达斯——不必惊奇我认识你,是你父亲交代我们保护你的。我叫杜塔克。"

加达斯没有惊奇,他知道这就是父亲曾告诉过他的已派往巴西的"笨蛋特工"。他不太热情地说:"谢谢你们,不过,我并没有感觉到有什么危险。"

"你的调查有眉目了吗?"

加达斯不愿告诉他自己的进展,摇摇头:"没有,毫无眉目。"

"那你就不必调查了,所有内情我们已清楚了。"

"真的吗?"加达斯吃惊地问。

杜塔克看看四周,压低声音:"真的,是我搞到的情报。那个女慈善家,克隆人的原型,就是常来送货的黑人女工。"他得意地看着加达斯的惊讶,一对吃完饭离开的老年夫妇擦过身边,杜塔克暂时中断了谈话,等他们走过后接着说:"不要用那么吃惊的眼光看着我。坐在你面前的,是美国最优秀的特工之一。"

他端起第二杯威士忌,"而且,她正是八年前死去的海拉。那场假车祸把我们骗得好惨!其实当时我就有怀疑了,那样猛烈的爆炸会单单留下一只完整的手臂?不过这回她跑不掉了。"

加达斯突然猜到某种真相:"八年前——就是我父亲下令杀死海拉的?"

"不,是总统,你父亲只是参与者之一。这些情况参议员没有告诉你?海拉不是人,她是一个癌魔,一个妄图把癌人谱系撒遍世界的癌魔。这回她跑不掉啦,"他醉醺醺地重复道,"三天后她就会咔嚓——"他用手在脖子上比划了一下。

加达斯的脑子飞快地转了两圈:"三天后?"他央求道,"让我三天后也到现场看看吧。否则我怎么能写出一篇完整的报道?那样我会成为报社的笑柄。"

"好吧。"杜塔克爽快地答应了,凑在加达斯耳边说,"三天后你去圣保罗市的圣约翰医院,海拉要在那里做截肢手术。我们已买通了麻醉师,神不知鬼不觉,也不会给巴西警方留下麻烦。"

"截肢?为什么要截肢?那天我亲眼见到她卸下一车的苦薯粉,没有丝毫病态。"他看看杜塔克,承认道,"我正好见过你说的送货女工,但只是看到她的背影。"

杜塔克替他惋惜:"只见到背影,没见到相貌?那太可惜了,她和你见过的杰西卡、帕梅拉等人像极了——你问为什么截肢,难道你没看出她的左臂比右臂长?告诉你吧,她有肢体再生能力,八年前,为了骗我们相信,她自个切下左臂留在爆炸现场。后来左臂重新长出来,但很可能从此便失控了,不能自动停止,只好每隔一段时间就把它截短一点。我们对此已经有了确凿的证据。"他用手比划着,"是在左臂中间截断几英寸再对接起来,这比整个左臂的重生要快得多。她每隔两年一定要做一次手术,否则就无法在人前露面了。你想想吧,一支超长的不对称的左臂,就像那种长着一只大螯的招潮蟹!"

加达斯听得目瞪口呆,杜塔克谈论谋杀时的冷静、海拉身体上的怪异、父亲在此中扮演的角色……这些都带着血腥味,带着邪恶。杜塔克打着酒嗝说:"我要走了。你如果真的想去现场,就回到你下榻的圣保罗饭店等着,两天后我会去找你的。但你切不可随便闯到医院去,以免打草惊蛇。一旦出了差错,总统饶不了我,我也饶不了你。"他虽是用开玩笑的口吻,但警告是认真的。

他起身欲走,"且慢,"加达斯喊住他,"如果她真是海拉,是一个没有国籍没有身份的癌魔,八年前只身一人逃出美国,她从哪里弄来百亿财产?"

杜塔克笑了,重新坐下来,看来很乐意谈这个话题。"从哪儿弄来的?当然不是某位叔叔和婶婶的遗产。你别忘了,现在是21世纪,是电脑时代。老实说,如果我能想到她的主意,有她那样的神通,我绝不会再辛辛苦苦挣中情局或FBI的工资。"他无比钦敬地说。

他告诉加达斯,是瑞士联合银行最先发现异常的。六年前,有人在该行设了一个秘密账户,每天有数千笔数额很小的款项从美国各地汇去,从不间断。这些钱随即被提走,在错综复杂的金融网络中消失。那时,瑞士银行界刚被世界舆论烧烤过一番,被骂为银行动物。所以,这次他们很有道德感地立即通知了美国政府。

加达斯知道有关"烧烤瑞士银行"的情况,早在上个世纪中期,瑞士议员齐格勒首先站出来对强大的瑞士银行界宣战,揭露了他们为纳粹和贩毒集团洗钱的勾当。齐格勒在国内被逼得无法立足,但他写的书在全世界掀起轩然大波,最终逼得瑞士银行界认输,其后加强了银行业的道德自律。杜塔克接着说:

"此后FBI的调查发现,类似的秘密账号还有70家,汇款来自各个国家各行各业,包括跨国公司、政府机关甚至银行本身,但查看这些单位的内部账目则绝无问题。"

"知道是怎么回事吗?"杜塔克把酒气熏人的嘴巴凑到加达斯耳边,无比钦敬地说,"海拉本人精通电脑,实际上她倒是POWER组织的真正首领呢。你见到了那些黑客,对不?他们自称是网络上的游侠,实际上这些游侠也是捞钱好手哩。海拉设计了一个叫'遥控登月'的病毒,用它攻破了成千上万个企业和银行的网络防护系统,在这些系统的内核中输入了一个巧妙的程序。该程序能把该企业往来账目的四舍五入计算中舍去的部分自动转到某个秘密账号上去。这些都是小数点后四位数字后的取舍,微不足道,所以很长时间没有哪家企业觉察到漏洞。可是,千千万万个毛细孔中渗出来的水滴,聚在一块儿可就了不得!专家们估计,海拉从各国窃得的财产,至少有100亿美元,她已经是世界排名前几十位的富豪了。圣贞女孤儿院的花销对她来说只是九牛一毛,她一定还有另外的秘密企业和研究单位。我实在佩服她,这个诡计多端的小癌人!"他站起身,"我走了,记住我的交代。"

杜塔克醉醺醺地走了,听见他在门口与吧女们开着猥亵的玩笑。加达斯一动不动地坐在那儿,蹙着眉头想着这些惊人的消息,直到女侍送来他的找零。

夜里,加达斯回到圣保罗大饭店,在50层高楼上俯瞰着城市的万家灯火。从中午到现在,他的大脑一直有一个搅拌机在翻搅着。他本能地讨厌猴子一样的杜塔克——并不是因为相貌,而是他话语中流露的残忍和嗜血。不过他相信杜塔克说的都是实情,想想自己在孤儿院见过的那些年轻黑客,想想那位天才的特丽吧,无疑海拉比特丽还要强大。那么她还有什么事情不能办到呢?加达斯多少有些不解的是,作为一个老牌特工,杜塔克怎会轻易透露这些秘密,即使他喝了不少威士忌。不过后来他也释然了,一定是因为他的参议员父亲。想必父亲是这样交代杜塔克的:"请好好配合我的儿子,他也是去干同样的工作。"

他想起那位送货女工,虽然只是一瞥,但他对海拉的印象极佳。这个孤儿院办得很好,充满了自由祥和的气氛。还有那个院长嬷嬷,一个道德高尚的妇人,能让这样的院长效忠的主人,想必也是道德高尚的完人。但在杜塔克嘴中，海拉是一个癌魔，一个窃得百亿美元的大盗，一个……秘密婴儿工厂的厂主。她即将被处死。

毫无疑问，杜塔克的行动得到了最高层的批准，想想报纸上报道的对海拉的暗杀，再想想父亲似露非露的口风，这一点不必怀疑了。可是，自己的父亲，还有美国总统，都不会是残忍的嗜血者吧？

他躺在床上，瞪大眼睛，很长时间海拉一直在他面前浮动。她的面貌模糊一些，但背影十分清晰：修长的身躯，凸起的臀部，把面粉袋甩到肩上的轻松和优雅……还有健康昂扬的孤儿院……

也许她有很多罪行，自己尚不知晓的罪行。但是，假如自己是一个陪审员，在尚未弄清案情时能同意对海拉的死刑判决吗？

他赤足下床，在屋内来回踱步，几次想拿起话筒同父亲通话，最终还是没有打。很明显，父亲绝不会为了儿子这些不充分的理由去中止总统的命令。

但无论如何，他要制止这场谋杀，至少把刑期往后推一推，否则，他的良心永世不得安宁。在作出这个困难的决定后，他才安然入睡。

四

圣约翰医院是家一流的大医院，环境十分洁净，走廊里飘着消毒水的味道。护士文雅而礼貌，穿着浆洗得平坦熨帖的护士服。医生们个个气度不凡。加达斯不用打听，就得到了他想得到的情报。外科手术室的预报栏中写着明天的手术，第一名就是唐娜富拉娜小姐，截肢。主刀医生卡利托斯，麻醉师佩特罗索，都是本院水平最高的专业人士。他还找借口到手术室里看了看，不过他很小心，确保他的询问不至于惊动别人。

杜塔克说过，两天内同他联系，但直到第二天晚上 11 点他也没有露面。加达斯急得坐立不安。也许，杜塔克对自己前天的酒后失言已经后悔了，不想让一个闲人掺和进来？也许他觉察到自己对海拉的好感？看来，只有自己出面去阻止了。

第三天，也就是唐娜手术的那天，医院一上班，他就来到了外科手术室。"哈喽，漂亮的姑娘，"他笑着对一名混血儿护士说，"我是从美国赶来的，是唐娜富拉娜的表弟,她是今天做手术吧?"

护士和气地说:"对,她今天排在第一位,马上就会到。"

"我可以在这儿等她吗?"

"当然,请坐。"

他坐在手术室外的硬椅上,看着众多医护在进行术前准备。不一会儿那个护士喊他:"比利先生,病人已经来了,陪着她的就是主刀医生卡利托斯博士。"他们正从电梯口走过来,医生穿着白褂,海拉穿着病员服,那条牧羊犬仍然寸步不离地跟着她。加达斯急步迎上去。现在,他终于面对面地见到了这位神秘的海拉,这位豪富的女人,世界上第一个癌人。他专注地盯着她。海拉穿着肥大的病员服,毫无曲线而言,目光深邃,表情恬淡,一种发自内心的高贵的柔光漫溢在她的脸上。

而且——她的相貌非常漂亮。

海拉的左臂一直平放在腹部,即使这样,加达斯也能看出它确实比右臂长,大约长出三英寸。这点差别破坏了视觉形象的和谐。加达斯迅速把目光移走,就像躲开残疾人的独眼和兔唇一样。

海拉含笑看着陌生人,牧羊犬警惕地盯着他,在喉咙里低声吠叫着。护士这会儿看出两人并不相识,走过来低声对医生说:"他说是唐娜富拉娜小姐的表弟,从美国专程赶来。"

加达斯对医生微微一笑,回头对病人说:"海拉表姐,我特意从美国来探望你,能和我单独谈谈吗?"

他把"海拉"两个字咬得很清,相信她不会对此无动于衷的。海拉看看他,没有露出惊奇或惊慌的表情,回头对医生说:"可以吗?最多五分钟。不会耽误手术。"

"请吧,你们可以到那间病理室去,那儿比较清静。"

病理室的门关上了,只剩下他们两人,对面坐在木椅上。这位化名唐娜富拉娜的美貌女子一直微笑着,饶有兴趣地打量着他。未等他开口,海拉先问:

"你从美国来,请问你的名字?"

"加达斯·比利。"

"噢，前几年在飞机上我曾见过一位姓比利的参议员，你同他长得像极了。"

加达斯想起父亲参与的那场爆炸，他想，海拉肯定不会忘记这桩仇恨吧。他不情愿地承认："很可能那正是家父。据我所知，在美国姓比利的在职参议员仅我父亲一人，他叫布莱德·比利。"

海拉又噢了一声，淡淡地说："我一眼就认出来了，你们父子长得很像。"此外她没再说什么。加达斯急急地说："海拉小姐——我知道这是你的真名——我得到了确凿的情报，有人想在手术中通过麻醉师谋害你，请你务必推迟这次手术！"

奇怪的是，海拉对这个消息毫不惊慌，她冷静地问："你是从哪儿得到的情报，你父亲那儿吗？也许他正是命令的下达者？"

加达斯没敢为父亲辩解——没准事实正是如此呢，只是真诚地说："先不忙追问情报的来源吧，先把眼前的问题处理好再说。"

海拉沉思有顷，问："那你为什么救我呢？你的父亲肯定告诉过你，我是一个邪恶的女巫。"

"我确实听到过不少关于你的传言，但我也看到了你为孤儿院所做的一切。"

海拉紧盯着他，锐利的目光能剥去他的一切粉饰。这是一个目光清澈的小伙子，他的警告是完全真诚的。海拉笑了："那好吧，"她打开门，"请跟我走，我带你去见卡利托斯和佩德罗索医生。"

他们在手术室换了鞋子，加达斯换上了医院的罩衫，两人走进手术室。这里仍在进行着紧张的准备工作，主刀医生已经消过毒，举着双手，看着进来的海拉。加达斯紧张地观察着每一个人——谁知道哪一个是杜塔克的内线？海拉走过去，和主刀医生低声说了几句，两人轻松地笑着，然后招手喊来麻醉师，三人又低声笑语一阵，才一块儿向加达斯走过来。这个阵势让加达斯十分纳闷。

"喂，比利先生，这就是那个邪恶的杀手佩德罗索。"

麻醉师是个矮胖子，圆头圆脑，笑嘻嘻地向加达斯伸出手。加达斯没有伸手，惊异地扫视着海拉和主刀医生。也许这只不过是杜塔克和医生们串通起来开的一个玩笑？卡利托斯收起笑容，严肃地说：

"你说的确有此事。有人用10万美元收买佩德罗索，让他在进行麻醉时把针头刺深一点，刺到硬膜内腔就会使病人丧命。虽然麻醉师会因此被吊销执照，但10万美元足够他重新开始生活。可惜他们看错人了，佩德罗索当即就把这个阴谋告诉了我，为了不让他们再玩什么新花样，我们将计就计，让佩德罗索答应了。所以，唐娜富拉娜小姐并没有什么危险。但不管怎样，我们仍要谢谢你。"

佩德罗索握住他的手："谢谢你，你是个好小伙子。"他得意地说，"那个叫杜塔克的狗杂种！以为10万美元就能收买一个巴西人？请放心，我们都十分尊敬唐娜富拉娜小姐，没人会昧下良心去谋害她。"

加达斯放心了，注意地看看两位医生，从他们的口气看，他们知道这位唐娜就是孤儿院的主人。海拉拍拍他的肩膀：

"'表弟'，你放心了吧？请坐到一边去，手术马上就要开始了。"

加达斯很高兴这是一场虚惊，他笑着退到墙边，坐下，看着海拉睡到手术床上。手术马上就开始了，当粗大的针管扎进腰部，药液慢慢推进去时，他仍免不了心惊肉跳——你怎么知道氯胺酮中没有混入致命的巴西箭毒呢。医生的低声命令，刀叉的清脆撞击，嗞嗞的刀锯声。海拉的左臂截断了，接着是长达四个小时的缝合。卡利托斯像个娴熟的缝纫女工，细心地缝合着病人的血管和神经，不时把脑袋偏过去，让护士为他揩汗。海拉的神志一直很清醒，偶尔和护士轻声交谈着。

手术终于结束，医生们显得既疲惫又兴奋，低声交谈着去洗手。护士把海拉推出手术室，加达斯追过来，俯下身。海拉脸上毫无血色，但精神还好，她闪动着眼睛，声音微弱地说：

"'表弟'，我已经修剪过了，是不是漂亮一点儿？"

加达斯俯下身吻吻她的额头："你永远都是最漂亮的，安心休息吧。"

五

海拉很快入睡了。在残余麻醉剂的作用下，她一直睡到第二天中午。醒来时满屋都是明亮的阳光，窗台上放着一只盛开的郁金香，一双手正握着她，一双瘦小温暖的手，不用看就知道这是院长嬷嬷。嬷嬷微笑着，沉默不语，一股暖流从握着的双手中传过来。两人在沉默中品尝着温馨之情。牧羊犬玛亚也知道主人醒来了，两只爪子扒在床边，快乐地哼哼着。

护士乌西丽亚推开房门，快活地说："唐娜，有人探望你。是一位很英俊的男士。"

海拉看见了门口衣冠楚楚的加达斯，笑道："啊哈，这是我的表弟，如果你喜欢，我可以把他介绍给你。"

"那太好了，"护士笑望着加达斯，"也许你今天就能约我去吃饭？"

"当然，那是我的荣幸。"加达斯笑道。

"谢谢，请进吧。"护士关上门走了。加达斯看见了床边身形瘦小的院长嬷嬷，院长站起来，低声同海拉道了再见。与加达斯擦肩而过。她只低声说了三个字："谢谢你。"

海拉说："加达斯，你过来吧，请坐。"她的气色已经完全恢复正常，情绪也很好，眸子中盈着笑意。加达斯把带来的一束玫瑰插到花瓶里，在她床边坐下。牧羊犬摇着尾巴把院长送出门，回过头温顺地卧在加达斯的脚下，它已经知道这是主人的朋友了。加达斯看看海拉在绷带中的左臂：

"很疼吗？"

"当然疼，不过不算厉害。没关系的，我已经习惯了，七天后就会复原。"

加达斯敬畏地问："你真的有……肢体再生能力？"

海拉点点头："我本不想承认，但是不能欺骗我的救命恩人啊。没错，是这样。你看这只左手，就是当年切掉后自生的。"

左手在绷带外露着，看起来比右手略大。加达斯盯着它，又问："你真的……两年就要截肢一次？"

"对。左臂再生后显然失控了，还没有找到控制它的办法。也许，等我决定彻底隐居时，就不用麻烦做手术了。我会听任它长下去，一直拖到地上，那样在地上拾东西就不用弯腰了。"她开玩笑地说。

加达斯垂下目光，没有响应——这个玩笑听起来未免有点恐怖的味道。海拉注意地看看他，柔声问："你在想什么？"

加达斯在想他发现的几个克隆人，想帕梅拉的早夭、杰西卡的心理崩溃。不过他想，还是等海拉身体康复后再说吧。"我在想八年前那场大爆炸。"他犹豫地说，"这次暗杀真的是我父亲的主张？"

"没错。当然不是他签署的，参议员没有这种权力。但可以说是他一手促成的。"她淡然说道，"其实我早就知道了，八年前我在现场留下一只手臂，骗了他们，但也只骗了两年。他们早就醒悟了，这些年，一直有人像牛虻似的盯着我。"她笑着补充，"不过我不大在意这些。我想他们奈何不了我。"

她的微笑中显出上帝般的自信。加达斯说："海拉，我无法想象你的生活，就像我无法想象一个外星人。我真想走进你的生活看一看。"

"你已经走进了嘛。七年来，除了鲁菲娜，没有人这么接近我的生活。"她转了话题，"回国后怎么向你父亲交代？你破坏了他的计划，他大概要揍你的屁股。"

加达斯言不由衷地辩解："也许他只是不了解实情，我会把第一手资料讲给他。"

海拉不愿伤他的自尊心："可能吧。"

加达斯站起来："我要走了，明天我再来看你，也许我要问你一两个小问题。可以吗？"

"到时候再说吧，再见。"

护士推门进来，佯恼地喊道："你那位漂亮的表弟呢，他还没有约我呢。"

海拉笑道："等明天吧，你真的这么性急吗？"

她们闲聊了一会儿，护士很快发现海拉的心绪不佳，她服侍海拉吃了药，对断臂接合处做了理疗，便悄悄退出去。海拉依在床头上，默默地盯着窗外。这个美国人的到来搅起她的浓浓思绪，即使左臂的疼痛也驱不散它。她想起妈妈苏玛，爸爸保罗，可亲的豪森伯伯。想起山中的岁月，此后的种种波折，也想起辞别人世后的七年……

当然也想起了布莱德，那个向她签发死刑令的残忍的政治家。不过海拉对布莱德并没有多少仇恨，就像一只大象不会认真仇恨一只叮咬它的蚊子。从蚊子的立场看，它的吸血是为了延续自己的生命，是完全正当的嘛。布莱德就是这样一只"正直"的蚊子。

他的儿子倒确实是一个好人。加达斯，一个善良的青年，一个漂亮的可爱的男人。有了加达斯，她觉得该实行自己的计划了，那项已经萦绕心头数年之久的计划。他是宿敌的儿子——这更好，这能让布莱德在10个月后收到一份意想不到的礼物。

"对，该实行了。是吗？我的爸爸和妈妈，你们该要一个孙子了，一个真正的、在女儿腹中生出来的婴儿，而不是克隆人。"这些年，她对亲人的行踪了如指掌，在这个世界上，有钱就能干任何事情。但她从没有也不打算见他们，因为她与他们的世界已经分开了，而且会越来越远。她不知道，只靠感情的锁链能否把两者永远维系住。

"爸爸妈妈，我们的世界已经分开了啊。"她在浓浓的愁绪中入睡。

六

晚饭后加达斯到街上溜达。巴西不愧为咖啡王国，街道上是一家挨着一家的咖啡馆，衣着鲜艳的巴西男人端着很小很精致的瓷杯，一边品尝，一边聊天。加达斯进了一家小咖啡馆，要了一杯香味浓郁的咖啡，把精制的方糖丢进杯子里，听着糖块与瓷杯的撞击声。他想，他该同父亲通话了，不能再拖延逃避了。即使他不说，杜塔克也会把这儿的情形捅回去，那还不如他自己去说。他可以同父亲争辩，可以拿海拉的善举去说服他。

出了咖啡馆，他想去找一个电话亭，忽然有人拍拍他的肩，低声说："跟我来。"随即在前边走了，是杜塔克。加达斯一点也不惊奇，知道杜塔克一定会来问罪的，他也正想对杜塔克好好解释一番。

在前边走的杜塔克一直没有回头，但他好像能看到身后的加达斯。有时拥挤的人群使后边的人落得远了,他立即放慢脚步。他们把霓虹灯和人群留到身后,来到一家灯光昏暗的停车场。杜塔克在停车场的角落里停下脚步,回过头,双目喷着怒火,劈头就说:

"你破坏了我们的计划。"

加达斯走过去,尽力堆出笑容——他确实感到理亏:"杜塔克,那天晚上我一直没等到你的消息,我认为……"

杜塔克忽然扬臂击来,重重地击在加达斯的左颊。他仰面倒在地上,满眼金星,等他从昏晕中醒来,看见那个患白化病的杀手正冷酷地俯视着他:

"你认为?我认为你是个孬种,我认为你父亲是个蠢货,竟然让我们和你配合。你听着小子,这回看在你父亲的面子上我饶了你。下次再来坏我的事,我会割掉你的鸡巴塞到你嘴里。你最好牢记我的话,最好把这些话讲给你的蠢货父亲。"

远处一个警察似乎发现了异常,开始向这边跑过来。杜塔克不慌不忙地直起身,钻到近旁一辆汽车中,唰地开走了。那位警察目送着那辆车远去,犹豫着,没有吹响警笛,他走过来,在加达斯面前蹲下,关切地看着他。这是个中年白人,留着一撇红胡子。"你怎么啦?遇上抢劫了?"他用蹩脚的英语问道。

加达斯用西班牙语回答:"不,碰上一个醉鬼。"他拉着警察的手,努力站起来。这一拳打得很重,左边腮帮和后脑勺钻心地疼,鲜血从牙床上流出来。警察热心地说:"你受的伤很重,附近就有一家牙医,我送你去吧。"

加达斯点点头,在警察的搀扶下离开停车场。路上警察问他,需要报警吗?那人是什么模样?加达斯对这几个问题一律以摇头作答。他们找到那所私家的牙医诊所,警察敲开门。这儿门面很小,只有一张手术椅,穿着睡衣的年轻医生卡洛瓦正在看电视,这时忙换了衣服,认真为加达斯做了检查。

"一颗白齿断了,需要修补。"医生一边在他头上忙活着,一边不住嘴地问,"是遇到劫匪了吧,你是外国人吗?是美国人?凡是美国人我一眼就能看出来。这儿不大安全,晚上出门要小心点。"

加达斯不愿回答,也没法回答,因为医生的钳子一直在他嘴里放着。不过医生看来也并不指望他的回答。30分钟后,他在加达斯的牙床上塞了块药棉,让他紧紧咬住:"好了,两天后再来一次。"

加达斯付了诊费,同牙医告别。小胡子警察还在门口等他:"先生,你真的不用报警?"

"不,用不着,只是一个无事寻衅的醉鬼。谢谢你。"他不知道该不该给这个警察一点小费,很多美国警察会把这看作是侮辱,但也许巴西警察有自己的规矩。他踌躇着,还是往对方手里塞了五美元。小胡子笑着顺手揣进口袋。

七

护士乌西丽亚值班时,发现唐娜小姐显然心神不定。这位唐娜是特殊病人,实行24小时监护,卡利斯托医生甚至命令护士直接到他那儿取药,并且要她亲眼看着唐娜服下才能离开。"她是位重要人物,绝不能让她被人暗害。"

乌西丽亚对这位病人很好奇,病房档案上登记着,唐娜富拉娜,30岁,未婚,没有填通信地址。她长得很漂亮,饱满的胸脯和浑圆的腰背显出女人的丰满和成熟,但当她那双被长睫毛笼罩的眼睛快速扑闪时,那神情只像个十四五岁的少女。

她的那个"表弟"说今天还要来探望的,但直到现在还没有露面,唐娜表情中隐约可见的焦灼肯定与他有关。乌西丽亚偷偷笑了,故意埋怨道:

"唐娜,你那位漂亮的表弟呢?我还在盼着他的约会呢。"

海拉微笑着没有说话。

"有他的电话吗?我去催催他。"

"不,我没有。你不必这么性急的,迟采的果实一定更香甜。"海拉笑着打趣。

到了10点,听见乌西丽亚在病房门口喊道:"比利先生,你可来了。唷,你怎么啦?你的腮帮怎么啦?"

来人语音含糊地说:"没什么,碰上一个醉鬼。"随之他进来了,果然十分狼狈,左脸肿得老高,左眼只剩下一条线,不过他仍尽力维持着绅士般的微笑。他先到窗台把鲜花插好,回头来到海拉面前,海拉平静地打量着他,低声问:

"到底是怎么回事？我要听真话。"

加达斯难为情地低声说："小意思，是那个要谋害你的杜塔克干的。我破坏了他的计划，他很愤怒，但看在我父亲的面子上，只给这么一点薄惩。你不必担心，好歹有我父亲的面子，他们不会再找我的麻烦了。"

海拉知道他说的是实情，这些情况已经有人向她报告了。她示意加达斯走近，摸摸他的左脸："怎么样？"

"断了一颗牙，没关系。你的伤口呢？按一般规律，麻药过后是最疼的时候。"

"不，不是太疼。我想最多五天后就可以拆线。"

海拉皱着眉头，从枕边拿过手机，要通后说了几句，用的是一种非常陌生的语言。等他打完，加达斯好奇地问："你使用的是什么语言？听起来音节很怪。"

"这是一种印第安部族语言，雅诺马米语。等着吧，到不了明天，那位猴子似的特工杜塔克也会断掉几颗牙齿。"

"不要！"加达斯急忙喊道，"我不想报复他。"

"以牙还牙——这正是圣经上的教诲嘛。"

加达斯生气地摇着头。他觉得，在他心中敬如天人的海拉不该使用这种黑手党式的报复办法。"不，你必须收回命令。那是我们之间的事，必要的话，我会以男人的方式去解决。"

海拉看了他很久。"好吧，"她又要通手机，用那种雅诺马米语说了一句，还特意用英语重复一遍："命令取消。"

她扔下手机，含笑望着加达斯清澈的蓝眼睛，一股异样的暖流流过心头。这一生她几乎没有接触过男人——她是说以朋友交往的男人。童年时见过的男人是父亲、伯伯和敌人；来到巴西后，她的事业以惊人的速度获得成功，她也因此被迅速神化，不论男女都用虔诚的目光望着她，愿意执行她的任何命令，甚至为她去死。她常常感到一种高高在上的寂寞，只有加达斯是可以与她平等交往的男人。

她又想到了昨天考虑的计划，现在，她决定把它实施下去。

"好了，不必生气了，我已经按你的意见办了。请坐吧。"她含笑说。

加达斯坐下去，把她的右手合在自己手里，他担心海拉会拒绝，会冷淡地把手抽回去。但海拉没有动，眼中的笑意也一直没有减弱。

"加达斯，听院长嬷嬷说，你那次到孤儿院时想采访我？"

"对。"加达斯十分高兴她主动把话题引过来，便热烈地接下去，"我在美国进行一项社会调查时，意外地发现了几名面貌酷似的黑人女孩……"

海拉立即摇头止住他："你想采访我吗？有一个条件。"

"什么条件？"

"等我出院后陪我到各地去玩——只有我们两人。那时我会回答你的所有问题。"

"真的？"加达斯惊喜异常，这真是意想不到的好消息。短短几天的接触，他已经从心眼里喜欢上这个黑美人，无论是品德、相貌、性情，她都惹人喜爱。她太富有，这是个不利条件，不过，在亿万富婆的玉趾下自卑不是美国青年的脾性。他已决定要实施自己的爱情攻势，当然不可操之过急，得一步一步进行。谁能想到海拉会主动略去了许多中间步骤？他只是有点纳闷，虽然对自己的男性魅力颇有自信，但这样的一见钟情似乎太快了点儿。

他想到父亲和报社为自己定下的日程，决定让这些日程全都见鬼去，只要能得到海拉的爱情，其余的都无足轻重。"我当然答应你的条件，我求之不得。至于采访就推到以后吧。"

此后几天，两人的谈话基本是单向的：海拉提问，加达斯回答。海拉注意地听他讲述美国国内的各个事件，虽然她从因特网和情报网中一直保持着了解，但毕竟身处其间的感受会更真切一些。

在这几天里，加达斯又见过一次院长嬷嬷。嬷嬷仍然不多说话，一句简单的"你好"后便起身告辞。他还撞见过一名男子，显然是印第安人，加达斯进屋时，他恭敬地垂手立在海拉的床边。加达斯想同他打招呼，但那人只看看他，一言不发地离开病房，而海拉也丝毫不打算为他们做介绍。加达斯想，很可能，这人就是原定要去把杜塔克的牙床敲断的人吧，看他的胸肌和三角肌，完成这个任务肯定不会困难，不过他没有多问。

海拉左臂的伤口已经拆线，她的复原确实异常快速。"完全复原了，不到七天的时间！"加达斯吃惊地说。海拉笑着说："对，完全复原了，我会印第安人的巫术嘛。明天出院。"

她说，两人之旅从明天正式开始。加达斯狂喜地把海拉拥入怀中："我要乐疯了！所以这会儿即使干点鲁莽的事，你也不要责备我。"他笑着宣布，"我要吻吻你！"

海拉笑而不言，顺从地闭上眼睛。加达斯吻着那双火热的厚嘴唇，心头闪过一点随意的想法：海拉不像是在同恋人接吻，倒像是一种施舍，是教皇为信徒赐福。乌西丽亚进屋正好撞见这一幕，立即用手捂住眼睛。"天哪，"她痛苦地喊道，"唐娜，你把我的情人给抢走了！"

三个人都大笑起来。

第二天，加达斯在圣保罗饭店结了账，乘出租车赶到医院。昨天他硬着头皮给爸爸打了电话，反复讲了自己阻止这场谋杀的理由，也讲了这几天的情况，不过隐瞒了自己挨打和杜塔克咒骂"蠢货父亲"那些话。"爸爸，希望你不要对杜塔克偏听偏信。至少到目前为止，我没发现这个癌人的任何恶行，相反，她在孤儿院的善举是圣母才能做出来的。也许我那天的决定太草率，但是，如果听任她被杀死，我会终生良心不安的！"

很奇怪，父亲并没有生气，至少没有形之于色，他只是平淡地说了一句："我知道了。以后你怎么安排？"

"我还要完成自己的调查。海拉已经答应我采访她，我们要一块儿出门玩几天。"

他多少有些难为情，父亲一定会说：瞧，难怪他阻止杜塔克，原来他已经坠入情网了。不过父亲仍是平淡地说："很好，不要忘了你的责任。"便挂了电话。

昨天，加达斯到那个牙医诊所进行最后一次治疗。"好了，我为你种了一颗新牙。"快活饶舌的牙医说，"我保证以后你仍能咬烂牛的大腿骨。"加达斯道了谢，付清了诊费。

他坐上出租车赶到圣约翰医院门口，听见那儿有一辆车不停地揿着喇叭，是海拉。她斜倚在降下的车窗上，穿一件色彩俗丽的廉价厚连衣裙，头发乱蓬蓬地扎在脑后，活脱是一个偏僻农村的黑人姑娘。"怎么样，我这身打扮？"她笑着问。

"很好，"加达斯说，"看着这身打扮，我会觉得更容易把你骗到手。"

海拉咯咯地笑，笑得真像一个15岁的乡野少女："那就尽情施展你的手段吧。"

她开着一辆黑色的凯迪拉克，外观比较破旧，但内部很漂亮，澳大利亚小牛皮精制的座椅，可以自动按摩；富丽堂皇的仪表板，卫星天线；座椅后有一台台式电脑和激光打印机等辅件，一张折起来的双人床，床边塞着一顶硕大的帐篷。此后的行程中，加达斯知道了这辆车上还设置有自动驾驶系统，即使在陡峭的山路上行驶，他们也敢放心地拥抱亲吻。

牧羊犬玛亚安静地卧在后排的长椅上，加达斯坐进来时，它只随便吠了一声，算作招呼，它已经把这个男人看作可以不拘礼节的朋友了。"启程吧，第一站到哪儿？"海拉问。

"你是主人，听你的。"

"不，你是尊贵的客人，我要你来决定。"她在车前的液晶屏幕上调出一张巴西地图，"说吧，到哪儿？"

加达斯笑着随便点了一个地方，海拉皱着眉头说："去这儿？这儿是巴西的半荒漠地区，只有卵石和低矮的灌木——不过听你的，至少我们可以看看那儿的纺锤树。"她盘算了一下，"还是先从巴西的东海岸开始吧，从那儿一路转过去。"

她踩足油门，汽车以惊人的速度驶上公路。

八

加达斯没料到这趟两人之旅整整延续了25天。他们最先向圣保罗西南方向开去，到了库里提巴附近的石头城，这儿是海拔800米的高原，矗立着挺拔秀丽的石林，到处是千姿百态的奇石，有的如卧地小憩的骆驼，有的如踽踽独行的乌龟，有的像仰天怒吼的狮子。两人一路漫行，欣赏着大自然的鬼斧神工。

然后他们折身向北，到了里约热内卢的科帕卡巴纳海滩。沿着宽广的大西洋大道，汽车拥挤得像密密麻麻的甲虫，弧形的白沙滩上游人如蚁，五颜六色的遮阳篷像雨后的蘑菇。两人在这儿玩了两天，开始时加达斯还担心着海拉的伤臂，但看来她确实痊愈了。她在海水中劈波斩浪，游得十分尽兴，时时兴奋地高声嚷着。加达斯在游泳上不是一个庸手，但在海拉面前只能甘拜下风。

晚上他们宿在驼背山。这儿古木参天，葱郁葳蕤，山腰缠绕着淡淡的雨雾，往远处看，马尔山脉的诸峰绵亘而去，近山滴翠，远山含黛。山顶有双手平伸的耶稣巨像。两人顺着耶稣"腹"内的220级台阶攀上去，用耶稣的"眼睛"观看了辉煌壮丽的大西洋日出，当金色的朝阳慢慢浮出深蓝色的海水时，似乎能听到水火相接的嗞嗞声。"美极了！真是美极了！"海拉高兴得像个15岁的姑娘。

后来他们到了巴西的"瑟讨"（半荒漠地区），21世纪之风还未吹到这里，荆棘和仙人掌绵亘千里。名叫热辣吉斯的毒蛇在卵石之间穿行，在正午的阳光下吐着蛇信。蜥蜴则像是远古恐龙的孑遗，在石头上昂着头，瞪着凝固无神的眼睛。偶尔有一株形状奇特的纺锤树独立于千里旷野。晚上，两人在汽车顶上相拥而坐，兴致勃勃地观看高悬于旷野之上的明月。

现在，他们已经到了位于巴西、巴拉圭和阿根廷交界处的伊瓜苏瀑布。一条五千米宽的白浪汹涌而来，跌入80米下的水潭，声震百里，悬挂的白练分成200多绺细流，就像非洲少女的辫子。水汽氤氲，笼罩着周围的山石和松树，在空中扯出一条神妙的彩虹，雄伟大气，又透出千娇百媚。正是十月金秋，游人如蚁，有不少团体游客，但更多的是成双结队的情侣，他们穿着各色各样的服饰，用各种语言喧哗着。

加达斯和海拉站在离瀑布最近的悬崖上，飞沫打湿了衣裳。玛亚对着飞流吠叫着，吠声中带着喜悦。加达斯立在海拉身后，用双手围住她的前胸，她坚挺的乳房和饱满的臀部刺激着他的情欲，使他的下身变得坚硬灼热。在这趟两人之旅开始时,加达斯难以克服自己的敬畏感——那是缘于海拉身世的神秘、品德的高洁、性格的深沉,或许多少也缘于海拉的豪富。但这20天来,海拉已经从光环中走出来,变成一个有血有肉的、快乐的20岁的女孩。不过,当她用狡黠的目光斜睨他时,加达斯觉得,在她的内心中仍有一片未开放的区域。

加达斯当然没忘记自己来巴西的原始目的,玩乐中他也向海拉询问过婴儿的来源。但海拉用一种很有效的方法把回答的日期推迟了:"等一等,分手时我会全部告诉你的。"——既然如此,加达斯当然不急于得到答案了。

他也感到庆幸,杜塔克一伙人没有跟踪而来,使这次浪漫之旅抹上阴影。有一次他偶然向海拉提起自己的担心,海拉平静地说:"不必担心,他们不敢跟来的,这群臭虫。"

她的自信使加达斯心中忐忑。为什么?莫非她用"某种方法"对那群臭虫进行了有效的劝告?加达斯不想追问下去,他强迫自己把这些隐忧忘掉。

现在,在震耳欲聋的水声中,在蒙蒙水气和飞沫中,加达斯忘掉了一切繁杂思绪,一切不属于爱情的东西。他伏在海拉耳边大声说:"海拉,我想要你!"

海拉扭头给他一个灿烂的微笑:"晚上!"

两人纵情地大笑着,玛亚也回头高兴地吠起来。

晚上他们找了一片幽静的雪松林。这儿离瀑布已经很远了,但夜深人静时,仍能隐约听到低沉的水声。他们搭好了圆形尖顶的帐篷,它十分类似印第安人的茅舍。这儿远离城市的喧嚣、城市的灯光,明月仍以它远古的银辉洒向树梢,山风送来飒飒的松涛和鸟儿的鸣啭声。

两人在月光下坐了很久,觉得心境空明恬静。玛亚静卧在他们身旁,有时伸出舌头舔舔海拉或加达斯,有时因林中的声响突然竖起耳朵。深夜两人回帐篷时,海拉没让玛亚进来,而是把它拴在帐篷外面的铁桩上。玛亚从没受到过这样的待遇,不满地低声吠叫着,不过并没有认真发怒,摆出一副不屑争辩的神情。

夜深了，两人搂抱着……很快沉入深深的睡眠。两人的梦境缠绕在一起。海拉梦见的是山中的生活：她和玛亚比赛游泳、小紫蛇、器官贩子埃德蒙的毒眼、汽车爆炸、亚马孙的丛林。加达斯则始终被一个奇怪的梦境所困扰。他梦见海拉变成了一个很小很小的女人——小得能躲在一个细胞中，细胞无休止地分裂，而海拉每次都分成两半，重新躲入新的细胞中。加达斯焦灼地看着这个过程，因为不知为什么他确信，这个分裂再持续下去时，海拉就会在分裂中失去自己本来的面目。他一遍一遍地呼喊着，海拉终于醒过来了，赤身裸体地奔向他。他的心境一下了轻松了，然后是极度的快感。

海拉轻轻地抚摸他的脸，他醒了——真的是海拉在抚摸他。一个赤身裸体的海拉。她挑逗地看着他："我想再来一次，现在可以了吧。"

加达斯笑着把她拉到自己的身上，把刚才的梦境抛到一边。海拉大笑着在他的身上晃动，黑色长发在脑后飘荡。

深蓝色的星空上嵌着南天的星座：印第安星座，显微镜星座，南冕星座，等等。两人坐在帐篷外，紧紧搂抱着，仰望着苍穹。忽然加达斯发现玛亚不见了，帐篷的铁桩上扔着一根尼龙绳，上边还有一个完好的绳圈。海拉说不要紧，它不会丢失的，然后高喊了几声：玛亚！玛亚！

玛亚很快在松林后露面了，不过不是它一个，后边跟着一条高大的褐色粗毛猎犬。两只狗你跑我追、我跑你追地兜着圈子，等到走入主人的视野之后，玛亚不再往前了，回头继续刚才的游戏。这个求爱过程持续了很长时间，最后玛亚终于安静下来，让那只公狗骑上它的后背。几分钟后，两只狗用友好的吠声告别，玛亚小步跑过来，倚在海拉脚边。那只粗毛猎犬则向来路跑去，还时时停下来，昂首向这边张望着。

海拉抚摸着玛亚的背毛说："它又要做母亲了。它已经生育了六窝，都送给邻近的印第安人了。"

加达斯敏锐地问："你平时住在印第安人聚居区？"

海拉看看他，没有否认，但也没有回答。"我希望自己也能做母亲。"她幽幽地说。

豹人

加达斯又触摸到她心中又细又长的坚韧的恐惧，急忙笑道："你当然能做母亲！现在我可以提出求婚了吧。"

海拉摇头止住了他的话，现在，她的神态又恢复了在医院所见到的样子：高贵雍容，冷静地俯视着世人。她平静地说：

"不必说了，加达斯。我希望自己能怀上孕，如果幸而如此，我会再来找你，会把自己的全部生活向你敞开。如果……那我就不会来找你了，希望你把我彻底忘掉。"

加达斯被不祥笼罩，气急败坏地喊："你当然有能力怀孕——即使不能怀孕又有什么关系？在你这儿领养婴儿的人们，其中很多是不能怀孕的，但这并不妨碍他们的生活。你为什么这样看重……"

他无法说下去了。看到海拉冷静的笑意，知道她决不会因自己的劝说而改变主意。而且——他也知道海拉为什么会如此。缺乏生育能力，这对西方人算不了什么，但对那些视生育为神圣天职的墨西哥人、中国人和阿拉伯人来说，不能生育的女人从心理上说是不完整的。对于海拉，对于这个从单细胞催化出来的生命来说，能否具有人的这种"自然属性"，更有生死攸关的意义。

海拉已经站起来："走吧，再回帐篷里睡一会儿，吃过早饭我们仍到瀑布区去游玩。我准备在这里待上七天，我想让，"她笑着说，"你的种子牢牢地种下去。"

七天中他们狂热地做爱，每晚都不间断。对于加达斯来说，不祥的预感一直萦绕心头。他觉得这种快乐是有限的，有一天他会永远失去它，因此他要抓紧时间享受。他十分担心，也许这次分别后，海拉会一去不回，永远消失在世界的某个僻远的角落，甚至告别人世。但他不再劝说，他深知自己的分量不足以改变海拉的信念。现在，她已经不是快乐顽皮的20岁少女，而是一个30岁的成熟的女神。她宽容地接受了一个浅薄青年的爱情，同时又永远关闭着心扉。

这些晚上玛亚没有留在主人身边，它也在寻找自己的快乐，或者说是去完成自己的天职，直到天亮时才快活地返回帐篷。七天到了，这天夜里，在最后一次也是最销魂的一次做爱后，海拉坐起身，平静地说：

"加达斯，互道再见吧。你开着这辆车返回圣保罗，在那儿候我一段时间，最多一个月。我有一些积累的事务要处理。等确信自己怀孕，我会去找你的。"

加达斯感伤地看着她，想把这幅相貌永远铭刻在心里。"好的，我尊重你的意见。"

海拉开始穿衣服："对不起，我还没有回答你的问题——不过算不上失信，只是把这个日期推迟了。"

"对，我不着急。我会耐心等到重逢的那一天。"他想最后劝说一次，"海拉，很多女人并不是一次就能怀孕的，如果……最好再给我们一次机会。"

海拉快活地打断他："不要再说了，再见。你开车走吧，有人会来接我。"

"不，我要把你先送走，这是做丈夫的起码的风度嘛。"

海拉显然不大愿意他留在这儿，但不愿让加达斯扫兴，便多少有些勉强地答应了。她用通话器呼叫了几声，半个小时后，一架黑色的小型飞机幽灵般地出现。这是一种垂直升降飞机，但并不是海鸥或雅克，很可能是世人所不知的一种机型。机身呈隐形飞机的尖棱尖角的形状，覆盖着黑色的带微孔材料，前掠翼，两个尖削的呈八字形的尾翼。飞机轻巧地落在帐篷前，驾驶员透过舷窗默不作声地看着他们。加达斯认出来了，他是在医院中邂逅过的那位印第安男人。

舱门轻巧地滑开，玛亚不等人吩咐，先一步跳上去，大模大样地坐在后排座椅上。海拉同加达斯拥抱着——加达斯悲哀地想，她的吻别太冷静了——吻吻他的眼睛：

"再见。有关这架飞机的情况请保密，美国中情局和巴西警方一直在找它呢。我相信你知道该怎么做。"

"我知道。"他嘶哑地说，再次深深吻着海拉："再见。"

舱门滑上了，飞机迅速爬升，掠过松林，很快融化在晨色中。加达斯收拾了帐篷，扔在汽车的后座椅上，怏怏地坐上车。开车时，他总忍不住从后视镜中看看这顶帐篷，悲伤之潮在心中盘旋不落。

在那顶帐篷中，曾容纳了两人七天七夜的爱情啊。

第九章　人造子宫

一

苏玛把汽车停在爸爸的庭院里，女仆维姬打开车门，帮助三岁的小丹尼爬出来。约翰已经在门口等候，丹尼像只小鸭子似的跑过去，叫着："外公，外公。"

苏玛几乎每个月都要回到蒂尼克姆岛一次，爸爸退休后的生活非常孤单，她愿意多陪陪爸爸。小丹尼和外公非常亲近，可以看出，每次女儿和外孙的回家是老约翰的一大乐事。

约翰的头发已经全白，浓眉下的鹰目失去了往日的锐利，但棱角分明的方下巴仍显出当年的风采。有时苏玛不带感情色彩地想，也许，直到现在，海拉事件还在影响着周围每个人的生活。爸爸刚过65岁就退休了，不能说这和海拉行动的失败无关；保罗没能回到他的专业，灵长目研究所的斯蒂芬老师倒是诚心邀他回去，但保罗知道自己已经被同行们从精神上开除了，便婉言谢绝了老师的好意。现在他在PPG公司技术部门工作，研究药品对人体的长期影响。他干得不错，但和当年的发扬蹈厉显然不可同日而语；她自己呢，她接受了父亲赠予的公司股份，但从不参加董事会。她找到了自己的工作，现在是成功的因特网推销商。这一切变化都是很自然的，但苏玛知道，在其深层的因果关系中，始终藏有海拉的影子。

老约翰抱起外孙，丹尼趴在他脸上亲亲，嚷着要去外边玩蹦床。他们来到院中，约翰和苏玛守在蹦床两边，小家伙高高兴兴地跳起来，技术已经相当熟练了，一边跳一边喊："妈妈，你也上来！外公，你也上来！"

"你自己蹦吧，外公可跳不动了。"

丹尼跳得很好，不需要认真守护了。苏玛走到蹦床对边，站在爸爸旁边，迟疑地说："爸爸，我看见了海拉……"她苦笑道，"我怎么老是失口，我是说，我见到了一个与海拉酷似的黑人女孩。"

约翰立即转过头："在哪儿见的？"

"在纽约123街，是保罗看见的，当时她……"苏玛不情愿地说："在街头拉客。她吸毒。"

约翰很久没有作声。"孩子，我已经退休了，退休后心境有了很奇怪的变化。虽然直到现在，我也不认为当时的癌人计划是错误的；但我也感到奇怪，当时为什么那样冲动，为什么没有多考虑它可能带来的阴暗面。"他干笑着，"尽管我不愿意承认，但8000亿美元的诱惑肯定干扰了我的判断力。不过现在我已经变了，不是说变成反对派，但至少丧失了勇往直前的气概。孩子，"他加重语气说，"不是我干的，这第二个癌人——如果确实是癌人的话——不是PPG公司干的。"

苏玛笑了："你说哪儿去了，我根本没怀疑到这一点。保罗曾把那个女孩领到饭店，同她谈得很融洽，要帮她戒毒，帮她追查自己的出身。她非常感激地答应了。可惜，等我连夜赶到时，那个女孩竟然逃走了！我们在纽约找了很久，也没见到她的踪迹。"

约翰看出女儿的苦涩，没有再问下去。丹尼忽然一声惊叫，脸朝下摔下来，苏玛忙跳上蹦床，但没等她走近，假装跌倒的丹尼已经咯咯笑着跳了起来。

午饭后，丹尼睡着了，苏玛向爸爸讲了此事的详细经过。"是海拉干的？"约翰问，他也早就知道海拉没有死。"是海拉克隆了自己？"

"有这个可能，不过我不敢相信。我愿意相信她能活到现在，但她赤手空拳怎么能做到这一点？"

电话响了，屏幕上出现了保罗的黑面孔："苏玛，我猜你就在你父亲家里，豪森在我这儿，他带来一条重要消息。"

豪森出现在屏幕上："苏玛，我见到了和海拉酷似的一个女孩，从外表看大约十四五岁。不，不是你们见过的杰西卡，是另一个。我们马上赶到你那儿再详谈。"

他和保罗似乎都面有忧色，苏玛猜想他们肯定还披着一些坏消息。20分钟后两人赶到了。豪森跳下车，由衷地称赞道：

"苏玛，你还是像当年那样漂亮。你好，罗伯逊先生。你好，小丹尼。"他朝远处的丹尼喊道。

丹尼睡眼惺忪地站在卧室门口，他看见保罗，急忙跑过来。保罗抱上他，几个人来到院里。约翰请他们在喷水池边的凉椅上坐好，唤维姬送上黑咖啡，说："你们谈吧，我回屋去。"

保罗忙止住他："你不必离开，我们希望你也参加谈话。"约翰又坐下来，豪森没有耽搁，开始了正题：

"我在巴尔的摩肿瘤医院偶然碰上一个女孩，叫艾萨，我当时惊呆了！她和海拉太像了。"

苏玛的脸白了："肿瘤医院？"

豪森避开了她的目光："对，是肿瘤医院，几天后她就去世了，身上长满了无名癌肿，就像梅花鹿身上的斑点。"

谈话变得很沉重，四个人都不说话，他们的忧虑是一样的——担心海拉遭到同样的命运。豪森清清嗓子说："也有一条好消息，她的父母很爽快地说出了女孩的来历：是从国外走私来的，中间人是纽约哈莱姆区一个叫独眼埃德的黑人。没有此人的详细地址，但他们说这人应该很容易打听到。"

苏玛抬起头："那咱们明天就去？"

"好的，我们三人都去，希望能从这人身上追查到一些海拉的消息。罗伯逊先生，有什么消息我们会及时向你通报。"

寻找独眼埃德很顺利。第二天中午，三人和埃德坐在一家意大利餐馆里，吃着意大利小牛肉和通心粉，喝着威士忌。埃德痛痛快快地、一点也不打顿地倒出了他知道的所有情况，反正在这之前他已经给加达斯倒过一次啦：50岁左右的外国女人，西班牙口音，混血儿，500美元的补贴……这些情报对三人没有太大的用处，最后埃德说：

"就这些了，一点也没有了。两个月前，一个叫加达斯·比利的记者领着一个叫杰西卡的女孩来我这里，问了同样的问题。"

"杰西卡？"苏玛惊喜地问，她原想问完艾萨的情况后再提杰西卡。"你认识杰西卡?"

"没错。谈话时她的毒瘾发作了,还是我,"他压低声音嬉皮笑脸地说,"救了她的急呢。"

"她住在哪里?"

"肯定在纽约,应该离这儿不远,但我不知道她究竟在哪儿。而且,现在她不会在家的,我听那位比利先生说,要送她到中国云南去戒毒,因为那儿的费用比较低。对了,他说他曾到中国的戒毒所采访过,写过一篇报道。"

保罗高兴地说:"一定是我看到过的那篇报道。谢谢你,埃德。"他留下自己的名片和50美元,"如果还想起什么,请尽快通知我。"

"乐意效劳。加达斯也是这样交代的。"埃德咧着嘴说。

三个人随即到附近的一家网吧,通过网络,很快查到两个月前华盛顿邮报那篇报道,作者是加达斯·比利,他所报道的戒毒所在中国云南景洪。接下来,查找戒毒所的电话比较费周折,不过一个小时后电话也挂通了。屏幕上是一个40岁左右的中国女医生,她用十分流利的美式英语回答了这边的问题:

"对,两个月前,我们收治了从美国来的杰西卡·穆尔科克。她吸毒的时间不长,毒瘾不算太深,而且本人也很努力,现在已经基本脱瘾了。当然还不能说完全戒断,至少还要两个月的巩固治疗。"

"她身体好吗?比如说……身上没长硬块吧。"

"什么硬块?"女医生不解地问,"你是指癌肿?没有。入院时我们为她进行过全面体检。"

苏玛松口气:"能让她接个电话吗?"

"请问你们……"

保罗不想多费口舌——即使多费口舌也无法讲清几个人的关系,因为英语和汉语都还没有创造出适用于克隆人亲属关系的词汇。他简捷地说:"我们是杰西卡失散多年的生父母,请唤她来吧。"

女医生露出怀疑神色:不错,这个黑人男子同杰西卡确实相似,但那位唇红齿白的白人女子会是杰西卡的生母？她很有礼貌地藏起这些怀疑，说："好吧。"

保罗和豪森把苏玛推到摄像镜头前，他们能感受到苏玛的焦灼。屏幕空白了足足有20分钟，可能病人到这儿比较远，也可能病人走出隔离区需要某种手续。熬过漫长的等待后，屏幕上忽然出现了海拉的面孔！那女孩瞪大眼睛看着这边，失声叫道：

"妈妈！"

这个突兀的称呼把苏玛的心震碎了，泪水唰地流下来。杰西卡在喊了这一声后也是哽咽无语，两人隔着半个地球泪眼相望。杰西卡气色很好，目光清澈纯真，远不是当年在街头拉客的吸毒女了。很久，苏玛才从悲喜中走出来，笑道：

"杰西卡，我可能算不上你的生母，保罗更算不上你的生父。我不知该怎样向你解释……"

"我知道，但我还是想喊你妈妈。可以吗？"

"当然，我很乐意有你这个女儿。听说加达斯先生在追查你的来历，有消息了吗？"

"他一个月前来过电话，说他正在采访巴西的圣贞女孤儿院，还说追查有了很大进展。但他没有详细讲，以后也再没来过电话。"

"圣贞女孤儿院？"

"对，在圣保罗市附近。听说那儿向各国送出了很多孤儿，其中就有和我……同样出身的人。"

保罗接过话筒："孩子，安心在那儿戒毒，我和苏玛也会帮你追查。如果有了结果，而且你能够出院的话，我们会带你到巴西，去看看……那位海拉。"

杰西卡的泪水又流出来："谢谢爸爸，谢谢妈妈，我一定彻底戒断毒瘾。"

已经是傍晚了，三人开上车，在附近找到一家旅馆，开了三个单人房间。晚饭后他们聚在苏玛房间里讨论着今后的安排。

"你们不要拒绝我，"豪森说，"我也要一块去巴西。我已经不开侦探事务所，妻子又过世了，正好有时间干一点我想干的事情。而且，我的侦探经历肯定对调查有用处。"

保罗看看苏玛："好吧，三人同行。"

豪森沉思着问："那位叫加达斯的年轻人从哪儿挖出了走私婴儿的源头？他有什么高层关系吗？加达斯·比利，我记得那位参与危害海拉的参议员布莱德·比利有一个儿子，那时还在夏威夷大学上学。"他摇摇头，"或许我记错了。噢，等一等。"

他掏出自己的电子备忘簿，找出几个地址，匆匆打了几个电话。"我的直觉是对的，"打完电话他苦笑道，"不是巧合。布莱德参议员的儿子正是加达斯，在华盛顿邮报当记者，目前正在巴西执行一次采访任务。听说好长时间他未同报社联系，而他父亲对失去消息的儿子似乎一点也不担心。还有，你们还记得我那位军中同伴吧，那个专为政治家们处理麻烦事的、杀害海拉的刽子手？"保罗和苏玛都点点头，"他不在国内，正好也在巴西！我的直觉又不安分了，它告诉我巴西正在发生某种事情。"

苏玛的脸色又变白了："你是说，布莱德早就得到了有关海拉的消息？"

"这不奇怪，他身处高位，肯定比我们消息灵通。"

"那么加达斯……很可能负有某种秘密使命？"

"完全可能。"

三人的心头都很沉重。他们又像是回到了八年前，三辆FBI的监听车在别墅外转悠，杀手杜塔克潜入室内，海拉在逃跑途中同父母吻别……看来，新一轮的追捕又开始了，但愿仁慈的上帝再次眷顾我们的海拉！保罗断然说：

"这么说，我们更需要去了。明天回家分别做一些准备，后天就出发，我去订机票。"

三人又商量了一些细节，豪森站起来说："时候不早了，我要回去休息了。"他用异样的目光看看保罗和苏玛，保罗同时起身告辞，回到自己的房间。

苏玛洗了热水澡，躺在床上，发现自己根本无法入睡。海拉，圣保罗的孤儿院……她忽然想起，八年前，当她刚刚得知海拉安然无恙的那天晚上，她曾梦见海拉在亚马孙密林中，成了一个乳房饱满的女头人，是牧羊犬玛亚领自己去的。而现在，各种迹象显示她确实可能住在巴西。也许母女之间真有心灵感应？

"海拉，我的海拉。这会儿你在哪里？你是在用这些克隆女孩向我传达你的信息？"她痛苦地回想起那个梦的结尾：她没能与海拉在一起，没能把她抱在怀里，触摸到那具熟悉的身体。最后海拉和她的部族消失在密林中了。如果梦境的前半部分变成了真实，那么后半部分呢？

那个梦境在眼前流动，而且越来越真切可见。她还记得，那次梦醒后她想唤身边的保罗，才想起保罗已经不能同她同床而眠——他在妻子维多利亚那里。在阿巴拉契山中的三年里，他们过着没有性生活的"夫妻"生活，现在她奇怪当时怎么能够熬过来。

她体内泛起一波又一波强劲的欲望，也许是心灵上的感应，电话铃恰在这时响了，而且在拿起话筒前，她已经知道这是保罗打来的。听得出，保罗说话时努力抑制着自己的激情：

"苏玛，睡不着，我想到你那儿去，可以吗？"

她欣慰地说："来吧，我一直在等你呢。"

几秒钟后，保罗轻轻扭开门锁走进来。苏玛迎过去，敞开两人的睡衣，把两具赤裸灼热的身体贴在一块儿。

他们暂时抛开心中的忧虑，度过了缱绻的一夜。第二天凌晨他们几乎同时醒了，保罗吻吻她，把头埋在她的胸前。苏玛轻声问：

"这是咱们的第一次，也是最后一次，对吗？"

保罗从她的双峰夹峙中抬起头："对，只用这一次就能补偿一切了。我会永远记住这一天。"

苏玛把他搂到胸前，"我也会记住这一天的。"她忽然泪流满面。"没什么，"她勉强笑着向保罗解释道，"我只是想起那晚，海拉把你的睡具搬到我的床上……"

海拉啊。

二

加达斯这些天是在亢奋的等待中度过的，父亲的嘱托和报社的任务都成了比较遥远的事。他现在唯一关心的，是海拉从某个秘密营地向他发出的召唤。海拉真是个行事怪僻的女子——她把爱情的成败建立在"能否怀孕"上！不过，加达斯能理解此中的苦涩和恐惧。

已经20天了，仍然没有她的消息，加达斯真正是急不可待了。这天，他在焦躁无奈中来到圣保罗东方街去消磨时间。这儿仍是青石板铺就的路面，两边的店铺招牌上是中国、朝鲜和日本的方块文字，东方式的假山和盆景触目可见。他驾着海拉留下的凯迪拉克在车辆拥挤的大街上穿行，忽然车内电话响了，是院长嬷嬷亲切的笑脸：

"比利先生，请即刻到孤儿院来，可以吗？"

"当然！我马上去。"加达斯惊喜地喊着，拨转车头。院长嬷嬷笑着点点头，在屏幕上慢慢隐去。

按照上次若昂走过的路线，加达斯急如星火地赶路。路上，他的心一直在车厢外面扑腾。海拉再不会从他身边消失了。她既然来了电话，说明她肯定怀孕了，已经怀上了自己的孩子。而在此前，他非常担心那个黑天使会扑着翅膀，在丛林中一去不回。

四个小时后，他匆匆赶到孤儿院，冲进院长办公室："嬷嬷，海拉呢？她在哪里？"

院长微笑着迎过来："跟我来，有人会带你去。"

她领着加达斯走到一个房间，扭开门锁，侧身道："请进。"门在加达斯身后轻轻关上了，屋内并没有海拉，只有一个印第安男人。屋内有长沙发，有硬木座椅，但此人一直肃然立在屋子中央。加达斯认出他就是那架隐形飞机的驾驶员，留着普通的短发，穿着普通的衬衫和短裤，黑发，古铜色的皮肤。他开口说话了，说的是英语，但速度很慢，似乎这些单词是从记忆中一个个筛选出来的：

"我带你去，请脱下全部衣服。"

豹人

加达斯顺从地照办。现在，他赤身裸体地站在那儿，印第安人走过来，不客气地在他身上检查一遍：腋窝、裆部和口腔，然后送来一套柔软的衣服。加达斯穿好后，他又拿过来一片蓝色的药片：

"请服下这片安眠药，你只能在熟睡中进入那里。"

加达斯开始冒火了，那个看似木讷的印第安人机灵地看出这一点，随即加了一句解释："你是第一个进入那儿的外人。"

这句话满足了加达斯的自尊心，他笑了，顺从地服下药品，在印第安人的导引下躺到长沙发上。药效很快达到他的大脑，眼前的一切逐渐沉入黑幕中。他只记得一件事，海拉在一个绝密之地等他，他的海拉怀孕成功了。

有人用陌生的语言简短地发着命令，他被抬起来，放到什么东西上。轻微的轰鸣和震动……他完全失去了知觉。

他悠悠醒来。

现在他躺在一张简朴的木床上，窗外是雪亮的灯光，而灯光后是黑暗的天幕。已经到了深夜？不过他马上悟到，很可能这是在地下，他所看到的黑暗天幕只是洞穴中的黑暗。

有女声轻声问："你醒了？"仍是那种音节非常缓慢的英语，听起来非常甜美。加达斯从远处收回目光，看到一个灿烂的笑脸，这是个十五六岁的姑娘，全身赤裸，乳胸高耸，黑发梳成小辫散在脑后，古铜色的皮肤，只在腿裆处垂着一绺用乌鲁鲁草织成的红色流苏，笑容天真无邪。加达斯很快意识到，面前是一个半开化的印第安部族姑娘，而不是红灯区的卖春女郎。

姑娘轻轻拉住他的手："来吧，海拉说，等你一醒就把你带去。"

海拉！她也知道这个绝密的名字，这意味着这儿是海拉王国的核心地区。他高兴地跟在姑娘身后，用丝毫不带肉欲的眼光欣赏着她健美的身体和轻盈的步态。他们走过一长段无人的甬道，姑娘推开一道门，用手势请他进去。

加达斯第一眼就看到了那个驾驶员，他已恢复了本部族的装束，也就是说全身赤裸，下身处缀着一块流苏，身上涂着红黑两色的油彩，肌肉凸起，古铜色的皮肤闪着油光，胳臂上拴着一撮五颜六色的羽毛。

他正毕恭毕敬地同一个女人谈话，当然是海拉。海拉也是同样打扮，只是在乳胸前多缀了两块红色流苏。印第安人看到加达斯进来，立即结束谈话，默不作声地退出去。

加达斯愣了片刻，几乎感到胆怯。现在他面前的是一个最"原始"的海拉，但是不知为什么，这具黑得发亮的胴体——他那么熟悉的胴体——似乎笼罩着一圈光环，显得雍容、神秘和圣洁。海拉微笑着，目光十分温暖：

"加达斯，我这身时装怎么样？"她平和地开着玩笑，"我十分喜欢瓜哈里博斯人，他们真诚，没有矫饰，没有罪恶感。所以在这儿，在整个地下世界都实行瓜哈里博斯人的风俗。不光是这种时装，连这里的语言也是在他们的语言基础上设计的，我们称为新雅诺马米语。"

"你这身时装漂亮极了，可是海拉，你……"

海拉执着他的双手："你肯定猜到了这个好消息——我怀孕了！"

她真的怀孕了。如果此时仍是在伊瓜苏瀑布附近的雪松林中，加达斯一定会跳起来，把海拉拥到怀里狂吻，然后一点也不耽搁地向她求婚，这是一路上在他的脑海里多次预演的场景。但这时他只是迟迟疑疑地说：

"是吗？真是好消息。"

海拉责怪地说："你是怎么啦？为什么不高兴？这当然是好消息，尤其是对于我。直到现在，我才确信自己有人的自然属性，而不是一个逼真的赝品。我有了爱情，有了性欲，还能用自然方法生育。加达斯，这些都是你给我的，我对此感激不尽。可是，你为什么不大高兴？"

加达斯叹口气："我怎么能不高兴呢。你怀孕了，我也可以向你求婚了，我简直要乐疯了。可是……我也不知道为什么，好像置身于这里之后，你身上就笼罩着一种威严、一种王者之气。你是这个地下世界的女王，而我只是一个地位卑微的情人。我要仰着脸看你。"

海拉快乐地纵声大笑："纯粹是胡说！胡说！这里没有王朝，也没有女王，只有一个喜不自禁的小母亲。"

她攀住加达斯的脖颈，吻吻他的嘴唇——加达斯揶揄地想，他并没有说错；就连这个热吻也像是女王对情人的施舍。他的双手捉到了那双撞人的乳房，心旌一阵摇曳，浑身燥热，真想马上把海拉抱到床上。但海拉已从他的怀中脱开：

"吃饭吧，饭后我领你去参观我的地下世界。我曾许诺过，把我的生活向你全部敞开。"

<h2 style="text-align:center">三</h2>

加达斯没有料到地下世界如此壮观，如此神奇。穹隆状的岩洞一个接着一个，每个穹隆的规模都不亚于悉尼歌剧院或罗马大剧场，穹顶很高，连建筑区雪亮的灯光也不足以照明它们，下面是像贝壳一样精致光滑的建筑。房屋的外观有龟壳形、贻贝形、海葵形……它们绵亘不绝，组成一条流荡不定的音乐之河。更令人惊叹的是，每一处墙壁和地板都像贝壳一样毫无瑕疵，闪着迷人的光泽。"我们使用的是新型的生物建筑材料，"海拉轻描淡写地说，"愿意和我合作吗？我会让你成为世界最大的建筑商。"她笑着说。

"谢谢。不过我不想接受女王的恩赐。"加达斯淡淡地说。海拉听出他的不满，抬头看看他，笑着挽上他的胳膊。

形状别致的建筑一幢连一幢，几乎没有尽头。这里很安静，只有磁流体发电机轻微的嗡嗡声。"我们利用岩浆能作为主要能源。"海拉说。墙壁发出的生物荧光柔和明亮，映照着各个房间中的仪器，有超级电脑、质谱仪、扫描隧道显微镜等，大部分仪器加达斯不认得。他闷闷地说：

"天哪，你是怎么做到这一点的？这些工程绝不亚于胡夫金字塔，而你到巴西不会超过八年。我想你一定得到了外星人的帮助。"

"没有外星人。"海拉笑道，"请你记住，现在不是胡夫的时代了，用高科技建造这些易如反掌，只要你有足够的钱。"

加达斯小心地问："听说你们通过电脑网络盗取了上百亿美元，看来不是谣传吧。"

海拉微微而笑："我们积累原始资本时曾使用过这种方法，现在已经不用了。美国一位大亨说过，当你的财产积聚到 10 亿之后，它就会自动生长，你想挡都挡不住。"

游览开始前，海拉曾婉转地问他，愿不愿换上此地的装束："换装后，这儿的人会觉得你是自己人。不过，你不愿换装也行。"当时加达斯想了想，答应了。他脱光衣服，像其他人一样缀上那块流苏。此后，在各个建筑物中巡行时，他总是觉得自己的后背和屁股凉飕飕的，不过他马上被地下世界的壮观所慑服，没有闲心去顾及自己的光屁股了。

这儿的工作人员很少，偶然有几个印第安人或黑人在房间中进出，当然他们都穿着同样的"服装"。看见海拉和他身边的客人，他们都尊敬地点头致意，避在一旁。海拉领他走过一间穹庐，这儿孤零零地矗立着一个巨大的半球形建筑，门紧闭着，没有窗户。加达斯原想海拉肯定会领他进去的，但海拉说："今天参观这儿来不及了，明天吧。"

正在这时，半球的门开了，一个十四五岁的黑人少女步态优雅地走出来——又一个特丽。但肯定不是她，因为这位姑娘显然是第一次见到加达斯。她尊敬地向海拉点头致意，对加达斯却视而不见。她出来时顺手带上了门，所以加达斯没能看见屋内的模样。黑人少女在拐角处消失了，加达斯回过头，用敬畏的目光端详着这座建造精致的巨塔。很显然，这里一定隐藏着克隆人的核心机密。不过加达斯不着急，海拉会让他观看的。

晚饭在一间很小的餐厅，只有他们两人，没有侍者。海拉说，只用对着自动烹调机吩咐一声，饭菜就会自动送过来。"你想吃什么？要不要来点瓜哈里博斯人的饭食？"

加达斯问是什么，她说是一种叫"奇巴"的野果、蚂蚁卵和一种名字很怪的昆虫。加达斯笑道："不行，我没有足够的勇气。海拉，我已经在衣着上随俗，是否可以在吃食上保留自己的习惯？"

"当然可以。我也陪你吃美国式快餐吧。"

送物口送出了鸡肉面条、比萨饼、家常奶酪和加苏打水的苏格兰威士忌。加达斯一边切着饼，一边斜睨着海拉："海拉，我很荣幸，成了地下世界的第一个客人。我能否问一些问题？如果不便回答，你只需佯装没听见就行。"

海拉笑着说："行啊"。

"这儿当然是亚马孙丛林之下了,对吧?"

海拉含糊地说:"是在亚马孙流域。我知道有不少人在觊觎着这儿,不过我不担心。这儿的地层上覆盖了有效的屏蔽,遥感卫星是无能为力的,无论是用红外遥感还是用重金属光谱探测都无法探测到。所以,"她半开玩笑地说,"你最好不要知道这儿的详细位置,因为我不想把你终身囚禁在这里。"

这种口气使加达斯微有不快,但海拉目光中笑意盈盈,于是他很快把这点不快抛到脑后了。他又问:"海拉,知道我为什么到巴西吗?我在费城附近的几个城市见到了五个面貌酷似的女孩,想来总数更多。她们都是你的克隆体吗?"

海拉痛快地承认了:"嗯,不错。我有意把她们散布在费城附近,希望我的三个亲人能看到她们。"

"你说的亲人是指保罗和苏玛,还有豪森,对吧?我知道八年前的那个事件。"

海拉沉默片刻,努力压抑着自己的感情,嗓音微微发抖:"对,是的,我很想念他们。"

"你为什么不直接和他们联系呢?或者,你愿意让我来充当信使吗?"

海拉苍凉地摇头:"不,我和他们已经不属于同一个世界了。"

加达斯心头一凛:"那么,你和我属于同一个世界吗?也许,这一次相聚后就是永别?"他没把这些话说出口,问道:"我想你可能知道,有些小'海拉'的境况相当困窘,甚至有吸毒及卖淫的。"

使他惊奇的是,海拉对此并不在意。"我知道,我完全有能力帮助她们,但不能这么干,我不想破坏自然的进程。懂我的意思吗?我是说,我的后代应在各种社会环境和自然环境下去闯荡,去生根开花。"

"还有一个叫帕梅拉的女孩已经死于癌肿。"

海拉沉默了。她知道这些情况,但努力不去想它。她已经能控制癌人的克隆技术,但她知道,离完全破译生命之秘还远着哩,还有多少深层的机理、程序和规则她毫无所知?癌人的谱系在蓬勃发展,但它会不会在一个早晨突然崩溃,就像帕梅拉那样?有时她十分羡慕正常人,他们绝不会有这种折磨人的自我怀疑，因为人类已经存在几百万年了，这本身就是最好的证据啊。

达摩克利斯之剑一直悬在头顶，目前她还没有办法解决。

加达斯觉察到她的沉闷，于是中断了这个话题。他们吃完饭，把碗盘扔到回收口中，加达斯动情地把她拥入怀中，赤裸的皮肤互相接触，他又感到那种熟悉的电击感。想到不久前的销魂时光，他已经开始想象今晚的快乐了。今晚海拉当然会同他共度良宵，这是不言而喻的事情。但海拉轻轻推开他：

"我还有些工作，不能陪你了。祝你睡个好觉。"

加达斯感受到深深的屈辱，慢慢松开怀中的海拉："好的，我乐意听从你的吩咐。"他冷淡地说。

加达斯洗过热水澡，换上睡衣，觉得睡衣还是比几绺乌鲁鲁草惬意多了。他翻来覆去难以入睡，和海拉分手后的20多天里，他天天期盼着这次重逢。在他的想象中，只要一见面，海拉一定会像只母豹一样凶猛地扑入他的怀中——谁能想到他得到的竟是一夜孤宿？对海拉的极度渴望像烈火一样烧烤着他的全身，他几次想跳下床，出去找到海拉的卧室，粗暴地把她揽到怀里。但他知道这样做太不绅士了，会被海拉轻看的——而且，他也不知道海拉睡在哪里。

这个错综复杂的地下世界不是属于他的。

但海拉为什么这样冰冷？是她在地下世界的地位压抑了她的天性？……忽然门开了，加达斯惊喜地仰起身，但不是海拉，是他最先见到的那个漂亮的印第安姑娘。她刚刚沐浴过，身上散发着宜人的清香，浑身赤裸，连那绺乌鲁鲁草流苏也没有佩戴。她甜甜地笑着，不等邀请就上了床，仍用音节缓慢的英语说：

"我来陪你，好吗？"

姑娘很漂亮，是一种自然的美、健壮的美，皮肤像丝缎一样光滑，肌肉饱满且富有弹性。如果在平时，加达斯可能会喜悦地接纳她，但此时他的心已被海拉所充填，容不得别的女人了。他亲亲她，笑道：

"谢谢。但今晚我累了，请你回去吧。"

女孩直率地问:"你不喜欢我?"

"怎么会呢。你这样漂亮,连机器人也会动心的。"

女孩猜到了他的心思:"你在想海拉吗?她不会生气的,是她让我来陪你的,她不能来。"

加达斯不相信自己的耳朵:"是海拉?是海拉让你来的?"

"对。她是我们的神——虽然她从来不让我们这样说。"

加达斯的愤怒慢慢升起,并逐渐高涨:"她是你们的神,所以她让你来陪一个陌生的男人睡觉,你就高高兴兴地来了,对吧?"

"对——当然啦,我本来就喜欢你,一见面我就喜欢你啦。"

"我想,即使她让你去死,你也会高高兴兴地去死,我没说错吧?"

"当然,我们都乐意为她献出一切。"

加达斯冷笑着:"很好,很好——可惜我不乐意,我不愿意接受这个劳什子女王的赏赐。请原谅,我不是针对你的,我很喜欢你,换个场合,我会努力去追求你的。但是现在请你快点离开吧。"

女孩惶惑地离开了。加达斯苦笑着想:也许这个女孩此刻很难过,但并不是为了女孩的自尊,而是因为没有完成神的旨意。

第二天早饭时,海拉微笑着说:"昨晚睡得好吧?我为昨晚的事道歉。"

但她到此就住口了,也没有为今晚做出什么许诺。加达斯不快地说:"应该道歉的是我,我伤害了那么好的一个姑娘。不过……地下世界的所有人都是你的臣仆?"

海拉笑了:"怎么会是这样呢,我们都是平等的,你肯定听见,他们对我都是直呼其名。"

"那不过是个形式,从心理上说,你们是平等的吗?"加达斯尖利地问。

海拉沉思片刻,委婉地说:"也许不完全平等,财富和智力的不平等是客观存在的,我不能完全消除它。"

"那么,从你内心来说,是否有这种不平等?"

"不,我没有。我是在美国长大的,不是印度土王或阿拉伯酋长的公主。"

"真的吗？那你是否在这儿的男人中寻找过情人或丈夫——我不是说你是否找到，而是你尝试过吗？"

这些尖刻的诘问使海拉感到震惊，没错，这几年她一直想找一个男人来完成她的"自然繁衍"，但在潜意识的思考中，她从没把周围的印第安男人考虑在内。她为什么喜欢加达斯？当然有很多理由，但首先一条，加达斯在精神上与她是平等的。现在，正是这个与她平等的男人尖锐地指出了地下世界的君臣关系。她不快地说：

"你到这儿只是为了指责我吗？我想这些指责可以推迟几天，等到你对地下世界多了解一点再说，那时你会公平一些、客观一些。"

加达斯走到饭桌对面，把海拉揽到怀里："请原谅，也许是因为昨晚没得到你，使我的心情太坏。以后我不会妄加指责了。"

海拉领会到这是隐晦的求爱，但她嫣然一笑，轻巧地滑过去："好的，开始今天的参观吧。"

今天他们开始参观克隆工艺的具体过程，出乎加达斯的预料，这个工艺是极简单的。在一间试验室里，加达斯又看到一个同样面貌的黑人女孩，她正在一个球形玻璃器皿前观察着。加达斯打量着她，她回头嫣然一笑。加达斯突然知道她是谁了："你是特丽？孤儿院的特丽？"

对方笑了："对，我是昨天来的。你的眼力真好。"

"不，我只是猜到的，这不是眼力，只是一种直觉。"

身后的海拉解释道："她是我的第一批后代之一，这批克隆人只留了两个，负责地下系统和圣贞女孤儿院中最关键的技术工作。"

"特丽，你这会儿在干什么？"

特丽笑嘻嘻地说："这是克隆人的第一步：细胞的活化，其实这工作是很容易的。你肯定知道，多莉羊的克隆技术是把细胞核抽出，注入空卵泡，靠卵泡内的化学物质激活细胞核。但我们已经不用走这条弯路了，海拉破译了这种催化物质，并配成一种'生命液'，只用把需要激活的细胞浸泡到里面就行。呶，你看。"

豹人

她指着那个不大的球形容器,里面是略带绿色的溶液,浸泡着肉眼不易看见的分散的细胞。她解释说溶液是加压的,压力不高,催化物质在压力下更容易渗透到靶细胞中去。"加达斯,你想发财吗?如果你带走50毫升生命液,就会有人出1000万美元来买它。"

加达斯并不认为她是开玩笑,的确,有人会以1000万美元甚至更高的价钱来买这种神秘的生命液。太不可思议了!他想起某位诺贝尔奖获得者说过,科学发展的顶峰便是返璞归真,因为生命本身就是在极度简化的环境中诞生的,因此生命系统最深层的机理只能是最简单的。海拉在身后问:

"还有什么问题吗?"

加达斯压低声音说:"我不敢问得太详细——如果我掌握了你的核心机密,你会放我走吗?"

海拉笑着说:"我并不准备把这些秘密垄断50年、100年,就像中世纪威尼斯的工匠们守护制镜工艺的秘密。说到底,我只是比世人早走了二三十年,即使我守住这些秘密,二三十年后人类也能达到的。"

加达斯又是心中一凛,几乎脱口问:"人类?那么你是自外于人类了?"但想起早上的争吵,他忍住了。刚才特丽的介绍使他震惊,一小瓶绿色的生命液,就能代替男女之间的爱情、交合,代替大自然在40亿年的进化中锤炼出的程序!也许若干年后,克隆人会成为幼儿园的游戏:"杰克哥哥,今天咱们玩什么?""我们造个克隆人吧。"于是杰克从爸爸书房里偷偷拿来一瓶生命液,从口腔中刮几个黏膜细胞放进去……

他摇摇头,赶走这些荒诞的、带着恐怖味道的瞎想。上午他们参观完了地下世界的东区,房舍到这儿中止了,前边是一圈三米高的密密的铁栅栏,栅栏外就是蛮荒的岩洞世界。栅栏显然是带电的,上面挂着一条蛇,已经被烧焦了。他不知道这儿距地面有多深,也许蛇是这儿唯一的野生生物吧。

他在这儿意外地看到了牧羊犬玛亚,这两天他一直纳闷玛亚为什么没露面呢。玛亚谨慎地蹲伏在离栅栏两米远的地方,呆呆地看着外边,看来它肯定知道栅栏是带电的。后边的脚步声使它抖了抖耳朵,但没有回头。加达斯大声喊:"玛亚!"玛亚立即跳起来,急急跑到两人身边,亲亲热热地蹭着他们。海拉笑着说，玛亚也要做母亲了，你看它的腹部已经开始显形。加达斯看看它，平静地问：

"玛亚是否想到外面世界去？你看它呆呆地看着外面。"

"不，它已经习惯了。"

"地下世界的所有人都习惯了？"

"对，他们对自己的生活很满意。"

加达斯忍不住说："那他们太可怜了，换了我，绝不会在洞中待上一生的。"他想这句话肯定会刺伤海拉的，但海拉隐藏了自己的不快，没有说话。

中午玛亚跟他们回到小餐厅，送饭口送出中国式的饭菜。下边还有一个送饭口，送出玛亚的食盘，它很快吃完，安静地卧在主人的身边。吃饭时两人不停地聊着，寻找着话题。但他们都清楚地感到了两人之间的疏离。海拉知道这是为什么，加达斯肯定在这儿感到无形的威压，他狂热爱恋的女子又冷淡地把他拒之门外……

海拉感到歉然。她感激加达斯，是加达斯的爱抚诱导出她"女人的欲望"，使她怀了孕，证明了她也具有"人类的自然属性"。但怀孕后，她体内的性欲迅速消退了，彻底消退了，就像是退潮的海水。她没办法回到加达斯的怀里，继续那些可笑的游戏。也许这更符合生物的自然本性？众所周知，几乎所有雌性动物的发情期都是短暂的，只要怀孕成功，发情期就告结束，但人类是动物中唯一的例外。

她确实很抱歉。她曾想尽力补偿，但派去的印第安女孩反倒更深地刺伤了加达斯。现在她有些后悔，也许不该带他到这里来，不该在情热中答应向他"公开自己的生活"。也许，在伊瓜苏瀑布的销魂之夜后就同他诀别是更好的选择。

餐桌对面的加达斯已喝完了杯中的马提尼："海拉，下午的日程是什么？是不是参观那个大球？"

海拉迟疑地说："好吧。"

加达斯怀疑地看看她，微嘲道："你好像不想带我看那儿，是不是里面有什么我不该看的超级机密，或是什么血淋淋的东西？"

海拉笑道："什么也没有，那只是克隆人生产线的一个标准设备而已。不要把它想得太神秘，要不看后会失望的。"

"那好，咱们现在就去吧。"

"好的。"海拉站起身，就在这时，一个隐藏的麦克风响了，是用完全陌生的语言说的，加达斯听不懂。但他发现海拉聆听时越来越亢奋，甚至透着紧张，透着渴望，这不大像海拉的风度。她急急说了几句，回头对加达斯说：

"真对不起，参观要推迟了，我要上去处理一件急务，最多两三天就赶回来。"

加达斯注意地盯着她的眼睛："也许你遇到了什么麻烦？按照人类世界的规矩，这时男人们应冲上前去保护自己的妻子，不过也许我没有资格这样说。"

海拉笑了，绕过桌子吻吻他的额头："你当然有资格，不过我没碰上什么麻烦，而是一件喜事。请你耐心等我回来，好吗？"

她匆匆走了。少顷，加达斯听到轻微的深长的嗡嗡声。这些天他已猜测到，这是一部巨大的电梯开动的声音。此时海拉大概已经到地面上，坐上那架黑色的幽灵飞机。他叹息一声，回到自己沉闷的房间。

四

薄暮中，海拉匆匆走进院长办公室："鲁菲娜，他们现在在哪儿？"

鲁菲娜感慨地看着她。在她的印象里，海拉一直冷静庄重，喜怒不形于色，似乎天生具有历尽沧桑的成熟感，像今天这样的亢奋是绝无仅有的。她笑道：

"在会客室。他们是上午到的。我一听到他们自报名字，便立即通知你。下午我领他们参观了孤儿院，他们一直在小心地打听着你的情况。"

她一边说一边打开一个隐蔽的按钮，对面的一堵墙立即变成屏幕，她切换到会客室，现在，三个人的面容出现在屏幕上了。

三个亲切的、令海拉朝思暮想的面孔。

保罗、苏玛和豪森。

几年来她一直追踪着他们的生活，案头常常放着录有三人形貌的录像和电子照片。但今天不同，虽然同为电子图像，但她知道三个人就在10米外的房间里坐着。她可以立即冲到那间屋里，把电子图像变成活生生的人。

爸爸没有大的变化，显得更为睿智和成熟；妈妈在生下丹尼后变得稍为丰满，但体形仍很健美；只有豪森伯伯明显苍老了，鬓边已长出白发。三人在会客室里漫声谈论着、等待着，从容的神态中也有隐隐的紧张。豪森则像一个机警的老猎犬，不动声色地仔细搜索着屋内，可能他在寻找隐藏的摄像头吧。

院长轻声问："海拉，你要见他们吗？"

是啊，当然要见他们，没有任何理由不见他们。他们一直苦苦思念着女儿，甚至专程寻到巴西来。这些年来，她一直把自己的克隆体送到美国，送往费城附近的城市，不就是为这一天做准备吗？

但她最终苦涩地摇摇头。不，她和父母们已经分割在两个世界了，她不由想起此刻还在地下世界等她回去的加达斯，他俩曾在"地上"共度了25天的时光，七天狂热的做爱……但是，等她履行诺言把加达斯带到"地下"时，两人之间却莫名其妙地产生了隔阂，变得冷淡了。

不，并不是"莫名其妙"，关键还是那一点：他们已经分属于两个世界，彼此的心理、习俗和爱憎已经不可能一致了。如果父母和豪森伯伯看到她的真实生活，是否也会把炽热的思念化为冷淡和疏离？

她不能失去这三个亲人，从某种意义上说，他们是她最坚固的甚至可以说是唯一的精神支柱。但她也清楚，不失去他们的办法就是保持距离，这真是一个令人无奈的悖论。

"鲁菲娜，你去吧。"她声音沙哑地说，"告诉他们我很好，很想念他们。其余的……你自己想办法去说圆吧。"

"她是在这里吗？我们能不能见到她？"苏玛轻声问。

"我想她在这里。"保罗与其说是回答苏玛，不如说是告诉屏幕后的某个人。从豪森的示意中，他知道这个屋子安有秘密摄像系统，至少是窃听器。五天前，他们来到巴西，立即开始了紧张的调查。他们找到了加达斯在圣保罗的房间，但加达斯本人已经失踪了。在他离开饭店后，有人付了足够的钱，

豹人

把这个房间保留下来，直到加达斯回来。三个人很着急，因为从这些迹象看，加达斯似乎已经接近了海拉的秘密，也就是说，海拉正处在危险中。随后，他们租了一辆汽车，一路打听，来到圣贞女孤儿院。保罗说：

"一踏进这家孤儿院，我就嗅到了海拉的味道。你们难道没发现，鲁菲娜院长对咱们有特殊的亲切感？不必怀疑，这家孤儿院肯定和海拉有关。但我不知道她是用什么办法做到的，在我的心目中，她还是一个十一二岁的小女孩。"

门开了，院长嬷嬷笑容满面地进来。"对不起，让你们久等了。"她与三个人寒暄着，开始这场困难的谈话。"应你们的要求，我已经尽力同我的资助人联系过，很可惜，她因种种原因不能来。不过我已经得到了她的许可，可以向你们透露一些她的个人资料。这些资料一直向新闻界严格保密，因为她不想成为公众人物。但我的资助人说，相信你们会为她保密。"

"我们当然会的。请讲吧。"

"她是……"鲁菲娜斟酌着词句，"她确实是个黑人女子，今年30岁左右。"保罗和苏玛兴奋地交换着目光，"她的身世很奇特，有一对深爱她的生母养父，她也深深地爱着他们。但由于外界的原因，她不得不离开父母远走异乡。"

苏玛哽声说："是海拉，是海拉！"

"她也记得一位风趣善良的邻居伯伯，一直在怀念着他。"

豪森目中有了泪光。

"她很想回到亲人的身边，但由于种种原因，这不可能实现。她宁愿把儿时的最美好的回忆一直保留下去。她说她永远记得分别时的话，她爱他们，也爱所有的人，决不会对社会报复，请亲人们相信她的诺言。"鲁菲娜抱歉地说，"我知道的只有这些了，很可能她不是你们所寻找的海拉，只是两人的身世有某些相似之处。"

苏玛肯定地说："她一定是海拉，我知道一定是她！我想见见她，请你转告她，我想见她一面，哪怕是远远的一面。"

保罗拦住她："不必了，苏玛。这位女资助人既然不愿和我们见面，肯定有她的理由，知道这些情况我们就很满足了。院长嬷嬷，谢谢你。"

"不必客气，你们还有什么要求吗？我的资助人嘱咐我，尽量满足你们的所有要求。"

"没有别的要求。祝她健康，另外请她小心，有人在打她的主意。据我们所知，至少有两个美国人在巴西转悠，一个是加达斯，即布莱德参议员的儿子；一个是杜塔克，即八年前那次汽车爆炸的策划人。这两人肯定在打她的主意。"

听到这些，院长嬷嬷只是微笑着："谢谢，但我想她对这些都很了解，请你们放心吧。"

"那再好不过，明天我们就想返回美国，以后不会来找她了，再见。"

"再见。我代表我的资助人再次谢谢你们。"

他们说话时，豪森一直沉默着，这时他说："我去方便一下。"他快步走出去，匆匆打量着楼道。凭多年的侦探经验，他觉察到一些迹象，院长嬷嬷说话的口气与上午不一样，在谈话中总给人一个感觉，似乎她在倾听身后的某个声音，或注意着身后的一双眼睛。他相信海拉这会儿就在附近。

在哪里呢？他想到了不远处的院长室，决定先到那儿看一看。推开办公室门，看见一只裙角在内门处闪了一下，他急忙过去。内室没有一个人影，但他确信有人刚在这儿消失。他迅速扫视一番，没有发现秘密门户，他迷惑地走到窗边，正好看见一个熟悉的身影快步走向一辆黑色轿车，轿车随即起动，向茂林中开去。少顷，一架没有灯光的轮廓模糊的飞机从林中浮出来，几乎是擦着树梢飞着，很快消失在薄暮中。

他赶回会客室时，院长正送两人出门，她朝豪森扫过来一眼，但没有流露出什么表情。三人在院里同院长告别，坐上从圣保罗租的汽车，苏玛泪眼模糊地盯着暮色中的林木和院落，真不愿意就这样离开。等到汽车驶出孤儿院的区域时，豪森才平静地说：

"苏玛，我想我看见了海拉。我们谈话时，她就在10米外的院长室里。"

苏玛又惊喜又痛楚地瞪大眼睛："是吗？你和她说话了吗？"

"不，我只看到一个背影。不要难过，苏玛。她既然不愿见面，肯定有她的原因，我们只要知道她好好活着就够了。"

"对，我很满意，她活着，也很平安。"苏玛笑着，泪水却抑制不住。

五

　　深夜的地下世界十分寂静。不是寂静，是死寂。地上的纷纷扰扰的声音被厚厚的岩层隔断了、吸收了，无论是人群的喧闹声、车辆行驶声、飞机轰鸣声，还是自然界的风声鹤唳、林涛水响。白天，这一点还不是太明显，因为毕竟还有轻轻的行走声、偶尔的低语声、电脑的嗡嗡声。现在连这些轻微的声音也没有了。只有侧耳聆听时，才能听到似有若无的电流的嗡嗡声发生于岩脉深处。

　　加达斯在床上辗转难眠，心中燃烧着对海拉的极度渴望，有精神上的，也有肉体上的。他现在几乎是痛苦地回味着那七天，回味着两具肉体合为一体时的感受。在这种烧灼般的渴盼中，他也痛苦地承认，他与海拉之间的距离越来越大了，她是地下世界的女王，有无上权威。这个世界有自己的语言，自己的风俗，自己的道德，它是对人类封闭的。加达斯想到他们近乎全裸的"时装"，开始他对它看轻了，以为这仅仅是一种时尚。不，这不仅是一种时尚，这是对旧秩序的反叛，一种不事声张的但充满自信的反叛。

　　加达斯曾非常相信两人的爱情，但是现在，连这一点也动摇了。在那七天的热恋中，海拉是一个天真开朗的女孩，倾倒于自己的男性魅力。但是，当他看到真实的海拉，一位冷静自信、从容大度的女王时，他还敢相信当初的一见钟情，还敢相信自己对海拉的魅力吗？

　　也许他只是海拉做生物学试验来试验她是否具有人的自然属性时所选中的一件仪器而已。这些想法使他的心境晦暗，甚至产生了自暴自弃的念头——忽然门开了，海拉悄然走进来。

　　太突然了。加达斯几乎以为自己是在梦境中。不，不是梦境，她真的立在门口。今天，她没有穿乌鲁鲁草的时装，而是穿着那几天穿过的彩色连衣裙，眉尖有抑制不住的喜悦在跳动。她笑着，步态轻盈地走过来。

　　在这一刹那，加达斯用最刻毒的语言咒骂着刚才有过的混账想法。他跳下床，迫不及待地把海拉搂到怀里，他又感受到那具火热的酮体，感受到高耸的乳峰，富有弹性的臀部。两天来，她近在眼前又远在天边，所以，当加达斯又意外地得到她时，真是喜极欲涕。

他狂热地吻着海拉，海拉一直喜悦地笑着，没有热情的回应，也没有拒绝。加达斯小心地为她脱去衣裙，把她抱到床上，如醉如痴地抚摸着……但不久他的欲火就冷却了。不错，海拉顺从地接受了他的爱抚，但她一直是冷静的、被动的，就像是一具橡皮身体。最后加达斯苦笑着放弃了努力。

海拉伏在他耳边歉然说："实在对不起，加达斯。怀孕后我的性欲就完全丧失了，无论怎样努力也唤不回它。这两晚我一直没来，我不愿扫你的兴。"

加达斯苦涩地安慰她："不用道歉，这不怪你。不过，今天你为什么这样高兴？我还以为你……"

海拉欣喜地说："我见到了我的父母！"

"保罗和苏玛？"

"对，还有豪森伯伯，他也是我的亲人。"

加达斯为他高兴，便把自己刚才的失败感抛到一边。"真是个好消息。那你为什么这么快就返回？你该多陪陪他们。"

海拉沉默了："我没和他们见面。我怕他们不能接受现在的我。加达斯，知道吗？除了我手下的人，你几乎是我唯一交往的人了，我不愿失去你。"

加达斯很感动，起身吻吻海拉湿润的嘴唇。但海拉仍是那样冷静，就像是禁欲的修女，这使加达斯在性渴望中几乎有一种犯罪感。他忙岔开思绪：

"我同样不能失去你，我无法想象，如果没有你，这一生我该如何度过。"

海拉仍沉浸在回忆中："他们的变化都不大，只有豪森比较苍老。要是现在我仍然和他们生活在阿巴拉契山中，那该多好啊。"

加达斯已经彻底冷静了，对两人的情爱不再抱幻想。他枕着双手，微笑地打量着这位暂时变回少女的女王。海拉忽然坐起来：

"你不是要参观那个球形试验室吗？现在就去吧。"

"现在？"

"对，现在，那儿24小时都在运转。"

她拉着加达斯跳下床便往外走，加达斯嚷道："我们还光着身子呢，至少要穿上瓜哈里博斯人的时装吧。"

说完他也笑了,那种时装和裸体又有多大区别?只是一种象征意义的遮羞罢了——其实人类的礼仪不就是"象征意义"吗?海拉没有停步,笑道:

"我们现在的穿戴便是最好的晚礼服,走吧。"

夜深人静,各个房间的灯光大都熄灭了,但荧光墙壁仍发出明亮的余光,足以照亮道路。海拉跨着大步,喋喋回忆着当年在父母身边时的琐事,她忽然一扬手,一道紫色的电芒破空而去,在路阶上留下一圈黑痕。"这就是我当年爱玩的小紫蛇,"海拉自豪地说,"当年我还用它救过父亲呢——也救过自己,从器官贩子的手里。"她忽然沉默了。少女的亢奋也到此结束,她又披上那件雍容威严的外衣。

球形高塔孤零零地耸立在地下世界的中区,等两人走近时,大门无声地滑开了。灯光从门中泻出来,映出一个少女的裸影,是加达斯昨天见过的那个黑人少女。加达斯饶有兴趣地打量着身前身后两个型号不同的海拉,不由绽出一丝微笑。那个姑娘向两人点点头说:

"你好,海拉。你好,加达斯。这儿一切正常,请进。"

她从门边让开,引导两人进屋。多少年后,加达斯还记得进屋的第一眼印象。屋内波光激滟,幽明不定,中心区域矗立着一个巨大的透明球体。透明球内是透明的液体,其中浮着一个巨大的半透明的……子宫。透过子宫壁和羊水,能看到其中的几百个胎儿。它们都用脐带同子宫维系着,脐带的长度使它们能互相轻轻地碰撞,但不致缠搅在一起。子宫极大,几百个系在壁上的胎儿只相当于壁上的一层茸毛,中间则是大大的空腔。这些胎儿并不像普通胎儿那样蜷曲在子宫里,而是自由自在地舒展着手脚。子宫的位置太高,加达斯无法精确估量胎儿的大小,但从面容和身形看,它们起码相当于出生半年的婴儿了。胎儿有各种肤色:白人、黑人、黄种人、棕种人。子宫不停地蠕动着,羊水不停地波动着,屋内的激滟波光便是由此而来的。

加达斯目瞪口呆,许久说不出话,海拉很满意这个场面对他的震撼力,微笑着解释道:"这是克隆工艺过程中最主要的设备。实际上,用人造子宫来满足天然子宫的理化条件是相当容易的。上个世纪90年代,日本科学家就造出了羊子宫。但由于人类的迂腐，人类子宫的研究一直停步不前。我们这个人造子宫在性能上已经全面超过天然子宫。你想了解它的优点吗？"

加达斯侧过脸，呆呆地看着她。

"有很多优点。第一条当然是居室宽大了，胎儿再不用弯腰弓背地受10个月的体罚。他们可以从小就自由自在地舒展身体，并和这个集体家庭的同伴们作身体的接触和语言上的交流。"

加达斯喃喃地问："语言上的交流？"

"不错。语言交流，我并不是失口。这牵涉到人造子宫的另一条优点，更为重要的一点。你知道吗？人类婴儿实际都是早产儿。这是因为，人类在进化过程中脑容量逐步增大，使头骨尺寸超过了女性骨盆的开口尺寸。所以，进化之神不得不作出一种无奈的选择：让人类婴儿早产，然后再用半年到数年的时间把大脑长足。这些先天性的根本无法克服的困难，在人造子宫中不值一提。你大概已经看到，这个人造子宫中的胎儿实际已经是婴儿了，他们的大脑完全发育成熟了，所以，他们在子宫中就可以学习语言。你想听听他们的谈话吗？"她按了一个按钮，屋内立即响起吱吱的声音，有点像是海豚的说话声。海拉解释说，"因为他们在水中谈话，声音比较怪异。"她结束了介绍，"至于人造子宫的生产效率就更不用说了，它可同时容纳1000个婴儿。还有一个优点呢。这种办法彻底免除了妇女们的分娩痛苦，她们再也不用承受上帝加给她们的原罪了。"

加达斯极为困惑地问："那……你为什么要怀孕？要费尽心机去证实你的自然属性？"

海拉笑道："那是两码事，就像坐惯汽车的现代人更重视田径一样，这时生存技能变成了体育技能，变成了对人类潜能的一种证明。"

"那么，"加达斯费力地咽着唾沫，"这些胎儿或婴儿也都是……癌人吗？"

海拉用锋利的目光从上到下剃过他的身体："我对此没有成见，我只对以下的因素感兴趣：什么样的克隆人最强壮，最聪明，最有竞争力。"

加达斯苦笑道："那当然是像你一样的癌人了，而不是像我这样又笨又迂腐的家伙。"

海拉当然觉察到他的敌意。其实，这些天她一直把参观这儿的时间往后推，就是出于一种下意识的担心——害怕失去加达斯。但是，她苦涩地想，该来的事情总是要来的啊。她冷冷地说：

"也许我让你来这儿是一个错误——高估了你的接受能力。我真不理解你们人类古怪的思维方式。"她鄙夷地说，"你们总是在自己面前划上一道又一道禁行线，画地为牢，自我囚禁，先是'身体发肤受之父母，不准毁伤'，然后是不准更换器官；不允许搞试管婴儿；不允许克隆人；等不得不接受克隆人的时候，又不允许使用人造子宫……只有当科学之车一次次轧碎你们自设的藩篱后，你们才被逼着往前走一步。"她还想尽最后的努力来挽回加达斯的友情，苦恼地说，"加达斯，你究竟怎么了？你并不是那些浑身散发着腐烂气息的活死人，这些天，我见你平静地接受了克隆人甚至克隆癌人的事实，但为什么一见到这个人造子宫，就诱发了你的歇斯底里症？为什么？它只不过是克隆技术的一种方法，丝毫不影响克隆的本质啊。"

加达斯厌恶地说："对，你说的对极了，人类都是这种不可理喻的动物。就拿我来说，我和我父亲一样，决不会越过某个道德界限——尽管我和父亲的那条线可能并不重合。我希望我的儿子、孙子和重孙子都是在妈妈腹中孕育的，而不是来自这个该诅咒的集体子宫。"他已经转身向外走，"海拉，咱俩之间的缘分永远结束了，被这个邪恶的集体子宫吞掉了。而且我劝你最好杀了我，否则我发誓，只要能离开这儿，我就一定要回来找到它，把它炸成碎片——哪怕里边有我自己的儿子。"

他决绝地摔门而去。屋里的黑人少女十分吃惊，她不敢相信，竟有人会这样粗暴地对待海拉。海拉在地下世界所有人心目中有如天人，她是克隆人的女性始祖，就像中国传说中的女娲，而不像西方传说中的亚当。现在，海拉呆立在原地，虽然面色平静，但谁都能看出平静下的悲伤和幻灭。少女走过去，轻轻握住海拉的手，同情地说：

"海拉……"

海拉从迷茫中醒过来，挥挥手："噢，没什么，我要走了。"

"他……要处死吗？"

海拉苦笑道:"杀死他?不,他曾是我的丈夫,也是我腹中孩子的父亲。我怎么能杀死他?由他去吧。"她匆匆离开这里。

六

伊瓜苏瀑布的轰鸣声已渐渐远去了。12月的深夜很凄冷,山路上没有车辆,偶尔有一只獾或小鹿在大灯的光柱下跑过路面,隐没在对侧的松林中。巴西警方派来的佩雷拉开着车,杜塔克盯着定位仪上闪烁的红点:"快到了,加达斯肯定还在老地方。"他说。

佩雷拉是新近才参与此事的,不知道此前的过程,奇怪地问:"什么老地方?"

杜塔克淫猥地笑了:"是加达斯为海拉'结结实实种上种子'的地方,嘿,那真是疯狂的七天七夜。"

汽车下了山路,开进雪松林中的一个空场。果然如杜塔克所说,一辆外观破旧的凯迪拉克车停在那里,没有开灯,杜塔克的红外夜视镜中显出发动机的清晰轮廓,显出机身还未冷却。杜塔克跳下车,警惕地看看四周的动静,然后走过去用强力手电筒照照车内。加达斯躺在车后的卧铺上,还在梦乡中,杜塔克咯咯笑着,屈指敲击着车窗:

"年轻人,醒醒,你被妻子扔到门外了!"

加达斯慢慢睁开眼,奇怪地看看四周,他慢慢爬起来,拧开车门,在强力手电的晃动下捂着眼睛:"你是……杜塔克?这儿是什么地方?"

"听见伊瓜苏瀑布的水声了吗?这是你度蜜月的地方嘛。"

"伊瓜苏瀑布?今天是几号?"

"12月10日,你还能赶回美国过圣诞节呢。"

加达斯终于清醒了,将散落在脑海中的记忆碎片串在一起。12月10日,那就是说,参观人造子宫已是两天前的晚上。那天他与海拉决裂,回到自己的房间,不久,身佩流苏的印第安少女照样笑嘻嘻地请他去吃早饭,海拉已经坐在老地方等他。当加达斯脸色冰冷地坐下时,她定定地看着他:

"吃吧,这是你在此地的最后一顿饭了。"

加达斯冷笑道："这是威胁吗？"不过他马上后悔说这句话了，因为，从海拉脸上掩饰不住的忧伤来看，这句话肯定是诀别而不是威胁。但他不愿道歉，低下头，大口大口地吃了这顿早餐，海拉则一直未动刀叉，只是目光幽幽地盯着他。两人沉默着，体味着爱恨交集的氛围。很快，加达斯觉察到异常，海拉的影像开始在他眼前晃动，视野也渐渐模糊。不用说，饭菜中有镇静剂。在失去知觉前，他听见海拉在吩咐："把他抬到我的屋里。"

在那之后的两天里，海拉对他干了些什么？……现在，他仍穿着进入地下世界前的衣服，只是项间多了一条赤金项链，连着一枚心形坠子，打开坠子，里边是海拉的肖像，一个微笑的肖像。也许是自己的心境不好吧，他觉得海拉的笑容中浸透了苦涩和悲凉。

他摸到口袋里有一个软软的东西，拿出来看看，是一个透明的软塑料袋，装着一些红色的细细的草。他马上认出这是海拉佩带的乌鲁鲁草流苏，是海拉的临别赠物。

现在他能想象到，当海拉为他换衣服戴项链时，是怎样用目光一遍一遍刷过他的身体。他几乎软弱得要流泪——但他随即想到了那个邪恶的、像是外星人虫茧一样的集体子宫，想起自己当时的震惊和厌恶。两种感情激烈地角力着，像一把大锯一样隆隆地锯着他的心房。

杜塔克一直嬉笑地看着他，直到这时加达斯才想到了事情的另一面。毫无疑问，是海拉用那架幽灵飞机把自己送到了这里，但杜塔克是如何找到自己的？"杜塔克，你怎么找到了我？"

杜塔克忍住嘴角的笑容，向加达斯伸出手："我在此谨向你致歉——为了我一个月前的一拳。加达斯，那是你父亲的主意。"

事情的真相一下子浮出水面。它来得过于猛烈，使加达斯突然有入水窒息的感觉。他摸摸自己的左腮——那里有一个月前植入的半颗假牙。"是这颗牙齿？"

"对。它是个高效的脉冲信号发生器，作用范围95千米，足以让同步卫星对它保持监视了。如果在五千米之内，它还能作窃听器用。现在请你立即跟我们回到圣保罗取下这颗假牙，因为它以核物质做能源，虽说辐射量很小，但对身体多少总有些损伤吧。"

加达斯很想搬起一块石头，砸在这张得白化病的丑脸上，但他已经疲倦得没有力量发怒了。而且，杜塔克并不是祸首，如果要发泄怒火的话，首先要找布莱德·比利，美国参议员，自己的父亲。他压住怒火，冷静地说：

"好了，我想你该把真相全都告诉我了。"

"当然，我正想这么做。咱们到车里去？"

晨光已经初绽，松林像黑色的剪影，晨风送来初冬的凉意。加达斯摇摇头："不必，就在这里说吧——这样我可以确定我不是在做梦。"

"上次见面时我已经告诉了你，我们早就发现了许多走私到美国的黑人女婴，个个都酷似海拉。于是我们追根溯源，找到了巴西圣贞女孤儿院，并初步判定那个常来送货的黑人女工就是死而复生的海拉。"杜塔克说，"我们完全有能力杀死这个癌魔。但是，她的秘密巢穴——这是确定无疑的——我们却一直没有找到。有人目击到一架幽灵飞机，但它的隐形性能太优异了，任何雷达都无法发现它的踪迹。我们四处撒网，仍然没有成效。正在这时，你也独立地发现了这条线索并打算来巴西调查，于是你父亲就出了一个很好的主意。他说，也许一个真诚的青年能得到特工得不到的东西。以后的情况你都知道了，我们故意把对海拉的暗杀行动透露给你……"

"麻醉医生或主刀医生是你们的同伙？"

"啊，不。"杜塔克咧嘴笑道，"我们并不想在找到海拉的巢穴前杀死她，干吗花冤枉钱去收买杀手呢，那10万元只是个虚设的诱饵。此后，医生佩德罗索和你的反应都完全符合我们的设想，尤其是你。我曾担心，你不会主动把暗杀消息透给海拉——毕竟你和海拉只有一面之交，毕竟你来巴西是为了调查她而不是帮助她。但你父亲很自信地断言：你一定会的，作为一个追求博爱和公正的热血青年，在没有真正认识到海拉的危害前，你一定会阻止暗杀的。你父亲没有说错。"

"对，我父亲很了解他的儿子。"加达斯咬着牙说。

"那时我们还有另外一个选择，就是对你说破真相，并请你担任美男计中的乌鸦——对不起，在这儿我借用了克格勃的一个术语。但你父亲说那样不行，只有绝对的真诚才能瞒过目光如刀的海拉。说实话，作为一个老牌特工，我相当佩服你的父亲。"

加达斯再一次冷笑："我也佩服得五体投地。往下说吧。"

"后来的事态发展十分顺利，顺利得超乎我们的预料。你的牙齿被植入发生器后，不到20天，海拉就同你……上床了。"他咧嘴笑道，"对不起，这个词很粗俗。当时我们很怀疑，海拉是不是察觉了我们的计谋，在使用反陷阱？后来的窃听表明，我们多虑了。海拉虽然智力超绝、目光敏锐，但从生理年龄上说只是个12岁的少女嘛。她很容易陷入情热，对不对？"

加达斯心房战栗着，想起了自己梦中的自责。

"我们根据你身上发出的信号，很方便地找到了地下巢穴的秘密入口。知道吗？这些天我一直在那儿为你们这对情人站岗。上帝啊，那片密林真不是人待的地方，单是旱蚂蟥、蜢蛛和大蚂蚁就能让我发疯，还要时刻提防着毒蛙和毒蛇。"

"你是说，地下世界的秘密入口在亚马孙密林中？"

杜塔克嘿嘿笑着，滑过这个问题："问题是你进了巢穴后，离地面太远，窃听器的信号比较模糊。经电脑复原后，我们才能勉强听出个大概。我知道你曾……把一个女人从房里赶出去，对吧？也知道你很快认清了海拉的危险本质，和她爆发了激烈的争吵。"

加达斯无法反驳。他说的大多为实情，但这些话从杜塔克嘴里说出来就变得十分污秽、十分刺耳。他懒得反驳，沉着脸听下去。

"你在地下的最后一天，即你被麻醉之后，窃听器并未被麻醉，所以我们继续监听着。听到海拉安排手下把你抬到她屋里，还听到她……吻你，在你耳边喃喃自语。此时声源与窃听器很近，这些话听得清楚极了！"

加达斯的眸子上蒙上一层雾霭，痛苦的火焰在瞳孔中跳荡着，杜塔克紧紧地盯着他，十分开心。本来这些细节是不用向加达斯传达的，但杜塔克难以抑止自己的欲望，他天生爱翻动别人精神上的痛苦。

"加达斯，你是好样的，没有你的帮助，我们真没办法找到海拉的秘密巢穴。参议员说让你尽快回国,他要听你的详细汇报,再决定下一步的大动作。"

加达斯已经能想象到,几架美国 B-2 轰炸机飞到亚马孙密林上空,投下上百吨重的巨型炸弹,海拉和她的忠实臣民会葬身火海……他战栗一下,这当然逃不过杜塔克的眼神。加达斯疲倦地说:

"当然,我该回去了,我的戏已经演完了。走吧,回圣保罗。"

"好的,我来为你开车。"

加达斯冷冷地说:"你还是回到自己车上吧。恕我坦率,我不大愿意和你在一起。看到你,我就想起专吃腐尸的兀鹰。"

杜塔克没有生气,咧着嘴说:"多谢你的坦率,干我这一行,本来就没打算讨人喜欢。不过,我还是要觍着脸挤到你的车上。知道为什么吗?我怕你心血来潮,用汽车电话或别的办法向海拉泄密。当然我知道你对海拉的所作所为已经不能容忍,否则你此刻也不会被她扔到这里。不过你们总是情人吧,一日夫妻百日恩嘛。请原谅,这也是参议员的交代。"

他客客气气地把加达斯让到车后,自己则坐到驾驶椅上,然后对另一辆车上的佩雷拉招招手,两车紧咬着上了公路。

"对不起,加达斯,那些天把你蒙到鼓里。"那个快活的年轻牙医一边在他头上忙活,一边真诚地道着歉。"我也是中情局的,你来这儿诊病的前三天,我刚从别人手里租了这家诊所。不过你不必担心,我的确接受过正规的牙医训练,至少不弱于这儿原来的主人,那个半吊子私业牙医。"

加达斯对这个特工的印象不错,和残暴嗜血的杜塔克相比,他简直就是天使了。他想说"你不必道歉",但是无法张嘴,医生正用针管把麻醉剂注入他的下牙床,一种发木发胀的感觉迅速蔓延。医生开始手术,锯割声在颅腔中隆隆响着。他的大脑仍在飞速运转,怎么办?他绝不能眼睁睁看着海拉葬身岩洞,海拉是他的爱人,给过他无比的快乐,腹中还怀着他的孩子!他的右手无意中摸到了口袋里那个鼓鼓的软包,那是海拉的"时装",海拉想让自己永远记住她的躯体。

加达斯努力思考着,能用什么办法通知海拉,让她警惕迫在眉睫的危险。

他不知道海拉在何处，但把消息捅给圣贞女孤儿院的鲁菲娜嬷嬷就行了，她会及时转告海拉的……不过，他该不该这样做？通知海拉，让海拉从容地带着她的财产逃走，包括那个邪恶的机器子宫？

牙医用钳子夹出植入的半截牙齿，在加达斯面前晃了一下，断牙珐琅质的外皮闪着银白色的金属光芒。"弄掉了，就是它。这个精巧的玩意儿。"那东西当啷一声落在盘子里，杜塔克立即用镊子夹起来，小心地包好，放到贴身口袋里。

牙医细心地清理了伤口："断牙回美国后再安吧，国内条件更好，现在我给你打一针消炎针。"

他熟练地找到加达斯胳臂上的血管，把针头插进去，黑云顺着血管迅速上升，慢慢罩住他的意识。加达斯猛然悟到是怎么回事，但已经晚了。神志丧失前，他看见牙医俯在他的脸庞上方，歉然道：

"对不起，这是上司的决定，他们怕你为爱情所惑做下错事，只好让你在昏睡中尽快回到美国。"

加达斯在心中悲叹：晚了，晚了，他已经无能为力了。奇怪的是，在烧灼般的绝望中，竟然也有如释重负的感觉，他很快沉沉入睡。杜塔克唤来佩雷拉，把浑身瘫软的加达斯挼进车里，回头对牙医说：

"理查德，你把诊所赶紧还给主人，和我一块儿回国。"

理查德取下口罩，笑嘻嘻地说："不，我们在这儿告别吧。我已经喜欢上巴西了。再说，这家小诊所的生意蛮红火的，数倍于我从中情局领的工资。既然这样，我干吗不试试新的生活呢。我的辞职报告已经寄出，并用自己的积蓄把这家诊所给盘过来了。所以，今天是我最后一次为中情局服务，免费的服务。再见，下次再来圣保罗时欢迎惠顾。"

杜塔克吃惊不小，看看理查德，完全不像开玩笑的样子。杜塔克对此无可奈何，只好摇着头坐到车里。20分钟后一架美国联合航空公司的波音客机从圣保罗机场起飞。机上有一名神志不清的病人和一个随行的患有白化病的医生。

第十章　毁灭与新生

一

"到了，前边就是38A。"出租车司机说。一对黑人夫妇和他们的女儿下了车，胆怯地打量着前边的庭院。花饰精美的铁门后面，两排整齐的小叶黄杨夹着甬道向前延伸，树荫深处露出白色的建筑。右边是花园，喷泉围着一座中国式的假山，七八个人正在那儿玩耍，时时有小孩的笑声传过来。黑人女孩看看父母，走过去按响门铃。少顷，一个美貌的中年妇人快步走过来：

"杰西卡！"苏玛高兴地嚷着，"我猜着就是你们到了。穆尔科克夫妇，请进吧，我们一直在等着你们呢。"

她领着客人经过林荫道，向人群走去。"喂，杰西卡和她的父母到了！"她喊道，那边正陪着孩子们玩耍的几个人快步迎过来，苏玛向客人介绍："这是我父亲约翰。这是我的丈夫大卫·威廉森，儿子丹尼。那位是保罗·雷恩斯，杰西卡已经认识的。那位是保罗的妻子维多利亚，儿子吉米。这位是我们的老朋友豪森。"

周围的人都不错眼珠地盯着杰西卡："像，太像了！"只有没见过海拉的维多利亚好奇地问："真的很像海拉？可惜，我一直无缘见到她。"

保罗把杰西卡揽到怀里，亲亲她的额头。豪森也迫不及待地把她拉过去，仔细打量着。杰西卡气色很好，目光清澈，脸上漾着笑意。看来她确实戒断了毒瘾，恢复了往日的自我。豪森和保罗交换着眼色，欣慰地点着头。丹尼和吉米从大人的腋下钻过来，拉着杰西卡往外走："杰西卡，我们去跳蹦床吧。"

杰西卡看看苏玛，苏玛用目光示意："你去吧。"很快，蹦床那边响起纵情的笑声。

两天前，保罗接到了杰西卡的电话。杰西卡说，她完全戒断了毒瘾，现在已经回到美国，她想见见保罗和苏玛。保罗高兴极了："当然可以，我太高兴了，明天你就来吧，我们在苏玛家欢迎你。"

　　杰西卡调皮地说："那么，你给我过生日吗？明天恰好是我的生日。"

　　"真的？太好了，苏玛肯定非常乐意。快来吧，和你的父母一道。"

　　现在，三家人团团坐在苏玛家的大餐厅里，其乐融融。餐厅的灯光熄灭了，苏玛托着生日蛋糕走出来，22团烛光照着她的喜悦。22根蜡烛，里圈是6根，外圈是16根，分别象征着杰西卡的真实年龄和可比年龄。丹尼奇怪地喊："蛋糕上一共22根蜡烛，杰西卡姐姐已经22岁了吗？"

　　苏玛笑着解释："不，她只有16岁。那6根蜡烛代表着一个秘密，暂时不能告诉你们。"

　　丹尼嚷着"告诉我告诉我"的时候，杰西卡许完愿，吹熄蜡烛，大家拍手唱着"祝你生日快乐"。保罗和苏玛互相看看，不由想起在山中为海拉过三岁生日的情景，眼眶湿润了。维多利亚触触大卫的肩膀，嫉妒地说：

　　"看哪，只要一扯到海拉的事情，他们就把我们忘了！"

　　大卫和保罗笑着，分别揽过自己的妻子。

　　杰西卡切开蛋糕，分发给大家，当分到苏玛时，她低声问："妈妈，你们真的见到海拉了？"

　　"我们猜想是见到了。在圣贞女孤儿院，院长和我们谈话时，豪森溜出去，看见了一个背影。我们都确信是她。"

　　杰西卡踌躇地说："我到现在也不知道该怎么称呼海拉，是母亲，还是姐姐。我就把她当成我的姐姐吧，因为我愿意把你当成我的妈妈。"

　　在这个欢乐的宴会上，穆尔科克夫妇只有笑的份儿了。杰西卡伏到老约翰的怀里说："我真高兴，今天一下子多了两对父母，还饶了一个外公呢。"

　　约翰也笑道："我更占便宜了，捡了这么大的一个孙女。"

　　生日餐结束后，两个孩子又把杰西卡拉走了，三个人钻到小丹尼的卧室里，关上门玩起来。穆尔科克夫妇走到保罗和苏玛跟前，庄重地说：

"雷恩斯先生，威廉森太太，我们想再次表示我们的谢意。你们……"

"不必客气。"保罗说，"实际上应该感谢你们和杰西卡。知道吗？杰西卡能主动和我们恢复联系，对苏玛、对我是多大的精神安慰。"

穆尔科克太太用手帕擦擦泪水："我们真诚地感谢你们，你们知道，我们这一生相当困窘，没有什么好回味的。杰西卡曾是我们的希望，但她又突然吸毒。那一段时间，我们的精神快要崩溃了，我们诅咒上帝太不公平。但现在我们已经恢复了信念，因为我们遇到了一个又一个的好人。你们、加达斯，还有远在中国的甄羽女士、戒毒医院的医生们，谢谢你们。"

她提到了加达斯，保罗急忙问道："加达斯和你们有联系吗？我们去巴西找过他，那时他已失踪。后来听说他回到了美国，但我们一直没能得到他的消息。"

"他回国后和杰西卡通过一次电话，问了她戒毒的情况。保罗，"她忧心忡忡地说，"打电话那天他的气色很不好，情绪也不大对头。我们很为他担心。"

保罗看看苏玛，两人都面有忧色。他们从巴西回国已经四个月了，但加达斯一直没有踪影。豪森曾尽力打探过，所得到的情报仅仅证实了加达斯确已回国，但回国后便石沉大海，四个月来没有关于他的任何消息。这是很不正常的，而且这种不正常肯定和海拉有关。他想起，当他们向院长嬷嬷提出有关加达斯的警告时，院长轻松地说："不必担心，我的资助人对他了如指掌。"但愿这是真的，但愿海拉不要轻敌啊。

他不愿把这些情况透露给穆尔科克夫妇，在他们心目中，加达斯·比利先生是个行侠仗义的好人，何必破坏他们心中的这个形象呢。"不说这些了。加达斯不会有什么问题，他有个声名显赫的参议员父亲呢。今晚咱们痛痛快快玩一会儿，否则维多利亚和大卫又要嫉妒了。"

但他们注定脱不开这个话题，少顷，女仆维姬匆匆过来，说白宫办公厅打来电话找苏玛。白宫？苏玛的脸色变白了，急忙走过去，掂起那只老式的镀金话筒："我是苏玛。请问……"

"你是苏玛·威廉森，婚前用名是苏玛·罗伯逊，对吗？"

"没错。"苏玛用玩笑来掩饰自己的担心,"你问得这么详细,是不是白宫对我有所任命?"

对方继续问道:"请问保罗·雷恩斯和豪森·乔思特是否正在你家?"

"对。我们正在为一个女孩举行生日宴会。"

"杰西卡?是不是杰西卡·穆尔科克?"

苏玛蹙起眉头:"对的,我想 FBI 没有窃听我的电话吧,你是哪一位?"

对方笑了:"哪里哪里,如果是窃听到的信息,我会向你透露吗?我是白宫办公厅主任甘金斯,谨通知你,并请你代转保罗和豪森,请于明天上午 9 点到达白宫西会议厅,总统将约见你们。"

"总统约见?"苏玛大声重复着,"能透露谈话内容吗?"

"很遗憾,我不能透露。再见,请务必通知他们两位并准时到达。"

苏玛满头雾水地回到人群中。几个人都看出她的异常,拿眼睛盯着她。苏玛困惑地说:

"总统约见!还有保罗和豪森!"

豪森马上想起那次参议员的约见:"不用猜了,肯定和海拉有关。苏玛,"他沉重地说,"我想不会是好消息,恐怕政府已下了决心,要对海拉王国动大手术了。"

孩子们无忧无虑的嬉闹声不时传到客厅,保罗、苏玛、豪森和大卫、维多利亚、穆尔科克夫妇都面面相觑,只有老约翰平静地劝慰道:

"不必担心,如果已经决定行动,总统就不会约见你们了,我想事情还没有到令人完全绝望的地步。"

苏玛沉默了很久才沉闷地说:"但愿如此,否则也许我会行刺总统的,只要能保住我女儿的性命。"

保罗站起身:"我想咱们提前动身吧,赶到华盛顿还能歇息几个小时,养足了精神和总统斗。"没人响应他的玩笑,屋内笼罩着阴郁的情绪。"不要告诉孩子们,不要打搅他们的好兴致。咱们三个悄悄出发吧。"

三人做了简单的准备,少顷,一辆黑色的林肯悄悄开出庭院,从窗户里还能听到三个孩子的喧哗声。

二

林肯轿车沿着宾夕法尼亚大街，开进了白宫的黑色栅栏大门，又按照警卫的指示，开到北门厅下车。一位工作人员核对了姓名，引他们进入一个挂着绿色帷幔的法兰西式小门。屋内，黑色的皮背转椅摆成两排，东墙上雕有国玺，两旁挂着总统旗和国旗，靠墙处摆有许多书架。保罗触触苏玛，轻声说："这是内阁会议室。"三人心照不宣地点头。总统把约见地点放到这儿，可见对这次见面的重视。

他们来得比较早，屋内只有一个年轻人，孤零零地坐在角落。看到三人进来，他马上从椅缝中挤过来："是威廉森太太、雷恩斯先生和乔思特先生吗？我是加达斯·比利。"

"加达斯！"三人惊呼着，带着掩饰不住的敌意看着他，不用说，这次总统约见肯定和他的"努力"有关。他们准备把海拉怎么办？保罗冷淡地说："我们到巴西找过你，不过那时你已在那儿失踪了。"

"说来话长，一会儿你们就会知道了。"他苦笑着，在三人身边坐下。他的气色的确很糟，面色苍白，脸庞瘦削，眸子中深含着痛楚，简直像一个服刑10年的犯人。他直截了当地说："你们的情况我都清楚，是从杰西卡和我父亲那儿得知的。我的情况你们可能不大清楚吧，我，"他把目光投向窗外，"和海拉有过七天的夫妻生活，又到她的地下世界里住了五天。还有，海拉已经怀上我的孩子。"

这些突如其来的消息使三个人惊喜交加，几乎失声喊出来。想想吧，三个人千里迢迢跑到巴西，只看到海拉一个模糊的背影，而这个青年竟然和海拉建立了这样密切的关系！他们的情绪转眼间变了，从隐隐的敌意变成亲切，甚至是亲昵。苏玛已把加达斯认作女婿了——虽说自己做他的岳母似乎年轻了些。但三个人的惊喜很快冻结，因为无论如何，加达斯的表情不像一个幸福的丈夫。他眸子中藏有那么多的绝望、自责和愤懑，使他看起来像是被女巫施过魔法的人，像是在浓墨般的"痛苦"中浸泡过。加达斯看到三个人急迫的疑问，苦笑着说：

"稍微等一等吧,我是今天会议的主讲,他们让我把自己最隐秘的快乐和痛苦都抖给大家。"他沙哑地说,像一只受伤的狼,"是父亲让我这么做的——而且从道义上说我没法拒绝。"

参加约见的人陆续走进来。加达斯低声为他们介绍着:这是生物学家乔伊,这是人类纯洁联盟主席哈伦·奈特,这是纽约时报主编弗兰克,这是音乐家沃尔特。加达斯解释说,他被邀请的原因,是他在克隆人问题上发表了不少最激进的观点……又进来的两个人保罗认识,是伊恩·希拉德和日本人桥本正治,他们也看见了保罗和苏玛,远远地打了招呼。陆陆续续又进来十几个人,有些连加达斯也不认识了。

9点钟,会议室的内门打开,参议员布莱德陪着总统欧林·基夫走进来。基夫总统个子瘦小,浓眉,眼窝深陷,一双鹰目十分深邃。他笑着同大家见了礼,同来客中几位熟人简单地寒暄几句,直截了当地说:

"谢谢诸位来临。我想,虽然没有通知今天的谈话主题,但诸位想必已经猜到了——是和12年前降生的那个癌人有关。"

尽管早在意料之中,苏玛仍觉得心头一沉。她几乎能猜到这次会议的结局,不由升起破釜沉舟般的悲壮。无论如何,她一定要保护海拉的生命。会议室内很多人都知道她同海拉的关系,这会儿下意识地把目光转向她,包括桥本和伊恩的怜悯,也有哈伦的敌意。

总统简洁地说:"12年前,海拉在保罗·雷恩斯的手中诞生,此后围绕海拉发生了种种事变:爆炸、暗杀、逃亡。现在可以公开告诉大家,海拉失踪前的那次爆炸是FBI策划的,并事先经过我的同意。"

屋内起了轻微的骚动。总统特意看看苏玛,目光中有歉意,但并不是特意的道歉。他苦笑道:"可惜这次爆炸没有成功,在海拉三位亲人的策划下,她成功地骗过警方,逃到巴西,并很快建立了自己的'国家'——我并不是语误,她建立的几乎是一个国家,是一个国中之国。我知道,在此之前,布莱德参议员为我承担了不少愤怒的诅咒,可能在苏玛女士的心目中,参议员到现在仍是一个邪恶的家伙。但我要告诉大家,在围绕海拉的斗争中,在意见完全相左的两派中,都没有任何私利,没有诸如嗜杀、残忍、罪恶这类东西，我们都是为了自己心中的崇高信念。我想，保罗·雷恩斯先生尤其会赞同我的观点。"

他把目光转向保罗，保罗沉思着点点头。不错，他们曾对布莱德满怀恨意，但客观地评价，布莱德并没有私德上的丑恶，他是为了一个高尚的目的而努力。也许只有一个人是丑恶的，就是嗜杀的杜塔克，但杜塔克只是工具，在这个事件中不起主导作用。杜塔克今天没有与会，他仍躲在隔壁房间里偷听吗？

总统说："现在我们该如何对待海拉？处死她，还是保护她？今天的会议可以看作是一次民意公决，代表中包括了所有海拉最亲近的人。我希望能在这次会议后取得一致意见——当然很困难，但我有信心。现在，请加达斯·比利先生谈谈他的经历。"

加达斯没有起身，两手放在桌上，低着头，开始叙述。开始时他的声音枯燥沉闷，但随着回忆，他很快进入了过去的时光，回到与海拉朝夕相处的环境里，语调中开始渗入浓浓的感情。他坦诚地丝毫不加粉饰地追述了他与海拉的结识，他们之间狂热的爱，他们的龃龉，以至后来的决裂。他的声音饱含痛苦和无奈，打动了在场的每一个人。他对那个异类之茧——巨大的机器子宫——的真切描述，使每个人不寒而栗。最后他苦恼地说：

"从那时起我就与海拉决裂，在昏睡中被送出地下世界，此后再没有得到海拉的任何消息。已经过去了六个月，很可能我的孩子已经出生，因为海拉就是满六个月出生的。我至今仍爱海拉，深深地爱她，挂念着那位已出生或未出生的儿女。可是，那个集体子宫同样是我每天的梦魇，难道人类真的要变成大批生产的零件？再没有母爱、母亲的呢喃、母乳的甘美、母亲与儿女的血肉联系？"他痛楚地摇摇头，"我没有办法，我无法作出决定。我不知道是该带领 B-2 轰炸机去炸平那儿，还是该展开臂膀保护自己的妻儿。父亲劝我把这些情况公开，寄希望于社会的智慧。我听从了父亲的劝告，把所有隐情都抖搂给诸位，现在请你们来判决吧。"

他的发言结束了，总统冷静地注视着会场。"请大家踊跃地谈谈自己的看法，提出妥当的处理意见。好，请你先发言。"

生物学家乔伊站起来:"我想说明的是,刚才加达斯所说的人造子宫的诸多优点——效率高,妇女不再忍受怀孕分娩的痛苦,胎儿在子宫内可充分发育,可实施产前教育,等等,都是完全真实的。其实还不止这些呢,比如,可以很方便地诊治甚至完全消灭遗传疾病。所以,如果为这种人造巨型子宫开绿灯的话,恐怕人类很快会屈服于它的诱惑。"他顿了顿说,"从技术上没有任何难度,如果有决心和资金支持,至少有100个生物学家能在一两年内独立搞成它。"他苦笑道,"不过,至少我不会去干这件事,我坚决反对它、仇视它。为什么?因为这个变化太大了、太深刻了,它将完全抹杀人性,改变人类的性状。而且,这种'科学进步'是否会带来意外灾难?不要忘了,人类近代史上的几次劫难都起因于某种似乎完全无害的科学进步:艾滋病毒和埃博拉病毒的肆虐,是因为人类进入原始森林,激活了在绿猴和蝙蝠身上潜伏了百万年的病毒;疯牛病是由于饲料中添加了粉碎过的牲畜内脏——初看起来,这是多么无害的革新啊!如果我是20年前的农场主,有人警告我粉碎的动物蛋白可能有危险,我一定会嗤之以鼻的。上述几点失误的代价是什么?是几千万人的死亡。现在我们要面对的,可不是动物饲料、绿猴病毒这类小事。"

他的发言成了会议的基调,此后的发言者都表示了对这件事的忧虑。只有音乐家沃尔特唱了反调:"乔伊先生,明明知道不能阻止的事情,你为什么要阻止呢?"

总统平静地问:"你的意见呢?"

"由它去吧,由它自生自灭。如果这种新人类会取代我们——反正我们挡不住。不妨假设现在是十几只南方古猿在这儿开会,它们通过决议,严格禁止猿类变人——能阻止住吗?"

这种观点未免太惊世骇俗,太无责任感了,大多数人带着敌意看他,连苏玛也不赞同。总统没有表示意见,请其他人继续发言。

苏玛的心头越来越沉重,越来越感到会场内砭入肌骨的杀气,她着急地捅捅保罗:"你说该怎么办?"

保罗沉重地看看她,没有回答。他曾决心捍卫海拉的利益,但在听见关于邪恶的集体子宫的描述后，他的决心已经缓慢地、不可遏止地崩溃了。正好总统这时点了保罗的名字："雷恩斯先生，你是癌人的缔造者，我们更想听听你的意见。"

苏玛殷切地看着他，希望他能以睿智的发言一举扭转会场的气氛，为海拉留出一线生机……但是，真的让海拉用那种机器子宫去孵化新人类？保罗站起来，先低头看看苏玛，她忽然感到深深的寒意——保罗的目光是歉疚的、决绝的，保罗已经和她不属一个阵营了！保罗开始发言：

"我和苏玛可以说是海拉的父母，我们爱她，深深地爱她，尤其苏玛，更是在她身上泼洒了太多的母爱。但是，坦率地说，这种母爱不是基于教会所倡导的博爱精神。不，这种母爱的本质是自私的，是因为海拉曾在她的腹中孕育，是她身上掉下来的一块血肉。如果母亲和后代都割断了这种血肉联系，世界上真的还会有这样强烈的母爱吗？我，"他又歉疚地看看苏玛，"绝不会同意杀死海拉，同样也决不能容忍这种人造子宫。"

"那么，苏玛女士，你有什么意见？"总统笑容可掬地问。

苏玛深深失望了。既然连保罗都是这种态度，还能指望谁呢？只有靠自己了！她满腔悲愤地站起来，侃侃而谈："这样对待海拉是不公平的！在海拉还是个三岁孩子、还没有犯下任何错误时，她就生活在敌意中，被人割下肾脏，被人暗杀，被逼得逃离人世。你们逼她走到这一步，也就让她完全脱离了人类道德的羁绊。现在，你们又要拿人类的道德规则去指责她！请你们不要忘记，即使受到如此不公平的对待，她也没有与人类为敌，她所做的一切只是为了繁衍她的种族——正像我们每人都会做的那样。她有权活下去！"

她的激烈发言让所有人对她侧目而视，保罗仰面看着她，心情复杂地摇头。总统回头看看布莱德，神态萧瑟地说："以现在的眼光来看，当年我们的决策可能不尽恰当。当然我们也有自己的苦衷，因为在那时，社会舆论一时还无法统一，还看不到海拉对人类的真正威胁，我们这些先知先觉者只有瞒着公众采取断然措施。不过，且把过去的是是非非先搁置起来，苏玛女士，请你站在一个母亲的立场说说：你能容忍你的后代用那种巨型子宫来孵育吗？"

苏玛愣住了，很久才痛楚地摇摇头。总统点点头："很好，我想至少在这一点上达成共识了。希拉德先生，请你发表意见。你是克隆癌人的策划人。"

伊恩很干脆地说了一句："我已经后悔了，总统阁下。"

总统转向加达斯："加达斯，首先要谢谢你。你的这段工作，使人类了解了地下世界的真相。作为海拉的恋人，作为她腹中孩子的父亲，请你选定一个最佳的处理意见。"

"我，"加达斯缓缓地说："希望海拉能堂堂正正地回到人类社会。鉴于这个事件的特殊性，希望总统对所有地下世界的人实行特赦——如果法庭认定他们有罪的话，因为可以认为，海拉的所作所为是基于一个土著部族的道德观，我们的法律在那个土著部族的社会规则并不相合。"他又补充一句，"还希望我的孩子能得到人的资格，但我不会容忍那种机器子宫。"

与会人都发了言，最后总统站起来，环视全场："谢谢各位，你们都坦率地倒出了肺腑之言。我不想重复八年前的错误，所以今天我把所有内情和盘托出。自加达斯离开那个地下世界后，五个月来，我们经过缜密的侦察，又发现了海拉的另外两处地下据点。我们已和巴西政府取得共识，做好了军事行动的所有准备。但是，我们不想因此造成美国社会的分裂。今天我们请来了和海拉有密切关系的各方人士，听取了各方意见，在此基础上拟出符合多数人意愿的处理意见。坦白说，政府如果想采取军事行动并没有什么法律上的限制，但我愿对诸位作出承诺。"他看着大家，一字一句地说，"如果稍后宣布的处理办法，不能在与会人中获三分之二赞成票的话，我们将搁置军事行动，继续酝酿修改，直到达成新的共识。你们同意我的意见吗？"

大家一致同意，包括持对立意见的苏玛和音乐家沃尔特。总统说：
"请稍候。"

他与布莱德和工作人员退出会场。保罗立即握住苏玛的手，歉疚地看着她。豪森、加达斯等很多人也都看着她，大家无言地说着同样的话："对不起，但我们只能这样做。"苏玛叹息一声，闭上眼睛，焦灼地等待着对海拉的判决。

10分钟后，总统和布莱德参议员返回会场，布莱德打开文件夹念道：

兹决定：

一、彻底摧毁癌人海拉所建立的旨在用非自然方式繁衍其种族的所有设施。

二、对所有参与人员实行总统特赦，不追究此前所犯下的过错和罪行，允许他们获得美国或巴西的公民资格。条件是他们应具结保证，不再使用非自然方法来繁衍后代。

他解释道："很多人可能不同意让癌人获得合法地位，比如哈伦·奈特先生恐怕就是这种意见。"他朝哈伦点点头，"但是，考虑到海拉对怀孕和生育的强烈兴趣，我们认为她尽管出身于癌人，仍具有自然人类的情感。因此，如果硬要把她和她的后代摒弃在人类之外，未免太心狠了。但这只是特例，以后不会允许克隆人尤其是克隆癌人出生了。现在，请大家考虑10分钟，然后我们用举手表决的方式通过这个决定。"

苏玛没想到政府的决定如此宽厚，不由绽出喜色，也许这是最好的解决办法了，海拉可以离开阴暗邪恶的地下世界，重新回到自己身边，与加达斯喜结连理，生儿育女。她只是担心，以海拉的刚硬性格，恐怕不会答应具结的，那么自己就要努力说服她。

10分钟后，布莱德宣布表决开始："反对的请举手。"

只有音乐家沃尔特一人举手，他喊道："不要学唐吉诃德同风车搏斗！"

没有人响应他。布莱德又说："弃权的请举手。"

没有。

"同意的请举手。好，谢谢大家对政府的支持。"他回头对总统说了几句，"现在诸位可以离开了，会议内容请在12小时内保密。雷恩斯先生，威廉森女士，乔思特先生，还有你，加达斯，请留下并随军队一起行动。希望你们这些海拉的亲人能说服她。"

人们纷纷离去，总统走过来，同留下的四个人一一握手："拜托你们了，希望诸位充分利用你们的影响力,使事情有一个最圆满的结局。请立即出发吧。"

白宫草坪上的军用直升机已经发动,布莱德领着四个人匆匆出去。苏玛拉着加达斯走在前边,他们盼望与女儿与恋人见面,但心中都有强烈的不安。保罗和豪森走在后边,心情沉重地交换着目光,他们十分清楚,政府其实是送了一个空头人情——海拉决不会乖乖地走出地下世界,一定会与自己的世界共存亡的。

但是,总统的决定无可指摘,刚才两人也都举手同意了。除此之外,能有其他的解决办法吗?他们只能尽量去说服海拉了。他们在心中悲苦地喊着:"海拉!海拉!"然后匆匆上了飞机。

三

美国机群在亚马孙河口与巴西空军的超级军旗式战斗机会合,略作整顿后溯流而上。加达斯望着机翼下方,那是像海一样宽广无际的亚马孙河,马卡帕、古鲁帕等城市散布在两岸,往西去,河道渐渐收缩变窄,两岸的丛林则越来越茂密。很快,丛林变成了浓绿的黏糊糊的绿色地狱,铺天盖地,尽情展示着热带雨林的强悍蛮勇。飞机飞得不高,甚至能看见鳄鱼扑食时掀起的浪花。大约飞了800千米后,飞机离开河道向北斜飞,下面是穆卡拉伊山的余脉。在浓浓的绿色中,矗立着无数圆锥状的山体,它们尽力从热带雨林的纠结中挣脱出来,向天空伸展着身躯。

加达斯虽然在海拉的地下世界待过五天,但他是在昏睡中被带进带出的,所以对该处的地理方位毫无所知。直到飞机开始盘旋下降,他才知道到了目的地。几架垂直升降飞机和直升机找到了降落处,艰难地落下来。三架重型轰炸机在高空盘旋,用它们重浊的轰鸣声抖动着天空。

四人乘坐的飞机降落在锥形山峰的腰部,布莱德领着四人跳出机舱,匆匆向山下走,在一处石壁前停下。这儿被稠密的灌木和霸王藤严严地覆盖着,看不出任何人工的痕迹。两名巴西军人架着一个女人走过来——是院长嬷嬷!她虽然身处监押之中,但神态相当平静。她看见了加达斯,仅仅看了一眼就转过目光，加达斯看到了冰冷的鄙夷，但他仍走过去，苦涩地说：

"你好，嬷嬷。我们对海拉都没有恶意。这是海拉的父母和她的豪森伯伯，是她在这个世界上最钟爱的亲人。"

苏玛走过去："嬷嬷，还记得我们吗？让我们共同努力把海拉救出来，好吗？"她的泪水夺眶而出，"求求你了，嬷嬷。"

院长看看他们，没有说话。参议员走过来，威严而不失亲切地说："你好院长，海拉的三处地下设施都将在今天被摧毁，对此不要抱什么幻想了。但总统已颁发了特赦令，海拉和所有手下都可以回到人类社会，过正常人的生活。你看，我们带来了她的所有亲人：父母、伯伯、丈夫，还有我，她的公公，这足以表达我们的诚意。请你和海拉联系，让保罗、苏玛、豪森和加达斯进入地下世界和她面谈。我们实在不愿出现悲剧。"

院长微笑道："我了解海拉的坎坷身世，真希望在八年前你们就表现出这种诚意。现在恐怕晚了一点。"她留恋地看看四周，"参议员阁下，你知道吧，我是一个白人传教士和一个瓜哈里博斯女人的后代，不过我的心灵完全属于密林，属于蛮荒世界。我从来不想进入你们的社会。我会把你们的话如实传达给海拉，如果海拉不打算上来的话，我会留在地下陪她。所以，让我们预道永别吧。"

她再次留恋地扫视林野，转回身，把手掌放在一块岩石上。少顷，伴随着极轻微的隆隆声，石壁轻悄地滑开。这时人们才看出，石壁上的霸王藤是经过精心安排的，它们的一端固定在石壁上，在石壁移动时，藤干也随着移走，露出一个硕大的洞口。里面是一架庞大的电梯，大得足以装下他们乘坐的直升机。院长跨进电梯，加达斯和苏玛等人也急急跟上。院长摇手止住他们，温和地说：

"请稍候，我要先去征求海拉的意见。"

几个人焦急地看着参议员，参议员点点头："按院长的意见吧。"

电梯门关上了，隆隆声迅速沉入地下，但石壁并没有关闭。洞口的亲人们焦灼地等待着。布莱德退到几十米外的指挥所，同战地指挥梅泽斯少将密切注视着战地的动态。侦察机不停地发来监测报告："未发现化学毒剂的迹象,未发现生物毒剂的迹象……"F-22战机的精确制导炸弹瞄准了地下世界的四个秘密出口和通风口,B-2轰炸机上的巨型炸弹则对准了地下世界的腹部。

10分钟过去了,忽然有呀呀的声响,几根金属物从前后左右缓缓升起,把其上的棕榈树、肥猪树和霸王藤都推到一边。无数切叶蚁、蜢蛛等纷纷逃离,乱成一团。梅泽斯少将果断地命令道:

"有埋伏!快撤离这个区域!"

已经晚了,十几道激光破空而来——但它们并不是杀人武器。这些激光束编织在一起,在短暂的震荡后,忽然堆出一幅清晰的画面。画面是地下世界的巨型子宫,加达斯一眼就认出来了,地下世界的人都默默聚集在这里,仍穿着那种瓜哈里博斯人的时装。院长嬷嬷也在这里,她也脱去了世俗的衣服。在这些人前面是一张躺椅,同样裸着身体的海拉斜躺在椅上。画面越来越清晰,可以看出那些人的目光全都聚焦在海拉身上,只是海拉的周围似乎加有某种干扰,她的身体显得朦胧和流动不定。苏玛等人不由往前赶了几步,伸手想抓住光影中的海拉。"海拉!"苏玛喊了一声,哽住了。

海拉说话了。声音从几千米的地下传来,十分清晰,十分平静,但平静下掩盖着跳荡的激情。"妈妈,爸爸,豪森伯伯,还有加达斯,我的爱人。你们好,咱们终于又见面了。"

"海拉,请让我下去,我有好多话……"

"妈妈,不必劝了,"海拉微笑着说,"我全知道了。不过,我不能再回到人类世界,我完全属于这里——而且,也晚了。"

"不,不晚,你还年轻……"

"不,妈妈,已经晚了。加达斯,"三维图像中的海拉转向加达斯,"我们的孩子已经出生,是个女孩。"

加达斯悲喜交加地说:"她在哪儿?海拉,这难道不是你一直在寻找的证明吗?证明你和自然人类一样……"

海拉打断他的话,带着平静的伤感说:"不,不一样。告诉你吧,怀孕和分娩激活了癌细胞的本性,我的身体已经失控,它每天都在变化着,只有大脑还暂时保持着清醒。现在我已经几乎失去人形。我很想和你们拥抱吻别，可惜不行了。"

四个人的心都猛然沉落。他们瞪大眼睛看着躺椅上的海拉，但是不行，无法看清，那儿加有电子干扰，只能看见一团略具人形的电子流体。四个人都哑口无言，因为在这样的悲剧下，任何安慰都是苍白无力的。海拉幽幽叹息道：

"爸爸妈妈，我仍然感谢你们，你们让我降生于世，享受到活着的快乐。我只怨造化弄人，它既然让我来到这个世上，为什么不舍得把人的属性全部给我呢？"

保罗痛楚地说："孩子，不管你现在是什么模样……"

海拉尖利地说："即使我只是一堆无定形的原生质？爸爸，那不是感情，是怜悯，我不会接受怜悯的。再见，我的亲人们。现在请布莱德参议员过来，我要给他讲几句话。"

布莱德显然对这片激光围起的区域心怀忌惮，但他仍勇敢地走过来。海拉冷淡地说："阁下，如果一个月前你敢来这里撒野的话，我很乐意陪你玩一场战争游戏，而且我相信，能让你得到一辈子都忘不了的教训，不过今天我丧失这种兴趣了。我已决定毁灭我的三处地下世界。地下世界的人员决定全部留下，和我一同赴死。我无法说服他们离开，只好遂他们的愿了。至于已经送到美国和各国的克隆婴儿，包括不久前送出去的 200 个，希望你们履行诺言，不要加害他们——如果他们能活下去并且不重复我的悲剧。加达斯，我们的孩子就留在这里吧，请你原谅，我不愿她再经历我的痛苦。好了，我马上就要启动地下世界的自毁指令了，爆炸将在 20 分钟后开始，请你们立即撤回飞机吧。"

她对手下说："把那两个家伙放出去，不要脏了我们的地方。"

两分钟后，电梯嗡嗡地开上来，门自动打开，赤身裸体的杜塔克和另一个特工被捆作一团，扔在角落里。两人眼神呆痴，浑身浸泡在屎尿中。他们潜入地下准备破坏救生通道时失手被擒，那些准备迎接死亡的瓜哈里博斯人恢复了野性，兴高采烈地商量着处死两人的办法，但在海拉的严令下，他们最终没敢杀死两人，只是让他们吃了一些苦头。几名军人迅速冲过去，把两人架出来，割断绳索，塞到一架直升机中。

梅泽斯命令所有人立即登机，他们都迅速执行了命令。只有苏玛等四个人留在原地没动，苏玛和加达斯在嘶声喊：

"海拉，海拉，让我下去！你快点上来！"

这时激光图像唰地消失了，发射激光的十几根金属杆疾速缩回地下，山岩缓缓合拢。顷刻之间，这里完全恢复了原始丛林的蛮荒景象。几名军人冲过来，两人架一个，不由分说把四人扯到飞机上。所有飞机都飞到空中了，这时他们听见一个遥远的声音，像发自于地下，又像发自于高空：

"永别了，亲人们！"

一声沉重的闷哼，大地抖动一下。这一带的地面眨眼间下陷数百米，陷坑周围形成一圈陡崖，露出白色和红色的岩层。坑底仍是浓重的绿色，只是显得比原先零乱了。一座圆锥形山峰垮掉了半边，巨大的石块堆集在陷坑的边缘。地表下陷引起了强烈的空气扰动，一直影响到在空中盘旋的飞机，它们剧烈地抖动着，不过很快恢复平稳。

飞机上的人们默默观看了这场无声的葬礼。

四

在白宫的椭圆形办公室里，总统一直关注着事态的发展。办公室主任甘金斯报告说，这次行动异常顺利，由于海拉怀孕分娩后的肉体崩溃，她自己已经毁灭了所有的地下设施。美国和巴西的空军未费一枪一弹就完成了任务，现在已经开始撤回。

总统淡淡地说："真是个刚烈的女子，我们该向她致敬。"

甘金斯也附和道："是啊，一个可敬的敌人。她和加达斯的女儿与她陪葬了，地下世界的所有人也都选择了死亡。总统，现在该考虑那些生活在美国的癌人了，据统计，他们一共有898名，都已受到严密的监视。"

总统点点头，这些癌人该怎么办？真是一个让人头疼的事。忽然，屋内响起吓人的喀喀嚓嚓的破碎声，一个尖尖的机头透过玻璃窗伸进来，激光炮的炮口阴险地指向屋内,机身则仍悬停在窗外。屋内的人一时间惊呆了,两名听见动静的警卫冲进屋内,立即扑过来,把总统掩在身下。此时总统已经悟到,窗外肯定是海拉乘坐的那架幽灵飞机。他们能清楚地看见幽灵飞机的驾驶员,他光着头,赤身裸体,对着他嘲弄地咧着嘴。那人马上就会按下激光炮的按钮,把这里变成死光横飞的屠场——忽然飞机悄然离开了,跃升到空中。总统推开警卫,跑到阳台上观看。那架飞机像是疯了似的在天上纵情驰骋,平飞,倒飞,俯冲,甚至来一个眼镜蛇机动。忽然机尾后冒出白烟,飞机拖着这条长尾,在蓝天上书写着清晰的花体字母:

海拉!

飞机随即拉高,迅速消失在蓝天中。总统回到房中,听见甘金斯正在声嘶力竭地打电话:"……它刚刚从办公室的窗户中退出去,这会儿正在天上写字哩。什么?雷达没有任何反应?我用肉眼都看见了,千真万确!"

20秒钟后,几架F-22呼啸着飞过来,但幽灵飞机早已消失,在F-22造成的扰动中,天幕上的一行字母逐渐消散。

五

特丽打开栅栏门,把牧羊犬玛亚和它的四个小狗崽赶出去:"去吧,去吧。"她柔声说,"这儿马上就要毁灭了,海拉让你们自己逃生去。快走吧,我要回去,和海拉死在一块儿。"

她向玛亚挥挥手,黯然回头。玛亚听不懂她的话,但这条聪明的狗早已觉察到异常。这些天,女主人变得越来越阴郁,她的模样好像每天都在变化。当然她的模样与玛亚关系不大,玛亚辨别主人主要是靠气味。但女主人这几天来再也不让它近前了。它曾恼怒地在门外吠叫,在门上抓挠,女主人就是不理它。

现在,黑人姑娘又把它和四个狗崽送出栅栏,这是为什么?过去不是从来都不让它到栅栏外吗?地下世界里沉寂得像是坟墓,忽然麦克风响了:

"现在进入10分钟倒计时,请各处人员迅速撤离。"

然后是不慌不忙的均匀的计数声:600、599、598、597……玛亚听不懂这些，但冥冥中的本能告诉它，危险马上就要来临。四只小狗崽唧唧地叫着，茫然看着四周，玛亚急忙领着儿女们向安全出口跑去……忽然它停住了，昂着头思索着，它转过身，推开栅栏门，飞快地向里面跑去。

它闪电般地跑着，到处都没有人影。它嗅着特丽沿路留下的气味，径直奔向中区的球形塔。没错，这儿灯火辉煌，人们都聚集在海拉的周围，安静地等待着，特丽也站在人群中。海拉第一个看见了玛亚，生气地喊：

"玛亚，快跑，快点跑出去！"

玛亚悲哀地朝她吠了一声，猛然扑向婴儿车。婴儿车翻倒了，玛亚叼着婴儿的衣服，最后看一眼海拉——它的狗眼中含有多么深的悲怆！然后叼着婴儿向来路跑回。周围的人都看着海拉，海拉摇摇头，低声说：

"由它去吧。由她去吧。"

她第二句指的是婴儿。

玛亚跑到栅栏外，四只小狗正悲哀地哼唧着，四处乱撞。玛亚放下婴儿，吠叫着，小狗听见妈妈的声音，欢欢喜喜地围上来。婴儿在地上扎手舞脚地弹动着，奇怪的是，她竟然没有哭泣，一直笑盈盈地看着玛亚。玛亚没有停留，低头叼上婴儿跑起来，同时用呜呜的喉音召唤小狗随它跑。身后的计数声越来越远，越来越微弱，它知道危险时刻已经逼近，更加焦躁地跑着。小狗们追不上妈妈，在后边着急地尖叫，但玛亚已顾不上了。

它总算跑到了洞口。这是一片阴暗潮湿的河边林地，下午的太阳透过密密的树叶，在灌木的叶子上撒下一个个圆斑。小狗崽们还没出来，玛亚想回头寻找，但婴儿的哭声阻住了它，玛亚卧在她的旁边，把奶头凑过去，婴儿立即香甜地吮吸起来。

玛亚昂着头，焦急地向洞内唤着它的儿女。忽然一声爆响，洞内的气浪呼啸着冲出来，把洞口的树木齐腰吹断。它和婴儿都在地上翻滚着。一分钟后，狂风减弱了，它竖起耳朵，听见了婴儿愤怒的哭声。它四肢着地爬过去，伏在婴儿身上，婴儿马上找到奶头吮吸起来。后边忽然传来唧唧的狗叫声，原来四只小狗都被气浪吹出来，正晕头晕脑地在地上爬着。玛亚吠了一声，狗崽们欢天喜地地跑过来，与婴儿拥挤在一起，抢夺着妈妈的奶头，随即安静下来。

五张小嘴贪馋地吞咽着乳汁，玛亚则冷静地打量着周围的环境。这儿藤蔓缠绕，阳光难以穿透，空气中弥漫着腐叶的气息。毒蛇在灌木丛下探出脑袋，巨蚁在枝叶间奔跑，饱食的鳄鱼懒懒地看着它们，悠闲地挪动着四肢，返回河边。

玛亚没有人类的思维，但基因深处的本能同样能指导它该怎么做。它和五个小崽崽都要活下去，在这片险恶的环境中尽力活下去。小狗吃饱了，快乐地哼唧着，哼唧声夹杂着一个喃喃的人类婴儿的声音。这些生命都是它的后代，它会用生命保护它们。

它们出来时经过的那个洞穴的深处已经塌陷，现在成了一个不深的盲洞。玛亚把五只小崽子一个个叼回洞中。随后的一天里，它从各处叼来枯草树叶，建造了一个舒适的狗窝。于是，一场生存之战开始了。